어머니

MAT'

막심 고리키 지음 · 정보라 옮김

❖ 을유문화사

옮긴이 **정보라**

연세대학교에서 노어노문학과 영어영문학 학사, 예일대학교에서 러시아동유럽지역학 석사, 인디애나대학교에서 슬라브어문학 석사와 박사 학위를 취득했다. 『창백한 말』, 『안드로메다 성운』, 『거장과 마르가리타』, 『구덩이』, 『탐욕』, 『브루노 슐츠 작품집』 등 많은 작품을 우리말로 옮겼으며 『저주토끼』, 『붉은 칼』, 『죽은 자의 꿈』 등을 썼다. 중편 「호(狐)」로 2008년 제3회 디지털문학상 모바일 부문 우수상, 단편 「씨앗」으로 2014년 제1회 SF어워드 단편 부문 본상을 수상했다. 『저주토끼』로 2022년 부커상 국제 부문 최종 후보에 지명되었다.

을유세계문학전집 123
어머니

발행일·2022년 10월 30일 초판 1쇄
지은이·막심 고리키 | 옮긴이·정보라
펴낸이·정무영, 정상준 | 펴낸곳·(주)을유문화사
창립일·1945년 12월 1일 | 주소·서울시 마포구 서교동 469-48
전화·02-733-8153 | FAX·02-732-9154 | 홈페이지·www.eulyoo.co.kr
ISBN 978-89-324-0516-2 04890 978-89-324-0330-4(세트)

차례

주요 등장인물

어머니 펠라게야 닐로브나 블라소바. 작중에서 주로 '어머니' 혹은 닐로브나, 블라소바로 지칭

아들 파벨 미하일로비치 블라소프. 파벨 혹은 파벨 미하일로비치. 동료들에게는 블라소프, 어머니가 부르는 애
　칭은 파샤, 파블루슈카

아버지 미하일 블라소프

안드레이 나홋카 나홋카, 안드류샤, 안드류셴카로 지칭. 작가는 '우크라이나인'으로 지칭

사셴카 본명 알렉산드라. 애칭 사셴카 혹은 사샤. 파벨과 서로 사랑하는 사이. 파벨의 동료

미하일(로) 이바노비치 르이빈 '르이빈'으로 주로 지칭

그 외 파벨의 동료들

나타샤

페댜

니콜라이 베솝시코프

니콜라이 이바노비치

소피야 이바노브나

제1부

1

매일 노동자 마을 위로 탁하고 기름진 공기 속에 공장의 사이렌 소리가 떨면서 울려 퍼지자 그 부름에 응답하듯 조그만 회색 집들에서 아직 충분한 잠으로 근육을 풀지 못한 음울한 사람들이 겁먹은 바퀴벌레처럼 거리로 나왔다. 차가운 어스름 속에서 그들은 비포장도로를 걸어 높이 솟은 돌 감옥과 같은 공장을 향해 갔고, 공장은 수십 개의 기름 긴 네모난 눈으로 더러운 거리를 밝히며 무심한 확신을 가지고 그들을 기다렸다. 진흙이 발밑에서 쩔꺽거렸다. 잠에 취한 이들이 목쉰 소리로 고함을 질렀고 거친 욕설이 화난 듯 공기를 갈랐으나 사람들 앞에는 또 다른 소리들이 떠다녔다 ― 시끄럽고 육중한 기계 소리, 으르렁거리는 수증기 소리. 높고 검은 굴뚝들이 마치 굵은 몽둥이처럼 마을 위로 솟아올라 음울하고도 엄하게 내려다보았다.

저녁에 해가 기울고 집의 유리창에 붉은 햇살이 지친 듯 반짝일 때면 공장은 돌로 된 용광로에서 타고 남은 재를 털어 내듯 사람들을 끄집어냈고 그러면 그들은 그을음에 뒤덮인 새까만 얼굴로 공기 속에 기계 기름과 끈적한 냄새를 퍼뜨리면서 차가운 치아를 반짝이며 다시 거리를 걸어갔다. 그들의 목소리에는 생기가 넘쳤고 심지어 기뻐하는 것 같았다 — 오늘 하루치의 형벌과도 같은 노동이 끝났고 집에서는 저녁 식사와 휴식이 그들을 기다리고 있었다.

그들의 하루는 공장이 잡아먹었고 기계는 자기가 필요한 만큼의 힘을 사람들의 근육에서 빨아먹었다. 하루가 흔적 없이 삶에서 지워졌고 인간은 무덤을 향해 한 걸음 더 다가섰지만 눈앞에 보이는 것은 그저 휴식의 달콤함과 연기 자욱한 술집의 기쁨뿐이었다. 인간은 그것에 만족했다.

휴일이면 사람들은 열 시 정도까지 잤다. 결혼한 성실한 사람들은 좋은 옷을 차려입고 낮 예배를 보러 갔고 가는 길에 젊은 애들은 교회에 관심이 없다고 욕했다. 교회에서 집으로 돌아온 그들은 빵을 먹고 다시 누워 저녁까지 잤다.

몇 년이나 쌓인 피로 때문에 사람들은 입맛이 없었고 음식을 먹기 위해서는 술을 많이 마셔서 보드카의 타는 듯 날카로운 자극으로 위장을 뒤흔들어야만 했다.

저녁이면 그들은 느긋하게 거리를 산책했고 덧신을 소유한 사람들은 맑은 날에도 덧신을 신었으며 우산을 소유한 사람들은 해가 빛날 때에도 우산을 가지고 다녔다.

서로 마주치면 그들은 공장에 대해, 기계에 대해 이야기하고 십장들을 욕하면서 오로지 일과 관련된 것에 대해서만 말하고 생각했다. 지루하고 단조로운 하루하루 속에 서투르고 힘없는 생각이 외로운 불씨처럼 깜박거렸다. 집에 돌아와서 그들은 아내와 싸웠고 그때마다 주먹을 아끼지 않았다. 청년들은 선술집에 죽치고 있거나 서로서로 집에 모여 놀았다. 손풍금을 연주하면서 저속하고 추한 노래를 부르고 춤을 추고 욕지거리를 하고 술을 마셨다. 노동의 피로에 찌든 사람들은 쉽게 술에 취했다. 모두의 가슴속에 이해할 수 없고 고통스러운 울화가 솟아오르곤 했다. 그 울화를 풀 곳이 필요했다. 그리고 이 견디기 힘든 감정을 내려놓을 한 번의 기회라도 붙잡으려고 사람들은 별것도 아닌 일로 짐승처럼 사납게 서로에게 달려들었다. 그렇게 피투성이 주먹다짐이 시작되었다. 때때로 그런 주먹다짐은 누군가 심하게 다쳐 불구가 되는 것으로 끝났고 가끔은 살인으로 끝을 맺었다.

사람들 사이에는 무엇보다도 음습한 악의가 크게 자리 잡았고 그것은 치유할 수 없는 근육의 피로와 마찬가지로 사람을 늙게 했다. 사람들은 이 영혼의 병을 아버지에게 물려받아 태어날 때부터 가지고 있었다. 그 병은 검은 그림자가 되어 사람들을 무덤까지 따라다녔고, 살아 있는 동안에는 이유 없이 끔찍하게 잔혹한 행동을 계속하게 만들었다.

휴일이면 청년들은 늦은 밤에 옷이 찢어진 채 흙과 먼지투성이에 얼굴은 얻어맞은 채, 동료들에게 주먹질한 것을 심술궂게 자랑하면서 혹은 기분이 상하여, 분노에 차거나 화가 나 울면서 술에 취해 한심한 모습으로, 불행하고 불쾌한 상태로 집에 들어왔다. 가끔 젊은 남자들이 어머니나 아버지를 집으로 데리고 갔다. 그들은 길거리의 울타리 아래 혹은 술집에서 정신을 잃을 정도로 술에 취한 부모를 찾아내어 한껏 욕설을 퍼부었고 보드카 때문에 흐물흐물해진 어린애 같은 몸을 주먹으로 때렸으며 그런 뒤에 조심스럽게 부모를 침대에 데려가 재웠다. 그리고 이른 아침 공기 중에 어스름한 빛과 함께 성난 공장 사이렌 소리가 부르짖기 시작하면 일하러 가라고 그들을 깨웠다.

어른들은 아이들에게 심하게 욕을 하고 때렸으나, 젊은이들이 술을 마시고 주먹다짐을 하는 것은 늙은이들에게 아주 정당한 일로 보였다 — 아버지들이 젊었을 때에는 마찬가지로 술 마시고 주먹질을 했으며 그들도 또한 어머니와 아버지에게 두들겨 맞았다. 삶은 언제나 그랬다 — 인생은 천천히 고르게 어디론가 혼탁한 흐름이 되어 몇 년이고 몇 년이고 흘러갔고 삶 전체가 확고하고 오래된 관습대로 언제나 매일매일 똑같은 것을 생각하고 똑같은 일을 하는 데 묶여 있었다. 그리고 아무도 그 삶을 변화시키려 하지 않았다.

드물게 마을에는 어디서 왔는지 모를 타지 사람들이 찾아왔다. 처음에 그들은 그냥 낯선 사람들이기 때문에 이목을 끌었고 다음에는 자신들이 일했던 곳에 대한 이야기들로 가볍고 얄팍한 관심을 일으켰으며 그 뒤에 그들은 더 이상 새롭지 않게 되었고 마을 사람들도 그들에게 익숙해져서 그들은 더 이상 눈에 띄지 않게 되었다. 그런 사람들의 이야기를 들으면 노동자의 삶은 어디서나 똑같다는 사실이 명백해졌다. 그리고 만약 그렇다면 대체 무슨 이야깃거리가 있단 말인가?

그러나 가끔 그런 사람들 중 몇몇이 마을에서 듣도 보도 못한 것을 이야기했다. 마을 사람들은 그런 이들과 말다툼을 하지 않았지만 믿을 수 없어 하며 그들의 이상한 말에 귀를 기울였다. 그 말은 어떤 사람들에게는 맹목적인 울화를, 다른 사람들에게는 흐릿한 전율을 불러일으켰다. 또 다른 사람들은 뭔가 불분명한 것에 대한 희망의 엷은 그림자 때문에 초조해져서 쓸모없고 방해만 되는 불안감을 떨쳐 버리기 위해 술을 더 많이 마시기 시작했다.

낯선 사람에게서 특이한 점을 눈치채면 마을 사람들은 오랫동안 그 사람이 그렇다는 사실을 잊을 수 없었고 자신과 비슷하지 않은 사람을 이유 없는 경계심을 가지고 대했다. 그들은 그 사람이 삶의 힘겹지만 평온하고 음울하게 올바른 흐름을 방해할 만한 뭔가를 던져 놓지 않을까 두려워했다. 사람들은 삶이 언제나 똑같은 힘으로 자신들을 찍어 누르는 데 익숙해졌고 더 좋은 쪽으로의 변화를 전혀 기대하지 않은 채 모든 변화는 오로지 그 억압을 더 심하게 만들 것이라고 여겼다.

새로운 것을 이야기하는 이들을 마을 사람들은 말없이 따돌렸다. 그러면 그들은 또다시 어딘가로 떠나 사라졌고, 공장에 남을 경우 그들은 마을 사람들의 단조로운 무리 속에 완전히 한 몸으로 섞여들지 못하면 한쪽에 동떨어진 채 살아갔다.

그런 삶을 50년쯤 살고 나면 — 인간은 죽었다.

2

  털북숭이에 퉁명스럽고 눈이 조그만 철물공 미하일 블라소프
도 그렇게 살았다. 그의 조그만 두 눈은 수북한 눈썹 아래서 의
심스러운 시선으로 좋지 못한 미소를 담고 세상을 바라보았다.
공장에서는 솜씨 좋은 철물공이고 마을에서는 가장 힘센 장사
인 그는 공장 임원들을 무례하게 대했다. 그래서 돈을 적게 벌
었으며 휴일이면 누군가를 두들겨 패서 모든 사람이 그를 싫어
하고 무서워했다. 물론 사람들이 그와 맞서며 때려 보려 했지만
성공하지 못했다. 블라소프는 사람들이 자기에게 다가오는 모
습을 보면 손에 돌맹이나 각목, 쇳조각을 움켜쥐고 다리를 넓게
벌린 채 말없이 적들을 기다렸다. 눈에서 목까지 검은 수염으
로 덮인 그의 얼굴과 털북숭이 손은 모두에게 두려움을 불러일
으켰다. 사람들은 특히 그의 눈을 무서워했다 — 작고 날카로운
그 눈은 마치 쇠로 만든 드릴처럼 사람을 꿰뚫어 보았고 그 시선

을 마주하는 사람은 누구나 자기 앞에 결코 두려움을 느끼지 않는 힘이 인정사정없이 때리기 위해 도사리고 있다는 느낌을 받았다.

"자, 흩어져라, 개새끼야!" 그가 둔탁한 목소리로 말했다. 얼굴에 수북이 덮인 털 사이로 커다랗고 노란 이빨이 번쩍였다.

사람들은 겁을 먹고 욕을 퍼부으며 흩어졌다.

"개새끼!" 사람들 뒤에 대고 짧게 말하는 그의 눈이 송곳처럼 날카로운 웃음을 띠고 번쩍였다. 그런 뒤에 거만하게 고개를 똑바로 들고 그는 사람들을 따라 걸어가며 말을 걸었다.

"그래, 누가 죽고 싶지?"

아무도 죽고 싶지 않았다.

그는 말수가 적었고, '개새끼'는 그가 좋아하는 단어였다. 그는 공장 임원도 경찰도 그렇게 불렀고 아내도 그렇게 불렀다.

"야, 개새끼야, 안 보이냐, 바지 찢어졌어!"

아들 파벨이 열네 살이었을 때 블라소프는 아들의 머리카락을 잡고 끌고 다니려 했다. 그러나 파벨은 손에 무거운 망치를 들고 짧게 말했다.

"건드리지 마……."

"뭐?" 아버지는 마치 자작나무를 덮치는 그림자처럼 키 크고 날씬한 아들을 향해 다가가며 물었다.

"할 거다!" 아버지의 말에 파벨이 말했다. "더 이상은 당하지 않아……."

그리고 망치를 휘둘렀다.

아버지는 그를 바라보고 털북숭이 손을 등 뒤에 숨기고는 미소 지으며 말했다.

"그래……."

그러고는 깊이 한숨을 쉬며 덧붙였다.

"에휴, 이 개새끼……."

그리고 얼마 안 되어 그는 아내에게 말했다.

"나한테 더 이상 돈 달라고 하지 마, 파벨이 널 먹여 살릴 테니까……."

"그럼 당신은 월급으로 계속 술 마시려고?" 그녀가 용기를 내어 물었다.

"네가 알 바 아니야, 개새끼! 난 애인 만들 거다."

그는 애인을 만들지 않았으나 그때부터 2년 동안, 그러니까 죽는 순간까지 아들을 모른 척했고 아들과 말도 섞지 않았다.

그에게는 개가 있었는데 블라소프와 마찬가지로 크고 털북숭이였다. 개는 매일 그가 공장 가는 길에 따라갔고 저녁에는 공장 대문 앞에서 기다렸다. 휴일이면 블라소프는 술집을 돌아다녔다. 그는 말없이 걸어 다니며 마치 누군가를 찾는 것처럼 할퀴는 듯한 눈길로 사람들의 얼굴을 뚫어져라 쳐다보았다. 그리고 개도 커다랗고 풍성한 꼬리를 늘어뜨린 채 하루 종일 그를 따라다녔다. 술에 취해 집으로 돌아온 그는 식탁에 앉아 저녁을 먹으며 자기 접시의 음식을 개에게 먹였다. 그는 개를 때리지 않았고 욕도 하지 않았지만 쓰다듬어 주지도 않았다. 저녁을 먹고 나서 그는 아내가 식탁의 접시를 제때 얼른 치우지 않으면 접시를 바닥에 내던졌고, 보드카 한 병을 꺼내 놓고 등을 벽에 기댄 채 애수를 불러일으키는 탁한 목소리로 입을 크게 벌리고 눈을 감은 채 부르짖듯 노래를 불렀다. 구슬프고 흉한 소리들이 콧수염 속에서 빵 찌꺼기를 튀기며 뒤섞였고 철물공은 턱수염과 콧수염의 털을 굵은 손가락으로 쓰다듬으며 계속 노래했다. 노래 가사는 알아들을 수 없이 늘어졌고 곡조는 늑대들이 겨울에 울부짖는 소리를 연상시켰다. 그는 병에 보드카가 남아 있는 동안 노래를 불렀고 그런 뒤에는 침상에 모로 쓰러지거나 식탁에 머리를 대고 공장 사이렌이 울릴 때까지 잤다. 개는 그의 옆에 누워서 잤다.

그는 탈장으로 죽었다. 닷새 정도 그는 새까매진 채 눈을 꽉 감고 이를 갈며 침대에서 몸부림쳤다. 가끔 그는 아내에게 말했다.

"쥐약을 줘, 먹고 죽게……."

의사는 미하일에게 찜질을 해 주라고 처방하면서 수술을 꼭 해야 하고 환자를 오늘 당장 병원에 데려가야 한다고 말했다.

"지옥에나 가라, 난 혼자 죽을 거야! 개새끼!" 미하일이 목쉰 소리로 외쳤다.

그리고 의사가 가고 나서 아내가 눈물을 흘리며 그에게 수술하자고 설득하자 그는 주먹을 쥐고 아내를 위협하며 소리쳤다.

"내가 다 나으면 넌 끝장이야!"

그는 아침에 공장 사이렌이 출근하라고 부르던 그 순간에 죽었다. 눈을 뜬 채 관에 누워 있었으나 눈썹은 화난 듯 찌푸리고 있었다. 아내, 아들, 개, 늙은 주정뱅이에 도둑이고 공장에서 쫓겨난 다닐 베솝시코프, 그리고 마을의 몇몇 걸인들이 그를 매장했다. 아내는 조용히 조금 울었고 파벨은 울지 않았다. 마을 사람들은 거리에서 관을 마주치면 멈춰 서서 성호를 긋고 말했다.

"분명히 펠라게야는 그가 죽어서 꽤나 기쁠 거야……."

몇몇 사람들은 고쳐 말했다.

"죽은 게 아니라 뒈졌지……."

관이 닫히자 사람들은 떠나갔고 개만 남아 신선한 흙 위에 앉아서 오랫동안 소리 없이 무덤의 냄새를 맡았다. 며칠 뒤에 누군가 개를 죽였다…….

3

아버지가 죽고 2주쯤 지난 뒤 일요일에 파벨 블라소프는 잔뜩 취해서 집으로 돌아왔다. 그는 건들거리며 현관 구석을 기어 지나와서는 아버지가 했듯이 주먹으로 식탁을 두드리며 어머니에게 소리쳤다.

"저녁밥!"

어머니는 그에게 다가가 아들을 껴안고 아들의 머리를 자기 가슴 쪽으로 당겼다. 그러나 아들은 어머니의 어깨를 양손으로 밀어내면서 소리쳤다.

"엄마, 당장 밥!"

"너 바보구나!" 어머니는 밀어내는 아들을 그대로 끌어당기며 슬프고도 다정하게 말했다.

"그리고 담배 피울 거야! 아버지 파이프 나 줘……." 취해서 말을 듣지 않는 혀를 힘겹게 움직이며 파벨이 중얼거렸다.

그는 전에도 만취한 적이 있었다. 보드카는 그의 신체를 약하게 했지만 의식을 흐리지는 못했고 그의 머릿속에서 질문이 쿵쿵 울렸다.

'취했어? 취했어?'

어머니의 다정함에 그는 무안해졌고 어머니의 눈에 비친 슬픔에 뭉클해졌다. 울고 싶어졌고, 그는 그런 마음을 억누르기 위해 실제보다 더 취한 척하려고 애썼다.

그러나 어머니는 땀에 젖고 헝클어진 그의 머리카락을 손으로 쓰다듬으며 조용히 말했다.

"너한테 이런 건 필요 없는데……."

그는 속이 울렁거렸다. 한참 동안 사납게 토하고 난 그를 어머니는 침대에 눕힌 뒤 창백한 이마에 젖은 수건을 올려 주었다. 그는 약간 술이 깼으나 그의 아래쪽과 그를 둘러싼 것들이 모두 파도치듯 계속 흔들렸고 눈꺼풀이 무거워졌으며 입 안에서 불쾌하고 씁쓸한 맛을 느꼈다. 그는 속눈썹 사이로 어머니의 커다란 얼굴을 들여다보면서 두서없이 생각했다.

'나한텐 아직 이르구나. 다른 사람들은 술을 마시고 아무렇지도 않은데 나는 구역질이 나…….'

어딘가 멀리서 어머니의 부드러운 목소리가 들려왔다.

"넌 나를 어떻게 먹여 살리려고 술을 마시는 거니……."

눈을 꼭 감고 그는 말했다.

"다들 마시잖아요……."

어머니는 깊이 한숨을 쉬었디. 그가 옳았다. 사람들이 술집 말고는 기쁨을 얻을 곳이 없다는 사실을 어머니도 알고 있었다. 그러나 어쨌든 어머니는 말했다.

"그래도 넌 마시지 마라! 아버지가 네 몫까지 필요한 만큼 다 마셨으니까. 그리고 네 아버지는 날 충분히 괴롭혔어……. 너라면 엄마를 좀 불쌍하게 여기겠지, 응?"

슬프고도 부드러운 말을 들으면서 파벨은 아버지가 살아 있을 때 어머니는 집에서 눈에 띄지 않는 존재였고, 말도 없이 언제나 얻어맞을까 봐 두려워 떨면서 지냈다는 사실을 떠올렸다. 아버지와 마주치는 것을 피하기 위해 그는 최근에 거의 집에서 지내지 않아 어머니와 서먹서먹해진 터였다. 그는 서서히 술이 깨면서 어머니를 가만히 바라보았다.

어머니는 키가 컸고 등이 약간 굽어 있었다. 오랜 노동과 남편의 폭력으로 망가진 어머니의 몸은 소리 없이 옆으로 움직여서 마치 언제나 뭔가에 의해 다칠까 봐 겁내는 것 같았다. 넓은 타원형 얼굴은 깊은 주름으로 갈라지고 부어 있었으며 마을 여자들 대부분이 그렇듯 어둡게 빛나는 눈은 불안하고 슬퍼 보였다. 오른쪽 눈썹 위에는 깊은 흉터가 있었고 그가 눈썹을 약간 들어 올려 보니 어머니의 오른쪽 귀가 왼쪽보다 높은 것 같았다. 이 때문에 어머니의 얼굴은 언제나 겁내며 귀를 기울이는 것 같은 인상이 되었다. 숱 많은 검은 머리카락 속에 흰 머리 가닥이 빛났다. 어머니는 부드럽고 슬프고 온순했다…….

그리고 그녀의 양 볼 위로 천천히 눈물이 흘러내렸다.

"울지 마세요!" 아들이 조용히 부탁했다. "저 물 좀 주세요."

"얼음물 가져다줄게……"

그러나 어머니가 돌아왔을 때 그는 이미 잠들어 있었다. 어머니는 아들을 내려다보며 잠시 서 있었고 냄비를 든 손이 떨리면서 냄비 안의 양철에 얼음이 부딪혔다. 냄비를 식탁에 내려놓고 어머니는 성화(聖畫) 앞에 말없이 무릎을 꿇었다. 창문 유리에 술 취한 삶의 소리들이 부딪혔다. 가을 저녁의 어둠과 습기 속에 손풍금이 째지는 소리를 울렸고 누군가 목청껏 노래했고 누군가 더러운 말로 욕설을 퍼부었으며 여자들의 짜증 나고 지친 목소리가 불안하게 울려 퍼졌다…….

삶은 블라소프 가족의 조그만 집에서 이전보다 더 조용하고 평화롭게, 그리고 마을의 모든 곳과는 조금 다르게 흘러갔다. 그들의 집은 마을 변두리에, 진흙탕으로 내려가는 높지는 않지만 가파른 비탈길 위에 서 있었다. 집의 3분의 1을 부엌이 차지했고 그 부엌 옆에 얇은 칸막이로 막은 조그만 방이 있었으며 그 방에서 어머니가 잤다. 나머지 3분의 2는 창문이 두 개 있는 사각형 방이었는데 그 모서리에 파벨의 침대가 있고 현관에 식탁과 등받이 없는 긴 의자 두 개가 있었다. 의자 몇 개, 속옷을 넣는 서랍장, 그 위에 조그만 거울, 겉옷을 넣어 두는 궤짝, 벽에 걸린 시계와 구석의 성상화 두 점 ― 그것이 전부였다.

파벨은 젊은 남자에게 필요한 것은 다 했다. 손풍금과 가슴 부분에 풀을 먹인 셔츠, 화려한 넥타이, 덧신, 지팡이를 샀고 자기 나이의 10대들과 똑같은 모습이 되었다. 파티에 다녔고 카드릴˙과 폴카˙ 추는 법을 배웠고 휴일이면 술에 취해 돌아왔고 보드카

숙취로 언제나 고생했다. 다음 날 아침이면 머리가 아팠고 속이 타는 것 같았으며 얼굴은 창백하고 지쳐 있었다.

어느 날 어머니가 그에게 물었다.

"그래 어땠니, 저녁 파티는 재미있었어?"

그는 음울하게 짜증 내며 대답했다.

"너무너무 지겨워요! 차라리 낚시를 할래요. 아니면 총을 살까 봐요."

그는 꾀를 부리거나 벌금을 맞는 일 없이 열심히 일했으며 말이 없었고 어머니처럼 푸르고 커다란 눈동자는 불만족스러운 듯 세상을 바라보았다. 그는 총을 샀으며 낚시를 하지는 않았으나 모든 사람이 가는 편한 길을 눈에 띄게 피하기 시작했다. 저녁 파티에 덜 갔고 휴일이면 어딘가로 가기는 했지만 술 취하지 않은 채 돌아왔다. 어머니는 아들을 면밀하게 지켜보았고 아들의 거무스름한 얼굴이 더 날카로워지고 눈은 모든 것을 더 진지하게 바라보고 아들의 입술이 엄격하게 닫혀 있는 것을 알았다. 마치 아들이 뭔가에 화를 내거나 아니면 어떤 병을 앓고 있는 것 같았다. 전에는 아들에게 동료들이 놀러 왔으나 이제는 아들이 집에 없는 것을 보고 더 이상 찾아오지 않았다. 어머니는 자기 아들이 공장 청년들과는 다르게 변해 가는 모습을 보는 것이 좋았으나 아들이 삶의 어두운 흐름에서 벗어난 어딘가 다른 방향을 향해 집중해서 똑바로 항해해 가고 있다는 사실을 깨닫자 마음속에 흐릿한 경계심이 일어나기 시작했다.

"너 혹시 몸이 안 좋니, 파블루슈카?" 어머니는 가끔 아들에게 물었다.

"아뇨, 저는 건강해요!" 그가 대답했다.

"너 아주 말랐구나!" 한숨을 쉬고 어머니는 말했다.

아들은 집에 책을 여러 권 가져와서 눈에 띄지 않게 읽었고 다 읽은 뒤에는 어딘가에 숨겼다. 가끔 그는 책에 있는 뭔가를 따로 종이에 옮겨 썼고 그 종이도 마찬가지로 숨겼다.

어머니와 아들은 서로 말을 하지 않았고 서로 보는 일도 별로 없었다. 아침에 아들은 말없이 차를 마신 뒤 일하러 나갔고 정오에 점심 먹으러 와서 식탁에 앉아 무의미한 말을 던졌고 다시 또 사라져서 저녁때까지 나타나지 않았다. 그리고 저녁이 되면 아들은 꼼꼼하게 몸을 씻고 저녁을 먹은 뒤에 자기가 가져온 책을 오랫동안 읽었다. 휴일이면 아침부터 나갔다가 밤늦게 돌아왔다. 어머니는 아들이 도시에 가고 거기서 극장에 다닌다는 것을 알고 있었으나 도시에서 아들을 찾아오는 사람은 아무도 없었다. 어머니가 보기에 시간이 흐를수록 아들의 말수가 적어지는 것 같았고 동시에 아들이 가끔 어머니가 이해하지 못하는 새로운 단어들을 사용했으며 어머니에게 익숙한 무례하고 날카로운 표현들이 아들의 언어에서 사라지는 것을 눈치챘다. 아들의 행동거지에서 어머니는 이목을 끄는 여러 가지 작은 일들을 발견했다. 예를 들어 아들은 멋내는 걸 그만두고 대신 신체와 복장의 청결에 더 신경을 썼으며 더 활달하고 자신 있는 동작으로 움직였고 겉보기에 단순하고 부드러워 보이면서 어머니는 더 불안한 마음에 주의를 기울이게 되었다. 아들이 어머니를 대하는 태도도 어딘가 새로웠다. 그는 가끔 방바닥을 청소했고 휴일이면 스스로 자기 침구를 정리하며 어머니의 노동을 덜어 주려고 애썼다. 마을에서는 아무도 그렇게 하지 않았다.

어느 날 그는 어떤 그림을 가져와서 벽에 걸었다. 세 사람이 이야기를 나누며 가볍고 대담한 걸음으로 어딘가를 가는 그림이었다.

"부활하신 예수가 엠마오로 가는 거예요!" 파벨이 설명했다.

어머니는 그림이 마음에 들었지만 속으로 생각했다.

'예수님 말씀은 읽으면서 교회에는 안 가는군……'

파벨의 동료인 가구장이가 훌륭하게 만들어 준 선반에는 책이 점점 더 쌓였다. 방은 보기 좋은 모습이 되었다.

그는 어머니에게 정중하게 존댓말을 쓰며 '엄마'라고 불렀으나 가끔은 갑자기 어머니에게 다정하게 말했다.

"있잖아, 어머니, 부탁인데 걱정하지 마, 나 집에 늦게 올 거야……"

어머니는 이것이 마음에 들었고, 아들의 말 속에서 뭔가 진지하고 확고한 것을 느꼈다.

그러나 동시에 어머니의 불안도 커졌다. 시간이 지나도 명확해지지 않아, 어머니는 뭔가 흔치 않은 일에 대한 예감으로 점점 더 날카롭게 심장이 떨렸다. 가끔 아들에 대해 못마땅한 마음이 들면 어머니는 생각했다.

'사람들은 다들 그냥 평범하게 사는데 아들은 마치 수도승 같구나. 아주 엄격해졌어. 저 애 나이에 맞지 않아……'

가끔 어머니는 생각했다.

'혹시 저 애가 처녀를 사귀고 있는 건 아닐까?'

그러나 처녀들과 놀기 위해서는 돈이 필요했는데 아들은 자기가 버는 돈을 어머니에게 거의 전부 갖다주었다.

이렇게 몇 주가 가고 몇 달이 가고 이상하게 말 없는 삶이 눈에 띄지 않게 2년이나 흘러갔다. 그리고 그 삶을 가득 채운 불분명한 생각과 경계심도 점점 커져 갔다.

4

어느 날 저녁을 먹고 나서 파벨은 창문에 커튼을 치고 머리 위의 벽에는 양철 램프를 걸어 놓고 구석에 앉아 책을 읽기 시작했다. 어머니는 그릇을 치우고 부엌에서 나와 조심스럽게 아들에게 다가갔다. 아들이 고개를 들고 질문하듯 어머니의 얼굴을 바라보았다.

"아무것도 아냐, 파샤, 그냥 나야!" 어머니는 황급히 말하고 당황해서 눈살을 찌푸리며 자리를 떴다. 그러나 부엌 한가운데 서서 1분쯤 생각에 잠겨 걱정하다가 어머니는 손을 깨끗이 씻고 다시 한번 부엌을 나가 아들에게 다가갔다.

"너한테 물어볼 말이 있어." 어머니가 조용히 말했다. "언제나 읽고 있는 게 뭐니?"

아들이 책을 덮었다.

"앉아, 엄마……."

어머니는 아들 옆에 무겁게 앉으며 몸을 곧게 펴고 긴장하여 뭔가 중요한 이야기를 기다렸다.

어머니를 쳐다보지 않고, 작은 목소리로 어째서인지 아주 엄한 말투로 파벨은 말하기 시작했다.

"나는 금지된 책을 읽고 있어요. 이 책들은 우리의, 노동자의 삶에 대해 진실을 이야기하기 때문에 읽는 것이 금지되어 있어요. 이 책들은 조용히, 비밀리에 인쇄된 것이어서 만약에 이걸 가지고 있는 게 발각되면 나는 감옥에 갇힐 거예요, 내가 진실을 알고 싶어 하기 때문에 감옥에 가둘 거라고요. 아시겠어요?"

어머니는 갑자기 숨 쉬기가 힘들어졌다. 눈을 크게 뜨고 어머니가 아들을 쳐다보았을 때 아들의 모습이 그녀에게 낯설어 보였다. 아들의 목소리가 달라졌다 — 더 낮고 굵고 낭랑했다. 아들은 가늘고 솜털 같은 콧수염을 손가락으로 꼬더니 고개를 숙이고 이상하게 음울한 모습으로 구석을 바라보았다. 어머니는 아들이 걱정되어 겁이 났고 아들이 불쌍해졌다.

"그런 걸 왜 하니, 파샤?" 어머니가 물었다.

아들은 고개를 들고 어머니를 쳐다보다가 작은 목소리로 침착하게 대답했다.

"진실을 알고 싶어요."

그의 목소리는 조용하지만 확고하게 들렸고 눈은 고집스럽게 빛났다. 어머니는 아들이 뭔가 비밀스럽고 무서운 일에 뛰어들어 스스로 운명을 결정했음을 깨달았다. 삶의 모든 것이 어머니에게는 피할 수 없는 것으로 여겨졌고 어머니는 생각하지 않고 순응하는 데 익숙해져 있었다. 그래서 지금도 슬픔과 애수로 가득 찬 마음속에서 대답할 말을 찾지 못하고 그저 조용히 울기 시작했다.

"울지 마요!" 파벨이 다정하고 조용하게 말했고, 어머니에게는 아들이 작별 인사를 하는 것처럼 들렸다. "생각해 봐, 우리가 어떤 삶을 살아? 엄마는 마흔 살이야. 하지만 엄마가 정말로 살았어요? 아버지가 엄마를 때렸지, 아버지가 자기 슬픔을, 자기 인생의 슬픔을 엄마한테 퍼부었다는 걸 난 이제 이해해요. 그 슬픔이 아버지를 짓눌렀고 아버지는 그 슬픔이 어디서 왔는지 이해하지 못한 거야. 아버지는 30년간 일했고 공장이 건물 두 채밖에 없을 때부터 일하기 시작했는데 지금은 건물이 일곱 채잖아!"

어머니는 겁을 내면서도 열심히 아들의 말을 들었다. 아들의 눈은 아름답고 밝게 타올랐다. 가슴을 식탁에 기대고 아들은 어머니에게 더 가까이 다가가서 눈물 젖은 얼굴에 대고 자기가 이해하는 진실에 대해 처음으로 말하기 시작했다. 젊음의 모든 힘과 지식을 자랑스러워하고 그 지식의 성스러운 진리를 믿는 학생의 열정으로 아들은 자신에게 명확한 사실에 대해 말했다 ─ 어머니를 위해서라기보다는 자기 자신의 생각과 지식을 확인하기 위해서. 때때로 아들은 적당한 단어를 찾지 못해 말을 멈추었는데, 그때마다 자기 앞에 괴로워하는 얼굴과 그 얼굴에 눈물 때문에 흐려져 둔탁하게 빛나는 선한 눈을 보았다. 그 눈은 겁을 먹은 채 믿을 수 없다는 듯 바라보고 있었다. 아들은 어머니가 불쌍했고 이제는 어머니에 대해, 어머니의 삶에 대해 다시 말하기 시작했다.

"엄마의 삶에 어떤 기쁨이 있었어요?" 그가 물었다. "지난 삶을 어떻게 기억하시겠어요?"

어머니는 귀를 기울이고 뭔가 새로운 것, 이전에 알지 못했던 것, 애처롭고도 기쁜 것을 느끼면서 슬프게 고개를 저었고, 그것은 어머니의 아픈 마음을 부드럽게 만져 주었다. 자신에 대한, 자신의 삶에 대한 이런 발언을 그녀는 처음으로 들었고 그 말들은 그녀 안에서 오래전에 잠들어 있던 불분명한 생각들을 깨웠으며 삶에 대한 불만족이라는 젊은 날의 생각과 감정, 이미 꺼져 버린 흐릿한 감각을 조용히 뒤흔들었다. 그녀는 여자 친구들과 삶에 대해 이야기했고 오랫동안 모든 일에 대해 이야기했으나 모두가 ― 그녀 자신도 ― 오로지 불평만 했고 삶이 어째서 이렇게 힘들고 어려운지 아무도 설명하지 않았다. 그런데 이제 그녀 앞에 그녀의 아들이 앉아 있고 아들의 눈과 얼굴과 단어들이 들려주는 모든 것이 심장을 옥죄어 왔다. 자기 어머니의 삶을 제대로 이해하는 아들, 어머니에게 그녀 자신의 고통을 말해 주고 어머니를 불쌍히 여기는 아들에 대한 자랑스러운 감정이 그 심장을 가득 채웠다.

사람들은 자기 어머니를 불쌍하게 여기지 않았다.

그녀는 이것을 알고 있었다. 아들이 여성의 삶에 대해 이야기한 모든 것은 쓰디쓰고 익숙하게 잘 아는 진실이었고 그녀의 가슴속에서는 어떤 감각의 덩어리가 점점 더 따뜻하게 알 수 없는 다정함으로 그녀를 덥히면서 조용히 떨렸다.

"대체 넌 뭘 하고 싶은 거니?" 그녀가 아들의 말을 가로막으며 물었다.

"배우고 싶고, 그다음에는 사람들을 가르치고 싶어요. 우리들 노동자는 배워야 해요. 우리는 삶이 어째서 이렇게 힘든지 알아내야 하고 이해해야 해요."

어머니는 언제나 진지하고 엄격한 아들의 푸른 눈이 이제는 너무나 부드럽고 다정하게 빛나는 것을 보는 게 좋았다. 어머니의 주름진 볼에는 아직도 눈물이 매달려 떨리고 있었으나 입술에는 만족한 미소가 떠올랐다. 어머니의 마음은 이중적인 감정으로 흔들렸는데, 삶의 괴로움을 이렇게 잘 아는 아들에 대한 자랑스러운 마음도 있었으나 아들이 아직 어리다는 사실과 아들이 다른 사람들처럼 말하지 않고 혼자서만 모두에게 ― 그리고 그녀에게도 ― 익숙한 삶과의 싸움에 나서기로 결정했다는 사실을 떨쳐 버릴 수 없었다. 어머니는 아들에게 말하고 싶었다. '아가야, 네가 뭘 할 수 있겠니?'

그러나 어머니는 자기 앞에 갑자기 이렇게 똑똑한…… 조금은 그녀에게 낯설어도 현명한 모습을 드러낸 아들을 바라보며 감탄하는 지금을 스스로 망치게 될까 두려웠다.

파벨은 어머니의 입술에 떠오른 미소와 주의 깊은 얼굴 표정과 눈에 담긴 어머니의 사랑을 보았다. 그는 자신이 어머니에게 자기가 아는 진실을 이해시킨 것 같았다. 젊은이의 자부심이 말의 힘으로 그의 자신감을 북돋아 주었다. 흥분하여 그는 웃기도

하고 눈살을 찌푸리기도 하면서 말했고 때때로 그의 말 속에 증오가 울려 퍼졌다. 어머니는 그 또렷하게 울리는 잔혹한 말들을 듣고 겁이 나서 고개를 흔들며 아들에게 조용히 물었다.

"정말 그러니, 파샤?"

"그래요!" 그는 확실하고 강하게 대답했다. 그리고 그는 어머니에게, 민중을 위하는 마음으로 그에게 진실의 씨앗을 뿌린 대가로 적들이 마치 짐승처럼 목숨을 앗아 가거나 감옥에 가두고 유형을 보낸 사람들에 대해 이야기했다.

"난 그런 사람들을 봤어요!" 그가 뜨겁게 외쳤다. "세상에서 가장 좋은 사람들이에요!"

어머니에게 그 사람들은 공포를 불러일으켰고 어머니는 다시 한번 아들에게 묻고 싶었다. '정말 그러니?'

하지만 어머니는 물어볼 마음을 먹지 못하고 입을 다문 채 그녀가 이해할 수 없는 사람들, 아들에게 이토록 위험한 일들을 말하고 생각하도록 가르친 사람들에 대한 이야기를 들었다. 마침내 그녀가 아들에게 말했다.

"곧 날이 밝을 거야, 좀 자야 하지 않겠니!"

"네, 지금 잘 거예요!" 아들이 동의했다. 그리고 어머니를 향해 몸을 기울이고 물었다. "엄마, 날 이해해요?"

"이해하지!" 한숨을 쉬고 어머니는 대답했다. 어머니의 눈에 다시 눈물이 굴러떨어졌고 어머니는 흐느끼며 덧붙였다. "너도 어디로 없어지겠구나!"

아들은 일어서서 방 안을 걸어다닌 뒤에 말했다.

"그럼 이젠 엄마도 내가 뭘 하는지, 어딜 다니는지 알아. 내가 전부 얘기했으니까! 어머니, 부탁인데, 어머니가 날 사랑한다면 막지 말아요!"

"소중한 내 아들!" 어머니가 외쳤다. "어쩌면 아무것도 모르는 쪽이 나한텐 더 나았겠구나!"

아들은 어머니의 손을 잡고 자기 손으로 꼭 감쌌다.

아들이 힘주어 말한 '어머니'라는 단어와 아들이 손을 꼭 잡았다는 새롭고도 신기한 상황이 그녀의 마음을 뒤흔들었다.

"난 아무것도 하지 않으마!" 끊어지는 목소리로 어머니가 말했다. "너는 몸조심해라, 몸조심해!"

무엇을 조심해야 하는지 알지 못해 어머니는 애처롭게 덧붙였다.

"네 몸이 점점 말라서……."

그리고 다정하고 따뜻한 시선으로 아들의 강하고도 날씬한 몸을 껴안아 준 뒤에 어머니는 서둘러 조용히 말했다.

"하느님이 널 지켜 주시길! 네가 원하는 대로 살아, 난 널 방해하지 않으마. 단지 한 가지만 부탁할게 — 사람들 앞에서 겁 없이 말하지 마라! 사람들을 조심해야 해 — 다들 서로 미워하니까! 욕심과 질투심으로만 살아가거든. 악한 일을 하는 걸 다들 기뻐해. 네가 사람들을 비난하거나 판단하기 시작하면 사람들은 널 미워할 거고 결국엔 널 망칠 거다!"

아들은 문가에 서서 이 애처로운 말을 들었고 어머니가 말을 마치자 웃으면서 말했다.

"사람들은 나빠, 맞아요. 하지만 세상에 진실이 있다는 사실을 알고 나서 사람들이 더 좋아졌어요!"

아들은 다시 미소 지으며 말을 이었다.

"어떻게 된 일인지 나도 잘 모르겠어요! 어렸을 때부터 모든 사람을 겁냈고 자라면서 어떤 사람은 저열해서, 어떤 사람들은 이유도 모르겠지만 그냥 미워하기 시작했어요! 그런데 지금 나한테는 모든 사람이 다 다르게 보여요, 불쌍하다고 해야 하나? 나도 이해할 수 없지만, 모두 다 자기 잘못으로 진창에 빠진 게 아니라는 걸 알고 나니까 마음이 더 부드러워졌어요……."

그는 마치 자기 안의 누군가에게 귀를 기울이는 듯 말을 멈추었고 그런 뒤에 크지 않은 목소리로 생각에 잠긴 듯 말했다.

"그렇게 진실이 숨 쉬는 거예요!"

어머니는 아들을 쳐다보고 조용히 말했다.

"넌 위험하게 변했구나, 오 주여!"

아들이 잠든 뒤에 어머니는 자기 침대에서 조심스레 일어나 조용히 아들에게 다가갔다. 파벨은 가슴을 위로 한 채 똑바로 누워 있었고 하얀 베개를 바탕으로 그의 거무스름하고 정직하고 엄격한 얼굴이 선명하게 보였다. 손을 가슴에 꼭 가져다 대고 어머니는 맨발에 긴 셔츠만 입은 채로 아들의 침대 곁에 서 있었다. 어머니의 입술이 소리 없이 움직이더니 눈에서 커다랗고 굵은 눈물이 천천히 방울방울 흘러나왔다.

5

그리고 또다시 그들은 서로에게 멀기도 하고 가깝기도 한 상태로 말없이 살아갔다.

어느 날, 주중이지만 쉬는 날에 파벨은 집을 나가면서 어머니에게 말했다.

"토요일에 도시에서 손님들이 올 거예요."

"도시에서?" 어머니가 되묻고는 갑자기 헉하고 놀랐다.

"아니, 왜요, 엄마?" 파벨이 불만족한 듯 외쳤다.

어머니는 앞치마로 얼굴을 닦으면서 한숨을 쉬며 대답했다.

"모르겠다, 그냥 좀……."

"겁나세요?"

"겁나지!" 어머니가 인정했다.

그는 어머니의 얼굴을 향해 몸을 숙이고 자기 아버지와 똑같이 화난 목소리로 말했다.

"겁내다가 우리도 모두 망할 거예요! 그리고 우리를 조종하는 사람들은 우리의 공포심을 이용해서 우리를 더욱 겁줄 거라고요."

어머니가 애처롭게 호소했다.

"화내지 마라! 내가 어떻게 겁내지 않겠니? 평생 겁내면서 살아왔는데 — 영혼이 온통 공포에 뒤덮였는데!"

아들이 부드럽게, 크지 않은 목소리로 말했다.

"용서해 줘. 달리 어쩔 수 없어!"

그리고 아들은 나갔다.

그 뒤로 사흘 동안 어머니의 심장은 떨렸고 집에 누군가 낯선 사람들, 무서운 사람들이 찾아올 것이라는 사실을 떠올릴 때마다 가슴이 내려앉았다. 아들이 가는 길을 가리켜 준 사람들이 바로 그들이었다.

토요일 저녁에 파벨은 공장에서 돌아와 몸을 씻고 옷을 갈아입은 뒤 또다시 어딘가로 나가면서 어머니를 바라보지 않고 말했다.

"사람들이 오면 내가 곧 돌아올 거라고 말해 줘. 그리고 제발 겁내지 마……."

어머니는 무기력하게 긴 의자에 앉았다. 아들은 우울하게 어머니를 바라보다가 제안했다.

"그러면 엄마…… 어디 좀 나가 있을래?"

그 말에 어머니는 기분이 상했다. 거절의 뜻으로 고개를 젓고 어머니는 말했다.

"싫다. 뭣 하러?"

11월 말이었다. 낮에는 꽁꽁 언 땅 위로 가느다란 마른눈이 내렸고 지금은 집을 나서는 아들의 발밑에서 눈이 뽀드득거리는 소리가 들려왔다. 창문 유리에 짙은 어둠이 움직이지 않고 기대어 뭔가를 기다리며 위협적으로 잠복해 있었다. 어머니는 양손으로 긴 의자를 짚고 앉아 문을 쳐다보며 기다렸다.

마치 어둠 속에서 사람들이, 이상한 옷을 입은 좋지 못한 사람들이 몸을 숙이고 양옆을 둘러본 뒤에 사방에서 집을 향해 조심스럽게 몰래 다가오는 것만 같았다. 바로 지금 누군가 집 주위를 걸어 다녔고 벽에 팔 그림자가 비쳤다.

휘파람 소리가 들려왔다. 그것은 어둠 속에서 가느다란 흐름이 되어 슬프고도 유려하게 흘러나와 어둠의 황무지 속에서 헤매며 무언가 찾으려는 듯 가까이 다가왔다. 그리고 창문 바로 아래에서, 마치 나무 벽에 부딪힌 것처럼 갑자기 사라졌다.

현관에서 누군가의 발이 사각사각 소리를 냈고, 어머니는 몸을 떨고 긴장하여 눈썹을 치켜올리며 일어섰다.

문이 열렸다. 방 안으로 커다란 털모자를 쓴 머리가 먼저 들어오고 그 뒤에 기다란 몸이 허리를 굽힌 채 천천히 들어와서 허리를 펴더니 서두르지 않고 오른손을 들어 올리고 시끄럽게 한숨을 쉬고는 가슴에서 울려 나오는 깊은 목소리로 말했다.

"안녕하십니까!"

어머니는 말없이 고개를 끄덕였다.

"파벨은 집에 없어요?"

방 안으로 들어온 사람은 천천히 털외투를 벗고 한쪽 다리를 들어 장화에 묻은 눈을 모자로 털어 냈다. 그러고는 다른 다리에도 똑같이 하고 나서 모자를 구석에 던져 놓고 긴 다리를 휘청이며 움직였다. 의자로 다가가 마치 의자가 단단한지 믿지 못하겠다는 듯 살펴보고는 마침내 앉아서 손으로 입을 가리고 하품을 했다. 그의 머리는 완전하게 둥글고 매끈하게 삭발했으며 양볼은 면도를 하고 긴 콧수염 끝부분이 아래로 처져 있었다. 튀어나온 커다란 회색 눈으로 방 안을 주의 깊게 둘러본 뒤에 그는 다리를 꼬고 앉아 의자 위에서 몸을 흔들며 물었다.

"저, 이 오두막은 어머님 댁인가요? 아니면 세를 드셨나요?"

어머니는 그의 맞은편에 앉아 대답했다.

"세 들었어요."

"자그마한 오두막이네요!" 그가 말했다.

"파샤는 곧 올 거예요, 조금만 기다리세요!" 어머니가 조용히 부탁했다.

"예, 저는 이미 기다리고 있습니다!" 기다란 사람이 평온하게 말했다.

그의 평온함과 부드러운 목소리와 단순한 얼굴 때문에 어머니는 조금 대담해졌다. 손님은 어머니를 똑바로, 호의적으로 바라보았다. 그의 투명한 눈 깊은 곳에 즐거운 반짝임이 뛰놀았으며 각지고 약간 굽고 다리가 긴 몸매 전체에 뭔가 이끌리게 하는 면이 있었다. 옷은 짙푸른 셔츠에 검은 바지를 입고 바짓단은 장화 안에 집어넣었다. 어머니는 그가 누구인지 어디 출신인지 아들과는 오래 알고 지냈는지 묻고 싶었지만, 갑자기 그가 온몸을 흔들어 기울이더니 먼저 어머니에게 물었다.

"그 이마는 누가 그렇게 때렸어요, 넨코?"

그는 다정하게, 눈에 미소를 담고 물었지만 이 질문에 어머니는 기분이 상했다. 어머니는 입술을 꽉 다물고 잠시 침묵한 뒤에 차갑고 예의 바르게 반문했다.

"그게 당신하고 무슨 상관이죠, 선생님?"

그는 온몸으로 어머니 쪽을 향해 움직였다.

"저, 화내지 마세요, 왜 그러세요! 제가 물어본 건요, 우리 양어머니도 똑같이 머리에 그렇게 다친 흉터가 있거든요, 어머님하고 완전히 똑같아요. 우리 양어머니는 같이 살던 사람이 때렸거든요, 장화 만드는 사람이었는데 신발짝으로 때렸어요. 양어머니는 세탁부였고 남자는 신기료장수였죠. 양어머니는 나를 아들로 삼은 뒤에 어디서 그 남자를, 술주정뱅이를 찾아내서 인생이 아주 슬프게 됐어요. 그 남자가 양어머니를 때렸거든요, 얼마나 심하게 때렸는지! 전 너무 무서워서 살갗이 다 터질 뻔했어요⋯⋯."

어머니는 그의 솔직한 말에 경계심이 풀리는 것을 느꼈고 이 괴짜에게 불퉁스럽게 대답했다가는 파벨이 자신에게 화를 낼지도 모르겠다는 생각이 들었다. 미안한 웃음을 지으며 어머니는 말했다.

"화내는 게 아니에요. 그쪽이 너무 갑자기⋯⋯ 물어봐서요. 남편 덕분에 이렇게 됐지요, 이젠 고인이 됐지만! 혹시 타타르'

사람이에요?"

남자는 양다리를 펄쩍 움직이고 양쪽 귀가 뒤통수를 향해 움직일 정도로 활짝 웃었다. 그런 뒤에 그는 진지하게 말했다.

"아직 아닙니다."

"말하는 게 러시아어가 아닌 것 같아요!" 어머니가 그의 농담을 알아듣고 미소 지으며 설명했다.

"러시아어보다 더 좋지요!" 즐겁게 고개를 끄덕이며 손님이 말했다. "저는 우크라이나 사람이에요. 카녜프라는 도시에서 왔어요."

"여기선 오래 살았어요?"

"도시에서 1년 정도 살았고 지금은 이 동네로 이사 와서 공장에 다니지요. 한 달쯤 됐어요. 여기서 좋은 사람들을 찾아냈거든요, 어머님 아들하고 또 다른 사람들을요. 여기서 좀 살아 볼 거예요!" 그가 콧수염을 잡아당기며 말했다.

어머니는 그가 마음에 들었다. 그리고 아들에 대한 그의 평가에 뭔가 보답을 해 주고 싶어서 어머니는 제안했다.

"차 좀 드시겠어요?"

"저 혼자 대접받으면 어떡합니까?" 그가 어깨를 으쓱하며 대답했다. "다들 와서 모이면 그때 주세요……."

어머니는 그를 보며 자신이 겁냈던 것을 떠올렸다.

'모두 다 이런 사람들이면 좋겠네!' 어머니는 간절히 바랐다.

또다시 현관에 발소리가 울리고 문이 급하게 열렸다 ― 어머니는 다시 일어섰다. 그러나 놀랍게도, 부엌에 들어선 사람은 키가 크지 않고 농사꾼의 단순한 얼굴에 옅은 금발을 굵게 땋아 내린 젊은 여성이었다. 그녀가 조용히 물었다.

"저 늦은 거 아니에요?"

"아니에요!" 우크라이나인이 방에서 밖을 내다보며 대답했다. "걸어왔어요?"

"당연하죠! 파벨 미하일로비치의 어머니 되시죠? 안녕하세요! 제 이름은 나타샤예요……."

"부칭'은요?" 어머니가 물었다.

"바실리예브나예요. 어머님은요?"

"펠라게야 닐로브나예요."

"그럼 이제 우린 아는 사이네요……."

"네!" 어머니가 가볍게 한숨을 쉰 뒤에 미소를 띠고 젊은 여성을 바라보며 말했다.

우크라이나인이 일어나 나타샤가 외투 벗는 것을 도와준 뒤에 물었다.

"추워요?"

"밖은 아주 추워요! 바람이……."

여성의 목소리는 촉촉하고 맑았고, 입은 작고 통통했으며, 인상 전체가 동그랗고 신선했다. 외투를 벗고 나서 그녀는 추워서 빨개진 조그만 양손으로 혈색 좋은 양 볼을 세게 문지르고 단화 뒷굽 소리를 마룻바닥에 낭랑하게 울리면서 재빨리 방으로 들어갔다.

'덧신도 안 신고 다니네!' 어머니의 머릿속에 이 생각이 떠올랐다.

"네에." 젊은 여성이 몸을 떨면서 길게 말을 끌었다. "저 완전히 얼어붙었어요……. 우, 추워!"

"내가 금방 차 끓여 줄게요!" 어머니가 부엌으로 서둘러 나가며 말했다. "금방…….."

어머니는 마치 자신이 이 젊은 여성을 오래전부터 알고 지냈으며 엄마다운 선하고 애처로운 사랑으로 그녀를 아껴 온 것 같았다. 어머니는 미소 지으며 방 안의 대화에 귀를 기울였다.

"뭘 그렇게 지루하게 있어요, 나홋카?" 나타샤가 물었다.

"아, 그래요." 우크라이나인이 작은 목소리로 대답했다. "파벨 어머니는 눈이 착해서 뭔가, 어쩌면 우리 어머니도 저렇게 생기지 않았을까 그런 생각이 들었어요. 나는 있잖아요, 어머니 생각을 자주 하는데 생각하면 할수록 어머니가 살아 있을 것만 같아요."

"돌아가셨다고 하지 않았어요?"

"양어머니가 돌아가셨죠. 친어머니를 말하는 거예요. 내 생각엔 친어머니가 키이우 어딘가에서 사람들의 적선을 받으며 살아가고 있을 것 같아요. 그리고 보드카를 마시고요. 그리고 술 취한 어머니를 경찰이 잡아서 뺨을 때리고요."

'에휴 저런, 정이 많구나!' 어머니는 생각하고 한숨을 쉬었다.

나타샤가 뭔가 빠르게, 열정적으로, 작은 목소리로 말하기 시작했다. 또다시 우크라이나인의 낭랑한 목소리가 울려 퍼졌다.

"에, 당신은 아직 젊어요, 동지. 그리고 아직 세상을 몰라요!

아이를 낳는 것도 힘들지만 사람들한테 선함을 가르치는 건 더 힘들어요……."

'옳으신 말씀!' 어머니는 속으로 감탄했고 우크라이나인에게 뭔가 다정한 말을 해 주고 싶어졌다. 그러나 문이 천천히 열리면서 늙은 도둑 다닐의 아들 니콜라이* 베숩시코프가 들어섰는데, 그는 비사교적인 성격으로 마을 전체에 유명했다. 그는 언제나 음울하게 사람들을 피했고 사람들은 그 때문에 그를 조롱했다. 어머니가 놀라서 그에게 물었다.

"무슨 일이야, 니콜라이?"

그는 넓은 손바닥으로 광대뼈가 튀어나오고 피부가 얽은 얼굴을 문지르고는 인사도 하지 않고 무뚝뚝하게 물었다.

"파벨 집에 있어요?"

"아니."

그는 방 안을 흘끗 들여다보고 방으로 가면서 말했다.

"안녕하시오, 동지들……."

'저 니콜라이가?' 어머니가 의심스러워하며 생각했고 나타샤가 그에게 다정하고도 기쁘게 손을 내미는 것을 보고 대단히 놀랐다.

그 뒤에 두 명의 청년이 왔는데 둘 다 거의 아이들이었다. 그중 하나는 어머니도 알고 있었다 — 늙은 공장 노동자 시조프의 조카 표도르인데 얼굴이 뾰족하고 이마가 높고 고수머리였다. 다른 한 명은 머리를 매끈하게 빗어 넘겼고 눈에 띄지 않는 외모였는데, 어머니가 모르는 사람이었지만 역시 무섭지 않았다. 마침내 파벨이 나타났고 젊은 사람 두 명을 데려왔는데 어머니도 아는 사람들이었고 둘 다 공장에서 일했다. 아들이 어머니에게 다정하게 말했다.

"찻물 끓였어요? 고마워요!"

"보드카라도 좀 사 올까?" 어머니는 스스로도 아직 이해하지 못하는 뭔가에 대해 고마운 마음을 아들에게 표현할 방법을 몰라 이렇게 제안했다.

"아뇨, 그건 필요 없어요!" 파벨이 따뜻하게 어머니에게 미소 지으며 대답했다.

어머니는 갑자기 아들이 자신에게 장난치기 위해 이 모임의 위험을 일부러 과장한 게 아닌가 하는 생각이 떠올랐다.

"그래서 여기 이렇게 모인 게 금지된 사람들이란 말이지?" 어머니가 조용히 물었다.

"바로 그래요!" 파벨이 방으로 들어가며 대답했다.

"에휴, 너도 참!" 어머니가 아들의 등 뒤로 다정하게 탄식하며 속으로만 아들에 대해 너그럽게 생각했다. '아직 어린 애야!'

6

사모바르*가 끓어올랐고, 어머니가 사모바르를 방으로 날랐다. 손님들은 식탁 주위에 모여 원형으로 앉아 있었고, 나타샤는 손에 책을 들고 램프 아래 구석에 앉아 있었다.

"사람들이 어째서 이렇게 나쁘게 살아가는지 이해하기 위해서……." 나타샤가 말했다.

"그리고 어째서 사람들 스스로가 나쁜지도." 우크라이나인이 끼어들었다.

"사람들이 어떻게 살기 시작했는지를 봐야 하고……."

"보세요, 여러분, 보세요!" 어머니가 차를 우리며 중얼거렸다.

모두 입을 다물었다.

"무슨 일이에요, 엄마?" 파벨이 눈살을 찌푸리며 물었다.

"나?" 어머니는 주위를 둘러보다가 모두들 자신을 바라보고 있다는 사실을 깨닫고 당황해서 설명했다. "난 그냥 혼잣말로,

한번 보라고 한 건데!"

나타샤가 웃음을 터뜨렸고 파벨은 미소를 지었으며 우크라이나인이 말했다.

"차 주셔서 감사해요, 넨코!"

"아직 마시지도 않았는데 감사하네요!" 어머니가 대답하고는 아들을 보며 물었다. "내가 방해한 거 아니니?"

나타샤가 대답했다.

"어머님이 집주인인데 어떻게 손님들을 방해하겠어요?"

그리고 어린아이처럼 애처롭게 부탁했다.

"친절하신 어머님! 저 차 좀 빨리 주세요! 몸이 계속 떨려요, 발이 완전히 얼었어요!"

"지금 줄게요, 지금!" 어머니가 서둘러 외쳤다.

차를 한 잔 마시고 나타샤는 큰 소리로 한숨을 내쉬더니 땋은 머리를 어깨 너머로 휙 넘기고는 노란 표지에 그림이 있는 책을 읽기 시작했다. 어머니는 차를 따를 때 접시 부딪치는 소리를 내지 않으려고 애쓰면서 나타샤의 유창한 낭송을 귀 기울여 들었다. 낭랑한 목소리가 사모바르의 가느다랗고 생각에 잠긴 듯한 노랫소리와 섞였고, 방 안에는 동굴에 살면서 돌로 짐승을 죽이던 야만적인 사람들에 대한 이야기가 아름다운 띠처럼 풀려 나왔다. 그것은 옛날이야기 같아서 어머니는 몇 번이나 물어보고 싶어 아들을 쳐다보았다 — 이런 얘기의 어디가 금지됐다는 거니? 그러나 곧 어머니는 이야기를 따라가다가 지쳐서 아들도 손님들도 눈치채지 못하게 손님들을 훑어보기 시작했다.

파벨은 나타샤 옆에 앉아 있었는데 그가 다른 누구보다도 가장 아름다웠다. 나타샤는 책 위로 고개를 푹 숙이고 관자놀이로 흘러내리는 머리카락을 계속 쓰다듬었다. 고개를 흔들고 목소리를 낮추고 그녀는 책을 보지 않은 채, 듣고 있는 사람들의 얼굴을 눈으로 다정하게 훑으면서 뭔가 자기 생각을 말했다. 우크라이나인은 넓은 가슴으로 식탁 모서리를 덮은 채 꼬불꼬불하게 꼬인 자기 콧수염 끝을 보려고 애쓰면서 눈을 가늘게 떴다. 베솝시코프는 양손을 무릎에 대고 마치 나무로 깎은 사람처럼 의자에 똑바로 앉아 있었다. 그의 눈썹 없고 입술이 가느다란 얽은 얼굴은 가면처럼 움직이지 않았다. 가느다란 눈을 움직이지 않고 그는 사모바르의 반짝이는 구리 표면에 비친 자기 얼굴을 고집스럽게 바라보았는데 마치 숨도 쉬지 않는 것 같았다. 조그만 페댜'는 낭송을 들으면서 소리 없이 입술을 움직였는데 마치 책에 쓰인 말들을 혼자 복습하는 것 같았고, 그의 친구는 팔꿈치를 무릎에 대고 몸을 숙인 채 손바닥으로 광대뼈를 받치고 생각에 잠긴 듯 미소 짓고 있었다. 파벨과 함께 온 남자들 중 한 명은 붉은 고수머리에 즐거워 보이는 눈은 녹색이었고 분명 뭔가를 말하고 싶어 하는 듯 초조하게 움직이고 있었다. 다른 한 명은 짧게 자른 금발이었는데 손바닥으로 머리를 문지르며 마룻바닥을 내려다보고 있었고 얼굴은 보이지 않았다. 방 안은 왠지 분위기가 좋았다. 어머니는 자신이 알지 못하는 어떤 특별한 분위기를 느끼며 나타샤의 낮은 목소리가 울리는 가운데 젊은 날에 갔었던 시끄러운 파티들, 남자들의 무례한 언사, 그 사이로 풍겨 오던 찌든 보드카 냄새, 그들의 냉소적인 농담을 떠올렸다. 그와 동시에 무거운 자기 연민의 감정이 조용히 그녀의 마음을 건드렸다.

고인이 된 남편이 청혼하던 일이 떠올랐다. 어느 날 저녁 파티에 그는 어두운 현관에서 그녀를 붙잡고 온몸으로 벽에 밀어붙이고는 둔탁한 목소리로 화난 듯 물었다.

"나한테 시집올 거지?"

그녀는 아프고 불쾌했지만 그는 그녀의 가슴을 거칠게 주무르고 그녀의 얼굴에 씩씩거리며 뜨겁고 축축한 숨을 내쉬었다. 그녀는 그의 손에서 벗어나려고 애쓰다가 옆으로 빠져나왔다.

"어딜 가!" 그가 고함쳤다. "너, 대답해, 어?"

수치심과 분노에 숨을 몰아쉬며 그녀는 침묵했다.

누군가 현관으로 나오는 문을 열었고, 그는 서두르지 않고 이렇게 말하면서 그녀를 놓아주었다.

"일요일에 중매인을 보내지……"

그리고 정말 사람을 보냈다.

어머니는 깊이 한숨을 쉬며 눈을 감았다.

"난 사람들이 옛날에 어떻게 살았는지가 아니라 앞으로 어떻게 살아야 할지를 알아야 한다고 생각해요!" 방 안에 베숍시코프의 불만에 찬 목소리가 울려 퍼졌다.

"바로 그거예요!" 붉은 머리가 일어나면서 그를 지지했다.

"난 동의하지 않아요!" 페댜가 외쳤다.

말다툼이 벌어졌고 마치 화톳불 속 불꽃의 혓바닥 같은 말들이 번쩍거리기 시작했다. 어머니는 이 사람들이 무엇 때문에 고함치는지 이해하지 못했다. 모두의 얼굴이 흥분해서 붉게 달아올랐으나 아무도 화내지 않았고, 아무도 그녀가 익숙하게 아는 날카로운 말들을 내뱉지 않았다.

'아가씨가 있어서 조심하는군!' 어머니는 결론을 내렸다.

그녀는 이 남자들이 모두 자기가 보기에는 어린아이라는 듯 모든 사람을 주의 깊게 관찰하는 나타샤의 진지한 얼굴이 마음에 들었다.

"잠깐만요, 동지들!" 갑자기 그녀가 말했다. 그리고 모두 그녀를 쳐다보며 말을 멈추었다.

"우리가 모든 걸 알아야 한다고 말하는 사람들이 옳아요. 어둠 속의 사람들이 우리를 보게 하기 위해서는 우리 스스로 이성의 불로 자기 자신을 밝혀야 하고 모든 것에 대해서 정직하고 올바르게 대답해야 해요. 그러려면 모든 진실과 모든 거짓을 알아야만 해요……."

우크라이나인이 귀를 기울이며 나타샤가 말하는 리듬에 맞추어 고개를 흔들었다. 베숍시코프와 붉은 머리와 파벨이 데려온 공장 사람은 세 명이 바짝 붙어 한곳에 서 있었는데 왠지 어머니의 마음에 들지 않았다.

나타샤가 입을 다물자 파벨이 일어나서 침착하게 물었다.

"우리가 그저 배부르기만을 원하는 겁니까? 아니요!" 그는 세 사람이 있는 쪽을 확고하게 바라보면서 자기 말에 스스로 대답했다. "우리는 우리 목 위에 앉아 우리 눈을 가린 사람들에게 알려 줘야 해요. 우리도 모든 걸 다 보고 있다고, 우리는 바보가 아니고 짐승도 아니라고, 먹을 것만 원하는 게 아니라고, 우리는 인간답게 존엄하게 살고 싶다고! 우리는 적들에게, 그들이 우리를 묶어 놓은 이 형벌과도 같은 삶조차도 우리가 그들과 정신적으로 맞서고 심지어 그들보다 더 높이 일어서는 걸 막지 못한다는 사실을 보여 줘야 한다고요!"

어머니는 아들의 말을 들으며 가슴속에서 자랑스러운 감정이 북받쳤다 ─ 아들이 얼마나 조리 있게 말하는지!

"배부른 자는 많지만 정직한 자는 없어요!" 우크라이나인이 말했다. "우리는 이 썩어 빠진 삶의 진창에서 미래의 진실한 선의 왕국으로 가는 다리를 지어야만 해요, 바로 그게 우리의 일이에요, 동지들!"

"주먹싸움을 해야 할 때가 왔는데 손을 치료하고 있을 시간은 없어!" 베솝시코프가 반박했다.

그들이 모임을 끝냈을 때는 이미 자정이 지난 뒤였다. 베솝시코프와 붉은 머리가 첫 번째로 떠났고, 이것은 또다시 어머니의 마음에 들지 않았다.

'저 봐, 서두르는군!' 그들이 못마땅한 듯 고개 숙여 인사하며 어머니는 생각했다.

"나 데려다줄 거예요, 나홋카?" 나타샤가 물었다.

"그야 물론이죠!" 우크라이나인이 대답했다.

나타샤가 부엌에서 외투를 입는 동안 어머니가 그녀에게 말했다.

"이 날씨에 양말이 너무 얇아요! 괜찮다면 내가 털양말을 짜 줄까요?"

"고맙습니다, 펠라게야 닐로브나! 하지만 털양말은 따가워 요!" 나타샤가 소리 내어 웃으며 대답했다.

"그러면 내가 따갑지 않게 짜 줄게요!" 블라소바가 대답했다.

나타샤는 약간 눈을 찡그리며 어머니를 쳐다보았고 이 응시 하는 시선에 어머니는 무안해졌다.

"내가 바보같이 말해서 미안해요, 나는 걱정이 돼서!" 어머니 가 조용히 덧붙였다.

"어머니는 정말 훌륭해요!" 나타샤가 재빨리 어머니의 손을 잡고 악수하며 마찬가지로 조용히 대답했다.

"안녕히 주무세요, 넨코!" 어머니의 눈을 들여다보며 우크라 이나인이 말하고는 몸을 숙이고 나타샤를 따라 현관 밖으로 나 갔다.

어머니는 아들을 쳐다보았다. 파벨은 방문 가에 서서 웃고 있 었다.

"넌 왜 웃니?" 어머니가 당황하여 물었다.

"그냥, 즐거워서요!"

"비록 내가 늙고 멍청하지만 좋은 건 나도 알아본다!" 살짝 기분이 상해서 어머니가 말했다.

"그럼 정말 훌륭하죠!" 그가 대답했다. "어머니, 이제 주무세 요, 늦었어요!"

"지금 자러 간다!"

어머니는 식탁에서 그릇을 치우며 부산하게 움직였다. 오랜만에 만족했으며 심지어 기분 좋게 흥분해서 땀도 좀 났다. 모든 일이 이렇게 잘 지나가고 평화롭게 끝나서 어머니는 기뻤다.

"생각을 잘해 뒀구나, 파벨!" 어머니가 말했다. "우크라이나 청년은 아주 귀여워! 그리고 그 아가씨는 아, 얼마나 똑똑한지! 대체 누구니?"

"선생님이에요!" 파벨이 방 안을 이리저리 걸어 다니며 짧게 대답했다.

"그래, 그래 — 가난하겠지! 옷을 너무 얇게 입었던데, 아, 너무 얇더라! 이 추위에 오래 걸어가야 하니? 그 아가씨 부모님은 어디 있고?"

"모스크바에요!" 파벨이 어머니 맞은편에 서서 진지하게 작은 목소리로 덧붙였다.

"어머니, 나타샤의 아버지는 부자예요, 철강 사업을 하고 집이 몇 채나 있어요. 나타샤가 이 길로 들어섰기 때문에 아버지가 그녀를 내쫓았어요. 나타샤는 따뜻한 곳에서 애지중지 자랐고 그녀가 원하는 건 뭐든 마음껏 다 가질 수 있었는데 지금은 밤에 7베르스타*를 혼자 걸어서 가요……."

이 말에 어머니는 충격을 받았다. 어머니는 놀란 나머지 방 한가운데 서서 눈썹을 움직이며 말없이 아들을 바라보았다. 그런 뒤에 조용히 물었다.

"나타샤는 도시로 가니?"

"도시로 가요."

"아이고, 저런! 그런데도 겁내지 않아?"

"바로 그거예요, 겁내지 않아요!" 파벨이 미소 지었다.

"대체 어째서? 여기서 자고 가도 되지 않니, 나하고 같이 자면 될 텐데!"

"불편하니까요! 사람들이 내일 아침에 나타샤가 여기 있는 걸 볼지도 모르고, 그건 우리한테 좋지 않아요."

어머니는 생각에 잠겨 창문을 바라보다가 조용히 물었다.

"난 이해할 수 없다, 파샤, 여기서 대체 뭐가 위험하고 금지돼 있다는 거니? 나쁜 건 하나도 없지 않았니, 응?"

어머니는 이 점을 확신할 수 없어 아들에게서 확실한 대답을 듣고 싶었다. 그는 차분하게 어머니의 눈을 들여다보며 확고하게 말했다.

"나쁜 건 없어요. 하지만 어쨌든 우리 모두의 앞길에 기다리는 건 감옥이야. 엄마도 이젠 그렇게 알고 있어……."

어머니의 손이 떨렸다. 가라앉은 목소리로 어머니가 물었다.

"하지만 어쩌면 신의 뜻대로 어떻게든 피해 갈 수는 없겠니?"

"안 돼." 아들이 다정하게 말했다. "난 엄마를 속일 수 없어. 피할 수 없어!"

그는 미소 지었다.

"자, 엄마, 지쳤잖아. 잘 자요!"

혼자 남은 어머니는 창문으로 걸어가 거리를 바라보며 서 있었다. 창문 밖은 춥고 탁했다. 바람이 이리저리 불면서 잠들어 있는 조그만 집들의 지붕에 쌓인 눈을 불어 올리거나 벽에 부딪히며 뭔가 재빠르게 속삭이고는 땅으로 내려와 거리를 따라 마른눈 송이를 하얀 구름처럼 피워 올렸다.

"예수 그리스도시여, 우리를 불쌍히 여기소서!" 어머니는 조용히 속삭였다.

마음속에서 눈물이 끓어올랐고, 아들이 그토록 침착하고 확실하게 말한 앞날의 괴로움에 대한 예감이 마치 한밤의 나비처럼 맹목적으로 애처롭게 떨렸다. 어머니의 눈앞에 드넓은 눈의 평원이 떠올랐다. 차갑고 가늘게 휘파람을 불면서 하얗고 거친 바람이 떠다니며 뒹굴었다. 어두운 눈의 평원 한가운데 조그맣고 젊은 여성의 형체가 휘청거리며 혼자 걸어간다. 바람이 그녀의 발걸음을 꼬이게 하고 치마를 불어 올리고 따끔따끔한 눈 조각들을 그녀의 얼굴에 던졌다. 걷기 힘들고 조그만 두 발이 눈속에 파묻힌다. 춥고 무섭다. 젊은 여성은 마치 탁한 눈 평원 속의 풀잎처럼, 마구 불어오는 바람 속에 몸을 앞으로 숙인다. 그녀의 오른쪽, 진흙탕 위에 숲이 어두운 벽처럼 서 있고 그곳에서 가늘고 벌거벗은 자작나무와 사시나무들이 구슬픈 소리를 낸다. 멀리 앞쪽에 도시의 불빛이 흐릿하게 빛난다.

"주여, 불쌍히 여기소서!" 어머니가 공포에 몸을 떨면서 속삭였다.

7

하루하루가 마치 묵주 알처럼 차례차례 흘러서 몇 주가 지나고 몇 달이 되었다. 토요일마다 파벨에게 동지들이 찾아왔고 그 모임 하나하나가 길고 완만한 계단의 한 단 같았으며 그 계단은 천천히 사람들을 위로 올라가도록 이끌면서 어딘가 먼 곳으로 이어지고 있었다.

새로운 사람들이 나타났다. 블라소프 가족의 조그만 방은 사람으로 꽉 차서 답답해졌다. 나타샤는 얼어붙은 채 지쳐서, 그러나 언제나 즐겁고 생기 있는 모습으로 찾아왔다. 어머니는 양말을 짜서 직접 조그만 발에 신겨 주었다. 나타샤는 처음에는 웃었지만 그러다가 갑자기 침묵하고는 잠시 생각하더니 조용히 말했다.

"저한테 유모가 있었어요. 유모도 놀랄 만큼 착했어요! 정말 이상하죠, 펠라게야 닐로브나, 노동 인민은 이렇게 힘들고 이렇게 모욕적인 삶을 살지만 다른 사람들보다 훨씬 더 진실하고 훨씬 더 착해요!"

그리고 손을 들어 멀리, 아주 먼 곳을 가리켜 보였다.

"당신도 그래요!" 블라소바가 말했다. "부모를 잃고 이렇게." 그녀는 자기 생각을 끝마칠 방법을 몰라 한숨을 쉰 뒤에 나타샤의 얼굴을 바라보며 침묵에 잠겼고 그녀에게 알 수 없는 고마움을 느꼈다. 어머니는 그녀 앞의 바닥에 앉아 있었고, 나타샤는 고개를 숙이고 미소를 지은 채 생각에 잠겼다.

"부모를 잃었다고요?" 그녀가 되물었다. "그건 아무렇지 않아요! 우리 아버지는 아주 거칠고 오빠도 마찬가지예요. 그리고 술주정뱅이고요. 언니는 불행해요…… 자기보다 나이가 훨씬 더 많은 사람한테 시집갔죠. 재미없고 욕심 많은 부자한테요. 엄마는 불쌍해요! 우리 엄마는 어머니처럼 단순해요. 아주 작아요, 생쥐 같아요. 그리고 생쥐처럼 재빨리 뛰어다니고 모든 사람을 무서워해요. 가끔 엄마가 너무 보고 싶어요……."

"우리 불쌍한 아가씨!" 어머니가 고개를 저으며 말했다.

나타샤는 얼른 고개를 치켜들고 마치 뭔가를 밀어내려는 것처럼 팔을 뻗었다.

"아, 아니에요! 전 때때로 너무나 기쁘고 너무나 행복해요!"

그녀의 얼굴이 창백해지면서 푸른 눈이 짙게 불타올랐다. 어머니의 어깨에 양손을 얹고 그녀는 깊은 목소리로 조용히 진중하게 말했다.

"어머니가 아셨으면…… 우리가 얼마나 위대한 일을 하는지 어머니가 이해하셨으면!"

뭔가 질투심에 가까운 것이 블라소바의 마음을 건드렸다. 마룻바닥에서 일어나며 그녀는 말했다.

"그러기엔 난 너무 늙었어요, 배우지도 못했고……."

파벨은 점점 더 자주, 더 많이 말했고 더 열정적으로 언쟁했으며 점점 말라 갔다. 어머니는 아들이 나타샤와 이야기하거나 그녀를 바라볼 때면 아들의 엄격한 눈이 더 부드럽게 반짝이고 목소리가 더 다정하게 들리고 아들이 더욱 단순해지는 것 같아 보였다.

'신께서 허락하신다면!' 어머니는 생각했다. 그리고 미소 지었다.

언제나 모임에서, 언쟁이 지나치게 뜨거워지거나 너무 사나운 성격을 띠기 시작하면 우크라이나인이 일어나서 마치 종의 추처럼 몸을 이리저리 흔들며 낭랑하게 울리는 목소리로 뭔가 단순하고 선한 말을 했고 그러면 모두가 차분해지고 진지해졌다. 베솝시코프는 계속 음울하게 모두를 몰아붙였고, 그와 사모일로프라는 이름의 붉은 머리가 모든 말다툼을 처음 시작했다. 그들과 한편이 되는 것은 머리가 둥글고 마치 잿물로 표백한 듯한 옅은 금발의 이반 부킨이었다. 야코프 소모프는 매끈하고 깨끗했으며 조용하고 진지한 목소리로 말을 적게 했고, 언쟁이 벌어질 때면 그와 이마가 넓은 페댜 마진이 언제나 파벨과 우크라이나인의 편에 섰다.

가끔 나타샤 대신 도시에서 니콜라이 이바노비치가 찾아왔다. 그는 안경을 쓰고 조그만 옅은 색 턱수염을 길렀으며 어딘가 멀리 떨어진 지방에서 태어났다고 했는데 특이하게 '오'를 강조하는 방언으로 말했다. 그는 대체로 언제나 서먹서먹했다. 그는 단순한 일들에 대해 이야기했다 — 가정사, 아이들, 상업, 경찰, 빵과 고기 가격, 사람을 매일매일 살아가게 해 주는 모든 것에 대해. 그리고 모든 일에서 그는 거짓을, 혼란을, 뭔가 멍청한 것을 찾아냈고, 가끔 그것은 웃겼지만 언제나 사람들에게 불편한 것이었다. 그는 마치 어딘가 아주 먼 곳, 다른 왕국에서 온 것 같았다. 그곳에서는 모두가 정직하고 쉬운 삶을 살고 있지만 여기서는 모든 것이 낯설어 그가 이 삶에 익숙해질 수 없고 피할 수 없는 것으로서 이 삶이 마음에 들지 않아 모든 것을 자기 방식대로 새로 바꾸고 싶은 평온하고 고집스러운 소망을 그의 마음속에 불러일으키는 것 같다고 어머니는 생각했다. 그의 얼굴은 누르스름했고 눈 주위에는 가느다란 방사형 주름이 있었으며 목소리는 조용하고 손은 언제나 따뜻했다. 블라소바에게 인사하면서 그는 강한 손가락으로 그녀의 손 전체를 감쌌고 그렇게 악수한 뒤에는 마음이 더 가벼워지고 편안해졌다.

그리고 또 도시에서 온 사람들이 나타났는데 다른 이들보다 더 자주 찾아오는 사람은 키가 크고 날씬하고, 마르고 창백한 얼굴에 눈이 아주 커다란 아가씨였다. 그녀의 이름은 사셴카였다. 그녀의 걸음걸이와 움직임에는 어딘가 남자 같은 면이 있었다. 그녀는 화난 듯이 짙고 어두운 색 눈썹을 찡그렸으며 말할 때면 곧은 코의 가느다란 콧구멍이 떨렸다.

사셴카가 처음으로 큰 소리로 날카롭게 말했다.

"우리는 사회주의자예요……."

이 단어를 듣고 어머니는 겁에 질려 아가씨의 얼굴을 말없이 쳐다보았다. 그녀는 사회주의자들이 황제를 죽였다는 얘기를 들은 적이 있었다.* 그것은 어머니가 젊었을 때의 일이었다. 그때 지주들이 황제가 농노를 해방한 것에 앙심을 품고 보복하기 위해 황제를 죽일 때까지 머리카락을 자르지 않겠다고 맹세했으며 그 때문에 그들을 사회주의자라고 이름 붙였다고 사람들이 말했다. 그리고 어머니는 이해할 수 없었다 ─ 그녀의 아들과 아들의 동료들이 어째서 사회주의자란 말인가?

모두 떠난 뒤에 어머니는 파벨에게 물었다.

"파벨, 너 정말 사회주의자니?"

"네!" 그가 언제나 그렇듯이 곧고 확고하게 어머니 앞에 서서 말했다. "그게 어때서요?"

어머니는 깊이 한숨을 쉬며 시선을 내리깔고 물었다.

"정말 그러니, 파벨? 그 사람들은 황제에 반대하지 않니, 그 사람들이 황제를 죽이지 않니?"

파벨은 복도를 지나 방으로 들어가서 손으로 한쪽 볼을 만지고는 미소 지으며 말했다.

"우리는 그럴 필요 없어요!"

그는 어머니에게 조용하고 진지한 목소리로 오랫동안 뭔가를 말했다. 어머니는 아들의 얼굴을 바라보며 생각했다.

'얘는 나쁜 짓은 아무것도 안 할 거야, 얘는 그럴 수가 없어!'

하지만 그 뒤에 그 무서운 말이 점점 더 자주 되풀이해 들려오면서 그 말의 충격은 지워졌고 다른 수십 개의 이해할 수 없는 단어들과 마찬가지로 그 말도 어머니의 귀에 익어 버렸다. 그러나 사센카는 어머니 마음에 들지 않았고, 사센카가 나타나면 어머니는 불안하고 어쩔 줄 몰라 했다.

어느 날 어머니는 자기도 모르게 입술을 깨물며 우크라이나인에게 말했다.

"사센카는 아주 엄격한 것 같아! 항상 명령조로 말하네, 여러분은 이걸 해야 해요, 여러분은 저걸 해야 해요……."

우크라이나인이 큰 소리로 웃음을 터뜨렸다.

"딱 잡으셨네요! 넨코, 어머니 눈에 들어온 거죠! 파벨이죠, 응?"

그리고 어머니에게 눈을 찡긋거리며 미소를 담고 말했다.

"귀족이에요!"

파벨은 건조하게 말했다.

"사센카는 좋은 사람이야."

"그것도 맞아!" 우크라이나인이 동의했다. "원래 해야 하는 건 그녀 쪽이고, 우리는 원하고 있고 할 수 있다는 걸 이해하지 못할 뿐이지!"

두 사람은 뭔가 이해할 수 없는 것에 대해 논쟁을 벌였다.

어머니는 또한 사센카가 파벨을 가장 엄격하게 대하며 때로는 그에게 소리 지르기도 한다는 것을 눈치챘다. 파벨은 미소 지으며 침묵을 지키고 그가 이전에 나타샤의 얼굴을 쳐다볼 때와 마찬가지로 사센카의 얼굴을 부드러운 시선으로 쳐다보았다. 이것도 어머니의 마음에 들지 않았다.

가끔 어머니는 모든 사람을 갑자기 화목하게 휩싸는 들뜬 분위기에 놀라곤 했다. 보통은 저녁에 모인 사람들이 외국의 노동 민중에 대해 신문에서 읽을 때 그런 분위기가 되었다. 그럴 때면 모든 사람의 눈이 기쁨으로 반짝였고 모두가 이상해져서 왠지 어린아이처럼 행복해했고 즐겁고 밝게 웃었으며 다정하게 서로의 어깨를 두드려 주었다.

"독일의 동지들이 장하군!" 누군가 마치 자신의 즐거움에 취한 것처럼 소리쳤다.

"이탈리아 노동자 만세!" 다른 때는 여러 명이 소리쳤다.

그리고 이런 외침을 어딘가 멀리, 그들을 알지 못하고 그들의 언어를 이해할 수 없는 친구들에게 보내면서 그들은 자신들을 알지 못하는 사람들이 그들의 환희를 듣고 이해할 거라고 확신하는 것 같았다.

우크라이나인이 눈을 빛내며, 모두를 휘감은 사랑의 감정으로 가득 차서 말했다.

"그쪽에 편지를 쓰면 좋지 않겠어, 응? 러시아에도 그들의 친구들이 살고, 그들과 같은 종교를 믿고 같은 신앙을 고백하고, 같은 목적을 갖고 그들의 승리를 기뻐한다는 걸 그들도 알게 말이야!"

그리고 모두가 꿈꾸듯 얼굴에 미소를 띠고 프랑스인에 대해, 영국인과 스웨덴인에 대해 마치 자기 친구인 것처럼 그들이 존경하고 그들의 기쁨으로 함께 살고 슬픔을 함께 느끼는, 마음으로 가깝게 여기는 사람들에 대해서 이야기하듯 오랫동안 이야기했다.

좁은 방 안에서 지구의 노동자들에 대한 영적인 형제애의 감정이 탄생했다. 이 감정은 모두를 하나의 정신으로 단결시켰고 어머니까지 흥분시켰다. 그 감정이 어머니로서는 이해되지 않았으나 사람을 취하게 만드는, 희망으로 가득 찬 그 기쁘고도 젊은 힘으로 어머니를 당당히 서게 해 주었다.

"당신들은 참 굉장해요!" 어머니는 언젠가 한번 우크라이나인에게 말했다. "모두가 여러분의 동지이죠 — 아르메니아 사람도, 유대인도, 그리고 오스트리아 사람들도 모두를 위해서 슬퍼하고 기뻐해요!"

"모두를 위해서요, 나의 넨코, 모두를 위해서!" 우크라이나인이 외쳤다. "우리에겐 나라도 없고 민족도 없고 오로지 동지 아니면 적뿐이에요. 모든 노동자들이 우리 동지이고 모든 부자들, 모든 정부는 우리의 적이죠. 선한 눈으로 세상을 바라보고 우리 노동자가 얼마나 많은지, 또 얼마나 많은 힘을 우리가 가지고 있는지 보게 되면 너무나 큰 기쁨이 심장을 감싸고 마음속은 아주 큰 축일처럼 즐거워져요! 그리고 넨코, 프랑스인과 독일인도 삶을 바라볼 때면 똑같이 느끼고 이탈리아인도 똑같이 기뻐해요. 우리는 모두 한 어머니의 아이들이에요 — 지구 위에 있는 모든 나라의 노동 민중의 형제애라는 굴복시킬 수 없는 사상의 아이들이죠. 그 사상이 우리를 따뜻하게 덥혀 주고, 그 사상이 정의의 하늘에 뜬 태양이고, 그 하늘은 노동자의 심장 속에 있어요. 그리고 그 노동자가 누구든 간에, 이름이 뭐든 간에 사회주의자는 언제나 우리의 정신적인 형제예요, 지금도, 항상, 앞으로도 영원히요!"

이 순진하지만 굳건한 믿음이 점점 더 자주 그들 사이에 생겨났고 점점 더 솟아올라 강력한 힘을 키워 갔다. 그리고 어머니는 이런 믿음을 보면서 진실로 세상에 뭔가 위대하고 밝은 것, 하늘의 태양과도 비슷한, 그녀에게도 보이는 어떤 것이 태어났다고 자기도 모르게 느꼈다.

그들은 자주 노래를 불렀다. 모두 다 아는 간단한 노래를 그들은 큰 소리로 즐겁게 불렀으나 가끔은 새로운, 뭔가 특이하게 구성된, 그러나 즐겁지 않고 곡조가 흔치 않은 노래를 부르기도 했다. 그런 노래들은 목소리를 낮추고 진지하게 마치 교회에서 성가를 부르듯이 불렀다. 노래하는 사람들의 얼굴은 창백해졌고, 달아올랐고, 울려 퍼지는 가사 속에 커다란 힘이 느껴졌다.

새로운 노래들 중에서 특히 한 곡이 어머니를 전율시키고 흥분시켰다. 그 노래에서는 부당한 일을 당하고 괴롭고 이해할 수 없는 좁은 오솔길을 혼자 헤매는 영혼의 구슬픈 생각들, 가난에 짓밟히고 얼굴도 색채도 없는 공포에 질린 영혼의 신음 소리는 들을 수 없었다. 그리고 그 노래에서는 막연하게 넓은 공간으로 풀려나기를 갈망하는 힘의 애처로운 한숨, 악한 것과 선한 것을 무차별적으로 짓부술 준비가 되어 있는 도발적인 강력함을 호소하는 외침 또한 울리지 않았다. 그 노래에는 모든 것을 망가뜨릴 수 있지만 아무것도 창조할 능력이 없는 복수와 모욕의 맹목적인 감정이 없었다 — 그 노래에서는 노동자들의 낡은 세계에 속하는 것은 아무것도 들리지 않았다.

그 노래의 날카로운 가사와 엄숙한 곡조는 어머니의 마음에 들지 않았으나 그 가사와 곡조에는 뭔가 커다란 힘이 있었고 그 힘이 소리와 가사를 누르고 심장에 뭔가 머리로는 포용할 수 없는 것에 대한 예감을 불러일으켰다. 이 무언가를 어머니는 젊은 이들의 얼굴에서 눈에서 보았고, 그들의 가슴에서 그것을 느꼈다. 어머니는 단어와 소리에 다 담을 수 없는 노래의 힘에 굴복하여 언제나 특별히 주의를 기울여 다른 모든 노래보다도 더 깊은 전율을 느끼며 노래를 들었다.

그들은 다른 노래보다 조용히 불렀으나 이 노래는 가장 강하게 울려 퍼지면서 3월, 다가오는 봄의 첫날 공기처럼 사람들을 감쌌다.

"거리에 나가서 이 노래를 부를 때가 됐어!" 베솝시코프가 음울하게 말했다.

그의 아버지가 또 뭔가를 훔쳐 감옥에 들어가 있을 때 니콜라이는 차분하게 동지들에게 선언했다.

"이젠 우리 집에서 모일 수 있어……."

거의 매일 저녁 일을 마치고 나서 파벨의 방에는 동지들 중 누구든 찾아왔고 그들은 완전히 몰두해서 씻을 시간도 아껴 가며 책을 읽고 책에서 뭔가 베껴 썼다. 저녁을 먹고 차를 마실 때도 손에 책을 들고 있었고 그들의 대화는 어머니에게 점점 더 알아들을 수 없는 것이 되었다.

"신문이 필요해!" 파벨이 자주 말했다.

삶은 황급하고 열에 들뜬 것처럼 변해 갔으며 사람들은 이 꽃 저 꽃 날아다니는 꿀벌처럼 점점 더 서둘러 이 책에서 저 책으로 달려갔다.

"사람들이 우리 얘기를 하고 있어!" 베솝시코프가 어느 날 말했다. "우리, 흩어져야겠어……."

"그런 건 메추라기나 하는 거지, 그물에 걸리라고!" 우크라이나인이 대꾸했다.

그는 점점 더 어머니의 마음에 들었다. 그가 어머니에게 '넨코'라고 부를 때면 마치 그 단어가 부드러운 아이의 손으로 어머니의 볼을 쓰다듬는 것 같았다. 일요일에 파벨이 바쁠 때는 그가 장작을 패 주었고, 어느 날 어깨에 나무판자를 메고 오더니 도끼를 집어 들고 빠르고 능숙하게 현관 앞의 무너져 가는 계단을 고쳐 놓았고, 또 한 번은 무너진 울타리를 마찬가지로 눈치채지 못하는 사이에 수리했다. 일하면서 그는 휘파람을 불었는데 그 소리가 아름답게 슬펐다.

어느 날 어머니는 아들에게 말했다.

"우크라이나인에게 우리 집에서 지내라고 하면 어떻겠니? 너희 둘 다 그쪽이 나을 텐데 — 서로 찾아다닐 일도 없고."

"왜요, 지내시기에 더 좁아지잖아요?" 파벨이 어깨를 으쓱하며 물었다.

"아니, 그거야 뭐! 평생 이유도 모르고 좁게 살아왔는데 좋은 사람을 위해서라면 얼마든 할 수 있지!"

"어머니 원하시는 대로 하세요!" 아들이 대답했다. "걔가 들어오면 저는 기쁠 거예요……."

그리고 우크라이나인은 그들의 집으로 들어왔다.

8

마을 변두리의 작은 집이 사람들의 이목을 끌면서 그 벽을 이미 수십 개의 의심하는 시선들이 후벼 팠다. 집 위로 온갖 소문들이 마치 색색의 지붕처럼 불안하게 떠 있었다. 사람들은 언덕 위에 있는 집의 벽 너머에 비밀스럽게 가려진 무언가를 드러내고 겁주어 쫓아 버리려고 애썼다. 밤이면 사람들은 창문 안을 엿보았고 가끔 누군가 유리를 툭툭 치고는 겁먹은 듯 재빨리 달아났다.

어느 날 선술집 주인 베군초프가 블라소바를 길거리에서 막아 세웠다. 베군초프는 잘생긴 늙은이로 축 늘어진 빨간 목에 언제나 검은 비단 목도리를 두르고 다녔으며 연보라색의 두껍고 호화로운 천으로 만든 조끼가 가슴을 가리고 있었다. 그의 날카롭고 번들거리는 코에는 거북 등딱지로 만든 뿔테 안경이 얹혀 있었다. 그 때문에 그의 별명은 '뿔눈'이었다.

블라소바를 막아 세운 그는 단숨에, 대답을 기다리지 않고 시끄럽고 거친 말로 퍼부어 댔다.

"펠라게야 닐로브나, 잘 지내십니까? 아드님은 어때요? 장가 갈 생각이 없나 보죠, 응? 장가들기 딱 좋은 나이인데요. 아들을 빨리 장가들여야 부모가 그만큼 편해지는 법이죠. 사람은 가정 안에서 영혼과 육체를 더 잘 간수할 수 있죠, 가정 안에서 사람은 마치 식초 속의 버섯 같지요! 내가 당신이었다면 아들을 장가보낼 겁니다. 우리 시대엔 사람의 존재를 더 엄격하게 지켜봐야 해요. 사람들이 머리를 쓰면서 살기 시작했거든요. 이혼이라는 걸 생각하고 비난받을 만한 행동들을 하지요. 청년들은 신의 교회를 피해 다니고 공공장소를 멀리하고 비밀리에 모여 모퉁이에서 소곤거린다고요. 도대체 왜 소곤거리는 거지요, 무슨 이유로요? 어째서 사람들을 피해 도망 다니지요? 사람이 남들 앞에서, 예를 들어 선술집에서 감히 말할 수 없는 걸 전부 뭐라고 하는지 아십니까? 비밀이에요! 비밀이 있어야 할 곳은 우리의 성스러운, 열두 사도에 버금가는 교회*이지요. 모퉁이와 구석에서 행하는 모든 비밀들은 이성이 길을 잘못 들어서 생기는 겁니다! 건강히 잘 지내십시오!"

그는 잘난 체하며 팔을 구부려서 챙 모자를 벗어 공중에 휘두르고는 어리둥절해하는 어머니를 남겨 두고 가 버렸다.

블라소프 가족의 이웃에 사는 마리야 코르수노바는 대장장이의 과부로 공장 문 앞에서 먹을 것을 팔았는데 시장에서 어머니를 마주치자 이렇게 말했다.

"아들 간수 잘해, 펠라게야!"

"뭐라고?" 어머니가 물었다.

"소문이 돌아!" 마리야가 비밀스럽게 알려 주었다. "좋지 않은 소문이야! 파벨이 채찍파* 같은 무리를 만든다고. 이단이라고 한대. 채찍파처럼 서로를 채찍으로 때릴 거라고……."

"그만해, 마리야, 그런 헛소리를 퍼뜨리다니!"

"아니 땐 굴뚝에 연기 날까!" 코르수노바가 대꾸했다.

어머니가 아들에게 이런 대화를 전부 알려 주자 아들은 말없이 어깨만 으쓱했고 우크라이나인은 그 짙고 부드러운 특유의 소리로 웃었다.

"처녀들도 너희들한테 화가 났어!" 어머니가 말했다. "신랑감으로 너희는 모든 처녀가 눈독 들일 만하고 술 마시지 않는 좋은 일꾼들인데 처녀들한테는 눈길도 주지 않으니! 도시에서 행실이 단정치 못한 아가씨들이 너희를 만나러 드나든다고 사람들이 떠들더라……."

"물론 그렇겠죠!" 파벨이 불쾌하다는 듯 얼굴을 찡그리며 외쳤다.

"개 눈에는 뭐만 보인다고 하니까요!" 한숨을 쉬면서 우크라이나인이 말했다. "하지만 넨코, 어머니라면 그 바보들에게 결혼이라는 게 무엇이고, 괜히 서두르다가 큰코다칠 필요 없다고 얘기해 주실 것 같은데요……."

"에휴, 젊은 양반!" 어머니가 말했다. "그 사람들도 괴로움이 뭔지 알아요, 이해한다고요. 하지만 이런 것 말곤 어떻게 할 방

법을 모르는 거예요!"

"잘 이해하지 못하는 거죠, 제대로 이해했으면 길을 찾았을 텐데!" 파벨이 논평했다.

어머니는 아들의 엄격한 얼굴을 바라보았다.

"그럼 너희들이 가르쳐야지! 좀 더 똑똑한 사람들을 불러 모은다든가……."

"그런 건 불편해요!" 아들이 건조하게 대꾸했다.

"한번 해 보면 어때?" 우크라이나인이 물었다.

파벨은 잠시 침묵하다가 대답했다.

"그래 봤자 쌍쌍이 같이 놀다가 그중 몇몇은 결혼하는 걸로 끝날 거예요, 그뿐이라고요!"

어머니는 생각에 잠겼다. 수도승 같은 파벨의 엄격함이 어머니는 당황스러웠다. 어머니는 아들보다 몇 살이나 많은, 예를 들어 우크라이나인 같은 동료들도 아들의 조언을 귀담아듣는 것을 보았으나 어머니가 느끼기에는 다들 아들을 두려워하고 그런 엄격함 때문에 아무도 그를 좋아하지 않는 것 같았다.

언젠가 한번은 어머니가 자려고 누웠을 때 아들과 우크라이나인은 책을 읽고 있었고 어머니는 얇은 칸막이를 통해 그들의 조용한 대화를 엿듣게 되었다.

"난 나타샤가 마음에 들어, 알아?" 우크라이나인이 갑자기 조용히 말했다.

"알아!" 파벨은 조금 시간을 들여 대답했다.

우크라이나인이 천천히 일어나서 걸어 다니는 소리가 들렸다. 그의 맨발이 마룻바닥에 쓸리는 소리를 냈다. 그리고 구슬 픈 휘파람 소리가 조용히 울려 퍼졌다. 그런 뒤에 다시 그의 목소리가 깊이 울렸다.

"나타샤는 그걸 알까?"

파벨은 말이 없었다.

"네 생각은 어때?" 우크라이나인이 목소리를 죽여 물었다.

"알겠지!" 파벨이 대답했다. "그러니까 우리 집에서 공부하지 않겠다고 했겠지……."

우크라이나인은 바닥에 무겁게 발을 끌며 걸었고 또다시 방 안에 그의 조용한 휘파람 소리가 떨리며 퍼졌다. 그리고 그가 다시 물었다.

"만약에 내가 나타샤한테 말하면……."

"뭘?"

"그러니까 내가 그……." 우크라이나인이 조용히 말하기 시작했다.

"뭐 하러?" 파벨이 그의 말을 가로막았다.

어머니는 우크라이나인이 멈춰 서는 것을 들었고 그가 미소 짓는 것을 느꼈다.

"그러니까 내 말은, 있잖아, 만약에 여자를 좋아하면 상대방한테 좋아한다고 말을 해 줘야지. 그렇지 않으면 아무 일도 안된다는 얘기야!"

파벨이 탁 하고 큰 소리를 내며 책을 덮었다. 그의 질문이 들렸다.

"그럼 너는 어떤 걸 기대하는데?"

둘 다 오랫동안 말이 없었다.

"뭘?" 우크라이나인이 물었다.

"안드레이, 자신이 뭘 원하는지 명확하게 상상해야 돼." 파벨이 천천히 말하기 시작했다. "예를 들어 나타샤가 너를 좋아한다고 쳐. 난 그렇게 생각 안 하지만! 그래서 두 사람이 결혼한다고 쳐. 흥미로운 결혼이지, 지식인 여성과 노동자라! 아이들이 태어나고 너는 혼자서 일을 해야 할 거고……. 그리고 일을 많이 해야 할 거야. 두 사람의 인생은 한 조각 빵 때문에 아이들을 위한 삶, 집을 구하기 위한 삶이 될 거고 두 사람은 더 이상 활동하지 못하게 될 거야. 둘 다 못 하게 된다고!"

대화가 끊기면서 조용해졌다. 그런 뒤에 파벨이 좀 더 부드럽게 말했다.

"그거 다 그만두는 게 좋아, 안드레이. 그리고 나타샤를 힘들게 하지 마……."

침묵. 시계추가 선명하게 울리며 시간을 알리고 초를 세기 시작했다.

우크라이나인이 말했다.

"심장의 절반은 사랑하고 절반은 증오하면 대체 그게 심장이야, 응?"

책장 넘기는 소리가 가느다랗게 들렸다. 분명 파벨이 다시 읽기 시작한 것이리라. 어머니는 조그만 소리라도 낼까 두려워하며 눈을 감은 채 누워 있었다. 눈물이 날 정도로 우크라이나인이 안됐지만, 그보다는 아들이 더 안타까웠다. 어머니는 아들에 대해 생각했다.

'내 귀여운 아이…….'

갑자기 우크라이나인이 물었다.

"그럼 말하지 말까?"

"그게 더 떳떳해." 파벨이 조용히 말했다.

"그럼 그 길로 가자!" 우크라이나인이 말했다. 그리고 몇 초 뒤에 슬프게 조용히 말을 이었다. "네가 힘들어질 거야, 파샤, 너 혼자 남으면……."

"난 이미 힘들어……."

집 벽에 바람이 부딪혀 흔들리며 소리를 냈다. 시계추가 흘러 가는 시간을 명확하게 헤아렸다.

"이 일에 대해선 나중에라도 웃을 수 없겠지!" 우크라이나인 이 천천히 말했다.

어머니는 베개에 얼굴을 묻고 소리 없이 울었다.

아침에 어머니는 안드레이가 왠지 키가 좀 작아지고 더 귀여 워진 것처럼 보였다. 반대로 아들은 언제나 그렇듯이 마르고 꼿 꼿하고 말이 없었다. 그전까지 어머니는 우크라이나인을 안드 레이 오니시모비치라고 부르며 존댓말을 했지만 오늘 어머니 는 자기도 모르게 이렇게 말했다.

"이봐요, 안드류샤, 장화를 수선해야겠네. 그렇게 다니면 발 이 얼겠어!"

"월급날 새걸 살게요!" 그는 대답하고 웃음을 터뜨리면서 어머니의 어깨에 기다란 손을 얹고 물었다. "그런데 어쩌면 어머니가 진짜 우리 친어머니 아니에요? 내가 너무 못생겨서 어머니가 사람들 앞에서 그걸 인정하기 싫은 거죠, 그렇죠?"

　어머니는 말없이 그의 손을 두들겼다. 어머니는 그에게 다정한 말을 많이 해 주고 싶었지만 불쌍한 마음에 심장이 짓눌려 입 밖으로 말이 나오지 않았다.

9

마을에 남색 잉크로 쓴 전단을 뿌려 대는 사회주의자들에 대한 소문이 돌았다. 전단에는 공장 상황을 나쁘게 써 놓았고 페테르부르크와 러시아 남부에서 일어난 노동자 파업에 대해 써 놓았으며 노동자들이 자신들의 이익을 위해 단결하여 투쟁할 것을 호소했다고 했다.

공장에서 높은 임금을 받는 나이 든 사람들은 이렇게 욕했다.

"골칫덩어리들! 저런 짓을 하면 낯짝을 두들겨 줘야 해!"

그리고 사장실로 전단을 가져갔다. 청년층은 선언문을 읽고 매혹되어 말했다.

"진실이다!"

하지만 대부분은 일에 짓눌려 모든 것에 무관심해져서 느릿느릿 대꾸했다.

"아무 일도 없을 거야, 대체 가당키나 해?"

그러나 전단 때문에 사람들은 들끓었고 전단이 일주일만 보이지 않아도 서로 수군거렸다.

"분명히 이젠 더 이상 안 찍어 내는 거야……."

그러나 월요일에 전단은 다시 나타났고 노동자들은 다시 둔중하게 수군거렸다.

선술집과 공장에 아무도 본 적 없는 낯선 사람들이 나타난 것을 마을 사람들은 눈치챘다. 그들은 꼬치꼬치 캐묻고 샅샅이 훑어보고 냄새를 맡아서 순식간에 모두의 눈에 띄었는데, 어떤 사람들은 너무 조심스러워서 의심을 샀고 또 어떤 사람들은 쓸데없이 나서서 끼어드는 바람에 이목을 끌었다.

어머니는 이런 술렁임이 아들의 활동 때문에 일어났음을 알고 있었다. 어머니는 사람들이 아들 주위에 모여드는 모습을 보았으며, 그리하여 아들의 운명에 대해 우려하는 마음이 아들을 자랑스러워하는 마음과 합쳐졌다.

언젠가 한번은 저녁때 마리야 코르수노바가 길거리에서 창문을 두드렸다. 어머니가 창을 열어 주자 마리야는 큰 소리로 이렇게 말했다.

"조심해, 펠라게야, 아들 친구들 놀이도 끝났어! 오늘 밤에 이집하고 마진하고 베솝시코프 집에 압수 수색이 들어오기로 했대……."

마리야의 두툼한 위아래 입술이 황급히 서로 부딪쳤고 살집 좋은 코가 씩씩거렸으며 눈은 이쪽저쪽으로 바삐 움직이며 흘금거리는 게 거리에서 누군가를 엿보는 것만 같았다.

"그리고 난 아무것도 모르고, 자기한테 아무것도 얘기한 적 없고, 오늘은 서로 본 적도 없는 거야, 알았지?"

그녀는 사라졌다.

어머니는 창문을 닫고 천천히 의자에 앉았다. 그러나 아들을 위협하는 위험에 대한 자각 때문에 어머니는 곧 서둘러 일어서서 재빨리 옷을 입고 어째서인지 숄로 머리를 덮어 한껏 가리고 페댜 마진의 집으로 달려갔다. 그는 아파서 일을 나가지 못했다. 어머니가 그의 집에 다가갔을 때 그는 창가에 앉아 엄지손가락을 치켜든 오른손을 왼손으로 흔들며 책을 읽고 있었다. 소식을 들은 그는 재빨리 일어섰고 그의 얼굴은 창백해졌다.

"그 사람들이 결국……." 그가 중얼거렸다.

"대체 어떻게 해야 해요?" 떨리는 손으로 얼굴의 땀을 닦아 내며 블라소바가 물었다.

"기다려 봐요. 겁내지 마시고요!" 페댜가 다치지 않은 쪽 손으로 고수머리를 문지르며 대답했다.

"페댜, 당신도 겁내고 있잖아요!" 어머니가 외쳤다.

"내가요?" 그의 양 볼이 빨갛게 부풀어 올랐고 당황한 듯 미소 지으며 그가 말했다. "네-에, 젠장…… 파벨에게 알려야 해요. 내가 당장 파벨 찾으러 사람을 보낼게요! 어머니는 가세요, 괜찮아요! 어쨌든 때리진 않을 거 아니에요?"

집으로 돌아온 어머니는 책을 전부 모아 가슴에 꼭 안고 오랫동안 집 안을 거닐면서 화덕 안과 화덕 아래와 심지어 물통 속까지 들여다보았다. 지금이라도 당장 파벨이 일을 그만두고 집으로 올 것 같았지만 그는 오지 않았다. 마침내 지쳐서 어머니는 부엌의 긴 의자에 앉아 책을 자기 아래 바닥에 놓았고 그런 채로 일어나기가 겁나서 파벨과 우크라이나인이 돌아올 때까지 앉아 있었다.

"너희들 알고 있니?" 어머니가 일어나지 않고 외쳤다.

"알아요!" 파벨이 미소 지으며 말했다. "무서우세요?"

"너무 무섭다, 너무 무서워!"

"무서워하실 필요 없어요!" 우크라이나인이 말했다. "이건 아무에게도 도움이 되지 않아요."

"그래도 내가 이렇게 다 챙겨 놨다."

어머니는 일어나서 책을 가리키며 미안한 듯 설명했다.

"그래도 내가 이렇게 다 챙겨 놨어……."

아들과 우크라이나인은 웃음을 터뜨렸고, 덕분에 어머니는 조금 대담해졌다. 파벨이 책 몇 권을 골라내 마당에 숨기기 위해 가지고 나갔고 우크라이나인은 사모바르에 물을 끓이면서 말했다.

"아무것도 무서워할 게 없어요, 넨코, 그저 사람들 꼴이 민망할 뿐이죠, 저런 쓸데없는 일을 열심히 하다니. 다 큰 남자들이 옆구리에 칼을 차고 장화에는 박차를 달고 와서는 사방을 뒤지는 거예요. 침대 아래도 들여다보고, 화덕 아래도, 지하실이 있으면 지하실에도 내려가 보고 다락방에도 올라가고요. 다락방에 가면 그 낯짝에 거미줄이 달라붙는데 그러면 막 퉤퉤거려요. 그 사람들도 지루하고 민망하니까 마치 자기들이 굉장히 나쁜

78

사람들이고 우리한테 엄청나게 화를 내는 척하는 거예요. 더러운 일이에요, 그 사람들도 안다니까요! 한번은 내 물건을 전부 뒤집어 놓고는 당황해하더니 그냥 가 버렸어요. 그리고 또 한번은 나를 끌고 가더라고요. 감옥에 갇혀서 넉 달쯤 있었어요. 그렇게 감옥에서 계속 있었는데 불러내더니 군인들을 붙여서 거리로 데려가서는 이것저것 물어봐요. 그 사람들 별로 똑똑하지도 못하고 말도 좀 이상하게 해요. 그래서 얘기를 좀 하더니 또 군인들한테 명령해서 나를 도로 감옥으로 데려가는 거예요. 그렇게 여기저기 데리고 다니더라고요. 자기들도 월급 받는 값은 해야 하니까요! 그러더니 나중에는 놔줬어요, 그게 다예요!"

"어쩌면 항상 말을 그렇게 해요, 안드류샤!" 어머니가 외쳤다.

사모바르 곁에 무릎을 꿇고 끈질기게 파이프에 숨을 불어넣고 있던 그가 고개를 들어 긴장해서 빨개진 얼굴의 콧수염을 양손으로 펴서 바로잡더니 물었다.

"어떻게 말하는데요?"

"마치 아무도, 아무것도 당신을 해친 적이 없다는 듯……."

그는 일어서서 고개를 젓더니 미소 지으며 말했다.

"아니, 이 세상에 상처 입지 않은 영혼이 있기나 한가요? 사람들이 나를 너무 상처 입혀서 난 이제 화내는 것도 지쳐 버렸어요. 사람들이 달리 방법을 모르는데 어쩌겠어요? 화를 내면 활동하는 데 방해가 되고 그런 화난 생각을 계속 가지고 있는 건 공연히 시간만 낭비하는 짓이에요. 그런 인생이라니! 전 예전에는요, 사람들한테 화도 내고 그랬는데 생각해 보니까 보이더라고요, 그럴 가치가 없다는 게. 사방을 다 겁내서 마치 이웃 사람이 자기를 때릴까 봐 그전에 얼른 내가 먼저 한 방 먹여 주겠다는 것 같잖아요. 그런 인생이라니 말예요, 우리 넨코!"

그의 말들은 평온하게 흘러넘쳤고 압수 수색을 기다리는 불안함을 옆으로 밀어내 버렸다. 그의 튀어나온 두 눈은 밝게 미소 지었고 그의 몸 전체가, 비록 균형 잡히지는 않았으나 매우 유연했다.

어머니는 한숨을 쉰 뒤에 그를 위해 기도했다.

"신이 당신에게 행복을 주시기를, 안드류샤!"

우크라이나인은 성큼성큼 걸어 사모바르에 다가가서 또다시 그 앞에 쭈그리고 앉더니 조용히 중얼거렸다.

"행복을 준다면 거절하지는 않겠지만 달라고 빌지는 않을 거예요!"

파벨이 마당에서 들어와 확고하게 말했다.

"못 찾을 거예요!" 그리고 손을 씻기 시작했다.

그러고는 꼼꼼하게 양손을 문질러 씻으며 말했다.

"만약에 엄마가 그 사람들 앞에서 겁먹은 모습을 보여 주면 그 사람들은 곧바로 집 안에 뭔가 있다는 뜻이구나, 그러니까 저렇게 덜덜 떨지, 이렇게 생각할 거예요. 어머니도 잘 아시잖아요. 우리는 나쁜 일은 원하지 않아요. 진실이 우리 편이고 우리는 평생 진실을 위해 일할 거예요 — 그게 우리가 지은 죄의 전부예요! 겁낼 게 뭐가 있어요?"

"파샤, 내가 정신 단단히 차릴게." 어머니가 약속했다. 그리고 바로 그 뒤에 어머니의 입에서 애처롭게 이런 말이 흘러나왔다.

"올 거면 차라리 빨리 왔으면!"

하지만 그들은 그날 밤 오지 않았고 아침이 되어 자신이 겁냈던 일에 대해 아들과 안드류샤가 웃을지도 모르겠다는 생각에 어머니는 먼저 자기 스스로 농담을 했다.

"겁낼 일이 생기기도 전에 벌벌 떨었구나!"

10

그들은 그 불안한 밤으로부터 거의 한 달이나 지난 뒤에야 나타났다. 방에는 파벨과 함께 니콜라이 베솝시코프와 안드레이, 이렇게 셋이 앉아서 자신들이 발행하는 신문에 대해 이야기하고 있었다. 시간이 늦어 거의 자정이었다. 어머니는 이미 누워서 잠드는 중에 졸음 사이로 근심에 찬 조용한 목소리들을 들었다. 안드레이가 조심스럽게 걸음을 움직여 부엌으로 들어와 조용히 등 뒤로 문을 닫았다. 현관에서 금속 양동이가 커다란 소리를 냈다. 그리고 갑자기 문이 활짝 열렸다 ─ 우크라이나인이 부엌으로 들어와서 나지막한 소리로 속삭였다.

"박차 소리가 나요!"

어머니가 침대에서 벌떡 일어나 떨리는 손으로 옷을 입었을 때 방으로 통하는 문가에 파벨이 나타나 차분하게 말했다.

"누워 계세요, 몸에 안 좋아요!"

현관에서 소곤거리는 소리가 들렸다. 파벨이 문가로 가서 손으로 문을 건드리며 물었다.

"누구세요?"

문안으로 키 큰 회색 형체가, 그리고 그 뒤로 또 한 명이 빠르게 들어왔고 헌병 두 명이 파벨의 양옆에 바짝 붙어 서며 비웃는 듯한 높은 목소리가 울려 퍼졌다.

"당신들이 기다리던 사람은 아니지, 응?"

그 말을 한 사람은 키가 크고 몸이 가느다란 장교였는데 숱이 적은 검은 콧수염을 기르고 있었다. 어머니의 침대 곁에 마을 경찰인 페댜킨이 나타나 경찰모에 한 손을 올리고는 다른 손으로 어머니의 얼굴을 가리키며 눈을 무섭게 부라리고 말했다.

"이 사람이 그의 어머니입니다, 나리!" 그러고는 파벨을 향해 손을 흔들고 덧붙였다. "그리고 이게 바로 그놈입니다!"

"파벨 블라소프?" 장교가 눈을 가늘게 뜨고 물었고 파벨이 말없이 고개를 끄덕이자 장교는 콧수염을 비틀며 말했다. "네 집의 압수 수색을 진행해야 한다. 늙은이, 일어나! 저기는 누구야?" 장교가 방 안을 들여다보며 묻고는 성급하게 문을 향해 발을 옮겼다.

"너희들은 이름이 뭐야?" 그의 목소리가 울렸다.

붙잡힌 사람 두 명이 현관으로 나갔다. 늙은 주조공 트베랴코프와 그의 집에서 하숙하는 보일러공 르이빈인데 르이빈은 단단하고 거무스름한 사내였다. 그가 굵은 목소리로 우렁차게 말했다.

"안녕하십니까, 닐로브나!"

어머니는 옷을 입었고, 스스로 용기를 내기 위해서 조용히 말했다.

"이게 대체 무슨 일이죠! 밤에 들어오다니, 사람들이 자려고 누웠는데 이렇게 들어오네요!"

방 안은 좁았고 왁스 냄새가 심하게 났다. 헌병 두 명과 마을 순경 르이스킨이 시끄럽게 발을 구르며 방으로 들어가 선반에서 책들을 뽑아내 장교 앞에 있는 식탁에 쌓아 올렸다. 다른 두 명이 주먹으로 벽을 두드리거나 의자 밑을 들여다보았고 한 명은 어색하게 화덕 위로 올라갔다. 우크라이나인과 베솝시코프는 서로 바짝 붙은 채 구석에 서 있었다. 니콜라이의 얽은 얼굴에 빨간 반점이 덮였고 그의 조그만 회색 눈이 깜빡임도 없이 장교를 주시하고 있었다. 우크라이나인은 콧수염을 꼬고 있다가 어머니가 방 안에 들어서자 미소 지으며 다정하게 고개를 끄덕여 보였다.

두려움을 억누르려고 애쓰면서 어머니는 언제나 하듯이 옆으로가 아니라 똑바로, 가슴을 앞으로 내밀고 움직였는데 그 모습은 어머니의 형체에 우스꽝스럽고도 거만한 권위를 더해 주었다. 어머니는 큰 소리로 발을 구르며 걸었으나 어머니의 눈썹은 떨렸다.

장교가 하얀 손의 가느다란 손가락으로 재빨리 책을 잡아채 책장을 넘겨 보고 책을 흔들어 보고는 손목을 능숙하게 움직여 책을 한쪽으로 던졌다. 이따금 책이 바닥에 부딪혔다. 모두 말이 없었고 땀을 흘리는 헌병들의 가쁜 숨소리만 들렸다. 박차가 쟁그랑거렸고 가끔 크지 않은 질문이 울려 퍼졌다.

"여기도 봤어?"

어머니는 파벨과 함께 벽 근처에 서서 아들이 하듯이 가슴에 양손을 모아 쥐고 마찬가지로 장교를 쳐다보았다. 무릎 아래가 떨렸고 눈앞을 마른 안개가 가리는 것 같았다.

침묵 속에서 갑자기 니콜라이의 목소리가 귀를 찢을 듯이 울려 퍼졌다.

"그런데 대체 왜 이래야 합니까, 책을 왜 바닥에 던져요?"

어머니는 몸을 떨었다. 트베랴코프는 마치 누군가 그의 뒤통수를 건드린 것처럼 고개를 흔들었고, 르이빈은 목에서 그르렁거리는 소리를 내고는 니콜라이를 주의 깊게 쳐다보았다.

장교는 눈을 가늘게 뜨고 움직이지 않는 얽은 얼굴을 잠시 꿰뚫을 듯 들여다보았다. 그의 손가락이 좀 더 빠르게 책장을 넘기기 시작했다. 이따금씩 그는 커다란 회색 눈을 아주 크게 떴는데, 마치 견딜 수 없이 고통스러워 당장이라도 그 고통에 대한 무기력한 분노를 커다란 비명으로 쏟아 내려는 것 같았다.

"군인!" 베솝시코프가 다시 말했다. "책 주우시오……."

헌병들이 전부 그를 향해 돌아섰다가 장교를 쳐다보았다. 장교는 또다시 고개를 들고 훑는 듯한 시선으로 니콜라이의 널찍한 형체를 쳐다보더니 길게 콧소리를 냈다.

"으으음…… 줍게……."

헌병 하나가 몸을 굽히고 베솝시코프를 흘겨보면서 바닥에 아무렇게나 던져진 책들을 주워 모으기 시작했다.

"니콜라이가 입 좀 다물면 좋을 텐데!" 어머니가 파벨에게 조용히 속삭였다.

파벨은 어깨를 움츠렸다. 우크라이나인이 고개를 숙였다.

"이 성서는 누구 거지?"

"접니다." 파벨이 말했다.

"그럼 이 책들은 다 누구 거야?"

"제 겁니다!" 파벨이 대답했다.

"그래!" 장교가 의자 등에 기대며 말했다. 가느다란 손가락을 튕겨 딱딱 소리를 내고 식탁 아래로 다리를 뻗고 콧수염을 매만지더니 니콜라이에게 물었다.

"네가 안드레이 나홋카인가?"

"나요!" 니콜라이가 앞으로 나서며 대답했다. 우크라이나인이 손을 뻗어 그의 어깨를 잡고 뒤로 다시 당겼다.

"그가 잘못 말했소! 내가 안드레이요!"

장교가 손을 들어 베숍시코프를 조그만 손가락으로 위협하며 말했다.

"너, 나를 잘 봐라!"

그러고는 자기가 가져온 서류를 뒤지기 시작했다.

거리에서 창문을 통해 달 밝은 밤이 영혼 없는 눈으로 집 안을 들여다보았다. 누군가 창밖에서 천천히 걸어 다녔고 눈이 뽀드득거리며 밟혔다.

"너 나홋카, 벌써 경찰에서 범죄 혐의로 취조를 받은 적이 있군?" 장교가 물었다.

"로스토프에서 받았고 사라토프에서도 그랬소. 단지 거기서는 헌병들이 나한테 존댓말을 썼지……."

장교는 오른쪽 눈을 깜빡거리다가 그 눈을 문질렀고 입술을 젖혀 조그만 치아를 드러내며 말했다.

"그러면 당신 나홋카, 그러니까 바로 당신 말인데, 공장에서 범죄적인 선언문을 뿌리고 다니는 인간쓰레기들이 누구인지 모른단 말이오, 응?"

우크라이나인이 다리를 흔들고 환하게 미소 지으며 뭔가 말하려 했으나 또다시 귀에 거슬리는 니콜라이의 목소리가 울려 퍼졌다.

"우리가 인간쓰레기를 보는 건 이번이 처음이오……."

침묵이 찾아왔고 잠시 모두 멈추었다.

어머니의 얼굴에 난 흉터가 더 하얗게 변했고 어머니의 오른쪽 눈썹이 위로 치켜 올라갔다. 르이빈의 얼굴에서 그 까만 턱수염이 이상하게 떨렸다. 그는 눈을 내리깔고 천천히 손가락으로 턱수염을 빗기 시작했다.

"저놈을 당장 데리고 나가!" 장교가 말했다.

헌병 두 명이 니콜라이의 팔을 붙잡아 그를 부엌으로 거칠게 끌고 들어갔다. 그러나 니콜라이는 멈춰 서서 양발을 단단히 바닥에 대고 버티면서 외쳤다.

"멈추시오…… 난 겉옷을 입어야겠소!"

마당에 나갔던 순경이 나타나서 말했다.

"전부 수색했는데 아무것도 없습니다!"

"뭐, 알 만하군!" 장교가 미소 지으며 외쳤다. "여기엔 경험 많은 사람이 있으니……."

어머니는 장교의 연약하고 떨리며 끊어지는 목소리를 듣고 겁에 질려 노란 얼굴을 쳐다보면서 이 사람은 동정심도 없을 뿐만 아니라 높은 곳에서 사람을 내려다보며 경멸하는 마음만 가득한 적(敵)이라고 느꼈다. 어머니는 이런 사람을 만난 적이 별로 없어서 그런 사람들이 존재한다는 사실을 깜빡 잊어버릴 뻔했다.

'그러니까 저런 사람을 건드렸군!' 어머니는 생각했다.

"당신, 사생아로 출생한 안드레이 오니시모비치 나홋카 씨,' 당신을 체포하겠소!"

"무슨 혐의요?" 우크라이나인이 평온하게 물었다.

"그건 나중에 말하겠소!" 장교가 비꼬듯이 예의 바른 태도로 대답했다. 그리고 블라소바를 향해 돌아서서 물었다. "넌 글을 아나?"

"아니요!" 파벨이 대답했다.

"너한테 물어본 게 아냐!" 장교가 엄하게 말하고 다시 물었다. "늙은이, 대답해!"

어머니는 장교에 대한 증오의 감정에 자기도 모르게 굴복하여, 마치 차가운 물에 뛰어든 것처럼 갑자기 소름에 휩싸여 몸을 곧게 폈고 이마의 흉터가 붉게 달아올랐으며 눈썹이 낮게 내려왔다.

"소리 지르지 마세요!" 어머니가 장교에게 손을 뻗으며 말했다. "당신은 아직 젊어서 괴로움이 뭔지도 몰라요……."

"진정하세요, 엄마!" 파벨이 어머니를 막았다.

"가만있어, 파벨!" 어머니가 식탁을 향해 뛰어나가며 외쳤다. "어째서 사람들을 잡아가는 거예요?"

"당신하고는 상관없으니 입 다물어!" 장교가 일어나며 소리쳤다. "체포한 베솝시코프를 데려와!"

그리고 어떤 서류를 들어 얼굴에 바짝 대고 읽기 시작했다.

니콜라이가 끌려 들어왔다.

"모자 벗어!" 장교가 읽기를 멈추고 소리쳤다.

르이빈이 블라소바에게 다가와서는 어깨로 건드리며 조용히 말했다.

"흥분하지 말아요, 어머니……."

"내 팔을 잡고 있는데 어떻게 모자를 벗으란 말이오?" 니콜라이가 영장 읽는 소리보다 더 큰 목소리로 물었다.

장교가 서류를 식탁 위에 내던졌다.

"서명해!"

니콜라이가 영장에 서명하는 모습을 지켜보면서 어머니는 흥분이 사라졌고 심장이 내려앉았으며 눈에는 분노와 무기력감에 눈물이 고였다. 그런 눈물을 어머니는 결혼 생활 20년 동안 흘렸지만 최근 몇 년간은 그 타는 듯한 맛을 잊고 살았다. 장교가 어머니를 보고 역겹다는 듯 얼굴을 찡그리며 논평했다.

"너무 일찍 울부짖으시는군요, 마님! 아껴 두시오, 나중에는 눈물이 모자랄 테니!"

또다시 화가 치밀어 어머니는 말했다.

"어머니의 눈물은 언제나 충분해요, 언제나! 당신에게도 어머니가 있다면 그분이 알 거예요, 아무렴!"

장교는 번쩍이는 잠금장치가 달린 멋진 새 서류 가방에 서둘러 영장을 집어넣었다.

"걸어!" 그가 명령했다.

"또 보자, 안드레이, 또 봐, 니콜라이!" 파벨이 동지들과 악수하며 작은 목소리로 따뜻하게 인사했다.

"바로 그거지, 또 보자고!" 미소 지으며 장교가 따라 했다.

베숩시코프는 무겁게 숨 가쁜 소리를 냈다. 그의 두툼한 목에 피가 몰렸고 눈은 증오로 험악하게 번쩍였다. 우크라이나인은 환한 미소를 빛내며 고개를 끄덕여 보인 뒤 어머니에게 뭔가 말했고 어머니는 그에게 성호를 그어 주고 말했다.

"신은 정의로운 자를 알아보신다……."

마침내 회색 외투를 입은 사람들의 무리가 박차 소리를 울리며 사라졌다. 맨마지막으로 나간 사람은 르이빈이었는데 그는 어두운 눈으로 주의 깊게 파벨을 쳐다보더니 생각에 잠긴 듯 말했다.

"그-으럼, 안녕히 계시오!"

그리고 턱수염에 대고 기침하며 서두르지 않고 현관으로 나갔다.

뒷짐을 지고 파벨은 바닥에 널브러진 책들과 속옷을 피해 방 안을 천천히 걸어 다니며 음울하게 말했다.

"어떻게 되는 건지 보셨죠……?"

엉망으로 어질러진 방 안을 어리둥절한 눈길로 훑어보면서 어머니는 애처롭게 속삭였다.

"니콜라이는 왜 그 사람한테 무례하게 굴었니?"

"겁먹었겠죠, 분명히." 파벨이 조용히 말했다.

"들어오더니 붙잡아서는 끌고 가는구나." 양팔을 벌리고 어머니가 중얼거렸다.

아들은 집에 남아 있었고, 어머니의 심장은 좀 더 침착하게 뛰기 시작했으나 머리에는 현실에 대한 생각이 움직이지 않고 남았고 어머니는 그 현실을 받아들일 수가 없었다.

"그 얼굴 노란 사람은 우리를 비웃었어, 위협하고……."

"자 그럼, 어머니!" 갑자기 파벨이 단호하게 말했다. "우리 이거 전부 치우자."

그는 어머니 곁에 가까이 서 있을 때만 '어머니'라고 부르며 반말을 했는데 지금도 그랬다. 어머니는 아들에게 다가가 그의 얼굴을 들여다보고 조용히 물었다.

"너 화났니?"

"그럼!" 그가 대답했다. "힘들어! 같이 잡혀가는 편이 나았는데……."

어머니는 아들의 눈에 눈물이 고인 것 같아 보였고 그를 위로하고 싶어서, 희미하게 그의 고통을 느끼면서, 한숨을 쉬고 말했다.

"두고 봐라, 너도 잡아갈 테니!"

"잡아가겠지!" 그가 동의했다.

잠시 침묵한 뒤에 어머니가 슬프게 말했다.

"에휴, 너도 참 무뚝뚝하긴! 한 번이라도 나를 좀 위로해 주지! 위로는커녕 내가 무서운 말을 하니까 너는 더 무서운 말을 하는구나!"

그가 어머니를 쳐다보고 다가와서 조용히 말했다.

"난 할 줄 몰라, 엄마! 엄마가 익숙해져야 돼."

어머니는 한숨을 쉬고 잠시 침묵을 지키다가 공포에 질려 몸이 떨리는 것을 억누르며 말했다.

"그런데 혹시 그 사람들 고문을 하니? 살을 찢고, 뼈를 꺾고? 그런 걸 생각만 해도, 파샤, 내 아들, 너무 무섭구나!"

"그들은 영혼을 꺾어요…… 그게 더 아파요, 더러운 손으로 영혼을 짓이기면……."

11

다음 날 부킨, 사모일로프, 소모프 그리고 또 다섯 명이 더 체
포되었다는 사실이 알려졌다. 저녁에 페댜 마진이 달려왔다. 그
의 집도 압수 수색을 당했으며 거기에 만족하여 그는 자신이 영
웅이라고 느꼈다.

"겁났어요, 페댜?" 어머니가 물었다.

그는 얼굴이 창백해졌고 날카로워졌으며 콧구멍이 떨렸다.

"장교가 때릴까 봐 겁났어요! 그 뚱뚱한 사람은 검은 턱수염
을 기르고 손가락에 털이 잔뜩 나고 코에는 검은 안경을 써서 마
치 눈이 없는 것 같았어요. 소리치고 발을 구르더라고요! 내가
감옥에서 썩을 거라고 했어요! 그런데 난 맞아 본 적이 한 번도
없어요, 난 외동아들이라 부모님한테 사랑받았거든요."

그는 한순간 눈을 감고 입을 꽉 다물고 양손을 재빨리 움직여
자기 머리털을 마구 흩뜨리고는 빨개진 눈으로 파벨을 쳐다보

며 말했다.

"언젠가 그들이 날 때린다면 난 온몸으로 칼처럼 덤벼들어 찌를 거야, 이빨로 깨물고. 그러니 아예 처음부터 날 때려눕히는 게 좋을걸!"

"당신은 그렇게 몸이 가느다란데, 마르고!" 어머니가 외쳤다. "어떻게 싸움질을 하겠다는 거예요?"

"어쨌든 싸울 거예요!" 페쟈가 조용히 대답했다.

그가 떠나고 나서 어머니는 파벨에게 말했다.

"저 사람이 누구보다도 제일 먼저 꺾일 거다!"

파벨은 침묵을 지켰다.

몇 분 뒤에 부엌문이 천천히 열리고 르이빈이 들어왔다.

"안녕하십니까!" 미소 지으며 그가 말했다. "또 접니다. 어제는 끌려왔지만 오늘은 제가 스스로 왔지요!" 그는 파벨의 손을 힘껏 잡아 흔들며 악수하고는 어머니의 어깨를 붙들고 물었다.

"차 좀 주시겠어요?"

파벨은 숱 많은 검은 턱수염에 파묻힌 그의 거무스름하고 넓적한 얼굴과 어두운 눈을 말없이 들여다보았다. 그 차분한 시선 속에서 뭔가 의미심장한 것이 빛났다.

어머니는 사모바르를 준비하러 부엌으로 갔다. 르이빈은 앉아서 턱수염을 쓰다듬고는 양 팔꿈치를 식탁에 얹고 어두운 눈으로 파벨을 쳐다보았다.

"그러니까 말이지!" 그가 마치 끊어졌던 대화를 이어 가듯이 말했다. "자넨 나하고 터놓고 얘기를 좀 해야 돼. 내가 자네를 오랫동안 지켜봤거든. 우리는 이웃 아닌가. 보아하니 사람들이 자네 집에 많이 드나드는데 술도 안 마시고 소란도 없어. 그게 첫 번째야. 소란을 안 피우면 사람들이 금세 알아챈단 말이야, 저게 뭐지? 하고. 그럼. 나도 남들한테 섭슬리지 않고 외따로 떨어져 산다고 사람들 눈총깨나 받았지."

그의 말은 무겁지만 솔직하게 흘러나왔고 그는 검은 손으로 턱수염을 쓰다듬으며 파벨의 얼굴을 끊임없이 들여다보았다.

"자네 얘기를 하더군. 우리 집주인 부부는 자네를 이단이라고 해, 교회에 다니지 않는다고. 나도 안 다녀. 그런데 그 뒤에 전단이 나타났지. 그거 생각해 낸 사람이 자넨가?"

"나요!" 파벨이 대답했다.

"너도 같이 한 거지!" 어머니가 부엌에서 내다보며 불안하게 외쳤다. "너 혼자는 아니잖니!"

파벨이 미소 지었다. 르이빈도 미소를 띠었다.

"그렇지!" 그가 말했다.

어머니는 크게 소리 내어 코로 숨을 들이쉬고 두 사람이 자신의 말에 주의를 기울이지 않는다는 사실에 조금 기분이 상해서 나갔다.

"전단 말인데, 잘 생각했어. 그걸 보고 사람들이 술렁거리니까. 열아홉 가지였지?"

"예!" 파벨이 대답했다.

"그러면 내가 다 읽었단 얘기군! 그래. 전단 내용 중에 이해가 안 되는 것도 있고 쓸데없는 말도 있었지만 뭐, 사람이 말을 많이 하다 보면 그중에는 괜히 하는 말도 수십 가지 들어 있게 마련이지……."

르이빈이 미소 지었다. 그의 치아는 희고 튼튼했다.

"그다음에는 압수 수색이 있었지. 내가 확실히 마음을 정한 게 다른 무엇보다도 그 때문이었어. 자네하고 우크라이나인하고 니콜라이하고 자네들 모두 정체를 드러냈지……."

필요한 단어를 찾지 못한 듯 그는 잠시 말을 끊고 창문을 내다보며 손가락으로 식탁을 두드렸다.

"자네들의 결심을 드러냈어. 말하자면 자네는, 고매하신 선생님, 자네가 할 일을 하고, 우리는 우리가 할 일을 한다는 거지. 우크라이나인도 좋은 청년이야. 전에 그 사람이 공장에서 말하는 걸 한번 들은 적이 있는데 이렇게 생각했지, 저건 의심할 여지가 없다, 저런 사람을 굴복시킬 수 있는 건 죽음뿐이라고. 끈질긴 사람이야! 자네, 파벨, 나를 믿나?"

"믿소!" 파벨이 고개를 끄덕이며 말했다.

"그래, 난 마흔 살이고 자네보다 나이가 두 배나 많아. 그리고 스무 배나 더 많은 걸 봤지. 군인으로 3년 넘게 돌아다녔고 결혼도 두 번 했어. 첫 아내는 죽고 두 번째는 버렸어. 캅카스에도 가봤고 두호보르파* 사람들도 알고 지냈지. 그 사람들은 말이야, 친구, 삶을 극복하지 않아, 아무렴!"

어머니는 르이빈의 열띤 연설을 열심히 들었다. 아들에게 나이 든 사람이 찾아와서 마치 고해하듯 이야기하는 모습을 보는 것이 뿌듯했다. 그러나 어머니가 보기에 파벨이 손님 앞에서 지나치게 건조하게 행동하는 것 같아서 그의 태도를 누그러뜨리기 위해 어머니는 르이빈에게 물었다.

"먹을 것 좀 드릴까요, 미하일로 이바노비치?"

"감사합니다, 어머니! 저는 저녁 먹었어요. 파벨, 그러니까 자네는 삶이 올바른 방향으로 가고 있지 않다고 생각하는 건가?"

파벨은 일어서서 뒷짐을 지고 방 안을 걸어 다니기 시작했다.

"삶은 올바르게 가고 있습니다!" 그가 말했다. "이렇게 삶이 저에게 당신을 열린 마음으로 데려왔지요. 우리처럼 평생 일하는 사람들을 삶이 조금은 단결시켜 주기도 합니다. 때가 올 겁니다 ─ 모든 사람이 단결하는 때가! 삶은 우리에게 부당하게, 힘들게 구성되어 있지만 삶이 스스로 그 쓰디쓴 의미를 우리 눈앞에 열어 보여 줄 것이고 삶의 흐름을 어떻게 하면 더 빠르게 할 수 있는지 인간에게 가르쳐 줄 겁니다."

"맞아!" 르이빈이 그의 말을 가로막았다. "인간을 새롭게 만들어야 해. 이가 들끓는 사람은 목욕탕에 데려가서 씻기고 깨끗한 옷을 입혀 주고 건강을 회복시켜야지! 맞아! 그런데 사람 속은 어떻게 해야 깨끗이 만들 수 있겠나? 그게 문제야!"

파벨은 공장 임원들에 대해, 공장에 대해, 외국에서는 노동자들이 자기 권리를 어떻게 지키는지에 대해 열정적으로 또박또박 말했다. 르이빈은 가끔씩 마치 점을 찍듯 손가락으로 식탁을 두드렸다. 몇 번이나 그는 외쳤다.

"그렇지!"

그리고 한번은 웃음을 터뜨리더니 조용히 말했다.

"에휴, 자넨 아직 젊어! 인간을 잘 몰라!"

그러자 파벨은 르이빈 맞은편에 멈춰 서서는 진지하게 대답했다.

"나이 들거나 젊다는 얘기는 하지 맙시다! 누구의 생각이 더 옳은지 그걸 보는 쪽이 좋습니다."

"그러니까 자네 생각은 사람들이 하느님을 내세워 우리를 속였단 말이지? 그래, 나도 우리의 종교는 거짓되었다고 생각해."

여기서 어머니가 끼어들었다. 아들이 신에 대해서, 그리고 어머니가 신에 대한 믿음과 관련짓는 모든 것, 어머니에게 귀중하고 성스러운 것에 대해서 이야기할 때면 어머니는 언제나 아들의 눈을 똑바로 보려고 했다. 날카롭고 선명한 불신의 단어들로 어머니의 가슴을 후벼 파지 말아 달라고 어머니는 말없이 아들에게 애원하고 싶어지곤 했다. 그러나 아들의 불신 뒤에 믿음이 있음을 느꼈고 그것이 어머니에게는 위안이 되었다.

'이 애의 생각을 내가 어디서 이해할 수 있을까?' 어머니는 생각했다.

어머니가 보기에 나이 든 사람인 르이빈도 파벨의 말은 듣기 불쾌하고 기분 나쁜 것 같았다. 그러나 르이빈이 침착하게 파벨에게 질문을 던졌을 때 어머니는 더 이상 참지 못하고 짧지만 고집스럽게 말했다.

"주님에 대해서는 좀 더 조심스럽게 말해라! 너희들은 마음대로 해도 좋아!" 숨을 고르며 어머니는 좀 더 강하게 덧붙였다. "하지만 나는 이제 늙었고 나한테서 주님을 빼앗아 간다면 내

설움을 기댈 곳이 없단다!"

어머니의 눈에 눈물이 가득 고였다. 어머니는 설거지를 하고 있었고, 그릇을 씻는 손가락이 떨렸다.

"우리를 오해하신 거예요, 엄마!" 파벨이 조용히 다정하게 말했다.

"용서하세요, 어머니!" 르이빈이 굵은 목소리로 천천히 덧붙여 말하고는 미소 지으며 파벨을 바라보았다. "어머니가 지금 와서 새삼 턱수염을 자르기엔* 연세가 너무 드셨다는 걸 깜빡 잊어버렸어요……."

"저는 어머니가 믿으시는 그 선하고 자비로우신 하느님을 말한 게 아니라 성직자들이 우리를 위협할 때 몽둥이를 휘두르듯 들먹이는, 신의 이름으로 몇몇 사람들의 사악한 의지 아래 모든 사람을 복종시키기 위해 억누르려고 하는 그 하느님을 말한 거예요……."

"바로 그거예요, 네!" 르이빈이 손가락으로 식탁을 두드리며 외쳤다. "그들은 우리의 하느님까지 바꿔치기했어요. 그들은 자기 손에 가진 걸 전부 우리를 억누르는 데 쓰려고 해요! 기억해 두세요 어머니, 하느님은 당신의 형상을 따서 당신을 닮은 모습으로 인간을 창조하셨어요. 그러니까 인간이 하느님과 비슷하다면 하느님도 인간과 비슷하다는 뜻이죠! 그런데 우리는 신과 비슷한 게 아니라 야만스러운 들짐승 같아요. 교회에서는 우리에게 두려움만 가르치죠. 하느님을 도로 바꿔야 해요, 어머니, 하느님을 깨끗하게 만들어야 한다고요! 그들이 우리의 영혼을 죽이기 위해 하느님에게 거짓과 오욕의 옷을 입히고 하느님의 얼굴을 망가뜨렸어요!"

그는 조용히 말했지만 그가 하는 말의 단어 하나하나가 어머니의 머리에 무겁고 먹먹한 충격이 되어 떨어졌다. 그리고 상복처럼 검은 턱수염 테두리 속에 있는 그의 커다란 얼굴이 어머니는 무서웠다. 반짝이는 어두운 눈동자가 마음속에 고통스러운 공포감을 불러일으켜 견디기 힘들었다.

"아니, 난 가는 게 좋겠어요!" 어머니는 반대하듯 고개를 흔들며 말했다. "난 이런 얘기를 들으며 견딜 기운이 없어요!"

그리고 어머니는 등 뒤에서 르이빈이 하는 말을 들으며 황급히 부엌으로 나왔다.

"봐, 파벨! 머리가 아니라 마음에서 시작하는 거야! 그거야말로 사람의 영혼 속에 있는, 다른 건 아무것도 자라나지 않는 장소야……."

"오로지 이성만이 인간을 자유롭게 합니다!" 파벨이 단호하게 말했다.

"하지만 이성은 힘을 주지 않아!" 르이빈이 큰 소리로 고집스럽게 반박했다. "마음이 힘을 주지, 머리가 아니야, 아무렴!"

어머니는 옷을 벗고 기도도 하지 않은 채 침대에 누웠다. 춥고 불쾌했다. 르이빈은 처음에는 아주 믿음직하고 똑똑한 사람으로 보였으나 지금은 어머니에게 적대감을 불러일으켰다.

'이단! 말썽꾼!' 어머니는 그의 목소리를 들으며 생각했다. '자기도 똑같이 필요하니까 찾아왔겠지!'

한편 르이빈은 확신에 차서 침착하게 말하고 있었다.

"성스러운 장소는 비어 있으면 안 되지. 오랫동안 고통받았던 곳에 신이 지내시는 법이야. 만약에 신이 영혼에서 떨어져 나가면 영혼에 상처가 남겠지, 아무렴! 파벨, 새로운 신앙을 생각해 내야 돼…… 사람들의 친구인 하느님을 창조해야 해!"

"그리스도가 그런 분이셨지요!" 파벨이 외쳤다.

"그리스도는 정신이 확고하지 못했어. 나에게서 잔을 거두어 주소서, 라고 말했지. 카이사르를 인정했고. 신은 인간을 지배하는 인간의 권력을 인정할 수가 없어, 신이 모든 권력인데! 신은 자신의 영혼을 이건 성스러운 것, 이건 인간적인 것이라고 나누지 않아……. 그런데 그리스도는 거래를 인정하고 결혼도 인정했어. 그리고 무화과나무는 괜히 저주했지.* 무화과나무가 자기 의지로 열매를 맺지 않은 건 아니잖아? 영혼도 마찬가지로 자기 의지가 아닌데도 선을 낳지 못하는 거야. 내가 직접 영혼에 악의 씨를 뿌렸겠어? 아무렴!"

방 안에서 두 개의 목소리가 치열한 놀이 속에 서로 포옹하기도 하고 투쟁하기도 하면서 끊임없이 울려 퍼졌다. 파벨이 걸어다닐 때마다 그의 발밑에서 마룻바닥이 삐걱거렸다. 그가 말할 때는 모든 소리가 그의 말에 파묻혔고, 르이빈의 목소리가 차분하게 흐를 때면 시계추가 똑딱똑딱 움직이는 소리와, 추위가 날카로운 손톱으로 집 벽을 후벼 파는 끽끽 소리가 들려왔다.

"내 방식대로, 보일러공 방식으로 말해 주겠네. 하느님은 불과 같아. 그래! 심장 속에 사시지. 하느님은 말씀이시고, 말씀은 정신이라고 하지 않나……."

"이성이에요!" 파벨이 고집스럽게 말했다.

"그래! 그러니까 하느님은 심장과 이성 속에 계시지만 교회에는 안 계시다는 뜻이지! 교회는 하느님의 무덤이야."

어머니는 잠들어서 르이빈이 나가는 소리를 듣지 못했다.

그러나 르이빈은 자주 찾아오기 시작했고 파벨에게 동지가 찾아와서 함께 있으면 르이빈은 구석에 앉아 침묵을 지키다가 아주 가끔씩만 말했다.

"맞아, 그래!"

그리고 어느 날, 그 어두운 눈으로 구석에서 모두를 바라보던 그가 음울하게 말했다.

"지금 현재 어떤지에 대해서 얘기해야지, 앞으로 일어날 일은 우리가 알지 못한다고, 아무렴! 민중이 해방되면 민중 스스로 어떻게 해야 더 나아지는지를 알게 될 거야. 민중이 전혀 원하지도 않았던 걸 이미 충분히 지겹게 그들의 머릿속에 두들겨 넣었으니까, 이젠 됐어! 민중이 스스로 앞날을 상상하게 해. 어쩌면 민중은 모든 걸 거부하고 싶어 할지도 몰라, 모든 삶과 모든 학문을 말이야. 어쩌면 민중은 모든 것이 다 자신에게 불리하게 짜여 있다는 걸 알게 될 거야. 예를 들면 교회에서 말하는 하느님처럼 말이야. 자네들은 그냥 민중의 손에 책을 쥐여 주기만 하면 돼. 그러면 민중이 스스로 대답할 테니까, 아무렴!"

그러나 파벨이 혼자 있을 때면 두 사람은 그 끝을 알 수 없는, 하지만 언제나 차분한 논쟁에 뛰어들었고 어머니는 불안하게 그들의 대화를 들으며 그들이 무슨 이야기를 하는지 이해하려고 애쓰면서 대화를 따라갔다. 때때로 어머니는 어깨가 넓고 검은 턱수염을 기른 이 사내와 날씬하고 군건한 자기 아들이 모두 눈이 멀어 버린 것만 같았다. 그들은 출구를 찾아 이쪽저쪽으로 부딪치고, 강하지만 앞이 보이지 않는 손으로 뭐든 붙잡으려 허우적대고 몸부림치고 여기저기 옮겨 다니고 바닥에 뒹굴고 그러다가 떨어진 것을 발로 밟는다. 모든 것을 만지고 손으로 더듬으며 멀리 던져 버리지만 그러면서도 신념과 희망을 잃지 않는다…….

두 사람의 대화를 들으면서 어머니는 여러 단어들, 직선적이고 대담해서 두려운 단어들을 듣는 법을 익혔다. 그런 단어들은 처음 들었을 때만큼 강한 충격으로 다가오지 않았으며 어머니는 그 단어들을 밀어내는 법을 배웠다. 그리고 때때로 신을 부정하는 단어들에서 어머니는 오히려 바로 그 신에 대한 확고한 신앙을 느끼기도 했다. 그럴 때면 어머니는 모든 것을 용서하는 듯한 조용한 미소를 지었다. 그리고 르이빈이 마음에 들지는 않았지만 더 이상 적대감을 느끼지는 않았다.

일주일에 한 번, 어머니는 감옥에 있는 우크라이나인을 위해 속옷과 책을 가져다주었는데 어느 날 면회가 허락되었고 그래서 집에 와서 어머니는 애정을 담아 이야기했다.

"그 애는 거기서 자기 집처럼 편하게 지내더라. 모든 사람과 잘 지내고, 다들 그 애한테 농담을 해. 힘들고 괴롭겠지, 그렇지만 내색을 안 하려는 거야……."

"그래야만 해요!" 르이빈이 말했다. "우리는 모두 살갗처럼 괴로움을 덮어쓰고 있어요, 괴로움을 숨 쉬고 괴로움을 입고 다닙니다. 잘난 체할 것도 없어요. 모든 사람이 다 강제로 눈이 가려진 건 아니고 어떤 사람들은 스스로 눈을 감았지요, 아무렴! 그래, 멍청하면 견뎌야지요!"

12

블라소프의 작은 회색 집은 점점 더 마을 사람들의 이목을 끌었다. 이런 이목에는 의심스러운 경계심과 무의식적인 적대감이 많이 섞여 있었으나 신뢰감에 기반한 호기심도 생겨나고 있었다. 가끔씩 어떤 사람이 찾아와 조심스럽게 주위를 둘러보고는 파벨에게 말했다.

"형제, 자네가 여기서 책을 읽는다고, 법에 대해 잘 안다고 하더군. 이걸 설명 좀 해 줄 수 있나……."

그리고 파벨에게 경찰이나 공장 임원진이 저지른 부당한 일을 이야기하곤 했다. 복잡한 상황인 경우 파벨은 찾아온 사람에게 도시의 아는 변호사에게 찾아가라며 쪽지를 주었고 자기가 할 수 있으면 상황을 설명해 주었다.

사람들 사이에서 모든 것을 바라보고 모든 것을 주의 깊게 듣고, 모든 개별적인 상황의 뒤얽힌 혼란을 고집스럽게 파헤쳐서 언제 어디서나 수천 개의 강력한 고리로 사람들을 연결하는 뭔가 보편적이고 끝없는 흐름을 찾아내며 모든 일에 대해 단순하고 대담하게 말하는 이 젊고 진지한 사람에 대한 존경심이 조금씩 생겨났다.

특히 사람들이 파벨을 높이 평가하게 된 것은 '늪 코페이카"' 사건이 일어난 뒤였다.

공장 뒤에, 썩어 가는 고리처럼 공장을 거의 둘러싼 넓은 늪이 펼쳐지고 주변에는 전나무와 자작나무가 우거져 있었다. 여름이면 그곳에서 노랗고 짙은 김이 뿜어 나왔고 마을을 향해 구름떼 같은 모기가 날아들어 열병을 퍼뜨렸다. 늪은 공장 소유였고 새 사장은 늪에서 조금이라도 효용을 얻기 위해 늪을 메우고, 하는 김에 이탄을 채굴하자는 방안을 생각해 냈다. 이런 조치가 인근 지역의 위생 환경을 증진하고 모두를 위해 삶의 조건을 개선한다는 사실을 노동자들에게 제시한 뒤 사장은 늪을 메우기 위해 노동자들의 임금에서 1루블당 1코페이카씩 공제하라고 명령했다.

노동자들은 술렁였다. 공장 운영진은 새로운 부과금을 내야 하는 사람들 가운데 포함되지 않는다는 사실에 노동자들은 특히 분개했다.

파벨은 토요일에 공장에서 1루블당 1코페이카씩 공제한다는 사장의 통보를 내걸었을 때 아파서 출근하지 않았기 때문에 이 일에 대해 아무것도 알지 못했다. 다음 날 오전 예배를 마친 뒤에 점잖아 보이는 노인인 주조공 시조프와 키 크고 화난 철물공

마호틴이 파벨을 찾아와 사장의 결정에 대해 이야기했다.

"나이가 좀 있는 우리들이 모였네." 시조프가 차근차근 말했다. "모여서 얘기했더니 동료들이 자네한테 물어보라고 우리를 보냈어. 자네가 우리 중에 잘 아는 사람이니까. 대체 사장이 우리 돈으로 모기를 쫓으라는 법이 있나?"

"생각해 봐!" 마호틴이 가느다란 눈을 번쩍이며 말했다. "4년 전에 그 불한당들이 공동 목욕탕을 짓는다며 돈을 모았어. 3천8백 루블이 모였지. 그 돈 어디 갔어? 목욕탕은 없는데!"

파벨은 부과금의 부당함과 이러한 정책이 공장에 주는 명백한 이득을 설명했고, 두 사람은 모두 얼굴을 찌푸리고 떠나갔다. 그들을 배웅하고 나서 어머니는 미소 지으며 말했다.

"파샤, 이젠 고참들도 너한테 지혜를 빌리러 오는구나."

근심에 잠긴 파벨은 대답하지 않고 식탁에 앉아 뭔가 쓰기 시작했다. 몇 분 뒤에 그는 어머니에게 말했다.

"엄마, 부탁이 있어. 도시로 가서 이 쪽지를 전해 줘."

"그거 위험하니?" 어머니가 물었다.

"응. 우리를 위해 신문을 인쇄해 주는 곳이야. 이 부과금 이야기가 반드시 다음 호에 들어가야 해."

"그래, 그래!" 어머니가 대답했다. "지금 가마……."

그것은 어머니에게 아들이 주는 첫 지령이었다. 어머니는 아들이 자신에게 무슨 일인지 솔직하게 이야기해서 기뻤다.

"이건 내가 이해한다, 파샤!" 어머니가 겉옷을 입으며 말했다. "이건 그놈들이 돈을 뺏는 거지! 그 사람 이름이 뭐였더라? 예고르 이바노비치?"

어머니는 저녁 늦게, 지쳤지만 만족한 얼굴로 돌아왔다.

"거기서 사샤를 보았다!" 어머니가 아들에게 말했다. "너한테 안부 전하란다. 그리고 그 예고르 이바노비치는 참 단순한 사람 이더라, 농담도 잘하고! 말을 웃기게 해."

"그 사람들이 엄마 마음에 들어서 다행이야!" 파벨이 조용히 말했다.

"단순한 사람들이야, 파샤! 사람들이 단순하면 좋지! 그리고 다들 널 존경해……."

월요일에 파벨은 머리가 아파서 또다시 출근하지 않았다. 그러나 점심때 페댜 마진이 흥분한 채로 달려와서 숨을 몰아쉬며 보고했다.

"우리 간다! 공장 전체가 들고일어났어. 널 데려오래. 시조프 하고 마호틴이 네가 다른 누구보다도 잘 설명할 수 있대. 지금 일어나는 일 말이야!"

파벨은 말없이 일어서서 겉옷을 입기 시작했다.

"여자들이 달려왔어. 휘파람을 불더라!"

"나도 가련다!" 어머니가 선언했다. "그 사람들, 무슨 일을 시작한 거냐? 나도 간다!"

"가요!" 파벨이 말했다.

거리에서 그들은 빠르게 말없이 걸었다. 어머니는 흥분해서 숨을 몰아쉬며 뭔가 중요한 일이 닥쳐오고 있음을 느꼈다. 공장 대문에 여자들이 몰려서서 욕설을 퍼붓고 있었다. 그들 세 명은 마당으로 들어갔고 곧바로 빽빽이 몰려서 웅성거리는 흥분한 검은 군중들과 맞닥뜨렸다. 어머니는 모두가 대장간 벽을 향해 고개를 한쪽으로 돌리고 있는 것을 보았다. 그곳에는 오래된 쇠 더미 위에 붉은 벽돌을 배경으로 시즈프, 마호틴, 발로프와 그 외에 또 나이 들고 영향력 있는 노동자 다섯 명이 서서 팔을 흔들고 있었다.

"블라소프가 온다!" 누군가 외쳤다.

"블라소프? 이쪽으로 오라고 해……."

"조용히 해!" 몇 군데에서 동시에 사람들이 외쳤다.

그리고 어딘가 가까운 곳에서 르이빈의 고른 목소리가 울려 퍼졌다.

"돈을 위해서 일어서는 게 아니라 정의를 위해서 일어서야 해, 아무렴! 우리한테는 우리 돈 몇 푼이 중요한 게 아니야, 우리 동전이 다른 동전보다 더 둥근 것도 아니고. 하지만 우리 동전이 더 무겁지. 그 안에는 사장의 루블보다 더 많은 사람 피가 들어가 있으니까, 아무렴! 그리고 우리는 돈을 귀히 여기는 게 아니야, 피와 진실을 귀하게 여기지, 아무렴!"

그의 말은 군중에게 가닿아 뜨거운 외침을 불러일으켰다.

"맞다, 르이빈!"

"옳다, 보일러공!"

"블라소프가 왔다!"

기계의 둔중한 굉음, 증기의 힘겨운 한숨과 철사의 사르락거리는 소리 위로 수많은 목소리가 시끄러운 회오리가 되어 뒤섞였다. 사방에서 사람들이 달려와 손을 흔들었고, 뜨겁고 뾰족한 말들로 서로를 북돋웠다. 언제나 지친 가슴속에 졸음에 겨워 녹아들었던 초조함이 깨어나 출구를 요구했으며 기세당당하게 공중으로 날아올라 어두운 날개를 점점 더 넓게 펼치고 점점 더 확고하게 사람들을 사로잡아 그들을 자기 쪽으로 끌어당겼다. 그리고 서로 부딪치면서 불꽃 같은 악의로 다시 태어났다. 군중 위로 재와 먼지구름이 흔들렸으며 땀투성이 얼굴이 달아올랐고 뺨에는 검은 눈물이 흘러내렸다. 검은 얼굴들에서 눈이 번쩍이고 치아가 하얗게 빛났다.

시조프와 마호틴이 서 있는 곳에 파벨이 나타났고 그의 외침이 울려 퍼졌다.

"동지들!"

어머니는 아들의 얼굴이 창백해지고 입술이 떨리는 것을 보았고, 자기도 모르게 군중을 헤치며 앞으로 나아갔다. 사람들이 짜증을 내며 어머니에게 말했다.

"어디로 기어가는 거야?"

사람들이 막았지만 어머니는 멈추지 않았다. 아들 곁에 서고 싶은 열망에 충실하여 어머니는 어깨와 팔꿈치로 사람들을 헤치며 천천히 아들에게 조금씩 가까이 다가갔다.

파벨은 평소부터 깊고 중요한 생각들을 간직해 왔던 그 가슴에서 첫 단어를 꺼내고 나서 투쟁의 기쁨에 목구멍이 경련으로 조여드는 것을 느꼈다. 진실을 꿈꾸는 불꽃으로 타오르는 자신의 심장을 사람들에게 던지고 싶은 열망이 그를 사로잡았다.

"동지들!" 그가 이 한 단어에 환희와 힘을 담아 다시 말했다. "우리가 바로 교회와 공장을 짓고 쇠사슬과 돈을 만들어 내는 사람들입니다, 우리가 바로 요람에서 무덤까지 모든 사람을 먹이고 모든 사람을 즐겁게 해 주는 살아 있는 힘입니다……."

"아무렴!" 르이빈이 외쳤다.

"우리는 언제 어디서나 노동에서는 첫 번째이지만 삶의 자리에서는 가장 마지막에 있습니다. 누가 우리를 돌봅니까? 누가 우리의 이익을 바랍니까? 누가 우리를 사람으로 대접합니까? 아무도 하지 않습니다!"

"아무도 안 하지!" 메아리처럼 누군가의 목소리가 대꾸했다.

파벨은 스스로를 추스른 뒤에 좀 더 단순하고 차분하게 말했고 군중은 수천 개의 머리를 가진 검은 몸을 이루며 그를 향해 천천히 움직이기 시작했다. 군중은 수백 쌍의 주의 깊은 눈으로 그의 얼굴을 들여다보았고 그의 말을 빨아들였다.

"우리가 더 나은 운명을 쟁취하려면 우리 권리를 위해 투쟁한다는 일념으로 단단히 맺어진 동지들이자 친구들의 한 가족이라고 스스로 느껴야만 합니다."

"계획을 말해!" 어머니 옆에서 사람들이 거칠게 소리쳤다.

"끼어들지 마!" 서로 다른 두 군데에서 크지 않은 목소리가 동시에 울렸다.

재투성이 얼굴들이 믿을 수 없다는 듯 음울하게 찡그렸다. 수십 개의 눈이 진지하게 파벨의 얼굴을 바라보았다.

"사회주의자이지만 바보는 아니군!" 누군가 논평했다.

"허! 대담하게 말하네!" 어머니의 등을 건드리며 키가 크고 등이 굽은 노동자가 말했다.

"이제 우리 스스로가 아니면 아무도 우리를 돕지 않는다는 걸 이해할 때가 됐습니다! 모두를 위한 하나, 하나를 위한 모두, 이것이 바로 우리가 적을 물리치고 싶다면 지켜야 할 우리의 법입니다!"

"이제 계획을 말한다, 여러분!" 마호틴이 외쳤다.

그리고 팔을 넓게 휘두른 뒤에 공중으로 주먹을 치켜올렸다.

"사장을 불러내야 합니다!" 파벨이 말을 이었다.

마치 돌풍이 군중을 휩쓴 것 같았다. 군중이 흔들리기 시작했고 수십 개의 목소리가 동시에 외쳤다.

"사장을 여기로!"

"대표를 뽑아 사장한테 보내라!"

어머니는 앞으로 헤치고 나아가 자랑스러운 마음에 가득 차서 아들을 올려다보았다. 파벨은 나이 들고 존경받는 노동자들 사이에 서 있었고, 모두가 그의 말을 듣고 그에게 동의했다. 아들이 다른 사람들처럼 화내거나 욕하지 않는 것이 어머니의 마음에 들었다.

쇠 더미 위로 우박이 떨어지듯 고함과 욕설과 악의에 찬 말들이 홍수처럼 터져 나왔다. 파벨이 위에서 사람들을 내려다보며 눈을 크게 뜨고 군중 사이에서 뭔가를 찾고 있었다.

"대표를!"

"시조프를!"

"블라소프를!"

"르이빈을! 그 사람 이빨이 무서우니까!"

갑자기 군중 사이에서 크지 않은 외침이 울려 나왔다.

"직접 온다!"

"사장……!"

군중이 갈라지며 긴 얼굴에 끝이 뾰족한 턱수염을 기른 키 큰 사람에게 길을 내주었다.

"비켜 주시오!" 그가 짧은 손짓으로 자기 앞을 막아선 노동자들을 물러서게 하며, 그러나 노동자들을 직접 건드리지는 않으면서 말했다. 사장은 눈을 가늘게 뜨고 경험 많은 지배자의 시선으로 노동자들의 얼굴을 면밀히 살펴보았다. 그의 앞에서 사람들은 모자를 벗고 고개를 숙였다. 사장은 인사에 답하지 않고 나아감으로써 군중 속에 침묵과 당혹과 민망한 미소와 크지 않은 외침을 불러일으켰다. 그 외침 속에는 못된 장난을 저질렀음을 인정하는 어린아이의 뉘우침이 들려왔다.

그는 엄한 시선으로 어머니의 얼굴을 훑어보면서 바로 옆으로 지나가 쇠 더미 앞에 멈춰 섰다. 쇠 더미 위에 있던 누군가가 그에게 손을 뻗었으나 그는 그 손을 붙잡지 않고 강한 몸동작으로 한달음에 올라가 파벨과 시조프 앞에 서서 물었다.

"대체 무슨 일로 이렇게 모여 있는 건가? 어째서 작업을 멈추었지?"

몇 초간 조용했다. 사람들의 고개가 마치 곡식 이삭처럼 흔들렸다. 시조프가 공중에 모자를 흔들고는 어깨를 으쓱해 보이고 고개를 떨구었다.

"내가 묻고 있지 않나!" 사장이 소리쳤다.

파벨이 사장 곁에 서서 시조프와 르이빈을 가리키며 큰 소리로 말했다.

"우리 세 사람은 월급에서 1루블당 1코페이카씩 공제하라는 당신의 결정을 취소해 달라고 요구하도록 동지들에게 전권을 위임받았습니다."

"어째서?" 사장이 파벨을 바라보지 않고 물었다.

"우리는 그런 부과금을 정당하다고 여기지 않습니다!" 파벨이 큰 소리로 말했다.

"당신은 그러니까, 늪을 메우겠다는 내 결정에서 순전히 노동자를 착취하겠다는 의도만 보이고 노동자의 생활 개선을 위한 배려는 보이지 않는다는 거요? 그렇소?"

"그렇습니다!" 파벨이 대답했다.

"당신도 그렇소?" 사장이 르이빈에게 물었다.

"모두 같은 의견이오!" 르이빈이 대답했다.

"그럼 당신은, 선임?" 사장이 시조프에게 말했다.

"마찬가지이고 나도 사장님께 부탁드리겠소. 우리 돈은 우리에게 그냥 남겨 주시오!"

그리고 다시 한번 고개를 숙인 뒤에 시조프는 미안한 듯 웃음 지었다.

사장은 천천히 군중을 훑어보고는 어깨를 으쓱했다. 그러고 나서 뭔가 캐내려는 듯한 시선으로 파벨을 훑어보다가 그에게 물었다.

"당신은 꽤 지적인 사람처럼 보이는데, 정말로 이 정책의 효용을 이해하지 못하겠단 말이오?"

파벨은 큰 소리로 대답했다.

"공장이 자기 예산으로 늪을 메운다면 그건 모두가 받아들일 겁니다!"

"공장은 자선 단체가 아니오!" 사장이 건조하게 대꾸했다. "모두 작업장으로 돌아갈 것을 명령합니다!"

그리고 사장은 조심스럽게 쇠 무더기를 디디며 아무도 쳐다보지 않고 아래로 내려갔다.

군중은 만족하지 못하고 웅성거렸다.

"뭐요?" 사장이 멈춰 서서 물었다.

모두 입을 다물었으나 멀리서 한 사람의 목소리가 울렸다.

"네가 직접 일해!"

"15분 내로 작업을 재개하지 않으면 모두에게 벌금을 물리겠소!" 건조하고 선명하게 사장이 대답했다.

사장이 다시 군중 사이로 지나갈 때 이번에는 그의 뒤로 둔중한 웅얼거림이 시작되었고 사장의 모습이 멀어질수록 외침 소리가 점점 더 커졌다.

"그와 얘기해!"

"그 권리가 결국 이렇게 됐군! 에휴, 팔자란……."

사람들은 고개를 돌려 파벨에게 외쳤다.

"이봐, 법률가, 이젠 어떻게 하지?"

"네가 그렇게 떠들어 대더니 사장이 와서 다 쓸어버렸잖아!"

"블라소프, 어떻게 할까?"

고함 소리가 좀 더 끈질겨지자 파벨이 선언했다.

"동지들, 사장이 부과금을 취소할 때까지 작업을 중단할 것을 제안합니다……."

흥분한 고성이 오가기 시작했다.

"우리가 바보인 줄 아나!"

"파업?"

"푼돈 때문에?"

"그럼 어떡해? 그래, 파업하자!"

"이런 일로 모두를 끌어들이다니……."

"그럼 일은 누가 하지?"

"누군가 하겠지!"

"배신자들?"

13

파벨은 아래로 내려와 어머니 옆에 섰다.

사방에서 고함 소리가 울렸고 사람들은 서로 언쟁하며 흥분해서 소리 질렀다.

"파업을 성사시키진 못할 거야!" 르이빈이 파벨에게 다가와 말했다. "사람들이 욕심은 많지만 또 겁쟁이야. 잘해야 3백 명쯤 자네 편에 설 거다. 그 이상은 안 될걸. 이 정도 커다란 거름 덩어리를 쇠스랑 하나로 들어 올리진 못해……."

파벨은 침묵했다. 그의 앞에서 군중의 거대한 검은 얼굴이 흔들리며 뭔가 요구하듯 그의 눈을 들여다보았다. 심장이 불안하게 맥박 쳤다. 블라소프는 자기가 한 말이 마치 오래 가물었던 땅에 드문드문 떨어진 빗방울처럼 흔적 없이 사람들 사이로 사라진 것만 같았다.

그는 슬프고 지친 몸을 끌고 집으로 갔다. 그의 뒤를 따라 어머니와 시조프가 걸었고 옆에서 르이빈이 함께 걸으며 큰 소리로 말했다.

"자네가 말은 잘했어, 그래, 그런데 심금을 울리진 못했어, 그거야! 심장에, 마음 가장 깊은 곳에 불꽃을 던져 넣어야 해. 머리로는 사람들을 사로잡지 못해. 그건 발에 맞지 않는 신발과 같아, 너무 작고 너무 좁다고!"

시조프가 어머니에게 말했다.

"우리 늙은이들이 나서야 할 때가 왔어요, 닐로브나! 새로운 민중이 시작되는 겁니다. 우리가 어떻게 살았습니까? 무릎으로 기어 다니며 언제나 땅에 머리를 조아렸지요. 그런데 요즘 사람들은, 몇몇은 정신을 차렸고 몇몇은 더 심하게 실수를 저지르지만 그래도 우리하고는 같지 않아요. 이제 보면 청년들이 사장하고 동등한 사람처럼 이야기를 하잖아요……. 그래요! 다들 보는 데서, 파벨 미하일로비치, 자네 잘하던데, 형제, 사람들을 대표해 앞에 나서서! 신이 자네를 지켜 주시길. 어쩌면 자네가 갈 길을, 해결책을 찾아낼 수도 있겠군. 신이 지켜 주시길!"

그는 갔다.

"그래, 그렇게 죽으시오!" 르이빈이 중얼거렸다. "당신들은 이제 사람이 아니라 연마제요, 금 간 틈을 메우는 연마제라고. 자네가 대표로 나서야 한다고 누가 소리쳤는지 자네도 봤지, 파벨? 자네가 사회주의자라고, 골칫덩어리라고 말하는 사람들이야, 아무렴, 그 사람들이라고! 쫓아내면 제 갈 길로 가 버리겠지 하는 심보라니까."

"그 사람들도 자기 나름대로는 옳아요." 파벨이 말했다.

"늑대도 자기 동료들을 물어 죽일 땐 옳지……."

르이빈의 얼굴은 음울했고 목소리가 유달리 떨렸다.

"사람들은 말로만 해서는 믿지 않아, 고생해야 돼, 그 말을 피로 씻어 내야 해……."

하루 종일 파벨은 우울하고 지친 채로 불안해하며 다녔고 그의 눈은 타오르며 마치 뭔가를 찾는 것 같았다. 어머니가 그것을 눈치채고 조심스럽게 물었다.

"왜 그러니, 파샤, 응?"

"머리가 아파요." 그가 생각에 잠겨 말했다.

"좀 눕지 그러니, 내가 의사 불러올게……."

그는 어머니를 흘끗 쳐다보고 서둘러 대답했다.

"아니에요, 그러실 필요 없어요!"

그리고 갑자기 조용히 말했다.

"난 젊고 힘이 약해요. 그게 문제예요! 사람들이 날 믿지 않고 내 진실을 따라나서지 않았어요. 그건 다시 말해 내가 진실을 제대로 말하지 못했다는 거예요! 힘들어요, 나 자신에게 화가 나요!"

어머니는 아들의 우울한 얼굴을 바라보며 위로하려는 마음에 조용히 말했다.

"좀 기다려 봐라! 사람들이 오늘은 널 이해하지 못해도 내일은 알아들을 거다……."

"이해해야만 해요!" 그가 소리쳤다.

"심지어 나도 네가 말하는 진실을 알아보지 않니……."

파벨은 어머니에게 다가갔다.

"어머니, 어머니는 좋은 사람이야."

그러고는 어머니에게 등을 보이며 돌아섰다. 어머니는 그 조용한 말을 듣고 마치 불에 덴 듯 몸을 떨었고 아들의 다정함을 소중히 간직한 채 손을 가슴에 대고 방을 나갔다.

밤에 어머니는 잠자리에 들고 파벨은 침대에 누워 책을 읽고 있을 때 헌병들이 와서 마당과 다락을 포함해 사방을 거칠게 수색하기 시작했다. 노란 얼굴의 장교는 처음과 똑같은 태도로 일관했다. 모욕을 주고 비웃었으며 조롱하는 데에서 만족을 얻었고 마음에 상처를 주려 애썼다. 어머니는 구석에 앉아 침묵을 지키며 아들의 얼굴에서 눈을 떼지 않았다. 파벨은 자신의 격정을 내보이지 않으려 애썼지만 장교가 웃음을 터뜨리자 파벨의 손가락이 이상하게 떨렸고 어머니는 아들이 헌병에게 말대꾸하지 않는 게 힘들고 그 농담을 참아 내기가 어렵다는 것을 느꼈다. 이제 어머니는 첫 번째 압수 수색 때처럼 무섭지는 않았고 발에 박차를 달고 찾아온 이 회색 밤 손님들에게 무엇보다 증오를 느꼈다. 그 증오가 불안감을 눌러 버렸다.

파벨이 때맞춰 어머니에게 속삭였다.

"날 잡아갈 거예요."

어머니는 머리를 기울여 조용히 대답했다.

"이해한다……."

어머니는 이해했다 — 아들은 오늘 노동자들에게 연설한 일 때문에 감옥에 갇힐 것이다. 하지만 그가 말한 내용에 대해서는 모두가 동의했고 모두가 그를 위해 나설 것이다. 그러므로 아들이 오랫동안 붙잡혀 있지는 않을 것이다…….

어머니는 아들을 껴안고 울고 싶었지만 옆에 장교가 서서 가늘게 뜬 눈으로 어머니를 쳐다보고 있었다. 장교의 입술이 떨렸고 콧수염이 흔들리고 있었다. 블라소바는 이 사람이 자신의 눈물을, 호소와 애원을 기다리는 것이라고 생각했다. 모든 힘을 끌어모아 최대한 말을 적게 하려고 애쓰면서 어머니는 아들의 손을 잡고 호흡을 조절하며 천천히 조용히 말했다.

"잘 가라, 파샤. 필요한 건 다 챙겼니?"

"다 챙겼어. 걱정하지 마."

"주님이 너와 함께하시길……."

아들이 끌려간 뒤 어머니는 긴 의자에 앉아 손으로 눈을 가리고 조용히 오열했다. 남편이 했듯이 등을 벽에 기대고, 슬픔과 자신의 무기력함에 대한 모욕적인 자각에 단단히 파묻힌 채 어머니는 고개를 숙이고 울음소리에 상처 입은 마음의 고통을 쏟아 넣으며 오랫동안 단조롭게 울부짖었다. 그리고 어머니의 눈앞에는 움직이지 않는 얼룩처럼 숱 적은 콧수염에 가늘게 뜬 눈을 한 노란 얼굴이 서서 만족스럽다는 듯 쳐다보고 있었다. 아들이 진실을 찾고 있다는 이유로 어머니에게서 아들을 빼앗아 가는 사람들에 대한 원한과 적의가 검은 덩어리처럼 피어올랐다.

날이 추웠고 빗줄기가 유리창을 두들겼으며 밤이면 마치 팔이 길고 넓적하고 빨간 얼굴에 눈이 없는 회색 형체들이 몰래 집

주위를 돌아다니는 것 같았다. 그들이 돌아다니면 거의 들리지 않는 소리로 박차가 딸그랑거렸다.

'나도 데려가고 싶겠지.' 어머니는 생각했다. 사람들에게 일 터로 가라고 요구하는 공장 사이렌 소리가 울렸다. 오늘 그 소 리는 둔중하고 낮고 자신감이 없는 듯했다. 문이 열리고 르이빈 이 들어왔다. 그는 어머니 앞에 서서 손바닥으로 턱수염에 묻은 빗방울을 문질러 닦으며 물었다.

"잡아갔어요?"

"잡아갔어요, 저주받을 인간들!" 어머니가 한숨을 쉬고 대답 했다.

"그런 활동이지요!" 르이빈이 미소 지으며 말했다. "나도 압 수 수색을 당했고 전부 파헤쳐 놨어요, 그-으럼요. 나를 야단치 더군요…… 뭐 그렇지만 기분 상하진 않았어요. 그러니까 파벨 을 잡아갔단 말이지요! 사장이 눈짓을 하고 헌병들이 고갯짓을 하고, 그다음엔 사람이 없어진다고요? 참 사이좋게들 지내는군 요. 누구는 민중을 쥐어짜고, 또 누구는 민중의 목을 움켜쥐고 있고……."

"파벨을 위해 나서야 해요!" 어머니가 일어서며 외쳤다. "그 애는 모두를 위해 앞장서지 않았나요!"

"누가 나서야 한다고요?" 르이빈이 물었다.

"모두가요!"

"이런, 무슨 말을! 아니, 그런 일은 일어나지 않아요."

그는 미소 지으며 특유의 무거운 걸음으로 나갔고, 그의 말에 담긴 건조한 절망에 어머니의 슬픔은 더욱 커졌다.

'그 사람들이 때리지는 않을까, 고문하려나⋯⋯?'

어머니는 아들의 몸이 얻어맞고 찢어지고 피투성이가 된 모습을 상상했고 공포가 차가운 덩어리가 되어 어머니의 가슴을 내리눌렀다. 눈이 아팠다.

어머니는 화덕에 불을 지피지 않고 점심밥도 짓지 않고 차도 마시지 않고 단지 저녁 늦게 빵 한 조각만 먹었다. 그리고 자려고 누웠을 때 어머니는 이제까지 평생 단 한 번도 지금처럼 외롭고 헐벗은 적이 없었다고 생각했다. 지난 몇 년간 어머니는 뭔가 중요하고 좋은 일을 끊임없이 기대하며 사는 데 익숙해졌다. 어머니 주위에는 시끄럽고 대담한 청년들이 언제나 돌아다녔고, 어머니 앞에는 언제나 어수선하지만 좋은 삶을 창조해 낸 아들의 진지한 얼굴이 있었다. 그런데 지금은 아들도 없고, 그리고 아무것도 없었다.

14

천천히 하루가 지났고, 잠 못 드는 밤이 지나고 또 더 천천히
다음 날 하루가 지났다. 어머니는 누군가를 기다렸으나 아무도
나타나지 않았다. 저녁이 되었다. 그리고 밤이 왔다. 차가운 비
가 벽에 부딪혀 한숨을 쉬고 사르락 소리를 냈으며 배수관이 둔
하게 울렸고 바닥 아래로 뭔가 흘러갔다. 처마에서 우울하게 떨
어지는 물소리가 시곗바늘 소리와 이상하게 섞여 들었다. 마치
집 전체가 조용히 흔들리는 것 같았고, 집을 둘러싼 모든 것이
불필요하고 애수에 차서 생명을 잃어버린 것 같았다.

조용히 창문을 두드리는 소리가 들렸다. 한 번, 두 번⋯⋯. 어
머니는 이런 소리에 익숙해졌고 겁먹지 않았으나 지금은 심장
을 찌르는 기쁨에 몸이 떨렸다. 불분명한 희망에 차서 어머니는
서둘러 일어섰다. 어깨에 숄을 걸치고 어머니는 문을 열었다.

사모일로프가 들어왔고 그 뒤로 어떤 사람이 외투 깃을 높이

세우고 눈썹까지 모자를 눌러써서 얼굴을 가린 채 따라왔다.

"저희가 깨웠나요?" 인사도 하지 않고 사모일로프가 물었는데, 평소와는 달리 근심에 찬 얼굴에 음울해 보였다.

"안 자고 있었어요!" 어머니가 대답하고는 말없이 기대에 찬 시선을 두 사람에게 보냈다.

사모일로프 일행은 가쁜 숨을 쉬며 모자를 벗었고 손가락이 짧고 손바닥이 넓은 손을 어머니에게 내밀었으며 마치 오래전부터 알고 지낸 사이처럼 다정하게 어머니에게 말했다.

"안녕하세요, 어머님! 저 못 알아보시겠어요?"

"이게 누구야?" 블라소바가 갑자기 기뻐하며 외쳤다. "예고르 이바노비치?"

"제가 왔습니다!" 그가 마치 교회의 부사제처럼 긴 머리카락을 늘어뜨린 커다란 머리를 숙이며 대답했다. 그의 얼굴 전체가 선량하게 웃었고 맑고도 조그만 회색 눈이 어머니의 얼굴을 다정하게 들여다보았다. 그는 마치 사모바르 같았다 — 둥글고 키가 작고 목이 굵고 팔이 짧았다. 얼굴이 반짝거렸고 숨소리가 시끄러웠으며 가슴에서는 뭔가 계속 끓는 소리와 새된 소리를 냈다.

"방으로 들어오세요, 제가 금방 겉옷을 입을게요!" 어머니가 권유했다.

"어머니하고 의논할 일이 있습니다!" 사모일로프가 고개를 숙이고 어머니를 올려다보며 걱정스럽게 말했다.

예고르 이바노비치는 방으로 들어간 뒤에 그곳에서 말했다.

"다정하신 어머님, 오늘 아침에 어머님도 아시는 니콜라이 이바노비치가 감옥에서 나왔습니다……"

"그 사람 잡혀가 있었어요?" 어머니가 물었다.

"두 달 열하루 됐습니다. 거기서 우크라이나인을 봤대요, 인사 전한답니다. 그리고 파벨도요, 마찬가지로 인사 전해 달래요, 어머님 걱정하지 마시라고, 자기 같은 사람이 가는 길에 감옥은 그냥 쉬어 가는 장소일 뿐이라고 전해 달래요, 우리의 사려 깊은 정부가 이미 그렇게 정했으니까요. 그런데 어머님, 이제 활동에 대해서 좀 말씀드리겠습니다. 어제 여기서 사람이 얼마나 잡혀갔는지 어머님도 아시지요?"

"아니요! 대체 파샤 말고도 또 누가 잡혀갔어요?" 어머니가 외쳤다.

"파벨이 49번째입니다!" 예고르 이바노비치가 차분하게 어머니를 가로막았다. "그리고 경찰이 아마 열 명쯤은 더 잡아갈 겁니다! 바로 이 신사분도 마찬가지고요……"

"예, 저도요!" 사모일로프가 음울하게 말했다.

블라소바는 숨 쉬기가 조금 쉬워지는 것을 느꼈다.

'그 애가 거기 혼자 있진 않겠구나!' 어머니의 머릿속에 이런 생각이 번득였다.

겉옷을 입고 어머니는 방으로 들어와서 손님에게 활짝 미소 지었다.

"그렇게 많이 잡아갔으면 오래 가둬 두진 않겠네요……"

"그렇죠!" 예고르 이바노비치가 말했다. "그리고 우리가 계획을 잘 짜서 그들의 체포 작전을 망쳐 놓는다면 그놈들만 완전히 바보가 될 겁니다. 계획은 이렇습니다. 우리가 공장에 전단을 들여보내는 걸 지금 그만두면 헌병 놈들이 그 유감스러운 상황을 이용해 파벨과 동지들에게 불리한 증거를 꾸며 내서 감옥에 붙잡아 두려 할 겁니다……."

"어째서 그렇게 되죠?" 어머니가 불안해하며 외쳤다.

"아주 단순하지요!" 예고르 이바노비치가 부드럽게 말했다. "가끔은 헌병들도 제대로 판단하니까요. 생각해 보십시오. 파벨이 있을 때는 책과 전단이 돌아다녔는데 파벨이 없으니까 책도 없고 전단도 없어요! 그러면 바로 파벨이 그걸 뿌리고 다녔구나, 아하, 그렇죠? 그래, 그러면 그놈들이 모두 다 집어삼키기 시작할 거예요, 헌병들은 그런 식으로 사람을 중상모략해서 평판을 갈기갈기 찢어 놓는 걸 좋아하거든요!"

"나도 알겠어요, 알겠어요!" 어머니가 걱정스럽게 말했다. "아, 주여! 이제 어쩌죠?"

부엌에서 사모일로프의 목소리가 들려왔다.

"거의 전부 다 잡아갔어요, 망할 놈들이……! 우린 이제 전처럼 계속 일해야만 해요. 우리의 과업을 위해서뿐만이 아니라 동지들을 구하기 위해서도요."

"그런데 일할 사람이 없어요!" 예고르가 미소 지으며 덧붙였다. "우리 문건의 수준은 아주 훌륭해요, 제가 직접 만들었거든요! 하지만 이걸 어떻게 공장에 들여갈 수 있을지, 그걸 모르겠습니다!"

"정문에서 전부 수색을 하기 시작했어요!" 사모일로프가 말했다.

어머니는 그들이 자신에게 뭔가 바란다는 걸, 기대한다는 걸 느끼고 서둘러 물었다.

"그래, 그럼 뭘 하죠? 어떻게 해요?"

사모일로프가 문가에서 일어서며 말했다.

"펠라게야 닐로브나, 어머님은 공장 마당에서 먹을 것을 파는 코르수노바하고 잘 아시죠?"

"알죠, 왜요?"

"그 사람한테 얘기 좀 해 주세요, 혹시 들어갈 수 있는지?"

어머니는 손사래를 쳤다.

"아유, 안 돼요! 수다스러운 아줌마라서, 안 돼! 날 통해서, 이 집에서 나온 걸 사람들이 알게 되면, 안 돼요, 안 돼!"

그리고 갑자기, 돌연한 생각에 사로잡혀 어머니는 조용히 말했다.

"나한테 줘요, 나한테 줘! 내가 알아보고 방법을 찾아볼게요. 내가 마리야한테 부탁해 볼 테니까, 날 조수로 써 달라고 할게요! 나도 밥을 먹어야 하고, 일을 해야 하니까요. 그래, 내가 공장으로 점심 식사를 나를게요! 내가 알아볼게요!"

양손을 가슴에 꼭 대고 어머니는 자신이 모든 것을 눈에 띄지 않게 잘 해낼 거라며 설득했고 결론적으로 장엄하게 외쳤다.

"사람들도 알게 될 거예요, 파벨이 없어도 그의 손은 감옥에서도 뻗어 나온다는 걸 사람들이 보게 될 거예요!"

세 명 모두 활기를 띠었다. 예고르가 양손을 세게 마주 비비고는 미소 지으며 말했다.

"굉장해요, 어머니! 이게 얼마나 엄청난 일인지 어머니도 아시겠죠! 완전히 마법 같아요."

"이게 성공하면 난 안락의자에 앉듯이 감옥에 가겠어요!" 사모일로프가 양손을 비비며 거들었다.

"어머니는 아름다운 사람입니다!" 예고르가 목쉰 소리로 외쳤다.

　어머니는 미소 지었다. 모든 것이 명확했다. 만약 지금 전단이 공장에 나타난다면 경찰은 그녀의 아들이 전단을 뿌린 것이 아니라는 사실을 알게 될 것이었다. 그리고 자신이 이 과업을 수행할 능력이 있다고 느끼면서 어머니는 기쁨에 몸을 떨었다.

　어머니는 예고르에게 말했다. "파벨을 면회하러 가시면 그 애한테는 훌륭한 어머니가 있다고 말 좀 해 주세요……."

"제가 예고르보다 더 빨리 만나러 갈 겁니다!" 사모일로프가 미소 지으며 말했다.

"당신도 그 애한테 말씀해 주세요, 내가 필요한 일은 다 할 거라고! 그 애도 알도록 말이에요!"

"하지만 이 사람을 잡아 가두지 않으면요?" 예고르가 사모일로프를 가리키며 물었다.

"그럼 할 수 없죠!"

　두 사람 모두 웃음을 터뜨렸다. 어머니는 자신의 실수를 깨닫고 조용히 당황한 채로, 조금은 능청스럽게 웃기 시작했다.

"자기 자식이 먼저라서 다른 사람은 눈에 안 들어왔군요!" 어머니가 눈을 내리깔고 말했다.

"그거야 당연하죠!" 예고르가 외쳤다. "그리고 파벨에 대해서는 걱정하지 마시고 슬퍼하지도 마세요. 감옥에서 훨씬 나아져서 돌아올 겁니다. 거기선 쉬고 공부할 수 있지만, 밖에 나와 있으면 우리 형제한테는 그럴 시간이 없어요. 난 세 번 들어갔다 나왔고 매번 거기 있는 게 만족스럽진 못했지만 그래도 의심할 바 없이 머리와 가슴엔 이득이 됐어요."

"숨을 가쁘게 쉬잖아요!" 어머니가 그의 단순한 얼굴을 친근하게 바라보며 말했다.

"거기엔 따로 이유가 있지요!" 그가 손가락 하나를 치켜들고 대답했다. "자, 그러면 결정된 겁니까, 어머님? 내일 우리가 자료를 가져다 드릴게요. 그러면 영원한 어둠을 썰어 내는 톱이 다시 돌아가기 시작하는 겁니다. 말할 자유 만세, 어머니의 마음 만세! 그럼 지금은 이만 가 보겠습니다!"

"안녕히 계세요!" 사모일로프가 어머니의 손을 꽉 쥐며 말했다. "우리 어머니한테는 이런 걸 하나도 내보이지 못했을 겁니다, 네!"

"다들 이해할 거예요!" 블라소바가 그에게 듣기 좋은 말을 해 주고 싶은 마음에 말했다.

두 사람이 가고 나서 어머니는 문을 닫고 방 한가운데에 무릎을 꿇고 시끄러운 빗소리 속에서 기도하기 시작했다. 파벨이 자신의 인생에 데려온 사람들에 대한 하나의 커다란 생각으로 가득 차서 어머니는 말없이 기도했다. 그 사람들은 마치 어머니와 성상화 사이로 지나다니는 것 같았고, 모두 다 단순하고 이상하게 서로 가깝고 그러면서도 외로운 모습으로 지나다녔다.

아침 일찍 어머니는 마리야 코르수노바를 찾아갔다.

코르수노바는 언제나 그렇듯이 기름투성이에 수선스러웠고 따뜻하게 어머니를 맞이했다.

"걱정돼?" 그녀가 기름 묻은 손으로 어머니의 어깨를 두드리며 물었다. "생각하지 마! 잡아가서 가뒀으니 골치 아프지! 나쁠 건 아무것도 없어. 전에도 그랬으니까. 예전에는 도둑질을 하면 잡아 가뒀고 지금은 진실을 말하면 잡아 가두기 시작한 거야. 파벨은 진실을 말한 건 아닐지 몰라도, 어쨌든 모두를 위해서 나섰잖아. 그리고 모두 다 그 애를 이해하니까 걱정 마! 다들 입 밖에 내지는 않아도 누가 좋은 사람인지는 다 알거든. 자기를 한번 찾아가 봐야겠다고 계속 생각은 하고 있었는데 시간이 없었네. 음식을 만들어 내다 팔고, 이래도 분명히 난 거지로 죽을 거야. 애인들이 날 싹 해 먹을 거라고, 저주받을 놈들! 마치 바퀴벌레가 빵을 긁어 먹듯이 이놈이 해 먹고 저놈이 해 먹고. 몇십 루블이라도 모아 놓으면 어느 지옥 갈 놈이 나타나 다 핥아 먹고! 여자로 산다는 건 괴로운 일이지! 세상에 못 할 짓이라고! 혼자 살기는 힘들고, 둘이 살기는 지겹고!"

"나를 조수로 써 줄 수 있을지 물어보려고 왔어!" 블라소바가 그녀의 수다를 가로막으며 말했다.

"무슨 소리야?" 마리야가 묻고는 친구의 말을 다 들은 뒤에 고개를 끄덕였다.

"그래! 우리 남편한테서 날 숨겨 줬던 거 기억나? 그래, 지금은 내가 자기를 가난으로부터 숨겨 줄게……. 다들 자기를 도와줘야 해. 왜냐하면 아들이 사회 활동을 하다가 잡혀갔으니까. 아드님은 좋은 청년이야. 다들 한목소리로 그렇게 말해. 그리고 다들 그 애를 안타까워해. 내가 분명히 말하는데, 이렇게 체포해도 경찰한테 좋을 일은 없을 거야. 공장에서 무슨 일이 벌어지는지 직접 한번 보라고! 떠도는 얘기가 좋지 않아! 그 경찰들이 거기 진을 치고 서서는, 놈의 발뒤꿈치를 물었으니 멀리 가진 못할 거야, 이런 생각을 하고 있겠지! 그런데 어떻게 됐냐 하면, 열 명을 때리니까 수백 명이 화를 내잖아!"

대화는 잘 끝나서, 다음 날 점심에 블라소바는 마리야의 요리를 담은 냄비 두 개를 들고 공장으로 가고, 마리야는 시장에서 장사를 하기로 했다.

15

노동자들은 점심거리를 파는 새로운 상인이 등장한 것을 곧바로 눈치챘다. 어떤 사람들은 어머니에게 다가와 격려하듯이 말했다.

"일 시작했어요, 닐로브나?"

그리고 어떤 사람들은 파벨이 곧 풀려날 것이라고 장담하며 위로했고, 다른 사람들은 공감하는 말로 어머니의 슬픈 마음을 놀라게 했으며, 또 다른 사람들은 분개하며 사장과 헌병들을 욕하여 어머니의 마음에 화답하는 메아리를 불러일으켰다. 그러나 불행을 기뻐하는 듯 어머니를 쳐다보는 사람들도 있었다. 작업 시간 기록원 이사이 고르보프는 입을 삐죽이며 내뱉었다.

"내가 도지사였으면 댁의 아들은 교수형을 당했을 거요! 사람들을 꾀어내지 마시오!"

이 악의적인 위협에 죽음과 같은 냉기가 어머니를 감쌌다. 어머니는 이사이의 말에 아무런 대꾸도 없이 그저 주근깨로 가득 덮인 그의 조그만 얼굴을 쳐다보고 한숨을 쉰 뒤에 땅으로 시선을 내리깔았다.

공장은 어수선했다. 노동자들은 삼삼오오 모여서 자기들끼리 소리 죽여 뭔가 이야기했고 근심에 찬 십장들이 사방으로 돌아다녔으며 때때로 욕설이나 불안한 웃음소리가 울려 퍼졌다.

순경 둘이 사모일로프를 붙잡아 어머니 옆을 지나갔다. 그는 한 손을 주머니에 쑤셔 넣고 다른 손은 불그스름한 자기 머리카락을 매만지며 걸어갔다.

그의 곁에서 수백 명의 노동자들이 무리 지어 함께 걸으며 순경들에게 욕설과 조롱을 퍼부었다.

"놀러 가는군, 그리샤!" 누군가 그에게 소리쳤다.

"우리 형제에게 경의를!" 다른 누군가 격려했다. "우리가 지켜 주기 위해 함께 걷는다……."

그리고 지독한 욕설을 내뱉었다.

"도둑놈 잡기가 쉽지 않았나 보군!" 키 크고 등이 굽은 노동자가 화가 나서 큰 소리로 말했다. "정직한 사람들을 끌고 가기 시작했네……."

"밤에 와서 잡아가면 그나마 좀 낫지!" 군중 속에서 누군가 말을 받았다. "백주 대낮에 부끄러운 줄도 모르고, 개새끼들!"

순경들은 음울하게 빠른 걸음으로 걸었고 아무것도 보지 않으려 애썼으며 자신들을 따라오는 외침 소리를 듣지 못하는 척했다. 그들 앞에서 노동자 세 명이 커다란 철근을 나르다가 순경들 쪽으로 철근을 돌리고 외쳤다.

"조심해라, 인간 낚시꾼들아!"

블라소바 옆을 지나가면서 사모일로프는 미소 짓고 고개를 끄덕여 보이고는 말했다.

"결국 끌고 가네요!"

어머니는 말없이 그에게 고개를 깊이 숙였다. 이 젊고 정직하고 맑은 정신에 얼굴에 미소를 띠고 감옥으로 떠나가는 사람을 보며 마음이 뭉클해지면서 사모일로프에 대해 안쓰러워하는 어머니다운 사랑이 솟아 올랐다.

공장에서 돌아온 어머니는 남은 하루를 마리야의 집에서 보내며 일을 도와주고 수다를 들어주다가 저녁 늦게 텅 비고 춥고 아늑하지 않은 자기 집으로 돌아왔다. 어머니는 오랫동안 이 구석 저 구석 헤매 다녔으나 자신이 있을 자리를 찾지 못했고 무엇을 해야 할지 몰랐다. 그리고 이제 곧 밤이 되는데 예고르 이바노비치가 약속한 대로 전단을 가져오지 않는 것이 걱정되었다.

창밖에서는 무거운 회색 눈송이가 반짝거렸다. 눈송이는 가볍게 창유리에 다가와서 소리 없이 아래로 내려가 녹으면서 그 뒤에 축축한 자국을 남겼다. 어머니는 아들을 생각했다.

조심스럽게 문을 두들기는 소리가 들렸고 어머니는 서둘러 달려가서 열쇠를 돌렸다. 사셴카였다. 어머니는 한동안 그녀를 보지 못했는데 제일 먼저 어머니의 눈에 띈 것은 이 젊은 여성이 부자연스럽게 몸집이 커 보인다는 사실이었다.

"안녕하세요!" 어머니는 사람이 찾아와 밤 시간을 얼마 만이라도 혼자 보내지 않게 되었다는 사실에 기뻐하며 말했다. "오랫동안 못 뵈었네요. 어디 다녀왔어요?"

"아뇨, 저 감옥에 있었어요!" 사센카가 미소 지으며 말했다. "니콜라이 이바노비치하고 함께요. 그 사람 기억하세요?"

"어떻게 잊을 수 있겠어요!" 어머니가 외쳤다. "어제 예고르 이바노비치가 찾아와서 그분은 풀려났다고 얘기했는데 당신에 대해서는 몰랐어요. 당신이 거기 들어갔다는 얘기를 아무도 해 주지 않아서……."

"할 얘기가 뭐 있겠어요……? 저는 예고르 이바노비치가 오기 전에 옷을 갈아입어야겠어요!" 사센카가 주위를 둘러보며 말했다.

"온통 젖었네요……."

"제가 전단을 가져왔어요."

"주세요, 주세요!" 어머니가 서둘렀다.

사센카가 재빨리 외투를 열어젖혀 흔들자 그 안에서 마치 나무에서 낙엽이 떨어지듯 종이 뭉치가 소리를 내며 바닥으로 떨어졌다. 어머니는 웃음을 터뜨리며 마루에서 종이를 집어 들고 말했다.

"난 당신을 보았을 때 몸이 난 것 같아 보여 시집을 가서 아이를 가졌구나 생각했죠. 어머나 세상에, 얼마나 가져온 거예요! 설마 걸어왔어요?"

"네!" 사센카가 말했다. 그녀는 예전처럼 다시 날씬하고 가늘어져 있었다. 어머니는 그녀의 양 볼이 움푹 꺼지고 눈이 굉장히 커졌으며 눈 아래 짙은 그림자가 생긴 것을 보았다.

"방금 풀려났군요. 좀 쉬어야 할 텐데 이렇게 오다니!" 한숨을 쉬고 고개를 저으며 어머니가 말했다.

"필요한 일이니까요!" 사셴카가 몸을 떨면서 대답했다. "그런데 파벨 미하일로비치는 어때요, 괜찮아요……? 많이 걱정하진 않던가요?"

이렇게 물으며 사셴카는 어머니를 쳐다보지 않았다. 그녀는 고개를 숙이고 머리카락을 매만졌는데 손가락이 떨렸다.

"괜찮아요!" 어머니가 대답했다. "그 애는 절대로 배신하지 않을 테니까요."

"그분 건강은 괜찮은가요?" 사셴카가 조용히 물었다.

"병난 적이 없어요, 한 번도!" 어머니가 대답했다. "몸을 온통 떨고 있네요. 내가 차 끓여서 라즈베리 잼이랑 가져올게요."

"그럼 저는 좋지요! 하지만 저 때문에 애쓰실 필요가 있겠어요? 시간도 늦었는데. 그냥 제가 할게요……."

"그렇게 지쳤는데요?" 어머니가 사모바르를 준비하려고 가면서 나무라듯 대꾸했다. 사샤도 부엌으로 따라 나가서 긴 의자에 앉아 양손을 머리 뒤로 돌리고 말했다.

"어찌 됐든 감옥에 있으면 약해져요. 지긋지긋하게 할 일이 없거든요! 그보다 괴로운 건 없어요. 할 일이 얼마나 많은지 다 알면서 마치 짐승처럼 우리 속에 갇혀서……."

"이 모든 걸 누가 보상해 주나요?" 어머니가 물었다.

그리고 한숨을 쉰 뒤에 어머니는 스스로 대답했다.

"아무도 없겠죠, 주님 말고는! 당신도 신을 믿지 않겠죠?"

"안 믿어요!" 사센카가 고개를 저으며 짧게 대답했다.

"난 당신 말을 안 믿어요!" 갑자기 흥분해서 어머니가 말했다. 그리고 숯투성이가 된 양손을 서둘러 앞치마에 문질러 닦으며 어머니는 깊은 확신을 가지고 말을 이었다. "당신은 자신의 신앙을 이해하지 못하는 거예요! 어떻게 신을 믿지 않으면서 이런 삶을 살 수 있어요?"

그때 현관에서 누군가 커다랗게 발소리를 내고 중얼거려 어머니는 몸을 떨었고 사센카는 재빨리 일어나서 황급히 속삭였다.

"열지 마세요! 만약에 그들이면, 헌병들이면 어머니는 저를 모르시는 거예요! 제가 집을 잘못 찾아와서 우연히 여기 들어왔다가 기절했고, 어머니가 제 외투를 벗겼다가 전단을 발견하신 거예요, 아셨죠?"

"아니, 대체 사센카, 어째서요?" 어머니가 다정하게 물었다.

"기다리세요!" 귀를 기울이며 사센카가 말했다. "예고르인 것 같아요……."

실제로 예고르였고, 그는 젖은 몸으로 지친 듯 숨을 몰아쉬며 나타났다.

"접니다! 사모바르는요?" 그가 외쳤다. "사모바르가 일생에 최고 좋은 겁니다, 어머니! 벌써 왔어요, 사센카?"

작은 부엌을 목쉰 소리로 가득 채우며 그는 무거운 외투를 천천히 벗었고 동작을 멈추지 않은 채로 말했다.

"자, 어머니, 이 아가씨는 경찰이 보기에 마음에 안 드는 거예요! 감옥의 간수에게 모욕을 당하자 그가 사과할 때까지 단식을 선언하고 8일이나 식사를 하지 않았어요. 그 때문에 거의 쓰러질 뻔했어요. 나쁘지 않지요? 내 뱃살 어떻습니까?"

떠들면서, 흉하게 튀어나온 배를 짧은 팔로 받치고 그는 방으로 들어가 등 뒤로 문을 닫았지만 방 안에서도 계속해서 뭔가 이야기했다.

"정말 8일이나 굶었어요?" 어머니가 놀라서 물었다.

"그 간수가 꼭 사과를 하게 만들어야 했어요!" 사센카가 차갑게 어깨를 움츠려 보이며 대답했다. 그녀의 침착함과 엄격한 고집이 어머니의 마음 깊은 곳에 못마땅함과 비슷한 감정을 불러일으켰다.

'저런, 세상에⋯⋯!' 어머니가 다시 물었다. "그러다 죽으면 어떡해요?"

"어쩌겠어요!" 사센카가 조용히 대답했다. "어쨌든 간수가 사과했어요. 사람은 모욕을 당했을 때 무조건 용서해선 안 돼요."

"그래요⋯⋯." 어머니가 천천히 대답했다. "우리 언니는 평생 모욕을 당했는데⋯⋯."

"저 짐 다 풀었어요!" 예고르가 문을 열며 말했다. "사모바르 준비됐습니까? 이리 주세요, 제가 가지고 들어갈게요."

그가 사모바르와 그 아래 딸린 쟁반을 집어 들고 말했다.

"우리 아버지는 하루에 차를 최소한 스무 잔씩 마셨는데 그 덕분에 이 땅에서 일흔세 살까지 병도 앓지 않고 평화롭게 사셨지요. 몸무게가 8푸드'였고 보스크레센스키 마을의 사제였어요……."

"당신이 이반 신부님 아들이에요?" 어머니가 외쳤다.

"바로 그렇습니다! 그걸 어떻게 아세요?"

"그거야 내가 보스크레센스키 출신이니까요!"

"동향 사람이에요? 어느 집안이죠?"

"당신 이웃이에요! 난 세레기나예요."

"절름발이 닐의 따님이에요? 어쩐지 얼굴이 익숙했어요. 그 아저씨가 내 귀에 한 방 먹인 게 한두 번이 아니거든요……."

두 사람은 마주 보고 서서 서로에게 질문을 퍼부으며 큰 소리로 웃었다. 사셴카는 미소 지으며 그들을 바라보고 차를 따르기 시작했다. 그릇 부딪치는 소리에 어머니는 현재로 돌아왔다.

"어머, 미안해요, 수다 떨다가! 동향 사람을 만나니 너무 반갑네요……."

"저야말로 여기서 이래라저래라 했으니 사과드릴 사람은 오히려 저예요! 그렇지만 이미 열한 시가 되었고 저는 갈 길이 멀어서……."

"어디로 가요? 도시로?" 어머니가 놀라서 물었다.

"네."

"무슨 말씀이세요? 어둡고 눈도 오는 데다 당신은 지쳤어요! 여기서 자고 가요! 예고르 이바노비치는 부엌에서 자고, 우리는 둘이 여기서 자면……."

"아뇨, 전 꼭 가야 돼요!" 사셴카가 단호하게 말했다.

"그래요, 동향 아주머니, 아가씨는 몸을 숨겨야 해요. 여기 사람들이 이 아가씨를 아니까요. 그리고 만약에 아가씨가 내일 거리에 모습을 나타내면 상황이 나빠질 거예요!" 예고르가 설명했다.

"그러면 사셴카는 어떻게 해요? 혼자 가요……?"

"혼자 갑니다!" 예고르가 미소 지으며 말했다.

사셴카는 스스로 차를 따르더니 호밀빵 한 조각을 집어 들고 소금을 뿌린 뒤 어머니를 바라보며 먹기 시작했다.

"다들 어떻게 걸어 다녀요? 당신도 그렇고, 나타샤도 그렇고? 나 같으면 안 갈 거예요, 무섭잖아요!" 블라소바가 말했다.

"당연히 사셴카도 무서워해요!" 예고르가 말했다. "무섭죠, 사샤?"

"물론이죠!" 사셴카가 대답했다.

어머니는 그녀와 예고르를 쳐다보며 조용히 외쳤다.

"당신들은 정말…… 엄격하군요!"

차를 다 마시고 사셴카는 말없이 예고르와 악수를 나눈 뒤에 부엌으로 갔고 어머니는 그녀를 배웅하여 뒤따라 나갔다. 부엌에서 사셴카가 말했다.

"파벨 미하일로비치를 보시거든 제가 인사 전했다고 얘기해 주세요! 부탁할게요!"

그리고 문설주를 잡고 서 있다가 그녀는 갑자기 돌아서서 작은 소리로 물었다.

"어머님한테 입 맞춰도 돼요?"

어머니는 말없이 그녀를 껴안고 뜨겁게 입을 맞추었다.

"감사합니다!" 사셴카가 조용히 말하고 고개를 숙여 보인 뒤에 떠났다.

방으로 돌아온 어머니는 불안하게 창밖을 쳐다보았다. 어둠 속에서 젖은 눈을 밟는 뽀드득뽀드득 소리가 무겁게 들려왔다.

"혹시 프로조로프 가족 기억하세요?" 예고르가 물었다.

그는 다리를 벌리고 앉아 큰 소리로 찻잔에 입김을 불고 있었다. 그의 얼굴은 빨갛고 땀에 젖었으며 만족스러워 보였다.

"기억해요, 기억해요!" 어머니가 옆으로 걸어 식탁에 다가가며 생각에 잠겨 말했다. 어머니는 앉아서 슬픈 눈으로 예고르를 바라보며 천천히 말을 이었다. "아이고, 아이고! 사셴카는 어떻게 걸어서 거기까지 가죠?"

"지치겠죠!" 예고르가 동의했다. "감옥에서 몸이 아주 많이 상했어요, 예전에는 훨씬 더 강했는데……. 게다가 어렸을 때 사랑받으며 귀하게 자랐는데……. 아마 벌써 폐가 망가진 것 같아요."

"사셴카는 어떤 사람이에요?" 어머니가 조용히 물었다.

"지주의 딸이에요. 사셴카 말로는, 아버지가 엄청난 사기꾼이라고 그래요. 어머니, 어머니도 아시겠죠, 둘이 결혼하고 싶어 하는 거?"

"누가요?"

"사셴카하고 파벨요……. 하지만 이래서는 다 잘 안 될 것 같아요. 파벨이 밖에 나와 있을 때는 사셴카가 감옥에 들어가 있고, 아니면 그 반대이고!"

"저는 몰랐어요!" 잠시 침묵한 뒤에 어머니가 말했다. "파샤는 자기 얘기를 하나도 안 해요……."

이제 어머니는 사셴카가 더더욱 불쌍해졌고, 그래서 자기도 모르게 못마땅한 눈으로 손님을 쳐다보면서 말했다.

"당신이 데려다줬어도 좋았을 텐데……!"

"안 됩니다!" 예고르가 차분하게 대답했다. "여기서 할 일이 산더미인 데다가 저도 아침부터 하루 종일 여기저기 돌아다니고 또 돌아다녀야 돼요. 제가 숨을 잘 못 쉬니까 더 괴로운 일이죠……."

"사셴카는 좋은 아가씨예요." 어머니는 예고르가 자신에게 알려 준 사실을 생각하면서 불분명하게 말했다. 그런 사실을 아들이 아닌 남에게서 들었다는 것이 화가 나서 어머니는 눈썹을 낮게 내린 채 입술을 꽉 물었다.

"좋은 사람이죠!" 예고르가 고개를 끄덕였다. "보아하니 어머니는 사셴카를 안쓰럽게 여기시는군요. 괜한 일이에요! 우리 선동꾼들을 전부 안쓰럽게 여기기 시작하면 심장이 남아나지 않을 거예요. 진실을 말하면서 산다는 건 모두에게 아주 쉽지 않은 일이에요. 바로 얼마 전에 제 동지가 유배 갔다가 돌아왔어요. 동지가 니즈니[노브고로드]를 지나갈 때 아내하고 아이가 스몰렌스크에서 그를 기다렸는데, 그가 스몰렌스크에 도착했을 때쯤 아내와 아이는 모스크바의 감옥에 있었어요. 지금은 그의 아내가 시베리아로 떠날 차례죠. 저도 아내가 있었어요. 훌륭한 사람이었는데, 5년간 이런 삶을 살다가 결국 무덤으로 가

버렸어요······."

그는 찻잔의 차를 단번에 꿀꺽 마시고는 이야기를 계속했다. 몇 달씩 몇 년씩 감옥과 유배지에서 보낸 세월을 헤아렸고 온갖 불행을 이야기했으며 감옥에서 얻어맞고 시베리아에서 굶주렸던 일들을 들려주었다. 어머니는 그의 이야기에 귀를 기울이며 그가 고생과 억압과 인간에 대한 모욕으로 가득한 이 삶을 얼마나 단순하고 차분하게 이야기하는지 놀랐다.

"이제 과업에 대해 이야기합시다!"

그의 목소리가 변했고 얼굴이 더 진지해졌다. 그는 어머니에게 공장 안으로 어떻게 전단을 가지고 들어갈 생각인지 묻기 시작했고 어머니는 그가 여러 가지 자질구레한 일들을 세세히 알고 있는 것에 놀랐다.

그렇게 이야기를 끝내고 두 사람은 다시 고향 마을에 대해 회상하기 시작했다. 예고르는 농담을 했고 어머니는 생각에 잠겨 자신의 과거를 더듬었는데 과거는 어머니에게 왠지 흙더미가 솟아 있고 겁먹은 듯 떨고 있는 가느다란 사시나무와 크지 않은 전나무가 웃자라고 흙무더기 사이에 가려진 하얀 자작나무들이 군데군데 있는 늪지대와 이상할 정도로 비슷하게 느껴졌다. 자작나무는 천천히 자랐는데 축축하고 썩어 가는 땅에 5년쯤 서 있다가 쓰러져 썩어 버렸다. 어머니는 이 그림을 마음속으로 바라보면서 뭔가가 견딜 수 없이 불쌍해졌다. 어머니 앞에 마르고 곧은 얼굴의 젊은 여성의 형체가 서 있었다. 그 여성은 지금 뽀득거리는 젖은 눈송이를 밟으며 혼자서 지친 채로 걸어갔다.

그리고 아들은 감옥에 갇혀 있다. 어쩌면 아들은 아직 잠들지 않고 생각을 하고 있는지도 모른다……. 그러나 아들은 자신, 그의 어머니에 대해 생각하고 있는 것은 아니다 — 그에게는 어머니보다 가까운 사람이 있다. 괴로운 생각들이 얼룩덜룩하고 혼란스러운 덩어리가 되어 어머니에게 기어 와서 심장을 강하게 조였다.

"지치셨군요, 어머니! 이제 눈을 좀 붙이지요!" 예고르가 미소 지으며 말했다.

어머니는 그에게 인사하고 마음속에 타는 듯한 쓰디쓴 감정을 안은 채 조심스럽게 부엌으로 왔다.

아침에 차를 마시면서 예고르가 어머니에게 물었다.

"만약에 그들이 어머니를 붙잡아 이 전단들을 어디서 가져왔냐고 물으면 뭐라고 하실 거예요?"

"'당신들이 알 바 아니다.' 이렇게 말해야죠!" 어머니가 대답했다.

"그놈들은 그런 대답을 결코 받아들이지 않을 거예요!" 예고르가 반대했다. "그놈들은 이거야말로 자기들이 알아야 할 일이라고 굳게 확신하고 있다고요! 그리고 꽤 오랫동안 물어볼 거예요!"

"그래도 난 말 안 해요!"

"그러면 어머니는 감옥에 가게 돼요!"

"어쩌겠어요? 신의 뜻대로 내가 이런 일에나마 쓸모가 있겠죠!" 어머니가 한숨을 쉬며 말했다. "내가 누구에게 필요하겠어요? 아무에게도 필요하지 않아요. 그래도 고문은 안 한다고 하던데요, 사람들 말이……."

"흠!" 예고르가 어머니를 주의 깊게 살펴본 뒤에 말했다. "고문은 안 할 거예요. 하지만 사람은 스스로를 보호해야죠."

"당신한테 그런 걸 배울 리는 없겠네요!" 어머니가 미소 지으며 대답했다.

예고르는 잠시 침묵한 뒤에 방 안을 걸어 다니다가 어머니에게 다가와서 말했다.

"힘들겠군요, 동향 아주머니! 내 느낌엔 어머니가 아주 힘들 것 같아요!"

"다들 힘들죠!" 어머니가 손사래를 치며 말했다. "어쩌면 모든 걸 이해하는 사람들, 그 사람들만 조금 덜 힘들지도 몰라요. 하지만 나도 그 좋은 사람들이 뭘 원하는지 조금은 이해하니까……."

"그리고 어머니가 그걸 이해하시는 한, 어머니는 모든 사람한테 필요해요, 모두에게!" 예고르가 진지하게 말했다.

어머니는 그를 쳐다보고 말없이 미소 지었다.

정오에 어머니는 차분하게 열심히 가슴속에 전단을 가득 넣었고 그것도 너무나 솜씨 좋고 편하게 해내자 예고르가 만족하여 혀를 내두르면서 이렇게 말했다.

"제르 구트!' 착실한 독일인이 맥주 한 양동이를 마시고 나서 하는 말 그대로예요. 어머니는 마치 소설에 나오는 사람하고 똑같아요. 선하고 나이 먹은, 체격 좋고 키 큰 여성 말입니다. 수많은 신이 어머니의 사업을 축복해 주시길⋯⋯!"

30분 뒤에 어머니는 무거운 짐 때문에 몸을 굽힌 채, 차분하고 자신 있게 공장 문 앞에 서 있었다. 경비 둘이 노동자들의 조롱에 신경질이 나서 마당으로 들어오는 사람을 전부 무례하게 더듬어 수색했고 그들과 욕설을 주고받았다. 한옆에 경찰과 얼굴이 빨갛고 다리가 가느다랗고 시선을 재빠르게 움직이는 사람이 서 있었다. 어머니는 등짐을 이쪽 어깨에서 저쪽 어깨로 옮겨 실으며, 저 사람이 밀정일 것이라 짐작하고 그에게서 눈을 떼지 않았다.

고수머리에 모자를 뒤통수 쪽으로 젖혀 쓴 키 큰 청년이 자신을 수색하는 경비들에게 소리쳤다.

"야, 이 악마들, 주머니 말고 머릿속을 뒤져 봐라!"

경비 중 한 명이 대답했다.

"네 머릿속엔 이[蝨] 말고는 아무것도 없어⋯⋯."

"그럼 너희는 농어 말고 머릿니나 잡아!" 노동자가 대꾸했다.

밀정이 재빠른 시선으로 그를 훑어보고 침을 뱉었다.

"나는 좀 들여보내 줘요!" 어머니가 부탁했다. "보세요, 짐이 무거워서 등골이 부러질 것 같아요!"

"가요, 가!" 경비가 화난 듯 고함쳤다. "설득도 하는군⋯⋯."

어머니는 자리로 가서 음식 냄비를 땅에 차려 놓고 얼굴의 땀을 닦으며 주위를 둘러보았다.

철물공 구세프 형제가 곧바로 어머니에게 다가왔는데, 형인 바실리가 눈살을 찌푸리고 큰 소리로 물었다.

"피로그* 있어요?"

"내일 가져올게요!" 어머니가 대답했다.

그것은 정해진 암호였다. 형제의 얼굴이 환해졌다. 동생인 이반이 참지 못하고 외쳤다.

"에휴, 어머니, 멋진 분……."

바실리가 쭈그리고 다가앉아서 냄비 안을 들여다보았고 그와 동시에 어머니의 겨드랑이 아래에서 전단 한 뭉치가 떨어졌다.

"이반." 그가 큰 소리로 말했다. "집에 가지 말고 이 아줌마한테 점심 사 먹자!" 그러면서 바실리는 장화의 장딴지 부분에 전단 뭉치를 재빨리 쑤셔 넣었다. "새로 장사 시작하셨는데 마수걸이해 드려야지……."

"그래야지!" 이반이 동의하고 소리 내어 웃었다.

어머니는 조심스럽게 주위를 둘러보며 소리쳤다.

"양배추 수프 있어요, 뜨거운 국수 있어요!"

그리고 눈에 띄지 않게 전단을 한 뭉치 한 뭉치 꺼내 구세프 형제의 손에 건네주었다. 전단이 자신의 손에서 사라질 때마다 어머니의 눈앞에 마치 어두운 방 안에서 성냥불을 켰을 때처럼 노란 얼룩이, 헌병 장교의 얼굴이 번득였고 어머니는 머릿속으로 심술궂게 그에게 말했다.

'자, 이렇게 한 방 드시지요, 나리…….'

다음 뭉치를 넘겨주면서 어머니는 만족스럽게 덧붙였다. '자, 또 한 방…….'

손에 찻잔을 든 노동자들이 다가왔다. 그들이 가까이 오자 이반 구세프는 큰 소리로 웃기 시작했고 블라소바는 침착하게 전단을 넘겨주던 작업을 멈추고 양배추 수프와 국수를 따라 주었다. 구세프 형제가 어머니에게 농담을 했다.

"닐로브나, 솜씨가 좋으신데!"

"처지가 궁해지면 쥐라도 잡는 법이지!" 어느 보일러공이 음울하게 논평했다. "생계를 책임지는 아들을 잡아가다니, 개새끼들! 어쩌겠소, 국수가 한 그릇에 3코페이카로군. 괜찮아요, 어머니! 버텨 낼 거요."

"친절하게 말해 줘서 고마워요!" 어머니가 미소 지었다.

노동자는 떠나가며 혼잣말처럼 중얼거렸다.

"친절한 말은 돈이 안 드니까……."

블라소바는 소리쳤다.

"뜨거운 식사 있어요, 양배추 수프, 국수, 감자 수프……."

그리고 어머니는 아들에게 자신의 첫 경험을 이야기해 주리라 생각했으나, 어머니의 눈앞에는 계속해서 장교의 아무것도 이해하지 못하는 사악한 노란 얼굴이 떠나지 않았다. 그 얼굴에서 민망한 듯 콧수염이 흔들렸고, 짜증 난 듯 말아 올린 윗입술 아래로 악문 치아가 하얗게 번득였다. 어머니의 가슴속에서 기쁨이 새처럼 노래했고 눈썹이 능청맞게 떨렸다. 능숙하게 음식을 팔면서 어머니는 혼자 속으로만 말했다.

"자 여기, 한 방 더……!"

16

저녁에 어머니가 차를 마시고 있을 때 창밖에서 말발굽이 진흙에 부딪치는 소리가 울려 퍼지고 낯익은 목소리가 들려왔다. 어머니는 펄쩍 뛰어 일어나 문을 향해 달려갔고 누군가 빠르게 현관을 지나왔으며 어머니는 눈앞이 흐려져서 문설주에 기댄 채 발로 문을 건드렸다.

"안녕하세요, 넨코!" 낯익은 목소리가 울려 퍼지더니 마르고 기다란 손이 어머니의 어깨를 만졌다.

어머니의 마음속에 서글픈 실망감과, 그리고 안드레이를 만난 반가움이 타올랐다. 실망감과 반가움은 동시에 타올라서 하나의 커다랗고 뜨거운 감정으로 뒤섞였다. 그 감정 덩어리는 끓어오르는 파도가 되어 어머니를 덮치고 덮쳐서 들어 올렸고 어머니는 안드레이의 가슴에 얼굴을 묻었다. 어머니를 꽉 끌어안는 그의 손이 떨렸다. 어머니는 말없이 조용히 울었고 그는 어머니의 머리를 쓰다듬으며 마치 노래하듯 말했다.

"아, 울지 마세요, 넨코, 마음을 괴롭히지 말아요! 정말 솔직하게 말씀드리는데 그를 금방 풀어 줄 거예요! 그에게 불리한 증거는 하나도 없어요. 동지들이 전부 삶은 생선처럼 입을 꼭 다물고 있거든요……."

그는 어머니의 어깨를 안고 방 안으로 데리고 들어갔으며 어머니는 그에게 몸을 기댄 채 다람쥐처럼 재빠른 동작으로 얼굴에서 눈물을 닦아 내고 탐욕스럽게, 온 마음으로 그의 말을 받아 삼켰다.

"파벨이 인사 전하래요. 그 안에서 할 수 있는 한 건강하고 즐겁게 잘 지내요. 거긴 비좁아요! 우리 마을이랑 도시에서 1백 명 넘게 붙잡아서 한 방에 셋씩 넷씩 들어가 있어요. 간수들은 괜찮아요, 좋은 사람들이에요. 그리고 지쳤어요. 악마 같은 헌병들이 일을 너무 많이 떠안겨서요! 그래서 그 사람들, 간수들도 너무 엄격하게 다스리지는 않고 계속 '저기 신사 여러분, 좀 조용히 하시오, 우리를 괴롭히지 말아요!' 이렇게 말해요. 뭐, 그래서 전부 다 잘돼 가고 있어요. 다들 이야기도 하고 서로 책을 빌려주고 음식을 나눠 먹어요. 좋은 감옥이에요! 오래돼서 더럽지만 느슨하고 편해요. 형사범들도 좋은 사람들이라서 우리를 많이 도와줘요. 저하고 부킨하고 또 네 명을 놓아줬어요. 파벨도 곧 놔줄 거예요, 그건 확실해요! 가장 오래 있는 건 베솝시코프일 거예요, 간수들이 그에게 화가 많이 났거든요. 지치지도 않고 모든 사람한테 욕을 해 대요! 헌병들은 그를 쳐다보지도 못

해요. 아마 그는 재판에 넘겨지거나 언젠가 두들겨 맞을지도 몰라요. 파벨이 그를 설득해요. '그만해, 니콜라이! 자네가 욕을 한다고 저 사람들이 더 나아지지는 않잖아!' 그러면 그가 부르짖어요. '부스럼 딱지처럼 내가 저놈들을 없애 버릴 거다!' 파벨은 잘 버티고 있어요, 평탄하게, 확고하게. 곧 그를 놓아줄 거예요, 정말이라니까……."

"곧!" 어머니가 마음이 진정되어 다정하게 웃으며 말했다. "나도 알아요, 곧!"

"어머니도 아신다니 좋네요! 자, 그럼 이제 차 좀 따라 주세요. 그리고 어떻게 지냈는지 얘기해 주세요."

그는 활짝 웃으며 어머니를 쳐다보았는데 너무나 가깝고 멋지게 보였으며 그의 둥근 눈에 사랑과 함께 약간의 슬픔이 담긴 불꽃이 반짝였다.

"난 당신이 정말 좋아요, 안드류샤!" 깊이 한숨을 쉬고 어머니는 깡마르고 검은 머리카락이 덥수룩하게 자라 우스꽝스러운 그의 얼굴을 살펴보며 말했다.

"저에 대해서는 조금만 말해도 충분해요. 어머니가 저를 좋아하시는 거 알아요. 어머니는 모두를 사랑하실 수 있죠, 어머니의 심장은 크니까요!" 우크라이나인이 의자에 앉아 흔들거리며 말했다.

"아니, 난 당신을 특별히 좋아해요!" 어머니가 고집스럽게 말했다. "당신에게 어머니가 있었다면 이런 아들이 있다고 사람들이 부러워했을 거예요……."

우크라이나인은 양손으로 머리를 세게 문질렀다.

"어딘가에 우리 어머니가 계시긴 하겠죠……." 그가 조용히 말했다.

"내가 오늘 뭐 했는지 알아요?" 어머니가 외치고는, 서두르다가 만족감에 목이 막혀 가며, 조금은 과장해서 자신이 공장에 어떻게 전단을 들여갔는지 이야기했다.

그는 처음에는 놀란 듯이 눈을 크게 떴고 나중에는 다리를 움직이며 큰 소리로 웃었고 손가락으로 자기 머리를 두드리며 기쁘게 외쳤다.

"이야! 장난이 아닌데요! 이게 바로 활동이에요! 파벨이 무척 기뻐하겠어요, 그렇죠? 이건 좋은 일이에요, 넨코! 파벨을 위해서도, 모두를 위해서도요!"

그는 흥분하여 손가락을 딱딱 소리 내어 튕기고 휘파람을 불고 온몸을 흔들며 기쁨에 환히 빛났고, 어머니의 마음에 강하고도 충만한 반향을 불러일으켰다.

"소중하고 다정한 안드류샤!" 어머니는 마치 심장이 열리고 그 안에서 조용한 기쁨으로 가득한 말들이 빛이 되어 춤추며 흘러나오는 것처럼 말했다. "난 내 인생에 대해 생각해 봤어요. 우리 주 예수 그리스도시여! 그래, 나는 왜 살았을까요? 얻어맞고…… 일하고…… 남편 말고는 아무것도 보지 못했고 두려움 외에는 아무것도 몰랐어요! 그리고 파샤가 자라면서는 — 남편이 살아 있을 때에는 내가 아들을 사랑했다는 것도 알지 못했어요, 모르겠어요! 내 모든 걱정, 모든 생각은 단 하나, 그 짐승에게 맛있는 것을 배불리 먹이고 제때 원하는 걸 줘서 그가 우울해지지 않고 때린다고 위협하지 않고 단 한 번이라도 날 불쌍히 여기게 하려는 것뿐이었어요. 언제 불쌍히 여겨 준 적이 있는지 기억도 안 나요. 그는 나를 때렸어요, 아내를 때리듯이 때린 게 아니라 자기가 악의를 가진 사람을 때리듯이 말이에요. 20년을 그렇게 살았는데 결혼하기 전에 어땠는지는 기억이 안 나요! 기억을 떠올려 보려 해도 마치 눈이 안 보이게 된 것처럼 아무것도 떠오르지 않아요! 여기 예고르 이바노비치가 왔었어요 — 우리는 같은 마을 출신이에요. 그래서 그와 이런 일 저런 일에 대해 이야기했죠. 그런데 나는 집들도 기억나고 사람들도 기억나는데 사람들이 어떻게 살았는지, 무슨 얘기를 했는지, 누구에게 어떤 일이 있었는지는 모두 잊어버렸어요! 불이 났던 건 기억해요. 두 번 불이 났어요. 분명 나는 너무 맞아서 안에 있던 게 전부 다 부서진 거예요, 영혼이 꽉 막히고 전부 가려서 보지도 듣지도 못하게 된 거예요……."

어머니는 숨을 고르고 마치 물 밖으로 끌려 나온 물고기처럼 숨 가쁘게 공기를 들이마신 뒤에 몸을 앞으로 숙이고 목소리를 낮추어 말을 이었다.

"남편이 죽고 나는 아들에게 매달렸어요. 그런데 그 애는 이 일을 하겠다고 나섰죠. 바로 그게 나는 힘들고, 그래서 아들이 불쌍해진 거예요……. 아들이 없어지면 나는 어떻게 살아요? 그 애의 운명을 생각할 때마다 얼마나 무섭고 떨리는지, 심장이 찢어져요……."

어머니는 잠시 말을 멈췄다가 조용히 고개를 저으면서 의미 깊게 말했다.

"우리 아줌마들의 사랑은 순수하지 못해요! 우리는 우리에게 필요한 걸 사랑하거든요. 그런데 지금 이렇게 당신들을 보면요, 당신은 어머니를 그리워하는데 어머니가 당신에게 무슨 소용이에요? 그리고 다른 사람들은 민중을 위해 고생하고 감옥에 가고 시베리아로 끌려가 죽고……. 젊은 아가씨들이 밤에 혼자서 진흙탕에 눈과 비를 맞으며 다니고 도시에서 우리 집까지 7베르스타를 걸어서 와요. 누가 그들을 재촉하는 거죠, 누가 그들을 떠밀어요? 그들은 사랑하는 거예요! 그 사람들은 그러니까 순수하게 사랑하는 거죠! 믿는 거예요! 그들은 믿는다고요, 안드류샤! 그런데 나는 그런 걸 할 줄 몰라요! 난 내 식구를, 내게 가까운 것을 사랑해요!"

"어머니도 할 수 있어요!" 우크라이나인이 말하고는 어머니에게서 얼굴을 돌리고 언제나 하듯이 양손으로 머리와 뺨과 눈을 세게 비볐다. "다들 자기 식구를 사랑하죠. 하지만 정 많은 사람에게는 먼 것도 가까워요! 어머니는 많은 것을 할 수 있어요. 위대한 어머니의 마음을 가졌으니까요……."

"신이 허락하시길!" 어머니가 조용히 말했다. "난 이렇게 사는 삶이 좋다고 느끼고 있어요! 당신이 좋다고 내가 말했죠. 어쩌면 나는 파샤보다 당신을 더 좋아해요. 그 애는 닫혀 있어요. 그 애는 사셴카하고 결혼하고 싶어 하는데 나한테, 자기 엄마한테 그 얘기를 안 했어요……."

"아니에요!" 우크라이나인이 반박했다. "그건 제가 알아요. 아니에요. 파벨은 사셴카를 사랑하고 사셴카도 그를 사랑해요, 그건 맞아요. 하지만 결혼은 — 그런 일은 없을 거예요, 절대로! 사셴카가 원할 수는 있겠지만 파벨은 원하지 않아요……."

"어째서요?" 어머니가 생각에 잠겨 조용히 말했고 어머니의 시선이 우크라이나인의 얼굴에 머물렀다. "대체 어째서요? 어떻게 사람들이 자기가 원하는 걸 스스로 거부할 수 있어요……."

"파벨은 보기 드문 사람이에요!" 우크라이나인이 조용히 말했다. "쇠처럼 단단한 사람이죠……."

"지금 보세요, 감옥에 갇혀 있잖아요!" 어머니가 우울하게 말을 이었다. "그건 떨려요, 무서운 일이죠. 그런데 이미 그렇지 않아요! 삶 전체가 예전 같지 않고 두려움도 달라요, 모두를 위해서 떨리는 거죠. 마음도 달라요, 영혼이 눈을 떠서 보게 된 거지요. 슬프기도 하고 기쁘기도 해요. 난 많은 일을 이해하지 못하고, 당신들이 하느님을 믿지 않는다는 게 나에겐 너무 화가 나고 슬퍼요! 그래, 하지만 그렇다고 해도 뭐, 아무것도 할 수 없겠죠! 그래도 나도 알아요, 여러분은 좋은 사람들이에요, 그럼요! 그리고 민중을 위해 힘든 삶을 스스로 받아들였어요, 진실을 밝히려는 어려운 삶을요. 여러분의 진실을 나도 이해해요. 부자들이 있는 한 민중은 아무것도 얻지 못한다는 거죠, 진실도 기쁨도 아무것도! 이제 나도 여러분 사이에서 살고 있는데, 한번은 밤에 옛 생각이 났어요. 내 힘은 발로 짓밟혔고 젊었던 내 심장은 두들겨 맞아 망가졌어요 — 난 내가 불쌍해요, 비통해요! 그래도 어쨌든 내 삶은 더 나아졌어요. 나 스스로 점점 더 많이 그걸 깨닫게 돼요……."

우크라이나인이 일어나 발소리를 내지 않으려고 애쓰면서 키 크고 마르고 생각에 잠긴 모습으로 조심스럽게 방 안을 걸어 다니기 시작했다.

"잘 말씀해 주셨어요!" 그가 조용히 외쳤다. "잘 말씀하셨어요. 케르치에 젊은 유대인이 있었는데, 시를 쓰는 사람이었고 어느 날 이런 시를 썼어요.

그리고 죄 없이 죽임 당한 자들을
진실의 힘이 되살려 내리라!

그 사람도 케르치 경찰이 살해했지만 그게 중요한 건 아니에요! 그는 진실을 알았고 그 진실을 여러 사람들한테 알렸어요. 어머니도 바로 그래요, 죄 없이 죽임 당한 사람이에요……."

"난 이제 말을 해요." 어머니가 말을 이었다. "말하고 내가 하는 말을 스스로 들어 보면 나 자신도 스스로 믿지 못해요. 평생 나는 한 가지만 생각했어요 — 날 건드리지만 않도록 어떻게 한 옆에 비켜서서 하루를 피해 갈지, 눈에 띄지 않고 어떻게 하루를 보낼지. 그런데 지금은 모든 사람에 대해 생각하고, 어쩌면 내가 여러분이 하는 활동을 잘 이해하는지도 모르지만 여러분 모두 나에게는 가깝고, 모두가 불쌍하고, 모두를 위해서 좋은 일을 바라요. 그리고 안드류샤, 특히 당신에게요……!"

그가 어머니에게 다가와 말했다.

"감사합니다!"

그는 어머니의 손을 자기 손에 꼭 감싸 쥐었고 몸을 떨고는 재빨리 한쪽으로 몸을 돌려 물러섰다. 어머니는 흥분했지만 서두르지 않고 찻잔을 씻었고 더 이상 말을 하지 않았다. 어머니의 가슴속에서는 대담하고 따뜻한 감정이 조용히 달아올랐다.

우크라이나인이 방 안을 걸어 다니며 어머니에게 말했다.

"있잖아요 넨코, 어머니 같으면 베솝시코프한테도 정을 붙일 수 있을지 몰라요! 그 사람 아버지가 감옥에 들어가 있어요, 못돼 먹은 늙은이죠. 니콜라이는 창가에 아버지가 보이면 욕을 해요. 그건 좋지 않아요! 그 애는 착해요, 니콜라이는, 개도 좋아하고 생쥐랑 모든 동물을 좋아하는데 사람은 싫어해요! 사람이 그 정도까지 망가질 수 있는 거죠!"

"그 사람 어머니는 어디로 없어졌는지 소식도 모르고, 아버지는 도둑에 주정뱅이니까요." 어머니가 생각에 잠겨 말했다.

안드레이가 자러 갈 때 어머니는 눈에 띄지 않게 그에게 성호를 그어 주었고 그가 자리에 누운 뒤에 30분 정도 지나서 어머니는 조용히 물었다.

"안 자요, 안드레이?"

"안 자요, 왜요?"

"잘 자요!"

"고마워요 넨코, 고마워요!" 그가 대답했다.

17

다음 날 닐로브나가 짐을 들고 공장 정문에 다가가자 경비가 거칠게 멈춰 세우더니 요리 냄비를 다 땅에 내려놓으라고 명령한 뒤에 모든 물품을 꼼꼼히 살펴보았다.

"댁 때문에 음식 다 식어요!" 어머니가 차분하게 말하는 바로 그 순간, 경비들이 거칠게 어머니의 옷을 더듬었다.

"입 다물어!" 경비가 음울하게 말했다.

다른 경비가 어머니의 어깨를 건드리며 자신 있게 말했다.

"울타리 너머로 던지는 게 분명하다니까!"

첫 번째로 어머니에게 다가온 사람은 늙은 시조프였는데 주위를 둘러보고는 크지 않은 소리로 물었다.

"들었어요, 어머니?"

"뭘요?"

"전단지! 또 나타났대요! 빵에 소금 뿌린 것처럼 사방에 뿌렸어요. 체포하고 수색해 봤자 이렇다니까. 우리 조카 마진도 감옥으로 잡아갔는데 어떻게 됐냐고? 어머님 아들도 잡아갔죠. 자, 이제 지금은 그 애들이 아니라는 걸 알게 됐잖아요!"

시조프는 턱수염을 한 손에 모아 쥐고 내려다보다가 몸을 돌려 가면서 말했다.

"왜 놀러 오지 않아요? 혼자 차 마시면 재미 없어요⋯⋯."

어머니는 감사의 말을 하고 요리 이름을 큰 소리로 외치면서 유달리 활기 띤 공장의 모습을 세세히 관찰했다. 모두들 흥분해 있었고 모였다가 흩어지고 한쪽 작업장에서 다른 쪽으로 뛰어다녔다. 그을음 가득한 공기 중에 뭔가 대담하고 용감한 한 줄기 바람이 느껴졌다. 여기저기서 격려하는 외침 소리와 조롱하는 응답이 울려 퍼졌다. 나이 든 노동자들은 조심스럽게 미소 지었다. 운영진은 근심스러운 듯 여기저기 돌아다녔고 경찰들이 뛰어다녔으며 그들을 보면 노동자들은 천천히 흩어지거나 혹은 자리에 남아 대화를 멈추고 악의에 찬 신경질적인 얼굴들을 말없이 쳐다보곤 했다.

노동자들은 모두 다 깨끗하게 씻은 것 같았다. 구세프 형제 중 형 바실리의 키 큰 형체가 어른거렸고 동생은 오리처럼 걸어 다니며 소리 내어 웃었다.

어머니 옆으로 철물 작업반 십장 바빌로프와 작업 시간 기록원 이사이가 서두르지 않고 지나갔다. 조그맣고 허약한 시간 기록원은 머리를 치켜들고 목을 왼쪽으로 기울인 채 십장의 움직이지 않는 부어오른 얼굴을 쳐다보면서 턱수염을 떨며 빠르게 말했다.

"이반 이바노비치, 저들은 웃고 있어요, 이 사람들은 이게 재미있는 겁니다. 사장님이 말씀하셨듯이 이 일은 국가 전복과 관련된 일인데도요. 이반 이바노비치, 여기서는 잡초를 뽑을 게 아니라 갈아엎어야만 합니다⋯⋯."

바빌로프는 뒷짐을 지고 걸어갔고 그의 손가락은 등 뒤에 굳게 움츠리고 있었다.

"거기 너, 개자식아, 아무거나 원하는 대로 인쇄해 봐라. 하지만 감히 나에 대해서는 안 돼!" 그가 큰 소리로 외쳤다.

바실리 구세프가 다가와서 말했다.

"난 어머니 음식으로 점심 먹을래요. 맛있어요!"

그리고 눈을 가늘게 뜨고 목소리를 낮추어 조용히 덧붙였다.

"전단 딱 알맞게 받았어요. 어머니, 아주 잘하셨어요!"

어머니는 그에게 다정하게 고개를 끄덕였다. 마을의 첫째가는 말썽쟁이였던 청년이 자신과 비밀스럽게 대화하고 정중하게 존댓말을 한다는 게 어머니의 마음에 들었고 공장의 전반적인 흥분 상태도 마음에 들었다. 그래서 어머니는 혼자 생각했다.

'그래도 참⋯⋯ 내가 아니었더라면⋯⋯.'

가까이에 미숙련공 세 명이 멈춰 서더니 그중 한 명이 크지 않은 목소리로 아쉬운 듯 말했다.

"아무 데서도 못 찾았어⋯⋯."

"그래도 꼭 한 번 들어 봐야지! 난 못 배웠지만 그래도 그놈들 아픈 곳을 콱 찔렀다는 건 알겠던데!" 다른 한 명이 논평했다.

세 번째 노동자가 주위를 둘러보고는 제안했다.

"보일러실로 가지……."

"움직여요!" 구세프가 눈짓하며 속삭였다.

닐로브나는 즐거워하며 집으로 돌아왔다.

"공장 사람들이 자기가 글을 못 배웠다는 걸 아쉬워하더라고요!" 어머니가 안드레이에게 말했다. "나는 젊었을 때 읽는 법은 알았는데 지금은 잊어버렸어요……."

"배우면 돼요!" 우크라이나인이 제안했다.

"내 나이에요? 남우세스럽게 뭣 하러……."

그러나 안드레이는 선반에서 책을 꺼내 표지의 글자 하나를 칼끝으로 가리키며 물었다.

"이건 뭐죠?"

"르츠!"

"그럼 이건요?"

"아즈……."

어머니는 쑥스럽고 기분이 나빴다. 안드레이의 눈이 숨겨진 비웃음을 담아 자신을 보며 웃는 것 같아서 어머니는 그 시선을 피했다. 하지만 그의 목소리는 부드럽고 평온하게 울렸고 얼굴은 진지했다.

"안드류샤, 설마 정말로 나를 가르칠 생각이에요?" 어머니가 자기도 모르게 미소 지으며 물었다.

"그게 왜요?" 그가 대꾸했다. "어머니가 읽으시는 걸 보니까 쉽게 기억하실 거예요. 기적이 일어나지 않으면 상황은 더 나빠진다고들 하지만, 기적이 일어나고 안 나빠질 거예요!"

"그래도 사람들은 성상화를 바라본다고 너도 성인이 되지는 않는다고 말하잖아요!"

"네!" 우크라이나인이 고개를 끄덕이고는 말했다. "속담이야 많죠. 모르는 게 약이라고들 하는데 그것만큼 틀린 말이 어디 있어요? 속담은 배고픈 사람이 생각해 내서 그걸로 사람의 정신을 현실에 얽어매기 위한 고삐를 만드는 거예요. 그럼 이 글자는 뭐예요?"

"류디!"

"맞아요! 마치 사람들이 넓게 흩어져 서 있는 것 같죠. 그럼 이건요?"

시선을 집중하고, 힘겹게 눈썹을 움직이며 어머니는 잊었던 글자들을 열심히 생각해 냈고 그 노력의 힘에 자기도 모르게 굴복하여 다른 일에 대해서는 모두 잊었다. 그러나 곧 눈이 피로해졌다. 처음에는 지쳐서 눈물이 났고 그 뒤에는 슬픔의 눈물이 자주 고였다.

"글을 배우다니!" 흐느끼며 어머니가 말했다. "나이 40에 지금에야 겨우 글을 배우기 시작하다니……."

"우실 필요 없어요!" 우크라이나인이 다정하게 말했다. "어머니는 다른 방식으로 살 수 없었고, 그런데도 어쨌든 그게 나쁜 삶이었다는 걸 이해하시잖아요! 수천 명의 사람이 어머니보다 더 나은 삶을 살 수 있는데도 짐승처럼 살면서 자기들이 잘산다고 거들먹거려요! 그런데 그게 좋을 게 뭐가 있냐고요 ― 오늘도 사람이 일하고 밥 먹고 내일도 일하고 또 밥 먹고 그렇게 평생 동안 일하고 밥 먹는 게 말예요? 그러는 와중에 아이들이 태어나고 처음에는 아이들하고 놀아 주다가 아이들도 마찬가지로 많이 먹기 시작하면 화를 내며 자식들을 욕하죠, 이 먹보야, 빨리 자라라, 일할 때가 됐다! 하면서요. 그리고 자기 자식들이 가축처럼 되기를 바라지만 아이들도 자기 배를 채우기 위해 일하기 시작하고 그러면 아마에서 실을 뽑듯이 또 삶이 그렇게 이어지는 거죠! 오로지 인간의 이성으로 그 고리를 끊는 사람들만이 진짜예요. 그리고 이제 어머니도 어머니 자신의 힘으로 그걸 시작하신 거예요."

"하지만 내가 뭐라고?" 어머니가 한숨을 쉬었다. "내가 여기서 뭘 더 하겠어요?"

"아니, 어째서요? 이건 비 오는 것과 똑같아요, 빗방울 하나하나가 곡식을 키우잖아요. 그러니까 어머니도 글을 읽기 시작하면……."

그가 웃음을 터뜨리곤 일어나 방 안을 걸어 다니기 시작했다.

"아니, 어머니 글을 배우세요! 파벨이 돌아올 때쯤이면 어머니가 — 맞죠?"

"아, 안드류샤!" 어머니가 말했다. "젊은 사람에게는 모든 것이 간단하죠. 하지만 좀 더 살아 보면 괴로운 일은 많고 힘은 달리고 지혜는 하나도 없어요……."

18

　저녁에 우크라이나인은 나갔고 어머니는 등잔을 켜고 식탁 앞에 앉아 양말을 짜기 시작했다. 하지만 곧 일어나 망설이다가 이내 방을 가로질러 부엌으로 가서는 문을 닫아걸고 눈썹을 움직이며 방으로 돌아왔다. 창문 커튼을 내리고 선반에서 책을 꺼내 다시 식탁 앞에 앉아 주위를 둘러보고 책 위로 고개를 숙였다. 어머니의 입술이 떨리기 시작했다. 거리에서 소음이 들려오자 어머니는 몸을 떨고는 책을 손바닥으로 가리고 예민하게 귀를 기울였다. 그리고 또다시, 눈을 감기도 하고 뜨기도 하면서 속삭였다.

　"살아갑니다, 살므로, 살아, 땅, 우리의⋯⋯."

　문을 두드리는 소리가 들리자 어머니는 벌떡 일어나 책을 선반에 쑤셔 넣고 불안하게 물었다.

　"누구세요?"

"나요……."

르이빈이 들어와 꼿꼿하게 턱수염을 쓰다듬고는 말했다.

"전에는 묻지 않고 사람들을 들여보냈는데. 혼자 계시오? 그렇군. 나는 우크라이나인이 집에 있는 줄 알았지. 오늘 그를 봤거든……. 감옥이 사람을 망치지는 못해요."

그가 앉더니 어머니에게 말했다.

"얘기 좀 합시다……."

그는 의미심장하게, 비밀스럽게 쳐다보며 어머니에게 희미한 불안감을 불러일으켰다.

"모든 일에는 돈이 들어요!" 그가 특유의 무거운 목소리로 시작했다. "공짜로 태어나지도 못하고 죽지도 못하지, 아무렴. 그리고 책도 전단도 만들려면 돈이 들어요. 책자 찍는 돈이 어디서 나오는지 어머니는 알아요?"

"몰라요." 어머니는 뭔가 위험을 느끼며 조용히 말했다.

"그래요, 나도 몰라요. 두 번째로, 책은 누가 만듭니까?"

"학자들이……."

"신사 나리들!" 르이빈이 말했고 수염 난 얼굴이 긴장으로 굳어지고 붉어졌다. "그러니까 나리들이 책을 만들어 뿌린단 얘기군. 그런데 그 책자들을 보면 나리들한테 나쁘게 쓰여 있단 말이오. 이제 어머니가 말씀 좀 해 주시오. 민중이 자기들한테 맞서 일어나게 하려고 돈을 쓰는 게 그 나리들한테 무슨 쓸모가 있겠소, 응?"

어머니는 눈을 깜빡이고 겁먹은 듯 외쳤다.

"무슨 생각을 하는 거예요……?"

"아하!" 르이빈이 마치 곰처럼 의자 위에서 몸을 뒤척이며 말했다. "아무렴. 나도 이런 생각에 도달하니까 서늘합디다."

"뭘 좀 알아냈어요?"

"속임수요!" 르이빈이 대답했다. "내 느낌엔 속임수예요. 난 아무것도 모르지만 속임수가 있어요, 아무렴. 나리들이 뭔가 지혜를 짜낸 거지. 하지만 나는 진실이 필요해요. 그리고 난 진실을 깨달았소. 그러니까 나리들하고는 같이 가지 않겠소. 그 사람들은 자기들이 필요하면 나를 앞으로 밀어낼 거요. 그다음엔 다리를 건너듯 내 뼈를 밟으면서 앞으로 나아가겠지……."

그는 이 암울한 말로 어머니의 심장을 옭아매는 것만 같았다.

"주여!" 어머니가 애처롭게 외쳤다. "설마 파샤가 이해하지 못하는 걸까요? 그리고 그 사람들도 전부……."

어머니의 눈앞에 예고르, 니콜라이 이바노비치, 사셴카의 진지하고 솔직한 얼굴들이 어른거리면서 어머니는 심장이 내려앉았다.

"아니야, 아니에요!" 어머니가 부정하듯 고개를 저으며 말했다. "난 믿을 수 없어요. 그들은 양심을 위해 일한다고요."

"누굴 말하는 겁니까?" 르이빈이 생각에 잠겨 물었다.

"모두…… 내가 본 사람들 하나하나 모두요!"

"거길 보지 말고 더 멀리 보시오, 어머니!" 르이빈이 고개를 숙이고 말했다. "우리에게 가까이 다가왔던 사람들, 그 사람들도 어쩌면 아무것도 모를 수 있어요. 그들은 믿지요 — 그래야

하고! 그런데 어쩌면 그 뒤에 다른 사람들이 있고, 오로지 그들에게만 편할 수도 있잖아요? 사람은 아무 이유 없이 자기에게 해가 되는 길로 가지 않아요…….”

그리고 보일러공의 무거운 확신을 담아 그는 덧붙였다.

“나리들한테서는 절대로 좋은 건 아무것도 얻지 못할 거요!”

“혼자 무슨 생각을 한 거예요?” 어머니가 다시 의심에 사로잡혀 물었다.

“나요?” 르이빈이 어머니를 바라보고 잠시 침묵하다가 되풀이해 말했다. “나리들하고는 더 멀리 봐야 해요, 아무렴.”

그런 뒤에 다시 음울해져서 침묵했다.

“나는 그 청년들하고 한편이 됐으면 했지, 그 애들하고 같이 하려고. 난 그 일에 적당해요, 사람들한테 무슨 말을 해야 되는지 아니까, 아무렴. 그래, 그럼 나는 이만 갑니다. 나는 믿지 못하겠으니 가야겠소.”

그는 고개를 숙이고 잠시 생각했다.

“혼자서 마을로, 시골로 다닐 겁니다. 민중을 선동할 거요. 민중이 스스로 시작해야 해요. 민중이 깨닫는다면 자기 스스로 갈 길을 열게 될 거요. 그러니까 나도 깨닫도록 노력할 거요. 민중한테 자기 자신 외에는 희망이 없고 자기 판단력 외에는 이성도 없어요. 그런 거요!”

어머니는 그가 안쓰러웠고, 이 사람이 걱정되어 겁이 나기 시작했다. 언제나 불쾌한 사람이었지만 이제는 왠지 갑자기 가까워진 것 같아서 어머니는 조용히 말했다.

"그러다 잡혀가요……."

르이빈은 어머니를 쳐다보고 차분하게 대답했다.

"잡아갔다가 놔주겠지요. 그러면 난 또다시……."

"농부들이 직접 나서서 밧줄로 묶을 거예요. 그리고 당신은 감옥에 갇힐 거고……."

"갇혀 있다가 풀려나겠지요. 그러면 또 나설 거고. 그리고 농부들에 대해서라면 한 번은 묶을지도 모르지만 두 번째엔 이해할 거요. 나를 붙잡아 묶는 게 아니라 내 말을 듣는 게 필요하다는 걸. 나는 그들에게 말할 거요. '나를 믿지 말고 그냥 들어주시오.' 그러면 그들이 들어줄 거고, 결국엔 믿어 줄 거요!"

그는 말하기 전에 마치 단어 하나하나를 더듬어 찾아내는 듯 천천히 말했다.

"지난번에 왔을 때, 난 여기서 많은 걸 배웠어요. 뭘 좀 깨달았지……."

"망해요, 미하일로 이바노비치!" 슬프게 고개를 저으며 어머니가 말했다.

어둡고 깊은 눈으로 그는 질문하면서, 기대하면서 어머니를 바라보았다. 그의 단단한 몸이 앞으로 기울어졌고 양손이 의자를 잡고 지탱했으며 거무스름한 얼굴이 새까만 수염의 테두리 안에서 창백해진 것 같았다.

"그리스도가 곡식에 대해 한 말 들어 봤소? 죽지 않으면 새로운 낟알이 되어 부활할 수 없어요. 난 죽으려면 멀었소. 난 꾀가 많으니까!"

그가 의자에서 몸을 흔들더니 천천히 일어섰다.

"선술집으로 가서 사람들 사이에 앉아 있을 거요. 우크라이나 인은 오지 않더군. 또 후비고 다니기 시작했소?"

"네!" 어머니가 미소 지으며 말했다.

"그래야지. 그에게 내 얘기를 해 줘요……."

그들은 어깨를 나란히 한 채 서로 쳐다보지 않고 짧은 인사를 던졌다.

"그럼 잘 있어요!"

"잘 가요. 월급은 언제 정산해요?"

"받았소."

"그럼 언제 떠나요?"

"내일. 아침 일찍. 잘 있어요!"

르이빈은 몸을 움츠리고 내키지 않는 듯 어색하게 현관으로 빠져나갔다. 어머니는 무거운 발소리와 자신의 가슴속에 일어난 의심에 귀를 기울이며 문가에 좀 더 서 있었다. 그런 뒤에 조용히 돌아서서 방으로 들어와 커튼을 걷고 창밖을 바라보았다. 유리창 바깥에 까만 어둠이 움직이지 않고 덮여 있었다.

'난 밤에 살아가는군!' 어머니가 생각했다.

어머니는 중년의 보일러공 르이빈이 불쌍해졌다 — 그는 그토록 넓고 강했다.

안드레이가 활기차고 기분 좋은 얼굴로 돌아왔다.

어머니가 르이빈이 왔었다는 이야기를 하자 그는 외쳤다.

"뭐, 그러면 시골에 다니면서 진실의 종을 울리고 민중을 깨우라고 해요. 그는 우리와 함께 있는 게 힘든 거예요. 그 사람 머릿속에서 자기 나름대로 농민다운 생각이 자라나 우리 의견까지 들어갈 자리가 없는 거죠……."

"그런데 그가 나리들에 대해 말한 건 일리가 있어요!" 어머니가 조심스럽게 자기 의견을 말했다. "속임수가 아니었으면!"

"걱정돼요?" 우크라이나인이 웃으며 외쳤다. "에휴, 넨코, 돈! 우리도 돈이 있었으면! 우리는 아직도 남의 돈에 의지해서 살고 있어요. 니콜라이 이바노비치는 한 달에 75루블을 받아요. 그럼 우리한테 50루블을 보내죠. 다른 사람들도 마찬가지예요. 그리고 배고픈 대학생들도 보내요, 몇 푼씩 아껴 모은 거죠. 신사 나리들은 물론 제각각 달라요. 어떤 사람은 속임수를 쓰고 또 다른 사람들은 가까이 오지 않으려 하고. 하지만 우리하고는 제일 좋은 사람들이 함께 가요……."

그는 양손을 맞부딪치고는 확고하게 말을 이었다.

"우리의 명절에는 독수리'가 날아오지 않겠지만 그래도 어쨌든 우리는 5월 1일에 조촐하게 행사를 치를 거예요! 재미있을 겁니다!"

그의 활기가 르이빈이 심어 놓은 불안감을 떨쳐 주었다. 우크라이나인은 방 안을 걸어 다니며 손으로 머리를 문질렀고 마룻바닥을 쳐다보며 말했다.

"그거 아세요, 가끔 그런 게 마음속에서 살아요, 놀라운 게 말예요! 마치 어딜 가든 사방에 동지들이 있고 모두가 같은 불꽃으로 타오르고 모두가 즐겁고 착하고 멋진 것 같아요. 말하지 않아도 서로서로 이해해요……. 모두가 한목소리로 합창하듯 사는데도 각자 심장은 자기 나름의 노래를 불러요. 모든 노래들이 마치 빛줄기처럼 뻗어 나가고, 합쳐져서 하나의 강이 되고 그 강은 넓고 자유롭게 새로운 삶의 찬란한 기쁨으로 가득한 바다로 흐르는 거예요."

어머니는 안드레이를 방해하지 않기 위해, 그의 말이 멈추지 않게 하기 위해 가만히 있으려고 애썼다. 어머니는 언제나 다른 사람보다도 그가 하는 말을 특히 주의 깊게 들었는데, 그가 다른 누구보다도 단순하게 말했고 그의 말들은 누구의 말보다 강하게 마음에 와닿았기 때문이었다. 파벨은 앞길에 무엇을 보는지 얘기한 적이 단 한 번도 없었다. 그런데 어머니가 보기에 안드레이는 언제나 마음 한구석은 미래에 살고 있는 것 같았고 그의 말 속에서 지구상 모든 사람을 위한 미래의 축일에 대한 동화가 울려 퍼지는 듯했다. 그 동화는 어머니에게 아들과 아들의 동지들이 하는 일의 의미와 삶의 의미를 밝혀 주었다.

"그런데 눈을 뜨면요." 우크라이나인이 고개를 흔들고 말했다. "주위를 둘러보면 춥고 더러워요! 다들 지쳐 있고 화가 나 있고……."

깊은 슬픔을 담아 그는 말을 이었다.

"슬픈 일이에요. 사람을 믿으면 안 되고, 두려워해야 하고 심지어 증오해야 한다는 게! 사람이 둘로 갈라져요. 그냥 사랑하고 싶다 해도 그게 어떻게 가능하겠어요? 다른 사람이 사나운 짐승처럼 나를 덮치러 오는데, 내 안에 살아 숨 쉬는 영혼이 있다는 걸 인정하지 않고 나라는 인간의 얼굴을 발로 차려고 하는데 어떻게 그 사람을 용서하겠어요? 용서하면 안 되죠! 나 자신을 위해서 안 된다는 게 아니에요. 난 자신을 위해서라면 온갖 모욕을 다 참을 수 있어요. 그렇지만 폭력배들의 비위를 맞춰 줬다가 그들이 내 등에 올라타 다른 사람들을 때리는 법을 배우는 건 원하지 않아요, 싫어요."

그의 눈은 차가운 불꽃으로 빛났고 그는 음울하게 고개를 숙인 채 더 확고하게 말했다.

"난 그 어떤 해로운 것도 용서할 의무가 없어요, 비록 나한테 직접 해를 끼치지 않았더라도 말예요. 난 세상에 혼자가 아니에요! 오늘 나를 모욕하도록 내버려 두면, 혹은 그 모욕이 나를 꿰뚫지 못한다고 그냥 웃어넘기면, 나한테 자기 힘을 시험해 본 상대방은 내일은 다른 사람의 껍질을 벗기러 갈 거예요. 그래서 사람들을 각각 다르게 보아야 하고 마음을 엄격하게 가져야 하고 사람들을 걸러야 해요, 이 사람은 내 편, 저 사람은 남의 편, 이렇게요. 그게 공정하지만, 위안은 되지 않아요!"

어머니는 갑자기 장교와 사센카를 떠올렸다. 한숨을 쉬며 어머니는 말했다.

"체에 거르지 않은 밀가루로 만든 빵은 고르게 구워지지 않는 법이죠!"

"바로 그게 힘들어요!" 우크라이나인이 외쳤다.

"그래요!" 어머니가 말했다. 어머니의 기억 속에 남편의 형체가, 음울하고 무겁고 마치 이끼로 뒤덮인 커다란 돌덩이 같은 모습이 떠올랐다. 어머니는 나타샤의 남편이 된 안드레이와, 사셴카와 결혼한 아들을 상상했다.

"대체 어째서죠?" 우크라이나인이 흥분해서 달아오르며 물었다. "너무 잘 보여서 우스울 정도인데요. 이유는 단 한 가지, 사람들이 서 있는 땅이 고르지 않기 때문이에요. 그러니까 모두를 고르게 만들자고요! 이성으로 만들어진 것 전부, 손으로 일해서 지어낸 것 전부, 모든 것을 고르게 나누자고요! 우리는 서로를 공포와 질투의 노예 상태로, 욕심과 어리석음의 포로로 잡아 두지 않을 거예요……!"

두 사람은 자주 이런 식으로 이야기했다.

나홋카는 다시 공장에 다녔고 어머니에게 자기가 번 돈을 전부 주었으며, 어머니는 파벨의 손에서 돈을 받을 때와 마찬가지로 평온하게 그 돈을 받았다.

가끔 안드레이는 눈에 웃음을 띠고 어머니에게 제안했다.

"책 좀 읽어 보죠, 넨코, 어때요?"

어머니는 장난스럽게, 그러나 고집스럽게 거절했지만 그 미소 때문에 당황했고 조금은 화가 나서 생각하곤 했다.

'나를 비웃는 거라면 대체 왜?'

그리고 어머니는 자신이 잘 모르는 말들, 책에 있는 이 단어나 저 단어가 무슨 뜻이냐고 그에게 점점 더 자주 물었다. 물어보면서 다른 곳을 쳐다보는 어머니의 목소리는 무심하게 들렸다. 안드레이는 어머니가 조용조용 혼자서 공부하는 것으로 짐작했고 어머니가 쑥스러워하는 것을 이해했으며 자기와 함께 책을 읽자고 제안하지 않게 되었다. 곧 어머니가 그에게 말했다.

"눈이 약해졌어요, 안드류샤. 안경이 필요할 것 같아요."

"그러죠!" 그가 대꾸했다. "이번 일요일에 어머니랑 같이 도시로 가서 의사 만나고 안경 맞춰요……."

19

어머니는 이미 세 번이나 파벨을 면회하게 해 달라고 부탁하러 갔고, 자줏빛 볼에 코가 크고 머리가 허옇게 센 노인 헌병대장은 매번 친절하게 면회 신청을 거절했다.

"일주일은 기다려 보세요, 어머니, 그전엔 안 됩니다! 우리 한 번 일주일만 두고 봅시다, 지금은 불가능해요⋯⋯."

그는 둥글고 뚱뚱했고 지나치게 잘 익어서 조금씩 상하기 시작하여 솜털 같은 곰팡이로 뒤덮인 자두를 연상시켰다. 언제나 날카로운 노란색 이쑤시개로 조그맣고 하얀 치아를 쑤시고 있었고, 크지 않은 녹색 눈은 다정하게 미소 지었으며, 목소리는 호의와 친근감을 담고 있었다.

"예의가 발라요!" 어머니는 생각에 잠겨 우크라이나인에게 말했다. "항상 웃고 있고⋯⋯."

"예, 예!" 우크라이나인이 말했다. "그 사람들 괜찮죠, 친절하고 미소 짓고. 윗사람들이 '자, 여기 똑똑하고 정직한 사람이 있는데 이 사람은 우리한테 위험하니까 한번 목매달아 볼까요!' 이렇게 말할 거예요. 그러면 그들은 미소 지으며 목을 매단 뒤에 그러고도 다시 웃을걸요."

"우리 집에 수색하러 왔던 사람은 좀 더 단순했어요." 어머니가 반대 의견을 내세웠다. "개 같은 인간이라는 게 곧바로 보였죠……."

"그들은 사람이 아니라 사람들의 귀를 막아 버리기 위한 망치에 불과해요. 도구라고요. 우리를 좀 더 다루기 편하게 하려고 그 사람들을 이용해 우리 형제를 깎아 다듬는 거예요. 그 사람들 자신도 이미 우리를 조종하는 손이 쓰기 편하게 돼 버렸어요 — 시키는 대로 무슨 일이든 하는 거죠, 생각하지도 않고, 그게 왜 필요한지 묻지도 않고."

마침내 어머니는 면회 허가를 얻어, 일요일에 감옥 사무실 구석에 겸손하게 앉아 있었다. 어머니 외에도 천장이 낮은 좁고 더러운 방 안에 면회를 기다리는 사람들 몇몇이 더 있었다. 분명히 그들은 여기에 와 있는 게 처음이 아니고 서로 알고 있는 듯, 자기들끼리 느긋하게 이야기를 나누며 마치 거미줄처럼 끈끈한 대화를 이어 가고 있었다.

"들었어요?" 축 늘어진 얼굴에 무릎에는 여행 가방을 올려놓은 몸집 큰 여자가 말했다. "오늘 오전 예배 때 성당 성가대 지휘자가 성가대에서 노래하는 남자애 귀에 한 방 먹였대요……."

퇴역 군인 제복을 입은 나이 든 사람이 큰 소리로 헛기침을 하고 끼어들었다.

"성가대는 말썽꾸러기들이지!"

사무실 안에서 다리가 짧고 팔은 길고 아래턱이 앞으로 튀어나온 대머리가 수선스럽게 여기저기 뛰어다니면서 떨리고 갈라지는 목소리로 말했다.

"물건값이 오르니까 그 때문에 사람들이 악해지는 겁니다. 2등급 쇠고기가 1푼트에 14코페이카, 빵은 또다시 2.5코페이카가 되었어요……."

때때로 수인들이 회색의 단조로운 모습으로 무거운 가죽 단화를 신고 들어왔다. 반쯤 어둑어둑한 방 안에 들어서면 그들은 눈을 껌뻑거렸다. 한 명은 다리에 찬 족쇄가 쩔그렁거렸다.

모든 것이 이상하게 평온하고 불쾌하게 단순했다. 마치 모두가 오래전에 익숙해졌고 자신의 상태에 적응한 것 같아서, 누군가는 차분하게 앉고 다른 누군가는 느긋하게 감시하고 또 다른 사람들은 조심스럽게, 그러나 지친 듯이 수인들을 면회했다. 어머니의 마음은 떨리는 조바심으로 흔들렸고, 어머니는 어리둥절하여 주위의 모든 것을 쳐다보면서 그 힘겨운 단순함에 놀라워했다.

블라소바 옆에 조그만 노파가 앉아 있었는데 얼굴은 주름투성이였으나 눈은 젊었다. 노파는 가느다란 목을 돌려 대화를 엿들으며 이상하게 생기 있게 모두를 쳐다보았다.

"할머니는 누가 잡혀 와 있어요?" 블라소바가 노파에게 조용히 물었다.

"아들요. 대학생이지." 노파가 큰 소리로 재빨리 대답했다.

"아줌마는요?"

"저도 아들이에요. 노동자예요."

"성이 뭐요?"

"블라소프예요."

"들은 적 없는데. 들어온 지 오래됐소?"

"7주째예요……."

"우리 아들은 열 달째라오!" 말하는 노파의 목소리에서 블라소바는 뭔가 이상한, 자랑에 가까운 것을 느꼈다.

"예, 예!" 대머리 노인이 빠르게 말했다. "참을성이 없어지지요……. 다들 신경질을 내고 다들 소리 지르고 모든 것의 가격이 오릅니다. 그런데 사람들은 여기에 비례해서 저렴해지지요. 중재하는 목소리는 들리지 않아요."

"옳소!" 군인이 말했다. "말도 안 되는 일이지! 확실한 목소리를 내야 해, 입 다물라고! 우리에겐 바로 그게 필요해. 확실한 목소리……."

대화에 모두가 끼어들면서 활기를 띠었다. 모두가 삶에 대해 각자 자기 생각을 말하려고 서둘렀으나 모두가 소리 죽여 말했다. 어머니는 모든 사람에게 뭔가 낯선 것을 느꼈다. 집에서는 사람들이 다른 방식으로, 더 이해하기 쉽게, 단순하고 더 크게 말했다.

네모진 붉은 턱수염을 기른 뚱뚱한 감독관이 어머니의 성을 외치더니 어머니를 머리에서 발끝까지 훑어본 뒤에 이렇게 말하고는 다리를 절며 걷기 시작했다.

"내 뒤로 따라와……."

어머니는 발걸음을 떼면서 감독관에게 더 빨리 걸으라고 등을 건드려 재촉하고 싶었다. 조그만 방 안에 파벨이 서 있다가 미소 지으며 손을 뻗었다. 어머니는 그 손을 잡고 웃음을 터뜨렸으며 눈을 자꾸 깜빡였고 할 말을 찾지 못하다가 조용히 입을 열었다.

"잘 지냈니…… 잘 지냈어……?"

"진정해, 엄마!" 어머니의 손을 꼭 쥐며 파벨이 말했다.

"괜찮아."

"어머니!" 감독관이 한숨을 쉬고 말했다. "그런데 말이지, 떨어지시오, 두 사람 사이에 거리를 벌리라고……."

그리고 큰 소리로 하품을 했다. 파벨은 어머니에게 건강은 어떤지, 집은 어떤지 물었다. 어머니는 뭔가 다른 질문을 기다리며 아들의 눈에서 그런 질문을 찾으려 했으나 찾지 못했다. 아들은 언제나 그렇듯 차분했고 단지 얼굴이 창백해졌을 뿐이었다. 그리고 눈도 왠지 좀 더 커진 것 같았다.

"사샤가 인사 전하란다!" 어머니가 말했다.

파벨의 눈꺼풀이 떨렸고 얼굴이 더 부드러워졌으며 그는 미소를 지었다. 날카로운 슬픔이 어머니의 심장을 꼬집었다.

"빨리 좀 풀려나려나!" 어머니가 울화와 신경질을 담아 말했다. "대체 왜 잡아 가뒀대? 그 종이쪽지들이 다시 나타나지 않냐 말이야……."

파벨의 눈이 기쁘게 반짝였다.

"다시 나타났어요?" 그가 재빨리 물었다.

"그런 일에 대해서 말하는 건 금지요!" 감독관이 느릿느릿 말했다. "가족과 관련된 일만 가능하고……."

"그럼 이건 가족과 관련된 일이 아니란 말인가요?" 어머니가 반박했다.

"그거야 나는 모르지. 그냥 금지야." 감독관이 무심하게 고집을 부렸다.

"엄마, 가족 얘기 해 줘." 파벨이 말했다. "엄마는 뭐 해?"

어머니는 마음속에 젊음의 활기 같은 걸 느끼며 대답했다.

"공장에 여러 가지를 다 가지고 간단다……."

잠깐 멈추었다가 어머니는 미소 지으며 말을 이었다.

"양배추 수프, 곡물 죽, 마리야가 만든 먹을 것 전부 다, 그리고 또 이런저런 음식들……."

파벨은 이해했다. 그의 얼굴이 웃음을 억누르느라 떨렸다. 그는 자기 머리카락을 흩뜨리더니 어머니가 이제까지 들어 본 적이 없는 다정한 목소리로 말했다.

"엄마가 할 일이 있어서 다행이야. 심심하진 않겠네!"

"그 전단지가 다시 나타났을 때는 나도 수색을 당했단다!" 어머니가 조금은 자랑을 섞어 말했다.

"또 그 얘기!" 감독관이 짜증을 내며 말했다. "안 된다고 했잖아! 사람을 가둬 두는 이유는 아무것도 모르게 하기 위해서인데 당신은 자기 마음대로군! 뭐가 안 되는지 알아야 해."

"그래, 그만해요, 엄마!" 파벨이 말했다. "마트베이 이바노비치는 좋은 사람이니까 화나게 할 필요 없어요. 감독관하고 저는 잘 지내거든요. 오늘 면회는 어쩌다 오게 된 거예요, 보통 때는 교도소장 돕는 일을 해요."

"면회 끝!" 감독관이 시계를 보며 말했다.

"그럼, 엄마, 고마워요!" 파벨이 말했다. "고마워, 소중한 엄마. 걱정하지 마, 난 금방 풀려날 거야……."

그는 어머니를 꼭 껴안으며 입 맞추었고 어머니는 여기에 감동하고 행복해져서 울음을 터뜨렸다.

"떨어지시오!" 감독관이 말했고, 어머니를 데리고 나가면서 중얼거렸다. "울지 마, 풀어 줄 거요! 다들 풀어 주니까…… 자리가 없어……."

집에서 어머니는 활짝 웃는 얼굴로 생기 있게 눈썹을 움직이며 우크라이나인에게 이야기했다.

"내가 교묘하게 이야기해서 그 애가 이해했어요!"

그리고 한숨을 쉬었다.

"이해했지! 하지만 그렇게 다정하게 굴지는 말지 그랬어. 그 애는 한 번도 그런 적이 없어요!"

"에휴, 어머니!" 우크라이나인이 웃음을 터뜨렸다. "다들 원하는 게 다르지만 어머니는 항상 다정함이군요……."

"아니, 안드류샤, 그 사람들이 말예요, 내 말 들어 봐요!" 갑자기 어머니가 놀라서 외쳤다. "어떻게 익숙해졌는지 몰라! 자기 자식들을 뺏어 가서 감옥에 가뒀는데 그 사람들은 괜찮은가 봐,

앉아서 면회를 기다리면서 얘기를 해요, 응? 교육받은 사람들이 그렇게 익숙해지면 아무것도 모르는 민중에 대해서는 말해 뭣 하겠어요?"

"그건 이해할 수 있어요." 우크라이나인이 특유의 웃음을 섞어 말했다. "어쨌든 법은 우리보다는 그들에게 언제나 더 부드럽고, 그들은 우리보다 법을 훨씬 더 필요로 해요. 그러니까 법이 그 사람들의 이마를 때리면 그 사람들은 찡그릴지 몰라도 별로 아무렇지 않은 거예요. 몽둥이가 자기 것일 때는 살살 때리는 법이니까……."

20

어느 날 저녁에 어머니는 식탁 옆에 앉아 양말을 짜고 있었고 우크라이나인은 로마 노예 봉기에 대해 큰 소리로 책을 읽고 있었다. 누군가 강하게 문을 두드렸고 우크라이나인이 문을 열자 베솝시코프가 겨드랑이에 보따리를 끼고 모자를 뒤로 젖혀 쓴 채 무릎까지 진흙투성이가 되어 들어왔다.

"가다가 이 집에 불이 켜진 걸 봤어요. 인사하러 들렀소. 방금 감옥에서 나왔지!" 그가 이상한 목소리로 통보하고는 블라소바의 손을 잡고 세게 흔들면서 말했다.

"파벨이 인사 전하랍니다⋯⋯."

그런 뒤에 망설이면서 몸을 낮추어 의자에 앉더니 특유의 어둡고 의심에 찬 시선으로 방 안을 둘러보았다.

어머니는 그가 마음에 들지 않았고 네모지게 바짝 깎은 그의 머리와 조그만 눈이 언제나 겁났지만 어머니는 기뻐했고 다정하게 미소 지으며 활기차게 말했다.

"풀려났군요! 안드류샤, 우리 차를 듬뿍 대접해요……."

"이미 사모바르 준비했어요!" 우크라이나인이 부엌에서 대답했다.

"그래, 파벨은 어때요? 또 누가 풀려났나요 아니면 당신뿐이에요?"

니콜라이는 고개를 숙이고 대답했다.

"파벨은 갇혀 있어요, 견디고 있죠! 나 혼자만 풀려났어요!" 그는 시선을 들어 어머니의 얼굴을 쳐다보며 잇새로 천천히 내뱉었다. "내가 그들에게 말했어요, 날 자유롭게 풀어 주는 게 좋을 거라고……! 안 그러면 내가 누군가 죽이고 나도 자살하겠다고. 그러자 풀어 줬어요."

"저-어-런!" 어머니가 그에게서 물러서며 말했고 그의 가늘고 날카로운 눈과 마주치자 자기도 모르게 눈을 깜빡였다.

"페댜 마진은 어때?" 우크라이나인이 부엌에서 외쳤다. "계속 시를 쓰나?"

"쓰지. 난 그런 거 이해 못 해!" 니콜라이가 고개를 저으며 말했다. "그놈 뭐야, 방울새야? 우리에 가두니까 노래를 하게! 내가 이해하는 건 이거 하나야, 집에 가고 싶지 않다는 거……."

"그래 거기, 집에 뭐가 있어서 그래요?" 생각에 잠겨서 어머니가 물었다. "텅 비고 화덕에 불도 지피지 않았고 전부 식어 버렸겠지……."

그는 눈을 가늘게 뜨고 잠시 입을 다물었다. 주머니에서 담뱃갑을 꺼내더니 서두르지 않고 담뱃불을 붙이고는 얼굴 앞에서 녹아 사라지는 회색 연기 기둥을 바라보며 우울한 개와 같은 미소를 지었다.

"예, 춥겠죠, 분명히. 바닥에는 얼어붙은 바퀴벌레들이 널려 있고, 쥐들도 얼어 죽었겠죠. 저기, 펠라게야 닐로브나, 여기서 하룻밤 자고 가게 해 주세요, 괜찮아요?" 그가 어머니를 쳐다보지 않고 낮은 목소리로 물었다.

"물론이죠, 아저씨!" 어머니가 재빨리 말했다. 어머니는 그가 어색하고 불편했다.

"지금은 자식들이 자기 부모를 부끄러워하는 시대가 되었어요……."

"네?" 어머니가 몸을 떨고 물었다.

그는 어머니를 쳐다보고는 눈을 감았다. 그의 얽은 얼굴에 눈이 없는 것처럼 보였다.

"자식들이 자기 부모를 부끄러워하기 시작했다고 했어요!" 그가 말하고 시끄럽게 한숨을 쉬었다. "어머니라면 파벨이 절대로 부끄러워하지 않을 거예요. 하지만 나는 아버지가 부끄러워요. 그리고 아버지의 집도……. 더 이상 그 집에는 안 가요. 난 아버지가 없어요. 그리고 집도 없어요! 경찰에게 나를 감시하라고 넘겨주었지만 나는 시베리아로 갔으면 해요. 거기서 유배당한 사람들을 풀어 주고 탈주를 돕는 일을 하고 싶어요……."

어머니의 민감한 마음은 이 사람이 지금 힘들어 하고 있음을 이해했으나 그의 고통이 어머니에게 연민을 불러일으키지는 않았다.

"그렇다면…… 떠나는 게 좋겠어요!" 침묵하면 그의 기분이 상할까 봐 어머니가 말했다.

부엌에서 안드레이가 나오더니 웃으며 말했다.

"너 또 무슨 장광설을 늘어놓냐, 응?"

어머니는 일어서며 말했다.

"뭐든 먹을 걸 좀 만들어야겠네."

베솝시코프는 우크라이나인을 뚫어지게 바라보다가 갑자기 선언하듯 말했다.

"난 어떤 사람들은 죽여 버려야 한다고 생각해!"

"우후! 무엇 때문에?" 우크라이나인이 물었다.

"그 사람들 없애려고……."

키 크고 마른 우크라이나인은 방 가운데 서서 양다리로 흔들거리며 양손을 주머니에 쑤셔 넣은 채 니콜라이를 내려다보았고 니콜라이는 담배 연기로 둘러싸인 채 의자에 굳게 앉아 있었다. 그의 회색 얼굴에 빨간 얼룩이 여기저기 떠올랐다.

"이사이 고르보프, 내가 그놈 대가리를 깨 버린다, 두고 봐!"

"왜?" 우크라이나인이 물었다.

"밀정 짓을 하고 밀고를 하니까. 그놈 때문에 아버지가 망했고 이제는 그 공으로 형사 자리를 노리고 있어." 음울한 적의를 담아 안드레이를 쳐다보며 베솝시코프가 말했다.

"그런 거였군!" 우크라이나인이 외쳤다. "하지만 누가 거기에 대해 네 탓을 하겠어? 바보들……!"

"바보들도 똑똑한 놈들도 같은 세상 안에 비벼져 있어!" 니콜라이가 확고하게 말했다. "너도 똑똑한 놈이고 파벨도 그래. 하지만 나는 너희들한테 페챠 마진이나 사모일로프 같은 사람이기나 해. 아니면 내가 너하고 파벨이 생각하는 것만큼 중요한 사람이야? 거짓말하지 마, 나는 안 믿으니까. 아무래도 상관없어. 그리고 너희들 모두 나를 한쪽으로 밀어 놓았어, 나만 따로 한 곳에……."

"마음이 아픈 거구나, 니콜라이!" 우크라이나인이 그의 옆에 앉으면서 다정하게 말했다.

"아파. 그리고 너희들도 아프겠지……. 다만 너희들한테는 너희들의 고통이 내 것보다 더 고귀해 보이겠지. 우리는 모두 서로서로에게 개새끼들이야. 그게 내가 하고 싶은 말이야. 그런데 네가 나한테 하고 싶은 말은 뭐야? 해 봐?"

그는 날카로운 시선으로 안드레이의 얼굴을 계속 쳐다보며 이를 드러낸 채 기다렸다. 그의 울퉁불퉁한 얼굴은 움직이지 않았고 퉁퉁한 입술은 뭔가 뜨거운 것에 데었을 때처럼 떨렸다.

"난 아무것도 얘기 안 해!" 우크라이나인이 푸른 눈에 슬픈 미소를 담고 베숍시코프의 적대적인 시선을 따뜻하게 달래면서 말했다. "사람이 마음속 생채기에 피가 가득 맺혀 있을 때 말다툼하면 안 된다는 걸 아니까. 그러면 마음만 더 상할 뿐이야, 내가 안다고, 형제!"

"나하고는 말다툼하면 안 돼. 난 할 줄 모르니까!" 니콜라이가 눈을 내리깔며 중얼거렸다.

"내 생각엔 말야." 우크라이나인이 말을 이었다. "우리 모두 다 깨진 유리 위를 맨발로 걸어 봤고, 우리 모두 다 자기의 어두운 시간을 들이마신 때가 있어, 너처럼……."

"넌 나한테 아무 얘기도 해 줄 수 없어!" 베솝시코프가 천천히 말했다. "내 영혼이 늑대처럼 울부짖는다고!"

"얘기하고 싶지도 않아! 그냥 내가 안다는 거야, 너에게도 그 시간은 지나갈 거야. 어쩌면 완전히 사라지지 않을지도 모르지만 그래도 지나갈 거야!"

그는 미소 지으며 니콜라이의 어깨를 두드려 준 뒤에 말을 이었다.

"그건 어렸을 때 앓는 홍역 같은 거야, 형제. 우리 모두 그 병을 앓는다고, 강한 사람은 덜 앓고 약한 사람은 좀 더 심하게 앓지. 사람이 자기 자신을 발견했지만 삶과 그 삶 안에서 자신의 자리를 볼 수 없을 때 그 병이 우리 형제를 쓰러뜨리는 거야. 넌 지금 네가 세상에서 단 하나뿐인 훌륭한 오이라서 다들 너를 먹어 버리려고 하는 것 같겠지. 나중에 시간이 조금 지나고 나면 네 영혼의 좋은 한 조각과 같은 것이 다른 사람들 가슴속에도 있다는 걸 알게 될 거고, 그러면 조금 더 견디기 쉬워질 거야. 그리고 조금은 양심의 가책을 느끼겠지, 종이 너무 작아서 명절의 종소리가 잘 들리지도 않았는데 왜 종탑으로 기어 올라갔을까 하고. 더 지나 보면 알게 될 거야, 너의 종소리는 합창 속에서만 들리고 혼자 울리면 오래된 종들이 마치 버터 속의 파리처럼 굉음 속에 네 종소리를 묻어 버린다는 것을. 내가 하는 말, 이해하겠어?"

"어쩌면 이해하는지도 모르겠다!" 고개를 끄덕이며 니콜라이가 말했다. "단지 나는 믿지 않을 뿐이야!"

우크라이나인은 웃음을 터뜨리고 벌떡 일어나 시끄럽게 뛰기 시작했다.

"사실 나도 안 믿었어. 아, 넌 달구지야!"

"어째서 달구지야?" 우크라이나인을 바라보며 니콜라이가 음울하게 미소 지었다.

"그거야 비슷하니까!"

갑자기 베숍시코프가 입을 크게 벌리고 큰 소리로 웃음을 터뜨렸다.

"왜 그래?" 우크라이나인이 놀라서 그의 맞은편에 멈춰 서며 물었다.

"널 화나게 하려는 놈은 누구든 바보겠구나 하는 생각이 들어서!" 니콜라이가 고개를 움직이며 말했다.

"그래 날 뭘로 화나게 하려고?" 우크라이나인이 어깨를 으쓱하며 대꾸했다.

"모르겠다!" 베숍시코프가 선량하게 혹은 얕보듯이 이를 드러내며 말했다. "나는 그냥 누군가 너를 화나게 하는 사람은 그런 뒤에 굉장히 마음에 상처를 입을 거라는 얘기였어."

"생각해 낸 게 고작 그거야!" 우크라이나인이 웃으며 말했다.

"안드류샤!" 어머니가 부엌에서 불렀다.

안드레이는 나갔다.

혼자 남은 베솝시코프는 주위를 둘러보고 무거운 장화를 신은 다리를 뻗어 자기 다리를 바라보다가 몸을 숙여서 양손으로 두툼한 이크라'를 만져 보았다. 손을 얼굴 가까이 들고 주의 깊게 손바닥을 살펴본 뒤에는 손등 쪽으로 손을 뒤집었다. 손은 두툼했고 짧은 손가락들이 달렸으며 노란 털로 덮여 있었다. 그는 손을 공중에 휘저어 보고 일어섰다.

안드레이가 사모바르를 가져왔을 때 베솝시코프는 거울 앞에 서서 이런 말로 안드레이를 맞이했다.

"내 낯짝 안 본 지도 꽤 오래됐군……."

씩 웃고 고개를 흔들며 그는 덧붙였다.

"낯짝이 비뚤어졌어!"

"그래서 어쨌다고?" 안드레이가 호기심 어린 눈으로 그를 쳐다보면서 물었다.

"사셴카가 얼굴은 영혼의 거울이라고 했거든!" 니콜라이가 천천히 말했다.

"그건 틀렸어!" 우크라이나인이 외쳤다. "사셴카의 코는 휘어졌고 광대뼈는 가위처럼 생겼지만 영혼은 별 같거든."

베솝시코프가 그를 쳐다보고 미소 지었다.

모두 차를 마시기 위해 앉았다.

베솝시코프는 커다란 감자 한 조각을 집어 들고 빵 조각에 소금을 한껏 뿌린 뒤 평온하게, 천천히, 마치 늑대처럼 씹기 시작했다.

"그런데 여기 활동은 어때?" 그가 입 속에 음식이 가득한 채로 물었다.

안드레이가 공장에서 선동이 늘어난 것에 대해 즐겁게 이야기하자 니콜라이는 또다시 음울해져서 낮은 목소리로 말했다.

"오래 걸리는군, 전부 다, 오래 걸려! 더 빨라야 해……."

어머니는 그를 쳐다보며 마음속에 니콜라이에 대한 적대감이 살그머니 솟아올랐다.

"인생은 말[馬]이 아니야, 채찍으로 재촉할 수 없어!" 안드레이가 말했다.

그러나 베솝시코프는 고집스럽게 고개를 흔들었다.

"오래 걸려! 난 참을성이 없어! 내가 뭘 하면 좋지?"

그는 우크라이나인의 얼굴을 쳐다보면서 무기력하게 양손을 벌리고 대답을 기다리며 침묵했다.

"우리 모두 배우고 다른 사람을 가르쳐야 해. 그게 우리의 활동이야!" 안드레이가 고개를 숙이고 말했다.

베솝시코프가 물었다.

"그럼 주먹싸움은 언제 해?"

"그때가 오기 전에 우린 여러 번 두들겨 맞게 될 거야, 그건 알아!" 우크라이나인이 미소 지으며 대답했다. "그렇지만 우리가 언제 투쟁하게 될지는 나도 몰라! 우리가 먼저 할 일은 머리를 무장하는 거야, 손은 그다음이라고. 난 그렇게 생각해……."

니콜라이는 다시 먹기 시작했다. 어머니는 눈에 띄지 않게 그의 넓적한 얼굴을 살펴보며 그 안에서 뭔가 베솝시코프의 무거운 사각형 형체와 화해할 만한 실마리가 있는지 찾으려고 애썼다.

그러다 조그만 눈의 꿰뚫는 듯한 시선과 마주치자 어머니는 살짝 눈썹을 움직였다. 안드레이는 어수선하게 행동했다 — 갑자기 말을 하기 시작했다가 웃음을 터뜨리고는 돌연히 말을 끊고 휘파람을 불었다.

어머니는 그의 불안을 이해할 것 같았다. 한편 니콜라이는 말없이 앉아서 우크라이나인이 뭔가 물어보면 내키지 않는 태도로 짧게 대답했다.

조그만 방은 어머니와 안드레이에게 답답하고 좁게 느껴지기 시작해서 어머니가 혹은 안드레이가 힐끗힐끗 손님의 눈치를 보곤 했다.

마침내 그가 일어서면서 말했다.

"난 자야겠어. 감옥에서 계속 갇혀 있다가 갑자기 풀려나서 걸어왔거든. 지쳤어."

그가 부엌으로 가서 부스럭거리다가 갑자기 죽은 듯이 조용해지자 어머니는 정적에 귀를 기울이며 안드레이에게 속삭였다.

"니콜라이는 무서운 생각을 하고 있어요……."

"힘든 사람이에요!" 우크라이나인이 고개를 끄덕이며 동의했다. "하지만 그것도 지나갈 거예요! 나도 저랬어요. 마음속에 선명하지 못한 불꽃이 타오를 때면 그 위에 그을음이 많이 앉게 마련이죠. 자, 그럼 넨코, 누우세요. 전 좀 더 앉아서 책을 읽을게요."

어머니는 사라사 천으로 만든 덮개가 덮인 침대가 놓여 있는

구석으로 갔고, 안드레이는 식탁 옆에 앉아 어머니의 기도 소리
와 숨소리가 내는 따뜻한 속삭임에 오랫동안 귀를 기울였다. 책
장을 서둘러 넘기며 그는 흥분해서 이마를 문질렀고 기다란 손
가락으로 콧수염을 꼬고 양발을 움직거렸다. 시계추가 시간을
알렸고 창밖에서 바람이 한숨을 쉬었다.

어머니의 조용한 목소리가 들려왔다.

"오, 주여! 세상에 이렇게 많은 사람이 있는데 다들 자기 나름
대로 신음합니다. 기뻐하는 사람들은 대체 어디에 있나요?"

"그런 사람들도 있어요, 있다고요! 곧 그런 사람이 많아질 거
예요, 에휴, 많아지겠죠!" 우크라이나인이 대답했다.

21

삶은 빠르게 흘러갔고 하루하루가 다채롭고 다면적이었다. 매일 뭔가 새로운 일이 일어났지만 어머니는 더 이상 불안해하지 않았다. 점점 더 자주 저녁이면 모르는 사람들이 나타났고 근심스럽게 목소리를 죽여 안드레이와 대화했고 늦은 밤에 옷깃을 바짝 세우고 모자를 낮게 눌러쓰고 어둠 속으로 조심스럽게 소리 없이 떠나갔다. 그런 사람들 모두 흥분을 감추고 있는 것이 느껴졌고 다들 노래하고 소리 내어 웃고 싶지만 그럴 시간이 없을 뿐이고 언제나 서두르고 있는 것 같았다. 어떤 사람들은 냉소적이고 진지했고, 어떤 사람들은 명랑하고 젊음의 힘으로 빛나고 있었으며, 또 어떤 사람들은 생각에 잠긴 듯 조용했다. 어머니가 보기에 이 사람들 모두 똑같이 고집스럽고 확신에 찬 뭔가를 가지고 있었으며 비록 각각의 얼굴은 달랐으나 어머니에게는 모든 얼굴이 다 하나로 합쳐져 보였다. 그것은 마르고 차분한 결단력이 있으며 밝은 얼굴에 어두운 눈동자는 깊고 다정하고 엄격한, 마치 엠마오로 가는 그리스도와 같은 시선을 담은 얼굴이었다.

어머니는 머릿속으로 이 사람들이 파벨 주위에 모여 선 모습을 상상하며 그들의 숫자를 헤아렸다 ─ 그 무리 속에서 아들은 적들의 눈에 띄지 않게 될 것이었다.

어느 날 도시에서 생기발랄한 고수머리의 젊은 여성이 나타났는데 안드레이에게 줄 꾸러미를 가지고 있었고 떠나면서 블라소바에게 명랑한 눈을 빛내며 말했다.

"안녕히 계세요, 동지!"

"안녕히 가세요!" 미소를 억누르며 어머니가 대답했다.

젊은 여성을 배웅한 뒤에 어머니는 창문으로 다가가 소리 내어 웃으며 자신의 동지가 거리에서 조그만 발을 열심히 움직여 봄날의 꽃처럼 신선하고 나비처럼 가볍게 걸어가는 모습을 바라보았다.

"동지!" 젊은 여성의 모습이 사라진 뒤에 어머니가 말했다. "에휴, 다정한 아가씨야! 평생 함께할 정직한 동지를 주님이 당신에게 주시기를!"

어머니는 자주 도시에서 온 사람들에게서 뭔가 어린아이 같은 면을 발견하고는 얕잡아 보듯 웃음 지었으나 그들의 신념에 어머니는 감동했다. 그 신념의 깊이를 어머니는 점점 더 선명하게 느꼈고 정의가 승리할 것이라는 그들의 꿈이 어머니를 다정하고 따뜻하게 어루만져 주었다. 그들이 하는 말을 들으면서 어머니는 알 수 없는 슬픔에 자기도 모르게 한숨을 지었다. 그러나 무엇보다도 그들의 소박함과 자신에 대한 아름답고 너그러운 무관심이 어머니를 감동시켰다.

어머니는 그들이 삶에 대해 나누는 이야기의 많은 부분을 이미 이해했으며 그들이 모든 사람의 불행의 원천을 제대로 찾아냈다고 느꼈고 그들의 생각에 동의하는 데 익숙해졌다. 그러나 마음속 깊은 곳에서 어머니는 그들이 자신들의 방식으로 삶을 재구성할 것이라고 믿지 않았을뿐더러 모든 노동 민중을 자신들의 불꽃 속으로 끌어당길 힘을 충분히 가졌다고도 생각하지 않았다. 모든 사람이 오늘 배부르기를 원하고 오늘 점심을 지금 당장 먹을 수 있다면 내일로 잠시 미루는 일조차 아무도 원하지 않는다. 이 멀고도 험한 길을 떠나는 사람은 많지 않고 그 길의 끝에서 사람들이 모두 형제처럼 사랑하는 동화 속의 왕국을 발견하는 사람도 많지 않다. 바로 그 때문에 이들, 이 좋은 사람들은 턱수염과 때때로 지쳐 보이는 얼굴에도 불구하고 어머니에게는 아이들처럼 보였다.

'내 소중한 사람들!' 어머니는 고개를 흔들며 생각하곤 했다.

그러나 그들은 모두 이미 훌륭하고 진지하고 현명한 삶을 살고 있었고 선에 대해 이야기했으며 자신이 알고 있는 것을 사람들에게 가르치는 일에 자신을 아끼지 않았다. 어머니는 그런 삶에 도사린 위험에도 불구하고 그 삶을 사랑할 수 있다는 것을 이해했으며, 그래서 자신의 과거가 까맣고 좁은 띠처럼 납작하게 펼쳐진 곳을 뒤돌아보며 한숨을 쉬었다. 이 새로운 삶을 필요로

하는 마음에 대한 평온한 자각이 어머니 안에 시나브로 쌓여 갔다. 덕분에 이전에 어머니는 한 번도 자신이 누군가에게 필요하다고 느끼지 못했으나 지금은 자신이 많은 사람들에게 필요하다는 사실을 명백하게 알았고, 그것은 새로운 기쁨으로 다가와 어머니가 고개를 높이 들고 다니게 해 주었다.

어머니는 정확하게 공장에 전단을 가져다 나르면서 그 일을 자신의 의무로 여겼고 형사들에게 익숙해지고, 그들에게도 알려지게 되었다. 어머니는 몇 번 수색을 당했지만 언제나 공장에 전단이 나타난 다음 날의 일이었다. 자신이 아무것도 숨기고 있지 않을 때 어머니는 형사와 경비들의 의심을 불러일으키게 했다. 그래서 그들이 어머니를 붙잡아서 뒤지면 어머니는 기분 상한 척 그들과 말다툼을 했고 자신을 수색한 사람들을 무안하게 만든 뒤에 자신의 교묘함을 자랑스럽게 여기며 그 자리를 떠나곤 했다. 어머니는 이 놀이가 마음에 들었다.

공장에서 베숍시코프를 다시 받아 주지 않아 그는 목재상의 일꾼으로 들어가 마을에 통나무와 판자와 장작을 실어 왔다. 어머니는 거의 매일 그를 보았다. 검은 말 두 마리가 짐의 무게에 떨리는 다리를 땅에 굳게 버티고 걸어갔다. 두 마리 모두 늙고 뼈가 앙상했고 머리는 지친 듯 슬프게 흔들렸으며 흐린 눈이 고통스럽게 껌뻑거렸다. 그 뒤로 길고 축축한 통나무나 판자 더미가 흔들리며, 끝부분을 큰 소리로 덜걱거리며 실려 갔고 옆에서 고삐를 아래로 내린 채 니콜라이가 더러운 누더기 옷을 입고 무거운 장화를 신고 모자는 뒤로 젖혀 쓰고 마치 땅 위로 뽑혀 나온 나무 그루터기처럼 어색하게 걸음을 옮겼다. 그도 자기 발밑을 바라보며 말들과 마찬가지로 고개를 흔들었다. 그의 말들은 다가오는 마차를, 사람들을 향해 맹목적으로 나아갔다. 그 옆에서 성난 욕설이 마치 벌 떼가 날아다니는 소리처럼 울려 퍼졌고 악의에 찬 외침 소리가 공기를 갈랐다. 그는 고개를 들지 않고 대답도 하지 않고 날카롭고 귀가 멀 것 같은 휘파람을 불며 말들에게 나지막이 중얼거렸다.

"그래, 견뎌라!"

매번 안드레이에게 동지들이 찾아와 새로 발행된 외국 신문이나 책자를 함께 읽을 때마다 니콜라이도 참석해 구석에 앉아 한 시간, 두 시간씩 말없이 듣곤 했다. 읽기가 끝나면 청년들은 오랫동안 논쟁을 했으나 베숩시코프는 논쟁에 참여하지 않았다. 그는 누구보다 오래 남아 있다가 안드레이에게 일대일로 음울한 질문을 던지곤 했다.

"그럼 누가 최고 잘못한 거지?"

"잘못한 건 말이야, 맨 처음에 '이건 내 거야!'라고 말한 사람이야! 그 사람은 수천 년 전에 죽었을 테니까 지금 와서 그에게 화내는 건 소용없어!" 우크라이나인이 농담처럼 말했지만 그의 눈은 불안하게 상대를 바라보고 있었다.

"그럼 부자들은? 그리고 그들 편에 선 사람들은?"

우크라이나인은 머리를 움켜쥐고 콧수염을 잡아당기며 삶과 인간에 대해 오랫동안 이야기했다. 그러나 결과적으로는 언제나 마치 모든 사람이 전반적으로 잘못이 있는 것처럼 되어 버렸고 니콜라이는 여기에 만족하지 못했다. 두툼한 입술을 꽉 다물고 그는 못마땅한 듯 고개를 흔든 뒤에 그건 옳지 못하다고 불신을 담아 말하고는 불만족하고 음울한 채로 떠나곤 했다.

어느 날 그가 말했다.

"아냐, 누군가 잘못한 사람이 있어야 해. 그들도 여기 있다고! 내가 분명히 말하는데 우리는 잡초가 자란 밭을 갈아엎듯이 삶 전체를 갈아엎어야 해, 인정사정없이!"

"언젠가 시간 기록원 이사이가 여러분에 대해 똑같은 말을 했어요!" 어머니가 떠올렸다.

"이사이?" 베솝시코프가 잠시 침묵한 뒤에 물었다.

"그래요, 나쁜 사람이야! 모든 사람을 감시하면서 캐묻고 다니더니 우리 거리에도 돌아다니기 시작했어. 창문으로 우리를 엿본다고……."

"엿봐요?" 니콜라이가 되풀이해 말했다.

어머니는 이미 침대에 누워 있어 그의 얼굴이 보이지 않았으나 우크라이나인이 서둘러 달래듯이 말했기 때문에 자신이 쓸데없는 말을 했다는 사실을 깨달았다.

"돌아다니면서 엿보게 내버려 두지 뭐! 시간이 많으면 돌아다닐 수도 있지……."

"아니야, 잠깐!" 니콜라이가 낮고 무겁게 말했다. "바로 그놈이야, 잘못한 놈이!"

"왜?" 우크라이나인이 재빨리 물었다. "멍청해서?"

베솝시코프는 대답하지 않고 그 자리를 떠났다.

우크라이나인은 거미처럼 가는 다리로 조용한 발소리를 내며 천천히 방 안을 돌아다녔다. 그는 장화를 이미 벗었다 ― 발소리를 크게 내서 어머니를 번거롭게 하지 않으려고 그는 언제나 그렇게 했다. 하지만 어머니는 잠들지 않았고 니콜라이가 떠난 뒤에 불안하게 말했다.

"난 저 사람 무서워요!"

"네-에!" 우크라이나인이 천천히 말을 끌며 대답했다. "화를 잘 내죠. 있잖아요, 넨코, 니콜라이에게 이사이에 대해 말하지 마세요. 이사이는 정말로 밀정 짓을 해요."

"그걸 누가 모르겠어요? 그 사람 대부*가 헌병인걸요!" 어머니가 대답했다.

"어쩌면 니콜라이가 그를 찌를지도 몰라요!" 우크라이나인이 경계심을 담아 말을 이었다. "대장님과 나리들이 우리 낮은 계층 사람들의 삶에 어떤 감정을 쌓아 놨는지 아시죠? 니콜라이 같은 사람들이 모욕감을 느끼고 참을성이 끊어져 버리면 그때는 어떻게 되겠어요? 하늘이 피로 물들고 땅은 비누처럼 핏속에서 거품을 내뿜을 거예요……."

"무서워요, 안드류샤!" 어머니가 조용히 외쳤다.

"뿌린 대로 거두는 거죠!" 잠시 침묵한 뒤에 안드레이가 말했다. "그래도 어쨌든요, 넨코, 그들이 피 흘리기 전에 민중의 눈물은 벌써 호수를 여러 개 만들었다고요……."

그러고는 갑자기 조용히 웃음을 터뜨리며 덧붙였다.

"정당하지만 위안은 되지 않지요!"

22

어느 쉬는 날에 어머니는 긴 의자에서 일어나 문을 열고 나와 갑자기 따뜻한 여름비와 같은 기쁨에 잠겨 문가에 섰다 ─ 방 안에서 파벨의 확고한 목소리가 들렸던 것이다.

"어머니 오셨네!" 우크라이나인이 외쳤다.

어머니는 파벨이 얼마나 빨리 돌아서는지 보았고, 아들의 얼굴이 어머니에게 커다란 무언가를 기대하는 감정으로 타오르는 것을 보았다.

"이제 왔구나…… 집에!" 어머니가 뜻밖의 광경에 넋이 나가 중얼거리며 앉았다.

그는 창백한 얼굴로 어머니를 향해 몸을 숙였다. 눈가에는 조그만 눈물방울이 반짝였고 입술이 떨렸다. 잠시 그는 침묵했고 어머니도 침묵을 지키며 그를 바라보았다.

우크라이나인이 조용히 휘파람을 불며 고개를 숙이고 두 사람 사이를 지나 마당으로 나갔다.

"고마워요, 엄마!" 파벨이 떨리는 손가락으로 어머니의 손을 꽉 움켜쥐고 깊고 낮은 목소리로 말했다. "정말 고마워요, 우리 엄마!"

아들의 얼굴에 나타난 표정과 말소리에 감동받아 어머니는 아들의 머리를 쓰다듬고 뛰는 가슴을 억누르며 조용히 말했다.

"주님이 너와 함께하시기를! 뭐가 고맙다는 거니?"

"엄마가 위대한 우리 활동을 도와주니까, 고마워요!" 그가 말했다. "사람이 자기 어머니와 마음으로도 통한다고 말할 수 있는 건 드문 행운이니까!"

어머니는 말없이, 열린 마음으로 아들이 하는 말을 탐욕스럽게 삼키면서 아들의 모습을 바라보았다. 아들은 너무나 밝고 가깝게 어머니 앞에 서 있었다.

"나도 알아, 엄마, 많은 일들이 엄마를 괴롭히고 힘들게 했던 거. 난 엄마가 절대로 우리와 잘 지낼 수 없을 거라고, 우리 생각을 자기 생각처럼 받아들이지 못하고 엄마가 평생 참아 왔듯이 그냥 말없이 참아 주기만 할 거라고 생각했지. 그거 힘들었어……!"

"안드류샤 덕분에 아주 많은 걸 이해했단다!" 어머니가 끼어들었다.

"개가 엄마 얘기를 했어요!" 파벨이 소리 내어 웃으며 말했다.

"예고르도 네 얘기를 하더라. 내가 그 사람하고 동향 출신이야. 안드류샤는 심지어 글도 가르쳐 주려 했다……."

"그런데 엄마는 쑥스러워서 혼자 조용히 공부하기 시작했죠?"

"걔가 엿보았구나!" 어머니가 부끄러워하며 외쳤다. 그리고 마음속을 가득 채운 기쁨에 어쩔 줄 몰라 하며 어머니는 파벨에게 제안했다. "안드류샤 안으로 불러라! 방해하지 않으려고 일부러 나갔나 보다. 그 애는 어머니가 없으니까……."

"안드레이!" 파벨이 현관으로 나가는 문을 열면서 소리쳤다. "어딨냐?"

"여기. 장작 좀 패려고."

"이리 와!"

안드레이는 곧바로 오지 않고 잠깐 뜸을 들였다가 부엌으로 들어오면서 살림꾼처럼 말했다.

"니콜라이에게 장작 가져오라고 해야 돼. 집에 장작이 별로 없어. 보셨죠, 넨코, 파벨이 어떤지? 경찰이 선동꾼들을 처벌하지 않고 잘 먹인다니까요……."

어머니는 웃음을 터뜨렸다. 심장이 달콤하게 내려앉았고 어머니는 기쁨에 취했으나, 뭔가 깐깐하고 조심스러운 것이 어머니의 마음속에 아들이 이전에 그랬던 것처럼 침착한 모습을 보고 싶은 소망을 불러일으켰다. 마음이 지나치게 즐거웠고 어머니는 평생 처음 느끼는 커다란 기쁨이 찾아왔을 때처럼 이렇게 생생하고 강렬하게 영원히 심장에 남아 있기를 원했다. 그리고 마치 행복이 줄어들까 조심하는 것처럼 어머니는 희귀한 새를 우연히 손에 넣은 새잡이가 하듯이 그 행복을 재빨리 덮어 닫아 두려고 서둘렀다.

"점심 먹자! 파샤, 너 아직 밥 안 먹었지?" 어머니가 수선스럽게 제안했다.

"안 먹었어요. 어제 감독관한테 저를 풀어 주기로 결정 났다는 얘기를 들었고 오늘은 먹지도 마시지도 못했어요……. 여기 와서 처음 만난 사람은 늙은 시조프였어요." 파벨이 이야기했다. "그 사람이 나를 알아보더니 길을 건너와서 인사했어요. 내가 이렇게 말했죠. '아저씨, 이제부터는 나하고 얘기할 때 조심해요. 나 위험한 사람이에요. 경찰의 감시를 받는다고요.' 그랬더니 '괜찮아' 이래요. 그리고 자기 조카에 대해 그 사람이 뭐라고 물었는지 알아요? '그래, 표도르가 처신 잘하던가?' 이래요. '감옥에서 처신 잘하는 게 뭔데요?' '그거야, 동지들에 대해 쓸데없는 소리 하진 않았지?' 이래요. 그리고 제가 페댜는 믿을 만한 사람이고 똑똑하다고 말했더니 그 아저씨가 턱수염을 쓰다듬으면서 자랑스럽게 말하더라고요. '우리 시조프 가문에 나쁜 사람은 없다!'"

"현명한 노인이야!" 우크라이나인이 고개를 끄덕이며 말했다. "나하고 그 아저씨하고 자주 얘기하지, 좋은 사람이야. 페댜는 금방 풀려난대?"

"다 풀려날 거야, 내 생각엔! 이사이가 이야기한 거 말고는 그들에게 아무것도 없는데, 이사이가 무슨 얘기를 했겠어?"

어머니는 왔다 갔다 하면서 아들을 바라보았고 안드레이는 파벨의 이야기를 들으면서 창가에 뒷짐을 지고 서 있었다. 파벨은 방 안을 걸어다녔다. 그는 턱수염이 길게 자라 가늘고 어두운 털이 조그만 고리를 만들며 양 볼에 두껍게 덮여 있어서 거무스름한 얼굴색이 좀 더 부드러워 보였다.

"둘 다 와서 먹어!" 어머니가 식탁에 음식을 차리며 말했다.

식사를 하면서 안드레이는 르이빈에 대해 이야기했다. 그리고 그가 말을 마치자 파벨은 아쉽다는 듯 외쳤다.

"내가 집에 있었으면 그냥 놓아주지 않았을 거야! 그가 뭘 가져왔는지 생각해 봐. 의무감과 혼란이라는 커다란 감정을 머릿속에 넣고 왔잖아."

"그래." 우크라이나인이 웃으며 말했다. "나이 마흔에 자기 나름대로 마음속의 곰하고 혼자 오랫동안 싸워 왔으면 사람이 바뀌기 힘들지……."

그다음엔 사람들이 어머니가 이해하지 못하는 말로 이야기하기 시작하면 벌어지는 종류의 말다툼이 시작되었다. 식사는 끝났지만 두 사람은 계속해서 현명한 말들을 우르르 떨어지는 우박처럼 서로에게 격렬히 쏟아부었다. 가끔은 단순하게 이야기했다.

"우리는 단 한 걸음도 물러서지 말고 우리의 길을 가야만 해!" 파벨이 확고하게 선언했다.

"그러면서 가는 길에 우리를 적으로 여기는 수천만 명의 사람들과 부딪치고……."

어머니는 논쟁을 엿들으면서 파벨이 농민을 좋아하지 않는 반면 우크라이나인은 그들 편에 서서 농민들에게도 선을 가르쳐야 한다고 설득한다는 사실을 이해했다. 어머니는 안드레이를 더 많이 이해했고 그가 옳아 보였으나, 안드레이가 파벨에게 뭔가 말할 때마다 어머니는 긴장해서 숨을 멈추고 아들이 혹시 우크라이나인에게 기분이 상한 게 아닌지 빨리 알아내기 위해 아들의 대답을 기다렸다. 그러나 두 사람은 화내지 않고 서로에게 소리쳤다.

가끔 어머니는 아들에게 물었다.

"정말 그러니, 파샤?"

그는 미소 지으며 대답했다.

"그래요!"

"선생님은 말입니다, 신사 양반." 우크라이나인이 다정한 심술을 담아 말했다. "배부르게 먹었는데 잘 씹지 않아서 선생님 목구멍에 한 조각이 걸렸어요. 목구멍을 썻으십쇼!"

"바보짓 하지 마!" 파벨이 조언했다.

"아이고, 저는 지금 겁에 질려 덜덜 떠는뎁쇼!"

어머니는 조용히 웃음을 터뜨리며 고개를 흔들었다.

23

봄이 다가와 눈이 녹으면서 그 아래 깊은 곳에 감추어져 있던 진흙과 검댕이 드러났다. 하루하루 지날 때마다 더러움이 더욱 더 끈질기게 눈에 띄어서 마을 전체가 씻지 않은 누더기를 입고 있는 듯했다. 낮이면 처마에서 물이 떨어졌고 집들의 회색 벽이 지쳐 땀 흘리는 것처럼 김을 냈으며 밤이 가까워지면 사방에 얼 어붙은 고드름이 희끄무레하게 나타났다. 하늘에 해가 점점 더 자주 나타났다. 그리고 햇빛이 망설이는 듯 조용히 뿜어 나오면 서 진흙탕을 향해 달려 들어갔다.

5월 1일을 기념하자는 이야기가 오갔다.

공장과 마을에서 이 기념일의 의미를 설명하는 전단이 날아 다녔고, 심지어 선동에 영향을 받지 않은 청년들도 전단을 읽고 는 이렇게 말했다.

"이건 해야겠다!"

베숍시코프는 음울하게 미소 지으며 외쳤다.

"때가 왔다! 숨바꼭질을 하겠군!"

페댜 마진은 기뻐했다. 비쩍 마른 그는 움직이거나 말할 때 불안하게 떠는 모습이 새장 속의 꾀꼬리와 비슷했다. 말이 없고 나이에 걸맞지 않게 진지한 야코프 소모프가 언제나 그와 함께했는데 소모프는 지금 도시에서 일했다. 감옥에서 머리털이 더 붉어진 사모일로프와 바실리 구세프, 부킨, 드라구노프와 또 몇몇이 무기를 들고 나서야 할 필요성을 주장했으나 파벨, 우크라이나인, 소모프 그리고 다른 사람들은 그들과 언쟁을 했다.

언제나 지치고 땀을 흘리며 숨을 몰아쉬는 예고르가 나타나서 농담을 던졌다.

"기존의 형식을 바꾸는 일은 아주 큰 일입니다, 동지들, 그러나 그 일을 더 성공적으로 진행하기 위해서 나는 새 장화를 사야겠소!" 그는 축축하게 젖은 자신의 찢어진 단화를 가리키며 말했다. "내 덧신도 도저히 치료할 수 없을 정도로 찢어져서 나는 매일 발을 적시며 다닙니다. 나는 우리가 옛 세상과 공식적으로 명확하게 인연을 끊기 전에 땅속 깊은 곳으로 들어가고 싶은 생각이 없으므로 무장 시위를 하자는 사모일로프 동지의 제안을 거절하고 나를 강력한 장화로 무장시켜 줄 것을 제안하는 바인데, 왜냐하면 사회주의의 승리를 위해서는 아주 커다란 몸싸움보다도 장화 쪽이 더 유용하다고 확신하기 때문입니다……!"

이와 똑같이 화려한 언변으로 그는 노동자들에게 여러 나라에서 민중이 어떻게 자신의 삶을 더 낫게 만들고자 애썼는지 그

역사를 이야기했다. 어머니는 그의 연설을 듣는 것이 좋았고 그런 발언에서 이상한 인상을 받았다 — 민중을 가장 잔혹하게 자주 속였던 민중의 가장 교활한 적들은 조그맣고 배가 튀어나오고 얼굴이 빨간 소인배들로, 그들은 양심이 없고 탐욕스럽고 교활하고 잔혹했다. 그들은 황제의 권력 아래 살기 힘들어지자 노동 민중을 꼬드겨 황제의 권력과 싸우게 했고 민중이 들고일어나 황제의 손에서 그 권력을 빼앗아 오자 이 소인배들은 속임수로 그 권력을 가져다가 자기 손에 쥐고 민중이 논쟁을 하려 들면 내쫓아 개집으로 보냈고, 민중을 수백 명, 수천 명씩 쓰러뜨렸다.

어느 날 용기를 짜내 어머니는 예고르에게 그의 연설을 들으며 생각해 낸 이런 인생의 모습에 대해 이야기하고는 민망한 듯 웃으며 물었다.

"그런가요, 예고르 이바노비치?"

그는 눈을 희번덕이며 소리 내어 웃더니 숨을 헐떡이고 양손으로 가슴을 문질렀다.

"진실로 그렇습니다, 어머니! 역사의 핵심을 간파하신 겁니다. 그 노르스름한 배경에 몇 가지 장식이, 그러니까 자수 같은 게 있긴 하지만 그렇다고 상황이 달라지진 않아요! 바로 그 뚱뚱한 소인배들이 주범이고 민중을 물어뜯는 가장 독한 벌레입니다. 프랑스인들이 그들에게 부르주아라는 적절한 이름을 붙여 주었지요. 기억하십시오, 어머니, 부르-주아입니다. 그들이 우리를 씹어 먹는 겁니다. 씹어 먹고 빨아 먹지요."

"부자들 말인가요?" 어머니가 물었다.

"바로 그렇습니다! 그게 그들의 불행이지요. 어머니도 아시겠지만, 아기의 음식에 구리를 조금씩 섞어 주면 그게 아이의 뼈가 자라나는 것을 방해해서 아이는 난쟁이가 되는데, 만약에 사람을 금에 중독시키면 그의 영혼이 조그맣게 돼서 죽은 것처럼 회색으로 변하고 고무공과 똑같이 싸구려가 되는 겁니다……."

어느 날 예고르에 대해 이야기하면서 파벨이 말했다.

"그거 알아, 안드레이, 마음이 아픈 사람일수록 농담을 더 많이 하더라……."

우크라이나인은 잠시 아무 말 없이 있다가 눈을 가늘게 뜨고 대답했다.

"네 말이 진실이라면 러시아 전체가 웃다가 죽었을 거야……."

나타샤가 찾아왔는데 그녀도 다른 도시에서 마찬가지로 갇혀 있었으나 감옥도 그녀를 바꾸지 못했다. 어머니는 나타샤가 있으면 우크라이나인이 더 명랑해지고 농담을 계속 던지고 모두를 그 부드러운 심술로 놀려서 나타샤가 명랑하게 웃게 만드는 것을 눈치챘다. 그러나 나타샤가 가고 나면 그는 특유의 끝없는 노래를 슬프게 휘파람으로 불었고 우울하게 발소리를 내면서 방 안을 오랫동안 걸어 다녔다.

사샤도 자주 달려왔는데 언제나 찡그리고 언제나 서두르고 있었고 어째서인지 점점 더 모가 나고 날카로워졌다.

한번은 파벨이 사샤를 현관 밖으로 배웅하면서 문을 닫지 않는 바람에 어머니는 빠른 대화가 오가는 것을 들었다.

"당신이 깃발을 드나요?" 사샤가 조용히 물었다.

"예."

"그렇게 결정됐나요?"

"예. 그건 내 권리입니다."

"또 감옥인가요?"

파벨은 침묵했다.

"당신은 혹시라도 정말……." 사샤는 말을 시작했다가 멈추었다.

"뭐죠?" 파벨이 물었다.

"다른 사람에게 양보할 수는 없나요……."

"못 합니다!" 그가 큰 소리로 말했다.

"생각해 보세요. 당신은 아주 영향력이 크고 사람들이 당신을 좋아해요! 당신과 나홋카는 여기서 일등인데 밖에서 자유롭게 지내면서 얼마나 많은 일을 할 수 있을지 생각해 보세요! 그런데 고작 이것 때문에 당신은 유배 가게 될 거 아니에요, 멀리, 아주 오랫동안!"

어머니는 사샤의 목소리에 익숙한 감정이 서려 있는 것을 알았다 — 슬픔과 공포였다. 그리고 사샤의 말은 마치 굵은 얼음물 방울처럼 어머니의 심장에 떨어졌다.

"아니요, 내가 결정했습니다!" 파벨이 말했다. "그건 무슨 일이 있어도 내놓을 수 없습니다."

"내가 부탁해도요?"

파벨은 갑자기 빠르고 어쩐지 특히 엄하게 말하기 시작했다.

"그런 말을 하면 안 됩니다, 무슨 말입니까? 그러면 안 됩니다!"

"난 사람이에요!" 사샤가 조용히 말했다.

"좋은 사람이죠!" 마찬가지로 조용히, 그러나 유별나게, 마치 숨 막히는 듯 파벨이 말했다. "나에게 귀중한 사람입니다. 그리고 그렇기 때문에…… 그렇기 때문에 그렇게 말하면 안 됩니다……."

"잘 있어요!" 사샤가 말했다.

뒷굽이 땅에 부딪히는 소리를 듣고 어머니는 사샤가 빠르게, 거의 뛰듯이 걷기 시작했다는 사실을 알았다. 파벨이 그 뒤를 따라 마당으로 나갔다.

무겁게 짓누르는 두려움이 어머니의 가슴을 사로잡았다. 어머니는 두 사람이 무슨 이야기를 했는지 이해하지 못했지만 자기 앞에 슬픔이 기다리고 있음을 느꼈다.

'아들이 뭘 하고 싶은 걸까?'

파벨은 안드레이와 함께 돌아왔다. 우크라이나인이 고개를 흔들며 말했다.

"에휴, 이사이, 이사이, 그를 어떻게 하면 좋지?"

"계략을 멈추라고 조언해야 해." 파벨이 우울하게 말했다.

"파샤, 너 뭘 하려는 거니?" 어머니가 고개를 숙이고 물었다.

"언제? 지금?"

"1일…… 5월 1일에."

파벨이 목소리를 낮추고 외쳤다. "내가 깃발을 들 거야. 맨 앞에 서서 깃발을 들고 갈 거야. 그것 때문에 나를 또 잡아서 감옥에 가두겠지."

어머니는 눈이 뜨거워지기 시작했고 입 안이 불쾌하게 말랐다. 파벨이 어머니의 손을 잡고 쓰다듬었다.

"필요한 일이에요, 받아들이세요!"

"난 아무 말도 안 한다!" 어머니가 천천히 고개를 들면서 말했다. 그리고 아들의 완고하게 빛나는 눈과 시선이 마주치자 어머니는 다시 고개를 떨구었다.

아들은 어머니의 손을 놓고 한숨을 쉬며 질책하듯 말했다.

"슬퍼하지 말고 기뻐해야 해. 언제쯤 자식을 기쁘게 죽음을 향해 보내는 어머니가 나타날까……?"

"펄쩍, 펄쩍!" 우크라이나인이 중얼거렸다. "우리 나리가 뛰었네, 카프탄*을 만지고서……!"

"내가 무슨 말이라도 하디?" 어머니가 다시 말했다. "난 널 방해하지 않는다. 너를 불쌍하게 여기는 건 엄마 마음이라서 그래……!"

아들은 어머니에게서 물러났고, 어머니는 냉정하고 날카로운 말을 들었다.

"그건 사람이 사는 걸 방해하는 사랑이에요……."

아들이 또 무슨 말을 할까 두려워하며 어머니는 몸을 떨고 심장을 억누르며 빠르게 말했다.

"그러지 마라, 파샤! 나는 이해한다. 넌 그렇게 하지 않으면 안 되는 거지, 동지들을 위해서⋯⋯."

"아뇨!" 그가 말했다. "저는 저 자신을 위해서 하는 거예요."

문가에서 안드레이가 일어섰다. 그는 문보다 키가 컸고 이제 마치 문틀 안에 붙은 것처럼 문가에 서서 이상하게 무릎을 구부리고 한쪽 어깨는 문설주에 기대고 다른 쪽 어깨와 목과 머리는 앞으로 내밀고 있었다.

"댁은 이제 그만 떠드는 게 좋겠소, 나리!" 그가 튀어나온 눈으로 파벨의 얼굴을 바라보며 음울하게 말했다. 그의 모습이 바위틈에 사는 도마뱀과 비슷해 보였다.

어머니는 울고 싶어졌다. 아들에게 자신의 눈물을 보이지 않으려고 어머니는 갑자기 중얼거렸다.

"아이고, 내 정신 봐, 잊어버렸네⋯⋯."

그리고 어머니는 현관으로 나왔다. 그곳에서 머리를 벽 귀퉁이에 기댄 채 어머니는 설움에 겨운 눈물을 한없이 쏟으며 소리 없이 울었고 마치 눈물과 함께 심장의 피도 함께 흘러나가는 것처럼 힘이 빠져 약해졌다.

그리고 느슨하게 닫힌 문틈으로 둔중한 논쟁의 목소리가 어머니에게 들려왔다.

"너 대체 뭐냐, 어머니를 괴롭히는 네 모습에 도취된 거야?" 우크라이나인이 물었다.

"넌 그런 식으로 말할 권리가 없어!" 파벨이 소리쳤다.

"네가 염소처럼 멍청하게 날뛰는 걸 보면서 가만히 있으면 내가 퍽이나 좋은 동지겠다! 너 그런 말은 대체 왜 한 거야? 알겠냐고?"

"그렇다, 아니다를 확실하게 말해야 하니까!"

"어머니한테도?"

"모두에게 다! 발을 묶고 붙잡는다면 사랑도 우정도 다 원하지 않아……."

"영웅 나셨군! 콧물이나 닦아! 코나 닦고 가서 사셴카한테도 그렇게 말해라. 사셴카야말로 그런 말을 들어야 하니까……."

"이미 말했어!"

"그래? 거짓말! 넌 사셴카한테는 다정하게 말했지, 부드럽게 말했어. 내가 들은 건 아니지만 안 들어도 알아! 그러면서 어머니 앞에서는 영웅인 척 잘난 체하고……. 정신 차려, 염소야, 네 영웅주의는 한 푼 값어치도 없어!"

어머니는 황급히 볼에서 눈물을 닦고는 우크라이나인이 파벨을 화나게 할까 두려워 서둘러 문을 열고 부엌으로 들어서서 슬픔과 공포에 가득 찬 몸을 떨면서 큰 소리로 말했다.

"우우, 춥다! 그런데 봄이라니……."

목적 없이 부엌 안에서 잡다한 물건들을 이리저리 옮기며, 물건 옮기는 소리로 방 안에서 들려오는 소리 죽인 목소리들을 덮으려고 애쓰면서 어머니는 더 큰 소리로 말을 이었다.

"모든 게 변했구나, 사람들은 더 뜨거워지고 날씨는 더 추워지고. 예전에는 이때쯤 되면 날도 따뜻해지고 하늘도 맑고 해도 났는데……."

방 안이 조용해졌다. 어머니는 부엌 한가운데 멈춰 서서 기다렸다.

"들었어?" 우크라이나인의 조용한 목소리가 울렸다. "이걸 이해해야 돼, 젠장! 여긴 네 머릿속보다 훨씬 더 풍성하다는 걸……."

"차 좀 마시겠니?" 떨리는 목소리로 어머니가 물었다. 그리고 어머니는 그 떨림을 숨기기 위해 대답을 기다리지 않고 외쳤다.

"왜 이러지, 나 너무 춥네!"

파벨이 천천히 방을 나와 어머니에게 다가왔다. 그는 고개를 숙이고 입술에는 미안한 듯 떨리는 미소를 지으며 어머니를 쳐다보았다.

"나 용서해 줘, 어머니!" 그가 작은 목소리로 말했다. "난 아직 어린애이고 바보야……."

"내 걱정은 하지 마라!" 어머니가 근심스러운 목소리로 외치며 아들의 머리를 끌어당겨 가슴에 안았다. "아무 말도 하지 마! 신이 너를 돌봐 주실 거다, 네 삶을, 네 활동을! 하지만 너무 마음에 두지 마! 세상 어느 어머니가 자식을 불쌍히 여기지 않을 수 있겠니? 그럴 순 없어……. 난 모두가 다 불쌍하다! 너희들 모두 내 자식 같고 모두 다 존엄한 사람들이야! 그리고 내가 아니면 누가 너희를 불쌍히 여기겠니……? 네가 가면 그 뒤로 다른 사람들도 모든 걸 내던지고 따라간단다…… 파샤!"

어머니의 가슴속에서 커다랗고 뜨거운 생각이 요동쳤고 걱정에 가득한 고통스러운 기쁨이 심장에 영감을 불어넣어 날개를 달았으나, 어머니는 적당한 표현을 찾을 수 없어 말하지 못하는 고통 속에 손만 휘저으며 선명하고도 날카로운 아픔으로 빛나는 눈으로 아들의 얼굴을 쳐다보기만 했다.

"알았어요, 엄마! 용서해 줘요, 나도 알겠어요!" 그가 고개를 숙이며 중얼거리고는 미소를 띠고 어머니를 살짝 쳐다보더니 고개를 돌리고 민망해하며, 그러나 기뻐하며 덧붙였다.

"이거 내가 절대로 잊지 않을게요, 진심이에요!"

어머니는 아들에게서 조금 떨어져 방 안을 들여다보고는 안드레이에게 부탁하듯 다정하게 말했다.

"안드류샤! 그 애한테 소리치지 말아요! 당신이 물론 나이가 더 많지만……."

어머니에게 등을 돌린 채 서서 꼼짝하지 않은 채 우크라이나인은 이상하고 우스꽝스럽게 외쳤다.

"우-우-우! 파벨한테 사자후를 지를 거예요! 그리고 때려 줄 거예요!"

어머니는 천천히 그에게 다가가 손을 뻗으며 말했다.

"참 소중한 사람……."

우크라이나인은 돌아서서 마치 황소처럼 고개를 비딱하게 기울이고 뒷짐을 지고는 어머니 옆을 지나 부엌으로 들어갔다. 그곳에서 그의 음울하고 비웃는 듯한 목소리가 들려왔다.

"나가라, 파벨, 내가 네 머리통을 물어뜯기 전에! 이건 농담이에요, 넨코, 믿지 마세요! 제가 사모바르를 준비할게요. 네! 집에 석탄이 있으니까요……. 천연 그대로의 석탄이니까, 지옥에나 보내라죠!"

그는 입을 다물었다. 어머니가 부엌으로 갔을 때 그는 바닥에 앉아 사모바르에 불을 피우고 있었다. 어머니를 쳐다보지 않고 우크라이나인은 다시 말하기 시작했다.

"겁내지 마세요. 전 파벨을 안 건드릴 거예요! 저는 삶은 순무처럼 부드럽다고요! 그리고 저는…… 이봐 너, 영웅 나리, 엿듣지 마. 저는 그를 좋아해요! 하지만 저는 그 애가 떨쳐입은 조끼는 좋아하지 않아요! 아시겠어요, 파벨은 새 조끼를 입었고 그 조끼가 아주 마음에 들어서 이제 배를 내밀고 걸어 다니며 모든 사람을 밀쳐 대는 거예요. 그리고 보세요, 제가 입은 조끼가 어떤지! 제 조끼도 좋아요, 진짜로요, 하지만 어째서 남을 밀쳐야 하죠? 안 그래도 비좁은데."

파벨이 미소 지으며 물었다.

"얼마나 오래 투덜거릴 거야? 날 한 번 혼냈으니까 그걸로 된 거 아냐!"

바닥에 앉은 채 우크라이나인은 다리를 사모바르 양옆으로 뻗고 파벨을 쳐다보았다. 어머니는 문가에 서서 안드레이의 둥근 뒤통수와 앞으로 숙인 기다란 목을 다정하고 슬픈 눈길로 바라보았다. 그는 상체를 뒤로 젖히고 양손으로 바닥을 짚고 약간 불그레해진 눈으로 어머니와 파벨을 쳐다보고는 눈을 깜빡이더니 작은 목소리로 말했다.

"두 분 다 좋은 사람이에요, 아무렴!"

파벨은 몸을 숙이고 그의 손을 잡았다.

"잡아당기지 마!" 우크라이나인이 불분명하게 말했다. "이러다 네가 날 넘어뜨리겠다……."

"뭘 부끄러워하고 있어요?" 어머니가 슬프게 말했다. "서로 입 맞추든지, 꼭 껴안든지 그래야지…….'"

"할래?" 파벨이 물었다.

"그러지!" 우크라이나인이 일어서면서 대답했다.

서로 꽉 껴안은 두 사람은 한순간 움직이지 않았다 — 두 개의 몸에 하나의 영혼이 우정을 느끼며 뜨겁게 타올랐다.

어머니의 얼굴에서 눈물이 흘렀지만 그 눈물은 가벼웠다. 눈물을 닦아 내며 어머니는 민망한 듯 말했다.

"아줌마들은 우는 걸 좋아하지, 슬픈 일에도 울고 기쁜 일에도 울고……!"

우크라이나인이 부드러운 몸짓으로 파벨을 떼어 놓은 뒤 자신도 손가락으로 눈을 닦으면서 말했다.

"됐어! 송아지들도 뛰어놀고 나면 구워질 때가 되는 법이지! 그런데 이 석탄은 진짜 망할 물건이네! 아무리 불고 불어도 눈에 재만 날려 들어가고……."

파벨이 고개를 숙이고 창가에 앉아 조용히 말했다.

"그런 눈물은 부끄럽지 않아……."

어머니는 그에게 다가가 옆에 앉았다. 어머니의 심장은 대범한 감정에 따뜻하고 부드럽게 감싸였다. 어머니는 슬펐지만 그러면서도 즐겁고 평온했다.

"제가 찻잔과 그릇을 가져올게요. 앉아 계세요, 넨코!" 우크라이나인이 부엌을 나가 방으로 가면서 말했다. "쉬세요! 너무 많이 마음 쓰셨으니…….”

그리고 방 안에서 그의 노래하는 듯한 목소리가 울려 퍼졌다.

“우리는 지금 삶을 찬란하게 느꼈네 ― 진실한 인간의 삶을……!”

“네!” 파벨이 어머니를 쳐다보고 말했다.

“모든 것이 달라졌어!” 어머니가 대답했다. “슬픔도 다르고, 기쁨도 다르고…….”

“그래야만 하니까요!” 우크라이나인이 말했다. “새로운 마음이 자라기 때문이죠, 나의 다정한 넨코, 새로운 마음이 삶 속에서 자라는 거예요. 사람이 살면서 가는 길마다 이성의 불빛으로 삶을 밝히고 소리쳐 부르는 거예요. ‘이봐요, 거기! 온 세계의 사람들이여, 하나의 가족으로 단결하라!’ 그리고 그의 외침에 따라 모든 마음이 자기한테 남은 건강한 조각들을 모아서 하나의 거대한 마음으로 합쳐지는 거예요, 마치 은으로 만든 종처럼 강하고 낭랑한 마음으로…….”

어머니는 입술이 떨리지 않도록 힘주어 다물고 눈물을 흘리지 않기 위해 눈을 꼭 감았다.

파벨이 손을 들어 뭔가 말하려 했으나 어머니가 그의 다른 손을 잡고 아래로 당긴 뒤에 속삭였다.

“저 애 말을 막지 마…….”

“알겠어요?” 우크라이나인이 문가에 서서 말했다. “더 많은 슬픔이 사람들 앞에 놓여 있고 적들은 사람들에게서 더 많은 피를 쥐어짜 내겠지만 그 모든 것이, 모든 슬픔과 나의 피가 내 가

습속에, 내 머릿속에 있는 것을 위한 작은 대가인 거예요. 난 이미 부자예요, 마치 별이 충분한 별빛을 가지고 있듯이. 난 전부 견뎌 내고 전부 참아 낼 거예요. 왜냐하면 내 안에는 기쁨이 있고 그 기쁨은 아무도, 아무것도 절대로 죽이지 못할 테니까요! 그 기쁨 안에 힘이 있어요."

세 사람은 식탁에 둘러앉아 차를 마시며 자정까지 삶과 사람들과 미래에 대해 마음을 터놓고 이야기했다.

그리고 생각이 분명해지자 어머니는 한숨을 쉰 뒤에, 언제나 무겁고 거칠었던 자신의 과거에서 무엇이든 가져왔고 그 심장을 짓누르는 돌 같은 기억으로 자신의 생각을 더 단단하게 만들었다.

대화가 따뜻하게 흘러가는 동안 어머니의 공포는 녹아 버렸고 이제 어머니는 아버지가 자신에게 엄하게 말했던 그날과 똑같은 기분이 되었다.

"낯짝 찡그릴 일 없다! 어느 바보가 나타나서 너보고 자기한테 시집오라고 하니까 가라! 계집애들은 다 시집을 가고 아낙들은 다 아이를 낳고 부모한테 애들은 다 고통인 법이지! 네가 뭐라고, 사람이 아니라는 거냐?"

이 말을 듣고 나서 어머니는 자기 앞에 피할 수 없이 펼쳐진, 텅 비고 어두운 곳을 둘러 대답 없이 길게 이어진 길을 보았다. 그리고 그 길을 가야 한다는 사실이 어머니의 가슴을 맹목적인 평온으로 가득 채웠다. 지금도 그랬다. 그러나 새로운 슬픔이 다가오는 것을 느끼며 어머니는 혼자 속으로만 누군가에게 말했다.

'여기 있소, 가져가시오!'

그렇게 하자 마치 둔중한 현(絃)처럼 가슴속에서 떨며 노래하
던 심장의 조용한 고통이 조금 누그러졌다.

그리고 앞날의 슬픔을 예측하며 동요하던 어머니의 영혼 깊
은 곳에서 강하진 않지만 꺼지지 않는 희망이 따뜻하게 달아올
랐다 — 어머니에게서 모든 것을 빼앗아 가지는 못할 것이다,
전부 찢어 버리지는 못한다! 뭔가는 반드시 남을 것이다……

24

아침 일찍, 파벨과 안드레이가 나가자마자 코르수노바가 창문을 두드리며 황급히 외쳤다.

"이사이가 살해당했어! 보러 가자……."

어머니는 부르르 몸을 떨었고 머릿속에서 살인자의 이름이 불꽃처럼 번뜩였다.

"누가?" 어머니가 어깨에 숄을 두르면서 짧게 물었다.

"그는 거기, 그러니까 이사이 옆에 앉아서 기다리지 않고, 덜덜 떨더니 가 버렸어!" 마리야가 대답했다.

거리에서 그녀는 말했다.

"이제 또다시 들쑤실 거야. 범인을 찾으려 하겠지. 자기네 집 아이들이 밤에 집에 있어서 다행이야. 내가 증언할 수 있어. 자정이 넘어 집 앞을 지나가다 창문으로 들여다보니까 다들 같이 식탁에 앉아 있더라……."

"무슨 소리를 하는 거야, 마리야? 그 애들일 거라고 생각하다니, 그럴 수가 있어?" 어머니가 겁에 질려 외쳤다.

"그럼 누가 그를 죽였겠어? 당연히 자기네 쪽 사람들이겠지!" 코르수노바가 확신에 차서 말했다. "이사이가 그 사람들 뒤를 캐고 다닌 건 모두 알잖아……."

어머니는 숨을 몰아쉬며 멈춰 서서 손을 가슴에 댔다.

"아니, 자기 왜 그래? 자기는 겁낼 거 없어! 나쁜 놈이 당연히 받을 벌을 받은 거지. 시신을 치워 버리기 전에 빨리 가자!"

베솝시코프에 대한 무거운 생각이 어머니를 흔들었다.

'다 왔군!' 어머니가 멍한 표정으로 생각했다.

공장 담벼락에서 멀지 않은 곳, 얼마 전에 불타 버린 집이 있던 자리에, 발로 석탄을 밟아 끄고 잿가루를 들이마시며 사람들 무리가 모여 서서 벌 떼처럼 웅성거리고 있었다. 여자들이 많았고 아이들은 더 많았으며 노점 주인과 선술집 종업원들, 순경들과 헌병 페틀린도 있었는데 그는 깃털 같은 은빛 턱수염을 기른 키 큰 노인으로 가슴에는 훈장을 여러 개 달고 있었다.

이사이는 불타 버린 장작에 등을 기대고 모자를 쓰지 않은 머리를 오른쪽 어깨에 파묻고 있었다. 오른손은 바지 주머니에 넣은 채였고 왼 손가락은 땅의 흙을 움켜쥐고 있었다.

어머니는 그의 얼굴을 바라보았다 ─ 이사이의 한쪽 눈은 지친 듯 벌어진 양다리 사이에 놓인 모자를 우두커니 바라보고 있었고, 입은 충격을 받은 듯 반쯤 벌어져 있었으며, 붉은 턱수염은 한옆으로 튀어나와 있었다. 마른 몸에 뾰족한 머리와 뼈가 앙상한 주근깨투성이 얼굴이 죽음으로 인해 더 작고 움츠러들어 보였다. 어머니는 한숨을 쉬며 성호를 그었다. 살아 있을 때의 그는 불쾌했으나 지금은 조용한 동정심을 불러일으켰다.

"피가 안 났어!" 누군가 목소리를 죽여 말했다. "분명히 주먹으로 때린 거야……."

화난 목소리가 큰 소리로 내뱉었다.

"밀고쟁이 주둥이를 때려 줬군……."

헌병이 몸을 일으키고는 양손을 움직여 모여 선 여자들을 흩뜨린 뒤에 위협적으로 물었다.

"지금 토론하는 게 누군가, 응?"

사람들은 헌병의 독촉을 받으며 흩어졌다. 몇몇은 재빨리 달려갔다. 누군가 이사이의 불행을 기뻐하며 조용히 웃음을 터뜨렸다.

어머니는 집으로 갔다.

'아무도 불쌍하게 여기지 않아!' 어머니는 생각했다.

그러나 어머니의 눈앞에는 마치 그림자처럼 니콜라이의 드넓은 형체가 어른거렸다. 그의 가느다란 눈이 차갑고 무자비하게 바라보았으며 오른손은 마치 어머니를 해칠 것처럼 흔들리고 있었다.

아들과 안드레이가 점심을 먹으러 집에 왔을 때 어머니는 가장 먼저 그들에게 물었다.

"그래, 어떠냐? 아무도 잡히지 않았지 ─ 이사이 말이야?"

"못 들었어요!" 우크라이나인이 대답했다.

어머니는 둘 다 몹시 우울하다는 것을 알았다.

"니콜라이에 대해서는 아무 얘기도 없니?" 어머니가 조용히 물었다.

아들의 엄격한 시선이 어머니의 얼굴에 멈추었고, 파벨은 분명하게 말했다.

"아무 말 없어요. 그리고 다들 아무 생각도 없어요. 니콜라이는 없어요. 어제 정오에 강으로 가서는 아직 안 돌아왔어요. 내가 그에 대해 물어봤어요……."

"그래, 정말 다행이구나!" 안심하여 한숨을 쉬고 어머니가 말했다. "정말 다행이야!"

우크라이나인이 어머니를 쳐다보고 고개를 숙였다.

"그가 죽어 있는 걸 보니까……." 어머니가 생각에 잠겨 이야기했다. "놀랍더라, 그 사람 얼굴이 그런 모습이었다는 게. 그리고 아무도 그를 불쌍해하지 않아, 아무도 그를 위해 좋은 말 한마디 해 주지 않았어. 아주 조그마했어, 눈에 띄지도 않고. 마치 나뭇조각 같았지, 어딘가에서 떨어져 나와 쓰러져 있는 거야……."

점심을 먹으려고 식탁에 앉았던 파벨이 갑자기 숟가락을 내던지며 외쳤다.

"난 이해를 못 하겠어요."

"뭘?" 우크라이나인이 물었다.

"먹을 게 필요하다는 이유만으로 동물을 죽이는 거, 그건 이제 그냥 그래요. 짐승을, 맹수를 죽이는 거……. 그건 이해할 수 있어요! 다른 사람들을 위해서 짐승처럼 변해 버린 인간을 죽이는 건 나도 할 수 있을 거예요. 하지만 그렇게 불쌍한 사람을 죽이는 건 ― 어떻게 팔을 휘두를 수 있었을까……?"

우크라이나인이 어깨를 으쓱해 보인 뒤에 말했다.

"그는 짐승 못지않게 해로웠어. 모기는 우리 피를 조금만 빨아 먹는데도 우리가 때려잡지!" 우크라이나인이 덧붙였다.

"물론 그래! 난 그 얘기가 아니라……. 내 말은, 싫다는 거야!"

"어쩌겠어?" 안드레이가 다시 한번 어깨를 으쓱해 보이며 대꾸했다.

"넌 그런 사람을 죽일 수 있겠어?" 오랫동안 침묵하다가 파벨이 생각에 잠겨 물었다.

우크라이나인은 둥근 눈으로 파벨을 쳐다보고 살짝 어머니를 바라본 뒤에 슬픔을 담아, 그러나 확고하게 대답했다.

"동지들을 위해서, 활동을 위해서라면 난 뭐든 할 수 있어! 살인도 할 수 있어. 내 아들이라도……."

"아이고, 안드류샤!" 어머니가 조용히 외쳤다.

그는 어머니에게 미소 지어 보이며 말했다.

"달리 어쩔 수 없어요! 이런 인생이니까요!"

"그래-애……!" 파벨이 천천히 말을 끌었다. "이런 인생이니까……."

갑자기 흥분하여, 어떤 내면의 충동에 따라 안드레이는 일어서서 팔을 휘두르고는 말하기 시작했다.

"여러분은 뭘 하시겠습니까? 인간을 증오해야만 하는 상황이 되었지만, 그것은 오로지 사람들을 보며 경탄할 수 있는 때가 더 빨리 찾아오도록 하기 위해서입니다. 삶의 경로를 방해하는 사람, 돈 받고 다른 사람들을 팔아먹고 그 대가로 자기를 위해 평온이나 명예를 사려는 사람을 없애 버려야 합니다. 만약 정의로운 길에 유다가 서 있다면, 사람들을 배신하기 위해 기다리고 있다면, 그럴 때 그를 없애 버리지 않으면 나 자신이 유다가 되는 것입니다! 나에겐 그럴 권리가 없다고요? 그러면 그들은, 우리의 주인들은 군사와 형리를, 매음굴과 감옥을, 강제 노동을, 그들의 평온과 그들의 안락함을 지켜 주는 그 모든 더러운 것들을 가지고 있을 권리가 있습니까? 때때로 나는 그들의 몽둥이를 손에 들어야 할 때가 있습니다. 대체 뭘 하겠습니까? 나는 거절하지 않고 몽둥이를 들 겁니다. 그들은 우리를 수십 명씩, 수백 명씩 죽이고 있어요. 그 사실이 나에게 손을 들어 그들의 적대적인 머리를, 다른 누구보다도 나에게 가까이 접근했고 다른 누구보다도 내 삶의 활동에 해로운 그 적을 향해 내려칠 권리를 줍니다. 그런 삶이란 말입니다. 나는 그런 삶의 반대 방향으로 가고 있고, 나는 그런 삶을 원하지도 않습니다. 나도 압니다. 그들의 피에서는 아무것도 창조되지 않아요, 그 피는 생산적이지 않습니다……! 진실이 자라는 것은 우리의 피가 자주 내리는 비가 되어 땅을 적실 때이고, 반대로 그들의 진흙 같은 피는 흔적 없이 사라질 겁니다. 나는 그걸 알아요! 하지만 나는 스스로 죄를 짊어지고, 적들을 발견하면 죽일 겁니다 — 그래야 해요! 이건 그냥 나 자신의 이야기만 하는 겁니다. 내 죄는 나와 함께 죽을 것이고, 미래에 얼룩이 되어 남지 않을 것이고, 나 외에는 아무도 더럽히지 않을 겁니다, 아무도!"

그는 방 안을 돌아다니며 자기 얼굴 앞에서 손을 흔들었고 마치 공중에서 뭔가 쪼개는 듯, 자기에게서 뭔가 떼어 내는 듯한 몸짓을 했다. 어머니는 슬픔과 전율 속에 그를 바라보며 그의 마음속에서 뭔가 부서져 그가 고통스러워한다고 느꼈다. 살인에 대한 어둡고 위험한 생각이 떠올라 어머니는 멈춰 섰다. '베숩시코프가 죽인 게 아니라면 파벨의 동지들 중에서는 아무도 그런 일을 할 수 없었을 거야.' 어머니는 생각했다. 파벨은 고개를 숙인 채 우크라이나인의 말을 듣고 있었고, 안드레이는 고집스럽고 강하게 말했다.

"나 자신에게 어긋나는, 앞으로 뻗은 길을 따라 전진해야만 합니다. 모든 것을, 온 마음을 바칠 줄 알아야 해요. 목숨을 바치고 활동을 위해 죽는 것 — 그거예요! 더 많이 바치고, 목숨보다 더 귀한 것이 있으면 그것도 바치고, 그러면 사람에게 가장 귀중한 것이 강하게 자라나게 됩니다 — 진실 말이에요……!"

그는 방 한가운데 멈춰 서서 창백해진 얼굴로 눈을 반쯤 감은 채 손을 들고 장엄하게 맹세하듯이 말했다.

"나는 압니다 — 사람들이 서로 존중할 날이 올 것이고, 모든 사람이 다른 사람 앞에 별처럼 빛나는 때가 올 거예요! 자유로운 사람들이, 자신의 자유로 인해 위대한 사람들이 지상에 다니게 될 것이고 모두가 열린 마음으로 나아갈 것이고 모든 사람의 심장에서 질투가 사라질 것이고 모두가 악의를 모르게 될 거예요. 그때가 되면 삶이 아니라 인간을 위한 봉사가 될 것이고 인간의 형상은 높이 솟아 오를 거예요. 자유로운 존재는 그 어떤 높은 곳도 닿을 수 있으니까요! 그때가 오면 사람들은 진실과 자유 속에서 아름다움을 위해 살아갈 것이고 세상을 온 마음으로 넓게 받아들이고 사람들, 세상을 더 깊이 사랑하는 사람들이 우월하게 여겨질 거예요. 우월한 사람들이 가장 자유로워질 거예요, 그 사람들 안에 가장 많은 아름다움이 있으니까! 그런 삶을 사는 사람들은 위대할 거예요······."

그는 입을 다물고 몸을 곧게 펴면서 가슴 전체를 울리는 목소리로 말했다.

"그래요 ─ 그런 삶을 위해서 나는 무엇이든 맞서 나아갈 거예요······."

그의 얼굴이 떨렸고 눈에서는 굵고 무거운 눈물이 방울방울 떨어졌다.

파벨은 고개를 들어 창백한 얼굴로 눈을 크게 뜨고 안드레이를 바라보았고, 어머니는 어두운 불안감이 닥쳐와 점점 커지는 것을 느끼며 의자에서 일어났다.

"무슨 일이야, 안드레이?" 파벨이 조용히 물었다.

우크라이나인은 고개를 흔들고 악기의 현처럼 몸을 쭉 뻗더니 어머니를 바라보며 말했다.

"전 봤어요····· 알고 있어요······."

어머니가 일어나 서둘러 그에게 다가가 그의 손을 잡았다. 안드레이는 오른손을 빼려 했으나 어머니는 그 손을 단단히 움켜쥐고 뜨겁게 속삭였다.

"다정한 안드류샤, 목소리를 낮춰요! 내 소중한……."

"잠깐만요!" 우크라이나인이 불분명하게 중얼거렸다. "그게 어떻게 된 건지 말씀드릴게요……."

"그러지 말아요!" 어머니가 눈물이 고인 얼굴로 그를 바라보며 속삭였다. "그러지 말아요, 안드류샤……."

파벨이 물기 어린 눈으로 동지를 바라보며 천천히 다가왔다. 그가 창백한 얼굴에 미소를 짓더니 작은 목소리로 말했다.

"어머니는 네가 그랬을까 봐 겁내시는 거야……."

"난 겁 안 내다! 안 믿어! 내 눈으로 봤어도 안 믿었을 거야!"

"잠깐만요!" 우크라이나인이 두 사람을 바라보지 않고 고개를 흔들며 어머니가 붙잡은 손을 계속 빼려고 하면서 말했다. "내가 하진 않았어요. 하지만 난 말릴 수는 있었……."

"그만해, 안드레이!" 파벨이 말했다.

파벨이 한 손으로 우크라이나인의 손을 잡고, 마치 그의 키 큰 몸의 떨림을 멈추게 하고 싶은 듯 다른 손을 그의 어깨에 얹었다. 우크라이나인은 파벨을 향해 고개를 기울이고 갈라지는 목소리로 조용히 말했다.

"난 그걸 원하지 않았어. 너도 알고 있잖아, 파벨. 이렇게 된 거야. 네가 먼저 간 뒤에 나는 드라구노프와 함께 모퉁이에 남아 있었어 — 이사이가 모퉁이에서 나타났어, 한옆에 가서 서더군. 우리를 쳐다보면서 빙글빙글 웃었어……. 드라구노프가 말했어. '알겠어? 저놈이 날 따라다닌다고, 밤새도록. 언젠가 흠씬

두들겨 주겠어.' 그리고 드라구노프는 갔어. 나는 집에 갔다고 생각했어. 그때 이사이가 나한테 다가왔어…….."

우크라이나인이 한숨을 쉬었다.

"그놈만큼 역겹고 기분 나쁜 사람은 없었어, 개자식."

어머니가 말없이 그의 손을 잡고 식탁 쪽으로 당겨 마침내 의자에 앉히는 데 성공했다. 그리고 어머니 자신도 그의 옆에 어깨를 맞대고 앉았다. 파벨은 안드레이 앞에 서서 음울하게 턱수염을 당기고 있었다.

"그가 나에게, 모두들 우리를 알고 있다고, 우리 모두 다 헌병들한테 찍혔고 5월 노동절이 되기 전에 모두 잡혀갈 거라고 말했어. 난 대답하지 않고 그냥 웃었지만 심장이 끓어올랐어. 그는 내가 똑똑한 청년이니까 그런 길로 갈 필요가 없다고, 그보다는…….."

그가 말을 멈추고 왼손으로 얼굴을 문질렀다. 그의 눈이 건조하게 빛났다.

"이해해!" 파벨이 말했다.

"그보다는 법을 위해 봉사하는 길로 나서는 게 좋지 않아, 응? 이렇게 말했어."

우크라이나인은 손을 흔들고는 꽉 쥔 주먹을 휘둘렀다.

"법을 위해서라니, 영혼까지 저주받을 놈!" 그가 잇새로 내뱉었다. "차라리 내 뺨을 갈겼다면 나았을 거야. 나도 견디기 쉬웠을 거고. 아마 그놈에게도 더 나았을지 모르지. 하지만 그런 식으로 내 심장에 그 냄새나는 침을 뱉었고 난 참지 않았어."

안드레이가 파벨이 잡은 손을 발작적으로 빼내고 좀 더 낮은 목소리로 역겹다는 듯 말했다.

"난 그놈의 뺨을 한 대 갈기고 떠났어. 뒤쪽에서 드라구노프가 조용히 말하는 게 들렸어. '들켰나?' 모퉁이에 서 있었던 게 틀림없어……."

잠시 침묵했다가 우크라이나인이 말했다.

"난 돌아서지 않았어, 뒤에 있는 걸 느끼긴 했지만…… 때리는 소리를 들었지. 내 갈 길을 갔어, 평온하게, 마치 개구리를 발로 밟은 것처럼. 아침에 일하러 가려고 일어났더니 사람들이 '이사이가 살해당했다!'고 외치고 있는 거야. 믿기지 않았지. 하지만 손이 아팠어. 그쪽 손을 잘 쓸 수 없었지. 아픈 건 아닌데 마치 손이 줄어든 것 같았어……."

그는 흘끗 자기 손을 곁눈질하며 말했다.

"이제 나는 그 저주받을 얼룩을 영원히 씻어 내지 못할 거야……."

"그래도 마음은 깨끗했을 거예요, 내 소중한 안드레이!" 어머니가 조용히 말했다.

"전 자책하는 게 아니에요, 절대로!" 우크라이나인이 확고하게 말했다. "하지만 정말 불쾌하다고요! 이런 건 필요 없는 일이에요."

"난 널 이해 못 하겠어!" 파벨이 어깨를 움츠려 보이며 말했다. "네가 죽인 것도 아니고, 설령 그렇다 해도……."

"형제, 사람이 살해당하는 걸 알면서도 막지 않는다는 건……."

파벨이 확고하게 말했다.

"난 그걸 전혀 이해 못 하겠어……."

그리고 잠시 생각한 뒤에 덧붙였다.

"이해는 할 수 있지만 마음으로 느끼는 건 못 하겠어."

공장의 사이렌 소리가 울렸다. 우크라이나인은 고개를 한옆으로 기울이고 그 강력한 외침에 귀를 기울이다가 몸을 부르르 떨더니 말했다.

"일 안 나갈래……."

"나도." 파벨이 대답했다.

"목욕하러 간다!" 우크라이나인이 미소 지으며 말하고 재빨리 준비하더니 음울하게 나갔다.

어머니는 공감하는 시선으로 그의 뒷모습을 바라보다가 아들에게 말했다.

"하고 싶은 대로 해라, 파샤! 나도 사람을 죽이는 게 죄라는 건 알지만 아무도 잘못했다고 여기진 않는다. 이사이가 불쌍하지. 못처럼 조그만 사람이었는데, 그를 볼 때면 너를 교수형 당하게 하겠다고 위협하던 게 생각났지. 그리고 그가 죽었다는 데 악의도 기쁨도 없다. 그냥 그가 불쌍해졌어. 그리고 이제는 심지어 불쌍하지도 않구나……."

어머니는 입을 다물고 잠시 생각하다가 놀란 듯 미소를 지으며 덧붙였다.

"하느님 맙소사, 파샤, 내가 무슨 말을 하는지 들었니?"

파벨은 듣지 않은 것이 분명했다. 고개를 숙인 채 천천히 방 안을 돌아다니다가 그는 생각에 잠긴 얼굴로 우울하게 말했다.

"바로 그런 거예요, 삶이라는 게! 사람들이 어떻게 서로서로 맞서도록 판이 짜여 있는지 아시겠어요? 원하지 않아도 때려야 해요! 그런데 누구를? 나처럼 아무 권리도 없는 사람이겠죠. 그리고 그 사람은 멍청하기 때문에 나보다 더 불행해요. 경찰, 헌병, 밀정 ― 그들 모두 우리의 적이지만 그들도 우리처럼 똑같은 사람이고 그들도 똑같이 피를 빨리고 똑같이 사람 취급을 못받고 있어요. 모든 것이 똑같다고요! 그런데 이렇게 사람들이 어리석음과 두려움에 눈이 멀어 서로 맞서게 만들고 모두 손과 발을 묶고 한쪽 사람들을 이용해 다른 쪽 사람들을 짓누르고 빨아먹고 짓밟고 때려요. 사람들을 무기로, 몽둥이로, 돌멩이로 만들고는 이렇게 말하죠. '이게 국가다……!'"

그는 어머니에게 가까이 다가갔다.

"이건 범죄야, 어머니! 수백만 명의 사람들을 살해하는, 영혼을 살해하는 극악무도한 살인이야…… 알겠어, 영혼을 살해한다고. 우리와 그들의 차이를 알겠지 ― 사람을 때리면 때린 사람도 싫어하고 부끄러워하고 아파해. 싫어한다는 게 제일 중요해! 그런데 저들은 아무렇지 않게 수천 명씩 죽여, 동정심도 없고 심장이 떨리는 일도 없이 기꺼이 죽인다고! 그리고 모든 사람과 모든 것을 죽도록 짓밟는 이유는 오로지 은과 금과 무가치한 종잇조각들, 저들에게 사람들을 지배할 권력을 주는 그 모든 한심한 쓰레기를 모으기 위해서야. 생각해 봐, 사람들이 자기를 지키고자 민중을 살해하고 영혼을 뒤트는 게 아냐, 자신을 위해 그렇게 하는 게 아니라 자기 재산을 위해 그러는 거야. 자신의 내면이 아니라 외면을 소중히 지킨다고……."

그는 어머니의 두 손을 잡고 앞으로 몸을 숙이고 어머니의 손을 흔들면서 말했다.

"어머니가 이 모든 더러움과 가증스러운 역겨움을 느낄 수만 있었다면 우리의 진실을 이해하고 그게 얼마나 위대하고 밝은 지도 알 수 있을 거야!"

어머니는 자신의 심장을 아들의 심장에 쏟아부어 하나의 불꽃으로 타오르고 싶은 열망에 가득한 채 흥분해서 일어섰다.

"기다려라, 파벨, 기다려!" 숨을 몰아쉬며 어머니가 중얼거렸다. "나도 느낀단다, 기다려라!"

25

현관에서 누군가 시끄러운 발소리를 냈다. 두 사람 모두 몸을 떨며 서로 쳐다보았다.

문이 천천히 열리고 르이빈이 무겁게 들어섰다.

"아무렴!" 고개를 들고 미소 지으며 그가 말했다. "모두에게 사랑받는 팔방미인이 돌아왔습니다, 인사하시지요……!"

그는 타르에 뒤덮인 짧은 털외투를 입고 짚신을 신고 허리에 꽂은 검은 장갑이 튀어나와 있었으며 머리에는 북슬북슬한 털모자를 쓰고 있었다.

"다들 건강하십니까? 풀려났소, 파벨? 그래. 어떻게 지내십니까, 닐로브나?" 그는 하얀 이를 드러내며 활짝 웃었다. 목소리는 전보다 부드럽게 들렸고, 얼굴은 전보다 더 빽빽한 턱수염으로 덮여 있었다.

어머니는 기뻐하며 그에게 다가가 그의 커다랗고 검은 손을 잡았고, 건강하고 진한 타르 냄새를 들이마시며 말했다.

"아, 르이빈…… 아유, 반가워라!"

파벨은 르이빈을 훑어보며 미소 지었다.

"농군이 된 모습이 좋아 보이네요!"

천천히 외투를 벗으며 르이빈이 말했다.

"그래, 농군에 가까워지고 있지. 자네는 나리에 조금씩 가까워지고 나는 그 반대로 돌아가고……. 아무렴!"

얼룩덜룩한 셔츠를 잡아당겨 옷매무새를 바로잡으며 그는 방으로 들어가서 주의 깊은 눈으로 안을 들여다보고 말했다.

"댁에 재산은 늘어나지 않은 게 보입니다만 책은 더 많아졌군요, 그래! 자, 얘기해 주시오, 어떻게 지냈습니까?"

그는 다리를 넓게 벌리고 앉아 양손으로 무릎을 짚고 검은 눈으로 질문하듯 파벨을 훑어보면서 대답을 기다렸다.

"활동은 활발하게 진행되고 있습니다!" 파벨이 말했다.

"밭 갈고 씨 뿌리고, 자랑도 할 줄 알고, 곡식을 거두어 술도 담그고 침상에 누우니 부러울 게 없네 — 그런 건가?" 르이빈이 농담을 했다.

"어떻게 지내십니까, 미하일로 이바느이치?" 파벨이 그의 맞은편에 앉으며 물었다.

"별일 없었네. 괜찮게 살지. 예딜게예보에 좀 머물렀어. 예딜게예보 마을이라고 들어 봤나? 좋은 동네야. 장이 1년에 두 번 서고 주민도 2천 명이 넘어, 그악스러운 사람들이지! 땅이 없어서 농지를 나눠 빌려주는데 토질이 나쁘거든. 나는 어느 지주의 선술집에서 묵었지. 거기엔 그런 놈들이 죽은 시체에 몰려드는 파리처럼 많더군. 우리는 타르를 만들려고 석탄을 때지. 품삯은 여기보다 네 배나 적게 받는데 일하느라 등골은 두 배나 휘어지더군, 아무렴! 그놈, 그 지주 집에 일곱 명이 있었어. 괜찮았지 — 다들 젊고, 나만 빼곤 다들 현지 출신이고 다들 글도 알고. 그 중에서 예핌이라는 청년이 아주 열정적이야, 골 아프지!"

"대체 뭘 하신 겁니까, 그 사람들하고 얘기했어요?" 파벨이 활기를 띠며 물었다.

"입 다물고 있진 않았지. 여기서 전단지를 전부 들고 갔으니까, 34장 다. 하지만 난 그보다는 성서를 더 많이 썼어. 두꺼운 책이라서 쓸 만한 말이 많은 데다, 나라가 인정하고 교회가 찍어 냈으니까 믿을 수 있지!"

그는 파벨에게 눈짓을 해 보이고는 웃으면서 말을 이었다.

"하지만 그걸로는 부족해서 말이야. 책을 좀 빌리러 왔어. 둘이서 왔어, 예핌이랑 같이 왔지. 타르를 실어 가지고 오는 길에 짬을 내서 들른 거야! 그러니 예핌이 오기 전에 나한테 책을 좀 갖춰 주게. 예핌은 자세한 걸 알 필요 없으니까……."

어머니는 르이빈을 쳐다보면서 그가 조끼와 함께 뭔가 또 다른 것도 함께 벗어 버린 듯한 느낌을 받았다. 그는 덜 정직해 보였고 그의 눈은 더 교활한 빛을 띠었으며 이전처럼 마음을 열고 바라보지 않았다.

"엄마." 파벨이 말했다. "나가셔서 책 좀 가져다주세요. 거기 사람들이 무슨 책을 줘야 하는지 알 거예요. 시골에 보낼 거라고 하세요."

"그래!" 어머니가 말했다. "이제 사모바르 준비했으니 끓을 동안 갔다 오마."

"이 활동에 함께 나선 겁니까, 닐로브나?" 르이빈이 미소 지으며 물었다. "그래요, 거기 마을에 우리 동료 중에는 책 읽고 싶어 하는 사람이 많아요. 선생이 권해 주죠. 사람들 말이, 그 선생은 성직자 출신이긴 하지만 좋은 사람이라고 해요. 여선생도 있어요, 7베르스타쯤 떨어진 곳에. 뭐, 마을 사람들은 금지된 책을 읽고 활동하진 않아요, 허락받은 일만 하죠 ─ 무서워서. 하지만 나는 금지된, 날카로운 책이 필요해요. 사람들 손에 쥐여 줄 생각이에요……. 마을 경찰서장이나 신부님이 금지된 책인 걸 알면 선생들이 뿌린다고 생각하겠죠! 그러면 나는 한옆에서 당분간 조용히 있을 거요."

그러고는 자신의 현명함에 만족한 듯 이를 드러내고 웃었다.

'저런, 세상에!' 어머니는 생각했다. '곰같이 생겨서는 여우처럼 사는군…….'

"어떻게 생각하십니까?" 파벨이 물었다. "선생님들이 금지된 책을 나눠 준다는 의심을 받으면 그 죄목으로 감옥에 갇히지 않겠습니까?"

"갇히겠지. 그래서 뭐?" 르이빈이 물었다.

"책을 나눠 준 건 당신이지 선생님들이 아니지 않습니까! 당신도 함께 감옥에……."

"괴짜로군!" 르이빈이 손바닥으로 무릎을 치며 미소 지었다.

"누가 날 의심할 생각이나 하겠어? 보잘것없는 일꾼이 이런 활동에 참가한다는 게 그렇게 흔한 일이야? 책은 나리들이 보는 거니까 책에 대한 뒷감당도 그들이 해야지……."

어머니는 파벨이 르이빈을 이해하지 못한다고 느꼈고 그가 눈을 가늘게 뜨는 것을 보았다 — 화가 났다는 뜻이었다. 어머니는 조심스럽고 부드럽게 말했다.

"미하일 이바노비치는 자기가 활동하고 그 활동에 대한 취조는 다른 사람이 받기를 바라는 거야……."

"그렇지!" 르이빈이 턱수염을 쓰다듬으면서 말했다. "당분간만."

"엄마!" 파벨이 건조하게 소리쳤다. "만약에 우리들 중에서 누군가, 예를 들어 안드레이가 내가 모르는 사이에 무슨 일인가 저지르고 내가 그 때문에 감옥에 갇힌다면 엄마는 그걸 얘기할 거야?"

어머니는 몸을 떨고 어리둥절해서 아들을 바라보고는 거부하듯 고개를 저으며 말했다.

"동지한테 어떻게 그런 행동을 할 수 있단 말이냐?"

"아하-아!" 르이빈이 길게 발음을 끌었다. "네가 무슨 말 하려는지 이해했다, 파벨!"

비웃듯이 눈짓하면서 그가 어머니에게 말했다.

"이거 참, 어머니, 민감한 상황이군요."

그리고 다시 파벨을 향해 가르치듯 말했다.

"생각하는 게 아직 젊군, 형제여! 비밀스러운 활동에 명예란

없는 거야. 잘 생각해 봐, 첫째로 책을 가지고 있는 사람을 먼저 감옥에 가두겠지, 선생들이 아니라. 그게 하나야. 두 번째로 혹여 선생들이 허락된 책을 나눠 준다고 해도 결국 그런 책의 핵심 내용은 금지된 책이랑 똑같아, 그저 표현이 다를 뿐이고 진실이 적을 뿐이지, 그게 둘째야. 즉 그들도 나와 똑같은 걸 원하지만 그저 시골길로 가고 있을 뿐이고 나는 큰길로 간다는 거지. 경찰이 보기에 우리는 똑같은 죄인 아니겠나, 맞지? 그리고 세 번째로, 나는 말이지 형제, 그 선생들한테 볼일이 없어. 걸어가는 사람은 말 탄 사람의 동무가 될 수 없는 법이야. 상대방이 농군이라면 나도 그런 짓을 할 생각이 안 들 거야. 하지만 그들은 말이지, 남자 선생은 성직자의 아들이고 여자 선생은 지주의 딸이야. 그들이 대체 왜 민중을 떠받치려고 하는지 난 모르겠어. 그들의 나리 같은 생각을 나 같은 농군은 알 수 없지. 내가 스스로 하는 일을 나는 알지만 그들이 뭘 원하는지는 내가 알 수 없어. 천 년이나 계속해서 나리로 지내던 사람들, 농군의 가죽을 벗겨 먹던 사람들이 갑자기 깨어나서 농군이 눈 씻고 다시 봐야 하게 되다니. 난 말이지, 형제, 옛날얘기를 별로 좋아하지 않는데 이건 옛날얘기 같아. 난 나리들하고는 거리가 멀어. 겨울에 들판을 가다 보면 앞에 뭔가 짐승이 어른거리지. 그런데 무슨 짐승일까? 늑대, 여우 아니면 그냥 개인가 ─ 안 보이잖아! 멀다고.”

어머니는 아들을 쳐다보았다. 파벨의 얼굴은 슬퍼 보였다.

반면 르이빈의 눈은 어두운 불꽃으로 빛났고 그는 스스로 만족한 듯 파벨을 바라보면서 흥분한 듯 손가락으로 턱수염을 빗으며 말했다.

"내겐 상냥하게 굴 시간 따위 없어. 삶이 엄격하게 우리를 바라보고 있으니까. 개집은 양 우리하고는 다른 법이지, 짐승들은 가지각색 제 방식대로 짖고……."

"민중을 위해 자신을 바치고 평생 감옥에서 고통받는 나리들도 있어요……." 어머니가 친숙한 얼굴들을 떠올리며 말했다.

"그런 사람들은 특별한 경우이고 특별한 칭송을 받아야겠죠!" 르이빈이 말했다. "농군이 부자가 되면 술집으로 달려가고, 귀족 나리가 가난해지면 농군이 되는 법입니다. 지갑이 가벼울 때만 어쩔 수 없이 영혼이 깨끗해지는 거예요. 기억하나, 파벨, 자네가 나한테 설명해 줬었지. 사람은 자기가 사는 대로 생각하는 법이라서 노동자가 찬성하면 주인은 반드시 반대하고, 노동자가 안 된다고 하면 주인은 자기 천성 때문에 꼭 찬성하고야 만다고! 농군하고 귀족 나리도 바로 그렇게 서로 다른 천성을 가진 거야. 농군이 배부르면 귀족 나리는 밤에 잠을 못자. 물론 모든 계층에도 그 나름의 개새끼가 있는 법이고 모든 농군들을 보호해야 한다는 덴 나도 동의하지 않지만……."

그는 어둡고 큰 몸을 일으켰다. 그의 얼굴이 어스름에 잠겼고 마치 들리지 않게 이를 맞부딪친 것처럼 턱수염이 떨렸다. 그는 목소리를 낮추어 말을 이어 갔다.

"난 공장에서 5년이나 지냈더니 시골에서 지내는 법을 잊어버렸어, 아무렴! 거기 가서 둘러보니까 난 그렇게 살 수가 없는 거야! 알겠어? 못 한다고! 댁들은 여기서 사니까 그런 모욕을 당할 일이 없지. 그런데 거기서는 배고픔이 그림자처럼 사람 뒤를 쫓아다니고 빵을 얻을 희망이 없어, 아예 없다고! 배고픔이 영혼을 씹어 먹고 사람 형체를 지워 버려서 사람들은 사는 게 아니라 벗어날 수 없는 빈곤 속에 썩어 가고 있어…… 그리고 사방을 빙 둘러서 마치 까마귀들처럼 경찰이 지키고 서 있지 — 누가 남는 빵 한 조각이라도 손에 들고 있는지 말이야. 그걸 찾아내면 빼앗고 낯짝을 갈기지……."

르이빈은 주위를 둘러보더니 손을 식탁에 짚고 파벨을 향해 몸을 숙였다.

"또다시 그런 삶을 보게 되니까 심지어 구역질이 났어. 보니까 난 못 하겠다고! 하지만 난 스스로를 극복했지, 아냐, 내 마음아, 꾀부리지 마라, 이렇게 생각했지! 난 남을 거야. 난 댁들한테 빵은 얻어다 주지 않아. 대신 죽을 끓여 주지. 내가 죽을 끓여 주겠다고, 형제여! 사람들을 위해서 사람들이 겪는 모욕과 고난을 나 스스로 지고 가는 거야. 그 고난은 내 심장에 칼이 되어 박혀서 흔들리고 있어."

르이빈의 이마에 땀이 솟았고 그는 천천히 파벨에게 다가가 파벨의 어깨에 손을 얹었다. 그 손이 떨렸다.

"날 좀 도와주게! 책을 줘, 읽고 나면 사람이 평온을 찾을 수 없게 되는 그런 책을. 머릿속에 고슴도치를 넣어 줘야 해, 가시를 잔뜩 세운 고슴도치를! 자네를 위해 글을 쓰는 도시 사람들한테 말하게. 시골을 위해서도 글을 쓰면 좋겠다고! 시골에 책과 글이 흘러넘치도록 쓰라고 해 줘, 민중이 죽음을 향해 기어

가도록!"

그는 단어 하나하나를 끊어서 낮은 목소리로 말했다.

"죽음으로 죽음을 바로잡아야지, 아무렴! 즉 내가 죽어 사람들을 부활시켜야 한다는 뜻이야. 그리고 모든 땅에서 민중의 어둠이 부활하도록 수천 명이 죽어야만 해! 아무렴. 죽는 건 쉽지. 부활하도록 말이지! 사람들이 일어서도록!"

어머니는 사모바르를 방 안으로 가져오면서 르이빈을 훔쳐보았다. 그의 말들은 무겁고 강하게 어머니를 짓눌렀다. 그리고 그 말에는 그녀의 남편을 연상시키는 뭔가가 있었다. 르이빈도 남편과 똑같이 이를 드러내며 소매를 걷은 팔을 움직였고 그 안에는 남편과 똑같은 성마른 분노가 살고 있었다. 남편의 성마른 분노는 말이 없었지만 르이빈은 말을 했다. 그래서 덜 무서웠다.

"그건 필요합니다!" 파벨이 고개를 흔들고는 말했다. "자료를 주시면 우리가 신문을 인쇄해 드릴게요……."

어머니는 미소를 지으며 아들을 쳐다보다가 고개를 흔들고는 말없이 외투를 입고 집을 나왔다.

"그렇게 해 줘! 필요한 건 다 얻어 주지. 송아지도 알아들을 정도로 쉽게 써 줘!" 르이빈이 외쳤다.

부엌문이 벌컥 열리고 누군가 들어왔다.

"예핌이야!" 르이빈이 부엌을 들여다보며 말했다. "이리 와, 예핌! 이 사람이 파벨이야. 내가 전에 얘기했었지."

파벨 앞에 모자를 손에 든 붉은 머리에 넓적한 얼굴의 청년이 짧은 털 코트를 입고 회색 눈으로 올려다보며 서 있었다. 날씬했고 힘이 세 보였다.

"안녕하시오!" 그가 불쑥 말하고는 파벨과 악수하더니 양손으로 자신의 곧은 머리카락을 쓰다듬어 바로잡았다. 방 안을 들여다보고 그는 마치 몰래 숨어든 사람처럼 천천히 걸어서 책장 앞으로 갔다.

"발견했군!" 르이빈이 파벨에게 눈짓하고 말했다. 예핌은 몸을 돌려 그를 쳐다보고는 책장의 책을 찬찬히 살피면서 말했다.

"읽을 게 정말 많군요! 물론 읽을 시간이 없으시겠죠. 시골에는 이런 활동을 할 시간이 훨씬 많은데……."

"그렇지만 의욕이 없나요?" 파벨이 물었다.

"어째서요? 의욕도 있지요!" 청년이 턱을 문지르며 대답했다. "민중도 머리를 쓰기 시작했어요. '지질학' — 이건 뭐죠?"

파벨이 설명했다.

"우리한테는 필요 없군요!" 청년이 책을 도로 책장에 꽂으며 말했다.

르이빈이 시끄럽게 한숨을 쉬고 말했다.

"농군한테는 땅이 어디서 나타났는지가 아니라 땅이 어쩌다 이 사람 저 사람 손에 갈라졌는지가 더 흥미롭지, 어쩌다가 민중의 발밑에 있던 땅을 나리가 잡아 뺏었는지 말이야. 땅이 서 있는지 빙글빙글 도는지는 중요하지 않아 — 땅을 밧줄에 매달아 놔도 먹을 걸 주니까, 하늘에 못으로 박아 놔도 땅은 사람들을 먹여 살릴걸……!"

"'노예 제도의 역사'." 예핌이 소리 내어 읽고는 파벨에게 물었다. "우리 애긴가요?"

"농노법에 대한 것도 있어요!" 파벨이 그에게 다른 책을 주면서 말했다. 예핌은 책을 받아 훌훌 넘겨 보고는 한옆으로 치우고 조용히 말했다.

"이건 지나갔어요!"*

"농지를 직접 소유하고 계신가요?" 파벨이 물었다.

"우리요? 갖고 있죠! 우리 형제가 셋이고 농지는 4데샤티나*예요. 모래밭이어서 구리를 정제하긴 좋지만 곡식을 키울 수는 없는 땅이에요……!"

잠시 침묵했다가 그가 말을 이었다.

"난 땅에서는 자유로워졌어요. 대체 땅이 뭔데요? 먹을 건 하나도 키워 내지 않으면서 손을 묶어 놓죠. 4년째 남의 삯일을 다니고 있어요. 그리고 가을이 되면 군대에 가야 해요. 미하일로 아저씨는 가지 말라고 해요. 지금은 군인들을 보내 농민들을 때리게 한다고요. 하지만 난 갈 생각이에요. 스테판 라진 때에도 푸가초프 때에도* 군대가 농민들을 때렸어요. 이젠 그런 걸 그만둘 때가 됐어요. 당신 생각은 어때요?" 그가 파벨을 주의 깊게 바라보며 물었다.

"때가 됐지요!" 파벨이 웃음을 띠면서 말했다. "단지 어려울 뿐이죠! 군인들에게 무슨 말을 어떻게 해야 하는지 알아야 해요……."

"배우면 할 수 있을 거예요!" 예핌이 말했다.

"경찰이 그런 죄목으로 체포하면 총살할지도 몰라요!" 파벨

248

이 호기심을 담은 시선으로 예핌을 쳐다보며 결론을 내렸다.

"자비를 베풀지는 않겠죠!" 청년이 차분하게 동의하고 또다시 책을 훑어보기 시작했다.

"차 마셔, 예핌, 곧 가야 해!" 르이빈이 말했다.

"금방 마실게요!" 청년이 대답하고 다시 물었다. "혁명은 폭동인가요?"

안드레이가 벌건 얼굴로 숨차게 땀을 흘리며 우울한 모습으로 돌아왔다.

말없이 예핌과 악수하고 르이빈 옆에 앉아서 안드레이는 르이빈을 쳐다보며 미소 지었다.

"뭘 처량하게 쳐다봐?" 르이빈이 손바닥으로 안드레이의 무릎을 때리고 물었다.

"그냥요." 우크라이나인이 대답했다.

"이 사람도 노동자인가요?" 예핌이 안드레이에게 고개를 끄덕여 인사하고는 물었다.

"맞아요!" 안드레이가 대답했다. "그래서요?"

"공장 노동자를 처음 보거든!" 르이빈이 설명했다. "특이한 사람들이라고 하지……."

"뭐가요?" 파벨이 물었다.

예핌이 주의 깊게 안드레이를 살펴보고 말했다.

"뼈가 뾰족하군요. 농군은 뼈가 더 둥글어요……."

"농군들은 더 차분하게 두 발로 서 있지!" 르이빈이 덧붙였다.
"농군은 자기 발밑의 땅을 느끼거든, 자기 땅이 아니라 해도 어쨌든 느끼는 거야 — 땅! 그런데 공장 노동자는 새와 같아. 고향도 없고 집도 없고, 오늘은 여기 내일은 저기! 여자도 그를 한자리에 묶어 놓을 수는 없어. 무슨 일만 있으면 잘 있어 자기야, 하고 옆구리에 칼을 꽂지! 그리고 더 좋은 곳을 찾아가는 거야. 그런데 농군은 한곳에서 떠나지 않고 자기 주위를 더 좋게 만들려고 하지. 어머니가 오셨군!"

예핌이 파벨에게 다가가서 물었다.

"제게도 아무 책이나 좀 주실 수 있을까요?"

"물론이죠!" 파벨이 기꺼이 대답했다.

청년의 눈이 열정적으로 빛났고, 그가 재빨리 말했다.

"저 돌아올게요! 우리 사람들이 여기 가까운 곳으로 타르를 실어서 왔다 갔다 하니까 그 사람들이 책을 실어다 줄 거예요."

르이빈은 이미 외투를 입고 허리띠를 단단히 두르며 예핌에게 말했다.

"가자, 시간 됐다!"

"주시면 읽을게요!" 예핌이 책을 가리키며 외치고는 활짝 웃었다.

두 사람이 떠나자 파벨은 활기를 띠고 안드레이에게 외쳤다.

"저 사람들 봤지……?"

"그래-애!" 우크라이나인이 천천히 말을 끌며 대답했다. "먹구름 같군……."

"미하일로 말이지?" 어머니가 외쳤다. "마치 공장에서 살았던 적이 없는 것 같아. 완전히 농사꾼이 됐어! 그리고 얼마나 무서운지!"

"너도 여기 같이 있었으면 좋았을걸!" 파벨이 안드레이에게 말했다. 안드레이는 식탁 앞에 앉아서 차가 담긴 자기 잔을 음울하게 바라보고 있었다. "그랬으면 너도 마음을 가지고 노는 법을 봤을 텐데 — 넌 항상 마음에 대해 얘기하잖아! 여기서 르이빈이 정말 김을 뿜으면서 얘기했어 — 날 뒤집어엎고 짓밟았지! 하지만 난 그에게 반박조차 할 수 없었어. 그가 얼마나 사람들을 불신하는지, 그리고 얼마나 낮게 평가하는지! 어머니가 말씀하신 게 맞아 — 그 사람은 자기 안에 무서운 힘을 가지고 있어……!"

"그건 나도 봤어!" 우크라이나인이 우울하게 말했다. "사람들을 독에 물들였지! 그들이 일어서면 전부 다 뒤집어 버릴 거야! 그들에게는 벌거벗은 땅이 필요하니까 땅을 벌거벗기고 전부 뜯어낼 거라고!"

그는 천천히 말했는데 다른 생각을 하고 있는 것이 역력했다. 어머니가 조심스럽게 안드레이를 건드렸다.

"뭔가 놀란 것 같구나, 안드류샤!"

"잠시만요, 넨코, 소중한 우리 어머니!" 우크라이나인이 조용히 다정하게 부탁했다.

그리고 갑자기 흥분해서 그는 손으로 식탁을 내려치고 말하기 시작했다.

"그래, 파벨, 농민이 자기 발로 서게 된다면 땅을 원하는 대로 벌거벗길 거야! 마치 흑사병이 지나간 뒤처럼 농민들은 전부 불태워서 자신들이 당했던 모욕의 흔적이 재가 되어 흩어지게 할 거라고……."

"그다음엔 우리 앞길을 막아서겠지!" 파벨이 나지막이 대답했다.

"우리의 할 일은 그걸 내버려 두지 않는 거야! 우리의 할 일은 말이야, 파벨, 그걸 막는 거라고! 우리는 다른 누구보다 그들과 가까우니까. 농민들은 우리를 믿고 따라올 거야!"

"르이빈이 우리에게 시골에 뿌릴 신문을 발행해 달래!" 파벨이 알렸다.

"그래, 필요하지!"

파벨이 웃음 짓고 말했다.

"내가 그와 논쟁하지 못했다는 게 억울하군!"

우크라이나인이 머리를 문지르고는 차분하게 말했다.

"앞으로도 논쟁할 일이 있을 거야! 넌 너의 피리를 불어. 그러면 땅에 다리를 박고 자라나지 않은 사람이라면 모두 너의 음악에 맞춰 춤추게 될 거야! 르이빈 말이 맞아 — 우리는 우리 발밑의 땅을 느끼지 못해. 아니, 그럴 필요도 없지. 왜냐하면 우리는 그 땅을 뒤흔들 사람들이니까. 한 번 흔들면 사람들이 튀어나오고 두 번 흔들면 더 튀어나올 거야!"

어머니가 미소 지으며 말했다.

"너에겐 뭐든 단순하구나, 안드류샤!"

"물론이죠!" 우크라이나인이 말했다. "단순해요! 인생처럼!"

몇 분 뒤에 그가 말했다.

"난 밖에 나가서 좀 걸어야겠어⋯⋯."

"목욕하고 나서? 바람이 부는데 찬 바람 맞을라!" 어머니가 경고했다.

"바로 그 바람을 좀 맞아야겠어요!" 그가 대답했다.

"조심해, 감기 걸린다!" 파벨이 다정하게 말했다. "눕는 게 좋겠어."

"아냐, 난 나갈래!"

그리고 외투를 입고 그는 말없이 나갔다.

"힘든 거야!" 어머니가 한숨을 쉬고 말했다.

"있잖아요, 엄마." 파벨이 말했다. "아까부터 안드류샤한테 반말로 말씀하시던데 잘한 것 같아요!"

어머니는 놀라서 아들을 쳐다보고 말했다.

"사실 난 알아차리지도 못했어. 어쩌다 그랬을까! 그 애는 나한테 참 가까운 사람이 됐어. 그리고 어떻게 말해야 할지 모르겠어!"

"어머니는 선한 마음을 가졌어요!" 파벨이 조용히 말했다.

"너하고 네 동지들 모두 내가 어떻게든 도와줄 수 있었으면! 도울 방법을 알았으면⋯⋯!"

"겁내지 마세요, 어머니가 도와주실 수 있어요!"

어머니는 조용히 웃으며 말했다.

"그런데 난 겁내지 않는 법은 모른단다!"

"알았어, 엄마! 이제 그만 얘기해!" 파벨이 말했다. "이건 알아줘 ― 난 엄마한테 아주, 아주 깊이 감사하고 있어!"

어머니는 눈물이 났지만 아들을 당황시키지 않으려고 부엌으로 갔다.

우크라이나인은 저녁 늦게 지친 채 돌아와서 바로 누우며 이렇게 말하고 잠들었다.

"10베르스타 정도 뛰었어, 생각하면서……."

"도움이 됐어?" 파벨이 물었다.

"방해하지 마, 잘 거야!"

그리고 마치 죽은 듯이 조용해졌다.

얼마간 시간이 흐른 뒤에 베숍시코프가 찾아왔다. 언제나 그렇듯이 남루하고 더럽고 불만족한 모습이었다.

"이사이가 살해당했다는 얘기 못 들었어?" 그가 어색하게 방 안을 걸어 다니며 파벨에게 물었다.

"몰라!" 파벨이 짧게 대답했다.

"누군가 나타나서 할 일을 한 거지! 그렇지 않으면 내가 그를 처리할 생각이었어. 그건 내 일이었어 — 나한테 가장 잘 어울리는 일이었다고!"

"니콜라이, 그런 말은 하지 마!" 파벨이 선의를 담아 그에게 말했다.

"무슨 말이람, 정말로!" 어머니가 다정하게 말을 가로챘다. "마음은 부드러우면서 짐짓 으르렁거리다니. 왜 그래요?"

그 순간 어머니는 정말로 니콜라이가 반가웠고 심지어 그의 얽은 얼굴도 더 잘생겨 보였다.

"난 그런 일거리가 아니면 아무 데도 걸맞지 않아요!" 니콜라이가 어깨를 으쓱해 보이고는 말을 이었다. "생각하고 또 생각했어요 — 내 자리는 어디일까? 둘러보니 내 자리는 없더라고요! 사람들한테 말을 해야 하는데 난 할 줄 몰라요! 난 전부 다보고 사람들이 당하는 모욕도 전부 다 느끼는데 말은 할 수 없다고요! 영혼이 침묵해요."

그는 파벨에게 다가가 고개를 숙이고 손가락으로 식탁을 찌르면서 그답지 않게 애처롭게, 어딘지 어린아이처럼 말했다.

"너희들, 나한테도 뭐든 어려운 일을 맡겨 줘! 난 이렇게 쓸모없이 살아가는 건 못 참겠어! 너희들은 모두 활동을 하잖아. 활동이 점점 커지는 걸 보면서도 나는 한쪽에 비켜서 있다고! 고작해야 장작이나 판자를 나르고. 대체 그걸 위해서 살 수가 있냐 말이야? 어려운 일을 맡겨 줘!"

파벨이 그의 손을 잡고 자기 쪽으로 당겼다.

"맡길게……!"

그러나 침상을 가린 커튼 너머에서 우크라이나인의 목소리가 들려왔다.

"그러면 니콜라이, 내가 글자 조판하는 법을 가르쳐 줄 테니까 조판공으로 일해. 됐어?"

니콜라이가 그에게 다가가서 말했다.

"가르쳐 주면 내가 그 보답으로 칼을 선물할게."

"네 칼은 악마한테나 가지고 꺼져!" 우크라이나인이 외치고는 갑자기 웃음을 터뜨렸다.

"좋은 칼이야!" 니콜라이가 고집을 부렸다. 파벨도 웃음을 터뜨렸다.

그러자 베숍시코프는 방 한가운데 멈춰 서서 물었다.

"너희들, 지금 날 비웃는 거야?"

"물론 그래!" 우크라이나인이 침상에서 뛰쳐나오며 대답했다. "이렇게 하자. 같이 밖에 나가서 산책하자. 달빛이 밝고 좋아. 갈래?"

"좋아!" 파벨이 말했다.

"나도 갈래!" 니콜라이가 끼어들었다. "난 네가 웃으면 좋더라, 안드레이……."

"그리고 난 네가 선물을 약속할 때 좋더라!" 우크라이나인이 미소 지으며 대답했다.

안드레이가 부엌에서 외투를 입을 때 어머니가 그에게 불평하듯 말했다.

"더 따뜻하게 입어……."

그리고 세 명 모두 밖으로 나가자 어머니는 창문으로 그들을 바라보다가 성화를 쳐다보고 조용히 말했다.

"주여, 저들을 도우소서……!"

26

하루하루가 너무 빨리 지나가서 어머니는 5월 1일 노동절에 대해 생각할 여력이 없었다. 단지 밤에만, 낮 동안의 시끄럽고 흥분된 법석에 지친 몸으로 침대에 누워 있을 때면 심장이 조용히 아파 왔다.

"빨리 지나갔으면……."

새벽에 공장 사이렌 소리가 울렸고 아들과 안드레이는 서둘러 차를 마시고 아침을 먹고 나가면서 어머니에게 수십 가지 지시 사항을 남겼다. 그리고 하루 종일 어머니는 쳇바퀴를 타는 다람쥐처럼 점심거리를 만들고 그들의 선언문과 선언문을 붙일 연보라색 풀을 쑤었고 누군가 사람들이 찾아와서 파벨에게 전할 쪽지를 건네주고 사라졌다. 그러면 어머니의 마음은 흥분으로 가득 차곤 했다.

노동자들에게 5월 1일을 기념하자고 독려하는 전단은 거의 매일 밤 울타리에 붙여졌으며 심지어 경찰서 문에도 붙어 있었고 공장에서도 매일같이 눈에 띄었다. 아침이 되면 경찰이 욕을 퍼붓고 마을을 돌아다니며 울타리에 붙은 보라색 종이를 찢거나 긁어냈지만 점심시간이면 전단은 다시 거리에 날아다녔고 행인들의 발밑에서 구겨졌다. 도시에서 밀정들이 왔고 그들은 모퉁이에 서서, 공장에서 점심 먹으러 나왔다가 다시 들어가는 노동자들이 즐겁고 활기차게 지나가는 모습을 뚫어지게 쳐다보았다. 경찰의 무기력한 모습을 보는 것은 모두가 좋아했는데 심지어 나이 든 노동자들도 웃으면서 말했다.

"그래, 어쩌겠어, 응?"

사방에서 사람들이 삼삼오오 모여 흥분되는 노동절 집회에 대해 열띠게 논의했다. 인생은 끓어올랐고 이 봄에 삶은 모두에게 더 흥미로웠으며 모두에게 뭔가 새로운 것을 가져다주었다 ― 누군가에게 그것은 음모에 참가하는 사람들을 험하게 욕하며 짜증을 낼 구실이었고 다른 누군가에게는 불분명한 전율과 희망이었으며 또 다른 소수의 사람들에게는 자신들이 모두를 깨우는 힘이 될 것이라는 의식의 날카로운 기쁨이었다.

파벨과 안드레이는 밤에 거의 잠을 안 자고 공장 사이렌이 울릴 때쯤 목이 쉬고 창백한 채로 집에 돌아왔다. 어머니는 그들이 숲에서, 늪지대에서 회의를 한다는 것을 알고 있었다. 또 마을 주변에 밤이면 기마경찰들이 말발굽 소리를 울리며 순찰을 다니고 밀정들이 돌아다니면서 혼자 다니는 노동자들을 붙잡아 수색하고 집단으로 다니는 노동자들을 쫓아다니며 때로는 체포한다는 것도 알고 있었다. 어머니는 아들도 안드레이와 함께 밤에 언제든 체포당할 수 있다는 사실을 이해하고 있었고 거의 그렇게 되기를 빌었다 — 그들에게는 그편이 더 나을 것 같다고 어머니는 생각했다.

작업 시간 기록원 이사이 살인 사건은 이상하게 잠잠해졌다. 이틀 동안 현지 경찰이 사람들에게 그 일을 묻고 다니면서 열 명 정도 심문하더니 살인 사건에 대한 흥미를 잃어버렸다.

마리야 코르수노바가 어머니에게 이런 소식들을 전했는데, 코르수노바는 다른 사람들과 잘 지내듯이 경찰과도 잘 지냈으므로 경찰의 의견을 자기 말로 표현했다.

"대체 여기서 범인을 잡을 수 있겠어? 그날 아침에만 이사이를 본 사람이 1백 명은 될 거고 그중에서 이사이를 한 대 갈길 만한 사람이 적어도 90명은 돼. 지난 7년 동안 모두에게 미움받았으니까……."

우크라이나인은 눈에 띄게 변했다. 얼굴이 홀쭉해지고 눈꺼풀이 무겁게 늘어지며 튀어나온 눈을 가려서 반쯤 눈을 감은 것처럼 보였다. 가느다란 주름이 콧구멍에서 입술 끝까지 그의 얼굴에 내려앉았다. 그는 평범한 물건이나 일들에 대해 덜 이야기하게 됐지만 불끈하여 타오르는 일이 점점 더 많아졌고 모두를 정신없이 취하게 만드는 그 희열에 점점 더 자주 빠져든 상태로 미래에 대해 이야기했다 — 자유와 이성의 승리를 축하하는 아름답고 찬란한 축제에 대해.

이사이의 죽음과 관련된 일들이 잠잠해지자 안드레이는 마음에 들지 않는다는 듯 슬프게 웃으며 말했다.

"민중들뿐만 아니라 이사이 같은 사람들을 개처럼 이용해서 우리에게 독을 퍼뜨리려는 놈들까지도 그를 소중히 여기지 않아. 자신에게 충실한 유다 대신 은화를 아까워하는 거지……."

"거기에 대한 대가가 분명 있을 거야, 안드레이!" 파벨이 확고하게 말했다. 어머니가 조용히 덧붙였다.

"썩은 나무를 건드리니까 무너진 거야!"

"정당하긴 하지만 위안은 되지 않아요!" 우크라이나인이 우울하게 대답했다.

그는 자주 그렇게 말했고 그의 입에서 나온 이 말은 어쩐지 특별한, 모든 것을 포괄하는 쓸쓸하고 신랄한 의미를 가지게 되었다.

……그리고 그날이 왔다. 5월 1일.

공장 사이렌 소리는 언제나 그렇듯 권위적이고 강력하게 울려 퍼졌다. 간밤에 한숨도 잠들지 못한 어머니는 침대에서 벌떡 일어나 저녁부터 준비해 둔 사모바르에 불을 붙이고 언제나 하듯이 아들과 안드레이의 방문을 두드리려다가 잠시 생각하더니 손을 젓고는 창문 아래 앉아 이가 아플 때 하듯이 손을 얼굴에 댔다.

창백한 연푸른색 하늘에 흰색과 분홍색의 가벼운 구름 덩어리가 빠르게 흘러갔다. 그 모습이 마치 굴뚝의 연기가 뿜어 내는 우렁찬 포효에 겁먹은 것 같았다. 어머니는 구름을 쳐다보면서 자신의 생각에 귀를 기울였다. 머리가 무거웠고 잠들지 못한 밤을 보낸 눈은 달아올라 건조했다. 가슴은 이상하게 차분했고 심장이 고르게 뛰었으며 평범한 일들에 대한 생각이 떠올랐다.

"사모바르를 일찍 앉혀 놨으니 곧 끓겠지! 애들이 오늘은 좀 더 자게 둬야지. 둘 다 힘들었으니까⋯⋯."

창문으로 젊은 햇살이 장난치며 비쳐 들어왔고 어머니는 그 햇빛을 향해 손을 내밀었다. 밝은 햇살이 어머니의 손을 건드리자 어머니는 생각에 잠겨 미소 지으며 다정하게 그 햇살을 다른 손으로 조용히 쓰다듬었다. 그런 뒤에 일어나서 소리를 내지 않으려 애쓰면서 사모바르에서 파이프를 빼고 손을 씻고 신실하게 성호를 긋고는 소리 없이 입술을 움직이며 기도하기 시작했다. 어머니의 얼굴이 밝아졌고 오른쪽 눈썹이 천천히 위쪽으로 올라갔다가 갑자기 다시 내려왔다.

두 번째 사이렌 소리는 좀 더 조용하게, 아까만큼 확신에 차 있지 않은 듯 떨리는 소리를 내면서 둔중하고 끈적하게 울렸다. 어머니의 귀에는 오늘따라 사이렌이 평소보다 더 오래 울리는 것 같았다.

방 안에서 우크라이나인의 낮고 선명한 목소리가 들려왔다.

"파벨! 들려?"

둘 중 누군가 맨발로 바닥을 밟았고 누군가 달콤하게 하품을 했다.

"사모바르 다 끓었다!" 어머니가 외쳤다.

"일어났어요!" 파벨이 즐겁게 대답했다.

"해 뜬다!" 우크라이나인이 말했다. "그리고 구름이 지나가

네. 오늘은 구름이 필요 없는데……."

그리고 안드레이는 머리가 헝클어지고 잠에 취해 덥수룩한 채로, 그러나 즐겁게 부엌으로 왔다.

"좋은 아침이에요, 넨코! 잘 주무셨어요?"

어머니는 그에게 다가가 조용히 말했다.

"너 말이다, 안드류샤, 그 애 옆에서 가라!"

"그야 당연하죠!" 우크라이나인이 속삭였다. "우리가 같이 있는 한 어디든 같이 갈 거예요. 그렇게 알고 계세요!"

"뭘 그렇게 속닥거려요?" 파벨이 물었다.

"아무것도 아니다, 파샤!"

"어머니 말씀이 좀 더 깨끗이 씻으래! 아가씨들이 쳐다볼 거라고!" 우크라이나인이 몸을 씻기 위해 현관으로 나가면서 대답했다.

"깨어나라, 일어나라, 노동 민중이여!" 파벨이 화답하듯 조용히 노래했다.

해가 점점 밝아졌고 바람에 쫓겨 구름이 물러났다. 어머니는 차를 따를 찻잔과 접시를 준비하다가 고개를 저으며 모든 일이 얼마나 이상한지 생각했다. 지금 이 아침에 둘 다 농담을 하며 웃고 있지만 정오가 되면 무슨 일이 그들을 기다리고 있을지 누가 알겠는가? 그런데도 어머니 자신도 왠지 차분하고 즐거운 기분이었다.

모두들 기대감을 가라앉히려고 애쓰면서 오랫동안 차를 마셨다. 그리고 파벨은 언제나 그렇듯 천천히 주의 깊게 숟가락으로 설탕을 덜어 찻잔에 집어넣고 빵 조각 위에 꼼꼼하게 소금을 뿌렸다 ― 그가 좋아하는 빵 위 껍질 부분에. 우크라이나인은 식탁 아래서 발을 움직였고 ― 그는 어떻게 해도 한 번에 다리를 편하게 뻗을 수가 없었다 ― 천장과 벽에 반사된 햇빛이 움직이는 모습을 보면서 이야기했다.

"내가 열 살쯤 먹은 어린아이였을 때 해를 컵 속에 붙잡고 싶었던 적이 있어. 그래서 이렇게 컵을 가져다가 살살 다가가서 벽에 콱 박았지! 컵이 깨져서 손을 베었고 그 때문에 얻어맞았어. 하지만 맞지 않으려고 마당으로 도망 나왔는데 웅덩이 속에 해가 있는 걸 보고 발로 밟았지. 물이 다 튀어서 온통 더러워졌어. 그래서 더 얻어맞았지……. 어쩌겠어? 그래서 내가 해한테 소리쳤지. '그래도 난 안 아파, 빨간 머리 악마야, 안 아프다고!' 그리고 혀를 내밀어 메롱 해줬어. 그랬더니 마음이 풀렸지."

"어째서 해가 빨간 머리 악마라고 생각했어?" 파벨이 웃음을 터뜨리며 물었다.

"우리 집 맞은편에 대장장이가 살았는데 낯짝이 새빨갛고 빨간 턱수염을 길렀거든. 명랑하고 착한 아저씨였어. 그래서 내 생각엔 해도 그 아저씨하고 비슷하다고 생각했지……."

어머니가 참지 못하고 물었다.

"너희들 행진할 때 그 얘기 하면 좋겠다!"

"이미 결말이 난 얘기를 다시 하는 건 헷갈릴 뿐이에요!" 우크라이나인이 부드럽게 말했다. "만약에 우리 모두 잡혀가게 되면요, 넨코, 니콜라이 이바노비치가 찾아와서 어떻게 해야 할지 말해 줄 거예요."

"그래!" 어머니가 한숨을 쉬고 말했다.

"거리로 나갔으면 좋겠는데!" 파벨이 꿈꾸듯이 말했다.

"안 돼. 지금은 집에 있는 편이 나아!" 안드레이가 대꾸했다. "뭐 하러 괜히 경찰의 눈길을 끌어? 넌 안 그래도 잘 알려져 있잖아!"

페댜 마진이 눈을 반짝이며 뺨이 군데군데 빨갛게 달아오른 채 달려왔다. 흥분과 기쁨으로 가득 차서 그는 기다리는 시간의 지루함을 쫓아 버렸다.

"시작됐어요!" 그가 말했다. "사람들이 동요하기 시작했어요! 거리로 슬슬 나오는데 얼굴들이 다 도끼 같아요. 공장 정문 근처에 베숍시코프가 바실리 구세프하고 사모일로프하고 같이 서서 계속 연설을 했어요. 사람들을 많이 집으로 돌려보냈어요! 갑시다, 때가 됐어요! 벌써 열 시예요!"

"난 간다!" 파벨이 단호하게 말했다.

"두고 보세요." 페댜가 장담했다. "점심 끝나고 나면 공장 전체가 일어설걸요!"

그리고 그는 뛰어나갔다.

"타오르는군, 마치 바람 앞의 밀랍 양초 같아!" 어머니가 조용히 그의 뒷모습을 보며 말하고는 일어나더니 부엌으로 가서 외투를 입기 시작했다.

"어디 가요, 녠코?"

"너희랑 같이 가지!" 어머니가 말했다.

안드레이가 콧수염을 잡아당기며 파벨을 쳐다보았다. 파벨은 빠른 동작으로 머리카락을 가다듬고 어머니에게 갔다.

"엄마, 난 엄마한테 아무 말도 안 할래……. 그리고 엄마도 아무 말 하지 마! 괜찮지?"

"괜찮다, 괜찮아. 그리스도가 너희와 함께하시길!" 어머니가 중얼거렸다.

27

　어머니가 거리로 나와 공기 중에 떠도는 사람들의 목소리를,
불안해하고 기대에 찬 그 울림을 들었을 때, 사방에서 집 창문
과 대문에 모여 서서 자기 아들과 안드레이를 호기심에 찬 눈으
로 뒤쫓는 사람들을 보았을 때 — 어머니의 눈앞에는 안개 같은
얼룩이 피어올라 때로는 투명한 녹색으로, 때로는 흐릿한 회색
으로 색깔을 바꾸며 흔들리기 시작했다.

　사람들이 파벨과 안드레이에게 인사했는데 그 인사에는 뭔가
특별한 것이 있었다. 어머니의 귓가에 크지 않은 목소리로 불쑥
불쑥 이런 말들이 흘러들어 왔다.

　"저기 가는군, 대장들…….'

　"누가 대장인지 우리야 모르지…….'

　"뭐 나는 나쁜 말은 절대 안 할 거야!"

　다른 곳에서는 누군가 마당에서 짜증 난 목소리로 외쳤다.

"중간에 경찰한테 잡혀갈 거다 — 저놈들도 곧 사라질 거야……!"

"잡혔다!"

여자의 겁먹은 듯 부르짖는 목소리가 창문에서 거리로 튀어나왔다.

"정신 차려요! 당신, 아직도 총각인 줄 알아?"

다리를 잃어 매달 공장에서 장애 배상금을 받고 있는 조시모프의 집 옆으로 지나갈 때 조시모프가 창밖으로 고개를 내밀고 소리 질렀다.

"파벨! 너 그러고 다니다가 목이 꺾어질 거다, 비열한 놈, 두고 봐라!"

어머니는 몸을 떨고 멈춰 섰다. 그 외침은 어머니의 마음에 날카로운 악의를 불러일으켰다. 어머니는 조시모프의 부어오른 퉁퉁한 얼굴을 바라보았고 그는 욕을 하며 머리를 숨겼다. 그러자 어머니는 뒤처지지 않으려고 애쓰면서 걸음을 재촉하여 따라가기 시작했다.

파벨과 안드레이는 마치 아무것도 상관하지 않고 등 뒤로 따라오는 외침 소리들도 전혀 듣지 못하는 것 같았다. 두 사람은 서두르지 않고 차분하게 걸었다. 그때 미로노프가 그들을 멈춰 세웠다. 미로노프는 나이 들고 겸손한 사람으로, 술을 마시지 않고 깨끗하게 살아와서 모두의 존경을 받았다.

"역시 일 안 가셨나요, 다닐 이바노비치?" 파벨이 물었다.

"난 아내가 갇혀 있어. 뭐, 그리고 이런 날이니까, 불안한 날이지!" 미로노프가 두 동지를 뚫어져라 쳐다보면서 설명하고는 작은 목소리로 물었다.

"이봐, 사람들 말로는 자네 둘이 공장장에게 난동을 부리려고 한다던데, 그에게 유리를 깨 던지려 한다고?"

"우리가 취했나요?" 파벨이 외쳤다.

"우린 그저 깃발을 들고 거리를 걸으면서 노래를 부르려는 거예요!" 우크라이나인이 말했다. "이제 우리 노래를 들어 보세요. 그 안에 우리의 신념이 있어요!"

"자네들 신념은 내가 알지!" 미로노프가 생각에 잠겨 말했다. "나도 그 전단을 읽었거든. 아이고, 닐로브나!" 그가 현명한 눈으로 어머니에게 미소 지으며 외쳤다. "어머니도 투쟁하러 나오셨소?"

"죽음이 눈앞에 있더라도 진실과 함께 걸어야지요!"

"저런, 저런!" 미로노프가 말했다. "어머니에 대한 얘기가 맞았군요, 공장에 금지된 책을 들여온다더니!"

"누가 그런 말을 해요?" 파벨이 물었다.

"그거야 뭐, 다들 알고 있는 얘기지! 그럼 잘 가게. 단단히들 버티라고!"

어머니는 조용히 웃었다. 사람들이 자신에 대해 그런 말을 한다는 게 어머니는 마음에 들었다. 파벨이 웃으면서 어머니에게 말했다.

"그러다가 감옥 간다, 엄마!"

해가 점점 높이 떠오르면서 봄날의 신선함에 온기를 쏟아부었다. 구름은 더 천천히 흘러갔고, 그 그림자는 더 가늘어지고 투명해졌다. 구름 그림자는 거리와 집들의 지붕 위를 가볍게 훑고 사람들을 감싸며 마치 자유를 깨끗이 씻고 벽과 지붕의 때와 먼지를, 얼굴의 피곤을 닦아 내는 것 같았다. 분위기가 더 달아올랐고 목소리들이 더 크게 울려 멀리서 들려오는 공장 기계들의 시끄러운 굉음을 덮어 버렸다.

또다시 어머니의 귀에 사방에서, 창문에서, 마당에서 불안하고 화난 외침들, 생각에 잠기거나 명랑한 말들이 기어 오고 날아왔다. 그러나 이제 어머니는 반박하고 감사하고 설명하고 싶었고 이날의 이상하게 다채로운 삶에 끼어들고 싶었다.

거리 모퉁이를 돌아 나오는 좁은 골목에 1백 명 정도 되는 군중이 모여 있었고 가장 안쪽에서 베솝시코프의 목소리가 들려왔다.

"딸기에서 즙을 짜듯 저들은 우리에게서 피를 짜냅니다!" 사람들의 머리 위로 어색한 연설 소리가 내려앉았다.

"옳소!" 몇몇 목소리들이 즉시 커다랗게 울리는 소리가 되어 대답했다.

"아저씨가 애쓰는군!" 우크라이나인이 말했다. "그래, 그럼 가서 도와주자!"

그는 몸을 구부렸고 파벨이 말리기도 전에 그의 길고 유연한 몸이 마치 코르크 마개 속으로 파고드는 따개처럼 군중 속으로 들어갔다. 안드레이의 낭랑한 목소리가 울려 퍼졌다.

"동지들! 세상에는 여러 민족이 산다고 합니다 ─ 유대인과 독일인, 영국인과 타타르인처럼 말입니다. 하지만 나는 그 말을 믿지 않습니다! 세상에는 오로지 두 개의 민족, 절대 화해할 수 없는 두 개의 부족만 있을 뿐입니다 ─ 부자와 가난한 자입니다! 사람들은 서로 다른 옷을 입고 서로 다른 언어로 말하지만, 부자 프랑스인, 독일인, 영국인들이 노동 민중을 어떻게 대하는지 보십시오. 그걸 보면 노동자는 그들 모두가 똑같은 적들의 군사이고 그들의 목구멍에 뼈다귀를 찔러 넣어야 한다는 걸 알게 될 겁니다!"

군중 속에서 누군가 웃음을 터뜨렸다.

"그리고 다른 쪽에서 본다면, 프랑스인 노동자도 타타르인 노동자도 터키인 노동자도 우리 러시아 노동 민중하고 똑같이 개같은 삶을 살고 있다는 걸 알게 될 것입니다!"

거리에서 점점 더 많은 사람이 다가오더니 하나둘씩 말없이 목을 길게 빼고 까치발로 서서 골목 안으로 모여들었다.

안드레이는 목소리를 더 높였다.

"외국에서 노동자들은 이미 이 단순한 진실을 깨달았고, 그래서 오늘, 이 밝은 5월 1일 노동절에……."

"경찰!" 누군가 외쳤다.

거리에서 골목으로 곧바로 사람들을 향해 채찍을 휘두르며 기마경찰 네 명이 달려와 소리쳤다.

"해산하시오!"

사람들은 얼굴을 찡그리고 내키지 않는 듯 말들에게 길을 내주었다. 몇몇 사람은 울타리 위로 기어올랐다.

"말 위에 돼지를 태우니 돼지들이 우리에게 꿀꿀대는군 — 그래, 우리가 대장이다!" 누군가의 낭랑하게 선동하는 목소리가 외쳤다.

우크라이나인은 골목 한가운데 혼자 남았고 그를 향해 머리를 흔들며 말 두 마리가 달려들었다. 그는 옆으로 비켰고 순간 어머니가 그의 손을 잡고 자기 쪽으로 끌어당기며 잔소리했다.

"파벨과 같이 있겠다고 약속하고선 자기 혼자 문제를 일으키다니!"

"죄송해요!" 우크라이나인이 미소 지으며 말했다.

몸이 떨리고 부서질 것 같은 피로감이 닐로브나를 사로잡았다. 그것은 속에서부터 피어올라 머리를 어지럽게 했으며 이상하게 마음속에서 슬픔과 기쁨을 번갈아 가져다주었다. 점심시간을 알리는 사이렌 소리가 빨리 울렸으면 싶었다.

사람들이 교회를 향해 광장으로 나왔다. 교회를 둘러싸고, 교회 울타리 안에 사람들이 빽빽이 서거나 앉아 있었는데 5백 명쯤 되는 명랑한 젊은이들이 몰려 있는 것 같았다. 군중은 동요했고 사람들은 초조하게 뭔가 기다리면서 불안하게 고개를 위로 쳐들어 먼 곳을, 사방을 살펴보았다. 뭔가 고조된 기분이 느껴졌으며 몇몇 사람은 어리둥절해서 쳐다보았고 또 다른 사람들은 겉보기에 강한 척 행동했다. 여자들의 억눌린 목소리가 조용히 들려왔고 남자들은 짜증을 내며 그들에게서 돌아섰다. 가끔 크지 않은 욕설도 들렸다. 위협적인 마찰음의 둔한 소음이 다채로운 군중을 휘감았다.

"미텐카!" 여자의 목소리가 조용히 떨렸다. "몸 아까운 줄 알아야지……!"

"물러서요!" 대답하는 소리가 울려 퍼졌다.

그리고 시조프의 진중한 목소리가 차분하고 설득력 있게 흘러나왔다.

"아니, 우리는 젊은 사람들을 버려서는 안 됩니다! 젊은이들은 우리보다 더 똑똑해졌고 더 용감하게 살고 있어요! 늪을 메우는 비용을 거부한 게 누굽니까? 젊은 친구들이에요! 그걸 기억해야 합니다. 그 일 때문에 젊은이들은 감옥으로 끌려갔는데 이득은 우리 모두 보았단 말입니다……!"

사이렌이 울리면서 그 검은 소리가 사람들의 말소리를 전부 집어삼켰다. 군중은 떨었고 앉아 있던 사람들은 일어섰으며 한순간 모든 것이 멈추었고 경계심을 띠었으며 많은 얼굴이 창백해졌다.

"동지들!" 파벨의 낭랑하고 강한 목소리가 울려 퍼졌다. 건조하고 뜨거운 안개가 어머니의 눈을 태웠고, 어머니는 갑자기 튼튼해진 몸을 움직여 한달음에 아들 뒤에 가서 섰다. 모두가 파벨을 향해 돌아섰고 마치 쇳가루가 자석에 달라붙듯이 그를 둘러쌌다.

어머니는 그의 얼굴을 들여다보았고 오로지 눈만, 자신만만하고 대담하고 불타오르는 눈만을 보았다.

"동지들! 우리는 우리가 누구인지 공개 선언하기로 결정했습니다. 오늘 우리는 우리의 깃발, 이성과 진실과 자유의 깃발을 들 것입니다!"

하얗고 기다란 나무 장대가 공중에 어른거리더니 이내 기울어져서 군중을 가르고 군중 안으로 사라졌다가 조금 뒤에 위를 향해 치켜든 사람들의 얼굴 위로 붉은 새가 되어, 노동 민중의 드넓은 깃발이 솟아올랐다.

파벨이 손을 쳐들었다 — 나무 장대가 흔들렸고 그러자 수십 개의 손이 하얗고 매끄러운 나무 장대를 붙잡았으며 그중에 어머니의 손도 있었다.

"노동 민중 만세!" 그가 소리쳤다.

수백 명의 목소리가 진동하는 외침이 되어 그에게 화답했다.

"사회 민주당 만세, 우리의 정당입니다. 동지들, 우리 영혼의 고향입니다!"

군중이 끓어올랐고, 깃발의 의미를 이해한 사람들이 군중 사이로 깃발을 향해 뚫고 나왔으며 파벨과 함께 마진, 사모일로프, 구세프 형제가 섰다. 니콜라이가 고개를 비딱하게 기울인 채 사람들을 밀어내며 다가왔고 그 외에도 어머니가 알지 못하는 사람들, 눈이 불타는 젊고 뜨거운 사람들이 어머니를 밀어냈다…….

"전 세계의 노동자들 만세!" 파벨이 외쳤다. 그리고 점점 더 커지는 힘과 기쁨 속에 수천 명의 메아리가 영혼을 뒤흔드는 소리로 그에게 화답했다.

어머니는 니콜라이와 또 누군가의 손을 잡았고 눈물이 솟아 숨을 몰아쉬었지만 울지는 않았다. 흔들리는 다리와 떨리는 입술로 어머니는 말했다.

"소중한 사람들……."

니콜라이의 얽은 얼굴에 활짝 미소가 피어올랐다. 그는 깃발을 쳐다보며 뭔가 중얼거리고 깃발을 향해 손을 뻗었다. 그런 뒤에 갑자기 그 손으로 어머니의 목덜미를 잡고는 어머니에게 입 맞추고 웃음을 터뜨렸다.

"동지들!" 우크라이나인이 부드러운 목소리로 군중의 메아리를 뒤덮으며 노래하듯 말했다. "우리는 오늘 새로운 신의 이름으로, 빛과 진실의 신, 선함과 이성의 신의 이름으로 십자가의 길에 나섰습니다! 우리의 목표는 아직도 멀고 가시 면류관은 가깝습니다! 진실의 힘을 믿지 않는 자, 진실을 위해 죽음에 대항해 설 용기가 없는 자, 스스로를 믿지 않고 고통을 두려워하는 자는 우리에게서 멀리 떨어져 옆으로 비키십시오! 우리는 우리의 승리를 믿는 사람들에게 함께 갈 것을 호소합니다. 우리의 목표가 보이지 않는 사람들은 우리와 함께 가지 마십시오. 그런 사람들에게는 앞길에 오로지 괴로움만 있을 뿐입니다. 행렬에 서십시오, 동지들! 자유로운 사람들의 축일 만세! 5월 1일 만세!"

군중이 더 빽빽하게 모였다. 파벨은 깃발을 흔들었고, 그것은 공중에서 펼쳐져 햇빛을 받아 불타오르며 새빨갛고 드넓게 미소 지으며 앞으로 나아갔다.

낡은 세상을 버리고 가자…….

페댜 마진의 낭랑한 목소리가 울렸고 수십 명의 목소리가 부드럽고 강한 파도가 되어 몰려왔다.

그 먼지를 발에서 털어 버리자!

어머니는 입술에 뜨거운 미소를 띠고 마진의 뒤를 따라 걸으며 아들과 깃발을 바라보았다. 어머니 주위에 기쁜 얼굴들, 여러 색깔의 눈동자들이 어른거렸다. 행렬 맨 앞에서 그녀의 아들과 안드레이가 걸었다. 어머니는 그들의 목소리를 들었다 — 안드레이의 부드럽고 촉촉한 목소리가 굵고 낮은 아들의 목소리와 사이좋게 합쳐져 하나의 소리가 되었다.

깨어나라, 일어나라, 노동 민중이여,
깨어나 투쟁하라, 배고픈 사람들이여!

그리고 민중은 붉은 깃발과 함께 달려 나가며 소리쳤고 군중과 하나로 합쳐져서 군중과 함께 다시 반대로 걸어왔다. 외침소리는 노랫소리에 눌려 가라앉았다 — 집에서 다른 어떤 노래보다도 조용히 불렀던 그 노래가 거리에서는 고르게, 곧게, 무시무시한 힘으로 흘러넘쳤다. 그 노래 속에 강철 같은 용기가 들려왔고 미래를 향해 먼 길에 나서자고 사람들을 부르면서 노래는 그 길이 얼마나 힘겨운지 솔직하게 이야기했다. 그 노래의 커다랗고 평온한 불꽃 속에서 과거의 괴로움과 익숙한 감정들의 무거운 덩어리는 검은 재가 되어 녹아 버렸고 새로운 것에 대한 저주받을 두려움도 다 타서 날아가 버렸다…….

누군가의 얼굴, 겁먹고 기뻐하는 얼굴이 어머니 옆에서 흔들렸고, 떨리는 목소리가 흐느끼듯 외쳤다.

"미탸! 어디 가?"

어머니는 멈추지 않고 걸으며 말했다.

"가게 해요, 걱정하지 말아요! 나도 처음엔 굉장히 무서웠어요. 내 아들은 맨 앞에서 가고 있어요. 깃발을 든 사람이 바로 내 아들이에요!"

"노동자들! 어디로 가는 거요? 거기 군인들이 있는데!"

그리고 갑자기 뼈만 남은 손이 어머니의 손을 붙잡았고 키가 크고 마른 여성이 외쳤다.

"친절하신 아주머니…… 어떻게 저렇게 노래하죠! 그리고 미탸도 노래해요……."

"걱정하지 말아요!" 어머니가 중얼거렸다. "이건 성스러운 일이에요. 생각해 보세요, 사람들을 위해 죽지 않았다면 예수님도 없었을 것 아니에요!"

이 생각은 갑자기 어머니의 머릿속에 떠올랐는데 그 선명하고 단순한 진실에 어머니는 충격을 받았다. 어머니는 여자의 얼굴을 들여다보고 그녀의 손을 꼭 잡고 스스로 놀라 미소 지으며 반복했다.

"사람들을 위해서, 하느님을 위해서 죽지 않았다면 그리스도도 없었을 거예요!"

어머니 옆에 시조프가 나타났다. 그는 모자를 벗고 노래의 박자에 맞춰 어머니 앞에 흔들어 보이며 말했다.

"사람들이 보란 듯이 행진하는군요, 어머니, 응? 노래도 만들었군. 무슨 노래지요, 어머니, 응?"

　황제에게는 군대의 병사들이 필요하니,
　그에게 아들들을 바치시오…….

"다들 아무것도 겁내지 않는군요!" 시조프가 말했다. "내 아들은 무덤 속에 있는데……."

심장이 매우 거칠게 뛰기 시작해서 어머니는 잠시 걸음을 늦추었다. 사람들이 빠르게 어머니를 옆쪽으로 밀어냈고 울타리를 향해 짓눌렀으며 어머니 옆으로 사람들의 빽빽한 물결이 흔들리며 흘러갔다 — 사람이 많았고 그래서 어머니는 기뻤다.

　깨어나라, 일어나라, 노동 민중이여!

마치 공중에서 거대한 청동 나팔이 노래하는 것 같았다. 노래하며 사람들을 깨워서 누군가의 가슴에는 투쟁을 향한 결단을, 다른 사람의 가슴에는 뭔가 새로운 것을 예감하는 호기심에 불타는 불분명한 기쁨을 불러일으키고, 저쪽에서는 희미한 희망의 떨림을 불러내고 이쪽에서는 몇 년씩 쌓여 있던 분노가 모든 것을 녹이고 태우는 물결이 되어 흘러 나갈 통로를 열어 주는 것

같았다. 모두가 앞을 바라보았다. 그곳에서는 붉은 깃발이 공중
에서 흔들렸다.

"가자!" 누군가의 고양된 목소리가 포효했다. "영광스럽게,
여러분!"

평범한 말로는 표현할 수 없는 뭔가 커다란 것을 느낄 때 사람
은 심한 욕을 한다. 하지만 그 악의, 어둡고 맹목적인 노예의 악
의는 뱀이 되어 쉭쉭거리며 사악한 말들 속에 똬리를 틀고 위에
서 비추는 빛에 불안해했다.

"이단자들!" 주먹으로 위협하며 창가에서 갈라진 목소리가
외쳤다.

그리고 누군가의 지루한 쉿소리가 어머니의 귓가에 끈덕지게
달라붙었다.

"황제 폐하에 맞선다고? 위대하신 군주에게? 반란이야?"

어머니 옆에서 당황한 얼굴들이 어른거리더니 남자들, 여자
들이 펄쩍펄쩍 뛰며 달려갔다. 그 노래에 이끌린 민중이 짙은
용암이 되어 흐르면서 노래는 마치 소리의 압력으로 앞에 있는
모든 것을 뒤집어엎으며 길을 열어 주는 것 같았다. 멀리 붉은
깃발을 바라보면서 어머니는 — 보이지 않았지만 — 아들의 얼
굴, 그의 갈색 이마와 신념의 밝은 불꽃으로 타오르는 그의 눈
을 보았다.

그러나 이제 어머니는 군중의 끝에서 서두르지 않고 무관심
하게 앞을 바라보며 걷는 사람들 사이에 있었다. 그들은 이 구
경거리가 어떻게 끝날지 이미 알고 차가운 호기심을 가지고 구

경하는 관객들이었다. 그들은 걸어가면서 작은 목소리로 확신에 차서 말했다.

"부대 하나가 학교 근처에 있고 또 다른 부대는 공장 근처에 있어……."

"주지사가 왔어……."

"진짜?"

"내가 봤어, 왔다니까!"

누군가 기쁜 듯이 욕을 퍼부으며 말했다.

"어찌 됐든 다들 우리의 형제를 두려워하기 시작했군! 군대도 주지사도."

'소중한 사람들!' 어머니의 가슴이 뛰었다.

그러나 어머니 주변에서 들려오는 말들은 죽어 있고 차가웠다. 어머니는 그 사람들에게서 떨어지기 위해 걸음을 재촉했고 그들의 게으른 걸음에서 이내 멀어질 수 있었다.

그리고 갑자기 군중의 선두가 마치 뭔가에 부딪친 것 같았고 어머니의 몸은 멈춰 서지 않은 채 불안하고 조용한 메아리와 함께 뒤로 밀렸다. 노래도 떨리더니 더 빠르고 더 크게 흐르기 시작했다. 그리고 다시 소리의 짙은 물결이 내려와 뒤쪽으로 흘러왔다. 목소리들이 하나둘 합창에서 사라지기 시작했고 외따로 떨어진 고함 소리가 들려와 노래를 이전처럼 높은 곳으로 들어 올리려 애쓰며 어머니를 앞으로 밀어 주었다.

깨어나라, 일어나라, 노동 민중이여!

적을 향해 나아가라, 배고픈 사람들이여……!

그러나 그 호소에는 하나로 합쳐진 공동의 확신이 없었고 그 안에서 이미 흔들리는 불안감이 들려왔다.

아무것도 보지 못하고, 앞에서 무슨 일이 일어났는지도 알지 못한 채 어머니는 군중을 헤치고 빠르게 앞으로 움직였으며 그 맞은편에 선 사람들이 물러섰는데, 그중 누군가는 고개를 비딱하게 기울인 채 눈살을 찌푸렸고 다른 누군가는 혼란스러운 듯 웃음 지었고 또 다른 사람은 비웃듯이 휘파람을 불었다. 어머니는 애처롭게 그들의 얼굴을 바라보면서 어머니의 눈은 말없이 질문하고 부탁하고 불러냈다…….

"동지들!" 파벨의 목소리가 울렸다. "군인도 우리와 같은 사람입니다. 저들은 우리를 때리지 않을 겁니다. 무엇 때문에 때립니까? 우리가 모두에게 필요한 진실을 가져왔기 때문에요? 이 진실은 저들에게도 필요합니다. 지금은 저들이 이 사실을 이해하지 못하지만 저들도 우리 곁에 설 때가, 도둑질과 살인의 깃발 아래가 아니라 우리 자유의 깃발 아래에서 걸어갈 때가 이미 가까이 왔습니다. 그리고 저들이 우리의 진실을 더 빨리 이해하도록 돕기 위해 우리는 앞으로 나아가야 합니다. 전진합시다, 동지들! 언제나 전진!"

파벨의 목소리는 확고하게 들렸고 그의 말은 공중에 분명하고 명확하게 울려 퍼졌으나 군중은 흩어졌고 사람들은 하나둘씩 왼쪽 오른쪽으로 집들을 향해 가 버리거나 울타리에 기댔다.

이제 군중은 쐐기 모양이 되었고 그 끝은 파벨을 향하고 있었으며 그의 머리 위로 노동 민중의 붉은 깃발이 타오르고 있었다. 그리고 또 군중은 검은 새를 닮아 갔다 ─ 그 새는 날개를 넓게 펼치고 몸을 사렸으며 일어서서 날아오를 준비를 하고 있었다. 파벨은 그 새의 부리였다…….

28

거리 끝에 — 어머니는 보았다 — 광장으로 나가는 출구를 막고 얼굴 없는 사람들이 단조로운 회색 벽이 되어 서 있었다. 어깨 위의 총검이 모두 날카로운 끈 모양으로 차갑고 가늘게 빛났다. 그리고 말없이 움직이지 않는 그 벽에서 노동자들을 향해 냉기가 뿜어져 나왔고 그 냉기는 어머니의 가슴에 밀려 들어와 심장을 꿰뚫었다.

어머니는 군중 속으로, 친숙한 사람들이 있는 앞쪽의 깃발 근처에 파고들었고 모르는 사람들 사이로 마치 그들에게 의지하려는 듯 섞여 들었다. 어머니는 키가 크고 수염을 깎은 사람에게 옆구리를 바짝 붙였는데 그는 한쪽 눈이 보이지 않아 어머니를 쳐다보려고 고개를 한껏 돌렸다.

"당신 뭐요? 누구 집 사람이오……?" 그가 물었다.

"파벨 블라소프의 엄마예요!" 어머니는 무릎 아래가 떨리고 아랫입술이 자기도 모르게 처지는 것을 느끼며 대답했다.

"아하!" 한쪽 눈이 없는 남자가 대답했다.

"동지들!" 파벨이 말했다. "끝까지 전진합시다 — 우리에게 다른 길은 없습니다!"

사람들이 조용해지더니 동감하기 시작했다. 깃발이 올라가 흔들렸고 사람들의 머리 위에서 생각에 잠긴 듯 천천히 펼쳐지더니 군인들의 회색 벽을 향해 흐르듯이 움직였다.

어머니는 몸을 떨고 눈을 감으며 아, 소리를 내뱉었다 — 파벨, 안드레이, 사모일로프와 마진, 이렇게 네 명만 군중에서 떨어져 나왔다.

그러나 공중에 폐냐 마진의 빛나는 목소리가 천천히 떨리기 시작했다.

당신은 희생자가 되어 쓰러졌다…….

그가 노래했다.

운명적인…… 전투에서…….

굵고 낮은 목소리들이 두 번의 무거운 한숨처럼 화답했다. 사람들은 발로 땅을 가볍게 때리며 앞으로 걸어 나갔다. 그리고 단호하고 결정적인 새로운 노래가 흘러나왔다.

당신은 바칠 수 있는 모든 것을 그 투쟁에 바쳤다…….

페댜의 목소리가 선명한 띠처럼 풀려 나왔다.

자유를 위해서…….

동지들이 사이 좋게 노래했다.

"아하-아!" 누군가 옆쪽에서 악의에 찬 목소리로 비웃듯 외쳤다. "장송곡을 부르는군, 개놈의 새끼들……!"

"저놈 패라!" 분개한 메아리가 울려 퍼졌다.

어머니는 양손으로 가슴을 움켜쥐고 사방을 둘러보다가 이전에는 거리를 빽빽이 메우고 있던 군중이 이제는 머뭇거리며 서서 대오가 흩어진 채 깃발을 든 사람들이 군중에서 떨어져 나가 걸어가는 모습을 바라보고만 있다는 사실을 알았다. 깃발을 든 사람들 뒤로는 수십 명 정도가 따라갔고, 한 걸음 앞으로 내디딜 때마다 마치 거리 한가운데로 가는 길이 숯처럼 달아올라 발바닥을 태우는 듯 누군가는 가다 말고 어쩔 수 없다는 듯 옆으로 물러났다.

압제는 무너지리라…….

페댜의 입술에서 노래가 예언했다.

그리고 민중이 부활하리라……!

확신에 찬 강력한 목소리들의 합창이 그와 함께 위협적으로 메아리쳤다. 그러나 노래의 장중한 흐름을 뚫고 조용한 외침들이 간간이 들려왔다.

"명령이다……."

"들어 총!" 앞쪽에서 날카로운 외침이 울렸다.

공중에서 총검들이 곡선을 그리며 흔들렸고 내려왔다가 교활하게 웃으며 깃발을 향해 뻗었다.

"전-진!"

"간다!" 한쪽 눈이 없는 남자가 말하고는 양손을 주머니에 쑤셔 넣고 옆쪽으로 성큼성큼 걸어갔다.

어머니는 눈도 깜빡이지 않고 바라보았다. 군인들의 회색 물결이 흔들리더니 거리 전체를 넓게 막아서면서 고르고 차갑게 움직였고 은빛으로 반짝이는 쇠 이빨을 드문드문한 빗살처럼 앞쪽으로 내밀었다. 어머니는 성큼성큼 걸어가서 아들 가까이 섰고 그때 안드레이도 파벨 앞으로 나아가서 그 기다란 몸으로 그를 가렸다.

"나란히 갑시다, 동지들!" 파벨이 날카롭게 소리쳤다.

안드레이는 뒷짐을 지고 고개는 높이 든 채 노래하고 있었다. 파벨이 어깨로 그를 건드리고 다시 외쳤다.

"나란히! 이럴 권리가 없어! 깃발 — 앞으로!"

"해-산!" 조그만 장교 하나가 하얀 장검을 휘두르며 가느다란 목소리로 외쳤다. 그는 다리를 높이 들었고 무릎을 굽히지 않고 뒤꿈치로 땅을 강하게 내리쳤다. 그의 반들거리는 장화가 어머니의 눈에 선명하게 들어왔다.

한편 장교의 옆쪽과 약간 뒤쪽에서는 키가 크고 턱수염을 깎은 사람이 무겁게 걸어오고 있었는데 그는 회색으로 세어 버린 콧수염을 두껍게 기르고 빨간 천으로 안을 댄 기다란 회색 외투를 입고 양옆에 노란색으로 줄을 댄 폭 넓은 바지를 입고 있었다. 그 남자도 우크라이나인처럼 뒷짐을 지고 회색으로 센 숱 많은 눈썹을 높이 치켜들고 파벨을 쳐다보았다.

어머니는 너무 어마어마하게 많은 것을 보았다. 가슴속에 커다란 비명이 움직이지 않고 자리 잡은 채 숨을 쉴 때마다 밖으로 튀어나오려 하면서 어머니의 숨을 막고 짓눌렀지만 그래도 어머니는 양손으로 가슴을 움켜잡은 채 그 비명을 억눌렀다. 사람들이 어머니를 밀쳤고 어머니는 선 채로 흔들리면서, 거의 무의식적으로 앞으로 나아갔다. 어머니는 자기 뒤에 있는 사람들의 수가 점점 줄어드는 걸 보며 차갑고 거대한 물결이 맞은편에서 다가오면서 사람들을 흩어 놓는다고 느꼈다.

붉은 깃발 사람들과 빽빽한 고리처럼 늘어선 회색 사람들은 서로를 향해 점점 가까이 움직였으며 군인들의 얼굴이 명확하게 보였다 — 거리 전체에 넓게 늘어선, 보기 흉할 정도로 납작하게 눌린 더러운 노란색 띠 — 그 얼굴들의 띠 안에 여러 색깔의 눈동자들이 고르지 않게 박혀 있었고 그 앞에는 총검의 가느다란 날이 차갑게 반짝였다. 사람들의 가슴을 향해 늘어서서 아직 닿지는 않은 채로 그 총검 날들은 군중을 한 사람 한 사람 갈라놓았고 흩어 놓았다.

어머니는 뒤쪽에서 달려가는 사람들의 발소리를 들었다. 억눌리고 불안에 찬 목소리들이 외쳤다.

"흩어져, 여러분……."

"블라소프, 도망쳐!"

"물러서, 파벨!"

"깃발 버려, 파벨!" 베솝시코프가 우울하게 말했다. "이리 줘, 내가 숨길게!"

그가 손으로 나무 장대를 잡아챘고 그 바람에 깃발이 뒤쪽으로 흔들렸다.

"그냥 둬!" 파벨이 외쳤다.

니콜라이는 마치 깃대에 데기라도 한 듯 손을 놓았다. 노래가 멈추었다. 사람들은 파벨을 빽빽이 둘러싼 채 멈춰 서 있었으나 파벨은 사람들을 뚫고 앞으로 나아갔다. 침묵이 갑자기, 단번에, 마치 위에서 보이지 않게 내려와 투명한 구름이 되어 사람들을 감싼 것처럼 찾아왔다.

깃발 아래에는 많아야 스무 명 정도가 있었지만 그들은 확고하게 서 있었고 어머니는 그들을 걱정하는 공포의 감정과 그들에게 뭔가 말해 주고 싶은 희미한 열망을 느꼈다.

"저 사람한테서 저걸 가져오시오, 중위!" 키 큰 노인의 고른 목소리가 울렸다.

그는 손을 뻗어 깃발을 가리켰다.

파벨을 향해 조그만 장교가 뛰어나와 손으로 나무 깃대를 붙잡고 새된 소리로 외쳤다.

"뇌!"

"손 치워!" 파벨이 큰 소리로 말했다.

깃발은 공중에서 붉게 흔들리며 오른쪽 왼쪽으로 기울어지다가 다시 곧게 섰다 ─ 조그만 장교는 펄쩍 물러나 땅에 앉았다. 어머니 옆으로 니콜라이가 그답지 않게 재빨리 지나갔는데 주먹을 꽉 쥐고 팔을 앞으로 뻗고 있었다.

"잡아라!" 노인이 발로 땅을 구르며 짖어 댔다.

군인들 몇 명이 앞으로 뛰어나왔다. 그중 한 명이 개머리판을 휘둘렀다. 깃발은 부르르 떨고 기울더니 군인들의 회색 덩어리 속으로 사라졌다.

"이-이런!" 누군가 구슬프게 외쳤다.

그리고 어머니도 짐승처럼 포효하는 소리로 부르짖었다. 그러나 그 대답으로 군인들의 무리 속에서 파벨의 분명한 목소리가 들렸다.

"안녕, 엄마! 안녕, 내 소중한……."

'살아 있구나! 기억했어!' 이 생각이 어머니의 심장을 두 번 두들겼다.

"잘 계세요, 우리 넨코!"

까치발로 서서 양손을 흔들며 어머니는 그들을 보기 위해 애썼고 군인들의 머리 위로 안드레이의 둥근 얼굴을 보았다 ─ 그얼굴은 웃고 있었고, 그 얼굴은 어머니에게 인사했다.

"내 아이들…… 안드류샤! 파샤……!" 어머니가 외쳤다.

"다시 만납시다, 동지들!" 군인들의 무리 속에서 두 사람이 소리쳤다.

끊어지는 메아리가 몇 번이나 그들에게 대답했다. 그 메아리는 창문에서, 어딘가 위쪽에서, 지붕에서 울려 나왔다.

29

누군가 어머니의 가슴을 건드렸다. 눈앞을 가린 안개 속에서 어머니는 자기 앞에 조그만 장교가 서 있는 것을 보았다. 얼굴이 새빨갛고 잔뜩 긴장한 장교가 어머니에게 고함쳤다.

"비켜, 아줌마!"

어머니는 조그만 장교를 머리부터 발끝까지 훑어보다가 그의 발아래에 두 조각으로 부러져 놓여 있는 깃대를 보았다 — 그 한쪽에는 붉은 깃발 천이 아직도 뜯어지지 않고 매달려 있었다. 어머니는 몸을 숙여 그것을 집어 들었다. 그러자 장교는 어머니의 손에서 깃대를 빼앗아 그것을 한옆에 던지고 발을 구르며 고함쳤다.

"비키라고 하잖아!"

군인들 사이에서 노래가 피어올라 쏟아져 나오기 시작했다.

깨어나라, 일어나라, 노동 민중이여.

모든 것이 빙빙 돌고 흔들리고 떨렸다. 공중에 전신주의 전선이 내는 불투명한 소음과도 비슷한 짙고 불안한 소음이 깔려 있었다. 장교가 펄쩍 뛰면서 짜증스럽게 쉿소리를 냈다.

"노래 중단시켜! 크라이노프 상사……."

어머니는 후들거리는 걸음으로 장교가 내던진 깃대 조각에 다가가 그것을 집어 들었다.

"저놈들 목울대를 갈겨!"

노래의 음정이 어긋나고 떨리기 시작하더니 갈라지다가 사라졌다. 누군가 어머니의 어깨를 잡고 돌려세우며 등을 건드렸다.

"가, 가라고……."

"거리를 비워!" 장교가 소리쳤다.

어머니는 열 걸음 정도 떨어진 곳에 또다시 사람들의 빽빽한 무리가 있는 것을 보았다. 그들은 으르렁거리고 투덜거리며 휘파람을 불었고 거리 안쪽으로 천천히 물러나면서 집들 쪽으로 흩어졌다.

"저리 가, 악마야!" 콧수염을 기른 젊은 군인이 어머니 옆에 서서 귀에 바짝 대고 소리 지르며 어머니를 보도 쪽으로 밀었다.

어머니는 다리가 풀려서 깃대 조각에 의지해 걷기 시작했다. 넘어지지 않으려고 어머니는 다른 손으로 담장과 울타리를 꼭 잡았다. 어머니 앞에서 사람들이 물러섰고, 어머니 옆과 뒤에서 군인들이 걸으면서 고함쳤다.

"가, 가라고⋯⋯."

군인들이 어머니를 쫓아냈고 어머니는 멈춰 서서 주위를 둘러보았다. 거리 끝에 또 그들, 군인들이 드문드문 한 줄로 서서 광장으로 나가는 길을 막고 있었다. 광장은 텅 비어 있었다. 앞쪽에도 마찬가지로 회색 형체들이 흔들리며 사람들을 향해 천천히 움직였다.

어머니는 돌아가고 싶었지만 왠지 모르게 다시 앞으로 걸어가기 시작했고 골목에 이르자 그 좁고 인적 없는 골목 안쪽으로 꺾어져 들어갔다.

또다시 멈추었다. 무겁게 한숨을 쉬고 어머니는 귀를 기울였다. 어딘가 앞쪽에서 군중의 소리가 들렸다.

깃대에 의지해서 어머니는 땀에 젖은 눈썹을 움직이고 입술을 떨고 깃대를 잡지 않은 손을 휘두르며 계속 걸어갔다. 어머니의 마음속에서 어떤 말들이 불꽃이 되어 솟아올랐다. 그리고 그 말들을 입 밖에 내고 싶은, 소리치고 싶은 고집스럽고 강력한 열망에 불이 붙었다⋯⋯.

골목은 왼쪽으로 급하게 꺾어졌고 모퉁이를 돌아 어머니는 많은 사람들이 빽빽하게 모여 서 있는 것을 보았다. 누군가의 목소리가 강하고 크게 말했다.

"형제여, 아무리 미쳐도 총검에 기어오르는 건 아니오!"

"그놈들 대체 어떻게, 응? 똑바로 맞서 걸어가서는 서 있잖아! 서 있다고, 내 형제여, 무서워하지 않고⋯⋯."

"바로 그 사람들하고 파샤 블라소프지!"

"그럼 우크라이나인은?"

"뒷짐을 진 채 웃고 있더라고, 대담한 놈⋯⋯."

"이봐요! 여러분!" 어머니가 군중을 비집고 들어가며 소리쳤다. 어머니 앞에서 사람들은 존경을 담아 길을 비켜 주었다. 누군가 웃음을 터뜨렸다.

"봐, 깃발을 가져왔어! 저 손에 깃발을 들었다고!"

"입 다물어!" 다른 목소리가 엄하게 말했다.

어머니는 양팔을 넓게 벌렸다.

"제 말 좀 들으세요, 예수 그리스도를 위해서! 여러분 모두 가까운 사람이잖아요⋯⋯ 여러분 모두 진실한 사람이에요. 겁내지 말고 둘러보세요, 무슨 일이 일어났죠? 우리 아이들이 세상에 나섰어요, 우리 혈육이, 진실을 위해서⋯⋯ 모두를 위해서 나섰어요! 여러분 모두를 위해서, 여러분의 아기들을 위해서 스스로 십자가의 길을 짊어졌어요. 밝은 날을 찾아 나섰다고요. 진실과 정의 속에서 살아갈 다른 삶을 원하니까요⋯⋯ 모두를 위한 선(善)을 원하니까요!"

어머니의 마음은 찢어졌고 가슴이 답답했으며 목구멍은 건조하고 뜨거웠다. 어머니의 마음속 깊은 곳에서 모든 것과 모두를 감싸 안는 커다란 사랑의 말들이 생겨나 어머니의 혀에 불을 붙이면서 어머니를 더 강하고 더 자유롭게 만들었다.

어머니는 사람들이 자기 말을 들으며 모두 침묵하고 있는 것을 보았고 사람들이 빽빽하게 자신을 둘러싼 채 생각하고 있다는 것을 느꼈으며 마음속에서 열망 — 이제는 어머니에게 명확해진, 사람들이 아들의 뒤를 따라, 안드레이의 뒤를 따라, 군인들의 손에 넘겨져 혼자 남게 된 사람들 모두의 뒤를 따라가도록 설득하려는 열망 — 이 솟아올랐다.

주위를 둘러싼 음울하고 주의 깊은 얼굴들을 둘러보며 어머니는 부드러운 힘을 담아 말을 이었다.

"세상 속에서 우리 아이들이 기쁨을 향해 나섰어요. 그 애들은 모두를 위해 그리고 그리스도의 진실을 위해 나섰다고요. 우리 중에 악한 사람들, 거짓되고 욕심 많은 사람들이 우리를 사로잡고 묶어 두고 짓밟는 수단으로 쓰는 모든 것에 저항해서요! 내 진실한 사람들, 이건 민중 전체를 위해서 우리의 젊은 피가 일어선 거잖아요. 세상 전체를 위해서, 노동하는 모든 사람을 위해서 그 애들이 나선 거라고요! 그 애들을 떠나지 마세요, 버리지 마세요, 외로운 길에 아이들을 남겨 두지 마세요. 제발 부탁이에요…… 아들들의 마음을 믿으세요, 그 애들은 진실을 탄생시키고 그 진실을 위해 죽어 가요. 그 애들을 믿으세요!"

어머니의 목소리가 갈라졌고 어머니는 기운이 빠져서 흔들거렸으며 누군가 어머니의 팔을 잡아 주었다.

"하느님의 말씀을 말한다!" 누군가 흥분해서 낮게 소리쳤다. "하느님의 말씀이오, 선한 사람들이여! 들으시오!"

다른 목소리가 동정했다.

"에휴, 저렇게 죽도록 애쓰다니!"

다른 사람이 꾸짖듯이 그에게 반박했다.

"저분은 죽도록 애쓰는 게 아니라 우리 바보들을 야단치는 거야, 알아들으라고!"

높고 떨리는 목소리가 군중 위로 날아올랐다.

"신을 믿는 사람들이여! 우리 미탸는 깨끗한 영혼이에요. 그 애가 뭘 잘못했죠? 그 애는 동지들을 따라나섰어요, 사랑하는 동지들을 위해서요. 저 어머니 말이 맞아요, 무엇 때문에 우리 아이들을 버리려 하죠? 그 애들이 우리한테 무슨 나쁜 짓을 했나요?"

어머니는 이 말을 듣고 몸을 떨며 조용한 눈물로 응답했다.

"집으로 가세요, 닐로브나! 가세요, 어머니! 지치셨어요!" 시조프가 큰 소리로 말했다.

그는 창백했고 턱수염이 마구 뒤엉켜 있었으며 몸을 떨고 있었다. 갑자기 눈살을 찌푸리고 그는 엄한 눈으로 모두를 쳐다보더니 몸을 쭉 펴고는 분명하게 말했다.

"공장에서 내 아들 마트베이가 깔려 죽었소, 그건 여러분도 알지요. 하지만 그 애가 살아 있었다면 내가 직접 저 애들과 같이 가라고 보냈을 거요. 내가 직접 '너도 가라, 마트베이! 가라, 이건 옳고 이건 정당한 일이야!'라고 말했을 거요."

그는 말을 끊고 입을 다물었다. 모두 뭔가 거대하고 새로운 것에 강력하게 휩싸여 음울하게 침묵을 지켰으나 그것을 두려워하지는 않았다. 시조프가 한 손을 흔들며 말을 이었다.

"늙은이 말을 들으시오, 여러분은 나를 알지 않소! 난 이곳에서 39년째 일하고 이 세상에서는 53년째 살고 있소. 내 조카, 깨끗하고 똑똑한 애가 또 오늘 잡혀갔소. 그 애도 앞에서 가고 있었소, 블라소프와 함께, 깃발 바로 가까이서……."

그는 손을 흔들고 몸을 힘주어 움츠리더니 어머니의 손을 잡고 말했다.

"이분은 진실을 말했소. 우리 아이들이 정당한 삶을, 이성적인 삶을 살고 싶어 하는데 우리는 오늘 그 애들을 버린 거요, 떠나 버렸지, 그래! 가요, 닐로브나……."

"소중한 여러분!" 어머니가 눈물 젖은 눈으로 모두를 바라보며 말했다. "아이들을 위해서 삶이 있고, 아이들을 위해서 세상이 있는 거예요……!"

"가요, 닐로브나! 여기 지팡이, 받으세요." 시조프가 말하며 어머니에게 깃대 조각을 건네주었다.

사람들이 슬픔과 존경을 담아 어머니를 쳐다보았고 공감의 웅성거림이 어머니를 뒤따라왔다. 시조프는 침묵 속에 길에서 사람들을 비키게 했고 사람들은 말없이 길을 열어 주었으며, 어머니 뒤로 그들을 끌어당기는 불분명한 힘에 복종하여 서두르지 않고 어머니의 뒤를 따라, 목소리를 낮추어 짧은 말들을 주고받으며 걷기 시작했다.

자기 집 대문 앞에서 사람들을 향해 돌아선 어머니는 깃대 조각에 몸을 의지한 채 고개 숙여 인사하고 감사한 마음으로 조용히 말했다.

"고맙습니다……."

그리고 또다시 자신의 생각, 어머니가 느끼기에 자신의 마음속에서 생겨난 새로운 생각을 떠올리고 어머니는 말했다.

"사람들이 주님의 영광을 위해 죽지 않았다면 우리 주 예수 그리스도도 없었을 거예요……."

군중은 말없이 어머니를 바라보았다.

어머니는 다시 한번 사람들에게 고개 숙여 인사한 뒤 집 안으로 들어갔고 시조프도 고개를 숙이고 어머니와 함께 들어갔다.

사람들은 문가에 서서 뭔가 이야기했다.

그리고 서두르지 않고 흩어졌다.

제2부

1

남은 하루는 여러 기억의 색색 가지 안개와, 몸과 영혼을 단단히 감싼 무거운 피로 속에 흘러갔다. 조그만 장교가 회색 얼룩이 되어 뛰어다녔고, 파벨의 갈색 얼굴과 안드레이의 미소 짓는 눈이 빛났다.

어머니는 방 안을 걸어 다니다가 창가에 앉아 거리를 바라보고 다시 걸어 다니다가 눈썹을 치켜들고 몸을 떨고는 주위를 둘러보고 아무 생각 없이 뭔가를 찾았다. 물을 마셔도 목마름이 가시지 않았고 가슴속에서 처량함과 모욕감의 타오르는 불씨가 꺼지지도 않았다. 하루는 중간에서 토막 나 버렸다 ─ 하루의 시작에는 내용이 있었으나 지금은 그 하루에서 모든 것이 흘러 나가 어머니 앞에는 암울한 황무지만 펼쳐졌고 어리둥절한 질문이 흔들리고 있었다.

"이젠 어쩌지……?"

코르수노바가 찾아왔다. 그녀는 양손을 흔들면서 소리치고 울고 흥분하고 발을 구르며 뭔가 제안하고 약속했고 누군가를 위협했다. 그러나 이 모든 것이 어머니에게는 와닿지 않았다.

"아하!" 어머니는 마리야 코르수노바의 소리치는 목소리를 들었다. "민중이 화가 났단 말이지! 공장이 들고일어났지, 전부 들고일어났어!"

"그래요, 그래!" 어머니는 조용히 말하고 고개를 흔들었지만 어머니의 눈은 이미 지나간 것, 안드레이와 파벨과 함께 그녀에 게서 떠난 것을 움직임 없이 바라보고 있었다. 어머니는 울 수 없었다 ─ 심장이 움츠러들어 말라 버렸고 입술도 마찬가지로 말라 버렸으며 입 안에는 습기가 모자랐다. 손이 떨렸고 등에는 자잘하게 소름이 끼쳐 살갗이 떨렸다.

저녁에 헌병들이 찾아왔다. 어머니는 놀라지 않고 두려움 없이 그들을 맞이했다. 시끄럽게 안으로 들어온 그들은 매우 만족한 것처럼 보였다. 노란 얼굴의 장교가 이를 드러내며 말했다.

"아주머니, 어떻게 지내시오? 우리 세 번째 만나는군, 응?"

어머니는 마른 입술을 혀로 핥으며 침묵했다. 장교는 가르치는 말투로 말을 많이 했고 어머니는 장교가 수다쟁이라고 생각했다. 하지만 그의 말들은 어머니에게 닿지 않았고 기분 나쁘지도 않았다. 단지 그가 "아들에게 하느님과 황제 폐하에 대한 존경심을 가르칠 줄 몰랐다면 그건 아주머니 본인이 잘못한 거요…….."라고 말했을 때 어머니는 문가에 서서 장교를 쳐다보지 않고 낮게 대답했다.

"그래요, 우리의 재판관은 아이들이죠. 아이들은 진실에 따라서 우리가 이런 길로 그 아이들을 내친 죄를 재판할 거예요."

"뭐?" 장교가 고함쳤다. "크게 말해!"

"아이들이 우리의 재판관이라고 했어요!" 어머니가 한숨을 쉬며 반복했다.

그러자 장교는 화난 듯이 빠르게 말하기 시작했지만 그 말들은 주변을 떠돌 뿐 어머니를 화나게 하지 못했다.

증인 중에는 마리야 코르수노바도 있었다. 그녀는 어머니 옆에 서 있었지만 어머니를 쳐다보지 않았고 장교가 그녀에게 질문할 때면 서둘러 장교에게 깊숙이 허리를 굽히고는 단조롭게 대답했다.

"모릅니다, 나리! 저는 교육받지 못한 여자이고 장사를 해서, 제가 멍청하다 보니 아무것도 모릅니다……."

"그럼 닥쳐!" 장교가 콧수염을 움직이며 명령했다. 코르수노바는 허리를 숙인 채 눈에 띄지 않게 장교에게 주먹 사이로 엄지손가락을 내밀어 보이고' 어머니에게 속삭였다.

"자, 어디 물어뜯으라지!"

장교는 코르수노바에게 블라소바를 수색하라고 명령했다. 그녀는 눈을 깜빡이고 그 눈으로 장교를 빤히 바라보면서 겁먹은 듯 말했다.

"나리, 전 그런 걸 할 줄 모릅니다!"

장교가 발을 구르며 소리 지르기 시작했다. 마리야는 눈을 내리깔고 조용히 어머니에게 부탁했다.

"어쩌겠어요, 단추 풀어요, 펠라게야 닐로브나……."

어머니의 옷을 여기저기 더듬고 만지면서 코르수노바는 화가 나서 달아오른 얼굴로 속삭였다.

"에휴, 개놈들, 응?"

"너 거기서 뭐라고 말하는 거야?" 장교가 코르수노바가 수색하는 방구석을 바라보며 사납게 외쳤다.

"여자들 일입니다, 나리!" 마리야가 겁먹은 듯 중얼거렸다.

장교가 어머니에게 조서에 서명하라고 명령했을 때 어머니는 서투른 손을 움직여 기름진 잉크로 반짝이는 글자를 종이에 인쇄체로 그렸다.

"노동하는 사람의 과부 펠라게야 블라소바."

"뭐라고 쓴 거야? 왜 이렇게 썼어?" 장교가 역겹다는 듯 얼굴을 찡그리며 고함치더니 그 뒤에 웃으면서 말했다. "야만인들……."

헌병들은 떠났다. 어머니는 창가에 서서 양손을 가만히 가슴에 대고, 아무것도 보지 못하는 채 오랫동안 앞을 바라보고 있었다. 눈썹은 높이 치켜올리고 입술을 꼭 물고 아래턱에 너무 힘을 주어서 곧 치아가 아파 오는 것을 느꼈다. 등잔에서 등유가 다 타 버려 불꽃이 탁탁 소리를 내며 떨리더니 꺼졌다. 어머니는 어둠 속에 남았다. 아무 생각 없는 처량한 검은 구름이 어머니의 가슴을 채우고 심장 박동을 억눌렀다. 어머니는 오랫동안 서 있었다 — 다리와 눈이 피곤했다. 어머니는 창밖에 마리야가 멈춰 서서 술 취한 목소리로 소리치는 것을 들었다.

"펠라게야! 자요? 우리 불행한 순교자, 자요!"

어머니는 겉옷을 벗지 않고 침대에 누워 마치 깊은 소용돌이 속으로 떨어지는 것처럼 빠르게, 무거운 잠 속으로 빠져들었다.

어머니의 꿈에 늪지대 너머 도시로 가는 길에 노란 모래 둔덕이 나타났다. 그 가장자리에, 모래를 채취하는 구멍으로 내려가는 절벽 위에 파벨이 서 있었고 안드레이의 목소리가 조용히 낭랑하게 노래했다.

깨어나라, 일어나라, 노동 민중이여…….

어머니는 둔덕 옆을 지나 길을 따라 걸었고, 이마에 손바닥을 대고 아들을 쳐다보았다. 푸른 하늘을 배경으로 아들의 형체가 선명하고 날카롭게 드러났다. 어머니는 아들에게 다가가기가 민망했는데, 왜냐하면 임신해 있었기 때문이었다. 그리고 팔에도 아기를 안고 있었다. 어머니는 계속 걸었다. 들판에서는 아이들이 공놀이를 하고 있었다. 아이가 많았고 공은 붉은색이었다. 팔에 안긴 아기가 공놀이하는 아이들을 향해 몸을 뻗으며 큰 소리로 울기 시작했다. 어머니는 아기에게 젖을 주면서 뒤돌아 걷기 시작했는데 둔덕 위에는 이미 군인들이 서서 어머니에게 총검을 겨누고 있었다. 어머니는 들판 한가운데 있는 교회, 마치 구름으로 지은 듯 하얗고 가볍고 측정할 수 없이 높이 솟은 교회 쪽으로 재빨리 뛰어갔다. 거기서는 누군가의 장례식이 치러지고 있었다. 관은 커다랗고 검었으며 뚜껑을 꽉 닫아 놓았다. 그러나 사제와 주교가 흰 제례복을 입고 교회 안을 돌아다니며 노래했다.

주님께서 죽은 자들 중에서 부활하셨으니…….

주교가 향로를 흔들고 어머니에게 고개 숙여 인사하며 미소를 지었다. 그의 머리카락은 선명한 붉은색이었으며 얼굴은 즐거워 보였고 사모일로프를 닮았다. 위쪽 천장에서는 수건처럼 넓은 햇살이 내리비췄다. 제단 양옆 성가대에서 소년들이 조용히 노래했다.

주님께서 죽은 자들 중에서 부활하셨으니…….

"잡아라!" 사제가 교회 한가운데 멈춰 서더니 갑자기 소리쳤다. 제례복이 사라지고 얼굴에는 허옇게 센, 엄격해 보이는 콧수염이 나타났다. 모두 도망치기 시작했다. 주교도 향로를 한옆으로 던지고 마치 우크라이나인처럼 양손으로 머리를 움켜잡은 채 도망쳤다. 어머니는 아기를 바닥에, 사람들의 발밑에 떨어뜨렸고 사람들은 겁먹은 듯 아기의 벌거벗은 조그만 몸을 바라보며 아기를 피해 돌아서 달려갔다. 어머니는 무릎을 꿇고 그들에게 외쳤다.
"아기를 버리지 마세요! 아이를 데려가요…….'

주님께서 죽은 자들 중에서 부활하셨으니…….

우크라이나인이 뒷짐을 지고 미소 지으며 노래했다.

어머니는 몸을 숙여 아이를 안아 들어 판자를 실은 수레에 앉혔는데 수레 옆에는 니콜라이가 천천히 걸어가면서 소리 내어 웃으며 말했다.

"사람들이 나한테 어려운 일을 맡겼지요……."

거리는 더러웠고 집의 창문에서 사람들이 튀어나와 휘파람을 불고 소리치고 손을 흔들었다. 날이 밝았고 해가 이글이글 타올랐고 그늘은 전혀 없었다.

"노래해요, 넨코!" 우크라이나인이 입을 열어 말했다. "이런 삶이니까요!"

그리고 안드레이는 노래했고 그의 목소리가 모든 다른 소리를 덮어 버렸다. 어머니는 안드레이를 따라갔는데, 갑자기 발을 헛디뎌 바닥 없는 심연으로 빠르게 떨어졌고 심연은 어머니를 삼키며 공포에 질려 비명을 질렀다.

어머니는 오한에 떨며 깨어났다. 마치 누군가의 털투성이 손이 어머니의 심장을 움켜잡고 못되게 가지고 놀면서 조용히 심장을 누르는 것 같았다. 공장 사이렌 소리가 일하러 오라고 끈질기게 울렸고 어머니는 벌써 두 번째 사이렌 소리일 것이라고 짐작했다. 방 안에는 책과 옷이 어지러이 흩어져 있었다 ─ 모든 것이 밀려나고 찢어졌으며, 방바닥은 짓밟혀 있었다.

어머니는 일어나 몸을 씻지 않고 신에게 기도드리지도 않고 방을 치우기 시작했다. 부엌에서 붉은 천 조각이 달린 나무 막대가 어머니의 눈에 들어왔다. 어머니는 거칠게 그것을 손에 들어 화덕에 쑤셔 넣으려다가, 한숨을 쉬고 막대에서 깃발 조각을 벗겨 조심스럽게 그 붉은 천 조각을 접어 주머니에 숨기고 깃대는 무릎에 대고 꺾어서 화덕 옆에 던져 놓았다. 그런 뒤 찬물로 창문과 바닥을 닦고 사모바르를 앉히고 겉옷을 입었다.˙ 어머니는 부엌 창가에 앉았고 다시 그 질문이 떠올랐다.

"이제 어쩌면 좋지?"

아직 기도하지 않았다는 사실을 떠올린 어머니는 창가에서 일어나 성화 앞으로 가서 몇 초간 서 있다가 다시 앉았다 — 마음속이 텅 비어 있었다.

이상하게 조용했다 — 어제 거리에서 그렇게 소리 지르던 많은 사람이 오늘은 집집마다 숨어서 말없이 유별난 하루에 대해 생각하고 있는 것 같았다.

갑자기 어머니는 젊은 시절 보았던 그림을 떠올렸다. 지주인 자우사일로프 집안의 오래된 공원에 큰 연못이 있었고 수련이 빽빽이 자라 있었다. 회색 가을날에 어머니는 연못 옆을 지나다가 그 한중간에 떠 있는 나룻배를 보았다. 연못은 어둡고 조용했으며 나룻배는 마치 검은 물 위에 풀로 붙이고 노란 낙엽으로 슬프게 장식한 것 같았다. 키도 노도 없이, 죽은 나뭇잎 한가운데 잔잔한 물 위에 움직이지 않는 그 나룻배에서는 깊은 슬픔과 알 수 없는 괴로움이 흘러나왔다. 그때 어머니는 연못가에 오랫동안 서서, 누가 저 나룻배를 연못가에서 밀어냈을까, 왜? 하고 생각했다. 그날 저녁에 어머니는 자우사일로프 집 마름의 아내가 연못에 빠져 죽었다는 사실을 알았다. 검은 머리카락이 언제나 흐트러져 있고 걸음이 빠른 조그만 여자였다.

어머니는 얼굴을 손으로 쓰다듬었고 어머니의 생각은 어제의 여러 기억 쪽으로 떨리며 흘러갔다. 그 기억들에 사로잡혀 어머니는 식은 찻잔에 시선을 고정한 채 오랫동안 앉아 있었고 어머니의 마음 깊은 곳에서는 누군가 현명하고 단순한 사람을 만나 많은 것을 물어보고 싶다는 소망이 타오르기 시작했다.

그리고 마치 어머니의 소망에 답하듯 점심시간이 지난 뒤에 니콜라이 이바노비치가 찾아왔다. 그러나 어머니는 그를 보았을 때 갑자기 전율에 휩싸여 그의 인사에도 대답하지 않고 조용히 말했다.

"에구, 선생님, 오늘 괜히 찾아오셨네요! 조심스럽지 못해요! 사람들한테 들키면 끌려갈 텐데……."

어머니의 손을 꽉 쥐고 악수한 그는 안경을 고쳐 쓰고 얼굴을 어머니에게 가까이 숙이며 서두르는 어조로 설명했다.

"아시는지 모르겠지만, 저는 파벨하고 안드레이하고 약속을 했어요. 만약에 둘이 체포되면 다음 날 제가 어머님을 도시로 피신시키기로 했습니다!" 그는 다정하고 근심스럽게 말했다. "수색당하셨어요?"

"당했죠. 전부 뒤지고 끄집어냈어요. 그 사람들은 수치도 양심도 없어요!" 어머니가 외쳤다.

"그들이 왜 수치스러워하겠어요?" 니콜라이 이바노비치가 어깨를 으쓱하며 말하고는 어머니가 왜 도시에 가서 살아야 하는지 이야기하기 시작했다.

어머니는 상냥하게 걱정하는 목소리를 들으며 창백한 미소를 띠고 그를 바라보면서 그의 설명을 이해하지 못한 채 이 사람에 대한 다정한 신뢰의 감정에 스스로 놀랐다.

"파샤가 그걸 원했다면." 어머니가 말했다. "그리고 저 때문에 불편하신 게 아니라면……."

그가 어머니의 말을 끊었다.

"그건 걱정하지 마세요. 저는 혼자 살고 가끔 누나가 찾아올 뿐입니다."

"공짜로 얻어먹진 않을 거예요." 어머니가 소리 내어 말했다.

"원하신다면 할 일이 나타나겠죠!" 니콜라이가 대답했다.

어머니에게 '할 일'이라는 관념은 이미 아들과 안드레이가 동지들과 하는 일이라는 발상과 끊을 수 없이 합쳐져 있었다. 어머니는 니콜라이에게 다가가 그의 눈을 들여다보고 물었다.

"나타날까요?"

"제 살림은 작고 저는 독신이라서……."

"그 얘기가 아니에요, 집안일이 아니고요!" 어머니가 조용히 말했다.

그리고 그가 자신을 이해하지 못했다는 사실에 상처 입었음을 느끼면서 어머니는 슬프게 한숨을 쉬었다. 그는 근시안으로 미소 지으며 생각에 잠겨 말했다.

"그러면 말입니다, 파벨을 면회 가셨을 때 신문을 부탁했던 그 농민분들 주소를 한번 알아보실 수······."

"저 알아요!" 어머니가 기쁘게 외쳤다. "찾아내서 말씀하시는 대로 다 할게요. 제가 금지된 걸 가지고 다닌다고 누가 생각이나 하겠어요? 공장에도 가지고 다녔어요 — 하느님께 감사할 일이지요!"

어머니는 갑자기, 어깨에 봇짐을 지고 손에는 지팡이를 들고 숲과 시골 마을을 지나 어디론가 떠나고 싶어졌다.

"니콜라이 이바노비치, 부탁이니 날 그 일에 꼭 끼워 주세요, 부탁할게요!" 어머니가 말했다. "어디든 갈게요. 모든 지역으로, 모든 길을 찾아낼 거예요! 겨울이든 여름이든 갈게요 — 무덤에 들어갈 때까지 — 순례자처럼요, 그것도 나쁜 운명은 아니잖아요?"

자신이 집 없는 순례자가 되어 시골 오두막의 창밖에 서서 그리스도를 위해 적선하라고 구걸하는 모습을 상상하자 어머니는 슬퍼졌다.

니콜라이가 어머니의 손을 조심스럽게 잡고 자신의 따뜻한 손으로 쓰다듬었다. 그런 뒤에 시계를 보고 그는 말했다.

"거기에 대해서는 나중에 얘기하지요!"

"친절하신 분!" 어머니가 외쳤다. "아이들이, 우리 심장의 가장 귀중한 조각이 자기들의 자유와 생명을 내놓고 기꺼이 죽어가는데, 어머니가 돼서 무슨 일인들 못 하겠어요?"

니콜라이의 얼굴이 창백해지더니 그가 상냥하고 주의 깊게 어머니를 쳐다보며 말했다.

"저는 말입니다, 그런 말을 처음 듣습니다……."

"제가 무슨 말을 할 수 있겠어요?" 슬프게 고개를 저으며 어머니가 말하고는 무기력한 몸짓으로 양팔을 벌렸다. "내가 어머니의 마음에 대해 이야기할 말을 제대로 가지고 있었다면……."

어머니는 가슴에서 자란 탓에 부족한 말의 뜨거운 압력으로 머리를 취하게 하는 힘에 떠밀려 일어섰다.

"그랬다면 울겠죠, 많은 사람이…… 심지어 악한 사람들, 양심 없는 사람들도……."

니콜라이도 일어서서 다시 시계를 보았다.

"그럼 결정된 겁니다. 도시의 저희 집으로 오시겠습니까?"

어머니는 말없이 고개를 끄덕였다.

"언제요? 빨리 오십시오!" 그가 부탁하면서 부드럽게 덧붙였다. "어머님이 걱정돼서 불안합니다, 정말로!"

어머니는 놀라서 그를 쳐다보았다 ─ 이 사람이 왜 나를 걱정할까? 고개를 숙이고 당황한 듯 웃으며 그는 단순한 검은 조끼를 입고 근시안답게 구부정하게 서 있었는데 그가 입은 모든 것이 남의 옷 같았다.

"돈이 있습니까?" 그가 눈을 내리깔고 물었다.

"아뇨!"

그는 주머니에서 재빨리 지갑을 꺼내 열고는 어머니에게 내밀었다.

"자, 이거 받아 주십시오……."

어머니는 자기도 모르게 웃음 짓고는 고개를 저으며 말했다.

"모든 것이 새로워요! 대가 없이 돈을 받는 것도요! 사람들은 돈 때문에 자기 영혼도 내놓는데 당신에게 돈은 이렇게 아무것도 아니군요! 마치 사람들에게 주려는 듯 가지고 있어요……."

니콜라이는 조용히 웃음을 터뜨렸다.

"무시무시하게 불편하고 불쾌한 물건이지요, 돈이란 게! 받는 것도 주는 것도 언제나 껄끄러워요……."

그는 어머니의 손을 잡고 힘주어 악수한 뒤 다시 한번 부탁했다.

"그럼 빨리 오십시오!"

그리고 언제나 그렇듯 그는 조용히 나갔다.

니콜라이 이바노비치를 배웅하면서 어머니는 생각했다.

'저렇게 착한데, 아까워하지도 않고…….'

그리고 어머니는 이해할 수 없었다 — 자신은 그게 불쾌한 걸까 아니면 그냥 놀라운 걸까?

2

　어머니는 니콜라이가 방문한 지 나흘 뒤에 그의 집으로 떠났다. 짐 궤짝 두 개를 실은 달구지가 마을을 떠나 들판으로 나아가자 어머니는 뒤를 돌아보고 갑자기, 자기 인생의 어둡고 힘든 시기를 보냈던, 그리고 하루하루를 빠르게 삼켜 버리는 새로운 괴로움과 기쁨으로 가득한 또 다른 삶이 시작된 이 장소를 영원히 떠난다는 느낌을 받았다.

　검은 재가 덮인 땅 위에 거대한 짙은 붉은색 거미처럼 공장이 뻗어 엎드린 채 하늘을 향해 굴뚝들을 높이 쳐들고 있었다. 그 옆에는 노동자들의 단층집들이 다닥다닥 붙어 있었다. 회색의 납작한 집들이 늪 가장자리에 빽빽한 덩어리가 되어 모여 있었고 조그맣고 흐린 창문으로 애처롭게 서로 쳐다보았다. 그 집들 위로 솟아오른 교회는 공장의 색깔 아래 똑같이 짙은 붉은색으로 보였고 종루는 공장 굴뚝들보다 낮았다.

어머니는 한숨을 내쉬고 목을 누르는 카디건 옷깃을 바로잡았다.

"걸어!" 마부가 말고삐를 흔들며 중얼거렸다. 그는 안짱다리에 나이를 알 수 없는 사람으로, 색 바랜 털이 드문드문 얼굴과 머리에 나 있었고 눈도 색깔이 바랜 것 같았다. 이쪽저쪽으로 몸을 흔들면서 마부는 달구지 옆에서 걸었고 오른쪽이든 왼쪽이든, 어디로 가든 상관하지 않겠다는 것이 명백했다.

"걸어!" 마부가 색 바랜 목소리로 말하고는 무거운 장화를 신은 안짱다리를 말라 버린 진흙에서 우스꽝스럽게 들어 올렸다. 어머니는 주위를 둘러보았다. 들판은 텅 비어 있었다, 마음속처럼……

음울하게 머리를 흔들면서 말은 햇볕에 달아오른 깊은 모래 속에 힘겹게 발을 디뎠고 모래는 조용히 바스락바스락 소리를 냈다. 윤활유를 제대로 바르지 않은 낡아 빠진 달구지는 삐걱삐걱 소리를 냈고 모든 소리가 먼지와 함께 뒤에 남았다.

니콜라이 이바노비치는 도시 변두리에, 인적 드문 거리의 조그만 녹색 별채에 살았는데 그 별채는 오래되어 부풀어 오른 2층짜리 어두운 집의 한옆에 떨어져 있었다. 별채 앞에는 온갖 식물을 빽빽이 심은 소정원이 있어서 라일락과 아카시아, 어린 포플러의 은빛 잎사귀들이 방 세 개짜리 별채의 창문 안을 다정하게 들여다보았다. 방 안은 조용하고 깨끗했고 바닥에는 나뭇잎 무늬 그림자가 말없이 떨고 있었으며 벽에는 책을 빽빽이 꽂은 책장들이 이어졌고, 엄격해 보이는 사람들의 초상화가 걸려 있었다.

"여기서 지내는 게 편하시겠습니까?" 니콜라이가 한쪽 창문은 소정원으로, 다른 창문은 잔디가 짙게 자라난 마당으로 향한 크지 않은 방으로 어머니를 안내하며 물었다. 그 방도 마찬가지로 사방 벽이 책을 가득 채운 책장과 책꽂이로 덮여 있었다.

"저는 부엌이 더 좋겠어요!" 어머니가 말했다. "부엌은 밝고 깨끗하니까⋯⋯."

어머니는 니콜라이가 뭔가에 겁먹는 것 같다고 느꼈다. 그리고 그는 당황한 듯 어머니에게 부엌은 안 된다며 설득하기 시작했고 어머니가 동의하자 곧바로 명랑해졌다.

세 개의 방 모두 뭔가 특별한 공기로 가득했다 ― 숨 쉬기 편하고 쾌적했으나 목소리는 자기도 모르게 낮추게 되었고, 벽에서 내려다보는 초상화 속 사람들의 평화로운 사색을 방해할까 봐 큰 소리로 말하고 싶지 않게 되었다.

"꽃에 물을 줘야겠네요!" 어머니가 창가에 놓아둔 화분의 흙에 손가락을 넣어 보며 말했다.

"네, 네!" 집주인이 미안한 듯 말했다. "제가 말입니다, 꽃을 좋아하긴 하지만 돌볼 시간이 없어서⋯⋯."

니콜라이를 관찰하면서 어머니는 그가 자신의 집 안에서도 주위를 둘러싼 모든 것이 멀고 낯선 듯 조심스럽게 걸어 다닌다는 사실을 알았다. 그는 바라보려는 물체에 얼굴을 바짝 가까이 대고 오른손의 가느다란 손가락으로 안경을 바로잡고는 눈을 가늘게 뜨며 자신에게 흥미를 불러일으키는 대상에게 말 없는 질문들을 보냈다. 가끔 손에 물건을 집어 들어 얼굴에 가져다 대고 눈으로 꼼꼼하게 훑었다 — 그는 마치 어머니와 함께 방에 처음 들어왔고 어머니처럼 이곳의 모든 것이 알지 못하고 익숙하지 못한 물건들이라 느끼는 것 같았다. 니콜라이의 그런 모습을 보면서 어머니는 곧바로 이 방 안이 자기가 있을 곳이라고 느꼈다. 어머니는 니콜라이를 따라 돌아다니며 무엇이 어디에 있는지 눈여겨보았고 생활 방식에 대해 질문했다. 그러면 그는 자신이 모든 일을 해야 하는 방식대로 하지 못하고 있지만 달리 어찌해야 할지 모른다는 사실을 알고 있는 사람의 미안해하는 어조로 어머니에게 대답했다.

꽃에 물을 주고 피아노 위에 마구 내던져진 악보를 추려서 정리한 뒤 어머니는 사모바르를 바라보고 말했다.

"닦아야겠네요……."

니콜라이가 흐릿한 금속 표면을 손가락으로 문지르고는 손가락을 코끝에 가져가서 진지하게 바라보았다. 어머니는 다정하게 웃었다.

잠자리에 누워 하루를 되돌아보고 어머니는 놀란 듯 베개에서 고개를 들어 주위를 둘러보았다. 평생 처음으로 어머니는 남의 집에 와 있었지만, 그것이 부끄럽지 않았다. 어머니는 보살펴 주려는 마음으로 니콜라이를 위해 모든 것을 더 좋게 만들고 그의 삶에 뭔가 다정하고 따뜻한 것을 놓아 주고 싶은 소망을 느꼈다. 니콜라이의 어색함과 우스꽝스러운 서투름, 평범한 것을 낯설어하는 그의 거리감과 빛나는 눈에 담긴 현명한 아이 같은 눈빛이 어머니의 마음에 와닿았다. 그 뒤에 어머니의 생각은 도로 튀어서 아들에게로 돌아갔고, 또다시 어머니 앞에는 온통 새로운 소리들의 옷을 입고 새로운 의미의 날개를 단 5월 1일의 하루가 펼쳐졌다. 그날 전체가 그렇듯이 그날의 괴로움 또한 특별했다 — 그것은 둔중한 주먹처럼 귀가 먹먹해지도록 내리쳐서 고개를 땅으로 숙이게 하지 않고 여러 개의 바늘로 심장을 뚫고 그 안에 조용한 분노를 불러일으켰으며 구부러진 등을 곧추서게 했다.

'아이들이 세상에 나아가지.' 어머니는 밤의 도시에서 펼쳐지는 알지 못하는 소리들에 귀를 기울이며 생각했다. 그 소리들은 열린 창문으로 기어 들어오고 소정원의 나뭇잎들을 흔들었으며 지치고 창백한 채 먼 곳에서 날아 들어와 방 안에서 조용히 죽어 갔다.

아침 일찍 어머니는 사모바르를 청소하고 불을 붙이고 소리 없이 찻잔과 접시를 차리고 부엌에 앉아 니콜라이가 잠에서 깨기를 기다렸다. 기침 소리가 들리고 그가 한 손에 안경을 들고 다른 손으로는 목을 감싸면서 들어왔다. 그의 인사에 대답하고 어머니는 사모바르를 방으로 가져왔다. 그는 세수를 하면서 바닥에 물을 튀기고 비누와 칫솔을 떨어뜨리고 푸득푸득 소리를 냈다.

차를 마신 뒤에 니콜라이는 어머니에게 이야기했다.

"저는 젬스트보*에서 아주 슬픈 일을 하고 있어요. 우리 농민들이 파산하는 과정을 관찰하지요……."

그리고 미안한 듯 웃으면서 설명했다.

"사람들은 배고픔에 시달리다 제명을 못 채우고 일찍 무덤에 들어가고 아이들은 약하게 태어나서 가을 파리처럼 죽어요. 우리는 이걸 모두 알고 불행의 원인도 아는데 그런 걸 바라보면서 월급을 받지요. 그리고 계속 아무 일도 일어나지 않아요, 솔직히 말해서⋯⋯."

"당신은 무슨 일을 하세요, 대학생인가요?" 어머니가 물었다.

"아뇨, 선생입니다. 우리 아버지는 뱟카'에서 공장장으로 있고 저는 선생이 되었지요. 하지만 시골에서 저는 농민들에게 책을 나눠 주다가 그 일로 감옥에 갇혔어요. 감옥에서 나와 서점 관리인으로 일했지만 조심스럽지 못하게 행동하다가 또다시 감옥에 들어갔고 그 뒤에는 아르한겔스크'로 유배를 갔어요. 거기서도 저는 주지사하고 다퉈 백해 해안에 있는 조그만 마을로 쫓겨 가 거기서 5년간 살았죠."

그의 이야기는 햇빛으로 가득한 밝은 방 안에서 평온하고 차분하게 들렸다. 어머니는 이런 이야기를 이미 많이 들었지만 조금도 이해할 수 없었다 — 어째서 이런 일들을 마치 피할 수 없는 것을 대하듯이 평온하게 이야기하는 걸까?

"우리 누나가 오늘 올 거예요!" 그가 알려 주었다.

"결혼했나요?"

"과부예요. 남편은 시베리아로 유형을 갔다가 거기서 탈출했는데 외국에서 폐병으로 2년 전에 죽었어요⋯⋯."

"나이 차이가 어떻게 돼요?"

"저보다 여섯 살 많아요. 저는 누나한테 크게 신세지고 있어요. 누나가 연주하는 걸 꼭 들어 보세요! 이건 누나 피아노예요. 여기엔 누나 물건들이 많아요. 제 물건은 책뿐이죠……."

"그럼 누님은 어디에 살아요?"

"모든 곳에서요!" 그가 웃으며 대답했다. "용감한 사람이 필요한 곳이면 누나는 어디든 가요."

"같이 이 활동에 참여하나요?" 어머니가 물었다.

"물론이죠!" 그가 말했다.

니콜라이는 곧 출근했고 어머니는 사람들이 매일매일 끈기 있고 평온하게 하고 있는 '이 활동'에 대한 생각에 잠겼다. 그리고 어머니는 자기 앞에 있는 사람들에 대해 마치 한밤의 산을 마주 대했을 때와 같은 느낌을 받았다.

정오 무렵에 검은 옷을 입은 키가 크고 날씬한 숙녀가 찾아왔다. 어머니가 문을 열어 주자 숙녀는 조그만 노란색 여행 가방을 바닥에 내던지고 재빨리 블라소바의 손을 잡으면서 물었다.

"파벨 미하일로비치의 어머님이죠, 맞죠?"

"그래요." 어머니가 숙녀의 화려한 옷차림에 주눅이 들어 대답했다.

"이런 분일 거라고 혼자 상상했어요! 동생이 편지를 보내 어머님이 집에서 지내실 거라고 알려 줬어요!" 숙녀가 거울 앞에서 모자를 벗으며 말했다. "우리는 파벨 미하일로비치하고 오래전부터 친구예요. 그가 어머님 얘기를 해 줬어요."

숙녀의 목소리는 낮은 편이었고 말을 천천히 했지만 동작은 힘차고 빨랐다. 커다란 회색 눈동자가 젊고 선명하게 미소 지었지만 관자놀이에는 가느다란 주름이 빛나는 듯 보였고 조그만 조가비 같은 귀 위에서는 센 머리카락이 은빛으로 반짝였다.

"배가 고파요!" 그녀가 말했다. "커피 한잔 마셨으면⋯⋯."

"내가 지금 끓여 줄게요!" 어머니가 대답하고 찬장에서 커피 도구를 꺼내면서 조용히 물었다. "그런데 파샤가 정말로 제 얘기를 했나요?"

"많이요⋯⋯."

숙녀는 조그만 가죽 담뱃갑을 꺼내 담배를 피워 물고는 방 안을 걸어 다니면서 물었다.

"아드님 때문에 많이 걱정되세요?"

커피 주전자 아래에서 알코올램프의 푸른 불꽃이 혓바닥처럼 떨리는 모습을 지켜보며 어머니는 미소 지었다. 숙녀 앞에서 주눅 들었던 마음은 깊은 기쁨 속에 사라졌다.

'그러니까 파벨이 내 얘기를 하는구나, 착한 내 아들!' 어머니는 생각했고 천천히 숙녀에게 말했다.

"물론 쉽진 않지요. 하지만 전에는 더 심했어요. 이제는 그 애가 혼자가 아니라는 걸 알아요⋯⋯."

그리고 숙녀의 얼굴을 바라보면서 어머니는 물었다.

"성함이 어떻게 되세요?"

"소피야예요!" 그녀가 대답했다.

어머니는 주의 깊게 그녀를 들여다보았다. 이 여성에게는 어딘가 굉장히 폭넓고 지나치게 담대하고 서두르는 면이 있었다.

재빨리 커피를 들이켜고 그녀는 확신에 차서 말했다.

"중요한 건 그들 모두가 감옥에 오래 있지 않게 재판을 빨리하면 좋겠다는 거예요! 그리고 유배를 가게 되면 우리가 즉시 파벨 미하일로비치의 탈출을 계획할 거예요. 그는 이곳에 꼭 필요한 존재니까요."

어머니는 믿을 수 없다는 듯 소피야를 쳐다보았고 소피야는 담배꽁초를 어디다 버려야 할지 눈으로 찾다가 화분의 흙 속에 밀어 넣었다.

"그러면 꽃이 망가져요!" 어머니가 기계적으로 말했다.

"죄송해요!" 소피야가 말했다. "니콜라이도 항상 저한테 그렇게 말해요!" 그리고 화분에서 꽁초를 꺼내 창밖으로 던졌다.

어머니는 주눅이 들어 소피야의 얼굴을 바라보고는 미안해하며 말했다.

"용서하세요! 생각하지 않고 그냥 말해 버렸네요. 제가 당신을 가르칠 주제가 되겠어요?"

"제가 지저분하면 가르쳐야지 왜 못 가르치시겠어요?" 소피야가 어깨를 으쓱하고 대답했다. "커피 다 됐나요? 감사합니다! 그런데 찻잔이 왜 하나예요? 어머니는 안 드세요?"

그리고 그녀는 갑자기 어머니의 어깨를 잡더니 자기 쪽으로 끌어당겨 눈을 들여다보고 놀란 듯이 물었다.

"설마, 어려워하시는 건가요?"

어머니가 미소 지으며 대답했다.

"제가 방금 꽁초 함부로 버리지 말라고 잔소리했는데 저한테 어려워하는 거냐고 물으시네요!"

그리고 어머니는 자신의 놀람을 감추지 않고 마치 질문하듯이 말했다.

"어제 이 댁에 도착해 마치 자기 집처럼 행동하면서 아무것도 겁내지 않고, 말하고 싶은 대로 말하고 있어요……."

"그렇게 하셔야죠!" 소피야가 외쳤다.

"머리가 어지러워요. 그리고 내가 낯설어요." 어머니가 말을 이었다. "예전에는 어떤 사람 옆에서 한참 돌아다닌 뒤에야 깊은 얘기를 하곤 했는데 지금은 마음이 언제나 열려 있고 예전에는 생각도 못 했을 얘기를 곧바로 해 버리곤 해요……."

소피야는 또다시 담배를 피워 물고 회색 눈으로 어머니의 얼굴을 다정하게 말없이 바라보았다.

"탈출을 계획한다고 하셨죠? 저, 그러면 그 애가 어떻게 살게 될까요, 탈주자가 되면?" 어머니가 걱정스러운 점에 대해 질문했다.

"그건 아무것도 아니에요!" 소피야가 자기 잔에 커피를 더 따르면서 대답했다. "수십 명의 탈주자들이 하듯이 그렇게 살게 되죠……. 제가 지금 방금 그런 사람을 만나서 안내해 줬는걸요. 그 사람도 아주 값진 인물이에요. 5년 유배형을 받았는데 유배지에서는 석 달 반 살았죠……."

어머니는 뚫어지게 소피야를 바라보다가 미소를 짓고 고개를 흔들면서 조용히 말했다.

"아니, 분명히 그날 나는 어디가 망가진 거예요. 5월 1일 말이에요! 왠지 어색하고 마치 두 개의 길을 한꺼번에 가고 있는 것 같아요. 한편으로는 내가 모든 걸 이해하는 듯하다가도 갑자기 안개 속에 떨어진 것 같아요. 지금 여기 당신도요, 숙녀분이 이런 활동을 하시고…… 파샤를 알고, 그를 높이 평가하고, 감사해요……."

"뭐, 그거야 제가 더 어머님께 감사하죠!" 소피야가 웃음을 터뜨렸다.

"뭐가요, 저요? 제가 그 애한테 그걸 가르친 게 아닌데요!" 한숨을 쉬고 어머니가 말했다.

소피야는 꽁초를 커피 잔 받침에 놓으며 고개를 저었다. 그 바람에 그녀의 금빛 굵은 머리채가 등에 흩어졌다. 그녀는 이렇게 말하고 일어서서 나갔다.

"저는 이 모든 위대한 걸 벗어 버릴 때가 됐어요……."

3

저녁 무렵에 니콜라이가 돌아왔다. 저녁 식사 자리에서 소피야가 웃음을 터뜨리며 유배에서 도주한 사람을 자신이 어떻게 만나서 숨겨 주었는지, 모든 사람이 다 밀정처럼 보일 정도로 밀정이 얼마나 두려웠는지, 탈주한 사람이 얼마나 우스꽝스럽게 행동했는지를 이야기했다. 그 어조에서 어머니는 뭔가 어려운 일을 잘 해내고 만족해서 자랑하는 노동자가 연상되었다.

소피야는 쇠 색깔의 가볍고 넓은 드레스를 입고 있었다. 그 옷을 입으니 그녀의 키가 더 커진 것 같았고 눈동자가 더 짙어진 것 같았으며 동작은 더 차분해졌다.

"소피야 누나." 니콜라이가 식사 후에 말을 꺼냈다. "또 일을 해 줘야겠어. 우리가 시골에 보낼 신문을 내기 시작한 거 누나도 알지. 그런데 최근에 사람들이 체포되면서 그쪽 마을하고 연락이 끊어졌어. 여기 펠라게야 닐로브나만이 신문 배포 일을 맡아 줄 사람을 알고 있어. 누나가 펠라게야 닐로브나하고 같이 그쪽으로 좀 가 줘. 빨리 가야 돼."

"좋아!" 담배를 피우면서 소피야가 말했다. "갈까요, 펠라게 야 닐로브나?"

"그거야, 가죠……."

"멀어요?"

"80베르스타 정도 돼요……."

"훌륭하군요! 그런데 지금 저는 연주를 좀 할게요. 어떠세요, 펠라게야 닐로브나, 음악을 좀 참아 주실 수 있으세요?"

"저한테 물어보지 마세요, 저는 여기 없다고 생각하세요!" 어 머니가 소파 끝에 앉으면서 말했다. 어머니는 남동생과 누나가 자신에게 주의를 기울이지 않는 것 같으면서도 또 동시에 자신 이 계속해서 언급되어 자기도 모르게 그들의 대화에 끼어들게 되는 것을 알았다.

"자, 들어 봐, 니콜라이! 이건 그리그야. 내가 오늘 가져온 거 야……. 창문 닫아 줘."

그녀는 악보를 펼치고 왼손으로 강하지 않게 피아노의 건반 을 눌렀다. 건반이 촉촉하고 짙게 노래하기 시작했다. 풍성한 소리를 담은 또 다른 음조가 깊은 한숨을 쉬고 나서 그들을 향해 쏟아졌다. 오른손 손가락 아래서 피아노 건반의 이상하게 투명 한 외침들이 밝게 부딪치며 전율하는 무리를 이루어 날아올라 어둡고 낮은 음조들을 배경으로 겁먹은 새들처럼 흔들리고 떨 렸다.

처음에 어머니에게는 이런 소리들이 와닿지 않았고 단지 땡땡거리는 혼란만 들릴 뿐이었다. 어머니의 귀는 복잡하게 전율하는 수많은 음들 속의 곡조를 잡아낼 수 없었다. 반쯤 졸면서 어머니는 니콜라이가 넓은 소파의 다른 쪽 끝에 다리를 웅크리고 앉아 있는 모습을 보았고 소피야의 엄격한 옆얼굴과 금발의 무거운 숱에 가려진 그녀의 머리를 보았다. 햇빛이 처음에는 소피야의 머리와 어깨를 따뜻하게 비추다가 나중에는 피아노 건반에 내려앉아 그녀의 손가락 아래에서 떨렸고 손가락을 껴안았다. 음악이 방 안을 점점 더 농밀하게 채우면서 어머니가 알지 못하는 사이에 어머니의 심장을 깨웠다.

그리고 어째서인지 어머니 앞에 과거의 어두운 동굴에서 나온, 잊어버렸으나 지금은 쓰디쓴 선명함으로 되살아난 모욕이 나타났다.

어느 날 지금은 고인이 된 남편이 밤늦게 집에 돌아왔고 몹시 취한 채로 어머니의 팔을 잡아 침대에서 바닥으로 내던지고는 발로 옆구리를 걷어차며 말했다.

"여기서 나가, 개 같은 것, 넌 이제 지겨워!"

어머니는 남편의 발길질에서 자신을 보호하기 위해 두 살 된 아들을 재빨리 팔에 안고 무릎을 꿇고 아들의 몸을 마치 방패처럼 사용해 자기 몸을 가렸다. 아들은 어머니의 팔에 안겨 겁먹고 헐벗은 따뜻한 몸을 버둥거리며 울었다.

"나가!" 미하일이 으르렁거렸다.

어머니는 벌떡 일어서서 부엌으로 달려가 어깨에 카디건을 두르고 아이를 숄에 감싼 뒤 말없이, 소리 지르거나 불평하지도 않고 맨발인 채 몸에는 긴 상의와 카디건만 걸치고 거리로 나왔다. 5월이었고 밤은 신선했으며 거리의 먼지가 차갑게 발에 와 닿으며 발가락 사이로 파고들었다. 아이는 울며 버둥거렸다. 어머니는 아들을 자기 몸에 바짝 대고 겁에 질려 거리를 걸으면서 조용히 자장가를 불렀다.

"오-오-오…… 오-오-오……!"

어머니는 날이 밝았을 때 누군가 거리로 나와서 반쯤 벗은 자신을 보게 되는 순간을 기다리는 것이 무섭고 부끄러웠다. 어머니는 늪 쪽으로 내려가 어린 사시나무들이 빽빽하게 모여 있는 쪽 아래의 땅에 앉았다. 그리고 어머니는 그렇게 밤에 감싸인 채 움직이지 않고 크게 뜬 눈으로 어둠 속을 바라보면서 잠든 아이와 상처 입은 자신의 마음에 자장가를 불러 주며 겁에 질려 노래했다.

"오-오-오…… 오-오-오…… 오-오-오……!"

그곳에 앉아서 보내는 동안 어느 순간 어머니의 머리 위로 검은 새가 어른거리다가 멀리 날아갔다 — 그 새가 어머니를 깨웠고 일어서게 했다. 어머니는 추위에 떨면서 익숙한 폭력의 공포와 새로운 모욕을 향해 집으로 돌아갔다.

마지막으로 낮게 진동하는 화음이 한숨을 쉬었고, 무심하고 차가운 그 화음은 한숨을 쉬더니 조용해졌다.

소피야가 몸을 돌려 동생에게 작은 소리로 물었다.

"마음에 들어?"

"아주!" 그가 마치 잠에서 깨어난 듯 몸을 떨고는 대답했다.
"아주 좋아⋯⋯."

어머니의 마음속에서 기억의 메아리가 노래하고 떨쳤다. 그리고 어딘가 한옆에서 생각이 펼쳐졌다.

'봐라 ─ 사람들은 이렇게도 살아가지, 사이좋게, 평온하게. 욕하지 않고 보드카를 마시지도 않고 별것 아닌 일로 말다툼도 하지 않아⋯⋯. 검은 삶을 살아가는 사람들과는 달라⋯⋯.'

소피야는 담배를 피웠다. 그녀는 끊임없이 담배를 피웠다.

"이건 고인이 된 코스탸가 좋아하던 거야!" 그녀가 황급히 연기를 뿜어내며 말하고는 새로이 조그맣고 슬픈 화음을 짚었다. "그에게 연주해 주는 걸 내가 참 좋아했는데. 그는 아주 민감하고 모든 것에 공감했어, 모든 면에서 완벽하고⋯⋯."

'분명 남편을 떠올리는 거야.' 어머니가 단숨에 눈치챘다. '그런데 미소 짓네⋯⋯.'

"그 사람이 내게 얼마나 많은 행복을 주었는지⋯⋯." 소피야가 자신의 생각을 피아노 건반의 가벼운 소리로 반주하며 조용히 말했다. "인생을 사는 법을 얼마나 잘 알았는지⋯⋯."

"그래-애!" 니콜라이가 짧은 턱수염을 손가락으로 빗으며 말했다. "노래하는 영혼이었지!"

소피야가 피우던 담배를 어디론가 던져 버리고 돌아서서 어머니에게 물었다.

"제가 시끄럽게 하는 게 거슬리진 않으시죠, 그렇죠?"

어머니는 숨길 수 없는 짜증을 담아 대답했다.

"저한테 묻지 마세요, 전 아무것도 이해 못 해요. 그냥 앉아서 듣고 저 자신에 대해 생각할 뿐이에요……."

"아뇨, 어머님은 분명히 이해하실 거예요!" 소피야가 말했다. "여자는 음악을 이해하지 못할 수가 없어요, 특히나 슬플 때는……."

그녀는 건반을 세게 내리쳤고 마치 누군가 자신에게 무시무시한 소식을 들었을 때처럼 커다란 비명 소리가 울려 퍼졌다 — 그녀가 마음의 건반을 내리쳐 그 충격적인 소리를 터져 나오게 한 것이다. 어린 목소리들이 겁먹은 듯 떨렸고 정신없이 서둘러 어딘가로 달려갔다. 또다시 분개한 커다란 목소리가 고함쳐서 모든 것을 덮쳤다. 분명 불행한 일이 생겼지만 불평이 아니라 분노에 생기를 부여한 것이다. 그런 뒤에 누군가 상냥하고 강한 사람이 나타나 단순하고 아름다운 노래를 설득하듯, 자신을 따르라고 호소하듯 불렀다.

어머니의 심장은 이 사람들에게 뭔가 좋은 말을 해 주고 싶은 열망으로 넘쳤다. 어머니는 음악에 취해 니콜라이와 소피야를 위해서 자신이 뭔가 필요한 일을 할 능력이 있다고 느끼며 미소 지었다.

그리고 무슨 일을 할 수 있는지 눈으로 찾다가 어머니는 사모바르를 준비하려고 조용히 부엌으로 갔다.

하지만 그 열망은 어머니의 마음에서 사라지지 않았고 차를 따르면서 어머니는 쑥스러운 듯 웃으며, 마치 그들과 자기 자신에게 똑같이 나눠 주는 따뜻하고 부드러운 말들로 자신의 심장을 닦아 내듯이 말했다.

"우리는 검은 삶을 사는 사람들이에요. 모든 걸 느끼지만 그걸 말로 하기는 힘들어요, 부끄러워서. 이렇게 이해하지만 말할 수 없다는 게 말이에요. 그리고 자주 부끄러워서, 우리는 우리 생각에 화를 내요. 인생은 사방에서 때리고 찌르고, 쉬고 싶고. 그런데 생각이 방해가 돼요."

니콜라이는 안경을 닦으며 귀를 기울였고 소피야는 꺼져 버린 담배를 피우는 것도 잊은 듯 커다란 눈을 더 크게 뜨고 바라보았다. 소피야는 피아노 앞에 앉아 니콜라이와 어머니가 앉은 소파 쪽으로 반쯤 몸을 돌린 채였고 가끔 오른손의 가느다란 손가락으로 건반을 조용히 건드렸다. 어머니는 단순하고 마음이 깊이 담긴 말들에 성급하게 감정의 옷을 입혔고 피아노의 화음이 그런 어머니의 말에 조심스레 섞여 들었다.

"저는 이렇게 지금에야 저 자신에 대해서, 사람들에 대해서 어떻게든 이야기할 수 있게 됐어요. 왜냐하면 이해하기 시작했고 비교할 수 있으니까요. 예전에는 살면서 비교할 게 없었어요. 우리 같은 사람들은 모두 다 똑같이 살거든요. 그런데 지금은 다른 사람들이 어떻게 사는지 보고, 저 자신이 어떻게 살았는지 떠올리니까 괴롭고 힘들어요!"

어머니는 목소리를 낮추어 말을 이었다.

"어쩌면 제가 잘못 말하고 있거나, 두 분도 이미 다 알고 계시는 일인데 필요 없는 말을 하고 있는지도 몰라요……."

어머니의 목소리에 울음이 섞였고, 눈에 미소를 띠고 두 사람을 바라보면서 어머니는 말했다.

"그래도 두 분께 마음을 열고 싶었어요. 제가 두 분께 행복하고 좋은 일을 바라고 있다는 걸 아셨으면 해서요!"

"우리도 알아요!" 니콜라이가 조용히 말했다.

어머니는 열망을 충분히 채울 수 없어 또다시 그들에게, 자신이 새롭다고 느낀 것과 한없이 중요해 보이는 것이 무엇인지 이야기했다. 모욕당하고 고생을 참으며 살아온 자신의 삶을 이야기했고 악의 없이, 유감스러운 미소를 입술에 띠고 슬픈 날들의 회색 뭉치들을 풀어냈으며 남편이 때린 일들을 헤아리고 때린 이유가 얼마나 하찮았는지 스스로 놀랐고 그런 폭력을 거부하지 못했던 자신의 무기력함에 스스로 놀랐다…….

두 사람은 모두에게 짐승처럼 여겨지고 자기 자신도 오랫동안 불평 없이 남들이 취급하는 대로 살아온 한 인간의 단순한 역사에 담긴 깊은 의미를 느끼며 말없이 어머니에게 귀를 기울였다. 수천 명의 삶이 어머니의 입을 통해 나오는 것만 같았다. 그녀가 살아온 일들은 모두 사소하고 단순했으나, 이 땅 위에서 수많은 사람들이 그렇게 단순하고 사소하게 살아왔으며 어머니의 이야기는 상징적인 의미를 띠었다. 니콜라이는 탁자에 팔꿈치를 얹고 손바닥으로 고개를 받친 채 안경 너머 긴장하여 가늘게 뜬 눈으로 어머니를 쳐다보며 움직이지 않았다. 소피야는 의자 등에 기댄 채 때때로 몸을 떨었고 싫은 듯이 고개를 저었다. 그녀의 얼굴은 더욱 홀쭉하고 창백해졌고 그녀는 담배를 피우지 않았다.

"어느 날 나는 내가 불행하다 생각했고 내 삶은 열병 같다고 느꼈어요." 그녀가 고개를 숙이고 조용히 말했다. "유배를 갔을 때였어요. 조그마한 현* 단위의 도시였는데 할 일도 없고 나 자신 외에는 생각할 거리도 없었어요. 할 일이 없어 내 불행을 전부 모아서 무게를 재어 보았죠. 아버지를 사랑했는데도 싸운 것, 고등학교에서 쫓겨나고 망신당한 것, 감옥, 가까웠던 동지의 배신, 남편이 체포당한 것, 또 감옥과 유배, 남편의 죽음. 그때 나는 가장 불행한 사람이 나인 것 같았어요. 하지만 내 불행을 전부 합쳐서 그 열 배를 더한다 해도 어머님의 삶 중에서 한 달만도 못해요, 펠라게야 닐로브나······ 매일매일 고문을 당하면서 몇 년이나 지낸 거잖아요······ 사람들은 고통을 견디는 힘을 어디서 얻죠?"

"익숙해지는 거죠!" 한숨을 쉬고 블라소바가 대답했다.

"난 내가 인생을 안다고 생각했어요!" 니콜라이가 생각에 잠겨 말했다. "하지만 인생에 대해서, 책도 아니고 여기저기 흩어진 내 기억도 아니고 이렇게 삶 자체를 말할 때면 무서워요! 자질구레한 일들도 무섭고, 사소한 일들, 순간순간들이 모여서 몇 년이 되는 것도 무서워요······."

대화는 흘러가고 자라나며 어두운 삶을 모든 면에서 붙잡고 훑어보았으며 어머니는 기억 속으로 깊이 파고들어 과거에 매일같이 당했던 모욕의 어스름에서 꺼낸 조각들로 어머니의 젊은 시절을 집어삼킨 말 없는 공포의 힘겨운 그림을 그려 냈다. 마침내 어머니가 말했다.

"아유, 내가 너무 많이 떠들었네요, 이제 쉬셔야죠! 모든 일을 다 얘기할 수는 없으니까요⋯⋯."

니콜라이와 소피야는 말없이 어머니에게 인사했다. 어머니는 니콜라이가 평소보다 더 깊이 고개 숙여 인사하고 더 힘주어 악수하는 것 같았다. 한편 소피야는 어머니를 방까지 데려다주고 문가에 서서 조용히 말했다.

"쉬세요, 안녕히 주무세요!"

그녀의 목소리는 따뜻하게 울렸고 회색 눈은 부드럽게 어머니의 얼굴을 쓰다듬었다.

어머니는 소피야의 손을 자신의 양손으로 감싸며 대답했다.

"고마워요⋯⋯!"

4

　며칠 뒤, 어머니와 소피야는 남루한 옷차림을 한 소지주 여성의 모습으로 니콜라이 앞에 나타났다. 날염한 면으로 만든 닳아빠진 드레스에 카디건을 입고 어깨에는 봇짐을 지고 손에는 지팡이를 들고 있었다. 옷차림 때문에 소피야의 키가 더 작아 보였고 창백한 얼굴은 더 엄격해 보였다.

　누나와 작별하면서 니콜라이는 손을 꽉 쥐어 악수했다. 어머니는 다시 한번 두 사람의 관계가 얼마나 단순하고 평온한지를 눈여겨보았다. 두 사람은 입 맞추지도 않고 다정한 말을 주고받지도 않았으나 그들은 마음을 쓰며 진심으로 서로를 대했다. 어머니가 살았던 곳에서 사람들은 입맞춤도 많이 하고 다정한 말도 자주 했지만 마치 배고픈 개처럼 언제나 서로 물어뜯었다.

　두 여성은 도시의 거리를 말없이 걸어서 들판으로 나와 두 줄로 늘어선 오래된 자작나무 사이의 넓고 잘 다져진 길을 어깨를 맞대고 걷기 시작했다.

"피곤하지 않겠어요?" 어머니가 소피야에게 물었다.

"내가 걸어 다닌 적이 별로 없다고 생각하세요? 이런 건 익숙해요……."

즐겁게, 마치 어린 시절에 쳤던 장난에 대해 자랑하듯 소피야는 어머니에게 자신의 혁명 활동을 이야기하기 시작했다. 그녀는 가명으로 살며 가짜 신분증을 사용하고 변장을 하고 밀정들의 눈을 피해 숨어 다니고 금지된 책들을 무더기로 여러 도시에 실어 나르고 유배당한 동지들의 탈출을 계획하고 그들을 외국으로 데리고 나가기도 했다. 그녀의 아파트에는 비밀 인쇄소가 설치돼 있었는데 헌병들이 이 사실을 알고 수색하러 나타나면 그녀는 그들이 도착하기 전에 때맞춰 하녀로 변장하고 나가다가 아파트 정문에서 이 손님들을 지나치고는 외투도 입지 않고 머리에는 가벼운 머릿수건을 쓰고 손에는 등유를 넣는 양철통을 든 채 한겨울의 강추위 속에 도시의 끝에서 끝까지 가로질렀다. 또 한 번은 그녀가 모르는 도시에 도착해서 지인들의 집을 찾아갔는데 그들의 아파트로 가는 계단을 올라가고 있을 때수색이 진행 중인 것을 눈치챘다. 다시 돌아가기엔 이미 늦었고 그래서 그녀는 대담하게 지인들의 집 한 층 아래에 있는 아파트 문의 초인종을 눌렀고 모르는 사람들 집에 여행 가방을 들고 들어가서 자기 상황을 솔직하게 설명했다.

"원하신다면 저를 신고하셔도 좋아요. 하지만 저는 그렇게 하지 않으실 거라고 생각해요." 그녀는 확고하게 말했다.

사람들은 잔뜩 겁먹었지만 그녀를 헌병들에게 신고하지 않기로 결정했고, 당장이라도 헌병들이 문을 두드릴 것이라 생각하며 밤새 한숨도 잠들지 못했으나 아침이 되자 그녀와 함께 헌병들을 비웃었다. 한번은 소피야가 수녀로 변장하고 자신을 뒤쫓던 밀정과 함께 같은 기차의 같은 객실에 타고 갔는데 밀정은 그녀에게 자신의 교묘함을 자랑하면서 자신이 어떻게 일하는지 들려주었다. 그는 소피야가 기차의 이등칸에 타고 있다고 확신하여 기차가 정차할 때마다 나가서 둘러보고는 돌아와서 그녀에게 말했다.

"안 보이는군요. 분명 잠들어 있는 거겠죠. 그들도 지치니까요, 우리처럼 힘든 인생이에요!"

어머니는 그녀의 이야기를 듣고 웃으며 다정한 눈으로 그녀를 바라보았다. 키 크고 마른 소피야는 날씬한 다리로 가볍고 확고하게 길을 걸었다. 그녀의 걸음과 말 속에, 나지막하지만 활기찬 목소리의 울림 속에, 그 곧은 몸매 전체에 충만한 정신적 건강과 명랑한 용기가 있었다. 그녀의 눈은 모든 것을 젊은이처럼 보았고, 어디에서든 젊은 기쁨으로 그녀를 즐겁게 하는 뭔가를 발견했다.

"저기 보세요, 얼마나 멋진 소나무예요!" 소피야가 나무를 가리켜 보이며 외쳤다. 어머니는 멈춰 서서 바라보았다. 소나무는 다른 나무들보다 크지도 무성하지도 않았다.

"멋진 나무예요!" 그녀가 웃으며 말했다. 어머니는 바람이 불어 그녀의 귓가에서 은빛 머리카락이 날아오르는 것을 보았다.

"종달새!" 소피야의 회색 눈이 다정하게 타올랐고 몸은 마치 밝고 높은 곳에서 알 수 없이 울려 퍼지는 음악을 맞이하려고 땅에서 떠오르는 것 같았다. 가끔 그녀는 유연하게 몸을 굽혀 들판의 꽃을 꺾은 뒤 가늘고 재빠른 손가락을 가볍게 움직여 떨리는 꽃잎을 사랑스럽다는 듯이 만졌다. 그리고 조용히 노래를 불렀다.

이 모든 것이 빛나는 눈을 가진 이 여성에게 마음이 더 끌리게 만들었으며 어머니는 걸음을 맞추려고 애쓰면서 자기도 모르게 그녀에게 가까이 다가갔다. 그러나 때때로 소피야의 말 속에 뭔가 날카로운 것이 느껴졌다. 어머니에게 그런 것은 없는 편이 나아 보였으며 불안한 생각을 불러일으켰다.

'소피야는 미하일의 마음에 들지 않을 거야…….'

그러나 다음 순간 소피야는 다시 소박하고 진실하게 말했고 어머니는 미소 지으며 그녀의 눈을 들여다보았다.

"당신은 아직도 젊어요!" 한숨을 쉬고 어머니가 말했다.

"오, 전 이미 서른두 살인걸요!" 소피야가 외쳤다.

블라소바는 미소 지었다.

"그 얘기가 아니에요. 얼굴만 보면 나이가 더 들었다고 생각할 수도 있어요. 하지만 당신의 눈을 보고 말하는 걸 들으면 심지어 놀라기도 해요, 마치 소녀 같아서요. 당신의 삶은 불안정하고 힘들고 위험하지만 당신의 심장은 웃고 있어요."

"난 힘들다고 느끼지 않고 이보다 더 좋고 더 흥미로운 삶은 상상할 수 없어요……. 저, 어머님을 닐로브나라고 부를게요,

펠라게야는 어머님께 어울리지 않아요."

"그래요!" 어머니가 생각에 잠겨 말했다. "마음 내키는 대로 부르세요. 계속 당신을 보고 당신의 말을 듣고 생각하고 있어요. 당신이 사람의 마음에 가닿는 걸 보는 게 즐거워요. 사람 속마음이 당신 앞에서는 부끄럼도 두려움도 없이 열리죠. 당신 앞에서 영혼이 스스로 활짝 문을 여는 거예요. 그리고 난 여러분 모두에 대해 생각해요 — 여러분은 삶의 악한 것들을 이겨 낼 거예요, 분명히 이겨 낼 거예요!"

"우리는 승리할 거예요. 왜냐하면 우리는 노동 민중과 함께니까요!" 소피야가 큰 소리로 확신에 차서 말했다. "노동 민중 안에 모든 가능성이 숨어 있고 그들과 함께라면 뭐든 이룰 수 있어요! 자유롭게 자랄 기회가 없었던 그들의 의식을 깨우기만 하면 돼요……."

그녀의 말은 어머니의 심장에 복잡한 감정을 불러일으켰다. 어머니는 왠지 소피야가 안됐다고 느꼈다. 그것은 깔보지 않는, 친구 같은 마음이었으며 그녀에게서 다른, 좀 더 단순한 말을 듣고 싶었다.

"이렇게 노력하면 누가 보상해 주나요?" 어머니가 조용히 슬프게 물었다.

소피야는 어머니가 느끼기에 자랑스러운 듯이 대답했다.

"우리는 이미 보상을 받았어요! 우리는 스스로 만족하는 삶을 찾았고 영혼의 모든 힘을 쏟으며 살아가니까요. 그것 말고 뭘 더 바라겠어요?"

어머니는 그녀를 쳐다보고 고개를 숙이며 다시 한번 생각했다. '그녀는 미하일의 마음에 들지 않겠어······.'

달콤한 공기를 가슴 한가득 들이마시며 두 사람은 빠르지는 않지만 익숙한 걸음으로 걸었고 어머니는 마치 순례를 하고 있는 것 같다고 느꼈다. 어린 시절과, 때때로 축일에 마을에서 나와 기적을 일으키는 성화를 보러 멀리 떨어진 수도원으로 갈 때 느꼈던 그 선한 기쁨을 떠올렸다.

가끔 소피야는 크지 않지만 아름다운 목소리로 하늘이나 사랑에 대한 새로운 노래를 부르거나, 갑자기 들판과 숲과 볼가강'에 대한 시를 읊었고 어머니는 미소를 짓고 들으면서 자기도 모르게 시에 내포된 음악에 자신을 맡기고 리듬에 맞추어 고개를 까딱거렸다.

어머니의 마음속은 마치 여름날 저녁의 조그맣고 오래된 정원처럼 따뜻하고 조용하고 생각에 잠겨 있었다.

5

사흘째 되는 날, 두 사람은 마을에 도착했다. 어머니는 들판에서 일하는 농군에게 타르 공장이 어디인지 물었고 두 사람은 곧 가파른 숲속 오솔길을 내려가고 있었다. 나무뿌리가 오솔길 위에 계단처럼 튀어나와 있었는데, 길은 작고 둥근 풀밭으로 이어졌고 풀밭에는 석탄과 톱밥이 흩어지고 타르가 덮여 있었다.

"자, 도착했어요!" 불안하게 주위를 둘러보면서 어머니가 말했다.

막대기와 나뭇가지로 지은 오두막 근처, 땅에 파 놓은 구덩이 속에 상자를 넣고 그 위에 다듬지 않은 판자 세 개를 얹어 만든 식탁에서 식사하는 사람은 르이빈이었는데 온몸이 까맣고 셔츠가 풀어져 있었고, 예핌과 또 다른 두 명의 청년이 함께 있었다. 르이빈이 먼저 다가오는 사람들을 보고는 손바닥을 눈에 가져다 대고 말없이 기다렸다.

"안녕하십니까, 미하일로 형제!" 어머니가 멀리서 외쳤다.

그는 일어서서 천천히 두 사람 쪽으로 걸어왔다. 곧 어머니를 알아보고 멈춰 서서는 웃음 지으며 까만 손으로 턱수염을 쓰다 듬었다.

"순례하고 있어요!" 어머니가 다가가면서 말했다. "한번 집에 들르게 해 주시면 좋겠어요, 형제여! 여긴 내 친구예요, 이름은 안나라고 해요……."

어머니는 방금 생각해 낸 말을 자랑스러워하며 곁눈질로 소피야의 진지하고 엄격한 얼굴을 엿보았다.

"안녕하시오!" 르이빈이 말하고는 음울하게 웃으며 어머니와 악수하고 소피야에게 고개 숙여 인사하고는 말을 이었다. "거짓 말하지 마세요, 여긴 도시가 아니니 거짓말은 필요 없어요! 전 부 우리 사람들이에요……."

예핌은 식탁에 앉아 두 순례자를 주의 깊게 쳐다보며 새된 목 소리로 동료들에게 뭔가 말했다. 여성들이 식탁에 다가가자 그 는 일어서서 말없이 고개 숙여 인사했고 그의 동료들은 마치 손 님들이 보이지 않는 듯 가만히 앉아 있었다.

"우리는 여기서 수도승처럼 삽니다!" 르이빈이 블라소바의 어깨를 가볍게 때리며 말했다. "아무도 우리를 찾아오지 않고 마을에는 주인도 없고 안주인은 병원에 실려 갔고 내가 관리자 같은 거요. 식탁 앞에 앉으시오들. 차나 먹을 거 드릴까? 예핌, 우유 좀 가져오지!"

서두르지 않고 예핌은 오두막으로 갔고 두 순례자는 등에 진

봇짐을 벗었다. 청년들 중에서 키 크고 마른 젊은이 한 명이 일어나 그들을 도와주었고, 다른 한 명은 땅땅한 체격에 머리가 덥수룩했는데 식탁에 기대 그들을 바라보며 머리를 빗으면서 조용히 노래를 흥얼거렸다.

타르의 무거운 향이 썩은 나뭇잎의 숨 막히는 냄새와 섞여 머리가 어지러웠다.

"여기 이 애는 야코프라고 하오." 키 큰 청년을 가리키며 르이빈이 말했다. "그리고 저 애는 이그나티이고. 그래, 댁의 아드님은 어떠시오?"

"감옥에 있어요!" 어머니가 한숨을 쉬고 말했다.

"또 감옥에?" 르이빈이 외쳤다. "거기가 마음에 드는 모양이군. 아무리 그래도……."

이그나티는 노래를 멈추었고 야코프가 어머니의 손에서 지팡이를 받으며 말했다.

"앉으세요!"

"아니, 왜 그러고 계시오! 앉으세요!" 르이빈이 소피야에게 권하자 그녀는 르이빈을 주의 깊게 쳐다보면서 나뭇등걸에 말없이 앉았다.

"언제 잡혀갔어요?" 르이빈이 어머니 맞은편에 앉아서 묻고는 고개를 흔들며 외쳤다. "운이 없군요, 닐로브나!"

"괜찮아요!" 어머니가 말했다.

"그래요? 익숙해졌소?"

"익숙해지진 않지만 어쩔 수 없다는 걸 아니까요!"

"그래요!"르이빈이 말했다. "그래, 이야기해 봐요……."

우유가 든 단지를 가져온 예핌이 어머니의 이야기를 주의 깊게 들으면서 식탁에서 찻잔을 내려 물로 헹구고는 그 찻잔에 우유를 따라 소피야에게 내밀었다. 그는 일을 할 때 소리 없이 조심스럽게 움직였다. 어머니가 자신의 이야기를 짧게 끝내자 모두 서로 쳐다보지 않은 채 한순간 침묵했다. 이그나티는 식탁 앞에 앉아 손톱으로 판자에 무언가를 그렸고 예핌은 르이빈 뒤에 서 있었으며 야코프는 나무 그루터기 쪽으로 몸을 숙이고 가슴에 양손을 모은 채 고개를 숙이고 있었다. 소피야는 농군들을 훔쳐보았다.

"그래-애!"르이빈이 천천히 음울하게 끌면서 말했다. "그렇게 된 거군, 공개적으로……!"

"우리도 만약에 그런 행진을 조직했다면……." 예핌이 말하고는 우울하게 웃었다. "죽도록 맞았을 거예요!"

"두들겨 패겠지!" 이그나티가 고개를 끄덕이며 동의했다. "아니, 나라면 행진하지 않고 공장에 갈 거야, 거기가 더 좋아……."

"파벨이 재판을 받을 거라고요?"르이빈이 물었다. "그러면 어떻게, 무슨 벌을 받게 됩니까, 들으셨소?"

"강제 노동이나 시베리아에 영원히 정착하는 거겠죠……." 어머니가 조용히 대답했다.

세 청년이 모두 한꺼번에 어머니를 쳐다보았고 르이빈은 고개를 숙이고 천천히 물었다.

"그러면 파벨은 그 일을 계획할 때 어떤 위험을 무릅써야 하는지 알고 있었습니까?"

"알았죠!" 소피야가 큰 소리로 말했다.

모두 침묵하며 움직이지 않고 마치 하나의 차가운 생각 속에 얼어붙은 것 같았다.

"그래!" 르이빈이 거칠고 진중하게 말했다. "나도 그 애가 알았을 거라고 생각해요. 그 애는 앞을 재어 보지 않고 무작정 뛰지 않으니까, 사람됨이 진지해서. 자, 이봐들, 봤나? 사람이 총검이 자기를 찌를 수도 있고 강제 노동 형벌을 받을 수 있다는 걸 알면서도 나섰다고. 그의 가는 길에 어머니가 드러누웠다면 아마 넘어서 갔을 거야. 닐로브나, 그 애가 어머니를 넘어서 갔을 거 같소?"

"넘어서 갔겠죠!" 부르르 떨며 어머니는 말하고 나서 무겁게 한숨을 쉬고 주위를 둘러보았다. 소피야가 말없이 어머니의 손을 쓰다듬으며 눈살을 찌푸리고 고집스럽게 르이빈을 쳐다보았다.

"그런 인물이지!" 그가 작은 소리로 말하고 검은 눈으로 모두를 둘러보았다. 그리고 다시 여섯 명은 침묵했다. 가느다란 햇살이 황금색 띠가 되어 공중에 걸려 있었다. 어디선가 까마귀가 확신에 찬 듯 울었다. 어머니는 5월 1일의 기억과, 아들과 안드레이에 대한 걱정으로 언짢아진 채 주위를 둘러보았다. 조그맣고 좁은 풀밭에 타르를 담았던 통들이 굴러다니고 뿌리 뽑힌 나뭇등걸들이 널려 있었다. 풀밭 주위를 빽빽이 둘러싼 참나무와 자작나무가 눈치채지 못하게 사방에서 풀밭을 향해 좁혀 왔고 움직이지 않는 그 정적에 묶인 채 나무들은 어둡고 따뜻한 그늘을 땅에 드리우고 있었다.

갑자기 야코프가 나무에서 몸을 떼어 한옆으로 걸어가 멈춰 서더니 고개를 흔들고는 큰 소리로 건조하게 물었다.

"그런 사람들한테 맞서라고 나와 예핌을 내몰 거란 말이죠?"

"누구한테 맞서야 된다고 생각하는 거야?" 르이빈이 음울한 목소리로 대꾸했다. "우리 손으로 우리 목을 조르는 거라고, 그게 요점이라니까!"

"어쨌든 난 군대에 갈 거예요!" 예핌이 작은 소리로 고집스럽게 선언했다.

"누가 말렸어?" 이그나티가 외쳤다. "가!"

그러고는 예핌을 쳐다보고 웃으며 말했다.

"다만 나한테 총을 쏘게 되면 머리를 겨냥해…… 불구로 만들지 말고 한번에 죽여!"

"그런 말, 전에도 들었어!" 예핌이 날카롭게 외쳤다.

"그만들 해, 둘 다!" 르이빈이 그들을 쳐다보며 말하고 서두르지 않는 몸짓으로 손을 들었다. "저기 여자분을 봐!" 그가 어머니를 가리키며 말했다. "저분의 아들은 분명 지금쯤 없어져 버렸을 거라고……."

"왜 그런 말을 해요?" 어머니가 걱정스럽게 물었다.

"필요하니까요!" 그가 음울하게 대답했다. "어머니 머리카락이 괜히 세어 버리지 않게 말을 해야지요. 뭐, 그런다고 어머니가 쓰러지진 않잖아? 닐로브나, 책은 가져왔어요?"

어머니는 그를 쳐다보고 잠시 침묵한 뒤에 대답했다.

"가져왔어요……."

"그래요!" 르이빈이 손바닥으로 식탁을 치면서 말했다. "어머니를 보자마자 깨달았소. 그 일이 아니면 대체 무엇 때문에 여기 왔을까? 봤지? 아들이 얻어맞고 잡혀가니까 어머니가 대신 그 자리에 섰다고!"

르이빈은 불길하게 손으로 위협하면서 심한 욕을 퍼부었다.

어머니는 그의 고함 소리에 겁먹고 그를 쳐다보면서 미하일로의 얼굴이 심하게 변했음을 알았다 ─ 여위었고 턱수염은 들쭉날쭉했으며 그 아래로 해골의 뼈 모양이 튀어나와 있었다. 눈의 푸르스름한 흰자위에 빨간 핏줄이 가느다랗게 나타나 마치 오랫동안 잠을 못 잔 것 같았다. 그의 코는 코뼈가 더 뾰족하게 튀어나왔고 육식 동물처럼 사납게 휘어져 있었다. 한때 붉은색이었던 셔츠 옷깃은 타르에 전 채 열려 있어서 안쪽의 말라빠진 빗장뼈와 가슴에 난 짙고 검은 털을 드러냈다. 지금 그의 모습은 전체적으로 더 암울해지고 장례식 같은 분위기가 강해졌다. 타오르는 눈이 건조하게 번쩍이며 어두운 얼굴을 분개한 불꽃으로 빛냈다. 소피야는 창백해져서 입을 다물고 농군들에게서 눈길을 떼지 않고 지켜보았다. 이그나티는 눈을 가늘게 찡그려 뜨고 고개를 흔들었고 야코프는 또다시 오두막 근처에 서서 검은 손가락으로 화난 듯이 나무 막대 껍질을 벗기고 있었다. 어머니의 등 뒤에서 식탁을 따라 예핌이 천천히 걸어 다녔다.

"얼마 전에 젬스트보에서 나를 불렀소." 르이빈이 말을 이었다. "나한테 이러더군. '너 이 썩을 놈아, 신부님한테 뭐라고 했어?' '내가 왜 썩을 놈이요? 난 내 등골 휘게 일해서 빵을 벌고 사람들한테 안 좋은 일은 아무것도 하지 않았소, 아무렴!' 내가 말했지. 그놈이 고함을 지르더니 내 이빨을 갈겼고 난 체포돼서 사흘 동안 갇혀 있었소. 댁들이 민중하고 이렇게 말한단 말이오! 알겠소? 용서를 바라지 말라고, 악마들! 내가 아니면 다른 사람이, 그 사람에게가 아니면 그의 아이들에게 내가 당한 억울함을 갚아 줄 거요. 기억하라고! 당신들은 쇠 손톱으로 민중의 가슴에 고랑을 파고 그 안에 악의 씨를 심었으니 자비를 바라지 마시오, 악마들! 아무렴."

그는 끓어오르는 악의로 가득했고, 그의 떨리는 목소리에 어머니는 겁을 먹었다.

"그런데 내가 사제한테 뭐라고 말했냐고?" 그가 좀 더 차분하게 말을 이었다. "마을에 들렀을 때 신부가 거리에서 농군들과 앉아서 하는 말이 사람들은 가축 떼이기 때문에 언제나 목자가 필요하다고 지껄이는 거요 — 그래! 그래서 내가 농담을 했지. '숲속에서 여우를 대장으로 임명하면 깃털은 많이 날리지만 새들은 다 없어진다고 합디다!' 그가 나를 노려보면서 하는 말이, 민중은 참고 견뎌야 하고 견딜 힘을 달라고 신께 기도해야 한다는 거요. 그래서 내가 말했지, 뭐, 민중은 보아하니 기도를 많이 하는데, 맞아요, 그런데 하느님은 시간이 없어서 안 듣는 것 같다고! 아무렴. 그가 나에게 달라붙더군 — 나보고 무슨 기도를 올리냐고 묻기에 내가 말했지. 민중 전체가 그렇듯이 나도 평생

하나만 기도한다고. '주님, 술집에 벽돌을 끌고 다니고 돌을 먹고 장작을 뱉어 내는 법을 가르쳐 주십쇼!' 사제는 내가 말을 끝내도록 내버려 두지 않았소. 당신은 귀족이오?" 르이빈이 갑자기 이야기를 끊고 소피야에게 물었다.

"내가 왜 귀족이에요?" 그녀가 놀라서 몸을 떨고는 빠르게 그에게 물었다.

"왜라니!" 르이빈이 미소 지었다. "가지고 태어난 운명이지! 아무렴. 면직물 머릿수건으로 사람들 앞에서 귀족의 죄를 감출 수 있을 거라고 생각하시오? 우린 멍석에 싸 놔도 사제를 알아볼 수 있어요. 당신, 지금 식탁의 젖은 곳에 팔꿈치를 대고는 몸을 떨고 얼굴을 찡그렸지. 그리고 당신의 등도 일하는 사람치곤 너무 곧아……."

르이빈이 무거운 목소리와 미소와 말로 소피야를 모욕할까 두려워서 어머니는 서둘러 엄격하게 입을 열었다.

"이분은 내 친구예요, 미하일로 이바느이치, 이분은 좋은 사람이고 머리가 셀 정도로 이 활동을 해 왔다고요. 당신은 그렇게까지는 안 했잖아요……."

르이빈이 무겁게 한숨을 쉬었다.

"내가 기분 상할 말을 했습니까?"

소피야가 그를 쳐다보고 건조하게 되물었다.

"제게 뭔가 말하고 싶은 게 있나요?"

"나 말이오? 그렇소! 바로 여기 얼마 전에 새로운 사람이 나타났는데 야코프의 사촌 형이지. 그 사람은 병들었소, 폐병이오.

그를 불러와도 되겠소?"

"물론이죠, 부르세요!" 소피야가 대답했다.

르이빈이 눈을 가늘게 뜨고 그녀를 쳐다보더니 목소리를 낮추어 말했다.

"예핌, 그 사람한테 가서 밤에 이쪽으로 좀 오라고 말해."

예핌은 모자를 쓰고 말없이, 아무도 쳐다보지 않고 서두르지도 않고 숲속으로 사라졌다. 르이빈은 그가 사라진 쪽으로 고개를 끄덕이고 낮게 말했다.

"괴로워해요! 그 사람도 군대 가야 하거든. 그 사람하고 저 야코프하고. 야코프는 대놓고 말해요, '못 하겠어'라고. 그리고 그 사촌 형도 할 수 없는데 가고 싶어 해요…… 군대를 뒤흔들 수 있을 거라 생각하지. 난 이마로 벽을 부술 수는 없다고 생각해요. 그들도 손에 총검을 들고 나서겠지. 그래-애, 괴로워해요! 그리고 이그나티는 그 사람의 마음을 긁어 놓지. 괜한 짓이야!"

"전혀 괜한 일이 아니에요!" 이그나티가 르이빈을 쳐다보지 않고 음울하게 말했다. "군대가 그를 바꿔 놓을 거예요. 그도 다른 사람들 못지않게 불타오를 거라고요……."

"그럴 리가!" 르이빈이 생각에 잠겨 대꾸했다. "하지만 물론 그런 데서 도망치는 게 가장 좋지. 러시아는 크니까, 어디 가서 찾겠어? 신분증 쪼가리라도 만들어서 시골로 다니면 되지……."

"난 그렇게 할 거예요!" 이그나티가 발로 톱밥을 툭툭 밟으며 말했다. "반대쪽으로 가기로 했으면 곧바로 쭉 가야죠!"

대화가 끊어졌다. 침묵 속에 꿀벌과 말벌들이 바쁘게 돌아다니며 붕붕거려 정적을 갈라놓았다. 새들이 지저귀고 어딘가 멀리서 들판을 헤매는 노랫소리가 들려왔다. 잠시 침묵했다가 르이빈이 말했다.

"자, 우리는 일해야 해요……. 두 분은 좀 쉬시겠소? 저기 오두막 안에 간이침대가 있어요. 마른 나뭇잎 좀 모아 드려, 야코프. 그리고 어머니, 책 주시오……."

어머니와 소피야는 봇짐을 풀기 시작했다. 르이빈이 그 위로 몸을 숙이고 만족해하며 말했다.

"적잖이 가져왔군, 이런! 이 일을 오래 하셨나 봅니다. 이름이 어떻게 되시오?" 그가 소피야에게 물었다.

"안나 이바노브나!" 그녀가 대답했다. "12년 됐어요…… 그래서요?"

"아무것도 아니오. 감옥도 가 보셨소, 여러 번?"

"가 봤지요."

"봤죠?" 어머니가 작은 목소리로 꾸짖듯이 말했다. "그런데 이분한테 무례한 말을 하고……."

그는 잠시 입을 다물었다가 책 무더기를 양손에 들고 이를 드러내며 말했다.

"너무 기분 상해 하지 마시오! 농군한테 나리는 역청하고 물 같아서 같이 다니기 어려운 법이오!"

"난 나리가 아니고 사람이에요!" 소피야가 부드럽게 웃으며 반박했다.

"그럴 수도 있겠지!" 르이빈이 대답했다. "개도 옛날에는 늑대였다고 하니까 말이오. 난 가서 이 책들을 숨겨야겠소."

이그나티와 야코프가 그에게 다가와 손을 뻗었다.

"우리한테 주세요!" 이그나티가 말했다.

"다 똑같은 책입니까?" 르이빈이 소피야에게 물었다.

"여러 가지예요. 여기 신문도 있어요……."

"오?"

세 사람은 서둘러 오두막 안으로 사라졌다.

"뜨거운 사람이죠!" 어머니가 생각에 잠긴 시선으로 그들의 뒷모습을 바라보며 말했다.

"네." 소피야가 조용히 대답했다. "저 사람 같은 얼굴은 이제까지 본 적이 없어요. 뭔가 위대한 순교자 같아요! 우리도 저기로 가요. 저 사람들 어떻게 하는지 보고 싶어요……."

"르이빈한테 화내지 마세요, 거친 사람이라서……." 어머니가 조용히 부탁했다.

소피야는 미소 지었다.

"어머님은 정말 훌륭한 분이에요, 닐로브나……."

그들이 문가에 섰을 때 이그나티는 그들을 흘끗 쳐다보고는 고수머리 속에 손가락을 파묻고 무릎에 놓인 신문 위로 몸을 숙였다. 르이빈은 선 채로 지붕 틈새로 비쳐 드는 햇빛을 종이에 비추어 보고는 신문을 햇빛 아래로 움직여 입술을 달싹이며 읽었다. 야코프는 무릎을 꿇고 간이침대 가장자리에 가슴을 기대고 마찬가지로 읽고 있었다.

어머니는 오두막 귀퉁이로 가서 앉았고 소피야는 어머니의 어깨를 껴안고 말없이 관찰했다.

"미하일로 아저씨, 책에서 우리 농민들을 욕하고 있어요!" 야코프가 고개를 돌리지 않고 목소리를 죽여 말했다. 르이빈이 고개를 돌려 그를 바라보고 미소를 지으며 대답했다.

"애정을 담아서 하는 거야!"

이그나티가 숨을 들이쉬고 고개를 들더니 눈을 감고 말했다.

"여기 '농민들은 더 이상 사람이 아니게 되었다.'라고 쓰여 있어요 — 물론 사람이 아니죠!"

그의 순박한 얼굴에 울분의 그림자가 비쳤다.

"자, 이리 와서 내 털외투를 가져다가 몸에 둘둘 감아 봐라. 그러면 네가 뭐가 되는지 내가 봐 줄게, 헛똑똑이야!"

"난 누울게요!" 어머니가 조용히 소피야에게 말했다. "조금 지친 것 같아요. 그리고 냄새 때문에 머리가 어지러워요. 당신은요?"

"괜찮아요."

어머니는 간이침대 위에 몸을 뻗고 졸기 시작했다. 소피야는 어머니 옆에 앉아서 글 읽는 남자들을 관찰하며 말벌이나 호박벌이 어머니의 얼굴 위에서 날아다니면 조심스럽게 쫓아 주었다. 어머니는 반쯤 눈을 감은 채 이것을 보았고 소피야가 보살펴 주는 것이 기뻤다.

르이빈이 다가와 낮게 울리는 목소리로 속삭여 물었다.

"어머니 자요?"

"네."

그는 잠시 말없이 어머니의 얼굴을 뚫어져라 쳐다보고는 한숨을 쉬며 조용히 말했다.

"아마 아들의 뒤를 따라나선 어머니는 이분이 처음일 거요, 처음!"

"괜히 깨우지 말고 저쪽으로 가죠!" 소피야가 제안했다.

"그래요, 우린 일해야 합니다. 이야기를 좀 더 하면 좋겠지만 저녁까지 기다리시오! 가자, 얘들아……."

세 명 모두 나가고 소피야만 오두막에 남았다. 그리고 어머니는 생각했다.

'아무 일 없구나, 하느님, 감사합니다! 친해졌어…….'

그리고 어머니는 숲과 타르의 매운 향을 들이쉬며 평온하게 잠들었다.

6

타르 일꾼들은 일을 마치고 만족해서 돌아왔다.

그들의 목소리에 잠이 깬 어머니는 하품을 하고 미소 지으며 오두막에서 나왔다.

"여러분은 일하는데 나는 귀족 나리처럼 자고 있었네요!" 어머니가 다정한 눈으로 모두를 둘러보며 말했다.

"어머님은 그래도 돼요!" 르이빈이 대답했다. 그는 일하느라 지쳐서 지나친 흥분이 가라앉아 좀 더 차분했다.

"이그나티." 그가 말했다. "차 준비하고 수고 좀 해 줘! 우리가 여기서 돌아가며 대접을 할 겁니다. 오늘은 이그나티가 우리에게 차를 마시게 해 주고 먹여 줄 거요!"

"내 차례는 양보해도 좋은데요!" 이그나티가 말하고는 모닥불을 피우기 위해 나뭇조각과 잔가지를 모으며 귀를 기울였다.

"손님은 누구에게나 흥미롭지요!" 예핌이 소피야 옆에 앉으며 말했다.

"내가 도와줄게, 이그나티!" 야코프가 조용히 말하고 오두막으로 갔다. 그곳에서 빵 덩어리를 가지고 나온 그는 작은 조각으로 잘라 식탁 위에 차리기 시작했다.

"에취!" 예핌이 조용히 외쳤다. "기침하는데……."

르이빈이 귀를 기울이더니 고개를 끄덕이고 말했다.

"그래, 온다……."

그리고 소피야에게 고개를 돌리고 설명했다.

"이제 곧 증인이 올 거요. 난 그를 이 도시 저 도시로 데리고 다니면서 광장에 세워서 사람들이 그의 말을 듣게 하면 좋겠소. 그는 언제나 한 가지 얘기만 하는데 그건 모든 사람이 들어야만 해요……."

침묵과 어스름이 더 짙어졌고 사람들의 목소리는 더 부드러워졌다. 소피야와 어머니는 농군들을 살펴보았다 ― 모두들 천천히 무겁게, 뭔가 이상하고 조심스레 움직이며 그들 역시 여자들을 관찰하고 있었다.

숲에서 풀밭으로 키가 크고 구부정한 사람이 나왔다. 그는 지팡이에 한껏 기대서 천천히 걸었고 색색거리는 숨소리가 들려왔다.

"내가 왔소!" 그가 말하고 기침하기 시작했다.

그는 뒤꿈치까지 오는 길고 닳아빠진 외투를 입고 구겨진 둥근 모자 아래 노르스름한 곧은 머리카락이 축축한 덩어리가 되어 힘없이 늘어져 있었다. 노르스름하고 뼈가 튀어나온 얼굴에 밝은 색 턱수염이 자라 있었고 입은 반쯤 벌어져 있었다. 눈은 이마 아래 푹 꺼져 있었는데 그 어두운 구멍 속에서 열병에 걸린 듯이 번쩍였다.

르이빈이 소피야를 소개하자 그가 그녀에게 물었다.

"책을 가져오셨다고 들었습니다만?"

"가져왔어요."

"감사합니다…… 민중을 위해서! 민중은 아직 스스로 진실을 깨달을 수 없어요…… 그래서 여기 내가 있지요. 민중 덕분에…… 깨달았지요."

그는 짧고 절박하게 공기를 빨아들이며 급하게 숨을 쉬었다. 목소리는 자주 끊어졌고 힘없는 손의 앙상한 손가락은 외투 단추를 풀려고 애쓰며 가슴을 어루만졌다.

"이렇게 늦은 시간에 숲에 계시면 몸에 해로워요. 숲은 나뭇잎 때문에 축축하고 숨 막히니까요!" 소피야가 말했다.

"저에겐 몸에 좋은 게 이제 아무것도 없답니다!" 그가 숨을 몰아쉬며 대답했다. "죽음만이 유익하겠지요……."

그의 목소리를 듣는 것은 힘든 일이었고 그의 형체 전체가 사람이 자신의 무기력감을 깨닫고 음울한 짜증을 느끼게 하는, 지나친 동정심을 불러일으켰다. 그는 마치 다리가 부러질까 봐 겁내는 듯 아주 조심조심 무릎을 굽히며 나무통 위에 앉아서 땀에 젖은 이마를 문질러 닦았다. 그의 머리카락은 건조하고 죽어 있었다.

모닥불이 타오르면서 주위의 모든 것이 떨리고 흔들렸으며 불탄 그림자들이 겁먹은 듯 숲으로 달려갔다. 불꽃 위로 이그나티의 부푼 볼과 둥근 얼굴이 어른거렸다. 불이 꺼졌다. 연기 냄새가 나고 다시 정적과 안개가 풀밭에 스며들어 경계하며 아픈 사람의 목쉰 이야기를 들었다.

"그래도 민중을 위해서는 내가 범죄의 증인으로서 아직 유익한 일을 할 수 있지요…… 자, 나를 보십시오……. 난 스물여덟 살인데 죽을 날만 기다리고 있어요! 10년 전에 나는 힘들이지 않고 어깨에 12푸드씩 지고 다닐 수 있었어요, 아무것도 아니었죠! 이렇게 건강하다면 일흔 살은 넘길 거라고 생각했죠. 그런데 그 뒤로 10년 살고 나니 더 이상은 안 되겠어요. 주인 부부가 나한테서 인생의 40년을 훔쳐 갔어요, 40년을!"

"이제 나옵니다, 언제나 부르는 노래죠!" 르이빈이 나지막이 말했다.

불꽃이 다시 타올랐다. 이제 더 강하고 선명한 불꽃은 또다시 숲을 향해 그림자를 던졌고 그림자들은 다시 불꽃 쪽으로 돌아와 모닥불 주변에서 말없이 적대적인 춤을 추며 흔들렸다. 불속에서 축축한 잔가지들이 탁탁 소리 내며 신음했다. 나무에 달린 이파리들이 달아오른 공기의 물결에 흔들려 속삭이며 바스락거렸다. 불길의 살아 있는 혀가 즐겁게 몸을 놀리며 노랗고 빨간 색으로 서로 껴안고 위를 향해 피어오르며 불꽃을 흩뿌렸다. 불탄 나뭇잎들이 날아올랐고 하늘의 별들은 불꽃을 향해 손짓하며 미소 지었다.

"이건 내 노래가 아니에요. 수천 명의 사람이 자신들의 불행한 삶 속에서 민중을 치유하려는 교훈을 이해하지 못하고 똑같은 노래를 부릅니다. 일에 시달려 불구가 된 채 말없이 굶어 죽어 가는 사람들이 얼마나 많습니까……." 그는 몸을 숙이고 떨면서 기침하기 시작했다.

야코프가 식탁에 크바스'를 담은 양동이를 올려놓고 녹색 양파 묶음을 던지면서 병자에게 말했다.

"이리 와, 사벨리, 내가 우유 갖다줄게……."

사벨리는 고개를 저었지만 야코프가 그의 팔을 붙잡아 일으켜 식탁으로 데려갔다.

"그런데요." 소피야가 르이빈에게 조용히 꾸짖듯이 말했다. "저분을 왜 여기로 불러왔어요? 당장이라도 돌아가실 것 같은데요……."

"그럴 수도 있죠!" 르이빈이 동의했다. "살아 있는 동안은 말하게 내버려 두시오. 하찮은 일에 인생을 망쳤지. 사람들을 위해서 조금만 더 참게 내버려 두시오. 괜찮을 거요! 아무렴."

"마치 뭔가 구경하시는 것 같군요!" 소피야가 외쳤다.

르이빈이 그녀를 쳐다보고 음울하게 대답했다.

"주 예수님이 십자가에서 신음할 때 사람들이 구경한 것과 같소. 그리고 우리는 이 사람한테서 배우고 당신이 뭔가 좀 얻어 가길 바라는 거요……."

어머니가 겁에 질려 눈썹을 치켜올리고 그에게 말했다.

"그만, 됐어요!"

식탁에 앉아서 병자가 다시 말하기 시작했다.

"사람들이 일에 지쳐 학살당하고 있어요. 어째서? 사람한테서 생명을 도둑질하는 거요, 무엇 때문에 말입니까? 우리 주인은, 나는 네페도프 공장에서 인생을 망쳤는데, 우리 주인은 어느 여가수에게 세수하라고 황금 대야를 줬어요. 심지어 요강도 황금이었죠! 그 요강에 내 힘과 내 생명이 들어 있어요. 내 인생이 그렇게 가 버렸소. 주인이 일을 시켜서 나를 죽였지, 내 피로 애인을 즐겁게 하려고, 내 피로 그 여자한테 황금 요강을 사 준 거요!"

"사람은 하느님의 형상을 본떠 만들어졌어요." 예핌이 미소 지으며 끼어들었다. "그런데 그런 인간을 이렇게 망가뜨리다니……."

"그러니 입 다물지 맙시다!" 르이빈이 손으로 식탁을 치고는 외쳤다.

"참지 말아요!" 야코프가 조용히 덧붙였다.

이그나티가 미소 지었다.

어머니는 청년들 세 명 모두 르이빈이 말할 때마다 매번 굶주린 영혼의 채울 수 없는 열망을 품고 주의 깊게 귀 기울이며 뭔가 기다리는 듯한 눈으로 그의 얼굴을 바라본다는 것을 눈치챘다. 사벨리의 말은 그들의 얼굴에 이상하게 날카로운 웃음을 불러왔다. 그 미소에서 병자에 대한 동정심은 느낄 수 없었다.

소피야를 향해 몸을 기울이고 어머니는 조용히 물었다.

"그가 정말로 사실을 말하는 걸까요?"

소피야는 큰 소리로 대답했다.

"네, 그건 사실이에요! 그런 선물에 대해 신문에도 났어요, 모스크바에서 있었던 일이에요…….."

"그리고 그는 어떤 처벌도 받지 않았어요, 전혀!" 르이빈이 낮게 말했다. "그런 사람은 처벌해야 해요. 사람들 앞에 매달고 조각조각 잘라서 그 저주받을 살점을 개들에게 던져 줘야지. 민중이 일어서면 거대한 벌을 내릴 거요. 자신들이 당한 모욕을 씻어 내기 위해 많은 피를 흘릴 거요. 그 피는 민중의 피이고, 민중의 핏줄에서 쏟아졌으니 민중이 그 주인이오."

"춥군!" 병자가 말했다.

야코프가 그를 도와 일으켜 세워 불 가로 데려갔다.

모닥불이 선명하게 타올랐고 얼굴 없는 그림자들이 불길의 즐거운 춤을 놀란 듯 바라보며 그 주변에서 떨었다. 사벨리는 나뭇등걸에 앉아 투명하고 마른 팔을 불꽃이 있는 쪽으로 뻗었다. 르이빈이 그를 향해 고갯짓하며 소피야에게 말했다.

"저게 책보다 더 날카롭소! 기계가 노동자의 팔을 잡아 뜯거나 사람을 죽이면 노동자 자신이 잘못했다고들 설명하지. 하지만 저렇게 사람의 피를 빨고 나서 썩은 고기처럼 내버리면 그건 무엇으로도 설명되지 않소. 모든 종류의 살인은 내가 이해할 수 있어도 장난삼아 고문하는 건 이해할 수 없소! 저들은 무엇을 위해서 민중을 고문하고, 무엇을 위해서 우리 모두를 괴롭히는 거요? 장난삼아서, 즐거움을 위해서, 세상살이를 더 재미있게 만들려고, 우리의 피로 무엇이든 살 수 있게 하려고 — 여자도, 말도, 은으로 만든 칼도, 황금 대야도, 아이들에게 줄 비싼 장난감도. 넌 일해라, 더 일해라, 그러면 난 너의 노동으로 돈을 모아서 애인한테 황금 요강을 선물할 거다."

어머니는 귀 기울여 들으며 쳐다보았고 또다시 그녀 앞에 어둠 속에서 파벨과 그와 함께 가는 모든 사람들의 길이 밝은 띠가 되어 어른거리며 펼쳐졌다.

저녁 식사를 마친 그들은 모닥불 주변이나 앞에 자리를 잡았고 불길은 급하게 나무를 잡아먹으며 타올랐다. 그 뒤로는 어둠이 숲과 하늘을 감싼 채 드리워져 있었다. 병자는 눈을 크게 뜨고 불을 쳐다보면서 끊임없이 기침하고 온몸을 떨었다 — 마치 남아 있는 생명이 더는 참지 못하고 그의 가슴에서 터져 나와 병으로 쇠약해진 몸을 떠나려고 애쓰는 것 같았다. 불꽃의 빛이 튀어 그의 얼굴에서 떨렸으나 죽은 피부에 생기를 불어넣지는 못했다. 단지 병자의 눈만이 꺼져 가는 불길로 타오르고 있었다.

"오두막으로 가는 게 낫지 않겠어, 사벨리?" 야코프가 그의 위로 몸을 굽히고 물었다.

"뭣 하러?" 그가 힘겹게 물었다. "조금 앉아 있을래. 사람들하고 같이 있을 날도 많이 남지 않았어……!"

그는 모두를 돌아보고 침묵하다가 창백하게 웃으며 말을 이었다.

"전 여러분하고 있는 게 좋습니다. 여러분을 보면, 이 사람들이 도둑맞은 사람들을 대신해서, 욕심 때문에 살해당한 민중을 위해서 복수해 줄지도 모른다는 생각이 들어요……."

그에게 아무도 대답하지 않았고 그는 곧 힘없이 고개를 떨구고 졸기 시작했다. 르이빈이 그를 쳐다보며 조용히 말했다.

"우리를 찾아와서는 언제나 한 가지 얘기만 해요 — 사람에게 가해지는 조롱 얘기지. 그 안에 그의 온 영혼이 있고, 마치 저들이 그걸로 그의 눈을 파내서 그가 다른 건 아무것도 볼 수 없게 된 것 같아."

"그래, 그것 말고 또 뭐가 있겠어요?" 생각에 잠겨서 어머니가 말했다. "사람들이 수천 명씩 매일매일 일하다가 죽임을 당하는데 그게 고작 주인이 장난삼아 돈을 내던질 수 있게 하기 위해서라면, 또 뭐가 필요하죠……?"

"듣고 있기가 지루해요!" 이그나티가 조용히 말했다. "한 번만 들어도 절대 잊을 수 없는데 그는 언제나 똑같은 얘기만 하니까요!"

"여기 그 한 가지에 모든 게 다 들어 있어…… 인생 전부가 말이야, 알겠어!" 르이빈이 음울하게 말했다. "난 그의 운명에 대해 열 번쯤 들었지만 그래도 한 번은 의심이 생기더군. 사람의 야비함을, 사람의 광기를 믿고 싶지 않은 좋은 시간이 때로는 있게 마련이지…… 부자도 가난한 사람과 마찬가지로 모두 불쌍해 보이는 때가……. 그리고 부자 역시 길을 잘못 들기도 하니까! 누군가는 굶주려서 눈이 멀고 다른 누군가는 황금에 눈이 멀고. 생각하는 거지, 에휴, 사람들, 에휴, 형제들! 떨쳐 내, 정직하게 생각해, 자기 자신만 불쌍하게 여기지 말고 생각을 해, 생각하라고!"

병자가 몸을 흔들더니 눈을 뜨고 땅에 누웠다. 야코프가 소리

없이 일어나더니 오두막으로 들어가 짧은 털외투를 가져와선 형제에게 입히고 다시 소피야 옆에 앉았다.

불길의 홍조 띤 얼굴은 열띠게 웃으며 자기 주변의 어두운 형체들을 밝혔고 생각에 잠긴 사람들의 목소리가 불꽃이 조용히 튀기고 바스락거리는 소리에 섞여 들었다.

소피야는 삶의 권리를 찾기 위한 전 세계적 민중 투쟁에 대해, 독일 농민들의 오래된 전투에 관해, 불행한 아일랜드인들에 대해, 프랑스 노동자들이 자유를 찾으려는 개인적인 싸움에서 이룬 위대한 업적에 대해 이야기했다.

밤의 공단 옷을 입은 숲속, 나무로 둘러싸이고 어두운 하늘로 덮인 작은 풀밭에서 불길의 얼굴 앞에, 적대적으로 깜짝 놀란 그림자들에 둘러싸여, 배부르고 욕심 많은 세상을 뒤흔든 사건들이 되살아났고 세상의 민족들이 피에 젖고 투쟁에 지친 모습으로 하나씩 지나갔으며 자유와 진실을 위해 싸운 사람들의 이름이 떠올랐다.

소피야의 나지막한 목소리가 조용히 울렸다. 마치 과거에서 돌아온 듯 그 목소리는 희망을 일깨우며 확신을 가져다주었고 사람들은 영혼의 형제들에 대한 이야기에 말없이 귀 기울였다. 그들은 소피야의 마르고 창백한 얼굴을 바라보았다. 그들 앞에 세상 모든 민중의 성스러운 활동이 점점 더 선명하고 밝게 떠올랐다 — 그것은 자유를 위한 끝없는 투쟁이었다. 어두운 피투성이 장막으로 가려진 먼 과거에서, 자신이 알지 못하는 다른 민족의 사람들 사이에서 모두가 자신의 열망과 생각들을 보았으며 내면적으로, 머리와 가슴으로 세상에 다가서고 그 안에서 이미 오래전부터 같은 생각을 가지고 세상에서 진실을 쟁취하기로 결정한 친구들을 보았다. 그들은 숱한 고통으로 자신들의 결정을 성스럽고 깨끗하게 정당화했고 새롭고 밝고 기쁜 삶의 승리를 위해 자신들의 피를 강같이 흘렸다. 모든 사람에 대한 정신적인 친근함의 감각이 자라났으며, 모든 것을 이해하고 모든 것을 자신 안에 합일시키려는 뜨거운 열망으로 가득한 세상의 심장이 새롭게 태어났다.

"전 세계의 노동자들이 고개를 들고 '이제 됐어!'라고 확고하게 말하는 날이 올 거예요. 우리는 이 삶을 더 이상 원하지 않는다고 말이에요!" 소피야의 목소리가 자신 있게 울렸다. "그러면 자기 욕심만으로 강해졌던 사람들의 투명한 힘은 무너지고 그들의 발밑에서 땅이 물러나고 그들이 기댈 곳은 하나도 없어지게 될 거예요……."

"그렇게 될 거요!" 르이빈이 고개를 기울이며 말했다. "몸 사리지 말아야지, 전부 정복할 테니까!"

어머니는 눈썹을 높이 치켜세우며 놀랍고 기쁜 미소가 얼굴에 붙어 버린 채 귀를 기울였다. 어머니는 날카롭고 시끄럽고 대담했던 모든 것, 어머니가 소피야에게 없었으면 좋겠다고 생각했던 모든 것이 지금은 사라지고 소피야가 하는 이야기의 뜨겁고 고른 흐름 속으로 가라앉는 것을 보았다. 어머니는 밤의 정적과 불꽃의 춤과 소피야의 얼굴이 마음에 들었으나 무엇보다도 농군들이 엄격하게 주의를 기울이는 것이 가장 마음에 들었다. 그들은 앉은 채로 움직이지 않고 이야기의 평온한 흐름을 깨지 않으려 애썼다. 마치 자신들을 세상과 연결해 주는 그 빛나는 실이 끊어질까 두려워하는 것 같았다. 가끔씩 그들 중 누군가가 조심스럽게 불에 장작을 집어넣었고 모닥불에서 불꽃이 무리 지어 올라오고 연기가 피어오르면 손을 휘저어 불꽃과 연기가 여성들을 덮치지 않게 쫓아 주었다.

한번은 야코프가 일어나서 조용히 부탁했다.

"계속 말씀하세요……."

그는 오두막으로 달려가 옷을 가져와서는 이그나티와 함께 여자들의 다리와 등을 말없이 덮어 주었다. 다시 소피야가 이야기하며 승리의 날을 묘사하고 사람들에게 자신의 힘을 확신시켰고, 너무 배불러서 비뚤어진 사람들의 멍청한 놀이를 위한 결실 없는 노동에 자신의 삶을 바친 모든 사람과의 공동체 의식을 불러일으켰다. 그 말들은 어머니를 흥분시키지 않았으나 소피야의 이야기가 불러일으킨 모두를 감싸 안는 감각이 어머니의 가슴 또한 노동의 쇠사슬로 묶인 사람들을 위해 위험한 길을 가는 사람들, 그들을 위해서 정직한 이성이라는 선물, 진실에 대한 사랑이라는 선물을 가져다줄 사람들에 대한 감사와 기도하는 마음으로 채웠다.

'도와주소서, 주님!' 어머니는 눈을 감고 기도했다.

새벽녘이 되어서야 소피야는 이야기를 끝내고 미소 지으며 주위의 생각에 잠긴, 밝아진 얼굴들을 둘러보았다.

"우리는 가야겠어요!" 어머니가 말했다.

"가야죠!" 소피야가 지친 듯 말했다.

청년들 중 누군가 큰 소리로 한숨을 쉬었다.

"가야 하다니 아쉽군요!" 르이빈이 유달리 부드러운 목소리로 말했다. "말씀을 잘하시는데! 위대한 일이오 — 사람들을 서로 연결해 준다는 건! 수백만이 우리와 똑같은 걸 원한다는 사실을 이렇게 알고 나면 마음이 더 선해지지. 그리고 선함 속에 커다란 힘이 있소!"

"아저씨는 선하게 대해도 저들은 칼을 들고 덤빈다고요!" 조용히 미소 지으며 예핌이 말하고는 재빨리 벌떡 일어섰다. "이 분들, 아직 아무도 안 볼 때 가셔야 해요, 미하일로 아저씨. 우리가 책을 나눠 주면 경찰이 찾겠죠 — 어디서 나온 책이냐? 그럼 누군가 떠올릴 거라고요, 아, 순례자들이 왔었지……."

"그럼, 애써 주셔서 감사하오, 어머니!" 르이빈이 예핌의 말을 끊으며 말했다. "어머니를 볼 때마다 계속 파벨 생각이 나지. 잘 나서 주셨소!"

한결 부드러워진 태도로 르이빈은 선하게 활짝 미소 지었다. 날은 신선했고 그는 옷깃을 풀어 헤친 셔츠만 입고 가슴을 깊이 드러낸 채 서 있었다. 어머니는 그의 커다란 형체를 훑어보고 다정하게 조언했다.

"겉옷을 뭐라도 입으세요, 추워요!"

"마음속이 따뜻하니까!" 그가 대답했다.

세 청년은 모닥불 주변에 서서 조용히 대화를 나누고 있었고 그들의 발치에는 병자가 털외투를 덮고 누워 있었다. 하늘이 창백하게 밝아 오면서 그림자가 녹았고 나뭇잎이 떨리며 해를 기다렸다.

"자, 이젠 작별이군!" 르이빈이 소피야와 악수하며 말했다. "그런데 도시에서 당신을 어떻게 찾지요?"

"날 찾아와요!" 어머니가 말했다.

청년들이 천천히, 서로 꼭 붙어 서서 소피야에게 다가와 말없이, 어색하게 다정한 태도로 그녀와 악수했다. 모두의 얼굴에 숨은 만족감과 감사와 우정의 마음이 명백하게 보였다. 이 감정은 분명 그들에게 새로워서 당황한 것 같았다. 잠 못 잔 눈으로 건조하게 웃으면서 그들은 소피야의 얼굴을 말없이 들여다보며 한 발에서 다른 발로 번갈아 몸무게를 실었다.

"가는 길에 우유 드시지 않겠어요?" 야코프가 물었다.

"남아 있긴 해?" 예핌이 물었다.

이그나티가 당황한 듯 머리를 긁적이며 말했다.

"없어, 내가 쏟았어……."

그리고 세 명 모두 웃었다.

우유에 대해서 이야기하긴 했으나 어머니는 그들이 뭔가 다른 것을 생각하며 말하지만 소피야와 자신에게 좋은 것, 선한 것을 빌어 준다고 느꼈다. 소피야도 이에 크게 감동했고 그녀 또한 당황하고 완전히 겸손해졌으며 그 때문에 그녀는 다른 말은 아무것도 하지 못하고 조용히 이렇게만 말했다.

"고마워요, 동지들!"

그들은 마치 그 단어가 자신들을 부드럽게 흔든 것처럼 서로 쳐다보았다.

병자의 낮은 기침 소리가 들려왔다. 모닥불이 다 타서 숯이 꺼졌다.

"잘 가시오!" 농군들이 목소리를 낮추어 말했고, 그 슬픈 단어가 오랫동안 두 여성을 배웅했다.

두 사람은 서두르지 않고 새벽 어스름 가운데 숲속 오솔길을 걸었다. 어머니가 소피야 뒤에서 걸으며 말했다.

"모든 게 좋았어요, 마치 꿈을 꾼 것 같아요, 그만큼 좋아요! 사람들이 진실을 알고 싶어 해요, 내 소중한 친구, 사람들이 원한다고요! 마치 축일에 교회에서 아침 기도 드리기 전 같아요……. 신부님은 아직 안 왔고 어둡고 조용하고 교회 안이 좀 무섭지만 사람들은 이미 다 와 있고…… 저쪽 성화 앞에는 양초가 타오르고 이쪽은 따뜻해지기 시작하고, 조금씩 어둠이 물러나면서 하느님의 집이 밝아지는 거죠."

"맞아요!" 소피야가 즐겁게 대답했다. "다만 여기서 하느님의 집은 온 세상이에요!"

"온 세상이죠!" 어머니가 생각에 잠겨 고개를 흔들며 반복했다. "이건 너무 좋아서 믿기 힘들 정도예요……. 그리고 이야기를 잘했어요, 내 소중한 친구, 아주 잘했어요! 난 당신이 그들 마음에 안 들까 봐 무서웠는데……."

소피야는 잠시 말이 없다가 조용히 진지하게 대답했다.

"그들과 함께 있으면 더 단순해지죠……."

두 사람은 걸으면서 르이빈에 대해, 병자에 대해, 청년들에 대해, 그들이 얼마나 주의 깊게 침묵했고 두 여성들에 대한 감사와 우정의 감정을 자질구레하게 돌봐 주는 행동을 통해서 어색하지만 얼마나 아름답고 유창하게 표현했는지에 대해 이야기했다. 두 사람은 들판으로 나왔다. 태양이 떠오르고 있었다. 아직 눈에 보이지는 않았으나 태양은 하늘에 분홍색 햇살을 투명한 부채처럼 펼치고 있었으며 풀잎에 맺힌 이슬방울이 활기찬 봄의 기쁨을 담아 색색의 불꽃처럼 반짝였다.

새들이 깨어나 지저귀며 아침에 생기를 불어넣었다. 뚱뚱한 까마귀들이 수선스럽게 깍깍거리면서 힘겹게 날개를 휘두르며 날아갔고 어딘가에서 찌르레기가 떨리는 휘파람을 불었다. 먼 길이 펼쳐졌고 햇빛을 맞이하며 언덕들 속으로 밤의 그림자를 접어 버렸다.

"가끔은 사람이 아무리 말하고 또 말해도 이해할 수가 없는데 어느 순간 그가 마침 뭔가 단순한 말을 찾아내고 그 한마디로 모든 것이 갑자기 밝아지지요!" 어머니가 생각에 잠겨 이야기했다. "그 병자도 그래요. 난 노동자들을 공장에서, 사방에서 어떻게 쥐어짜는지 들었고 나 스스로 알고 있어요. 하지만 그런 일에 조금씩 익숙해져서 거기에 마음이 많이 아프지는 않죠. 그런데 그가 갑자기 그토록 모욕적이고 그렇게 비열한 일을 이야기했어요. 하느님 맙소사! 정말로 사람들이 그걸 위해서 평생을 일에 바친 걸까요, 고작 주인이 자기가 원하는 장난을 칠 수 있게 하려고? 그건 정당화할 수가 없어요!"

어머니의 생각은 하나의 경우에 멈춰 섰고 그 생각이 스스로 둔하고 뻔뻔한 빛을 반짝이며 어머니 앞에 언젠가 알고 있었지만 잊어버렸던 비슷한 발견들을 밝혀 놓았다.

"분명히 저들은 뭐든 너무 많이 먹어서 토할 지경인 거예요! 나도 알아요, 젬스트보의 어느 관리가 마을에 말을 끌고 갈 때면 농군들더러 말에게 고개 숙여 인사하도록 시켰어요. 그리고 고개 숙이지 않는 자는 체포했지요. 그래요, 그런 일이 그 관리에게 왜 필요했겠어요? 이해할 수 없지요, 이해할 수 없어요!"

소피야가 작은 목소리로 노래하기 시작했다, 아침처럼 생기 넘치는 노래를⋯⋯.

7

닐로브나의 삶은 평온하게 흘러갔다. 그 평온함 때문에 어머니는 가끔 놀랐다. 아들은 감옥에 있고 어머니는 그가 무거운 형벌을 받으리라는 것을 알고 있었지만 매번 그 생각을 할 때마다 어머니의 기억은 자기 의지와는 달리 어머니 앞에 안드레이와 페댜와 여러 다른 얼굴들을 떠올렸다. 아들의 형상은 그와 같은 운명을 가진 모든 사람을 집어삼키고 어머니의 눈앞에서 점점 커졌으며 숙고하는 감정을 불러일으켰고 본의 아니게, 자기도 모르게 파벨에 대한 생각을 확장시키고 그 생각들을 사방으로 반사시켰다. 그 생각들은 가느다랗고 고르지 않은 빛이 되어 모든 곳으로 퍼져 나가면서 모든 것을 건드리고 모든 것을 비추어 하나의 그림 안에 합치려 애썼으며 어머니가 뭔가 한 가지 생각에 머무르는 것을 방해했고 아들에 대한 그리움과 아들을 걱정하는 두려움이 짙게 쌓이는 것을 방해했다.

소피야는 곧 어디론가 떠났다가 5일쯤 뒤에 생기 넘치는 모습으로 나타났다가는 몇 시간 뒤에 다시 사라졌다가 2주쯤 뒤에 또 나타났다. 그녀의 삶은 마치 커다란 원을 도는 것 같았고 가끔씩 자신의 활기와 음악으로 채우기 위해 남동생에게 들르는 것 같았다.

어머니는 음악을 좋아하게 되었다. 음악을 들으면서 어머니는 따뜻한 물결이 가슴속에서 흔들리며 심장 속으로 흘러드는 것을 느꼈다. 심장은 더 고르게 뛰었고 마치 깊이 갈아 놓은 풍성하고 촉촉한 땅에 떨어진 곡식 낱알처럼 심장 속에서 빠르고 생기 있게 생각의 물결이 자라났으며 음악의 힘으로 깨어난 단어들이 쉽고 아름답게 꽃피었다.

어머니는 사방에 자기 물건과 담배꽁초와 담뱃재를 던져 놓는 소피야의 너저분함을 받아들이기 힘들었고 소피야의 대범한 말은 더더욱 받아들이기 힘들었다 ― 이 모든 것이 니콜라이의 차분한 확신과, 그의 변함없이 부드럽고 진지한 말들에 비교하여 지나치게 눈에 거슬렸다. 어머니의 눈에 소피야는 빨리 어른처럼 보이고 싶어 하고 사람들을 흥미로운 장난감처럼 대하는 10대 청소년 같았다. 그녀는 노동의 신성함에 대해 여러 번 말했고 자신의 너저분함으로 어머니의 노동을 아무 생각 없이 더 늘려 주었으며, 자유에 대해 이야기하면서 어머니가 보기에 눈에 띄게 참을성 없이 행동해서 사람들을 그 날카로움과 끊임없는 말다툼으로 당황하게 만들었다. 그녀는 여러 가지 모순을 안고 있었고 어머니는 이런 것을 보면서 긴장하고 조심스럽게,

언제나 주의 깊은 태도로 그녀를 대했다. 그것은 니콜라이가 어머니에게 불러일으키는 마음속의 끊임없는 온기와는 전혀 다른 것이었다.

니콜라이는 언제나 바빴고 매일매일 단조롭게 일정한 생활을 했다. 아침 여덟 시에는 차를 마시고 신문을 읽으면서 어머니에게 새 소식을 알려 주었다. 그에게 귀를 기울이며 어머니는 삶이라는 거대한 기계가 사람들을 인정사정없이 갈아서 돈으로 만드는 과정을 놀랄 정도로 선명하게 보았다. 어머니는 그러면서 안드레이와 뭔가 공통된 감정을 느꼈다. 니콜라이도 안드레이처럼 악의 없이 사람들에 대해 말했고 모든 사람이 삶의 악독한 구조 속에서 죄가 있다고 여겼으나 새로운 삶에 대한 니콜라이의 신념은 안드레이만큼 뜨겁지 않았고 그만큼 선명하지도 않았다. 니콜라이는 언제나 차분하게, 정직하고 엄격한 재판관의 목소리로 말했고 심지어 무시무시한 일에 대해 말할 때에도 조용한 공감의 미소를 지었지만 그의 눈은 차갑고 확고하게 빛났다. 그 눈빛을 보면서 어머니는 이 사람이 그 누구도, 어떤 일도 용서하지 않으며 용서할 수도 없다는 사실을 깨달았다 ─ 그리고 그 확신이 니콜라이 자신에게도 힘들 것이라고 느끼면서 어머니는 니콜라이가 안됐다고 생각했다. 그리고 어머니는 그가 더욱 마음에 들었다.

아홉 시에 그는 출근했고, 어머니는 방을 치우고 점심 식사를 준비하고 몸을 씻고 깨끗한 옷을 입고 자기 방에 앉아 책 속의 그림들을 훑어보았다. 어머니는 이미 글 읽는 법을 배웠으나 글을 읽을 때면 언제나 긴장했고 금방 지쳐서 단어 사이의 관계를 이해할 수 없게 되었다. 반면에 그림을 훑어보는 것은 마치 어린아이처럼 어머니를 매혹했다 — 그림들은 어머니 앞에 이해할 수 있는, 거의 손에 만져질 듯한 새롭고 황홀한 세계를 열어 주었다. 거대한 도시들, 아름다운 건물, 기계, 배, 기념비, 사람들이 만들어 낸 셀 수 없는 재화, 그리고 자연이 창조해 낸 다양성의 놀라운 지혜들이 펼쳐졌다. 삶이 끝없이 넓어졌고 매일매일 거대하고 알지 못했던 황홀한 것이 눈앞에 열렸으며 그 다양한 풍성함과 헤아릴 수 없는 아름다움으로 이제 막 깨어나는 어머니의 굶주린 영혼을 더욱 강하게 일깨웠다. 어머니는 특히 동물학 도감의 도판을 들여다보는 것을 좋아했다. 도감은 외국어로 인쇄되어 있었지만 어머니에게 세상의 아름다움과 풍성함과 거대함에 대해 가장 선명한 이미지를 안겨 주었다.

"세상은 위대해요!" 어머니가 니콜라이에게 말했다.

어머니의 마음에 가장 와닿은 것은 곤충들, 그중에서도 나비였는데 어머니는 넋을 잃고 나비를 묘사한 그림들을 들여다보며 의견을 전개했다.

"너무나 아름답죠, 니콜라이 이바노비치, 그렇죠? 그리고 이렇게 아름다운 것들이 사방에 얼마나 많겠어요. 그런데 모두 우리한테는 닫혀 있고 모두 우리 옆으로 날아가 버리고 우리한테는 보이지 않죠. 사람들은 바쁘게 지나가느라 아무것도 모르고 아무것도 들여다볼 수 없어요. 그럴 시간도 없고 그리고 싶은 마음도 없어요. 세상이 얼마나 풍요로운지, 세상에 얼마나 놀라운 것들이 많이 살고 있는지 사람들이 알았더라면 얼마나 많은 기쁨을 얻을 수 있었을까요. 그리고 모든 것이 모든 사람을 위해 존재하고 모든 사람이 모든 것을 위해 존재한다는 것을요, 그렇지 않아요?"

"바로 그겁니다!" 니콜라이가 미소 지으며 말했다. 그리고 그림이 있는 책들을 더 가져다주었다.

저녁이면 그의 집에 자주 손님들이 모였다 — 알렉세이 바실리예비치는 창백한 얼굴에 검은 턱수염을 기른, 단단하고 말이 없는 아름다운 남자였다. 로만 페트로비치는 여드름이 돋은 둥근 얼굴의 남자로 언제나 안타까워하며 입맛을 다셨다. 이반 다닐로비치는 마르고 조그맣고, 뾰족한 턱수염을 기르고 목소리가 가늘었으며 생기 있고 자주 소리를 치고 마치 송곳처럼 날카로웠다. 예고르는 자기 자신과 동지들과, 몸속에서 계속 자라는 자신의 병에 대해 언제나 농담을 했다. 여러 다른 먼 도시들에서 도착한 사람들도 찾아왔다. 니콜라이는 그들과 함께 오랫동안 조용히 대화를 나누었는데 주제는 언제나 한 가지, 세상의 노동하는 사람들이었다. 그들은 열띤 논쟁을 벌이고 손을 흔들고 차를 많이 마셨고 가끔 니콜라이는 대화의 소음 속에서 말없이 선언문을 작성하여 동지들에게 읽어 주었으며 그들은 그 자리에서 선언문들을 인쇄체로 정서했고 어머니는 흩어져 있는 초안 종잇조각들을 꼼꼼하게 모아서 불태웠다.

어머니는 차를 따르면서 그들이 노동 민중의 삶과 운명에 대해, 노동 민중들 사이에 진실에 대한 생각을 어떻게 해야 더 빨리 더 잘 퍼뜨리고 노동 민중의 정신을 고양시킬 수 있는지에 대해 이야기할 때의 열기에 놀랐다. 그들은 자주 화를 내며 서로 동의하지 않았고 한쪽이 다른 쪽을 비난했으며 기분이 상해서 다시 논쟁했다.

어머니는 자신이 노동자의 삶에 대해서 이 사람들보다 더 잘 안다고 느끼며 그들이 맡고 있는 과업의 거대함을 그들보다도 자신이 더 선명하게 볼 수 있다고 생각했다. 그래서 결혼 생활의 드라마를 이해하지 못한 채 남편과 아내 놀이를 하고 있는 아이들을 어른이 볼 때와 같은, 조금은 얄보고 조금은 슬픈 감정을 가지고 그들을 대했다. 어머니는 자기도 모르게 그들의 연설을 아들이나 안드레이의 연설과 비교하면서 차이점을 느꼈으나 처음에는 이해하지 못했다. 때때로 어머니는 이곳에서 사람들이 마을 사람들이 고함치는 것보다 더 강하게 소리 지른다고 느끼며 스스로 이렇게 설명했다.

'더 많이 아니까 더 큰 소리로 말하겠지……'

그러나 어머니는 이 사람들이 마치 일부러 서로 열띠게 흥분시키고 보란 듯이 열정적으로 말하는 것 같았다. 그렇게 해서 동지들에게 진실이 그들보다 자신에게 더 가깝고 더 소중하다는 사실을 증명하려는 듯 행동하면, 다른 사람들은 여기에 기분이 상해서 자기 차례가 되면 진실에 가깝다는 사실을 증명하려 하면서 날카롭고 거칠게 말다툼을 시작하는 모습을 너무 자주 보았다. 모두가 다른 사람들보다 더 높이 뛰어오르려 하는 것 같아서 어머니는 불안한 슬픔을 느꼈다. 어머니는 눈썹을 움직이며 애원하는 눈으로 모두를 쳐다보며 생각했다.

'파샤와 동지들에 대해서는 다들 잊어버린 거야……'

언제나 긴장한 채 논쟁을 엿들으면서, 물론 전부 이해하지는 못한 채로 어머니는 단어 뒤에 숨은 감정을 찾으려 했고 그러면서 알게 되었다. 마을에서 사람들이 선에 대해 말할 때는 그 말을 온전하게 전체적으로 받아들였는데 이곳에서는 모든 것이 조각조각 갈라지고 쪼개졌다. 마을에서는 사람들이 감정을 더 깊고 강하게 느꼈는데 이곳에는 모든 것을 잘라 버리는 생각들의 구역이 있었다. 그리고 이곳에서는 사람들이 이전 세계를 무너뜨리는 일에 대해 더 많이 이야기했는데 마을에서는 새로운 것에 대해 꿈꾸었고 그래서 아들과 안드레이의 말이 어머니에게는 더 가깝고 더 이해하기 쉬웠다.

어머니는 니콜라이에게 노동자가 찾아오면 그를 맞이하는 니콜라이가 유달리 느긋해지고 그의 얼굴에 뭔가 달콤한 표정이 떠올랐으며 평소와는 달리 때로는 더 거칠게, 때로는 더 격식 없이 말한다는 사실을 눈치챘다.

'자기 말을 알아듣게 하려고 애쓰는구나!'

그러나 어머니는 그것이 기쁘지 않았고 손님으로 찾아온 노동자 역시 마치 안쪽에서 뭔가 묶인 듯 몸을 움츠리고 소박한 여성인 어머니에게 하듯이 쉽고 자유롭게 말하지 못하는 것을 보았다. 한번은 니콜라이가 나가고 없을 때 어머니는 어떤 청년에게 물었다.

"왜 그렇게 쑥스러워해요? 시험 치러 온 것도 아닌데……"

청년은 활짝 웃었다.

"익숙하지 않으면 가재도 빨개지게 마련이지요. 어쨌든 그분이 우리 형은 아니니까요……."

가끔 사센카가 찾아왔지만 오래 앉아 있지 않았고 항상 사무적으로 웃지 않고 말했고 매번 떠날 때면 어머니에게 물었다.

"파벨 미하일로비치는 건강해요?"

"하느님께 감사하죠!" 어머니가 말했다. "괜찮아요, 즐겁게 지내요!"

"인사 전해 주세요!" 사센카는 이렇게 부탁하고 떠나곤 했다.

때때로 어머니는 파벨이 오래 붙잡혀 있고 재판이 시작되지 않는 것에 대해 사센카에게 불평했다. 사센카는 얼굴을 찡그리고 대답하지 않았는데 그녀의 손가락이 빠르게 떨리곤 했다.

닐로브나는 사센카에게 말하고 싶은 충동을 느꼈다.

'내 다정한 아가씨, 당신이 파벨을 사랑한다는 걸 나는 알고 있어요…….'

그러나 어머니는 말하지 않았다 — 사센카의 엄격한 얼굴, 꼭 다문 입술과 건조하고 사무적인 언사는 마치 그런 다정한 행동을 일찌감치 떨쳐 내려는 것 같았다. 한숨을 쉬면서 어머니는 자신에게 내민 사센카의 손을 말없이 쥐고 생각했다.

'우리 불행한 아가씨…….'

어느 날 나타샤가 찾아왔다. 그녀는 어머니를 보자 몹시 기뻐하며 마구 입 맞추고는 여러 가지로 반가워하다 어느 순간 갑작스럽게 조용히 알려 주었다.

"그런데 우리 엄마가 돌아가셨어요, 불쌍한 엄마, 돌아가셨어요……!"

나타샤는 고개를 흔들고 재빠른 손짓으로 눈물을 닦아 내며 말을 이었다.

"난 엄마가 불쌍해요, 아직 쉰 살도 안 됐는데, 더 오래 살 수도 있었어요. 하지만 다른 한편에서 바라보면 나도 모르게 생각하게 돼요 — 엄마의 인생에는 분명히 죽음이 더 쉬웠을 거라고요. 언제나 혼자인 데다 모든 사람에게 낯설고 아무에게도 필요하지 않고 아버지의 고함 소리 때문에 늘 겁에 질려 있고 — 그게 대체 사는 건가요? 사람은 뭔가 좋은 일을 기대하면서 사는 법인데, 우리 엄마는 괴로움 말고는 아무것도 기대할 게 없었어요……."

"옳은 말씀이에요, 나타샤!" 어머니가 잠시 생각한 뒤에 말했다. "사람은 뭔가 좋은 일을 기대하면서 사는 법인데, 기대할 게 없다면 그게 무슨 삶이겠어요?" 그리고 나타샤의 손을 다정하게 쓰다듬으며 어머니는 물었다. "그럼 이제 당신은 혼자 남은 건가요?"

"혼자예요!" 나타샤가 가볍게 대답했다.

어머니는 잠시 침묵했다가 갑자기 미소 지으며 말했다.

"괜찮아요! 좋은 사람은 혼자 살아가지 않는 법이에요, 언제나 사람들이 찾아오니까……."

8

나타샤는 현(縣)의 방직 공장에서 교사로 일하게 됐고 닐로브나는 나타샤에게 금지된 책과 선언문, 신문을 가져다주기 시작했다.

그것이 어머니의 일이 되었다. 한 달에 몇 번씩 수녀, 손수건이나 레이스 등을 파는 방물장수, 부유한 여지주 혹은 기도하는 순례자로 변장하고 어머니는 등에 자루를 지거나 혹은 손에 여행 가방을 들고 여러 곳을 돌아다녔다. 마차와 기차 안에서, 여관과 선술집에서 어머니는 어디를 가든 소박하고 차분하게 행동했고 모르는 사람들과 먼저 대화를 시작했으며 다정하고 붙임성 있는 언사와 여러 곳을 다니며 여러 가지를 보고 들은 사람의 확고한 태도로 겁 없이 사람들의 주의를 끌었다.

어머니는 사람들과 이야기하는 것이 마음에 들었고 그들의 삶과 불평과 이해할 수 없는 일들에 대한 이야기를 듣는 것도 마음에 들었다. 매번 누군가 눈에 띄게 불만족한 모습, 즉 운명의 타격에 맞서 이미 머릿속에 생겨나기 시작한 질문들에 대한 대답을 긴장하여 찾고 있는 사람의 불만족을 눈치챌 때마다 어머니의 심장은 기쁨으로 넘쳤다. 어머니 앞에 인간 삶의 풍경이 점점 더 넓고 점점 더 다채롭게 펼쳐졌다 — 배불리 먹기 위해 투쟁하는 어수선하고 불안한 삶이. 어디서나 명확히 보이는 것은 사람을 속이고 도둑질하고 자기에게 유용한 것을 남에게서 좀 더 짜내고 그의 피를 마시려는 거칠게 벌거벗은, 무례하게 노골적인 노력이었다. 그리고 어머니는 세상에는 모든 것이 풍족한데도 사람들이 빈곤하고, 셀 수 없는 풍요 속에서도 반쯤 굶주린 채 살아가는 것을 보았다. 도시마다 신에게는 필요 없는 금과 은으로 가득한 교회가 있는데 교회 입구에는 걸인들이 떨면서 누군가 손에 조그만 동전을 쥐여 주기만을 헛되이 기다리고 있었다. 어머니는 이전에도 그런 것을 보았다 — 부유한 교회와 금을 박아 넣은 제례복을 입은 사제들, 구걸하는 사람들의 오두막과 그들의 수치스러운 누더기를. 그러나 이전에 어머니에게는 그런 모습이 자연스러워 보였는데 지금은 받아들일 수 없었고 부유한 사람들보다 교회에 더 가깝고 교회를 더 필요로 하는 — 어머니는 알고 있었다 — 가난한 사람들에게 모욕적이었다.

그리스도를 묘사한 그림과 그리스도에 대한 이야기를 들어서 어머니는 그리스도가 가난한 사람들의 친구이며 소박한 옷을 입은 것으로 알고 있었으나 교회에서 가난한 사람들이 위로를 받기 위해 그리스도를 찾아오면 그리스도는 무례한 황금을 박은 비단옷을 입고 빈곤한 사람들 앞에서 역겹다는 듯이 살랑거리는 모습을 보았다. 그리고 자기도 모르게 어머니는 르이빈의 말을 떠올렸다.

'그리고 하느님을 핑계로 우리를 속였지!'

자신도 모르게 어머니는 기도를 덜 하기 시작했고 그리스도에 대해서, 그리고 그리스도의 이름을 말하지 않고 마치 그리스도를 모르는 것처럼 살아갔지만 그러면서도 — 어머니가 생각하기에 — 그리스도의 약속에 따라 살고 그리스도처럼 세상을 가난한 자들의 왕국으로 여기며 사람들 사이에 세상의 모든 재화를 공평하게 나누기를 원하는 사람들에 대해서 더 많이 생각했다. 어머니는 여기에 대해 많이 생각했고 어머니의 마음속에서 이 생각이 싹을 틔워 더 깊어지고 어머니가 보는 모든 것과 어머니가 듣는 모든 것을 감싸 안으며 자라나서, 고른 불빛으로 어두운 세상과 모든 삶과 모든 사람에게 쏟아지는 기도라는 밝은 모습을 띠기 시작했다. 그리고 어머니가 언제나 불명확한 사랑과, 공포와 희망, 자비와 슬픔이 단단히 연결된 복잡한 감정으로 사랑했던 그리스도도 이제는 어머니에게 더 가까워지고 달라져서, 더 높아지고 어머니에게 더 잘 보이게 되었으며 더 기쁘고 얼굴이 더 밝아져서, 마치 사람들이 고결하게 인간의 불행한 친구의 이름을 선언하지 않고 그저 그의 이름으로 아낌없이 흘린 뜨거운 피로 씻어 내고 그 피로 생명을 얻은 삶을 위해 그리스도가 부활한 것만 같았다.

여행을 떠났던 어머니는 언제나 자신이 길에서 보고 들은 것에 기뻐하고 흥분해서, 그리고 수행한 일에 만족하고 활기찬 모습으로 돌아왔다.

"이렇게 사방에 다니면서 많이 보는 건 좋은 일이에요!" 어머니는 저녁이면 니콜라이에게 말했다. "삶이 어떻게 쌓아 올려져 있는지 이해하게 돼요. 민중은 모욕당하고 삶의 변두리에 밀려나고 던져져서, 그곳에 오글오글 모여 살지만 원하든 원하지 않든 생각하게 되죠 — 어째서? 왜 나를 이렇게 쫓아내지? 어째서 모든 것이 널려 있는데 나는 배가 고프지? 그리고 사방에 지혜가 많은데 나는 멍청하고 무지하지? 그리고 부자도 가난한 자도 없고 모두 다 아이들처럼 마음으로 소중히 여긴다는 그 자비로운 신은 어디 있지? 민중은 자기 삶을 조금씩 원망하게 돼요. 자기 스스로 생각하지 않는 한은 거짓이 자신의 목을 조른다는 걸 느끼죠!"

그리고 어머니는 사람들에게 삶의 부당함에 대해 자신의 언어로 말하고 싶은 강렬한 열망을 점점 더 자주 느꼈고 가끔은 그런 열망을 억누르기 힘들었다.

니콜라이는 어머니가 도판을 들여다보는 모습을 발견하고 미소 지으며 언제나 놀라운 것을 이야기해 주었다. 인간이 맡은 과업의 과감함에 놀라서 어머니는 니콜라이에게 믿을 수 없다는 듯 물었다.

"아니, 그게 정말 가능해요?"

그리고 니콜라이는 고집스럽게, 자신의 예언이 진실하다는 혼들리지 않는 확신을 가지고 선한 눈으로 안경 너머로 어머니의 얼굴을 들여다보면서 미래에 대한 이야기를 들려주었다.

"인간의 욕망에는 한계가 없고 그의 힘은 지치지 않으니까요! 하지만 세상은 그래도 어쨌거나 정신적으로 아주 천천히 풍요로워지고 있는데 왜냐하면 지금은 사람들이 질투에서 벗어나기 위해서 지식이 아니라 돈을 모아야만 하는 상황에 처해 있기 때문입니다. 그렇지만 사람들이 욕망을 죽이고 노예와 같은 노동의 구속에서 자유로워지면⋯⋯."

어머니는 그가 하는 말의 의미를 거의 이해하지 못했지만 그 말에 생기를 불어넣는 차분한 신념은 어머니에게도 점점 더 명확하게 느껴졌다.

"세상에는 자유로운 사람이 너무 적어요. 바로 그게 세상의 불행입니다!" 그가 말했다.

그 말은 이해할 수 있었다 ─ 어머니는 욕심과 악의에서 자유로워진 사람들을 알고 있었고 그런 사람들이 더 많다면 삶의 어둡고 무시무시한 얼굴도 더 친절해지고 소박해지고 더 선하고 밝아지리라는 것을 이해했다.

"사람은 자기도 어쩔 수 없이 잔인해져야만 해요!" 니콜라이가 슬프게 말했다.

어머니는 안드레이가 했던 말을 떠올리며 확고하게 고개를 끄덕였다.

9

어느 날 언제나 시간을 잘 지키는 니콜라이가 평소보다 아주 많이 늦게 돌아왔는데 흥분해서 외투도 벗지 않고 손을 비비며 서둘러 말했다.

"그거 아십니까, 닐로브나, 오늘 감옥에서 우리 동지 한 명이 탈주했어요. 하지만 그게 누구인지는 모르겠어요. 그걸 알아내지 못했어요……."

어머니는 근심에 사로잡힌 나머지 다리가 떨려서, 의자에 앉아 속삭이는 소리로 물었다.

"어쩌면…… 파벨일까요?"

"그럴지도 모르죠!" 니콜라이가 어깨를 으쓱해 보이며 대답했다. "하지만 그가 몸을 숨기는 걸 어떻게 돕죠? 어디 가서 그를 찾아냅니까? 제가 지금 거리를 돌아다니다 왔어요, 혹시 마주칠까 싶어서. 멍청한 일이지만 뭐라도 해야 하니까요! 그리고 전 다시 나갈 겁니다……."

"나도 가요!" 어머니가 외쳤다.

"어머님은 예고르에게 가서 뭐든 아는 게 없는지 물어보시겠어요?" 니콜라이가 제안하고는 서둘러 사라졌다.

어머니는 머릿수건을 쓰고 희망에 사로잡혀 니콜라이를 따라 재빨리 거리로 나왔다. 눈앞이 울렁거렸고 심장이 급하게 요동쳤다. 그 때문에 어머니는 거의 뛸 뻔했다. 어머니는 일어날지도 모르는 일을 향해 고개를 숙이고 주위의 그 무엇도 눈에 들어오지 않는 듯 걸어갔다.

'내가 가면 그 애가 거기 있을 거야!' 희망이 어른거리며 어머니를 밀어붙였다.

날은 더웠고 어머니는 지쳐서 숨을 몰아쉬었으며 예고르의 아파트 계단에 이르렀을 때는 더 이상 갈 힘이 없어 멈춰 섰고 몸을 돌렸다가 놀라서 조용히 비명을 지르고는 잠시 눈을 감았다 ─ 정문 앞에 니콜라이 베솝시코프가 양손을 주머니에 넣고 서 있는 것 같았다. 그러나 어머니가 다시 눈을 떴을 때는 아무도 없었다…….

'헛것을 보았구나!' 어머니는 계단을 올라가면서 귀를 기울이며 속으로 말했다. 아래쪽 마당에서 천천히 걸어오는 둔한 발소리가 들렸다. 계단이 꺾어지는 곳에서 걸음을 멈춘 어머니는 몸을 기울여 아래쪽을 내려다보았고 자신에게 미소 짓는 얽은 얼굴을 다시 발견했다.

"니콜라이! 니콜라이……." 어머니가 그를 향해 내려가며 외쳤으나 심장은 실망하여 내려앉았다.

"어머니는 가요! 가요!" 그가 손을 흔들며 작은 소리로 대답했다.

어머니는 재빨리 계단을 올라가 예고르의 방으로 들어갔고 그가 소파에 누워 있는 것을 보고 숨을 몰아쉬며 속삭였다.

"니콜라이가 도망쳤어요…… 감옥에서……!"

"어느 니콜라이요?" 예고르가 베개에서 고개를 들며 목쉰 소리로 물었다. "두 명인데……."

"베솝시코프…… 여기로 와요!"

"멋지군요!"

베솝시코프는 이미 방으로 들어왔고 문에 고리를 걸고는 모자를 벗고 조용히 웃으면서 머리카락을 문질렀다. 예고르가 팔꿈치로 소파를 짚고 몸을 일으키고는 고개를 끄덕이며 신음 소리를 냈다.

"어서 오세요……."

베솝시코프가 활짝 웃으며 어머니에게 다가가 어머니의 손을 잡았다.

"어머니를 못 만났으면 감옥으로 도로 갈 생각도 했어요! 도시에 아는 사람 하나 없고 마을로 가자니 당장 잡힐 테고. 돌아다니면서 생각했죠 — 바보야! 왜 도망쳤어? 그런데 갑자기 보이는 거예요, 닐로브나가 뛰어간다! 나도 따라가야지……."

"어떻게 도망쳤어요?" 어머니가 물었다.

그는 어색하게 소파 끝에 걸터앉아 당황한 듯 어깨를 움츠리며 말했다.

"우연히 기회가 나타났어요! 산책하고 있는데 죄수들이 간수를 때리기 시작했어요. 간수 한 명이 도둑질을 하다 쫓겨났거든요. 밀정 노릇을 하고 고자질을 하고 아무도 내버려 두지 않아요! 죄수들이 그 사람을 때려 난리가 나고 간수들이 놀라서 뛰어오고 호루라기를 불었죠. 그런데 정문이 열려 있고 광장과 도시가 보이는 거예요. 그래서 느긋하게 걷기 시작했죠…… 마치 꿈속 같았어요. 조금 걸어 나와서 정신을 차렸죠 ─ 어디로 가지? 보니까 감옥 정문은 이미 닫혔어요…….."

"흠!" 예고르가 말했다. "그러시면 신사 양반, 돌아서서 예의 바르게 문을 두드리며 들여보내 달라고 부탁하셨어야지요. 실례합니다만, 제가 조금 정신이 없었군요, 이러면서…….."

"그래." 베솝시코프가 웃으면서 말을 이었다. "멍청하지. 뭐, 어쨌든 동지들 보기에 안 좋지, 누구한테도 아무 말 안 했으니까…….. 그래서 걸었지. 보니까 고인의 장례를 치르고 있어, 어린애야. 운구 행렬을 따라갔지, 고개를 숙이고 아무도 쳐다보지 않고. 무덤가에 앉아 있는데 바람이 살살 불고 머릿속에 생각이 하나 떠오른 거야…….."

"하나만?" 예고르가 묻고는 한숨을 쉬며 덧붙였다. "네 머릿속엔 자리가 아주 많을 텐데…….."

그러나 베솝시코프는 화내지 않고 웃음을 터뜨리며 고개를 흔들었다.

"뭐, 요즘엔 내 머릿속이 예전처럼 텅 비어 있진 않아. 예고르

이바노비치, 그러는 자네는 항상 아프잖아…….”

“다들 자기가 할 수 있는 일을 하는 거지!”예고르가 축축한 기침을 내뱉으며 대답했다. “계속해!”

“그다음엔 지질 박물관에 갔지. 거기서 좀 걸어 다니고 구경하면서 계속 생각했어 — 어떡하지, 이젠 어디로 가지? 심지어 나 자신한테 화가 나더군. 그리고 배가 너무 고팠어! 거리로 나와서 걸어 다니는데 짜증이 나는 거야……. 보니까 경찰들이 지나가는 사람을 다 들여다보고 있어. 그래, 내 낯짝이면 금방 하느님의 심판을 받겠군! 그때 갑자기 닐로브나가 앞에 뛰어가는 게 보여서 나도 방향을 바꿔 따라왔지 — 그게 다야!”

“그런데 난 당신을 못 봤어요!”어머니가 미안한 듯 말했다. 어머니는 베솝시코프를 살펴보았다. 어머니가 보기에 그는 더 가벼워진 것 같았다.

“분명 동지들이 걱정할 거야…….” 머리를 쓰다듬으며 베솝시코프가 말했다.

“간수들은 걱정 안 되냐? 간수들도 널 걱정할 거야!”예고르가 말했다. 그는 입을 벌리고 마치 공기를 씹는 듯 입술을 움직였다. “이제 농담은 그만하자! 우선 널 숨겨야 해, 어려운 일이지만 재미는 있겠지. 내가 일어날 수만 있다면…….” 그는 숨 막히는 소리를 내고 양손을 자기 가슴 위로 올리더니 허약한 몸짓으로 가슴을 문지르기 시작했다.

“많이 아팠구나, 예고르 이바노비치!”베솝시코프가 말하고 고개를 숙였다. 어머니는 한숨을 쉬면서 조그맣고 비좁은 방 안을 불안하게 둘러보았다.

"그건 내 개인적인 일이고!" 예고르가 대답했다. "어머니, 파벨에 대해 물어보세요. 조심하실 거 없어요!"

베솝시코프가 활짝 웃었다.

"파벨은 괜찮아요! 건강해요. 거기 우리들 사이에서는 일종의 고참이에요. 간수들하고 이야기하고 전체적으로 지휘를 해요. 존경받거든요…….'

블라소바는 고개를 끄덕였고 베솝시코프의 이야기를 들으면서 예고르의 부어오른, 푸르스름한 얼굴을 흘끗 바라보았다. 움직이지 않고 얼어붙은 듯 표정이 없는 그 얼굴은 이상하게 편편해 보였고 얼굴에서 눈만 생기 있게 빛났다.

"뭐든 좀 먹었으면 좋겠는데, 하느님 맙소사, 너무 배고파!" 베솝시코프가 갑자기 소리쳤다.

"어머니, 선반에 빵이 있어요. 그리고 복도로 나가시면 왼쪽에서 두 번째 문이 있는데 두드려 보세요. 여자가 열어 줄 텐데 먹을 수 있는 건 전부 가지고 여기로 좀 와 달라고 말씀해 주세요."

"전부라니, 그걸 가지고 어디로 가라는 거야?" 베솝시코프가 항의했다.

"걱정하지 마, 그렇게 많지 않아…….'

어머니는 나가서 문을 두드렸고 문 뒤의 침묵에 귀 기울이면서 예고르에 대해 슬프게 생각했다.

'죽어 가고 있어…….'

"누구세요?" 문 뒤에서 목소리가 물었다.

"예고르 이바노비치가 보내서 왔어요!" 어머니가 작은 소리로 대답했다.

"와 달라고 부탁해서요……."

"지금 갈게요!" 문도 열지 않고 여자가 대답했다. 어머니는 잠시 기다렸다가 다시 문을 두드렸다. 그러자 문이 재빨리 열렸고 안경을 쓴 키 큰 여자가 복도로 나왔다. 블라우스의 구겨진 소매를 서둘러 펴면서 여자는 어머니에게 거칠게 물었다.

"무슨 일이죠?"

"예고르 이바노비치가……."

"아하! 갑시다. 오, 아주머니 누군지 알아요!" 여자가 조용히 외쳤다. "안녕하세요! 여기가 어두워서……."

블라소바는 여자를 쳐다보면서 그녀가 가끔 니콜라이의 집에 왔었다는 것을 기억했다.

'다들 우리 사람이구나!' 어머니의 머릿속에 이런 생각이 떠올랐다.

어머니에게 다가온 여자는 어머니를 앞세우고 자기는 뒤따라 걸어오면서 물었다.

"몸이 안 좋나요?"

"네, 누워 있어요. 먹을 걸 가지고 와 달라고 했어요."

"아니, 그건 필요 없는데……."

두 사람이 방에 들어서자 예고르의 목쉰 소리가 그들을 맞이했다.

"나는 조상을 만나러 갑니다, 친구들이여. 류드밀라 바실리예브나, 이 사내는 간수들의 허가 없이 감옥을 나오신 분이지요, 대담해! 우선 밥을 먹여 주시고 그런 뒤에 어디에든 숨겨 주십시오."

여자는 고개를 끄덕이고 환자의 얼굴을 주의 깊게 들여다보더니 엄격하게 말했다.

"예고르, 손님이 왔을 때는 곧바로 저를 부르셨어야지요! 그리고 보아하니 두 번이나 약을 안 드셨군요. 왜 이렇게 부주의하지요? 동지, 우리 집으로 가요! 지금 병원에서 예고르를 데리러 올 거예요."

"그럼 나는 병원으로 가는 겁니까?" 예고르가 물었다.

"네. 저도 같이 갈게요."

"같이 가요? 오, 하느님!"

"멍청하게 굴지 말아요⋯⋯."

대화하면서 여성은 예고르의 가슴을 덮은 담요를 바로잡고 베솝시코프를 뚫어지게 쳐다보고는 약병에 든 약의 분량을 눈대중으로 가늠했다. 여자는 크지 않은 목소리로 고르게 말했고 움직임은 유연했으며 얼굴은 창백했고 검은 눈썹이 미간에서 거의 이어져 있었다. 어머니는 그녀의 얼굴이 왠지 마음에 들지 않았다 — 그 얼굴은 오만해 보였고 눈은 미소 짓지 않고 반짝이지도 않고 사람을 들여다보았다. 그리고 여자는 마치 명령하듯이 말했다.

"우리는 갑니다!" 여자가 말을 이었다. "나는 곧 돌아올 거예요! 당신은 예고르에게 이걸 한 숟가락 주세요. 그가 말하지 못하게 하세요…….”

그리고 여자는 베숩시코프를 데리고 나갔다.

“굉장한 여자예요!” 예고르가 한숨을 쉬고 말했다. “엄청난 여자지요……. 어머니, 저분을 좀 돌봐 주세요, 아주 많이 지쳤을 거예요.”

“말하지 말아요! 자 여기, 약 먹는 게 좋겠어요!” 어머니가 부드럽게 부탁했다.

그는 약을 목구멍으로 넘긴 뒤 한쪽 눈을 가늘게 뜨고 말을 이었다.

“입을 다문다고 해도 어쨌든 나는 죽으니까요…….”

다른 한쪽 눈으로 어머니의 얼굴을 쳐다보는 그의 입술이 천천히 움직이며 미소를 지었다. 어머니는 고개를 숙였다. 날카로운 연민의 감정 때문에 눈물이 솟아났다.

“괜찮아요, 이건 자연스러운 일이에요. 삶의 즐거움 뒤에는 죽어야 하는 의무가 따르게 마련이죠…….”

어머니는 그의 머리에 손을 대고 다시 조용히 말했다.

“말하지 말아요, 응……?”

그는 마치 자기 가슴에서 나는 새된 소리에 귀를 기울이듯 눈을 감았지만 고집스럽게 말을 이었다.

“말하지 않는 건 무의미해요, 어머니! 말하지 않는다고 내가 뭘 얻겠어요? 쓸모없는 고통의 시간을 몇 초 더 늘리는 대신 좋은 사람과 수다 떠는 즐거움을 잃겠죠. 이 세상에 있는 것처럼 좋은 사람들이 저쪽 세상에는 없을 거라고 생각해요…….”

어머니는 불안하게 그의 말을 끊었다.

“아까 그분, 숙녀분이 돌아오면 당신이 말하게 내버려 뒀다고 나를 야단칠 거예요…….”

“그 사람은 숙녀가 아니라 혁명가이고 동지이고 굉장한 영혼이에요. 그리고 분명히 어머니를 야단치겠죠. 언제나 모든 사람을 야단치니까요…….”

그리고 천천히, 힘겹게 입술을 움직이며 예고르는 이웃 여성의 삶에 대한 이야기를 들려주기 시작했다. 그의 눈은 웃고 있었고 어머니는 그가 자신을 놀리고 있다는 것을 알았고, 축축하고 푸르스름한 기운이 깔린 그의 얼굴을 들여다보면서 불안해했다.

‘죽겠구나…….’

류드밀라가 들어와서 꼼꼼하게 문단속을 하고는 블라소바를 향해 말했다.

“탈옥하신 분은 당장 옷을 갈아입고 가능한 한 빨리 우리 집에서 나가야 합니다. 그건 당신도 마찬가지예요, 펠라게야 닐로브나. 지금 당장 가서 그분한테 줄 옷가지를 챙겨서 전부 다 여기로 가져오세요. 소피야가 없어서 아쉽군요. 이건 소피야의 전문인데, 사람들을 숨겨 주는 일 말이에요.”

“내일 올 거예요!” 블라소바가 어깨 위에 머릿수건을 두르면서 말했다.

뭔가 지령을 받을 때마다 매번 어머니는 맡은 일을 빠르게 잘 해내고 싶은 열망에 휩싸였고 지금 해야 하는 일 외에는 아무것도 생각할 수 없었다. 그리고 지금도 근심스럽게 눈썹을 내리깔고 어머니는 사무적으로 물었다.

"그에게 어떤 변장을 시키는 게 좋다고 생각하세요?"

"아무래도 좋아요! 밤에 나갈 테니까요."

"밤은 더 안 좋아요. 거리에 사람들이 적고 감시하는 눈은 더 많고, 그는 별로 능숙하지 못해요……."

예고르가 목쉰 소리로 웃음을 터뜨렸다.

"베숩시코프가 당신과 함께 병원으로 가면 안 될까요?" 어머니가 조심스레 물었다.

예고르는 기침을 하면서 고개를 끄덕였다. 류드밀라가 검은 눈으로 어머니의 얼굴을 들여다보며 제안했다.

"저하고 교대로 그를 돌보시겠어요? 네? 좋아요! 그럼 이제 빨리 가세요……."

다정하게, 그러나 권위 있게 어머니의 팔을 잡고 그녀는 어머니를 문밖으로 데리고 나가 그곳에서 조용히 말했다.

"제가 당신을 끌고 나왔다고 화내지 마세요! 하지만 말하는 건 예고르에게 해로워요. 그리고 저는 희망이 있어요……."

그녀는 양손을 맞잡았고 손가락 관절에서 소리가 났으며 눈꺼풀은 지친 듯이 눈 위로 내려왔다.

어머니는 그녀의 설명을 듣고 슬퍼져서 중얼거렸다.

"당신은 누구죠?"

"밀정이 없는지 보세요!" 여자가 조용히 말했다. 얼굴을 향해 양손을 들어 여자는 관자놀이를 문질렀고 입술이 떨렸으며 얼굴이 더 부드러워졌다.

"알아요!" 어머니가 자랑하는 말투 없이 그녀에게 대답했다.

밖으로 나온 어머니는 잠시 멈춰 서서 머릿수건을 바로잡으며 눈에 띄지 않게, 그러나 날카롭게 주위를 둘러보았다. 어머니는 이미 거리를 지나다니는 사람들 사이에서 거의 실수 없이 밀정을 분간해 낼 수 있었다. 눈에 띄게 무심한 걸음걸이, 거만하고 억지스러운 몸짓, 지치고 지루해하는 표정과 이 모든 것 뒤에 서투르게 감추어진 불쾌하게 날카롭고 불안한 눈의 조심스럽고 죄책감 가득한 번쩍임을 어머니는 알고 있었다.

이번에 어머니는 익숙한 얼굴을 발견하지 못했고 그래서 서두르지 않고 거리를 걷다가 마차를 불러 시장으로 태워다 달라고 했다. 베솝시코프를 위한 옷을 사면서 어머니는 상인들과 험하게 흥정했고 그러면서 거의 매달 새로 옷을 사 입혀야만 하는 자신의 술주정뱅이 남편을 욕했다. 이 핑계는 상인들에게는 별 효과가 없었으나 어머니 자신은 아주 마음에 들었다. 돌아가는 길에 어머니는 경찰이 당연히 베솝시코프가 옷을 갈아입을 것이라 짐작하고 밀정들을 시장에 보낼 것으로 추정했다. 이렇게 순진하게 추정하고 미리 조심하면서 어머니는 예고르의 아파트에 돌아왔고 그런 뒤에 베솝시코프를 도시 변두리까지 데려가야 했다. 두 사람은 거리의 서로 다른 쪽에서 걸었고 어머니는 베솝시코프가 고개를 숙이고 불그스름한 외투의 기다란 옷자락에 발이 걸려 힘들게 걷는 모습과 코를 향해 내려오는 모자를 계속 고쳐 쓰는 모습이 우스꽝스럽고 즐거웠다. 인적 없는 거리에서 사셴카가 그들을 맞이했고 어머니는 베솝시코프와 작별하면서 고개를 끄덕여 보이고 집에 돌아갔다.

　'그럼 파샤는 갇혀 있는 거구나…… 안드류샤도…….' 어머니는 슬퍼하며 생각했다.

10

니콜라이가 어머니를 맞이하며 떨리듯 외쳤다.

"예고르가 아주 안 좋아요, 아주! 병원에 실려 갔고 류드밀라
가 여기 왔는데 어머니께 병원으로 찾아와 달라고 합니다……."

"병원으로요?"

불안한 동작으로 안경을 바로잡으면서 니콜라이는 어머니가
카디건을 입는 것을 도와주고 나서 건조하고 따뜻한 손으로 어
머니의 손을 잡고 떨리는 목소리로 말했다.

"예! 이 꾸러미를 가져가세요. 베솝시코프는 잘 보냈습니까?"

"다 잘됐어요……."

"저도 예고르한테 가 보겠습니다."

어머니는 피곤해서 머리가 어지러웠지만 니콜라이의 불안한
분위기에서 어머니는 큰 사건이 벌어지리라는 슬픈 예감을 느
꼈다.

'죽어 가는구나.' 어두운 생각이 어머니의 머릿속에서 둔하게 요동쳤다.

그러나 어머니가 병원에 도착해 조그맣고 깨끗하고 밝은 병실 안을 보았을 때 예고르는 병상에 하얀 베개를 쌓아 놓고 앉아서 목쉰 소리로 웃고 있었다. 그 소리를 듣고 어머니는 즉시 마음이 놓였다. 어머니는 미소 지으며 문가에 서서 환자가 의사에게 말하는 것을 들었다.

"치료는 개혁이야……."

"장난치지 말게, 예고르!" 의사가 가느다란 목소리로 근심스럽게 외쳤다.

"그런데 나는 혁명가라서 개혁을 아주 싫어해……."

의사가 예고르의 손을 조심스럽게 그의 무릎에 올려놓고 의자에서 일어나 생각에 잠겨 턱수염을 잡아당기며 손가락으로 환자 얼굴의 부은 곳을 누르기 시작했다.

어머니는 의사를 잘 알고 있었는데, 그는 니콜라이의 가까운 동지였고 이름은 이반 다닐로비치였다. 어머니는 예고르에게 다가갔고, 예고르는 어머니를 향해 혀를 내밀어 보였다. 의사가 몸을 돌렸다.

"아, 닐로브나! 안녕하십니까! 손에 뭘 들고 계시죠?"

"책이겠지요, 분명."

"예고르는 책 읽으면 안 돼요!" 의사가 반대했다.

"이 사람이 날 바보로 만들려고 해요!" 예고르가 불평했다.

예고르의 가슴에서 축축하고 쌔근거리는 소리가 짧고 힘겨운 호흡에 섞여 흘러나왔고 그의 얼굴은 작은 땀방울로 뒤덮여 있었다. 그는 말을 듣지 않는 무거운 손을 천천히 들어 손바닥으로 이마를 닦아 냈다. 부어오른 볼은 이상하게 움직임이 없었다. 그 때문에 그의 넓고 선한 얼굴이 기괴하게 보였으며 죽음의 가면 아래 모든 윤곽이 사라지고 오직 부종 속으로 깊이 가라앉은 두 눈만 선명하게 빛나면서 깔보는 듯한 미소를 짓고 있었다.

"이봐, 전문가! 나 지쳤어, 누워도 돼?"

"안 돼!" 의사가 짧게 말했다.

"뭐, 그럼 네가 간 뒤에 누울 거야……"

"닐로브나, 이 사람 드러눕지 못하게 해 주세요! 베개 위치를 고쳐 주십시오. 그리고 이 사람하고 얘기하지 마십시오. 부탁드립니다, 말하는 건 예고르에게 해로워요……"

어머니는 고개를 끄덕였다. 의사는 잔걸음으로 빠르게 병실을 나갔다. 예고르는 고개를 기울이고 눈을 감은 채 움직이지 않았고 그의 손가락만 조용히 바스락거렸다. 조그만 병실의 하얀 벽에서 건조한 냉기가 둔한 슬픔이 되어 배어 나왔다. 커다란 창문으로 보리수나무의 고수머리 우듬지가 안을 들여다보았고 어둡고 먼지 앉은 나뭇잎에는 다가오는 가을의 차가운 손길이 건드린 노란 얼룩이 선명하게 반들거렸다.

"죽음이 천천히 다가오네요, 내키지 않는다는 듯……" 움직이지 않고 눈을 뜨지도 않고 예고르가 말했다. "죽음도 내가 불쌍한 모양이지요. 이렇게 앞날이 창창한 청년이니……"

"말하지 않는 게 좋아요, 예고르 이바노비치!" 어머니가 그의 손을 조용히 쓰다듬으며 부탁했다.

"잠깐만 들어줘요, 입 다물 테니까……."

숨을 몰아쉬며 힘겹게 단어를 발음하면서 그는 기운이 달린 듯 중간중간 말을 끊고 길게 쉬어 가며 이야기했다.

"어머니가 우리와 함께라는 게 정말 기뻐요. 어머니 얼굴을 보는 게 좋아요. 어머니의 앞날은 어떻게 될까? 나는 스스로에게 물어보곤 해요. 어머니도 다른 사람들처럼 감옥과 온갖 괴로운 일들이 기다리고 있다고 생각하면 슬퍼요. 어머니는 감옥이 겁나지 않아요?"

"네!" 어머니가 단순하게 대답했다.

"하긴 그래요, 물론이죠. 그래도 어쨌든 감옥은 열악한 곳이고, 바로 거기서 내가 이렇게 망가졌어요. 솔직히 말하면 나는 죽고 싶지 않아요……."

'아직은 안 죽을 수도 있어요!' 어머니는 말하고 싶었으나 그의 얼굴을 보고 말을 참았다.

"아직도 일을 더 할 수 있는데……. 하지만 일을 할 수 없다면 살 이유도 없고, 산다는 게 바보 같겠죠."

'맞는 말이지만 위안은 되지 않아!' 어머니는 자기도 모르게 안드레이가 했던 말을 떠올리며 무겁게 한숨을 쉬었다. 어머니는 지난 하루 동안 많이 지쳤고 배가 고팠다. 환자의 단조롭고 축축한 속삭임이 방을 채우며 매끄러운 벽 위를 무기력하게 기어 다녔다. 창밖의 보리수나무 가지들은 낮게 깔린 먹구름과 비슷했고 그 슬픈 검은색으로 사람을 놀라게 했다. 음울하게 밤을 기다리는 시간 속에 모든 것이 어스름 속에서 움직이지 않고 굳어져 갔다.

"저는 너무 힘들어요!" 예고르가 말하고는 눈을 감고 조용해졌다.

"자요!" 어머니가 조언했다. "그러면 좋아질지도 몰라요."

그런 뒤에 어머니는 예고르의 숨소리에 귀를 기울이고 얼굴을 들여다보고 차가운 슬픔에 사로잡혀 움직이지 않고 몇 분 동안 앉아 있다가 졸기 시작했다.

문가에서 조심스러운 소음이 들려 어머니는 깨어났다 ─ 몸을 떨면서 어머니는 예고르가 눈을 뜨고 있는 것을 보았다.

"내가 잠들었군요, 미안해요!" 어머니가 조용히 말했다.

"저도 미안합니다⋯⋯." 그가 마찬가지로 조용히 말했다.

창문으로 저녁의 어스름이 들여다보았고 흐릿한 냉기가 눈을 짓눌렀으며 모든 것이 이상하게 희미해졌고 환자의 얼굴이 어두워지기 시작했다.

바스락거리는 소리에 이어 류드밀라의 목소리가 들렸다.

"어둠 속에 앉아서 속닥거리고 있군요. 스위치가 어디 있지?"

병실 전체가 갑자기 인정사정없는 하얀 빛으로 밝아졌다. 병실 한가운데 류드밀라가 온통 검은 옷을 입고 큰 키에 곧은 자세로 서 있었다.

예고르가 심하게 온몸을 떨며 손을 가슴 쪽으로 가져갔다.

"왜요?" 류드밀라가 외치면서 그에게 달려갔다.

예고르는 눈의 움직임을 멈춘 채 어머니를 바라보았고 이제 그 눈은 커다랗고 이상하게 선명해 보였다.

입을 크게 벌리며 그가 고개를 치켜들고 한 손을 앞으로 뻗었다. 어머니는 조심스럽게 그의 손을 잡았고 숨을 멈춘 채 예고르의 얼굴을 바라보았다. 그는 발작적이고 강한 움직임으로 목을 움직여 고개를 기울이더니 큰 소리로 말했다.

"안 되겠어, 끝이야……!"

그의 몸이 부드럽게 떨리더니 고개가 힘없이 어깨 쪽으로 떨어졌다. 크게 뜬 눈에 병상 위에서 타오르는 전등의 차가운 빛이 생기 없이 반사되었다.

"소중한 동지!" 어머니가 속삭였다.

류드밀라가 천천히 창가로 걸어가 멈춰 서더니 블라소바가 알 수 없는 앞쪽을 바라보고 유달리 큰 목소리로 말했다.

"죽었어요……."

그녀는 몸을 숙이고 팔꿈치를 창가에 기대고는 갑자기, 마치 머리를 맞은 듯 무기력하게 무릎을 꿇고 무너져 양손으로 얼굴을 가린 채 낮게 신음했다.

예고르의 무거운 양손을 그의 가슴에 얹어 주고 이상하게 무거운 머리를 베개 위에 바르게 눕혀 준 뒤 어머니는 눈물을 닦고 류드밀라에게 가서 그녀 위로 몸을 숙이고 조용히 그녀의 숱 많은 머리카락을 쓰다듬었다. 류드밀라가 천천히 어머니 쪽으로 몸을 돌렸다. 그녀의 생기 없는 눈이 열병에 걸린 듯 커졌고 그녀는 일어서서 떨리는 입술로 속삭였다.

"우리는 유배 가서 같이 살았어요, 유배지까지 걸어서 갔고 감옥에도 같이 갇혀 있었죠. 때로는 견딜 수 없기도 했고 끔찍했고 많은 사람이 정신적으로 무너졌어요⋯⋯."

건조하고 커다란 흐느낌이 그녀의 목구멍을 채웠고 그녀는 울지 않으려 애쓰면서 어머니의 얼굴에 자신의 얼굴을 가까이 대고 상냥하고 슬픈 감정에 조금 부드러워지고 조금 더 젊어져서 빠르게 속삭이는 소리로 눈물 없이 흐느끼며 말을 이었다.

"그런데도 예고르는 언제나 명랑했고 농담을 하고 웃음으로 자신의 고통을 용맹하게 숨겼어요. 약한 사람들을 북돋워 주려고 애썼죠. 선하고 예민하고 다정하고⋯⋯ 거기, 시베리아에서는 할 일이 없으면 사람이 망가져요, 삶에 대한 나쁜 감정을 불러일으키죠. 하지만 예고르는 그런 감정들과 얼마나 잘 싸웠는지⋯⋯! 그가 어떤 동지였는지 당신도 알았으면 좋겠어요! 그의 개인적인 삶은 힘들고 고통스러웠지만 아무도 그의 불평을 들은 적이 없어요, 아무도, 단 한 번도! 나는 그의 가까운 친구였고 그에게 마음으로 많은 것을 빚지고 있어요. 그는 자기가 줄 수 있는 걸 정신적으로 모두 나에게 주었고 외롭고 지칠 때도 자기가 준 것의 대가로 돌봐 달라거나 관심을 달라고 한 적이 한 번도 없어요⋯⋯."

그녀는 예고르에게 다가가 몸을 숙이고 그의 손에 입 맞춘 뒤 작은 소리로 슬프게 말했다.

"내 소중한 동지, 다정한 사람, 고마워요, 온 마음을 다해 고마워요, 잘 가요! 나도 당신처럼 일할 거예요, 지치지 않고 의심하지 않고, 평생······! 잘 가요!"

흐느낌에 그녀의 몸이 떨렸고, 그녀는 숨을 몰아쉬며 예고르의 발치 쪽 병상에 머리를 기댔다. 어머니는 넘치는 눈물을 말없이 흘리며 울었다. 어머니는 왠지 그 눈물을 삼키려 애썼고 류드밀라를 열심히 다정하게 위로하고 싶었으며 사랑과 슬픔이 담긴 좋은 말로 예고르에 대해 이야기하고 싶었다. 눈물 사이로 어머니는 그의 푹 꺼진 얼굴을, 부어오른 눈꺼풀에 졸린 듯 가려진 눈을, 가벼운 미소로 굳어진 검은 입술을 보았다. 사방이 조용하고 지루하게 밝았다.

이반 다닐로비치가 언제나 그렇듯 잔걸음으로 서둘러 들어와서 병실 한가운데 갑자기 멈춰 서더니 빠른 동작으로 양손을 주머니에 쑤셔 넣고는 불안하게 큰 소리로 물었다.

"오래됐습니까······?"

아무도 대답하지 않았다. 의사는 조용히 선 채로 몸을 흔들며 이마를 문지르고는 예고르에게 다가가 그의 손을 잡아 주고 한옆으로 물러났다.

"놀랄 일은 아닙니다. 그의 심장을 봤을 때 이미 반년 전에 일어났어야 할 일이었어요······ 최소한······."

그의 높고 어울리지 않게 크고 억지로 차분함을 유지하는 목소리가 갑자기 갈라졌다. 벽에 등을 대고 그는 빠르게 손가락을 움직여 턱수염을 꼬았고 눈을 깜빡이며 병상 옆에 있는 두 여성을 보았다.

"또 한 명이!" 그가 조용히 말했다.

류드밀라가 일어나 창문 쪽으로 걸어가서는 창을 열었다. 다음 순간 세 명 모두 창가에 서로 바짝 붙어 서서 가을밤의 어두운 얼굴을 보았다. 검은 나무 우듬지 위로 별들이 반짝였고 먼 하늘은 끝없이 깊어 갔다…….

류드밀라는 어머니의 팔을 잡고 어깨에 말없이 기댔다. 의사는 고개를 푹 숙이고 손수건으로 외알 안경을 닦았다. 정적 속에 창 너머로 도시의 저녁 소음이 지친 듯 한숨을 쉬었고 냉기가 얼굴에 끼쳐 왔으며 머리 위에서 머리카락들이 속삭이는 소리를 냈다. 류드밀라는 몸을 떨었고 그녀의 볼에 눈물이 흘렀다. 병원 복도에서 억눌리고 겁에 질린 소리들, 서두르는 발소리, 신음 소리, 우울한 속삭임이 밀려왔다. 창가에 움직이지 않고 선 사람들은 어둠 속을 바라보며 침묵했다.

어머니는 자신이 그곳에서 쓸모없다고 생각해 조심스럽게 팔을 빼고 예고르에게 인사한 뒤 문 쪽으로 다가갔다.

"가시려고요?" 의사가 돌아보지 않고 조용히 물었다.

"네…….""

거리에서 어머니는 류드밀라에 대해 생각하고 그녀의 드문 눈물을 떠올렸다.

'마음껏 우는 법도 모르는구나…….'

예고르가 죽기 전에 했던 말을 떠올리며 어머니는 조용히 한숨을 쉬었다. 천천히 거리를 걸으면서 어머니는 그의 생기 있는 눈과 농담, 삶에 대한 이야기들을 떠올렸다.

'좋은 사람은 살기 어렵고 죽기는 쉽다. 나는 어떤 식으로 죽

게 될까……?'

  그런 뒤에 어머니는 하얗고 지나치게 밝은 병실 창가에 서 있는 류드밀라와 의사를 생각하며 그들 뒤에 누워 있는 예고르의 죽은 눈을 떠올렸고 사람들에 대한 연민에 짓눌리듯 사로잡혀 무겁게 한숨을 쉬고 더 빨리 걸었다 — 어떤 희미한 감정이 어머니의 발길을 재촉했다.

  '더 빨리 가야 해!' 어머니는 내면을 부드럽게 건드리는, 슬프지만 활기를 주는 힘에 기대며 이렇게 생각했다.

11

다음 날 어머니는 하루 종일 장례식을 준비하며 바쁘게 지냈고 저녁에 니콜라이와 소피야와 함께 차를 마시고 있을 때 사셴카가 나타났는데 이상하게 수선스럽고 활기가 넘쳤다. 볼에는 홍조가 타올랐고 눈은 즐겁게 빛났으며 그녀의 몸 전체가 희망에 가득 찬 것 같다고 어머니는 생각했다. 그녀의 기분은 고인에 대한 슬픈 회상의 분위기를 급격히 활발하게 바꾸어 놓았고, 그 분위기에 휩쓸리지 않은 다른 사람들은 마치 어둠 속에서 불길이 타올랐을 때처럼 잠시 앞이 보이지 않아 당황했다. 니콜라이가 생각에 잠겨 손가락으로 식탁을 두드리며 말했다.

"오늘은 평소 같지 않네요, 사샤⋯⋯."

"그래요? 그럴지도 모르죠!" 그녀가 대답하고 행복한 듯 소리 내어 웃었다.

어머니는 말 없는 비난을 담아 사셴카를 바라보았고, 소피야가 일깨워 주려는 어조로 말했다.

"우리는 지금 예고르 이바노비치에 대해서 얘기하고 있었어
요……."

"얼마나 훌륭한 사람이었는지, 그렇지요?" 사셴카가 외쳤다.
"전 그가 굳은 얼굴로 농담하지 않는 모습을 본 적이 한 번도 없
어요. 그리고 일은 또 얼마나 잘했는지! 그는 혁명의 예술가였
어요. 마치 위대한 거장처럼 혁명 사상을 지배하고 있었죠. 언
제나 소박하고 강력하게 거짓과 폭력과 속임수의 모습들을 묘
사했어요!"

그녀는 작은 목소리로, 눈에는 생각에 잠긴 듯 미소를 띠고 말
했지만 그 미소조차 그녀의 시선에서 아무도 이해하지 못하는,
그러나 누구나 분명하게 볼 수 있는 환희의 불꽃을 꺼뜨리지 못
했다.

세 사람 모두 동지를 애도하는 슬픈 분위기를 사셴카가 몰고
온 기쁨의 감정에 양보하고 싶지 않았다. 그래서 슬픔에 잠겨
있을 우울한 권리를 무의식적으로 지키기 위해 그들은 사셴카
도 자기들의 분위기 안으로 끌어들이려고 자신들도 모르게 애
썼다.

"그런데 이제는 죽었죠!" 소피야가 사셴카를 주의 깊게 쳐다
보면서 고집스럽게 말했다.

사셴카는 질문하는 시선으로 모두를 재빨리 훑어보더니 눈살
을 찌푸렸다. 그리고 고개를 숙이고 사셴카는 느린 동작으로 머
리카락을 다듬으며 잠시 침묵했다.

"죽었어요?" 그녀가 침묵을 깨고 큰 소리로 묻고는, 또다시 대답을 요구하는 시선으로 모두를 쳐다보았다. "무슨 의미예요 — 죽다니? 뭐가 죽었어요? 예고르에 대한 나의 존경심이 죽었나요? 동지였던 그에 대한 나의 사랑이 죽었나요, 그의 사상적 활동에 대한 기억이 죽었나요, 그 활동이 죽었나요, 내 심장에 그가 불러일으켰던 감정들이 사라졌나요, 용감하고 정직한 사람이라는 저의 그에 대한 기억이 깨졌나요? 설마 이 모든 것이 죽었겠어요? 저한테 이런 것은 절대 죽지 않아요, 제가 알아요. 제 생각에 우리는 사람에 대해 너무 서둘러 '그가 죽었다'고 말하는 것 같아요. '그의 입술은 죽었지만 말은 영원하고 살아 있는 사람들의 가슴속에 살아갈 것이다!'"

홍분해서 그녀는 다시 자기 자리에 앉았고 식탁 위에 팔꿈치를 기대고는 더 조용히, 좀 더 생각에 잠겨서 흐려진 눈으로 동지들을 쳐다보며 미소를 띤 채 말을 이었다.

"어쩌면 제가 멍청한 말을 하는지도 몰라요. 하지만 저는 정직한 사람들의 불멸에 대해, 저에게 지금 살아가는 이 아름다운 삶, 놀라운 복잡성과 현상의 다양성과 사상의 성장으로 저를 기쁘게 도취시키는 삶을 살아가는 행복을 준 사람들의 불멸에 대해, 내 심장처럼 소중한 사람들에 대해 말하는 거예요. 우리는 어쩌면 감정을 낭비하는 데 너무 인색한지도 모르고, 너무 많이 생각으로만 살아가는지도 몰라요. 그리고 그건 우리를 약간 왜곡시켜요. 우리는 평가하지만 느끼지 않으니까요⋯⋯."

"무슨 좋은 일이라도 일어났나요?" 소피야가 미소 지으며 물었다.

"네!" 고개를 끄덕이며 사센카가 말했다. "제 생각엔 아주 좋은 일이에요! 저는 밤새 베솝시코프와 이야기했어요. 전에는 그를 좋아하지 않았고, 무례하고 어두운 사람이라고 생각했어요. 그리고 실제로 그런 사람이었어요, 분명히. 그의 안에 모든 것에 대한 움직이지 않는 울화가 살아 있었고 그는 언제나 어떻게든 모든 일의 중심에 자기 자신을 살인적으로 무겁게 자리매김하고 거칠고 화난 듯이 말했어요 ─ 나, 나, 나! 하고요. 거기엔 뭔가 부르주아적이고 짜증 나는 데가 있었죠……."

사센카는 미소 지으며 빛나는 눈으로 다시 한번 모두를 둘러보았다.

"이제 그는 이렇게 말해요 ─ 동지! 라고요. 그리고 그가 어떻게 그 말을 하는지 들으셔야 해요. 뭔가 쑥스러운 듯, 부드러운 사랑을 담아서 말해요 ─ 그런 건 말로 속일 수 없어요! 놀랄 정도로 소박하고 진실해졌어요. 그리고 일하고 싶은 열망으로 가득 차 있어요. 그는 자신을 찾았고 자기의 힘을 보고 자신에게 뭐가 없는지를 알고 있어요. 중요한 건, 그의 내면에 진정한 동지애가 생겨났다는 거예요……."

블라소바는 사센카의 말에 귀를 기울였고, 이 엄격한 젊은 여성이 부드러워지고 기뻐하는 모습을 보는 게 좋았다. 그러나 동시에 어딘가 마음속 깊은 곳에서 질투심이 생겨났다. '그런데 파샤는 어떻게……?'

사센카가 말을 이었다. "그는 동지들에 대한 생각에 온통 사로잡혀 있어요. 무슨 말로 나를 설득했는지 아세요? 그들을 반드시 탈출시켜야 한다고 했어요, 네! 그의 말로는 아주 단순하고 쉽다고 해요…….”

소피야가 고개를 들고 생기를 띠며 말했다.

“당신은 어떻게 생각해요, 사샤? 그거 좋은 발상이에요!”

어머니의 손에 든 찻잔이 떨렸다. 사센카는 눈살을 찌푸리고 자신의 활기를 억제하며 잠시 침묵했다가 진지한 목소리로, 그러나 기쁘게 웃으면서 혼란스럽게 말했다.

“만약 모든 일이 그가 말하는 대로라면 우리는 시도해 봐야 해요! 그건 우리의 의무예요!”

그녀의 얼굴이 빨개지면서 의자에 몸을 축 늘어뜨리고 말을 멈추었다.

‘내 소중한 아가씨, 소중한 동지!’ 어머니는 미소 지으며 생각했다. 소피야도 마찬가지로 미소 지었고 니콜라이는 사센카의 얼굴을 부드럽게 바라보면서 조용히 웃음을 터뜨렸다. 그러자 사센카는 고개를 들고 모두를 엄격하게 바라보고는 창백해져서 눈을 반짝이며 건조하게, 목소리에 분노를 담아 말했다.

“웃으시는군요, 저도 이해해요……. 제가 개인적으로 속셈이 있어서 그렇다고 생각하시죠?”

“어째서요, 사샤?” 소피야가 일어나 그녀에게 다가가며 은근슬쩍 물었다. 어머니는 이 질문이 사샤에게 모욕적이라고 생각하여 한숨을 쉬고 눈썹을 치켜들고 비난하듯 소피야를 바라보았다.

"하지만 전 물러날 거예요!" 사샤가 외쳤다. "여러분이 이 문제를 검토해 주신다면 저는 그 문제의 해결에 참여하지 않겠어요……."

"그만해요, 사샤!" 니콜라이가 차분하게 말했다.

어머니도 사샤에게 다가가서 몸을 숙이고 조심스럽게 그녀의 머리를 쓰다듬었다. 사샤는 어머니의 손을 잡고 새빨개진 얼굴을 들고 당황한 듯 어머니의 얼굴을 바라보았다. 어머니는 미소 지었고 사샤에게 무슨 말을 해야 할지 모르겠다는 듯 크게 한숨을 쉬었다. 한편 소피야는 사샤의 의자에 나란히 앉아 그녀의 어깨를 감싸 안고 호기심 어린 미소를 지으며 사샤의 눈을 들여다보면서 말했다.

"당신은 괴짜예요!"

"네, 제가 바보 같은 말을 했나 봐요……."

"당신이 어떻게 생각해 낼 수 있겠어요." 소피야가 말을 이었다. 그러나 니콜라이가 사무적으로 진지하게 말을 가로챘다.

"탈출을 계획하려면 말입니다, 만약에 가능할 때의 이야기지만, 두 가지 의견으로 갈라져선 안 됩니다. 무엇보다도 우리는 갇혀 있는 동지들이 탈출을 원하는지부터 알아야 해요……."

사샤가 고개를 숙였다.

소피야는 담배에 불을 붙이고 남동생을 바라보다가 커다란 동작으로 성냥을 방구석 어딘가에 던졌다.

"대체 어떻게 원하지 않을 수 있죠!" 어머니가 한숨을 쉬고 말했다. "하지만 난 탈출이 가능하다고 믿지 않아요……."

모두 침묵했지만 어머니는 탈출 가능성에 대해 너무나 더 듣고 싶었다!

"제가 베숍시코프를 만나 봐야겠어요!" 소피야가 말했다.

"제가 내일 언제 어디가 좋은지 알려 드릴게요!" 사샤가 작은 목소리로 대답했다.

"그는 뭘 할 예정인데요?" 소피야가 방 안을 걸어 다니면서 물었다.

"새 인쇄소에서 조판공 자리를 주기로 했대요. 그리고 그때까지는 산림 감시원의 집에서 살고요."

사샤가 눈살을 찌푸렸고 얼굴은 평소의 엄격한 표정으로 돌아갔으며 목소리는 건조했다. 니콜라이가 찻잔을 씻어 놓고 어머니에게 다가와서 말했다.

"어머니는 모레 면회를 가세요. 파벨에게 쪽지를 전해 주어야 하니까요. 이해하시죠, 저희가 알아야 하니까······."

"이해하지요, 이해하다마다요!" 어머니가 서둘러 대답했다. "틀림없이 전할게요······."

"전 갈게요!" 사샤가 말하고 재빨리, 말없이 진지하게 모두와 악수하고는 특별히 확고한 걸음으로 몸을 곧게 펴고 가 버렸다.

소피야가 어머니의 어깨에 손을 얹고 의자에 앉은 어머니를 가볍게 흔들면서 미소를 띠고 물었다.

"닐로브나, 저런 딸이 있다면 좋으시겠죠?"

"오, 하느님! 단 하루라도 두 사람이 함께하는 걸 볼 수 있다면!" 블라소바가 울 것 같은 지경이 되어 외쳤다.

"네, 약간의 행복은 누구에게나 좋은 일이죠!" 니콜라이가 작은 목소리로 말했다. "하지만 약간의 행복만 바라는 사람은 없겠죠. 그런데 행복이 많으면 값이 싸요……."

소피야가 피아노 앞에 앉아 슬픈 분위기의 음악을 연주하기 시작했다.

12

다음 날 아침부터 수십 명의 남자와 여자가 병원 정문 앞에서
동지의 관이 나오기를 기다리고 있었다. 그들 주변에는 밀정들
이 조심스럽게 돌아다니며 민감한 귀로 여러 목소리를 엿듣고
얼굴과 행동과 말을 기억해 두었으며, 거리의 다른 쪽에서는 허
리에 권총을 찬 경찰들이 모여 선 군중을 바라보고 있었다. 밀
정들의 뻔뻔함과 경찰의 비웃는 듯한 미소와 언제든 자신들의
힘을 보여 주겠다는 과시하는 태도가 군중을 자극했다. 어떤 사
람들은 거슬리는 기분을 숨기며 농담을 했고, 다른 사람들은 음
울하게 땅을 내려다보며 모욕하는 사람들을 쳐다보지 않으려
했고, 또 다른 사람들은 분노를 숨기지 못하고 오로지 언어로만
무장한 사람들을 겁내는 경찰을 냉소적으로 비웃었다. 창백하
고 푸른 가을 하늘이 둥근 회색 돌로 포장한 위에 노란 나뭇잎이
여기저기 깔린 거리를 밝게 내려다보았고 바람이 나뭇잎을 불

어 올렸다가 사람들의 발밑으로 내던졌다.

어머니는 군중 속에 서서 친숙한 얼굴들을 바라보며 슬프게 생각했다.

'사람들 숫자가 많지 않네, 많지 않아! 그리고 노동자는 거의 없어……'

정문이 열리고 뚜껑에 빨간 리본으로 만든 화환을 얹은 관이 거리로 나왔다. 사람들이 정중하게 모자를 벗었다 — 마치 한 떼의 검은 새들이 그들의 머리에서 날아오른 것 같았다. 빨간 얼굴에 숱 많은 검은 콧수염을 기른 키 큰 경찰 간부가 재빨리 군중에게 걸어갔고 그의 뒤로 사람들을 거침없이 밀어젖히면서 경찰들이 돌바닥에 무거운 장화 소리를 크게 울리며 걸었다. 간부가 목쉰 소리로 명령했다.

"리본을 치우시오!"

남자들과 여자들이 경찰 간부를 빽빽이 둘러싼 채 양손을 흔들고 흥분해서 서로 밀쳐 대며 간부에게 뭔가 말했다. 어머니의 눈앞에 창백하고 흥분한 얼굴과 떨리는 입술들이 보였고 어느 여자의 얼굴에는 모욕을 이기지 못한 눈물이 흘러내렸다.

"폭력 물러가라!"

누군가의 젊은 목소리가 외쳤지만 말다툼의 소음 속에 외로이 파묻혀 버렸다.

어머니도 마음속에 열기를 느껴 옆에 서 있는 남루한 차림의 젊은 사람에게 분개하며 말했다.

"죽은 사람을 동지들이 원하는 대로 장례도 치르지 못하게 하다니 이게 대체 뭘까요!"

적대감이 커졌고 사람들의 머리 위에서 관 뚜껑이 흔들렸으며 리본이 바람에 날려 사람들의 얼굴과 머리에 휘감겼고 비단의 건조하고 신경질적인 바스락 소리가 들렸다.

어머니는 충돌이 일어날 것 같다는 공포에 휩싸여 서둘러 작은 목소리로 오른쪽 왼쪽에 말했다.

"하느님의 뜻대로, 이렇게 됐으니 리본을 치워요! 하라는 대로 해요, 어쩌겠어요……!"

커다랗고 날카로운 목소리가 소음을 뒤덮으며 울려 퍼졌다.

"우리는 당신들에게 고통당한 동지의 마지막 가는 길을 배웅하는 데 방해하지 말 것을 요구합니다……."

누군가 높고 가늘게 노래하기 시작했다.

당신은 투쟁의 희생자가 되어 쓰러졌다…….

"리본을 치우시오! 야코블레프, 잘라!"

칼집에서 꺼낸 장검들의 쇳소리가 들렸다. 어머니는 눈을 감고 비명 소리를 기다렸다. 그러나 사방이 조용해졌고 사람들은 마치 사냥당하는 늑대들처럼 웅성거리고 으르렁거렸다. 그런 뒤에 말없이 고개를 숙인 채 사람들은 거리를 발걸음 소리로 채우며 앞으로 나아가기 시작했다.

앞쪽의 공중에서 구겨진 화환이 놓인 도둑맞은 관 뚜껑이 어른거리고 이쪽저쪽으로 흔들리며 경찰들 위로 움직여 갔다. 어머니가 보도를 걸어가는 동안 관은 그 주위를 빽빽이 둘러싼 수많은 군중 때문에 보이지 않았고 군중은 눈에 띄지 않게 점점 불어나 이제는 거리 전체를 메우고 있었다. 군중 뒤로 기마경찰의 회색 형체들 또한 더 높이 솟아났으며 양옆으로는 장검 손잡이를 쥔 채 도보 경찰이 걸어갔고 사방에서 어머니도 익숙하게 알고 있는 밀정들의 날카로운 눈이 반짝이며 사람들의 얼굴을 주의 깊게 들여다보았다.

잘 가시오, 우리 동지여, 잘 가요…….

두 명의 아름다운 목소리가 슬프게 노래했다.
"하지 마시오!" 외침 소리가 들렸다. "우리는 침묵할 거요, 여러분!" 그 외침 속에는 뭔가 엄격하고 거역할 수 없는 데가 있었다. 슬픈 노래가 끊어졌고 말소리가 조용해졌으며 돌바닥을 때리는 단단한 발소리만 거리를 둔하고 고른 소리로 채웠다. 그 소리는 사람들의 머리 위로 솟아 투명한 하늘로 날아올라 아직 멀리 있는 뇌우의 첫 천둥소리와도 같은 메아리로 공기를 흔들었다. 차가운 바람이 점점 강해지면서 사람들을 향해 도시 거리의 먼지와 쓰레기를 적대적으로 불러와서 옷과 머리카락을 불어 날려 눈을 뜰 수 없게 했고 가슴을 치고 발을 걸었다.
사제도, 마음을 쥐어짜는 장송곡도 없는 침묵의 장례 행렬, 생각에 잠긴 얼굴과 찌푸린 눈살들은 어머니에게 섬뜩한 기분을 불러일으켰고 어머니의 생각은 천천히 돌면서 슬픈 언어의 옷을 입고 구체화되기 시작했다.

'진실을 따르는 여러분의 숫자가 많지 않군요······.' 어머니는 고개를 숙이고 걸어갔는데, 예고르가 아닌 다른 사람, 익숙하고 가깝고 자신에게 필요한 사람의 장례를 치르는 것만 같았다. 어머니는 침울하고 어색했다. 예고르를 배웅하는 사람들에게 동의할 수 없다는 뾰족하고 불안한 감정이 마음을 채웠다.

'물론 예고르는 신을 믿지 않았지. 이 사람들도 모두 마찬가지고······.' 어머니는 생각했다.

그러나 어머니는 자신의 생각을 끝맺고 싶지 않았다. 그리고 마음속의 무거움을 밀어내려고 한숨을 쉬었다.

'오, 하느님, 우리 주 예수 그리스도시여! 설마 저도 이렇게 가는 건 아니겠지요······.'

묘지에 도착해서 사람들은 무덤들 사이의 좁은 길을 오랫동안 빙빙 돌다가 마침내 나지막한 하얀 십자가가 여기저기 솟아 있는 열린 공간으로 나왔다. 군중이 무덤 근처에 기둥처럼 서서 침묵했다. 무덤들 사이에 선 살아 있는 사람들의 진중한 침묵이 뭔가 무서운 일을 예고했다. 그래서 어머니의 심장은 떨리고 앞일을 예측하며 얼어붙었다. 십자가 사이로 바람이 휘파람을 불기도 하고 포효하기도 했으며 관 뚜껑에서 구겨진 꽃들이 슬프게 몸을 떨었다.

경찰이 긴장하며 몸을 뻗어 자신들의 대장을 바라보았다. 무덤 위로 키가 크고 모자를 쓰지 않은 젊은 사람이 일어섰는데 머리카락이 길고 눈썹이 검고 얼굴은 창백했다. 그리고 동시에 경찰서장의 목쉰 소리가 들렸다.

"여러분……."

"동지들!"검은 눈썹의 남자가 큰 소리로 낭랑하게 연설을 시작했다.

"그만하시오!"경찰이 외쳤다. "연설은 허용할 수 없음을 통보합니다……."

"그냥 몇 마디 하려는 거요!"젊은 사람이 차분하게 말했다. "동지들! 우리의 선생이자 친구의 무덤 앞에서 맹세합시다. 그의 약속을 절대로 잊지 않겠다고, 우리 모두 조국의 모든 고난의 원천, 조국을 탄압하는 악한 세력, 독재 권력의 무덤을 평생 쉬지 않고 파헤치겠다고!"

"체포해!"경찰이 소리쳤지만 그의 목소리는 무질서한 외침들의 폭발 속에 잠겨 버렸다.

"독재 권력 물러가라!"

경찰이 군중을 헤치며 연설자를 향해 달려들었고 남자는 사방에서 둘러싸인 채 손을 흔들며 외쳤다.

"자유 만세!"

어머니는 한쪽으로 밀려나면서 겁에 질려 십자가에 기댔고 얻어맞을 것을 예상하고 눈을 감았다. 무질서한 외침들의 사나운 돌풍이 어머니의 귀를 막았고 발밑에서 땅이 흔들렸고 바람 때문에 숨을 쉬기 힘들었다. 경찰의 호루라기 소리가 공중에서 전율하며 날아다녔고 거칠게 명령하는 목소리가 들려왔고 여자들의 비명이 광적으로 울렸고 울타리의 나무가 흔들렸고 마른땅에 무거운 발걸음 소리가 둔하게 울렸다. 그 상황은 꽤 오래 이어졌고 어머니는 눈을 감고 서 있는 것이 견딜 수 없을 만큼 무서웠다. 어머니는 주위를 둘러보았고 비명을 지르며 양손을 뻗고 앞으로 달려 나갔다. 어머니에게서 멀지 않은 곳, 무덤 사이의 좁은 길에서 경찰이 머리카락이 긴 남자를 둘러싸고 군중을 사방에서 공격하며 때려서 남자를 떼어 내고 있었다. 장검의 드러난 칼날이 공중에서 하얗고 차갑게 어른거렸고 머리 위로 날아올랐다가 빠르게 아래로 떨어졌다. 나무 막대와 울타리 조각들이 어른거렸고 모여 선 사람들의 고함 소리가 야만적인 춤사위처럼 빙글빙글 돌았고 젊은 남자의 창백한 얼굴이 솟아올랐다 ― 분개한 소란의 소용돌이 위로 그의 강력한 목소리가 울렸다.

"동지들! 어째서 정신을 잃는 겁니까……?"

그가 달리기 시작했다. 사람들은 몽둥이를 내던지고 하나둘 따라서 뛰었으며 어머니도 억누를 수 없는 힘에 이끌려 앞으로 밀고 나갔다. 모자를 쓴 니콜라이가 뒤통수를 떠밀려 악의에 도취한 사람들에게 한쪽으로 밀려나는 것을 보았고 그의 꾸짖는 목소리를 들었다.

"여러분, 미쳤습니까! 진정하십시오!" 어머니는 니콜라이의 한쪽 손이 붉은색인 것 같았다.

"니콜라이 이바노비치, 가세요!" 어머니가 니콜라이 쪽으로 달려가며 외쳤다.

"어디로 가세요? 그쪽으로 가면 얻어맞아요……."

어머니의 어깨를 잡고 소피야가 옆에 와서 섰는데 모자가 없었고 머리카락은 산발한 채 소년 같은 어린 청년을 부축하고 있었다. 청년은 얻어맞아 피투성이가 된 얼굴을 손으로 문지르고 떨리는 입술로 중얼거렸다.

"놓아주세요, 괜찮아요……."

"이 사람 좀 돌봐 주세요. 우리 집으로 데려가요! 여기 머릿수건 있으니 얼굴을 싸매 줘요!" 소피야가 빠르게 말하고 청년의 손을 어머니의 손에 쥐여 주고는 달려갔다. "빨리 가세요, 경찰들이 체포해요……!"

묘지에서 사람들이 사방으로 흩어졌고 그 뒤를 따라 무덤 사이로 경찰이 잔디에 걸리는 긴 외투 자락을 어색하게 치우며 무겁게 걸으면서 욕을 하고 장검을 휘둘렀다. 청년이 사나운 눈으로 그들을 바라보았다.

"빨리 가요!" 어머니가 머릿수건으로 그의 얼굴을 닦아 주며 조용히 외쳤다.

청년이 피를 뱉어 내며 중얼거렸다.

"걱정하지 마세요, 전 아프지 않아요. 저놈이 장검 손잡이로 저를 때렸어요…… 뭐, 저도 그놈을 때렸죠, 몽둥이로 이-이렇게! 그놈이 소리도 질렀어요!"

그리고 청년은 피투성이 주먹을 흔들며 끊어지는 목소리로 말을 맺었다.

"두고 보세요, 이렇게 되진 않을 테니. 우리가, 노동 민중 전체가 일어서면 주먹싸움 없이도 저들을 밟아 버릴 거예요!"

"빨리!" 어머니가 재촉하며 무덤 울타리의 조그만 문을 향해 재빨리 걸어갔다. 어머니는 그 울타리 너머 들판에 경찰이 숨어서 자신들을 기다리는 것 같았고 밖으로 나가면 저들이 달려들어 때릴 것만 같았다. 그러나 조그만 문을 조심스럽게 열고 가을 어스름의 회색 옷을 입은 들판을 내다봤을 때 인기척 없는 들판의 고요함이 어머니를 안심시켰다.

"제가 얼굴을 싸매 드릴게요." 어머니가 말했다.

"아니, 괜찮아요, 전 부끄럽지 않습니다! 정직한 싸움이었어요. 그놈이 저를 때리고 저도 그놈을 때렸으니……."

어머니는 황급히 상처를 싸매 주었다. 피를 본 어머니의 가슴은 연민으로 가득 찼고 축축한 온기가 손가락에 닿자 공포와 소름이 어머니를 사로잡았다. 어머니는 부상자의 손을 잡고 말없이 빠르게 벌판으로 인도했다. 싸맨 얼굴에서 입을 풀어내고 청년이 목소리에 웃음을 담아 말했다.

"절 어디로 끌고 가는 겁니까, 동지? 저 혼자서도 걸을 수 있어요!"

그러나 어머니는 청년이 휘청거리는 것 같았고 그의 다리가 믿음직하지 못하게 움직이고 손이 떨리는 것을 알아차렸다. 점점 약해지는 목소리로 청년은 어머니에게 질문을 해 대면서 대답을 기다리지 않고 말했다.

"전 양철공 이반이에요. 그런데 아주머니는 누구세요? 우리 셋이 예고르 이바노비치하고 같이 활동했어요, 양철공 셋이서……. 그리고 전체는 열한 명이에요. 우리는 예고르를 아주 좋아했어요, 고인이 천국에서 행복하기를! 저는 신을 믿지 않지만요…….”

어느 거리에서 어머니는 마부를 불러 이반을 마차에 앉히고 그에게 속삭였다.

“이젠 말하지 말아요!” 그리고 조심스럽게 머릿수건으로 그의 입을 감쌌다.

그는 손을 들어 얼굴로 가져갔지만 입을 풀어낼 기운이 없었고 손은 힘없이 무릎으로 떨어졌다. 그러나 청년은 머릿수건 사이로 계속 중얼거렸다.

“날 이렇게 때린 건 절대 잊지 않을 거다, 친애하는 경찰 여러분. 그전에는 대학생 티토비치가 우리를 맡아서…… 정치 경제를 가르쳤어요…… 그 뒤에 체포됐지만…….”

어머니는 이반을 안아 그의 머리를 자기 가슴에 기대게 했고 청년은 갑자기 온몸의 힘을 풀더니 조용해졌다. 공포에 사로잡힌 어머니는 곁눈으로 사방을 둘러보았다. 당장이라도 어딘가 모퉁이에서 경찰이 달려 나와 이반의 싸맨 머리를 보고 그를 잡아가서 살해할 것 같았다.

“취했어요?” 마부가 마부석에서 돌아보고 선한 웃음을 지으며 물었다.

“눈이 삐뚤어지게 마셨죠!” 한숨을 쉬고 어머니가 대답했다.

“아들이에요?”

“네, 장화 만들어요. 그리고 전 요리사로 먹고살아요…….”

“힘들군요. 그래요…….”

말고삐를 흔들고 마부는 몸을 돌리며 조용히 말을 이었다.

"그런데 지금 말입니다, 묘지에서 싸움이 일어났대요! 그게 무슨 정치적인 사람의 장례를 지냈는데, 정부에 맞서는 그런 사람 말입니다……. 거기서 그 사람들하고 경찰 사이에 다툼이 있었나 봐요. 그 사람을 장례 지낸 이들도 그 사람하고 똑같이 그런 친구들이었겠죠, 분명. 그리고 거기서 소리를 질렀다는 거예요, 정부 물러가라, 정부가 서민을 탄압한다……. 경찰이 때려잡았죠! 사람들 말이 죽도록 때렸다고 하더군요. 뭐, 경찰도 당했다고 하지만……." 마부가 잠시 입을 다물고 유감스럽다는 듯 고개를 젓고는 이상한 목소리로 말했다. "망자들 앞에서 시끄럽게 굴어 고인들을 깨우다니!"

마차는 돌이 깔린 땅바닥을 달려가며 덜컹거려서 이반의 머리가 어머니의 가슴을 가볍게 건드렸고, 마부는 반쯤 몸을 돌린 채로 앉아서 생각에 잠겨 중얼거렸다.

"사람들이 움직이고 있어요, 땅에서 소란이 일어나고 있다고요, 네! 어젯밤에 우리 동네에 헌병들이 들이닥쳐 이웃집을 돌면서 아침까지 계속 어수선하게 굴더니 아침이 되니까 대장장이 한 명을 잡아서 데려갔어요. 사람들 말이, 그를 밤에 강으로 데려가서 거기서 몰래 빠뜨려 죽일 거라고 해요. 그 대장장이는 괜찮은 사람이었는데……."

"그 사람 이름이 뭐예요?" 어머니가 물었다.

"대장장이요? 사벨이고 별명은 예브첸코예요. 젊은데 아는 게 많아요. 그런데 분명히 뭘 안다는 게 금지된 거죠! 가끔 마차에 타는 사람들이 물어요. '마부, 당신들 삶은 어떻소?' '그야 물론, 개보다 못한 삶이죠!' 우린 이렇게 말해요."

"서 주세요!" 어머니가 말했다.

마차가 흔들리자 이반이 눈을 뜨고 조용히 신음했다.

"청년이 깼네요!" 마부가 말했다. "에휴, 보드카, 그놈의 보드카……."

이반은 온몸을 휘청거리며 마당으로 들어서자 힘들게 다리를 지탱하면서 말했다.

"괜찮아요, 제가 할 수 있어요……."

13

소피야는 이미 집에 와 있었고, 잇새에 담배를 물고 어수선하고 흥분한 채로 어머니를 맞이했다.

부상자를 소파에 눕히고 소피야는 능숙하게 그의 얼굴을 싸맨 머릿수건을 풀고 담배 연기에 눈을 가늘게 뜨며 상처를 살펴보았다.

"이반 다닐로비치, 환자를 데려왔어요! 지쳤어요, 닐로브나? 무서우셨죠, 그렇죠? 자, 쉬세요. 니콜라이, 어머니한테 포트와인 한잔 갖다 드려!"

방금 겪은 일들로 혼란해져서, 힘겹게 숨을 몰아쉬고 가슴이 아프게 따끔거리는 것을 느끼면서 어머니는 중얼거렸다.

"내 걱정은 하지 마세요⋯⋯."

그러나 어머니의 온 존재가 불안에 떨며 자신에 대한 관심을, 자신을 안심시켜 주는 다정한 손길을 갈구하고 있었다.

이웃한 방에서 니콜라이와 의사 이반 다닐로비치가 나왔는데, 니콜라이는 손에 붕대를 감고 있었고 의사는 온통 헝클어진 차림새로 고슴도치처럼 머리카락이 곤두서 있었다. 의사가 재빨리 이반에게 다가가 몸을 숙이고 살펴보며 말했다.

"물, 물을 많이, 깨끗한 리넨 수건도, 면 솜하고!"

어머니는 부엌으로 향했으나 니콜라이가 왼손으로 어머니의 팔을 잡고 식탁으로 데리고 나가며 다정하게 말했다.

"어머니가 아니라 소피야한테 말하는 거예요. 오늘 너무 고생하셨어요, 소중한 우리 어머니, 그렇죠?"

어머니는 그의 안정적이고 공감하는 시선을 마주 보자 흐느낌을 억누를 수 없어 울면서 외쳤다.

"그게 대체 뭐였죠, 다정한 니콜라이! 때려잡았어요, 사람들을 때려잡았다고요!"

"저도 봤어요!" 어머니에게 와인을 건네고 고개를 끄덕이며 니콜라이가 말했다. "양쪽 모두 달아올랐어요. 하지만 어머니는 걱정하지 마세요. 경찰은 칼날이 아니라 칼등으로 때렸고 심각하게 다친 사람은 아마 한 명뿐인 것 같아요. 그 사람은 제 눈앞에서 맞았는데 제가 싸움터에서 끌어냈어요……."

니콜라이의 얼굴과 목소리, 방 안의 온기와 밝은 빛이 블라소바를 안심시켰다. 고마운 눈으로 니콜라이를 바라보며 어머니는 물었다.

"당신도 맞았나요?"

"이건 제가 조심하지 않아서 뭔가에 베인 것 같아요. 차 드세

430

요, 날이 추운데 옷도 얇게 입으시고……."

어머니는 찻잔을 향해 손을 뻗다가 말라붙은 피로 얼룩진 손가락을 보고 자기도 모르게 손을 내려 무릎에 얹었다 — 치마가 축축했다. 눈을 크게 뜨고 눈썹을 치켜올리고 어머니는 곁눈질로 자신의 손가락을 보았으며 머리가 어지러워졌고 가슴이 뛰기 시작했다.

'파샤도 이렇게 될 수 있었어 — 저들은 그럴 수 있어!'

이반 다닐로비치가 조끼 차림에 셔츠 소매를 걷어 올리며 들어왔고 니콜라이의 말 없는 질문에 특유의 가느다란 목소리로 대답했다.

"얼굴의 상처는 심하지 않은데 두개골이 골절됐어. 그것도 심하지는 않지만 — 건강한 청년이야! 하지만 피를 많이 흘렸어. 병원에 보내야지?"

"어째서? 여기 있게 해!" 니콜라이가 외쳤다.

"오늘은 그래도 돼, 뭐, 내일까지도 괜찮겠지. 하지만 그 뒤에는 저 청년이 병원에 있는 쪽이 나한테 편해. 난 왕진할 시간이 없다고! 자네가 묘지에서 일어난 일에 대해 전단을 써 주겠나?"

"물론이지!" 니콜라이가 대답했다.

어머니는 조용히 일어나서 부엌으로 갔다.

"어디 가세요, 닐로브나?" 니콜라이가 불안하게 어머니를 멈춰 세웠다. "누나가 혼자서도 잘 해낼 거예요!"

어머니는 니콜라이를 쳐다보고 몸을 떨더니 이상하게 웃으며 대답했다.

"피가 많이 묻어서요……."

자기 방에서 옷을 갈아입는 동안 어머니는 다시 한번 이 사람들의 침착함과, 무서운 경험을 빨리 극복할 수 있는 그들의 능력에 대해 생각에 잠겼다. 그러면서 어머니는 마음속의 공포를 몰아내고 정신을 차릴 수 있었다. 어머니가 청년이 누워 있는 방으로 들어갔을 때 소피야는 부상자 위에 몸을 숙이고 그에게 말하고 있었다.

"멍청한 소리예요, 동지!"

"하지만 저 때문에 민망해지실 거라고요!" 그가 약한 목소리로 반대했다.

"동지는 말하지 마세요, 그게 몸에 좋아요……."

어머니는 소피야 뒤에 서서 그녀의 어깨에 손을 얹고 미소를 띠며 부상자의 창백한 얼굴을 쳐다보았다. 그리고 그가 마차 안에서 헛소리를 한 것과 조심스럽지 못한 말로 어머니를 겁먹게 한 것에 대해 웃으며 이야기했다. 이반은 귀를 기울였고 그의 눈은 열병에 걸린 듯 타올랐으며 그는 입맛을 다시고 조용히, 창피한 듯 외쳤다.

"오…… 이런 바보!"

"자, 우리는 나갈게요!" 그를 덮은 담요를 바로잡아 주고 소피야가 말했다. "쉬세요!"

그들은 식탁이 있는 방으로 자리를 옮겨 그곳에서 그날 일어난 일에 대해 오랫동안 이야기했다. 그리고 이미 그 드라마를 먼 과거의 일처럼 대했고 확신을 가지고 미래를 내다보며 내일의 일을 하는 방식을 논의했다. 그들의 얼굴은 지쳤으나 머릿속은 활기찼고 활동에 대해 이야기하면서 자신에 대한 불만족을 숨기지 않았다. 의사는 의자 위에서 불안하게 움직이면서, 가늘고 날카로운 목소리를 낮추어 말했다.

"선동, 선동! 지금은 그게 모자라다고, 노동 청년들이 옳아요! 선전 범위를 더 넓혀야 해, 노동자들이 옳단 말이오……"

니콜라이가 음울하게 의사의 말투 그대로 대답했다.

"사방에서 문건이 모자라다고 불평하는데 우리는 여전히 인쇄소를 제대로 차릴 수가 없어. 류드밀라가 애쓰고 있지만 도와줄 사람을 보내 주지 않으면 병이 날 거야……"

"베숍시코프는?" 소피야가 물었다.

"그는 도시에서 살 수 없어. 그는 새 인쇄소에서만 활동하게 될 텐데 거기도 한 명이 모자라……"

"내가 가면 어때요?" 어머니가 조용히 물었다.

세 사람 모두 어머니를 바라보며 몇 초 동안 침묵했다.

"좋은 생각이에요!" 소피야가 외쳤다.

"안 돼요, 어머니한테 너무 어려워요!" 니콜라이가 건조하게 말했다. "그러면 어머니는 교외에서 살아야 하고, 파벨한테 면회도 못 가게 될 거예요……"

한숨을 쉬고 어머니가 반박했다.

"파샤한테 그건 크게 마음 아픈 일이 아닐 거고 나도 면회를 할 때마다 가슴만 찢어져요! 아무 얘기도 할 수 없다고요. 아들 앞에 바보처럼 서 있으면 간수들이 내 입을 들여다보면서 뭔가 쓸데없는 소리를 하지나 않는지 기다려요⋯⋯."

최근에 겪은 사건들에 어머니는 지쳤고 이제는 도시에서 벗어나, 이런 극적인 사건들에서 멀리 떨어져 지낼 수 있는 가능성에 대해 듣게 되자 어머니는 열심히 그 기회를 잡으려 했다.

그러나 니콜라이는 말을 돌렸다.

"무슨 생각 해, 이반?" 그가 의사에게 물었다.

식탁 위에 낮게 숙이고 있던 고개를 들어 의사가 음울하게 대답했다.

"우리에겐 사람이 모자라, 그게 문제야! 더 기운차게 일해야만 해. 그리고 반드시 파벨과 안드레이를 설득해서 탈출시켜야 해. 아무 일 안 하고 갇혀 있기엔 둘 다 너무 귀중하다고⋯⋯."

니콜라이는 눈살을 찌푸리고 어머니를 흘낏 보더니 의심스럽다는 듯 고개를 저었다. 어머니는 이들이 자기 앞에서 아들 얘기를 하는 것을 어색해한다는 사실을 깨닫고, 이들이 자신의 열망에 주의를 기울이지 않는다는 데 대한 조용한 울화를 가슴속에 품고 자기 방으로 돌아왔다. 눈을 뜬 채 침대에 누워서 어머니는 조용히 속삭이는 목소리를 들으며 불안한 떨림에 몸을 맡겼다.

지난 하루는 어둡고 이해할 수 없었고 나쁜 징조로 가득했으나 어머니는 그런 일들을 생각하기 힘들었다. 그래서 음울한 기억들을 떨쳐 내고 어머니는 파벨에 대해 생각하기 시작했다. 어머니는 아들의 자유로운 모습을 보고 싶었으나 동시에 그것이 겁났다. 어머니는 주변의 모든 일이 악화되기만 하고 언제든 날

434

카로운 충돌이 일어날 위험이 가득한 것 같았다. 사람들의 말 없는 인내는 사라졌고 그 자리에 긴장된 예측이 자리 잡았으며 분노가 눈에 띄게 커졌고 날카로운 말들이 울려 퍼지고 사방에서 흥분한 기운이 웅성거렸다. 선언문 하나하나가 시장에서, 노점에서, 하인들과 수공업자들 사이에서 흥분에 찬 소문을 불러일으켰으며 도시에서 누군가 체포될 때마다 체포라는 행위에 대해 겁에 질리고 이해하지 못하며 때로는 무의식적으로 공감하는 비난의 메아리를 불러일으켰다. 어머니는 소박한 사람들에게서 한때 어머니를 겁먹게 했던 폭동, 사회주의자, 정치 등의 말들을 점점 더 자주 들었다. 사람들은 그런 말을 비웃듯이 내뱉었지만 그 비웃음 뒤엔 캐묻는 듯한 질문이 서투르게 숨겨져 있었다. 사람들이 악의에 차서 말하면 그 악의 뒤에 공포가 들려왔고 생각에 잠겨 말할 때는 희망과 위협이 섞여 있었다. 멈춰 서 있던 검은 삶 속에 천천히, 그러나 넓은 원을 그리며 물결이 일어났고 잠들었던 생각이 깨어났고 하루 일과에 대한 익숙하고 평온하던 태도가 흔들렸다. 이 모든 것을 어머니는 다른 사람들보다 명확하게 보았는데, 왜냐하면 어머니는 삶의 음울한 얼굴을 그들보다 잘 알기 때문이었고 지금은 그 얼굴에 생각이 바뀌고 분개하여 주름살이 생기는 것을 보면서 어머니는 기뻐하는 동시에 겁에 질렸다. 그것이 아들의 활동이라고 여겼기 때문에 기뻤으나, 아들이 감옥에서 나오면 모두의 앞에, 가장 위험한 자리에 서리라는 것, 그리고 결국 스러지리라는 사실을 알고 있었기 때문에 두려웠다.

가끔 아들의 모습이 어머니의 눈앞에 동화 속 주인공만큼 커다랗게 떠올랐고 그 모습 안에는 어머니가 들었던 모든 사람의 정직하고 용감한 말들, 어머니의 마음에 들었던 말들, 어머니가 알고 있는 모든 영웅적이고 밝은 것이 전부 합쳐졌다. 그러면 어머니는 감동하여 자랑스럽고 조용한 전율에 잠겨 그 모습을 바라보며 감탄했고 희망에 가득 차서 생각했다.

'다 잘될 거야, 다!'

그녀의 사랑 — 어머니의 사랑이 타오르며 거의 아플 정도로 심장을 움켜쥐었고 그 뒤에는 어머니의 마음이 인간으로서의 성장을 방해하고 불태웠으며, 위대한 감정이 있던 자리에, 전율이 타오르고 남은 회색 재 속에서 음울한 생각이 소심하게 몸부림쳤다.

'그 애는 스러지겠지…… 결국 사라질 거야……!'

14

정오에 어머니는 감옥 면회실에서 파벨 앞에 앉아 눈을 가린 안개 속에 아들의 턱수염 난 얼굴을 쳐다보면서 손가락 사이에 꼭 쥔 쪽지를 전달할 기회를 찾고 있었다.

"나는 건강해요, 다른 사람들도 모두 건강하고요!" 그가 작은 목소리로 말했다. "그런데 엄마는 어때?"

"괜찮아! 예고르 이바노비치가 돌아가셨어!" 어머니가 기계적으로 말했다.

"그래요?" 파벨이 외치고 조용히 고개를 떨구었다.

"장례식에서 경찰과 부딪쳐 한 사람이 체포됐단다!" 어머니가 꾸밈없이 말을 이었다. 감옥 부소장이 화난 듯 가느다란 입술로 쩝쩝 소리를 내고는 의자에서 벌떡 일어나 중얼거렸다.

"그건 금지요, 알아들으란 말이오! 여기서 정치 얘기는 금지라고……!"

어머니도 의자에서 일어나 마치 알아듣지 못하는 것처럼 굽실거리며 말했다.

"저는 정치 얘기가 아니라 싸움 얘기를 하는 건데요! 정말로 싸움이 났었어요, 그건 확실해요. 그리고 심지어 한 명은 머리가 깨졌어요……."

"어찌 됐든! 부탁이니 입을 다무시오! 그러니까 개인적인, 가족과 당신 집안일 외에 당신하고 상관없는 일에 대해선 이야기하지 말란 말이오!"

부소장은 자기 말이 혼란스러워지는 것을 느끼며 의자에 앉았고 서류를 늘어놓으며 음울하게 지친 듯이 덧붙였다.

"내가, 책임진다고, 그래……."

어머니는 주위를 둘러보고 파벨의 손에 재빨리 쪽지를 쥐여준 뒤 안심하여 한숨을 쉬었다.

"무슨 말을 해야 될지 모르겠네……."

파벨이 미소 지었다.

"저도 모르겠어요……."

"그럼 면회도 필요 없지 않소!" 부소장이 짜증 난 듯 말했다. "할 얘기도 없으면서 괜히 와서 소란만 일으키고……."

"재판은 금방 한다니?" 잠시 말을 멈추었다 어머니가 물었다.

"며칠 전에 검사가 왔어요, 금방 한대요……."

두 사람은 서로에게 의미 없고 양쪽 모두 필요 없는 이야기를 나누며 어머니는 파벨의 눈이 사랑을 담아 자신을 부드럽게 바라보는 것을 알았다. 아들은 이전에 그랬듯이 언제나 평온하고 차분했고 변하지 않았으며 단지 턱수염만 굉장하게 자라서 나이 들어 보였고 손목이 더 하얘진 것 같았다. 어머니는 아들을 기쁘게 해 주고 싶었고 니콜라이와 자신에 대해 이야기해주고 싶어서 목소리를 바꾸지 않은 채 필요 없고 흥미 없는 이야기를 할 때와 똑같은 어조로 말을 이었다.

"네 대자(代子)'를 만났다⋯⋯." 파벨은 말없이 질문하는 표정으로 어머니의 눈을 뚫어져라 바라보았다. 아들에게 베솝시코프의 얽은 얼굴을 상기시켜 주려고 어머니는 손가락으로 자기 볼을 두드렸다.

"별일 없어. 애는 잘 살고 건강하다. 곧 일자리를 찾을 거야."

아들은 알아듣고 어머니에게 고개를 끄덕였으며 눈에 즐거운 미소를 띠고 대답했다.

"잘됐네요!"

"그럼!" 어머니는 만족해서 말했고, 스스로 뿌듯해했으며 아들의 기쁨에 감동했다.

어머니와 작별하면서 아들은 어머니의 손을 꼭 잡았다.

"고마워요, 어머니!"

아들과 마음으로 가까워졌다는 기쁨이 어머니의 머리를 술기운처럼 감쌌고, 말로 대답할 힘을 찾지 못하여 어머니는 말없이 손을 꼭 잡는 것으로 대답을 대신했다.

집에는 사샤가 와 있었다. 사샤는 보통 어머니가 면회 가는 날에 찾아오곤 했다. 사샤는 절대로 파벨에 대해 묻지 않았고 어머니가 스스로 얘기해 주지 않으면 그저 어머니의 얼굴을 뚫어져라 쳐다보는 것으로 만족했다. 그러나 지금 사샤는 어머니를 맞이하며 성급하게 물었다.

"그래서, 파벨은 어때요?"

"괜찮아요, 건강해요!"

"쪽지는 주셨어요?"

"물론이죠! 내가 아주 잘 쥐여 줬어요……."

"그가 읽었어요?"

"어디서 읽어요? 그럴 수가 없잖아요!"

"네, 잊어버렸어요!" 사셴카가 천천히 말했다. "일주일만 더 기다려 봐요, 일주일만! 그런데 어머니는 어떻게 생각하세요? 그가 동의할까요?"

사셴카가 눈살을 찌푸리며 움직이지 않는 시선으로 어머니의 얼굴을 바라보았다.

"그야 나도 모르죠." 어머니가 생각하며 말했다. "위험하지 않다면 왜 안 나오겠어요?"

사샤는 고개를 흔들고 건조하게 물었다.

"부상당한 분이 뭘 먹으면 좋을지 혹시 아세요? 배가 고프다고 해요."

"뭐든 다 돼요, 뭐든! 내가 지금 가져올게요……."

어머니는 부엌으로 갔고 사샤가 천천히 그 뒤를 따랐다.

"도와 드려요?"

"고맙지만, 뭘요!"

어머니는 화덕 쪽으로 몸을 굽히고 항아리를 꺼냈다. 사샤가 조용히 어머니에게 말했다.

"잠깐만요……."

사샤의 얼굴이 창백해지더니 눈이 애처롭게 커지고 떨리는 입술이 뜨겁고 빠르게 속삭였다.

"어머니께 부탁이 있어요. 저는 알아요, 파벨은 동의하지 않을 거예요! 그러니 설득해 주세요! 그가 필요해요, 그가 활동에 반드시 필요하다고, 그가 병이 날까 봐 제가 무서워한다고 얘기해 주세요. 아시겠어요, 재판 날짜가 아직도 안 정해졌단 말이에요……."

사샤는 분명히 말하기 힘든 것 같았다. 그녀는 온몸을 곧게 펴고 한옆을 바라보았으며 목소리는 고르지 않게 들렸다. 지친 듯 눈을 내리깔고 사샤는 입술을 깨물었고 힘껏 맞잡은 손의 손가락이 떨렸다.

어머니는 사샤의 갑작스러운 말에 놀랐으나 이해했고, 흥분하고 슬픈 감정으로 가득 차서 사샤를 안고 조용히 대답했다.

"내 소중한 아가씨! 그 애는 자기 생각 외에는 어느 누구의 말도 듣지 않아요, 절대로!"

두 사람은 서로 꼭 껴안은 채 아무 말도 하지 않았다. 그런 뒤에 사샤가 자신의 어깨에서 어머니의 양팔을 조심스럽게 떼어 내고 몸을 떨며 말했다.

"네, 어머니가 옳아요! 이건 모두 멍청한 짓이에요, 하지만 너무 불안해서……."

그리고 갑자기 진지하게, 단순하게 말을 맺었다.

"어쨌든 부상자를 먹여야죠……."

이반의 침대에 앉아서 사샤는 근심스럽고 다정하게 물었다.

"머리가 많이 아파요?"

"많이는 아닌데 모든 게 흐릿해요! 그리고 기운이 없어요." 이반이 당황한 듯 담요를 턱까지 끌어 올리며 대답하고 마치 밝은 빛이라도 쬔 듯 눈을 가늘게 떴다. 그가 자기 앞에서 음식을 먹어도 될지 결정을 못 한다는 것을 알고 사샤는 일어서서 나갔다.

이반이 침대에서 일어나 앉아 사샤의 뒷모습을 바라보고, 눈을 깜빡이며 말했다.

"아주 예쁘네요……!"

그의 눈은 밝고 명랑했으며 치아는 작고 단단했고 목소리는 아직 자신이 없었다.

"나이가 몇이에요?" 어머니가 물었다.

"열일곱이요……."

"부모님은 어디 계세요?"

"시골에요. 전 열 살 때부터 여기서 살았어요, 학교를 마치고 여기로 왔죠! 그런데 이름이 뭐예요, 동지?"

어머니는 누군가 자신을 이렇게 부를 때마다 그 단어가 웃기면서 감동적이라고 느꼈다. 그리고 지금도, 어머니는 미소 지으면서 물었다.

"그건 왜 물어요?"

청년은 당황한 듯 잠시 침묵했다가 설명했다.

"그게 말이에요, 우리 그룹의 대학생이, 그러니까 우리와 함께 책을 읽었던 사람이 우리한테 노동자 파벨 블라소프의 어머니에 대해 얘기해 줬어요. 5월 1일 집회 아세요?"

어머니는 고개를 끄덕이면서 내심 긴장했다.

"그가 처음으로 대놓고 우리 정당의 깃발을 들었어요!" 청년이 자랑스럽게 선언했고 그의 자랑스러워하는 마음이 어머니의 심장에 공감하며 메아리쳤다.

"저는 거기 없었어요. 우리는 그때 여기서 우리들의 집회를 만들려고 했거든요, 잘 안 됐지만! 그때는 우리 숫자가 모자랐어요. 하지만 올해는 아마 될 것 같아요……! 두고 봐요!"

그는 앞날의 사건을 기대하며 흥분해서 목이 막혔고, 허공에 숟가락을 휘저으며 말을 이었다.

"그래서 그 어머니가 블라소바라고 말했죠. 블라소프의 어머니도 그 뒤에 우리 당에 들어왔대요. 사람들 하는 말이, 그의 어머니가 ─ 그냥 굉장하대요!"

어머니는 소년의 흥분한 칭송이 듣기 좋아서 활짝 웃었다. 듣기 좋았으나 어색했다. 어머니는 그에게 '내가 바로 블라소바예요!'라고 말하고 싶었지만 꾹 눌러 참고, 자신을 부드럽게 살짝 비웃으며 조금은 슬프게 혼잣말을 했다. '에휴, 이런, 늙은 바보 같으니……!'

"더 드세요! 활동을 잘하려면 빨리 건강해져야죠!" 어머니가 갑자기 흥분해서 그에게 몸을 숙이고 말했다.

문이 열리고 축축한 가을 냉기의 냄새를 풍기며 소피야가 홍조를 띠고 명랑한 모습으로 들어왔다.

"밀정들이 나를 따라다니는 게 마치 돈 많은 처녀를 쫓아다니는 총각들 같아요, 진짜로! 난 여기서 떠나야겠어요……. 그래, 어때요, 이반? 몸은 괜찮아요? 파벨은 어때요, 닐로브나? 사샤 여기 있어요?"

담배를 피워 물며 소피야는 질문을 던지고 대답도 기다리지 않은 채 어머니와 청년을 회색 눈으로 부드럽게 바라보았다. 어머니는 그녀를 바라보고 속으로 미소 지으며 생각했다.

'나도 곧 좋은 사람들 사이로 떠나게 되겠죠!'

그리고 다시 이반에게 몸을 숙이고 말했다.

"빨리 나아요, 청년!"

그리고 어머니는 식탁이 있는 방으로 나왔다. 거기서 소피야가 사샤와 이야기하고 있었다.

"류드밀라가 이미 3백 장이나 만들어 뒀대요! 그녀는 정말 죽어라 일하고 있어요! 이게 바로 영웅적인 노력이에요! 그거 알아요, 사샤, 이런 사람들 사이에서 살고 그들의 동지가 되어 같이 일한다는 건 커다란 행복이에요."

"네!" 사샤가 조용히 대답했다.

저녁에 차를 마시며 소피야가 어머니에게 말했다.

"그런데 닐로브나, 어머니는 다시 시골에 가 주셔야 해요."

"그런가요! 언제요?"

"사흘쯤 뒤에. 괜찮으세요?"

"좋아요……."

"마차를 타세요!" 니콜라이가 크지 않은 목소리로 조언했다.

"우체국 말을 빌려서, 부탁인데 다른 길로 돌아서 니콜스크 마을을 거쳐서 가세요."

그는 말을 끊고 눈살을 찌푸렸다. 그것은 그의 얼굴에 어울리지 않았고 항상 보여 주던 차분한 표정을 이상하고 추하게 바꾸어 놓았다.

"니콜스크를 거쳐 가면 너무 멀어요!" 어머니가 말했다. "말을 빌리면 돈이 많이 들고……."

"솔직히 말씀드리면요." 니콜라이가 말을 이었다. "저는 이 여행 자체에 반대입니다. 거기는 불안해요, 이미 사람들을 체포하고 있어서 무슨 선생이라는 사람이 잡혀갔고 조심해야 해요. 당분간 기다리는 게 좋겠지만……."

소피야가 손가락으로 식탁을 두드리며 말했다.

"끊기지 않고 계속해서 문건을 배포하는 게 중요해. 여행이 겁나시는 건 아니죠, 닐로브나?" 그녀가 갑자기 물었다.

어머니는 그 말에 상처를 입었다.

"내가 언제 겁냈어요? 처음 할 때도 겁내지 않고 갔는데……. 그런데 여기서 갑자기……." 말을 끝내지 않고 어머니는 고개를 숙였다. 누군가 어머니에게 겁나지 않는지, 편한지, 이 일이나 저 일을 해 줄 수 있는지 물어볼 때마다 어머니는 그런 질문의 형태로 자신에게 부탁하는 것을 들었고 사람들이 자신만 한쪽으로 밀어내고 자기들끼리 대할 때와는 다른 태도로 자신을 대한다고 느꼈다.

"공연히 물어보네요, 겁나지 않냐고." 어머니가 숨을 몰아쉬며 말했다. "당신들은 서로에게 겁나는지 묻지 않잖아요."

니콜라이가 서둘러 안경을 벗었다가 다시 끼고 누나의 얼굴을 뚫어지게 쳐다보았다. 당황해하는 침묵이 이어지는 가운데 블라소바는 불안한 마음에 그들에게 뭔가 말하고 싶어져 의자에서 일어났으나 소피야가 어머니의 손을 잡고 조용히 사과했다.

"죄송해요! 이젠 안 그럴게요!"

여기에 어머니는 웃음이 나왔고 몇 분 뒤 세 명 모두 사이좋게 시골에 가는 여행에 대해 집중하여 이야기를 나누었다.

15

새벽에 어머니는 우편 마차를 타고 흔들리며 가을비에 씻긴
길을 달리고 있었다. 축축한 바람이 불었고 길에서 진흙이 튀어
날렸으며 마부는 어머니 쪽으로 몸을 반쯤 돌린 채 마부석에 앉
아서 생각에 잠긴 듯 코 막힌 소리로 불평했다.

"제가 그 애한테 얘기했어요 ─ 남동생한테 말이지요 ─ 뭐
어떠냐, 그러면 우리 나누자! 그래서 우리는 나누기 시작했지
요……."

그가 갑자기 채찍으로 왼쪽 말을 때리며 화난 듯 외쳤다.

"아-아니! 계속 가, 이 망할 놈의 새끼!"

퉁퉁한 까마귀들이 헐벗은 가을 경작지를 걸어 다니며 차갑
게 휘파람 소리를 냈고 그들 위로 바람이 날아다녔다. 까마귀들
은 바람의 타격을 옆구리로 버텨 내다가 바람이 까마귀들의 깃
털을 날리고 발을 걸자 그 힘에 못 이겨 날개를 게으르게 흔들면

서 새로운 곳으로 날아갔다.

"뭐, 그랬더니 그놈이 훨씬 많이 가져갔어요. 나중에 제가 보니까 가져갈 게 없는 거죠." 마부가 말했다.

어머니는 마치 잠결에 듣는 것처럼 그의 말을 들었고, 기억은 어머니의 눈앞에 지난 몇 년간 겪었던 사건들을 한 줄로 길게 늘어놓았다. 어머니는 그 기억들을 둘러보며 사방에서 자신을 발견했다. 예전에는 삶이 어딘가 먼 곳에서, 누구에 의해서인지 무엇을 위해서인지 알 수 없게 창조되었는데 지금은 많은 일이 어머니의 눈앞에서 어머니의 도움을 받아 이루어지고 있었다. 그리고 그것은 어머니에게 자기 자신을 믿을 수 없다는 심정과 스스로 자랑스러운 마음, 어리둥절함과 조용한 슬픔이 뒤섞인 감정을 불러일으켰다.

사방 모든 것이 느린 움직임 속에 흔들렸고 하늘에서는 회색 구름들이 서로서로 힘들게 쫓아가며 흘러갔다. 길 양옆에는 젖은 나무들이 벌거벗은 나무 꼭대기를 흔들며 어른거렸고 주위에는 벌판이 펼쳐지고 언덕이 솟아오르고 풍경이 흘러갔다.

마부의 코 막힌 목소리, 말들의 종소리, 바람의 축축한 휘파람과 속삭임이 떨리고 구불구불한 흐름으로 합쳐졌고 그 흐름은 들판 위를 단조로운 힘으로 흘러갔다.

"부자들은 천국도 좁다고 한다지요 — 그런 겁니다! 그놈이 쓸어 가기 시작했고 경찰은 그놈 편이었지요." 마부석에서 몸을 흔들며 마부가 말을 이었다.

역참에 도착하자 마부는 말을 풀어 주고 어머니에게 희망 없는 목소리로 말했다.

"5코페이카라도 주시면 제가 목이라도 좀 축이지요!"

어머니가 동전을 주자 마부는 손바닥 위에서 동전을 흔들고는 아까와 같은 어조로 어머니에게 통지했다.

"동전 세 닢 주시면 보드카를 마시고, 두 닢 주시면 빵을 먹지요⋯⋯."

정오가 지나서, 지치고 추위에 얼어붙은 채 커다란 마을 니콜스크에 도착한 어머니는 역참으로 건너가 차를 한잔 부탁하고 무거운 여행 가방은 의자 아래 놓고 창가에 앉았다. 창문으로 보이는 크지 않은 광장은 노란 잔디가 밟혀 잘 다져진 카펫처럼 덮여 있었고 마을의 중심 관청은 무너져 가는 지붕을 얹은 짙은 회색 건물이었다. 관청 현관에 턱수염이 긴 대머리 농군이 셔츠만 입고 앉아 파이프 담배를 피우고 있었다. 잔디 위로 돼지가 돌아다녔다. 돼지는 귀를 떨고 주둥이로 땅을 파며 고개를 흔들었다.

먹구름이 어두운 덩어리가 되어 서로 겹치며 흘러갔다. 사방이 조용하고 어스름하고 지루한 가운데 삶은 어딘가에 모습을 숨긴 채 조용히 기다리는 것 같았다.

갑자기 광장에 기병 장교가 전속력으로 말을 달려와 불그스름한 색의 말을 관청 현관 근처에 세우고 공중에 채찍을 흔들며 농군에게 고함을 질렀다 ─ 고함 소리는 창유리에 부딪혔으나 말소리는 하나도 들리지 않았다. 농군이 일어서서 손을 뻗어 먼 곳을 가리켰고 기병 장교는 땅으로 뛰어내렸는데 발이 엇갈려 휘청거리더니 농군에게 말고삐를 던지고 현관 계단 난간을 손으로 잡고 힘겹게 올라가서 관청 문 안으로 사라졌다.

다시 조용해졌다. 말은 발굽으로 두 번 부드러운 땅을 때렸다. 방 안으로 10대 소녀가 들어왔는데, 금발 머리를 땋아 등 뒤로 늘어뜨렸고 둥근 얼굴에 눈은 다정했다. 소녀는 입술을 살짝 깨물었고 앞으로 뻗은 손에는 찻잔을 차려 놓은, 가장자리가 찌그러진 커다란 쟁반을 들고 있었다. 소녀는 고개를 갸웃거리며 인사했다.

"안녕하세요, 현명한 아가씨!" 어머니가 다정하게 인사했다.

"안녕하세요!"

탁자에 그릇과 찻잔을 놓으며 소녀가 활기차게 말했다.

"지금 도둑을 잡았대요, 끌고 온대요!"

"어떤 도둑인데요?"

"몰라요……."

"그럼 무슨 짓을 했는데요?"

"몰라요!" 소녀가 되풀이했다. "그냥 잡았다는 얘기만 들었어요! 마을 관청 경비원이 경찰서장을 부르러 갔어요."

어머니는 창밖을 내다보았다 ─ 광장에 농군들이 모여들고 있었다. 어떤 사람들은 천천히 차분하게 걸었고 또 어떤 사람들은 서둘러 걸으면서 털외투의 단추를 채웠다. 관청 현관 근처에 멈춰 서서 다들 어딘가 왼쪽을 바라보았다. 소녀도 거리를 내다보더니 방에서 달려 나가면서 큰 소리로 문을 닫았다. 어머니는 몸을 떨었고 여행 가방을 탁자 아래로 더 깊이 밀어 넣었으며 머리에 숄을 덮어쓰고는, 자신을 갑자기 사로잡은 열망, 빨리 나가고 싶은, 도망치고 싶은 이해할 수 없는 열망을 억누르면서 서둘러 문 쪽으로 갔다.

어머니가 현관으로 나가자 날카로운 추위가 어머니의 눈과 가슴을 때려 어머니는 숨이 막혔으며 다리가 뻣뻣하게 굳어졌다 ─ 광장 한가운데 르이빈이 등 뒤로 손이 묶인 채 걷고 있었고 그의 옆에 경찰 보조원' 두 명이 지팡이로 규칙적으로 땅을 두드리며 걸었다. 관청 현관 근처에는 사람들이 무리 지어 모여서서 말없이 기다리고 있었다.

어머니는 넋을 잃은 채 눈을 떼지 못하고 바라보았다 ─ 르이빈이 뭔가 말했고 어머니는 그의 목소리를 들었으나 단어들은 어머니의 심장 속 어둡고 떨리는 허공으로 메아리 없이 사라져 버렸다.

어머니는 정신을 차리고 숨을 들이쉬었다 ─ 관청 현관 근처에 밝은 색 턱수염을 넓게 기른 농군이 푸른 눈으로 어머니의 얼굴을 뚫어지게 쳐다보고 있었다. 기침을 하고 공포에 질려 힘없는 손으로 목을 문지르면서 어머니는 힘겹게 그에게 물었다.

"무슨 일이에요?"

"자, 이제 보시오!" 농군이 대답하고 몸을 돌렸다. 다른 농군 한 명이 다가와 옆에 섰다.

경찰 보조원들이 군중 앞에 멈춰 서자 군중은 빠르게, 그러나 말없이 늘어났고 그 위로 갑자기 르이빈의 목소리가 굵게 솟아올랐다.

"정교 믿는 사람들이여! 여러분은 우리 농민들의 삶에 대한 진실을 쓴 글에 대해 들어 본 적 있습니까? 바로 그렇습니다 — 그 글 때문에 내가 고통받는 것이오. 내가 그 글을 민중에게 나눠 주었소!"

사람들이 더 빽빽하게 르이빈을 둘러쌌다. 그의 목소리는 차분하고 고르게 울렸다. 이 때문에 어머니는 정신이 맑아졌다.

"들려?" 푸른 눈의 농군 옆구리를 건드리며 다른 농군이 조용히 물었다. 푸른 눈의 농군은 대답하지 않고 고개를 들어 다시 어머니의 얼굴을 들여다보았다. 그러자 다른 농군도 어머니를 쳐다보았다 — 그는 푸른 눈의 남자보다 젊었고 어두운 색의 드문드문한 턱수염을 길렀으며 얼굴은 주근깨가 덮여 얼룩덜룩해 보이고 여위었다. 그리고 두 사람 다 관청 현관에서 한옆으로 비켜섰다.

'두려워하는구나!' 어머니는 자기도 모르게 생각했다.

어머니의 주의력은 더 날카로워졌다. 관청 현관이 조금 높았기 때문에 어머니는 미하일 르이빈의 두들겨 맞은 검은 얼굴을 명확히 볼 수 있었고 그의 눈에서 열띠게 반짝이는 빛을 분간할 수 있었다. 그도 자신을 볼 수 있기를 바라며 어머니는 발뒤꿈치를 들고 서서 르이빈 쪽으로 목을 뻗었다.

사람들이 믿지 못하겠다는 듯 그를 음울하게 바라보며 침묵했다. 단지 군중 맨 뒷줄에서 소리 죽인 말소리가 들려왔다.

"농민 여러분!" 르이빈이 우렁차고 둔중한 목소리로 말했다. "이 종이들을 믿으시오. 나는 이 책들 때문에 죽음을 맞이해야 할지도 모릅니다. 저들은 나를 때리고 괴롭히며 내가 책들을 어디서 가져왔는지 고문해서 알아내려 했고 앞으로 더 때릴 것이오. 하지만 나는 이 모든 고난을 견딜 겁니다! 왜냐하면 이 글 속에 진실이 들어 있고 그 진실은 우리에게 빵보다 더 값진 것이어야 하기 때문이오, 아무렴!"

"왜 저런 말을 하는 거야?" 현관 근처에 선 농군들 중 하나가 조용히 외쳤다. 푸른 눈의 남자가 천천히 대답했다.

"이젠 아무래도 좋아 ― 두 번 죽는 일은 없지만 한 번 죽는 건 피해 갈 수 없지……."

사람들은 말없이 서서 음울하고 조심스럽게 지켜보았고 모든 사람이 뭔가 보이지 않지만 무거운 것에 덮여 있는 듯했다.

현관에 기병 장교가 나타나 몸을 휘청이며 술 취한 목소리로 외쳤다.

"지금 누가 말하는 거야?"

장교는 갑자기 현관에서 뛰어내려 르이빈의 머리카락을 잡고 그의 머리를 앞으로 끌었다가 뒤로 밀어내며 외쳤다.

"말하는 놈이 너냐, 개새끼야, 너야?"

군중이 흔들리며 웅성거렸다. 어머니는 무기력한 슬픔 속에 고개를 숙였다. 그리고 다시 르이빈의 목소리가 들렸다.

"자, 보시오, 착한 사람들이여……."

"닥쳐!" 기병 장교가 그의 귀를 때렸다. 르이빈은 휘청거리며 어깨를 움츠렸다.

"양손을 묶어 놓고 마음껏 괴롭히는군……."

"경찰 보조원! 이놈 데려가! 해산해, 다들!" 기병 장교는 마치 사슬에 묶인 개가 고기 조각 앞에서 날뛰듯이 뛰면서 주먹으로 르이빈의 얼굴, 가슴, 배를 때렸다.

"때리지 마!" 누군가 군중 속에서 외쳤다.

"왜 때려?" 다른 목소리가 거들었다.

"가자!" 푸른 눈의 농군이 고갯짓하며 말했다. 그리고 두 사람은 서두르지 않고 관청을 향해 걸었고, 어머니는 선한 눈으로 그들을 뒤쫓았다. 어머니는 안심하여 한숨을 쉬었다 — 기병 장교가 또다시 힘겹게 현관 위로 뛰어올라 위협적으로 주먹을 휘두르며 광란하듯 고함쳤다.

"저놈 데리고 가! 내가 말하잖아……."

"그러지 마시오!" 강한 목소리가 군중 속에서 울렸다. 어머니는 푸른 눈의 농군이 말하고 있다는 것을 알았다. "저렇게 두지 맙시다, 여러분! 여기서 데려가면 저 사람을 때려죽일 거요. 그런 다음에 저들은 우리가 죽였다고 할 거요! 놔두지 맙시다!"

"농민들!" 르이빈의 목소리가 우렁차게 퍼졌다. "여러분은 정녕 자신들의 삶을 보지 못한단 말이오. 저들이 어떻게 도둑질하는지, 여러분을 어떻게 속이고 여러분의 피를 빨아먹는지 모른단 말이오? 여러분이 모든 것을 떠받치고 있소, 여러분이 이 땅의 첫 번째 힘이오. 하지만 어떤 권리를 가지고 있소? 배고파 뒈지는 것 — 그게 여러분의 유일한 권리요……!"

농군들이 갑자기 앞다투어 외치기 시작했다.

"제대로 말한다!"

"경찰서장 불러라! 경찰서장 어디 있어?"

"기병 장교가 데리러 갔어……."

"그 사람 취했잖아!"

"경찰을 불러 모으는 건 우리 일이 아니야……."

소음이 점점 더 커졌고 더 높이 솟아올랐다.

"말해라! 우리가 때리지 못하게 할 거다……."

"저 사람 손 풀어 줘."

"봐라, 죄가 없을 거야!"

"손이 아픕니다!" 모든 목소리를 뒤덮으며 르이빈이 차분하고 낭랑하게 말했다. "난 도망치지 않습니다, 농민들! 내 진실에서 숨지 않을 거요, 그 진실은 내 안에 살아 있소……."

몇몇 사람들이 당당하게 군중에서 떨어져 나와 소리 죽여 이야기하며 고개를 저으면서 여러 방향으로 가 버렸다. 그러나 남루한 옷을 서둘러 걸쳐 입은 사람들이 흥분한 얼굴로 점점 더 많이 달려왔다. 그들은 르이빈 주변에서 어두운 거품을 뿜으며 끓어올랐고 르이빈은 그들 사이에 마치 숲속의 망루처럼 손을 머리 위로 들고 흔들며 군중에게 외쳤다.

"고맙소, 착한 사람들이여, 고맙소! 우리 자신이 서로의 묶인 손을 풀어 주어야 합니다. 그래요! 누가 우리를 도와주겠소?"

그는 턱수염을 문질렀고 또다시 피투성이가 된 손을 위로 쳐들었다.

"여기 내 피요, 진실을 위해 흘렸소!"

어머니는 현관에서 내려왔는데 땅에 서니 군중에 둘러싸인 르이빈이 보이지 않았고 그래서 다시 계단 위로 올라갔다. 어머니의 가슴은 뜨거웠고 뭔가 불분명하게 즐거운 감정이 가슴에서 뛰놀았다.

"농민들! 글을 찾으시오, 읽으시오. 여러분을 위해 진실을 가져오는 사람들이 무신론자이고 반역자라는 경찰과 사제의 말을 믿지 마시오. 진실은 이 땅을 비밀스럽게 걸으며 민중 속에 둥지를 찾고 있소. 경찰에게 진실은 칼이나 불과 같아서 저들은 진실을 받아들이지 못하는 것이오! 진실이 저들을 찌르고 불태울 거요! 진실은 여러분에게 좋은 친구이고 경찰에게는 저주받을 적이오! 바로 그래서 진실이 몸을 숨기는 거요!"

다시 군중 속에서 몇몇 외침 소리가 타올랐다.

"들으시오, 정교를 믿는 사람들이여!"

"에휴, 형제여, 당신도 잡혀가겠군……."

"누가 당신을 밀고했소?"

"사제!" 경찰 보조원 중 하나가 말했다.

두 명의 농군이 심하게 욕설을 했다.

"봐라, 여러분!" 경고하는 외침 소리가 울려 퍼졌다.

16

군중을 향해 경찰서장이 걸어오고 있었는데, 키가 크고 체격
이 건장한 사람으로 얼굴이 둥글었다. 경찰모는 한옆으로 기울
여 썼고 콧수염 한쪽은 위로 말려 올라가고 다른 쪽은 아래로 처
져서 그 때문에 얼굴이 둔하고 죽은 웃음을 띠고 비뚤어져 일그
러진 듯 보였다. 왼손에는 지팡이를 들고 오른손은 공중에 휘둘
렀다. 그의 무거운 발소리가 선명하게 들렸다. 군중은 그의 앞
에서 길을 비켰다. 뭔가 음울하고 억누르는 듯한 것이 사람들의
얼굴에 나타났고 소음이 사그라들고 낮아져서 마치 땅속으로
들어가 버린 것 같았다. 어머니는 이마가 떨리는 것 같았고 눈
이 뜨거워지는 것을 느꼈다. 또다시 군중 속으로 들어가고 싶어
져서 어머니는 앞으로 몸을 숙이고 긴장된 자세로 얼어붙은 듯
멈춰 섰다.

"이게 뭐지?" 경찰서장이 르이빈의 맞은편에 멈춰 서더니 그

를 눈으로 훑으면서 물었다. "손을 왜 묶지 않았나? 경찰 보조
원! 묶어!"

그의 목소리는 높고 낭랑했으나 아무 색깔이 없었다.

"묶어 뒀습니다만 민중이 풀었습니다!" 경찰 보조원 한 명이
대답했다.

"뭐? 사람들? 무슨 민중?"

경찰서장이 반원을 그리며 자기 앞에 모여 선 군중을 바라보
았다. 그리고 똑같이 단조로운 목소리로 언성을 높이지 않고 목
소리도 낮추지 않은 채 말을 이었다.

"그게 누군가, 민중이라는 게?"

그는 지팡이 손잡이를 거꾸로 들고 푸른 눈의 농군의 가슴을
찔렀다.

"너야, 추마코프, 네가 민중인가? 그래, 또 누가 있지? 너냐,
미신?"

그리고 오른손으로 누군가의 턱수염을 당겼다.

"해산해, 개놈들! 안 그러면 내가 너네를, 너희들한테 보여 주
겠다!"

목소리에, 그의 얼굴에 짜증도 위협도 드러내 보이지 않고 그
는 차분하게 말하면서 강하고 긴 팔을 익숙하고 평온하게 움직
여 사람들을 때렸다. 사람들이 눈을 내리깔고 고개를 다른 쪽으
로 돌리며 그에게서 물러섰다.

"그래서? 너희는 어쩔 건가?" 그가 경찰 보조원들에게 말했
다. "묶어!"

냉소적인 말로 욕을 하고 그는 다시 르이빈을 쳐다보고 큰 소리로 말했다.

"손을 뒤로 돌려, 너 말이야!"

"난 묶이고 싶지 않소!" 르이빈이 말했다. "도망칠 생각도 없고 싸우지도 않을 거요. 그런데 어째서 날 묶는 거요?"

"뭐?" 경찰서장이 그를 향해 한 걸음 다가서서 물었다.

"민중을 충분히 괴롭히지 않았소, 짐승들!" 르이빈이 목소리를 높였다. "당신들에게도 곧 붉은 날이 올 거요……."

경찰서장이 르이빈 앞에 서서 콧수염을 움찔거리며 그의 얼굴을 들여다보았다. 그러고는 한 걸음 물러서서 어리둥절하여 새된 목소리로 노래하듯 말했다.

"아-아-아, 개새끼! 무-우슨 말이야?"

그리고 르이빈의 얼굴을 갑자기 세게 때렸다.

"주먹으로 진실을 때려죽일 수는 없소!" 르이빈이 경찰서장에게 다가서며 소리쳤다. "그리고 날 때릴 권리도 없어, 이 더러운 개놈아!"

"감히 못 한다고? 내가?" 경찰서장이 길게 끄는 소리로 부르짖었다.

그리고 그는 르이빈의 머리를 노리고 또다시 손을 휘둘렀다. 하지만 르이빈이 앉는 바람에 주먹은 그를 건드리지 못했고 경찰서장은 휘청거리다가 간신히 똑바로 섰다. 군중 속에서 누군가 큰 소리로 콧방귀를 뀌었고, 다시 미하일 르이빈의 분노에 찬 고함 소리가 울렸다.

"감히 날 때릴 생각 하지 말란 말이다, 악마야!"

경찰서장은 주위를 둘러보았다 — 사람들이 음울하게 말없이 꽉 막힌 검은 원이 되어 모여들었다.

"니키타!" 경찰서장이 군중을 둘러보며 큰 소리로 누군가를 불렀다. "니키타, 어이!"

군중 속에서 땅땅한 체격에 키가 크지 않고 짧은 털외투를 입은 농군이 앞으로 나섰다. 그는 커다랗고 머리털이 북슬북슬한 머리를 숙이고 땅을 바라보았다.

"니키타!" 한쪽 콧수염을 꼬면서 느긋하게 경찰서장이 말했다. "저놈 귀에 한 방 먹여, 보기 좋게!"

농군은 앞으로 한 걸음 움직여 르이빈 앞에 마주 서서 고개를 들었다. 르이빈은 고집스럽게 그의 얼굴을 들여다보며 무겁고 정당한 말을 던졌다.

"자, 보시오, 사람들, 이 짐승이 어떻게 여러분을 여러분 자신의 손으로 목 조르는지! 보고 생각하시오!"

농군은 마지못한 듯 손을 들더니 천천히 르이빈의 머리를 때렸다.

"그렇게 할 거냐, 이 개새끼야?" 경찰서장이 쇳소리를 내질렀다.

"어이, 니키타!" 군중 속에서 누군가 크지 않은 소리로 말했다. "하느님을 잊지 마!"

"때리라고 했잖아!" 경찰서장이 농군의 목을 건드리며 소리쳤다.

농군은 옆으로 비켜서서 고개를 한쪽으로 기울이고 음울하게 말했다.

"더는 안 할래요……."

"뭐?"

경찰서장의 얼굴이 떨렸고, 그는 발을 구르고는 욕을 하며 르이빈에게 덤벼들었다. 때리는 소리가 둔하게 울리면서 르이빈은 휘청거리고 한 팔을 휘둘렀으나 두 대째에서 경찰서장은 그를 땅에 쓰러뜨렸고 주변을 펄쩍펄쩍 뛰면서 르이빈의 가슴, 옆구리, 머리를 발로 차기 시작했다.

군중이 적대적으로 동요하여 웅성거리며 경찰서장을 향해 움직이자 경찰서장은 이를 눈치채고 펄쩍 뛰어 물러나더니 지팡이를 덮개에서 꺼내 들었다.

"이럴 건가? 반란을 일으킨다고? 으-응……? 지금 이건 뭐지……?"

그의 목소리가 떨렸고 쇳소리가 섞이며 마치 갈라지는 것 같더니 쉰 소리가 되었다. 목소리와 함께 경찰서장도 갑자기 힘을 잃고 고개를 어깨 사이로 움츠리고 몸을 굽혀 텅 빈 눈으로 사방을 돌아보면서, 발로 조심스럽게 자기 아래의 흙을 더듬으며 뒤로 물러섰다. 그리고 목쉰 소리로 불안하게 소리쳤다.

"좋아! 그를 데려가. 난 물러날 테니까, 그래, 어째? 너희들 알고 있나, 이 저주받을 짐승들, 이놈은 정치범이다, 황제에 맞서 폭동을 주도했다고, 알고 있어? 그런데 너희는 이놈을 감싸겠다고, 응? 너희도 반란군이냐? 아하-아……!"

움직이지 않고, 눈도 깜빡이지 않고, 힘도 생각도 없이 어머니는 공포와 연민에 짓눌려 마치 깊이 잠든 것처럼 서 있었다. 어머니의 귓가에서 사람들의 분개하고 음울하고 악의에 찬 외침들이 호박벌처럼 붕붕거렸고 경찰서장의 목소리가 떨리고 누군가의 속삭이는 목소리가 말했다.

"저 사람이 죄인이라면 재판을 해라!"

"저 사람을 불쌍히 여겨 주십시오, 나리……."

"대체 뭡니까, 경찰서장님, 법은 아무래도 좋다는 겁니까?"

"대체 이럴 수가 있나? 이렇게 모두가 때리기 시작하면 어찌되겠어?"

사람들이 두 무리로 나누어졌다 — 한쪽은 경찰서장을 둘러싸고 그에게 소리 지르며 위협했고, 다른 한 무리는 숫자가 더 적었는데 얻어맞은 르이빈을 둘러싸고 서서 둔하고 음울하게 웅성거렸다. 몇몇 사람들이 르이빈을 땅에서 일으켜 세웠고 경찰 보조원들이 다시 그의 손을 묶으려 했다.

"좀 기다려 봐, 이 악마들아!" 사람들이 경찰 보조원들에게 소리쳤다.

르이빈은 얼굴과 턱수염에서 흙먼지와 피를 문질러 닦고 주위를 둘러보며 아무 말도 하지 않았다. 그의 시선이 어머니의 얼굴을 훑었다. 어머니는 몸을 떨고 그를 향해 몸을 뻗으며 자기도 모르게 손을 흔들었다. 그는 고개를 돌렸다. 그러나 몇 분 뒤에 그의 시선이 다시 어머니의 얼굴에 멈추었다. 어머니는 그가 몸을 곧추세우고 고개를 들고 피투성이 볼이 떨리는 것을 보았다.

'알아봤을까, 설마 알아봤을까……?'

그리고 어머니는 애처롭고도 기괴한 기쁨에 몸을 떨며 그에게 고개를 끄덕여 보였다. 하지만 다음 순간, 어머니는 르이빈 옆에 푸른 눈의 농군이 서서 마찬가지로 자신을 쳐다보고 있는 것을 알았다. 그의 눈길이 순식간에 어머니에게 위험의 감각을 일깨웠다.

'내가 무슨 짓을 한 거지? 나까지 붙잡힐 텐데!'

농군이 르이빈에게 뭔가 말하자 르이빈이 고개를 젓고는 떨리는 목소리로, 그러나 선명하고 생기 있게 말하기 시작했다.

"괜찮소! 난 세상에 혼자가 아니오. 저들이 모든 진실을 다 솎아 내진 못할 거요! 내가 있었던 곳에 나에 대한 기억은 남을 테니까 — 아무렴! 저들이 혹여 둥지를 망가뜨린다 해도 그곳엔 이미 친구와 동지들이 더 이상 없을 거요……."

'저건 날 위해서 하는 말이야!' 어머니가 재빨리 이해했다.

"하지만 그날이 올 거요, 독수리들이 자유를 향해 날아오르고 민중이 속박에서 풀려날 거요!"

어떤 여자가 물을 담은 양동이를 가져와서는 숨을 헐떡거리고 푸념하며 르이빈의 얼굴을 씻어 주기 시작했다. 그녀의 가늘고 불평하는 목소리가 르이빈의 말에 섞여 어머니가 르이빈의 말을 알아듣는 것을 방해했다. 농군 무리가 경찰서장과 함께 앞으로 다가왔고 누군가 큰 소리로 외쳤다.

"수레도 가져다가 죄수를 태워 주지그래, 어이! 누구 차례야?"

그 뒤에 분노에 찬 듯한 경찰서장의 목소리가 울렸다.

"난 널 때릴 수 있지만 넌 그렇게 못 해. 날 때릴 수도 없고 감히 그럴 생각도 못 한다고, 이 멍청한 놈아!"

"그렇소! 그런데 당신은 누구요, 하느님이요?" 르이빈이 소리쳤다.

무질서한 외침 소리들이 터져 나와 그의 목소리를 덮었다.

"싸우지 말아요, 아저씨! 여긴 경찰이 와 있다고요!"

"화내지 마십시오, 나리! 이 사람 제정신이 아닙니다……."

"넌 닥쳐, 괴짜야!"

"이제 널 도시로 데려갈 거다……."

"거긴 법이 더 잘 지켜지지!"

군중의 외침 소리가 달래는 듯 부탁하는 듯 들렸고, 불분명하고 어수선하게 서로 뒤섞였으며 모든 외침이 절망적이고 애처로웠다. 경찰 보조원들이 르이빈의 팔을 잡고 관청 현관으로 데려가더니 문 안쪽으로 사라졌다. 농군들이 천천히 흩어졌고 어머니는 푸른 눈의 남자가 자신을 유심히 바라보며 다가오는 것을 보았다. 어머니의 무릎 아래 다리가 떨리기 시작했고 불길한 느낌이 심장을 쥐어짜며 구역질을 불러일으켰다.

'도망치면 안 돼!' 어머니는 생각했다. '안 돼!'

그리고 난간을 꼭 쥐고 기다렸다.

경찰서장은 관청 현관에 서서 양팔을 흔들며 비난하는 어조로, 다시 하얗고 영혼 없는 목소리로 말했다.

"너희는 바보다, 개놈의 자식들아! 아무것도 모르면서 이런 일에, 나랏일에 달려들다니! 짐승들! 나한테 감사해야 해, 내 호의에 절하며 발밑에 엎드려야 한다고! 내가 마음만 먹으면 너희는 다 강제 노동행이다…….”

스무 명쯤 되는 농군들이 서서 모자를 벗은 채 듣고 있었다. 날이 어두워졌고 먹구름이 낮게 깔렸다. 푸른 눈의 남자가 현관으로 다가와 한숨을 쉬고 말했다.

“바로 이게 우리 현실이요…….”

“네-에.” 어머니가 조용히 대답했다.

그가 어머니를 솔직한 눈으로 바라보고 물었다.

“무슨 일을 하시오?”

“아줌마들한테 레이스를 사요, 피륙도 사고…….”

농군이 천천히 턱수염을 쓰다듬었다. 그러고 나선 관청 쪽을 바라보고 지루한 듯 작은 소리로 말했다.

“그런 건 우리 동네에선 찾을 수 없어요…….”

어머니는 그를 위에서 아래로 훑어보고 방으로 돌아가기에 좋은 순간을 기다렸다. 농군의 얼굴은 생각에 잠겨 있었고 붉었으며 눈은 슬펐다. 그는 어깨가 넓고 키가 크고 머리색은 붉었으며 수없이 꿰매고 기운 카프탄에 깨끗한 면 셔츠를 입고 시골식 모직 천으로 만든 바지를 입고 맨발에 천으로 발싸개*만 감고 있었다.

어머니는 왠지 모르게 마음을 놓고 한숨을 쉬었다. 그리고 갑자기, 불확실한 생각에서 피어오른 예감에 따라 어머니는 그에게 물었다.

"그런데 하룻밤 재워 주실 수 있어요?"

묻고 나서 어머니의 내면에서 근육도 뼈도 ― 모든 것이 단단
하게 긴장했다. 어머니는 몸을 곧추세우고 움직이지 않는 시선
으로 농군을 바라보았다. 어머니의 머릿속에 뾰족한 생각이 빠
르게 어른거렸다.

'니콜라이 이바노비치가 나 때문에 죽을 거야. 파샤를 만나지
못하겠지, 오랫동안! 나도 두들겨 맞을 거야!'

농군은 땅을 내려다보며 서두르지 않고 카프탄 자락으로 가
슴을 감싸며 대답했다.

"하룻밤 묵는다고? 할 수 있지, 왜 안 되겠소? 내 오두막이 좋
지 않을 뿐이지……."

"나도 호화롭게 살지 않았으니까요!" 어머니가 대답했다.

"할 수 있지!" 농군이 질문하는 눈초리로 어머니를 가늠하며
되풀이했다.

이미 날이 어두워졌고 어스름 속에서 그의 눈은 차갑게 빛나
고 얼굴은 아주 창백해 보였다. 어머니는 마치 언덕을 내려가는
것처럼 조그만 목소리로 말했다.

"그러면 지금 바로 갈 테니까 내 가방 좀 들어 줘요……."

"그러지."

그는 어깨를 으쓱해 보였고 다시 카프탄 자락을 여미고 조용
히 말했다.

"수레가 가는군……."

관청 현관에 르이빈이 나타났고 그의 양손은 다시 묶여 있었

으며 머리와 얼굴은 뭔가 회색 물건으로 덮여 있었다.

"잘 계시오, 착한 사람들!" 그의 목소리가 어스름한 봄날 저녁의 추위 속에 울려 퍼졌다. "진실을 찾고 진실을 지키시오, 여러분에게 순수한 말을 가져다주는 사람을 믿으시고, 진실을 위해서라면 자신을 아끼지 마시오!"

"닥쳐, 개놈아!" 어딘가에서 경찰서장의 목소리가 외쳤다. "경찰 보조원, 말을 빨리 몰아, 바보야!"

"여러분이 아낄 게 뭐가 있소? 여러분의 삶이 어떤 모습이오……?"

수레가 움직이기 시작했다. 르이빈은 양옆의 경찰 보조원들과 함께 수레에 앉아서 낮게 외쳤다.

"무엇을 위해서 굶주림 속에 죽어야 한단 말이오? 자유를 위해 노력하시오, 자유는 빵과 진실을 줄 겁니다. 잘 계시오, 착한 사람들……!"

서둘러 돌아가는 바퀴 소리와 말발굽 소리, 경찰서장의 목소리가 그의 말소리를 뒤덮고 흩어 버리고 짓눌렀다.

"물론이지!" 농군이 고개를 저으며 이렇게 말하고는 어머니쪽을 돌아보고 작은 소리로 말을 이었다. "당신은 거기 역참에서 잠깐 앉아 계시오. 내가 나중에 올 테니까……."

어머니는 방으로 들어가서 탁자의 사모바르 앞에 앉아 손에 빵 조각을 들고 쳐다보다가 그릇 위에 천천히 도로 내려놓았다. 배가 고프지 않았고 숟가락을 쳐다보니 다시 구역질이 올라왔다. 온기가 싫었다. 온기 때문에 기운이 빠지고 심장에서 피가 빨려 나가고 머리가 어지러웠다. 어머니 앞에 푸른 눈의 농군 얼굴이 떠올랐다 — 이상하고 마치 다 완성되지 않은 듯한 그 얼굴은 신뢰감을 불러일으키지 않았다. 어머니는 농군이 자신을 밀고할 거라고 인정하고 싶지 않았으나 그 생각은 이미 떠올랐고 움직이지 않는 무게가 되어 심장을 무겁게 내리눌렀다.

'그가 눈치 챘어!' 느릿하고 무기력하게 어머니는 생각했다. '눈치챘어, 알아낸 거야……'

그러나 생각은 느른하고 끈적한 구역질의 끈질긴 느낌 속에 파묻혀 더 이상 발전하지 않았다.

창밖에는 소음 대신 엿보는 듯한 소심한 침묵이 깔렸고 마을의 뭔가 억누르는 듯한, 겁먹은 분위기를 드러냈으며 마음속의 외로움이 더 날카로워져서 마치 재처럼 회색에 부드러운 어스름으로 영혼을 가득 채웠다.

소녀가 들어와 문가에 서서 물었다.

"달걀부침 드릴까요?"

"괜찮아요. 먹고 싶지 않아요. 저 고함 소리에 겁이 나서요!"

소녀가 탁자로 다가와서 흥분한 목소리로, 그러나 작은 목소리로 이야기했다.

"경찰서장이 때리는 거 보셨죠! 나 가까이 서서 봤는데 그 사람 이빨이 전부 부러졌어요. 그 사람이 침을 뱉으니까 피가 빨갛게, 진하게 나오더라고요……! 눈은 부어서 아예 안 보이고요! 그 사람 타르 일꾼이에요. 기병 장교가 우리 관청에 들어앉았어요. 술주정뱅이인데 계속 술을 내놓으래요. 그 사람 말이

468

그 도당들이 한 무리가 있는데 그 사람, 턱수염 기른 사람이 우두머리라는 거예요. 세 명이 체포됐는데 한 명은 도망쳤대요, 들어 보니까. 또 선생도 그 사람들이랑 같이 체포했대요. 그 사람들은 하느님을 믿지 않고 다른 사람들한테도 교회를 강도질하라고 설득한대요, 그런 사람들이라고요! 그런데 우리 마을 농군들은 그 사람을 불쌍하다고 해요, 그 우두머리를 말이에요. 그런데 또 다른 사람들은 그놈을 끝장내라고 해요! 우리 동네에 그렇게 사나운 사람들이 있다니 ― 아이고, 아이고!"

어머니는 두서없고 빠른 말에 주의 깊게 귀를 기울이며 자신의 불안을 억누르고 암울한 예측을 흩어 버리려고 애썼다. 소녀는 자기 말을 들어주는 것이 기뻤는지 숨도 쉬지 않고 계속 활기를 띠고 목소리를 높여서 수다를 떨었다.

"아빠가 그러는데 이게 다 흉년 때문이래요! 2년째 우리 땅에서는 아무것도 자라지 않아요. 망했어요! 이제 그것 때문에 저런 사람들이 흘러들어 오는 거예요, 골 아프게! 계단에서 소리치며 싸운다고요. 얼마 전에 밀린 세금 때문에 바슈코프를 팔았을 때 그 사람이 읍장의 면상을 이-이렇게 때렸어요. 이게 내 밀린 세금이다, 하면서요……."

문밖에서 무거운 발소리가 들렸다. 어머니는 손으로 탁자를 짚고 몸을 일으켰다.

푸른 눈의 농군이 들어와서 모자도 벗지 않고 물었다.

"짐은 어디 있소?"

그는 가볍게 여행 가방을 들어 올려 흔들더니 말했다.

"비었군! 마리야, 손님을 우리 오두막으로 안내해라."

그러고는 돌아보지도 않고 가 버렸다.

"여기서 주무세요?" 소녀가 물었다.

"네! 레이스 때문에 왔어요, 레이스를 사러요……."

"우리 동네에선 레이스 안 짜요! 그건 틴코프에서 짜고, 다리
이나에서도 짜지만 우리 동네는 안 해요!" 소녀가 설명했다.

"거긴 내일 가요……."

소녀에게 찻값을 주고 나서 어머니가 3코페이카를 더 주자 소
녀는 무척 기뻐했다. 거리에서 소녀는 축축한 땅 위에 맨발을
빠르게 움직여 걸으며 말했다.

"제가 다리이나에 얼른 뛰어가서 아줌마들한테 여기로 레이
스를 가져오라고 할까요? 아줌마들이 오면 거기까지 가실 필요
가 없잖아요. 여기서 12베르스타 정도 되거든요……."

"그럴 필요는 없어요, 고마워요!" 어머니가 소녀 옆에서 걸으
며 대답했다. 차가운 바람이 신선하게 느껴졌고 어머니의 마음
속에 불분명한 결단이 천천히 생겨났다. 흐릿하지만 뭔가를 약
속하는 그 결단은 느리게 싹을 틔웠고 어머니는 그 결단이 더 빨
리 자라나도록 하기 위해서 고집스럽게 스스로 질문했다.

'어떻게 살아야 하지? 곧바르게, 양심대로 산다면…….'

어둡고 축축하고 추웠다. 오두막들의 창문이 움직이지 않는
불그스름한 빛으로 흐릿하게 빛났다. 침묵 속에서 가축들이 졸
린 듯 웅얼거리다가 짧은 외침 소리를 내질렀다. 어둡고 억누르
는 듯 깊이 생각에 잠긴 분위기가 마을을 감싸고 있었다.

"여기예요!" 소녀가 말했다. "밤을 지낼 숙소로 나쁜 곳을 고르셨네요. 아저씨는 찢어지게 가난해요……."

소녀는 문을 두드리고 나서 연 뒤 오두막 안으로 활기차게 소리쳤다.

"타티야나 아줌마!"

그리고 도망쳤다. 어둠 속에서 소녀의 목소리가 날아왔다.

"잘 가세요!"

17

어머니는 문턱에 멈춰 서서 손으로 빛을 가리고 안을 둘러보았다. 오두막은 좁고 작았지만 깨끗했다 — 이 점이 곧바로 눈에 들어왔다. 페치카* 뒤에서 젊은 여성이 내다보고 말없이 고개를 숙여 인사하더니 사라졌다. 앞쪽 구석에 있는 식탁에서 등불이 타고 있었다.

오두막 주인이 식탁에 앉아 식탁 가장자리를 손가락으로 두드리며 어머니의 눈을 뚫어져라 쳐다보았다.

"들어오시오!" 그가 서두르지 않고 말했다. "타티야나, 가서 표트르를 불러와, 빨리!"

여자는 손님을 쳐다보지 않고 재빨리 나갔다. 집주인 맞은편의 등받이 없는 긴 의자에 앉아 어머니는 주위를 둘러보았다 — 여행 가방이 보이지 않았다. 묵직한 정적이 오두막을 가득 채웠고 등잔의 불꽃만 간신히 귀에 들리는 탁탁 소리를 내며 타올랐다. 농군의 얼굴은 근심에 싸인 듯 어두웠고 어머니의 눈앞에서 불명확하게 흔들려 어머니에게 느른한 짜증을 불러일으켰다.

"제 여행 가방은 어디 있어요?" 자신도 예상치 못하게 갑자기 어머니가 큰 소리로 물었다.

농군이 어깨를 으쓱해 보이고 생각에 잠긴 듯 대답했다.

"없어지진 않을 거요……."

목소리를 낮추고 그가 음울하게 말을 이었다.

"내가 아까 여자애 앞에서는 일부러 가방이 비었다고 했는데, 아니, 안 비었어! 뭘 무겁게 넣었더군!"

"아?" 어머니가 물었다. "그래서요?"

그가 자리에서 일어나 어머니에게 다가오더니 몸을 숙이고 조용히 물었다.

"그 사람 아시오?"

어머니는 몸을 떨었지만 확고하게 대답했다.

"알지요!"

이 짧은 대답이 마치 어머니의 내면을 밝히고 마음속의 모든 것을 선명하게 만든 듯했다. 어머니는 마음 놓고 한숨을 쉬고는 긴 의자 위에서 몸을 움직여 더 자신 있게 앉았다.

농군이 활짝 웃었다.

"당신이 그에게 눈짓하고 그도 똑같이 하는 걸 봤지. 내가 그의 귓가에 대고 물었소, 저기 관청 현관에 서 있는 여자 아시오?"

"그랬더니 뭐래요?" 어머니가 빠르게 물었다.

"그 사람? 우리는 많다고 하더군. 그래! 많다고 말했어⋯⋯."

농군은 질문하듯 손님의 눈을 들여다보고는 다시 미소 지으며 말을 이었다.

"엄청난 힘을 가진 사람이오! 게다가 대범하고⋯⋯. 대놓고 말하지 ─ 나다! 사람들이 때리는데도 그는 자기 몸을 부수지⋯⋯."

확신이 없고 약한 그의 목소리와, 표정을 알 수 없는 얼굴과, 밝고 솔직한 눈이 점점 더 어머니를 안심시켰다. 두려움과 암울함이 차지했던 마음속의 자리를 르이빈에 대한 찌르는 듯 날카로운 연민의 감정이 대신했다. 어머니는 참지 못하고 돌연한 쓰디쓴 분노에 휩싸여 우울하게 외쳤다.

"도적들, 광신자들!"

그리고 흐느꼈다.

농군이 음울하게 고개를 끄덕이며 어머니에게서 물러섰다.

"경찰이 친구들을 참 많이도 모았더군, 그래-애!"

그리고 갑자기 어머니에게 몸을 돌려 조용히 말했다.

"내가 하고 싶은 말이, 가만 생각해 보니까 여행 가방 안에 신문이 들어 있던 것 같던데, 맞소?"

"네!" 어머니가 눈물을 닦으며 간단히 대답했다. "그에게 가져왔어요."

농군은 눈살을 찌푸리고 주먹 안에 턱수염을 모아 쥐고 한옆을 바라보며 잠시 침묵했다.

"이 손님이 우리 동네까지 왔고, 책들도 우리 동네까지 왔군.

그 사람은 우리가 알고…… 다 봤지!"

농군이 말을 멈추고 잠시 생각하더니 물었다.

"그러면 이제 그걸 어쩔 생각이요, 여행 가방 말이오?"

어머니는 농군을 쳐다보고 도전하듯 말했다.

"이 집에 맡길게요!"

그는 놀라지도 않고 항의하지도 않고 단지 짧게 되풀이할 뿐이었다.

"우리 집에……."

그리고 농군은 동의하듯 고개를 끄덕이고 턱수염을 주먹에서 놓고 손가락으로 빗어 내리고는 앉았다.

기억은 물러서지 않고 어머니의 눈앞에서 르이빈이 고통받던 장면들을 굳건하고 고집스럽게 펼쳐 놓았다. 그의 모습이 어머니의 머릿속에서 모든 생각을 지웠고 그 사람으로 인한 고통과 분노의 감정이 모든 감정을 덮어 버려 어머니는 여행 가방에 대해서도 다른 어떤 것에 대해서도 더 이상 생각할 수 없었다. 어머니의 눈에서 걷잡을 수 없는 눈물이 흘러나왔고 얼굴은 음울했고 어머니가 집주인에게 말을 하려 했을 때 목소리가 입 밖으로 나오지 않았다.

"강도질하고 사람을 억누르고 진흙 속에 짓밟다니, 저주받을 놈들!"

"힘이지!" 농군이 조용히 대꾸했다. "저들에겐 커다란 힘이 있어!"

"그게 어디서 오는데요?" 어머니가 짜증 난다는 듯 외쳤다.

"바로 우리한테서 빼낸 거잖아요, 민중에게서, 전부 우리에게서 뜯어낸 거라고요!"

어머니는 농군의 밝지만 이해할 수 없는 얼굴이 신경에 거슬렸다.

"그래-애!" 그가 생각에 잠겨 말을 길게 끌었다. "바퀴……."

농군이 잔뜩 경계하며 고개를 문 쪽으로 숙이고 귀를 기울이더니 조용히 말했다.

"오는군……."

"누가요?"

"우리 사람들이겠지. 분명히……."

그의 아내가 들어왔고 그 뒤로 농군 한 명이 오두막 안으로 걸어 들어왔다. 그는 모자를 구석에 내던지고 재빨리 집주인에게 다가가서 물었다.

"그래, 뭐요?"

집주인이 긍정하듯이 고개를 끄덕였다.

"스테판!" 여자가 화덕 옆에 서서 물었다. "혹시 손님이 식사하실 건가요?"

"안 해도 돼요, 고마워요!" 어머니가 대답했다.

새로 찾아온 농군이 어머니에게 다가와 갈라진 목소리로 빠르게 말했다.

"그러니까, 내 소개를 하겠소! 내 이름은 표트르 예고로비치 랴비닌이고, 별명은 송곳이오. 당신들 일은 내가 좀 알고 있소. 글도 알고 바보가 아니라는 거지, 말하자면……."

그는 자신에게 내민 어머니의 손을 잡고 흔들더니 집주인 쪽으로 몸을 돌렸다.

"자, 스테판, 보라고! 바르바라 니콜라예브나는 착한 숙녀분이야, 확실하지! 그런데 이 모든 일에 대해서는 별것도 아니고 헛소리라고 하지! 어린애들하고 그 대학생들이 바보 같은 일로 농민들을 괴롭힌다고. 하지만 자네도 나도 알고 있잖아, 오늘 멀쩡하고 괜찮은 농군이 체포됐고 이제는 이렇게 나이 드신 여자분이 오셨는데 딱 봐도 나리의 핏줄은 아니야. 기분 나빠 하지 마시고, 출신이 어떻게 되시오?"

그는 서두르면서도 명확하게, 숨을 몰아쉬며 말했고 그의 턱수염이 불안하게 떨렸으며 눈은 가늘게 뜬 채 어머니의 얼굴과 형체를 재빨리 훑고 있었다. 남루하고 단정치 못하고, 머리카락이 헝클어진 농군은 방금 누군가와 드잡이라도 해서 상대를 쓰러뜨리고 승리의 기쁨에 취한 사람 같았다. 어머니는 그의 활기가 마음에 들었고 에두르지 않고 솔직하고 소박하게 말하는 것도 마음에 들었다. 그의 얼굴을 다정하게 쳐다보면서 어머니는 질문에 대답했다. 그러자 농군은 다시 한번 어머니의 손을 세게 흔들고 조용히 건조하게 끊어지는 웃음소리를 내며 웃었다.

"깨끗한 일이지, 스테판, 알겠어? 훌륭한 일이야! 내가 말했잖아, 민중이 자기 손으로 시작한다고. 그리고 바르바라 마님은 진실을 말하지 않아. 그건 자기한테 해로우니까. 난 그분을 존경해, 무슨 말을 하겠어! 좋은 사람이고 우리한테 호의를 가지고 있고, 뭐, 조금은, 자기도 손해는 보지 않고 싶은 거지! 그런데 민중은 곧바로 쭉 가는 걸 원하고 손해도 해로움도 겁내지 않아, 봤지? 민중에게는 삶 전체가 해롭고 사방이 손해고 돌아설 곳도 없고 어디를 봐도 아무것도 없어. 단지 사방에서 '거기 서!'라고 외칠 뿐이지."

"나도 알아!" 스테판이 고개를 끄덕이며 말하고는 즉시 덧붙였다. "손님은 짐 때문에 걱정하는 거야."

표트르는 어머니에게 능청맞은 눈짓을 하고 안심시키듯이 팔을 휘두르면서 다시 말하기 시작했다.

"걱정 마시오! 다 제대로 될 거요, 어머니! 여행 가방은 나한테 있어요. 조금 전에 스테판이 나한테 어머니 얘기를 했는데, 그쪽도 이 일에 참여하고 있고 그 사람을 안다고 해서 내가 말했지. 보라고, 스테판! 이렇게 엄중한 상황에 입을 벌려선 안 돼! 그리고 어머니, 보아하니 댁도 분명히 우리가 옆에 서 있을 때 눈치를 챘겠지. 정직한 사람들은 낯짝부터 달라, 왜냐하면 돌아다니는 사람들 중에서 얼마 안 되니까, 솔직히 말해서! 여행 가방은 나한테 있어요……."

그는 어머니 옆에 앉아서 부탁하듯이 어머니의 눈을 들여다보며 말을 이었다.

"가방을 비우고 싶으면 우리가 기꺼이 도와 드리지! 우리도 책이 필요하거든……."

"아주머니는 우리한테 전부 주고 싶어 해!" 스테판이 끼어들었다.

"그것도 좋지요, 어머니! 우리가 전부 다 숨겨 둘 곳을 찾아내지요……!"

그는 벌떡 일어나서 웃음을 터뜨리고는 오두막 안을 빠르게 걸어 다니며 만족해서 말했다.

"이런 게 바로 놀라운 우연이라는 거겠지! 사실 완전히 단순한 일이긴 하지만. 한쪽이 뜯어지니까 다른 쪽이 맞춰진 거요! 괜찮아! 어머니, 그 신문도 좋은 것이니 자기 역할을 할 거요, 민중의 눈을 뜨게 해 주겠지! 나리들한테는 불쾌하겠지만. 난 여기서 7베르스타쯤 떨어진 어느 귀족 마님 댁에서 일을 해요, 목수 노릇이지. 마님은 좋은 사람이오. 그건 확실해. 이런저런 책도 나눠 주는데 가끔 읽어 보면 밤새는 줄 모르지! 대체로 우리는 마님한테 감사하고 있어요. 하지만 마님한테 신문을 한번 보여 줬더니 화를 내더라고. '그런 건 버려요, 표트르!' 이래요. '그런 건 정신없는 어린애들이 만드는 거예요. 그리고 그것 때문에 당신들의 괴로움만 커져요, 감옥과 시베리아에 가게 된다고요, 그것 때문에……' 이러더라고."

그가 갑자기 입을 다물더니 잠시 생각하고 나서 물었다.

"그런데 어머니, 그 사람은 댁의 친척이오?"

"남이에요!" 어머니가 대답했다.

표트르는 소리 없이 웃음을 터뜨리며 대단히 만족해서 고개를 끄덕였으나 다음 순간 어머니는 '남'이라는 단어가 르이빈과의 관계에 적절하지 않다고 여겨져 마음이 상했다.

"그 사람 친척은 아니에요." 어머니가 말했다. "하지만 오래 알고 지냈고 형제처럼 존경해요…… 친오빠처럼!"

필요한 말을 찾을 수 없어서 어머니는 힘들었고 다시 조용한 흐느낌을 억누를 수 없게 되었다. 음울하고 뭔가 기대하는 듯한 침묵이 오두막을 가득 채웠다. 표트르는 어깨 사이로 고개를 움츠리고 마치 뭔가에 귀를 기울이는 듯 서 있었다. 스테판은 식탁 위에 팔꿈치를 대고 계속 생각에 잠긴 채 손가락으로 식탁을 두드리고 있었다. 그의 아내는 어둠 속에서 화덕에 기대서 있었는데 어머니는 그녀가 눈을 떼지 않고 바라보는 것을 느꼈고 가끔 자기도 눈을 돌려 스테판의 아내를 바라보았다 — 얼굴은 타원형에 피부가 가무스름하고 코가 곧고 턱이 뾰족했다. 녹색 눈동자가 날카롭게 빛났다.

"그러니까 친구로군!" 표트르가 조용히 말했다. "인물은 인물이지, 그래-애……! 자기 자신을 높이 평가했어. 그럴 만했고! 이봐, 타티야나, 인물이지, 응? 당신도 그랬잖아……."

"그 사람 결혼했어요?" 타티야나가 표트르의 말을 가로막으며 묻고는 작은 입의 가느다란 입술을 꼭 다물었다.

"홀아비예요!" 어머니가 구슬프게 대답했다.

"그러니까 용감하지!" 타티야나가 가슴에서 울리는 낮은 목소리로 말했다. "결혼한 사람은 그런 길로 못 가요, 무서워서……."

"그럼 나는? 결혼도 하고 다 했는데." 표트르가 외쳤다.

"됐어, 대부님!" 그를 쳐다보지 않고 입술을 비뚜름하게 움직이며 타티야나가 말했다. "대부님이 뭐 대단한 사람이라고? 그냥 말만 많고 아주 가끔 책을 읽잖아. 대부님하고 스테판이 구석에서 소곤거리는 게 사람들한테 퍽이나 도움이 되겠네."

"내 말을 듣는 사람은 많아!" 농군이 기분이 상한 듯 조용히 반박했다. "난 여기서 마치 효모 같은 거야. 그런데 당신은 괜히……."

스테판은 말없이 아내를 바라보다가 다시 고개를 숙였다.

"그럼 남자들은 결혼을 왜 하지?" 타티야나가 물었다. "여자 일꾼이 필요하다고 하는데 일은 뭣 하러 해?"

"또 그 얘기인가!" 스테판이 끼어들었다.

"일하는 게 무슨 소용이 있어? 어쨌든 하루하루 그날 벌어 그날 먹고살잖아. 아이들이 태어나는데, 빵도 못 버는 일 때문에 아이들 봐줄 시간도 없고."

그녀가 어머니에게 다가와 옆에 앉더니 불만도 슬픔도 없이 고집스럽게 말했다.

"난 애가 둘 있었어요. 첫째는 두 살 때 끓는 물에 빠졌고, 둘째는 달을 못 채우고 죽은 채로 태어났어요, 그 망할 일 때문에! 그런 내게 무슨 기쁨이 있겠어요? 정해진 질서대로 노력하는 건 쓸데없는 일이라고요. 곧바로 진실을 향해 나아갔어야 해요, 그 사람처럼! 내 말이 옳지요, 어머니……?"

"옳아요!" 어머니가 말했다. "옳아요, 현명하신 분…… 그렇게 하지 않으면 삶을 이겨 내지 못해요……."

"어머니는 남편이 있어요?"

"죽었어요. 아들이 있지요."

"아들은 어디 있어요, 어머니랑 같이 살아요?"

"감옥에 있어요!" 어머니가 대답했다.

그리고 어머니는 이 말들이 불러오는 익숙한 슬픔과 함께 가슴속에 평온한 자부심이 가득 차는 것을 느꼈다.

"두 번째 잡혀 들어갔어요. 이 모든 게 그 애가 하느님의 진실을 깨닫고 그 진실을 대놓고 뿌리려 했기 때문이지요……. 그 애는 젊어요, 잘생겼고 똑똑해요! 신문도 그 애가 생각해 낸 거예요. 그리고 미하일 이바노비치를 그 애가 이 길에 들여보냈지요, 미하일 이바노비치가 그 애보다 나이가 두 배나 많은데도요! 지금은 내 아들이 그 일로 재판을 받을 거고 판결이 나더라도 그 애는 시베리아에서 도망쳐 또다시 자기 할 일을 할 거예요……."

어머니는 말하는 동안 자랑스러운 감정이 가슴에서 점점 자라나 영웅의 형상을 창조했고 그것을 위한 언어를 요구하여 목이 메었다. 어머니가 그날 목격한 암울한 광경, 무의미한 공포와 수치심 없는 잔인함으로 어머니의 머릿속을 짓누르는 그 광경에 맞서 어떻게든 뭔가 선명하고 이성적인 것으로 균형을 잡아야만 했다. 건강한 영혼의 이런 욕구에 무의식적으로 따르며 어머니는 자신이 보았던 모든 밝고 깨끗한 것을 하나의 불꽃으로 모았고 그 타오르는 순수한 불길에 어머니 자신도 눈이 부셨다.

"이미 그런 사람들이 많이 생겨났고 점점 더 많이 생겨나고 있어요. 그리고 그들 모두 삶이 끝나는 날까지 사람들을 위한 자유의 길에, 진실의 길에 서 있을 거예요……."

어머니는 경계심을 잃고 이름은 거론하지 않았지만 욕심의 사슬에서 민중을 해방시키기 위한 비밀스러운 활동에 대해 자신이 알고 있는 모든 것을 이야기했다. 마음속에 소중히 간직했던 것들을 묘사하면서 어머니는 삶의 불안한 흐름으로 인해 마음속에 그토록 뒤늦게 일어난 모든 힘을, 모든 풍부한 사랑을 자신의 언어에 쏟아 넣었고 기억 속에 떠오른 사람들, 자신의 감정으로 밝아지고 더 아름다워진 사람들에게 스스로 감탄하며 뜨거운 기쁨을 느꼈다.

"활동은 널리 세상 전체에, 모든 도시에 퍼져 가고 좋은 사람들의 힘에는 한계도 분량도 없고 점점 커져서 우리가 승리하는 시간까지 계속 자라날 거예요……."

어머니의 목소리는 고르게 흘러나왔고 어머니는 필요한 말을 쉽고 빠르게 찾아내 그날의 피와 더러움을 마음속에서 닦아 내고 싶은 열망의 단단한 실에 마치 색색의 구슬처럼 꿰었다. 어머니는 농군들이 자신의 말이 닿은 그 자리에서 마치 솟아난 것처럼 그대로 멈춰 움직이지 않고 자신의 얼굴을 진지하게 바라보는 것을 알았고 자기 옆에 앉은 여성이 몰아쉬는 숨소리를 들었다. 이 모든 것이 어머니 자신이 사람들에게 이야기하며 약속하고 있는 것에 대한 신념의 힘을 더 강하게 해 주었다.

"삶이 힘든 사람들, 빈곤과 무법(無法)에 짓눌리고 부자와 권력자들에게 짓밟힌 사람들, 모두, 민중 전체가 자신들을 위해 감옥에서 죽어 가는 사람들, 죽음과 같은 고통을 향해 나아가는 사람들에게 화답해야 해요. 그들은 모든 사람이 행복해지는 길이 어디에 있는지 사심 없이 설명하고 힘든 길이라고 솔직하게 얘기하고 강제로는 아무도 데려가지 않지만 그들 곁에 함께 서

기만 하면 절대로 그들을 떠나지 않게 돼요. 왜냐하면 모든 것이 옳고 이것만이 길이고 다른 길은 없다는 걸 알게 되니까요!"

어머니는 오래된 자신의 소원을 이루게 되어 기뻤다 — 바로 자신이 사람들에게 진실에 대해 이야기하는 것이다!

"그런 사람들과 함께라면 민중을 향해 갈 수 있어요. 그들은 작은 일에 뜻을 굽히지 않고 모든 속임수와 모든 악과 욕심을 이겨 내기 전까지는 멈추지 않을 것이고, 모든 민중이 하나의 마음으로 합쳐지기 전까지, 한목소리로 내가 주인이다, 내가 법을 정한다, 모두를 위해 공평한 법을! 이렇게 말하기 전까지는 손을 놓지 않을 거예요……."

어머니는 지쳐서 말을 멈추고 주위를 둘러보았다. 어머니의 가슴속에는 자신의 말이 쓸모없이 사라지지 않으리라는 확신이 평온하게 자리 잡았다. 농군들이 뭔가 기대하며 어머니를 바라보고 있었다. 표트르는 가슴에 손을 모아 쥐고 눈을 가늘게 떴고 그의 주근깨투성이 얼굴에 미소가 떨렸다. 스테판은 한 팔의 팔꿈치를 식탁에 얹고 온몸을 앞으로 내밀고 목을 길게 늘인 채 마치 아직도 귀를 기울이는 것 같았다. 그의 얼굴에 그림자가 드리웠고 그 때문에 얼굴이 더욱 명료해 보였다. 그의 아내는 어머니 옆에 앉아 팔꿈치를 무릎에 대고 몸을 숙여 자기 발밑을 내려다보고 있었다.

"아무렴 그래야지!" 표트르가 속삭이는 소리로 말하고는 고개를 저으며 의자에 조심스럽게 앉았다.

스테판이 천천히 몸을 곧게 펴고 아내를 바라보더니 마치 뭔가 껴안고 싶은 듯 허공에 양팔을 벌렸다.

"만약에 이 일을 시작한다면." 그가 생각에 잠겨 작은 목소리로 말을 이었다. "정말 온 마음으로 해야겠군……."

표트르가 소심하게 일어섰다.

"음– 그래, 뒤는 돌아보지 말고!"

"폭넓게 벌어지는 일이니까!" 스테판이 말을 받았다.

"세상 전체에 말이지!" 표트르가 덧붙였다.

18

 어머니는 벽에 등을 기댄 채 고개를 숙이고 그들이 크지 않은 목소리로 나누는 대화를 듣고 있었다. 타티야나가 일어나서 주위를 둘러보더니 다시 앉았다. 불만족한 눈으로 얼굴에 경멸의 표정을 띠고 남자들을 바라볼 때 그녀의 녹색 눈이 건조하게 빛났다.

 "괴로운 일을 많이 겪으셨나 봐요?" 그녀가 갑자기 어머니를 향해 말했다.

 "그랬죠!" 어머니가 대답했다.

 "말씀을 잘하세요, 그 말에 심장이 끌려가네요. 저절로 생각하게 돼요. 세상에! 저런 사람들과 함께 인생을 문틈으로라도 볼 수 있었으면 하고요. 우리가 뭘로 살아가지요? 양 떼와 다를 바 없잖아요! 난 글도 배웠고 책도 읽고 생각도 많이 하고 가끔은 밤에 잠을 못 자요, 생각하느라. 그런데 무슨 소용이지요? 생각을 안 하면 쓸모없이 기운만 빠지고 생각을 해도 마찬가지로 쓸모없지요."

그녀는 눈에 미소를 띠고 말했는데 가끔은 마치 실을 물어 끊 듯이 자기 말을 갑자기 끊었다. 남자들은 침묵했다. 바람이 창유리를 쓰다듬었고 지붕의 짚이 바스락거렸고 배수관이 조용히 울렸다. 개가 짖었다. 그리고 내키지 않는 듯, 드물게 창문에 빗방울이 부딪혔다. 등잔불이 떨리다가 어두워졌지만 다음 순간 다시 안정을 찾으며 선명하게 타올랐다.

"당신이 하는 말을 들으니까, 바로 저걸 위해서 사람들이 사는구나 싶었어요! 그리고 너무나 훌륭한 거예요, 당신 말을 듣고 당신을 보니까. 아니, 저건 내가 알고 있는 거잖아! 그런데 당신이 오기 전까지 난 그런 걸 들은 적도 없고 그런 생각을 해 본 적도 없어요……."

"뭘 좀 먹었으면 좋겠는데, 타티야나. 그리고 불을 끄는 게 좋겠어!" 스테판이 음울하게 천천히 말했다. "사람들이 눈치챌 거야, 추마코프 집에 불이 오래 켜져 있다고. 우리한테 그런 건 중요하지 않지만 손님한테는 좋지 않을 수도 있으니까……."

타티야나가 일어나서 페치카 쪽으로 갔다.

"그래-애!" 표트르가 조용히 미소를 띠고 입을 열었다. "이제는 말이야, 대부님, 귀를 열고 잘 들어! 민중들 사이에 신문이 나타나기만 하면……."

"난 내 얘기를 하는 게 아니야. 나는 체포되겠지. 그건 큰 문제가 아니고!"

그의 아내가 식탁으로 다가와서 말했다.

"저리 가……."

그는 일어나서 한옆으로 물러났고 아내가 식탁을 차리는 모습을 보며 미소를 띠고 말했다.

"댁의 형제에게 치르는 값은 고작 5전이겠지만 그 5전짜리 무더기가 수백 개 쌓이면……."

어머니는 갑자기 그가 불쌍해졌다 ─ 그는 점점 더 어머니의 마음에 들었다. 어머니는 연설을 한 뒤에 자신이 더럽고 힘겨운 하루에서 벗어나 휴식했다고 느끼며 스스로 만족했고 모두에게 좋은 일만 있기를 원했다.

"잘못 판단하시는 거예요!" 어머니가 말했다. "자신의 피 말고는 아무것도 원하지 않는 사람들이 자신을 어떻게 평가하는지에 동의할 필요는 없어요. 당신은 스스로 자신을 평가해야 해요, 마음속에서, 적들을 위해서가 아니라 친구들을 위해서……."

"당신에게 무슨 친구가 있다는 거요?" 농군이 조용히 외쳤다. "전부 다 털어 봤자……."

"분명히 말하는데, 민중 속에 친구들이 있어요……."

"있긴 하지만 여기는 아니라는 거지!" 스테판이 생각에 잠겨 대꾸했다.

"그럼 그들을 여기로 데려오세요."

스테판이 생각하고는 조용히 말했다.

"음, 그래, 그렇게 해야겠지……."

"식사하세요!" 타티야나가 권했다.

표트르는 어머니의 연설에 충격을 받고 넋이 나간 듯했는데 저녁을 먹으면서 다시 생기 있고 빠르게 말했다.

"어머니, 사람들의 눈을 피해 여기서 최대한 빨리 떠나야 해요. 그리고 도시로 가지 말고 다음 역참으로 가요, 우편 마차를 타고 가요……."

"어째서? 내가 태우고 가지." 스테판이 말했다.

"안 돼! 만약의 경우에 경찰이 너를 취조하면, 그 여자가 여기서 잤어? 여기서 잤지. 어디로 갔어? 내가 태워다 줬소! 아하, 네가 태워 줬다? 그럼 감옥으로 가자! 알겠어? 뭣 하러 서둘러 감옥에 가려고 해? 다들 자기 차례가 있는 거야, 때가 올 거라고, 황제도 언젠가는 죽는다고들 하잖아. 그러니까 지금은 그냥 하룻밤 묵었다, 말을 빌렸다, 떠났다! 남의 집에 묵어 가는 사람이 한둘인가? 역참 지나가는 길에 있는 마을인데……."

"그렇게 겁내는 건 어디서 배웠어, 표트르?" 타티야나가 비웃듯이 물었다.

"뭐든 알고 있어야 해, 대모님!" 표트르가 자기 무릎을 때리고 외쳤다. "겁낼 줄 알아야 용감해질 줄도 알지! 그 신문 때문에 젬스트보가 바가노프를 두들겨 팼던 일 기억하지? 이제 바가노프는 큰돈을 준다고 구슬려도 손에 책을 들려고 하지 않아, 그럼! 어머니, 내 말 믿으시오, 난 산전수전 다 겪은 날카로운 놈이요. 이건 모두 다 아는 사실이지. 책과 종이쪽지는 아주 좋은 방식으로 내가 얼마든지 뿌려 주겠소! 이 동네 사람들, 물론 글을 잘 읽지도 못하고 겁도 많지만 그래도 어쨌든, 시대가 이렇게 옆구리를 찌르면 사람은 자기가 원하지 않아도 눈을 두리번 거리게 되지 — 무슨 일인가? 하고. 그리고 책이 사람한테 아주 단순하게 대답해 주는 거야, 이런 일이다, 생각해 봐, 상상해 봐라! 하고. 글 모르는 사람이 배운 사람보다 더 많이 알아듣는 경우도 있었고, 특히나 그 배운 사람이 배부른 자일 경우엔 더! 난 사방으로 돌아다니면서 많은 걸 봤소 — 괜찮지! 살아갈 수는 있지만 곧바로 웅덩이에 빠지지 않으려면 머리도 있어야 하고 굉장한 요령이 필요해. 경찰도 냄새를 맡고 다니니까. 농군들은 마치 냉기를 풍기는 것 같지, 잘 웃지도 않고 완전히 뻣뻣해져서는 경찰과 엮이지 않고 싶어 하지! 얼마 전에 스몰랴코보에, 여기서 멀지 않은 그냥 마을인데, 세금을 뜯으러 공무원들이 왔어요. 그러니까 농군들이 다들 일어나서 죽창을 가지러 갔어! 경찰서장이 대놓고 말했지. '이런 개놈 새끼들! 지금 황제한테 맞서겠다는 건가?' 거기 한 농군이, 스피바킨이라고 하는데, 그 놈이 말하더라고. '댁은 그 황제와 함께 못돼 먹은 어미한테나 가시오! 마지막 셔츠 한 장까지 등에서 벗겨 가려는 게 무슨 황제란 말이오?' 이제 거기까지 간 거요, 어머니! 물론 스피바킨은 감옥에 끌려갔지만 그 말은 남아서 조그만 어린애들까지도 다들 안다오. 그 말은 살아 소리치고 있어!"

그는 식사를 하지 않고 빠르게 속삭이는 소리로 계속 말했으며 어둡고 교활한 눈을 생기 넘치게 반짝이면서, 마치 자루에서 쏟아지는 동전처럼 자기가 본 시골의 삶에 대한 이야기들을 수없이 어머니 앞에 쏟아 놓았다.

두 번 정도 스테판이 그에게 말했다.

"좀 먹어……."

표트르는 빵 한 조각과 숟가락을 집어 든 채 방울새가 노래하 듯 또다시 이야기를 쏟아 냈다. 마침내 저녁 식사가 끝난 뒤에 그는 벌떡 일어나서 선언했다.

"자, 난 집에 갈 시간이야!"

그는 어머니 앞에 서서 고개를 끄덕이고는 어머니의 손을 잡 아 흔들며 말했다.

"잘 가시오, 어머니! 어쩌면 다시는 못 만날 수도 있겠지! 이 모든 일이 아주 좋다고 꼭 말씀드려야겠소! 어머니를 만나고 이 야기를 듣고 — 아주 좋았어요! 댁의 그 여행 가방에 인쇄물 말 고 또 뭐가 있소? 모직 스카프? 훌륭하군 — 모직 스카프래, 스 테판, 기억해! 스테판이 여행 가방을 가져올 거요! 가자, 스테 판! 잘 가시오! 언제나 무사하시길……!"

두 남자가 떠난 뒤 바퀴벌레들이 바스락거리는 소리와 바람 이 지붕을 훑는 소리와 배수관 가리개가 배수관을 두드리는 소 리가 들리기 시작했고 이슬비가 단조롭게 창문을 때렸다. 타티 야나는 어머니가 잘 침상을 마련하기 위해 화덕과 침대에서 옷 을 가져다가 식탁 의자로 사용했던 긴 의자 위에 펼쳐 놓았다.

"생기 있는 사람이군요!" 어머니가 말했다.

안주인이 어머니를 흘끗 바라보고는 대답했다.

"말은 많은데 멀리까지 들리지는 않지요."

"댁의 남편은요?" 어머니가 물었다.

"괜찮아요. 좋은 농군이고 술도 안 마시고 사이좋게 지내지요. 괜찮아요! 다만 성정이 약해서…….."

그녀는 몸을 곧게 펴고 잠시 침묵한 뒤에 물었다.

"지금 뭐가 필요한 거죠 — 민중은 봉기해야 하나요? 물론이죠! 거기에 대해선 다들 생각하지만 단지 각자 혼자서, 속으로만 해요. 그런데 사람들이 큰 소리로 말하기 시작해야 하잖아요. 그리고 첫 번째로 누군가 혼자 결정을 해야만 해요…….."

그녀가 긴 의자 위에 앉아서 갑자기 물었다.

"젊은 숙녀들도 이 일을 하나요, 노동자들 사이를 돌아다니고 책을 읽고, 몸을 사리지도 않고 겁내지도 않나요?"

그리고 타티야나는 어머니의 대답을 주의 깊게 들으면서 깊이 한숨을 쉬었다. 그런 뒤에 눈을 내리깔고 고개를 숙이고 다시 말하기 시작했다.

"어느 책에서 이런 말을 읽었어요, '무의미한 삶'이라고요. 그거 나 완전히 이해했어요, 곧바로! 난 그런 삶을 알아요 — 의미는 있지만 그것들이 서로 연결되지 못하고 헤매 다니죠, 마치 목동이 없는 양 떼처럼. 한데 모을 도구도 없고 그럴 사람도 없어요…… 바로 그런 거예요, 의미 없는 삶. 그런 삶에서 도망쳐 뒤돌아보지 않고 싶어요. 뭔가 이해할 때는 그렇게 슬퍼요!"

어머니는 타티야나의 녹색 눈에서 반짝이는 건조한 빛에서, 그녀의 여윈 얼굴에서 그 슬픔을 보았고, 목소리에서 그것을 들었다. 어머니는 그녀를 위로해 주고 싶었다.

"당신도 알지요, 뭘 해야 하는지…….."

타티야나가 조용히 어머니의 말을 가로막았다.

"할 줄 알아야겠지요. 침대 준비됐어요, 누우세요!"

타티야나는 페치카로 가서 말없이 그곳에서 몸을 똑바로 세우고 진지하게 집중한 채 서 있었다. 어머니는 겉옷을 벗지 않고 누워서 뼛속에 저릿저릿한 피로를 느끼고 조용히 신음했다. 타티야나는 전등을 껐고, 오두막 안에 어둠이 차오르자 그녀의 낮고 고른 목소리가 들리기 시작했다. 목소리는 마치 숨 막히는 어둠의 편편한 얼굴에서 뭔가를 닦아 내는 것처럼 들렸다.

"기도를 안 하시는군요. 나도 신은 없다고 생각해요. 그리고 기적도 없고요."

어머니는 긴 의자 위에서 불안하게 돌아누웠다 — 창문을 통해 바닥 없는 어둠이 똑바로 어머니를 쳐다보았고 고요 속으로 거의 들리지 않는 바스락 소리와 사르락 소리가 끈질기게 기어 들어왔다. 어머니는 속삭이는 소리로 겁먹은 듯 말했다.

"신에 대해서라면 나는 알지 못하지만 그리스도는 믿어요. 그리고 그리스도의 말씀도 믿어요. 이웃을 네 몸처럼 사랑하라, 그걸 믿어요⋯⋯!"

타티야나는 침묵했다. 어둠 속에서 어머니는 화덕의 검은 모양을 배경 삼아 회색으로 드러난 그녀의 곧바른 형체의 흐릿한 윤곽을 보았다. 그녀는 움직이지 않고 서 있었다. 어머니는 우울하게 눈을 감았다.

갑자기 차가운 목소리가 울렸다.

"내 아이들의 죽음에 대해 난 신도, 사람들도 용서할 수 없어요, 절대로……!"

닐로브나는 이런 말을 하게 만든 고통의 힘을 마음으로 이해하고 불안하게 일어나 앉았다.

"당신은 젊으니까 또 아이가 생길 거예요." 어머니가 다정하게 말했다.

여자가 속삭이는 소리로 조금 사이를 두고 대답했다.

"아뇨! 난 망가졌어요. 의사가 그랬어요, 다시는 아이를 못 낳을 거라고……."

쥐가 마룻바닥을 달려갔다. 뭔가 건조하게 큰 소리로 부서지며, 보이지 않는 번개와 같은 그 소리로 움직이지 않는 어둠을 찢었다. 그리고 또다시 짚으로 인 지붕 위에 내리는 가을비의 사르락거리고 바스락거리는 소리가 선명하게 들리기 시작했고, 비는 마치 누군가의 겁먹은 가느다란 손가락처럼 지붕을 더듬고 있었다. 그리고 물방울이 음울하게 땅에 떨어지면서 가을밤의 느린 발걸음에 박자를 맞추고 있었다.

무거운 졸음 속에서 어머니는 거리와 현관의 둔한 발소리를 들었다. 문이 조심스레 열리고 조용히 부르는 소리가 들렸다.

"타티야나, 자?"

"아니."

"아주머니는 자?"

"자는 것 같아."

불이 타오르면서 떨다가 어둠 속으로 사라졌다. 농군이 어머니가 잠든 긴 의자 곁으로 다가와 어머니의 다리를 감싼 양털 외

투를 바로잡아 주었다. 그 세심한 몸짓이 어머니의 마음에 부드
럽게 와닿았고 어머니는 미소 지었다. 스테판은 말없이 옷을 벗
고 폴라티* 위로 올라갔다. 조용해졌다.

졸음에 겨운 침묵의 게으른 떨림에 예민하게 귀를 기울이며
어머니는 움직이지 않고 누워 있었다. 어머니의 눈앞 어둠 속에
피로 뒤덮인 르이빈의 얼굴이 흔들렸다.

폴라티 위에서 건조한 속삭임이 들려왔다.

"봤지, 어떤 사람들이 이런 일에 뛰어드는지? 나이 든 사람들
이야. 괴로움을 실컷 겪으며 일하고 이젠 쉬어야 할 때인데도
저러고 있다고! 당신은 젊고 머리도 좋잖아, 에휴, 스테판……."

농군의 축축하고 굵은 목소리가 대답했다.

"저런 일은 생각을 하지 않으면 시작할 수 없어……."

"전에도 그 말 했잖아……."

소리가 끊어졌다가 다시 이어졌다 — 스테판의 목소리가 낮
게 울렸다.

"이렇게 해야 돼 — 처음에는 농군들하고 따로따로 이야기하
는 거야. 알료샤 마코프는 기운차고 글도 알고 경찰에 당한 게
있지. 세르게이 쇼린도 똑똑한 농군이고, 크냐제프는 정직하고
용감한 사람이야. 당분간은 그 정도야! 아주머니가 말한 사람들
을 좀 알아봐야겠지. 나는 도끼를 가져다가 도시에 대고 휘두를
거야. 돈벌이하러 가서 장작 패듯이 말이야. 여기서는 조심해야
돼. 저 아주머니 말이 맞아. 사람의 가치는 그 사람의 행동이야.
잡혀간 그 농군도 그랬어. 그는 신 앞에 세워 놓는다 해도 굴복

하지 않을 거야…… 버텼지. 그런데 니키타 말이야, 응? 부끄러워했잖아, 기적이야!"

"눈앞에서 사람이 그렇게 얻어맞고 있는데 당신들은 입이나 헤벌리고……."

"당신, 두고 봐! 당신도 말하게 될 거야. 우리가 직접 그를, 사람을 때리지 않아서 천만다행이라고. 내 말은 그거라니까!"

그는 오랫동안 속삭였는데 때로는 어머니가 들을 수 없을 정도로 목소리를 낮추기도 했다가 때로는 갑자기 강하고 굵게 울리는 소리로 말했다. 그러면 여자가 그를 말렸다.

"목소리 낮춰! 깨겠어……."

어머니는 깊은 잠에 빠졌다 ― 잠은 숨 막히는 먹구름이 되어 순식간에 어머니를 덮쳐 끌고 갔다.

타티야나가 어머니를 깨웠을 때는 오두막 창문으로 아침의 회색 어스름이 눈먼 듯 들여다보고 마을 위로 차가운 정적 속에 교회의 구리 종소리가 졸린 듯 흘러다니다 녹아 버리고 있었다.

"내가 사모바르를 앉혔어요. 차 좀 드세요. 잠 깨서 바로 나가려면 추우실 거예요……."

스테판은 뒤엉킨 턱수염을 빗으며 어머니에게 도시에 갔을 때 어떻게 찾아가면 되는지 사무적으로 물었고 어머니는 오늘 이 농군의 얼굴이 더 좋아 보이고 더 확실해 보인다고 생각했다. 차를 마시면서 그는 미소 지으며 말했다.

"이게 얼마나 훌륭한 일이야!"

"뭐가?" 타티야나가 물었다.

"이렇게 알게 된 것 말이야! 그냥 이렇게······."

어머니는 생각에 잠겨, 그러나 자신 있게 말했다.

"이 활동을 하면 모든 일이 놀랄 만큼 단순해요."

어머니와 작별하면서 집주인 부부는 감정을 억제하고 말을 많이 늘어놓지 않았으나 어머니의 편의를 위해 사소한 일까지 신경 쓰며 너그럽게 돌봐 주었다.

마차에 앉아서 어머니는 이 농군이 조심스럽게 소리 없이, 마치 두더지처럼 일을 시작할 것이고 끊임없이 일할 것이라고 생각했다. 그리고 그의 주변에서는 언제나 불만족한 아내의 목소리가 들릴 것이고, 그녀의 녹색 눈에서 타오르는 빛이 반짝일 것이고, 죽은 아이들에 대한 어머니의 늑대와 같은 슬픔으로 그 복수의 빛은 그녀가 숨을 쉬는 한 죽지 않을 것이라 생각했다.

르이빈, 그의 피, 얼굴, 뜨거운 눈, 그가 했던 말을 떠올리자 짐승들 앞에서 느꼈던 쓰디쓴 무기력감이 심장을 조였다. 그리고 도시까지 가는 길 내내, 회색빛 하늘을 배경으로 어머니 앞에는 르이빈의 형상이, 검은 턱수염을 기르고 셔츠는 찢어지고 등 뒤로 양손이 묶이고 머리가 헝클어진 채 분노와 자신의 진실에 대한 믿음으로 무장한 모습이 떠올라 있었다. 어머니는 땅에 소심하게 붙어 앉은 수많은 시골 마을에 대해서, 진실의 도래를 비밀스럽게 기다리는 사람들에 대해서, 그리고 평생 동안 아무것도 기대하지 않고 말없이 무의미하게 일하는 수천 명의 사람들에 대해서 생각했다.

삶은 언덕이 여기저기 솟은 경작하지 않은 들판처럼 보였고 그 들판은 긴장한 채 말없이 일꾼들을 기다리며 자유롭고 정직한 일손에 이렇게 약속하는 것 같았다.

'이성과 진실의 씨앗으로 나를 꽃피워 주시오 ― 내가 수백 배로 보답할 테니!'

어머니는 자신의 성공을 떠올리며 마음속 깊이 기쁨의 조용한 떨림을 느꼈다. 그리고 이내 부끄러워하며 그것을 억눌렀다.

19

집에서 문을 열어 준 사람은 니콜라이였는데 헝클어진 차림에 손에는 책을 들고 있었다.

"벌써 오셨어요?" 그가 기쁘게 외쳤다. "빨리 오셨네요!"

안경 뒤에서 그의 눈이 다정하고 생기 있게 움직였고 그는 어머니가 외투 벗는 것을 도와준 뒤 다정한 웃음을 띠고 얼굴을 들여다보며 말했다.

"그리고 우리 집은 밤에 수색을 당했어요. 저는 생각했죠 — 이유가 뭘까? 어머니한테 무슨 일이 생겼으면 어떡하지? 하지만 체포당하지 않으셨군요. 만약에 저들이 어머니를 체포했으면 저도 가만두지 않았겠지요!"

그는 어머니를 식탁이 있는 방으로 안내하며 활기차게 말을 이었다.

"하지만 직장에서 저를 내쫓겠답니다. 그건 마음 아프지 않아요. 저는 말을 소유하지 못한 농민 숫자를 헤아리는 게 지겹거든요!"

방 안은 마치 누군가 힘센 사람이 멍청한 장난을 치고 싶어 거리에서 집 벽을 힘껏 쳐서 집 안의 모든 세간살이를 다 흩어 놓은 것 같았다. 초상화들이 바닥에 뒹굴었고 벽지는 뜯어져 조각조각 튀어나와 있었으며 한쪽에서는 마룻바닥의 나무가 튀어올라왔고 창틀이 꺾여 있었으며 벽난로 앞 마룻바닥에는 재가 흩뿌려져 있었다. 어머니는 익숙한 풍경 앞에서 고개를 젓고는 니콜라이에게서 뭔가 새로운 것을 느끼고 그를 뚫어져라 쳐다보았다.

식탁 위에 불 꺼진 사모바르와 설거지하지 않은 그릇들, 그리고 접시 대신 종이를 받쳐 놓은 소시지와 치즈가 놓여 있었고 빵조각과 빵 껍질, 책, 사모바르를 끓일 때 쓰는 숯 조각들이 흩어져 있었다. 어머니는 미소 지었다. 니콜라이도 쑥스러운 듯 미소 지었다.

"이건 제가 난장판의 풍경에 좀 보탠 것입니다만 괜찮아요, 닐로브나, 괜찮습니다! 제 생각엔 그들이 다시 올 것 같아서 치우지 않았어요. 그래, 잘 다녀오셨습니까?"

그 질문이 어머니의 가슴에 무겁게 와닿았다 ─ 어머니의 눈앞에 르이빈이 떠올랐고, 어머니는 곧바로 르이빈에 대해 이야기하지 않은 것에 죄책감을 느꼈다. 의자에 앉은 채로 몸을 숙여 어머니는 니콜라이를 향해 조금 움직였고 평온을 유지하려 애쓰면서 뭔가 잊어버리는 게 없는지 걱정하며 이야기하기 시작했다.

"잡아갔어요……."

니콜라이의 얼굴이 떨렸다.

"그래요?"

어머니가 손을 움직여 그의 질문을 멈추고, 마치 자신이 지금 정의의 얼굴 앞에 앉아 인간의 고통에 대한 민원이라도 제기하는 듯 말을 이었다. 니콜라이는 의자 등에 기댄 채 창백해진 입술을 깨물고 귀를 기울였다. 그는 천천히 안경을 벗어 식탁 위에 놓고 마치 얼굴에 묻은 보이지 않는 거미줄을 닦아 내듯 손으로 얼굴을 문질렀다. 그의 얼굴이 날카로워졌고 광대뼈가 이상하게 튀어나왔으며 콧구멍이 떨렸다 ─ 어머니는 그의 그런 모습을 처음 보았고 그래서 조금 무서웠다.

어머니가 말을 마치자 니콜라이는 일어나서 아무 말 없이 두 주먹을 주머니에 깊이 쑤셔 넣고 잠시 방 안을 걸어 다녔다. 그런 뒤에 잇새로 내뱉듯이 중얼거렸다.

"강인한 사람이에요, 분명히. 그는 감옥에서 지내는 게 힘들 거예요. 르이빈 같은 사람은 거기서 잘 견디지 못하거든요!"

그는 흥분을 억누르려는 듯 손을 점점 더 깊이 주머니 속에 숨겼으나 그럼에도 불구하고 어머니에게도 그의 감정이 전달되었고 어머니도 느낄 수 있었다. 그의 눈이 마치 칼끝처럼 좁아졌다. 다시 방 안을 걸어 다니면서 니콜라이는 분개하여 차갑게 말했다.

"보십시오, 얼마나 무시무시한지! 한 줌의 멍청한 사람들이 민중을 지배하는 자신들의 폭력적인 권력을 지키려고 모두를 때리고 목 조르고 짓밟습니다. 야만스러움이 커지고 잔혹함이 삶의 법칙이 됩니다 — 생각해 보시라고요! 어떤 사람들은 벌 받지 않으니까 때리고 짐승처럼 굴면서 남을 괴롭히고자 하는 달콤한 욕망에 병들게 됩니다 — 노예근성과 가축들의 관습을 온 힘을 다해 드러내도 되는 자유가 주어진 노예들에게 걸리는 혐오스러운 병이죠. 다른 사람들은 복수에 달려들고 또 다른 사람들은 짓밟혀 무감각해져서 말도 못 하고 앞도 못 보게 됩니다. 저들이 민중을 타락시키고 있어요, 민중 전체를!"

그는 말을 멈추더니 이를 꽉 깨물고 잠시 침묵했다.

"이 짐승 같은 삶에서는 자기도 모르게 스스로 짐승이 되는 겁니다!"

그가 조용히 말했다.

하지만 이내 자신의 흥분을 통제하고 평온을 찾아, 눈을 확고하게 빛내면서 그는 말 없는 눈물로 뒤덮인 어머니의 얼굴을 들여다보았다.

"하지만 우리에겐 낭비할 시간이 없어요, 닐로브나! 친애하는 동지, 정신을 차려야 합니다……."

니콜라이가 슬프게 웃으면서 어머니에게 다가와 몸을 숙이고는 어머니의 손을 잡고 물었다.

"여행 가방은 어디 있어요?"

"부엌에요!" 어머니가 대답했다.

"우리 집 대문에 밀정들이 서 있어요. 그래서 이렇게 많은 종이를 집에서 눈에 띄지 않게 가지고 나갈 수는 없어요. 게다가 숨길 곳도 없고요. 그리고 제 생각에는 그들이 오늘 밤에 다시 올 것 같습니다. 그러니까 노력이 아깝기는 하지만 그걸 전부 태워 버리죠."

"뭐라고요?" 어머니가 물었다.

"여행 가방 안에 있는 것 전부요."

어머니는 그의 말을 이해했고, 슬픈 마음에도 불구하고 자신이 거둔 승리에 대한 자부심이 어머니의 얼굴에 미소를 띠게 했다.

"가방엔 아무것도 없어요, 종이 한 장도!" 어머니가 말했고 조금씩 활기를 되찾으며 추마코프 부부와 만난 이야기를 들려주었다. 니콜라이는 처음에는 눈살을 찌푸리며 불안하게 귀를 기울였으나 그러다가 놀라워했고 마침내 이야기를 중간에 끊고 외쳤다.

"어머니, 이건 정말 완벽합니다! 어머니는 놀랄 만큼 운 좋은 사람이에요……."

어머니의 손을 꽉 쥐고 그가 조용히 외쳤다.

"사람들에 대한 어머니의 믿음은 참으로 감동적이에요……. 저는 친어머니처럼 어머니를 사랑합니다!"

어머니는 호기심에 차서 그의 모습을 눈으로 좇으며 궁금해했다 — 어째서 그가 이렇게 활기차고 밝아졌을까?

"이거야말로 기적이에요!" 양손을 비비며 그가 말하고는 조용하고 다정한 소리로 웃었다. "아시겠어요, 저는 최근에 아주 대단히 잘 살았어요. 언제나 노동자들과 함께 지내면서, 글을 읽고 말하고 보았죠. 그리고 마음속에 이렇게 놀라운, 깨끗한 건강함이 쌓였어요. 얼마나 좋은 사람들인가요, 닐로브나! 저는 젊은 노동자들 얘기를 하는 겁니다. 그들은 아주 강인하고 민감하고 모든 것을 이해하려는 열망으로 가득해요. 그들을 보면 알 수 있어요. 러시아는 세상에서 가장 밝은 민주주의 국가가 될 거예요!"

그는 마치 맹세라도 하려는 듯 확고하게 한 손을 들었고 잠시 침묵했다가 말을 이었다.

"저는 여기 앉아서 글을 쓰다 보니 녹이 슬고, 책과 숫자 때문에 곰팡이가 끼었어요. 거의 1년 동안 그렇게 살았는데 그건 추한 삶이었어요. 저는 어쨌든 노동 민중 사이에 있는 게 익숙하고 그들에게서 떨어져 나오면 적응이 안 돼요. 아시겠어요, 저는 기울어지기 시작한다고요, 그 삶으로 돌아가고 싶어 몸을 뻗게 돼요. 그런데 지금은 다시 자유롭게 살 수 있고 그들을 만나 같이 일할 거예요. 이해하시겠어요, 저는 새로 태어난 사상들의 요람 옆에, 젊고 창조적인 에너지 앞에 있게 될 거라고요. 그건 놀랄 정도로 소박하고 아름답고 엄청나게 흥분되는 일입니다. 사람이 젊어지고 굳건해지고, 풍요롭게 살게 돼요!"

그는 망설이듯 즐겁게 웃음을 터뜨렸고, 어머니도 이해할 수 있는 그의 기쁨이 어머니의 심장을 사로잡았다.

"그런 뒤에는……. 어머니는 엄청나게 좋은 사람이에요!" 니콜라이가 소리쳤다. "어머니가 얼마나 선명하게 사람들을 묘사하는지, 얼마나 그들을 잘 보는지……!"

니콜라이는 어머니 옆에 앉아 즐거운 얼굴을 망설이며 한쪽으로 돌리고 머리를 매만졌으나 곧 다시 고개를 돌려 어머니를 쳐다보면서 어머니의 유창하고 소박하고 강렬한 이야기에 열심히 귀를 기울였다.

"놀랄 만한 성공이에요!" 그가 외쳤다. "감옥에 갈 가능성이 확실히 있었는데 갑자기! 예, 분명히 농민들이 움직이기 시작했어요, 그건 사실 자연스러운 일이죠! 그 여성은 — 전 그분을 놀랄 만큼 선명하게 그려 볼 수 있어요! 농촌 활동에 특별한 사람들을 조직해야겠어요. 사람들! 우리에겐 사람들이 모자라요…… 삶이 수백 개의 일손을 요구하는데…….."

"그러니까 파샤가 풀려나면 좋겠어요. 안드류샤도!" 어머니가 조용히 말했다.

니콜라이는 어머니를 바라보고 고개를 숙였다.

"아실지 모르겠습니다만, 닐로브나, 이건 듣기 힘드실 거예요. 하지만 그래도 말씀드리겠습니다. 저는 파벨을 잘 알아요, 그는 감옥에서 안 나올 겁니다! 그에게는 재판이 필요해요, 당당하게 사람들 앞에 서는 게 필요하다고요. 그는 그 기회를 거부하지 않을 겁니다. 그리고 그럴 필요도 없어요! 그는 시베리아에서 탈출할 테니까요."

어머니가 한숨을 쉬고 조용히 대답했다.

"그래, 어쩌겠어요? 그 애가 제일 잘 알 테니……."

"흠!" 니콜라이가 말하고 나서 한참 동안 안경 너머로 어머니를 바라보았다. "어머니가 만나신 그 농군이 좀 서둘러 우리한테 와 주면 좋겠는데요! 르이빈에 대해서 농촌에 보낼 전단지를 반드시 써야겠어요. 그가 일단 그토록 용감하게 행동했으니 전단이 해가 되진 않을 겁니다. 제가 오늘 당장 쓰면 류드밀라가 인쇄해 줄 거고……. 그런데 전단을 어떻게 거기까지 전달하죠?"

"제가 가져가죠……."

"안 됩니다, 고맙습니다만!" 니콜라이가 재빨리 소리쳤다. "제 생각에는 베솝시코프가 그 일에 적절하지 않을까요, 예?"

"그 사람하고 얘기해 볼까요?"

"네, 한번 해 보세요! 그리고 그를 가르쳐 주세요."

"저 같은 게 감히 뭘 하겠어요?"

"걱정하지 마세요!"

그는 앉아서 글을 쓰기 시작했다. 어머니는 식탁을 정리하면서 그를 쳐다보았고 그의 펜이 손안에서 떨리며 검은 단어들로 줄줄이 종이를 덮는 모습을 보았다. 가끔 그의 목이 떨렸고 그는 고개를 뒤로 젖히고 눈을 감았고 그의 턱이 떨렸다. 어머니는 그것이 걱정되었다.

"자, 이제 됐습니다!" 그가 일어나며 말했다. "어머니는 이걸 몸에 감춰서 지니고 계세요. 하지만 헌병들이 오면 어머니도 수색당하실 거예요."

"헌병은 개나 주라지!" 어머니가 차분하게 대답했다.

저녁에 의사 이반 다닐로비치가 찾아왔다.

"어째서 경찰이 갑자기 이렇게 불안해하지?" 그가 방 안을 뛰어다니듯 하며 말했다. "밤새 수색이 일곱 번이나 있었어. 환자는 어디 있나, 응?"

"그는 저녁에 이미 떠났어!" 니콜라이가 대답했다. "오늘은 토요일이잖아, 독서회가 있어서 빠질 수 없다는 거야……."

"어, 그건 바보짓이야, 깨진 머리로 독서회에 앉아 있다니……."

"나도 그렇게 설득했지만 소용없었어……."

"동지들 앞에서 자랑하고 싶었겠죠." 어머니가 말했다. "자, 다들 여기 봐라, 내가 이렇게 피를 흘렸다, 하고요……."

의사가 어머니를 쳐다보고는 사나운 표정을 하더니 이를 악물고 말했다.

"우--우, 피에 굶주린 분이었군요……."

"저기, 이반, 넌 여기서 할 일이 없어. 그리고 우린 손님을 기다리고 있으니까 가! 닐로브나, 이반에게 종이를 주세요."

"또 종이야?" 의사가 외쳤다.

"여기! 가져가서 인쇄소에 넘겨줘."

"받았다. 넘겨줄게. 그게 다야?"

"그게 다야. 대문에 밀정 있다."

"봤어. 우리 집 문에도 있어. 그럼, 갑니다! 안녕히 계십시오, 피에 굶주린 어머니. 그런데 그거 아십니까, 친구 여러분, 공동묘지에서의 주먹싸움은 결국 좋은 일이었어요! 도시 전체가 그 얘기를 하고 있어요. 네가 쓴 전단도 그 때문에 아주 좋았고 때맞춰 나타났어. 내가 항상 말했잖아, 훌륭한 싸움이 나쁜 평화보다 낫다고…….”

“알았으니까 너는 가…….”

“별로 우호적이지 않군! 손을 주십시오, 닐로브나! 그 청년은
어쨌든 바보 같은 짓을 했어. 그 사람, 어디 사는지 알아?”

니콜라이가 주소를 건넸다.

“내일 찾아가 봐야겠어. 대단한 사내애 아닌가, 안 그래?”

“굉장하지…….”

“그를 잘 돌봐야 해. 건강한 머리를 갖고 있어!” 의사가 나가
면서 말했다. “바로 그런 청년들한테서 진정한 프롤레타리아 인
텔리겐치아가 성장해 나와야 해. 그래서 우리가 계급 갈등 따위
는 없을 그곳으로 가게 되면 우리를 대체할 거라고…….”

“너 말이 많아졌다, 이반…….”

“아, 그건 기분이 좋아서 그래. 즉 너는 감옥을 예상하고 있다
는 거지? 거기 가서 잘 쉬길 바라.”

“고맙다. 난 피곤하지 않아.”

어머니는 그들의 대화를 들었고 노동자에 대한 세심함이 듣
기 좋았다.

의사를 보낸 뒤 니콜라이와 어머니는 차를 마시고 간식을 먹
으며 밤의 손님들을 기다리면서 조용히 이야기를 나누었다. 니
콜라이는 유배 생활을 했던 동지들에 대해, 이미 그곳에서 탈주
하여 가명을 쓰면서 활동을 계속하는 사람들에 대해 오랫동안
어머니에게 이야기했다. 방의 맨벽이 그의 조용한 목소리를 되
울려서, 마치 세상을 개혁하는 위대한 활동에 사심 없이 자신의

힘을 바친 겸손한 영웅들 이야기에 놀라워하고 믿지 않는 것 같았다. 따뜻한 그림자가 어머니를 다정하게 감쌌고 알지 못하는 사람들에 대한 사랑의 감정이 심장을 데웠으며 그 사람들은 어머니의 상상 속에서 모두가 지치지 않는 용감한 힘으로 가득한 하나의 거대한 사람으로 합쳐졌다. 그 사람은 천천히, 그러나 쉬지 않고 세상을 다니면서 노동과 사랑에 빠진 자신의 손으로 세상에서 오래된 거짓의 곰팡이를 벗겨 내고 사람들의 눈앞에 소박하고 선명한 삶의 진실을 드러냈다. 그리고 위대한 진실이 부활하여 모든 사람을 똑같이 부르고, 세상 전체를 자신의 냉소적인 힘으로 노예화하고 겁주었던 세 마리 괴물인 욕심과 악의와 거짓으로부터 벗어날 자유를 모두에게 평등하게 약속했다. 이 상상의 그림은 어머니가 삶의 다른 날들보다는 편안했던 어느 날에 성상화 앞에 서서 기쁜 감사의 기도를 마쳤을 때 느끼곤 했던 것과 비슷한 감정을 불러일으켰다. 이제 어머니는 그런 날들을 잊어버렸지만 그런 날들이 불러왔던 감정은 더 넓어지고 더 밝아지고 더 즐거워졌고, 마음속 더 깊이 뿌리를 내렸으며 살아서 더욱 선명하게 타올랐다.

"헌병들이 안 오네요!" 니콜라이가 갑자기 이야기를 끊고 외쳤다.

어머니는 그를 바라보고 잠시 침묵했다가 짜증 난다는 듯 대꾸했다.

"그놈들이야 뭐, 개한테나 가라지요!"

"당연하죠! 하지만 이제 우리는 잘 때가 됐습니다, 닐로브나.

그리고 어머니는 아마 굉장히 많이 지치셨겠지요. 어머니는 놀랄 정도로 강인하세요. 꼭 말씀드리고 싶었어요! 그렇게 많은 흥분과 두려움을 겪고도 이렇게 쉽게 모든 것을 견뎌 내시다니! 단지 머리카락이 하얗게 세는 속도가 빨라졌군요. 자, 가서 쉬십시오."

20

어머니는 요란하게 부엌문을 두드리는 소리에 잠이 깨어 일어났다. 누군가 문밖에서 끊이지 않고, 고집스러운 인내심을 가지고 문을 두드리고 있었다. 아직 어둡고 조용한 시간이어서 그 고요를 노골적으로 뚫는 문 두드리는 소리가 두려움을 불러일으켰다. 급히 옷을 입고 어머니는 재빨리 부엌으로 들어가 문앞에 서서 물었다.

"누구세요?"

"나예요!" 낯선 목소리가 대답했다.

"누구?"

"열어 주세요!" 문 뒤에서 부탁하듯이 조용한 목소리가 대답했다.

어머니는 고리를 빼고 문을 발로 건드렸다 ─ 이그나티가 들어와서 기뻐하며 말했다.

"잘못 찾아오진 않았군요!"

그는 허리까지 흙탕물에 뒤덮이고 얼굴은 회색에 눈이 푹 꺼져 있었고 고수머리만이 모자 아래에서 삐져나와 사방으로 거칠게 뻗어 있었다.

"저희들에게 문제가 생겼어요!" 문을 닫고 그가 속삭이는 소리로 말했다.

"알아요⋯⋯."

이 말에 놀란 듯 눈을 깜빡이고 그가 물었다.

"어떻게 아세요?"

어머니는 서둘러 짧게 이야기했다.

"그럼 그 두 명도 잡혀갔어요? 그 동지들도요?"

"두 사람은 거기 없었어요. 모임에 갔거든요, 신입이니까요! 미하일 아저씨까지 다섯 명이 잡혀갔어요⋯⋯."

그는 코로 공기를 들이마시고 씩 웃으며 말했다.

"그리고 저는 안 잡혔어요. 분명히 경찰이 저를 찾고 있을 거예요."

"어떻게 빠져나왔어요?" 어머니가 물었다. 침실 문이 조용히 열렸다.

"저요?" 등받이 없는 긴 의자에 앉아서 주위를 둘러보며 이그나티가 외쳤다. "그들이 오기 바로 전에 산림 감시원이 달려왔어요. 창문을 두드리면서 이봐들, 도망쳐, 너희한테 몰려온다, 했어요⋯⋯."

그는 조용히 웃음을 터뜨리고는 카프탄 자락으로 얼굴을 문질러 닦고 말을 이었다.

"그래도 미하일 아저씨는 망치로도 막을 수 없지요. 아저씨가 당장 저한테 말했어요. '이그나티, 도시로 가, 빨리! 나이 든 그 여자분 기억하지?' 그러더니 직접 쪽지를 썼어요. '자, 가라!' 저는 기어서, 관목 숲을 헤치고 가면서 들으니까 엄청 몰려왔더라고요! 경찰이 많았어요, 사방에서 웅성거리고, 악마들! 공장 주위를 고리처럼 둘렀어요. 저는 관목 숲에 누워 있었는데 옆으로 지나가더라고요! 그래서 저는 일어서서 걷고 또 걸었죠! 이틀 밤과 또 하루 낮을 쉬지도 않고 걸었어요."

그가 스스로 만족한 것이 보였고 그의 갈색 눈에 미소가 반짝였으며 두꺼운 붉은 입술이 떨렸다.

"내가 지금 차를 내올게요!" 어머니가 서둘러 말하며 사모바르를 집어 들었다.

"여기 쪽지 받으세요……."

그는 힘들게 다리를 들어 얼굴을 찡그리고 신음하며 발을 긴 의자 위에 올렸다.

문가에 니콜라이가 나타났다.

"안녕하시오, 동지!" 그가 눈을 가늘게 뜨며 말했다. "괜찮으시면 내가 도와 드리죠."

그리고 니콜라이는 몸을 숙이고 재빨리 더러운 각반을 벗기기 시작했다.

"어." 청년이 다리를 당기며 조용히 외치고는 놀란 듯 눈을 깜빡이며 어머니를 바라보았다.

그의 시선을 눈치채지 못하고 어머니가 말했다.

"다리를 좀 씻어야겠는데……."

"물론이죠!" 니콜라이가 말했다.

이그나티가 당황한 듯 콧소리를 냈다.

니콜라이가 각반 속에서 쪽지를 찾아 펼치고는 구겨진 회색 종이를 얼굴에 가까이 대고 읽었다.

'활동 그만두지 마시오, 어머니, 높으신 숙녀분께 잊지 말라고, 우리 활동에 대해 글을 더 써 달라고 하시오. 부탁합니다. 잘 있어요. 르이빈.'

니콜라이가 쪽지 든 손을 천천히 내리고 작은 소리로 말했다.

"위대하다……!"

이그나티는 각반을 벗은 발의 더러운 발가락을 꼼지락거리며 두 사람을 바라보았다. 어머니는 눈물 젖은 얼굴을 감추며 물을 담은 대야를 들고 그에게 다가가 마룻바닥에 앉아서 그의 발을 향해 손을 뻗었다. 이그나티가 재빨리 발을 긴 의자 아래로 감추면서 겁먹은 듯 외쳤다.

"왜요?"

"그러지 말고 발 이리 줘요……."

"제가 소독용 알코올 가져올게요." 니콜라이가 말했다.

청년이 긴 의자 아래로 발을 깊이 쑤셔 넣으며 중얼거렸다.

"뭐죠? 병원도 아니고, 이건……."

그러자 어머니는 다른 쪽 발의 각반을 벗기기 시작했다.

이그나티는 크게 콧소리를 내고 입술을 우스꽝스럽게 벌린 채 목을 어색하게 움직여 바닥에 앉은 어머니를 내려다보았다.

"그거 알아요?" 어머니가 떨리는 목소리로 말했다. "그들이 미하일 이바노비치를 때렸어요……."

"그래요?" 청년이 겁먹은 듯 조용히 외쳤다.

"네. 그리고 두들겨 맞은 그를 끌고 와서 니콜스크에서 기병 장교가 때렸고 경찰서장도 때렸고 얼굴도 발로 찼어요…… 피가 나도록!"

"그놈들 그런 걸 잘하죠!" 청년이 눈살을 찌푸리며 대답했다. 그의 어깨가 떨렸다. "그래서 저는 그들이 무서워요 ― 악마처럼! 그런데 농군들은 안 때렸어요?"

"하나가 때렸어요, 경찰서장이 명령해서. 하지만 다른 사람들은 다 괜찮았어요. 심지어 앞으로 나서서 안 된다고, 때리지 말라고 말했어요……."

"음-네-에, 농군들도 누가 어디에 왜 서 있는지 이해하기 시작한 거죠."

"거기에도 총명한 사람들이 있으니까요……."

"없는 곳이 어디 있어요? 모자란 거죠! 총명한 사람들은 사방에 있는데 찾기가 힘들어요."

니콜라이가 알코올 병을 가져왔고 사모바르에 숯을 집어넣은 뒤 말없이 나갔다. 호기심 어린 눈으로 그를 쳐다보며 이그나티가 어머니에게 조용히 물었다.

"저 나리는 의사예요?"

"이 활동에 나리는 없어요, 다들 동지예요……."

"전 놀라워요!" 이그나티가 믿을 수 없다는 듯 어리둥절한 웃음을 지으며 말했다.

"뭐가요?"

"그게 ─ 그렇죠. 한끝에서는 낯짝을 두들겨 패고 다른 끝에서는 발을 씻어 주잖아요, 그 중간은 뭘까요?"

침실 문이 활짝 열리고 니콜라이가 문턱에 서서 말했다.

"그 중간에는 낯짝을 두들겨 패는 사람들의 손을 핥고, 두들겨 맞은 이들의 피를 빨아먹는 사람들이 있지요, 그게 중간입니다!"

이그나티가 존경스러운 눈으로 그를 바라보고는 잠시 침묵했다가 말했다.

"그 말이 맞는 것 같아요!"

청년은 일어서서 한 발 한 발 내밀어 보더니 양발로 바닥을 딛고 확고하게 서서 말했다.

"다리가 새것이 됐어요! 감사합니다……."

그리고 세 사람은 식탁이 있는 방에 앉아 차를 마셨다. 이그나티가 당당한 목소리로 말했다.

"저는 신문 배포 요원이었어요. 아주 잘 걸어 다녀요."

"사람들이 많이 읽나요?" 니콜라이가 물었다.

"글을 읽을 줄 아는 사람은 다 읽어요. 심지어 부자들도요. 물론 그들은 우리 일에 참여하지 않지요……. 어쨌든 그들도 이해해요, 농민들이 귀족과 부자들의 발아래에서 자신들의 피로 땅을 씻어 낸다는걸요. 결국 농민들이 직접 땅을 나눌 거고, 더 이상은 주인도 일꾼도 없도록 그렇게 나눠 가질 거라고요. 하지만 어떻게요! 그것 때문이 아니었으면 주먹다짐에 나설 일이 뭐가 있겠어요!"

청년은 조금 화가 난 것 같았고 믿을 수 없다는 듯, 질문하는 눈초리로 니콜라이를 바라보았다. 니콜라이는 말없이 웃음 지었다.

"그리고 만약 오늘 세상 전체하고 드잡이를 해서 이겼으면, 그건 곧 내일 또 누구는 부자가 되고 누구는 가난할 거라는 얘기고, 그러면 대단히 감사하겠죠! 우리는 잘 안다고요, 부유하다는 건 마른 모래 같아서 가만히 있지 않고 다시 사방으로 흘러나갈 거예요! 아니, 어째서 또 그렇게 돼야 하냐고요!"

"화내지 말아요!" 어머니가 농담 삼아 말했다.

니콜라이가 생각에 잠겨 외쳤다.

"르이빈이 체포된 사건을 알리는 전단을 어떻게 해야 그쪽으로 더 빨리 보낼 수 있을까요!"

이그나티가 긴장했다.

"전단이 있어요?" 그가 물었다.

"예."

"주세요, 내가 가져갈게요!" 청년이 양손을 비비며 제안했다.

어머니는 그를 바라보지 않고 조용히 웃음을 터뜨렸다.

"지치고 무섭다고 하지 않았어요?"

이그나티는 넓은 손바닥으로 머리의 곱슬곱슬한 머리카락을 비비며 차분하게 사무적으로 말했다.

"무서운 건 무서운 거고, 할 일은 해야죠! 왜 웃으시는 거예요? 아니, 당신은 또 왜요!"

"에휴, 이런 착한 아이 같으니!" 어머니가 이그나티가 불러일으킨 기쁨의 감정에 못 이겨 자기도 모르게 외쳤다. 그는 쑥스러워하며 씩 웃었다.

"자, 그렇잖아요, 아이예요!"

니콜라이가 가늘게 뜬 눈으로 청년을 바라보며 호의적으로 말했다.

"당신은 거기 가지 마세요……."

"그럼 난 어디로 가요?" 이그나티가 불안하게 물었다.

"당신 대신 다른 사람이 갈 테니까 당신은 그 사람한테 무엇을 어떻게 하면 좋은지 자세히 얘기해 주세요. 됐죠?"

"좋아요!" 이그나티가 조금 사이를 두고 내키지 않는다는 듯 대답했다.

"그리고 당신은 우리가 신분증을 얻어다가 산림 감시원 자리를 마련해 드릴게요."

청년이 재빨리 고개를 들고 걱정스럽게 물었다.

"그럼 농군들이 장작이나 뭐 그런 것 때문에 찾아오면 나는 어떡해요? 잡아서 묶어 둬요? 그런 일은 나한테 맞지 않아요……."

어머니는 웃음을 터뜨렸고 니콜라이도 따라 웃었다. 이 때문에 청년은 다시 당황하고 곤혹스러워했다.

"걱정하지 말아요!" 니콜라이가 그를 위로했다. "농군들을 묶을 일은 없을 거예요, 그건 믿어 주세요……!"

"그러면 뭐!" 이그나티가 말하고 즐겁게 웃으며 진정했다. "나는 저기 그 공장으로 갔으면 좋겠어요, 사람들 말이 거기 애들은 똑똑하다고……."

어머니가 자리에서 일어나 생각에 잠긴 듯 창문을 바라보며 말했다.

"에휴, 삶이란! 하루에 다섯 번 웃고 다섯 번 우는군요! 자, 이그나티, 다 먹었어요? 가서 자요."

"아직은 싫어요."

"가서 자요, 자……."

"어머니는 엄격하군요! 그럼 갈게요. 차하고 설탕 감사해요, 그리고 다정하게 대해 주신 것도요……."

어머니의 침대 위에 누운 그는 머리를 손가락으로 빗으며 중얼거렸다.

"이제 이 집도 모든 곳에서 타르 냄새가 날 거예요. 에휴! 이게 다 무슨 소용이에요. 잠이 안 와요…… 저분이 아까 중간 사람들에 대해 어찌나 잘 짚어 냈는지…… 악마들……."

그리고 그는 갑자기 큰 소리로 코를 골더니 눈썹을 높이 치켜 세우고 입을 반쯤 벌린 채 잠들었다.

21

저녁에 이그나티는 지하에 있는 조그만 방에서 베솝시코프 맞은편 의자에 앉아 눈살을 찌푸리고 베솝시코프에게 목소리를 낮추어 말하고 있었다.

"중간 창문에 네 번……."

"네 번?" 베솝시코프가 근심스럽게 되풀이 말했다.

"처음에 세 번 두드리고, 이렇게!"

그리고 이그나티는 구부러진 손가락으로 탁자를 두드리며 헤아렸다.

"하나, 둘, 셋. 그러고 나서 조금 기다렸다가 다시 한 번."

"알겠소."

"붉은 머리 농군이 문을 열고, 산파 찾소? 하고 물을 거예요. 그러면 예, 공장장이 보냈소! 하세요. 더 이상 아무 말 안 해도 그쪽이 알아들을 테니까요!"

두 사람은 서로 머리를 맞대고 앉아 있었는데 둘 다 체격이 좋고 튼튼했으며 목소리를 낮추어 말하고 있었다. 어머니는 양손을 가슴에 대고 탁자 가까이 서서 그들을 바라보고 있었다. 이렇게 비밀스럽게 문 두드리는 방법, 정해진 질문과 대답에 어머니는 혼자 속으로 웃으며 생각했다.

'아직도 애들이야……'

벽에서 등불이 타올라 바닥의 찌그러진 양동이와 지붕 덮는 철재를 다듬고 남은 쇳조각들을 비추었다. 쇳녹과 유성 페인트와 습기의 냄새가 방 안을 가득 채우고 있었다.

이그나티는 모직으로 만든 두꺼운 가을 외투를 입고 있었다. 어머니는 이그나티가 그 외투를 마음에 들어 하여 손으로 소매를 쓰다듬거나 굵은 목을 힘들게 돌리며 자기 모습을 바라보는 것을 보았다. 그리고 어머니의 심장은 부드럽게 뛰었다.

'아이들! 내 소중한……'

"자!" 이그나티가 일어나며 말했다. "그러니까 기억하세요. 처음에 무라토프한테 가서 할아버지 계시냐고 묻고……"

"외웠소!" 베숍시코프가 말했다.

그러나 이그나티는 그를 믿지 못하고 다시 한번 문 두드리는 법과 정해진 표현과 신호를 되풀이한 뒤에야 마침내 손을 내밀었다.

"인사 전해 주세요! 모두 좋은 사람들이란 걸 알게 되실 거예요……"

그는 만족한 눈빛으로 자기 모습을 둘러보고 손으로 외투를 쓰다듬고는 어머니에게 물었다.

"저 갑니다?"

"길 찾을 수 있어요?"

"그럼요! 찾지요……. 그럼 안녕히 계세요, 동지들!"

그리고 이그나티는 어깨를 높이 들고 가슴을 내밀고 새 모자를 기울여 쓰고 양손을 확고하게 주머니에 집어넣고 떠났다. 그의 관자놀이에서 밝은 고수머리가 가볍게 흔들렸다.

"자, 그럼 저도 일하러 가야죠!" 베솝시코프가 어머니에게 다가오며 부드럽게 말했다. "전 이미 지루해졌어요…… 감옥에서 뛰쳐나온 이유가 무엇 때문이죠? 지금은 그냥 숨어 있는 것뿐이잖아요. 그런데 감옥에서 전 공부했고 거기선 파벨이 머리를 그렇게 쥐어짰어요 ― 그게 유일한 낙이었죠! 아, 그런데 닐로브나, 탈주 계획은 어떻게 됐어요?"

"몰라요!" 어머니가 자기도 모르게 한숨을 쉬며 대답했다.

베솝시코프가 어머니의 어깨에 무거운 손을 얹고 어머니에게 얼굴을 가까이 대고 말했다.

"동지들에게 말해 주세요. 어머니 말은 들을 테니까요. 이건 아주 쉽다고요! 어머니가 직접 보세요. 여기가 감옥 담벼락인데 근처에 가로등이 있어요. 맞은편은 공터고, 왼쪽은 묘지, 오른쪽은 거리하고 도시예요. 가로등에 점등원*이 오죠, 낮에 가로등을 청소하려고. 사다리를 담벼락에 기대고 올라가서 담벼락 위에 고리를 걸고 감옥 안으로 줄사다리를 늘어뜨리면 준비된 거예요! 저쪽 담벼락 안에서는 그게 언제 내려올지 시간을 알고 있으니까 죄수들한테 소란을 일으켜 달라고 부탁하거나 아니면 직접 일으키고, 필요한 사람들은 그 시간에 줄사다리를 올라 담벼락을 넘으면, 하나, 둘, 성공이에요!"

그는 어머니의 눈앞에서 손을 흔들며 자기 계획을 들려주었고, 그가 하는 말은 전부 단순하고 명료하고 능숙하게 들렸다. 어머니는 베솝시코프를 무겁고 어색한 사람으로 알고 있었다. 그의 눈은 이전에는 모든 것을 음울한 악의와 불신의 빛을 띠고 바라보았으나 지금은 마치 새롭게 재단되어 고르고 따뜻한 빛으로 가득해 보였다. 그래서 어머니는 설득되고 흥분되었다.

"생각해 보세요, 이건 전부 낮에 할 거라고요! 꼭 낮이어야 해요. 죄수가 낮에 간수들이 보는 앞에서 도망칠 거라고 누가 생각이나 하겠어요……?"

"총을 쏠 거예요!" 어머니가 몸을 떨고 말했다.

"누가요? 군인들은 안 해요, 간부들은 권총으로 못이나 박아요……."

"굉장히 단순하네요……."

"알게 되실 거예요, 정말이에요! 아니, 어머니가 그들하고 얘기해 보세요. 저는 다 준비됐어요. 줄사다리, 사다리를 걸 고리, 집주인이 점등원 노릇을 하면 되고……."

문 뒤에서 누군가 발소리를 내고 기침을 했으며 쇠가 부딪치는 소리가 났다.

"왔어요!" 베솝시코프가 말했다.

열린 문 사이로 양철 욕조가 밀려 들어왔고 쉰 목소리가 중얼거렸다.

"들어가라, 악마야……."

그런 뒤에 모자를 쓰지 않은 둥글고 희끗희끗하게 센 머리가 나타났는데, 눈은 튀어나왔고 콧수염을 길렀으며 선해 보였다.

베솝시코프가 욕조를 끌고 들어오는 일을 도왔고, 키가 크고 구부정한 사람이 들어와서 면도한 두 볼을 부풀리며 기침을 하고 침을 뱉고는 목쉰 소리로 인사했다.

"건강하십니까……."

"자, 이 사람한테 물어보세요!" 베솝시코프가 외쳤다.

"나한테? 뭘?"

"탈주요……."

"아—아!" 집주인이 까만 손가락으로 콧수염을 문지르면서 말했다.

"야코프 바실리예비치, 어머니가 그게 단순한 일이라는 걸 믿지 않아요."

"음, 안 믿으신다고? 그건 즉 원하지 않는다는 뜻이지. 그런데 나하고 자네는 원하지. 그러니까 믿는 거고!" 집주인이 차분하게 말하고는 갑자기 몸을 반으로 접더니 굵은 소리로 기침하기 시작했다. 기침을 실컷 하고 가슴을 문지르며 그는 방 한가운데 오랫동안 서서 쌕쌕 숨소리를 내며 튀어나온 눈으로 어머니를 바라보았다.

"그걸 결정하는 건 파샤와 동지들 일이에요." 닐로브나가 말했다.

베솝시코프는 생각에 잠겨 고개를 숙였다.

"그게 누구요, 파샤라니?" 집주인이 의자에 앉으며 물었다.

"내 아들이에요."

"성이 뭐요?"

"블라소프요."

그는 고개를 끄덕이고 나서 담배쌈지를 꺼내고 파이프를 꺼내더니 담배를 밀어 넣으며 끊어지는 소리로 말했다.

"들어 봤소. 내 조카가 그를 알지. 그 애도 지금 감옥에 있소, 내 조카 — 예브첸코라고 들어 봤소? 내 성은 고분이오. 이제 곧 젊은 애들을 전부 감옥에 처넣으면 우리 늙은이들 자리가 넓어지겠지! 헌병대장이 나한테 조카 놈을 시베리아로 보내겠다고 약속까지 했소. 보내라지, 개새끼!"

담배를 피워 문 그는 베솝시코프에게 몸을 돌리고 자주 바닥에 침을 뱉으며 말했다.

"그래서 원하지 않는다고? 그건 저분 일이야. 사람은 자유로우니까 앉아 있다 지치면 가는 거고 가다가 지치면 앉아 있는 거지. 도둑을 맞아도 입 닥치고, 얻어맞으면 참고, 죽임을 당하면 누워 있는 거지. 그건 다들 알아. 그래도 난 사벨을 데리고 나올 거다. 데리고 나올 거야."

그의 짧고 짖어 대는 듯한 표현에 어머니는 어리둥절해졌으나 마지막 말에 어머니는 질투를 느꼈다.

차가운 비바람 속에 거리를 걸으면서 어머니는 베솝시코프에 대해 생각했다.

'얼마나 변했는지 ─ 계속 잘했으면!'

그리고 고분을 떠올리며 어머니는 기도하듯 생각했다.

'나 혼자만 새 삶을 사는 건 아니구나……!'

그리고 그 뒤에 어머니의 마음속에 아들에 대한 생각이 솟아
올랐다.

'그 애가 동의해 주었으면!'

22

일요일에 감옥 면회실에서 파벨과 작별할 때 어머니는 손안에 조그만 종이 쪽지를 느꼈다. 그 종이쪽지가 마치 손바닥을 태우기라도 한 듯 몸을 떨고 어머니는 아들의 얼굴을 애원하듯, 질문하듯 들여다보았으나 그 어떤 대답도 찾지 못했다. 파벨의 푸른 눈은 평소처럼 어머니가 익숙하게 아는 미소, 차분하고 확고한 미소를 띠고 있었다.

"잘 지내라!" 어머니가 한숨을 쉬며 말했다.

다시 어머니에게 손을 뻗는 아들의 얼굴에 뭔가 다정한 것이 떨렸다.

"잘 지내, 어머니!"

어머니는 손을 놓지 않은 채 기다렸다.

"걱정하지 말고, 화내지 마!" 파벨이 말했다.

이 말과 이마의 똑바른 주름이 그의 대답이었다.

"아니, 무슨 말이니?" 어머니가 고개를 숙이고 중얼거렸다. "그래 뭐가……."

그리고 어머니는 눈에 고인 눈물과 떨리는 입술로 자신의 감정을 드러내지 않기 위해 아들을 쳐다보지 않고 서둘러 나왔다. 돌아가는 길에 어머니는 아들의 대답을 꽉 쥐고 있는 손의 뼈가 삐걱거리고 팔 전체가 어깨를 얻어맞은 듯 무거워지는 것을 느꼈다. 집에 돌아와 니콜라이의 손에 쪽지를 밀어 넣고 어머니는 그가 꼭꼭 뭉친 종이를 펼치는 것을 기다리며 다시 희망의 떨림을 느꼈다. 그러나 니콜라이가 말했다.

"파벨이 이렇게 썼어요. '우리는 떠나지 않습니다, 동지들, 그럴 수는 없어요. 우리들 중 아무도 탈출하지 않을 겁니다. 그러면 자신에 대한 존중감을 잃을 겁니다. 얼마 전에 체포된 농민에게 관심을 기울여 주십시오. 그는 여러분의 보살핌을 받을 자격이 있고, 그에게 힘쓸 가치가 있습니다. 그는 여기서 너무 힘들어 합니다. 간수들과 매일 충돌해요. 이미 징벌방에서 하루를 보냈어요. 간수들이 그를 괴롭힙니다. 우리 모두 그를 위해 부탁하는 겁니다. 내 어머니를 위로해 주고 다정하게 대해 주십시오. 어머니는 뭐든 받아들일 수 있다고 말씀 전해 주십시오.'"

어머니는 고개를 들고 조용히 떨리는 목소리로 말했다.

"그래, 나한테 뭘 얘기하라는 거죠? 난 이해해요!"

니콜라이가 재빨리 옆으로 몸을 돌려 손수건을 꺼낸 뒤 큰 소리로 코를 풀고 중얼거렸다.

"콧물이 나서요, 보시다시피……."

그런 다음 양손으로 눈을 가리고 안경을 바로잡고 나서 니콜라이는 방 안을 걸어 다니면서 말했다.

"아실지 모르겠습니다만, 우리는 어차피 시간 내에 다 해내지 못했을 겁니다……."

"괜찮아요! 재판하라고 해요!" 어머니가 눈살을 찌푸리며 말했고 가슴은 회색 안개 같은 슬픔으로 가득 찼다.

"제가 페테르부르크에서 활동하는 동지로부터 편지를 받았는데요……."

"그 애는 시베리아에서도 탈출할 수 있잖아요…… 할 수 있죠?"

"물론이죠! 동지가 편지에, 재판 기일은 곧 정해질 것이고 선고는 자명하다, 전부 다 강제 유배라고 썼어요. 아시겠어요? 이 조그만 사기꾼들이 자기들의 재판을 가장 저열한 코미디로 만들고 있어요. 이해하시겠죠. 페테르부르크에서 이미 선고가 결정된 겁니다, 재판하기도 전에……."

"그만두세요, 니콜라이 이바노비치!" 어머니가 결연하게 말했다. "날 위로해 줄 필요 없어요, 설명도 필요 없고요. 파샤는 나쁜 짓은 안 할 거예요, 자기 자신에게든 다른 사람에게든 아무 이유 없이 괴롭히지 않아요, 안 그런다고요! 그리고 그 애는 날 사랑해요, 네! 아시겠어요, 내 생각을 하잖아요. 설명해 주세요, 위로해 주세요, 이렇게 썼잖아요, 네……?"

어머니의 심장이 걷잡을 수 없이 뛰었고 머리가 흥분으로 어지러워졌다.

"아드님은 아름다운 사람입니다!" 니콜라이가 그답지 않게 큰 소리로 외쳤다. "전 그를 무척 존경합니다!"

"자, 그럼 르이빈에 대해 생각해 봐요!" 어머니가 제안했다.

어머니는 지금 당장 뭐든 하고 싶었고, 어딘가로 가서 지칠 때까지 걷고 싶었다.

"예, 좋습니다!" 니콜라이가 방 안을 걸어 다니면서 대답했다. "사셴카가 필요해요……."

"사셴카는 올 거예요. 내가 파샤를 면회하는 날이면 언제나 찾아오니까요."

생각에 잠겨 고개를 숙인 채 입술을 깨물고 턱수염을 꼬면서 니콜라이는 소파 위, 어머니 옆에 앉았다.

"누나가 없어서 아쉽군요……."

"지금 파샤가 저쪽에 있을 때 계획하는 게 좋아요, 그 애가 기뻐할 거예요!" 어머니가 말했다.

둘 다 잠시 침묵을 지키다가 갑자기 어머니가 천천히 입을 열었다.

"이해할 수 없어요. 그 애는 왜 원하지 않는 거죠……?"

니콜라이가 벌떡 일어났을 때 초인종 소리가 울렸다. 두 사람 다 즉시 서로 쳐다보았다.

"저건 사셴카예요, 흠!" 니콜라이가 조용히 말했다.

"사셴카한테 어떻게 말할 거예요?" 어머니가 똑같이 조용히 물었다.

"네-에, 아시겠지만……."

"사센카가 몹시 슬퍼할 거예요⋯⋯."

초인종 소리가 조금 작게 울려서, 마치 문밖의 사람도 마찬가지로 결정을 못 하는 것 같았다. 니콜라이와 어머니는 일어서서 함께 나갔지만 부엌으로 가는 문 앞에서 니콜라이가 한옆으로 물러서면서 말했다.

"어머니가 가시는 게 좋겠어요⋯⋯."

"동의하지 않았군요?" 어머니가 문을 열어 주자 사센카가 다짜고짜 물었다.

"싫대요."

"그럴 줄 알았어요!" 사센카가 간단하게 말했으나 그녀의 얼굴은 창백해졌다. 그녀는 외투의 단추를 모두 풀었다가 다시 두 개를 잠그고 그런 상태에서 외투를 벗으려고 했다. 외투는 벗겨지지 않았다. 그러자 사센카가 말했다.

"비 오고, 바람 불고, 기분 나빠요! 건강하대요?"

"그래요."

"건강하고 즐겁겠죠." 사센카가 자신의 손을 내려다보며 작은 소리로 말했다.

"르이빈을 풀어 달라고 썼어요!" 어머니가 사센카를 쳐다보지 않고 알려 주었다.

"그래요? 제 생각엔 우리가 그 계획을 이용해야 할 것 같아요." 사센카가 천천히 말했다.

"나도 그렇게 생각해요!" 니콜라이가 문가에 나타나며 끼어들었다. "안녕하세요, 사샤!"

사셴카가 손을 내밀고 물었다.

"뭐가 문제죠? 좋은 계획이라면서 다들 동의했잖아요······?"

"하지만 누가 조직하죠? 다들 바쁜데······."

"내가 할게요!" 사샤가 벌떡 일어서며 빠르게 말했다. "나는 시간 있어요."

"그럼 맡으세요! 그렇지만 다른 동지들한테도 물어봐야 해요······."

"좋아요, 내가 물어볼게요! 지금 당장 갈게요."

그리고 사셴카는 또다시 가느다란 손가락을 자신 있게 움직여 외투의 나머지 단추를 잠그기 시작했다.

"좀 쉬어야 할 텐데!" 어머니가 제안했다.

사셴카가 조용히 미소 지으며 조금 더 부드러운 목소리로 대답했다.

"걱정 마세요, 저는 지치지 않았어요······."

그리고 사셴카는 다시 차갑고 엄격해져서 말없이 두 사람과 악수했다.

어머니와 니콜라이는 창가로 가서 사셴카가 마당을 지나 문밖으로 사라지는 모습을 바라보았다. 니콜라이가 조용히 휘파람을 불고는 식탁 앞에 앉아 뭔가 쓰기 시작했다.

"이 일을 맡으면 사셴카의 마음이 좀 더 편할 거예요!" 어머니가 생각에 잠겨 조용히 말했다.

"그럼요, 물론이죠!" 니콜라이가 대답하고는 어머니를 향해 돌아앉아 선한 얼굴에 미소를 띠고 물었다. "그런데 닐로브나,

어머니도 그런 시절이 있었겠죠, 사랑하는 사람을 그리워해 본 적 없어요?"

"뭘요!" 어머니가 손을 흔들고 소리쳤다. "무슨 그리움이겠어요? 무서웠지요 — 저기 저 사람이나 이 사람한테 시집보낼까봐."

"마음에 드는 사람은 없었어요?"

어머니는 잠시 생각한 뒤에 대답했다.

"기억이 안 나요, 니콜라이. 왜 마음에 안 들었겠어요······? 분명 누군가 마음에 들었겠지만, 기억이 안 나요!"

어머니는 니콜라이를 바라보고는 소박하게, 차분한 슬픔을 안고 말을 맺었다.

"남편이 나를 많이 때렸고, 결혼하기 전에 있었던 일들은 기억에서 지워졌어요."

그는 다시 식탁 쪽으로 몸을 돌렸고 어머니가 잠시 방을 나갔다가 다시 돌아왔을 때 니콜라이는 다정하게 어머니를 바라보며, 자신의 기억들을 조용하고도 사랑스럽게 되돌아보며 말했다.

"저는 말입니다, 아시겠어요, 사셴카처럼 그런 비슷한 경험이 있었어요! 한 여자를 사랑했지요, 놀라운 사람이었어요, 훌륭했어요. 스무 살 때쯤 그녀를 만났고 그때부터 사랑해서 지금도 사랑해요. 진심으로 말씀드리는 거예요! 변함없이 사랑해요, 온 마음으로, 감사하며 영원히······."

어머니는 따뜻하고 밝은 빛으로 빛나는 그의 눈을 보았다. 니콜라이는 양손을 의자 등에 얹고 그 위에 머리를 기댄 채 어딘가 먼 곳을 바라보고 있었다. 그의 여위고 가느다란, 그러나 강한 몸 전체가 마치 식물의 줄기가 해를 향해 뻗어 나가듯 그렇게 앞으로 나가려고 애쓰는 것 같았다.

"그러면 결혼하지 그러세요!" 어머니가 조언했다.

"오! 그녀는 이미 5년 전에 결혼했어요……."

"그럼 그전에는 왜 안 했어요?"

잠시 생각하고 나서 그가 대답했다.

"아시겠어요, 우리 상황이 항상 그렇게 돌아갔거든요. 그녀가 감옥에 있으면 내가 자유롭고, 내가 자유로우면 그녀가 감옥에 있거나 유배 가 있고. 그게 사샤의 상황하고 아주 비슷해요, 정말로! 마침내 그녀가 10년 선고를 받고 시베리아로 유형을 갔어요, 무섭게 먼 곳이죠! 난 그녀를 쫓아갈 생각까지 했어요. 하지만 그녀도 나도 부담스러워지기 시작했어요. 그리고 그녀는 거기서 다른 사람을 만났죠, 내 동지인데 아주 좋은 청년이에요! 그런 뒤에 둘이 함께 도망쳤고 지금은 외국에서 살아요, 네……."

니콜라이는 이야기를 마치자 안경을 벗어 닦았고 안경알을 빛에 비추어 보고 나서 다시 닦기 시작했다.

"에휴, 다정한 니콜라이!" 고개를 저으면서 어머니가 상냥하게 외쳤다. 어머니는 그가 안쓰러웠고 또 동시에 그의 어떤 면이 어머니에게 따뜻하고 모성적인 미소를 짓게 했다. 니콜라이는 자세를 바꾸어 손에 다시 펜을 쥐고 자기 말의 박자에 맞추어 흔들면서 이야기하기 시작했다.

"가정생활은 혁명가의 에너지를 떨어뜨려요, 언제나 떨어뜨려요! 아이들, 부족한 생활, 빵을 벌기 위해 일을 많이 해야만 하는 필요성 같은 거요. 그런데 혁명가는 끊임없이 자신의 에너지를 발전시켜야 하거든요, 계속 더 깊고 더 넓게. 여기엔 시간이 필요해요 ─ 우리는 언제나 모든 사람보다 앞서가야 해요. 왜냐하면 우리는 역사의 힘으로 옛 세상을 무너뜨리고 새로운 삶을 창조하도록 소환된 노동자들이니까요. 그런데 우리가 뒤처지면, 피로에 굴복하거나 조그만 투쟁의 가까운 가능성에 주의를 뺏겨 버리면, 그건 나쁜 일이에요, 활동을 배신하는 것과 같아요! 우리의 신념을 왜곡하지 않으면서 우리와 함께 나란히 갈수 있는 사람은 없어요. 그리고 우리는 우리의 과업이 조그만 투쟁이 아니라 오로지 온전한 승리라는 사실을 절대로 잊어서는 안 됩니다."

그의 목소리가 강해졌고 얼굴은 창백해졌고 눈에는 평소에 보았던, 신중하고 안정된 힘이 타올랐다. 니콜라이의 말을 중간에서 끊으며 또다시 초인종이 큰 소리로 울렸다 ─ 류드밀라가 계절에 어울리지 않게 얇은 외투를 입고 추위에 볼이 빨갛게 달아올라 찾아온 것이다. 찢어진 덧신을 벗으면서 그녀는 화난 목소리로 말했다.

"재판 기일이 정해졌어요, 일주일 뒤예요!"

"확실해요?" 니콜라이가 방 안에서 소리쳤다.

어머니는 자신을 뒤흔드는 것이 두려움인지 기쁨인지 이해하지 못한 채로 재빨리 그에게 다가갔다. 류드밀라가 어머니와 함께 걸으며 특유의 낮은 목소리로 냉소적으로 말했다.

"확실해요! 법원에서 완전히 대놓고 선고는 이미 내려졌다고 들 말해요. 이게 대체 뭐 하는 거죠? 정부가 자기들의 공무원이 자신의 적에게 부드럽게 대할까 봐 겁내는 건가요? 그렇게 오랫동안, 그렇게 열심히 자신의 하인들을 타락시켜 놓고는 정부는 아직도 여전히 자기 하인들이 모리배가 될 준비가 되었다는 사실을 확신하지 못하는 건가요……?"

류드밀라는 소파에 앉아서 여윈 볼을 손바닥으로 문질렀다. 그녀의 불투명한 눈에 경멸의 빛이 타올랐고 목소리는 점점 더 분노에 차올랐다.

"쓸데없이 힘을 낭비하지 말아요, 류드밀라!" 니콜라이가 달래듯이 말했다. "저들은 당신 목소리를 듣지 못하잖아요……."

어머니는 긴장해서 류드밀라의 말을 들었으나 아무것도 이해하지 못하고 속으로 똑같은 말을 계속 반복했다.

'재판, 일주일 뒤에 재판!'

어머니는 갑자기 뭔가 무자비한 것, 비인간적으로 엄격한 것이 다가오고 있음을 느꼈다.

23

그렇게 어리둥절함과 암울함의 먹구름 속에서 슬픈 예감의 무게에 눌리며 어머니는 하루를 지내고 이틀을 지냈고 사흘째에 사셴카가 나타나 니콜라이에게 말했다.

"다 준비됐어요! 오늘 한 시에……."

"벌써요?" 그가 놀랐다.

"준비할 게 뭐 있나요? 그냥 르이빈을 위해서 장소하고 옷만 얻으면 됐고, 나머지는 전부 고분이 맡았어요. 르이빈은 한 블록만 걸어서 지나가면 돼요. 거리에서 베솝시코프가 르이빈을 맞이할 거예요, 물론 변장하고요. 그리고 르이빈에게 외투를 입혀 주고 모자를 주고 길을 알려 줄 거예요. 나는 그를 기다렸다가 옷을 갈아입힌 뒤 데리고 떠날 거예요."

"나쁘지 않군요! 그런데 고분은 누구죠?" 니콜라이가 물었다.

"당신도 한 번 만났어요. 그 사람 집에서 목수들과 함께 일했어요."

"아! 기억합니다. 괴짜 노인이죠……."

"그 사람 퇴역 군인이고, 지붕 이는 기술자예요. 덜 발전된 사람이고 모든 종류의 폭력에 대해 끝없는 증오심을 가지고 있어요……. 약간은 철학자예요." 사센카가 생각에 잠겨 창밖을 바라보며 말했다. 어머니는 그녀의 이야기를 말없이 들으며 뭔가 불분명한 것이 마음속에서 천천히 끓어올랐다.

"고분은 자기 조카를 풀어 주고 싶어 해요. 기억하시죠, 예브첸코가 마음에 든다고 하셨잖아요, 멋쟁이에 깔끔 떠는 사람."

니콜라이가 고개를 끄덕였다.

"그 사람 계획은 아주 잘 세워 놨어요." 사센카가 말을 이었다. "하지만 나는 성공할지 의심스러워지기 시작했어요. 탈출 계획이 공개적이에요. 내 생각에 죄수들이 줄사다리를 보면 다들 도망치고 싶어 할 거예요……."

그녀는 눈을 감고 잠시 말을 멈추었고 어머니는 그녀에게 가까이 다가갔다.

"그리고 서로 방해가 될 거예요……."

세 명 모두 창문 앞에 서 있었다. 어머니는 니콜라이와 사샤의 뒤에 있었다. 그들의 빠른 대화가 어머니의 가슴속에 흐릿한 감정을 불러일으켰다.

"내가 거기로 갈게요!" 어머니가 갑자기 말했다.

"왜요?" 사센카가 물었다.

"가지 마세요, 어머니! 잡힐 거예요! 그러시면 안 돼요!" 니콜라이가 조언했다.

어머니는 그의 얼굴을 바라보고 조용히, 그러나 고집스럽게 되풀이했다.

"아뇨, 내가 갈래요……."

그들은 서로 재빨리 쳐다보았고 사셴카가 어깨를 으쓱하며 말했다.

"알겠어요……."

어머니를 향해 돌아선 사셴카가 어머니의 팔을 잡고 몸을 살짝 흔들며 기댄 뒤에 단순하고도 어머니의 마음에 다가오는 목소리로 말했다.

"어쨌든 저는 어머니가 공연히 기대하시는 거라고 말씀드리고 싶어요……."

"소중한 사셴카!" 어머니가 떨리는 손으로 그녀를 끌어당기며 외쳤다. "나도 데려가요, 방해하지 않을게요! 나한테 그게 필요해요. 난 그게 가능하다고, 도망칠 수 있다고 믿지 않아요!"

"어머니는 가실 거예요!" 사셴카가 니콜라이에게 말했다.

"그럼 원하는 대로 하십시오!" 그가 고개를 숙이며 대답했다.

"우리는 같이 있으면 안 돼요. 어머니는 들판으로, 텃밭 쪽으로 가세요. 그쪽에서 감옥 담벼락이 보여요. 하지만 만약에 누가 어머니한테 거기서 뭐 하냐고 물으면 어떡하죠?"

어머니는 기뻐하며 자신 있게 대답했다.

"할 말을 찾아낼게요!"

"간수들이 어머니를 안다는 사실을 잊으면 안 돼요!" 사셴카가 말했다. "그리고 만에 하나라도 간수들이 어머니를 거기서 보면……."

"못 볼 거예요!" 어머니가 외쳤다.

어머니의 가슴속에 언제나 눈에 띄지 않게 타고 있던 희망의 불씨가 갑자기 아프도록 선명하게 타올라 어머니에게 생기를 불어넣었다.

'그리고 어쩌면 그 애도…….' 어머니가 서둘러 겉옷을 입으며 생각했다.

한 시간 뒤에 어머니는 감옥 뒤 벌판에 있었다. 날카로운 바람이 어머니 주위를 날아다니며 옷자락을 불어 올렸고 얼어붙은 땅을 두드리고 어머니가 텃밭 옆으로 지나갈 때 울타리를 흔들었으며 감옥의 높지 않은 담벼락을 힘껏 때렸다. 담장을 넘어 감옥 마당에서 누군가의 외침 소리가 바람에 날려 하늘로 날아갔다. 하늘에서는 구름이 빠르게 달려가면서 푸르고 높은 곳에서 조그맣게 빛이 비치는 틈을 열어 주었다.

어머니 뒤로 텃밭이 있고 앞에는 공동묘지가 있었으며 오른쪽으로 10사젠* 정도 거리에 감옥이 있었다. 묘지 근처에서 한 군인이 줄에 묶은 말을 몰았고 다른 군인이 그 옆에 서서 큰 소리를 내며 발을 구르고 고함치고 휘파람을 불고 웃어 댔다. 감옥 주변에 그들 외에는 아무도 없었다.

어머니는 그들 옆으로 공동묘지 울타리를 향해 천천히 계속 걸으면서 곁눈질로 오른쪽과 뒤쪽을 바라보았다. 그리고 갑자기 다리가 떨리고 무거워지고 마치 땅에 얼어붙은 것 같다고 느껐다 ─ 감옥 모퉁이에서, 점등원들이 언제나 그렇듯 서두르며, 어깨에 사다리를 멘 구부정한 사람이 걸어왔던 것이다. 어머니는 겁에 질려 눈을 깜빡이고 재빨리 군인들을 바라보았다. 그들은 한곳에서 돌아다녔고 말은 그들 주위를 달렸다. 어머니는 다시 사다리를 멘 사람을 바라보았다. 그는 이미 사다리를 벽에 기대 놓고 서두르지 않고 올라가는 중이었다. 그리고 감옥 마당 안쪽을 향해 손을 흔들고는 재빨리 내려와서 모퉁이 뒤로 사라졌다. 어머니의 심장이 급하게 뛰었고 몇 초가 천천히 흘러갔다. 어두운 감옥 담벼락에는 부서져 떨어진 회반죽과 드러난 벽돌, 그리고 흙먼지 얼룩들 때문에 사다리 윤곽이 거의 보이지 않았다. 그리고 갑자기 담벼락 위로 검은 머리가 나타나더니 몸이 솟아나고 담벼락을 넘어 떨어져서 어머니 쪽으로 기어 왔다. 털모자를 쓴 다른 머리가 나타나더니 검은 덩어리가 되어 땅 위로 뛰어내려 재빨리 모퉁이를 돌아 사라졌다. 미하일이 몸을 곧게 펴고 주위를 둘러보며 고개를 흔들었다.

"뛰어요, 뛰어!" 어머니가 발을 구르며 속삭였다.

어머니의 귀가 울렸고 커다란 고함 소리가 들려왔다 ─ 그때 담벼락 뒤로 세 번째 머리가 나타났다. 어머니는 양손으로 가슴을 움켜쥐고 얼어붙은 채 지켜보았다. 금발에 턱수염 없는 머리가 마치 뚫고 나오려는 듯 솟아올랐다가 담벼락 아래로 사라졌다. 고함 소리가 점점 더 커지면서 어수선해졌고 바람이 공중에 가느다랗게 떨리는 휘파람 소리를 불어 올렸다. 미하일은 담벼락 아래를 따라 걸으며 어머니 곁을 지나쳐 감옥과 도시의 집들 사이 열린 공간을 가로질렀다. 어머니는 그가 지나치게 천천히 걷는 것 같았고 쓸데없이 고개를 높이 들고 있는 것 같았다 — 그의 얼굴을 본 사람은 누구든 그 얼굴을 영원히 기억할 것이다. 어머니는 속삭였다.

"더 빨리…… 더 빨리……."

감옥 담장 너머에서 뭔가 건조하게 털썩 쓰러졌다 — 유리가 깨지는 가느다란 소리가 들렸다. 땅에 발을 구르던 군인이 말을 자기 쪽으로 당겼고 다른 군인이 입에 주먹을 갖다 대고 감옥 쪽으로 소리쳤으며 그러고 나서는 그쪽으로 머리를 옆으로 돌리고 귀를 가져다 댔다.

어머니는 긴장해서 목을 사방으로 돌렸고 어머니의 눈은 모든 것을 보면서도 아무것도 믿지 못했다 — 어머니가 무섭고 복잡할 것이라 상상했던 일들이 너무나 단순하고 빠르게 일어났고 그 속도 때문에 어머니는 어리둥절해서 이성이 마비되었다. 르이빈은 이미 거리에서 보이지 않았고 긴 외투를 입은 키 큰 사람이 걷고 있었으며 어린 소녀가 뛰어갔다. 감옥 모퉁이에서 간수 세 명이 뛰어나와 서로서로 가까이 붙은 채 달렸으며 모두 다 오른손을 앞으로 내밀고 있었다. 군인 한 명이 그들 쪽으로 달려갔고 다른 군인이 말 주위를 달리며 말 위로 뛰어오르려 했지만 말은 받아들이지 않고 펄쩍 뛰어올랐다. 말과 함께 주변 모든 것이 튀어 올랐다. 호루라기 소리가 끊임없이 서로 뒤덮으며 공기를 갈랐다. 그 불안하고 절박한 외침 소리가 어머니의 마음에 위험의 감각을 깨웠다. 어머니는 몸을 떨고 묘지 울타리를 따라 걸으면서 간수들을 엿보았으나 그들은 군인들과 함께 감옥의 다른 모퉁이로 달려가더니 이내 사라져 버렸다. 그곳에서 그들의 뒤를 따라 어머니도 알고 있는 감옥 부소장이 제복을 풀어 헤친 채 달려왔다. 어딘가에서 경찰이 나타났고 군중이 몰려 나왔다.

바람이 휘몰아치며 뭔가에 기뻐하듯 몸부림쳤고 어머니의 귀에 끊어지고 뒤섞인 고함 소리, 호루라기 소리를 실어 왔다. 이 혼란에 기뻐서 어머니는 더 빨리 걸으며 생각했다.

'그러니까 그 애도 할 수 있다는 거지!'

어머니의 맞은편, 텃밭 모퉁이에서 갑자기 경찰 두 명이 모습을 드러냈다.

"서라!" 그중 한 명이 숨을 몰아쉬며 외쳤다. "턱수염 ― 기른 사람 ― 못 봤나?"

어머니는 텃밭 쪽을 한 손으로 가리키며 차분하게 대답했다.

"저쪽으로 뛰어갔어요, 왜요?"

"예고로비치! 호루라기!"

어머니는 집으로 갔다. 어머니는 뭔가 안타까웠고 심장에 뭔가 괴롭고 짜증스러운 것이 얹혀 있었다. 어머니가 들판에서 거리로 들어섰을 때 어머니 앞으로 마차가 지나갔다. 고개를 들었을 때 어머니는 마차 안에 창백하고 지친 얼굴에 밝은 색 콧수염을 기른 젊은이가 타고 있는 것을 보았다. 남자도 어머니를 보았다. 그는 비뚜름하고 앉아 있었고 아마 그 때문에 그의 오른쪽 어깨가 왼쪽보다 높아 보였다.

니콜라이가 기뻐하며 어머니를 맞이했다.

"그래, 어떻게 됐어요?"

"성공한 것 같아요……."

사소한 일까지 기억 속에 모두 되살리려 애쓰면서 어머니는 탈주에 대해 말하기 시작했는데 마치 누군가 남의 이야기를 전달하면서 그 진실성을 의심하듯이 이야기했다.

"우리는 운이 좋았어요!" 니콜라이가 양손을 비비며 말했다. "하지만 제가 어머니 걱정에 얼마나 겁먹었는지 모릅니다! 악마나 알 거예요! 닐로브나, 제발 부탁인데 동지로서 저의 조언을 들어주세요. 재판을 겁내지 마십시오! 재판이 빠를수록 파벨의 자유도 가까워집니다. 믿어 주세요! 어쩌면 그는 유배 가는 길에 탈출할지도 몰라요. 그리고 재판은 대략 이런 모습일 겁니다……."

그는 어머니에게 재판정과 법관들의 모습을 묘사하기 시작했고 어머니는 귀 기울이면서 그가 뭔가 두려워하고 있으며 그래서 어머니를 격려하고 싶어 한다는 것을 깨달았다.

"혹시 내가 거기서 재판관들한테 뭔가 이야기하는 게 좋을까요?" 어머니가 갑자기 물었다. "그들에게 부탁한다거나?"

그는 펄쩍 뛰면서 양손을 어머니 앞에 휘두르고 분노한 듯 외쳤다.

"무슨 말씀을!"

"난 겁이 나요, 정말로! 뭐가 겁나는지는 모르겠어요……!" 어머니는 잠시 침묵하며 눈으로 방 안을 목적 없이 훑었다.

"때로는 그들이 파샤를 모욕하고 조롱할 것만 같아요. 이런 무식한 농군 같으니, 넌 농군의 아들이다! 무슨 짓을 벌인 거냐? 이렇게요. 그런데 파샤는 자존심이 강해서 그들에게 당당하게 대답하겠죠! 아니면 안드레이가 그들을 비웃을 거예요. 둘 다 아주 혈기 왕성하니까요. 그런 생각을 하다 보면 ― 갑자기 참을 수가 없어요……. 그러면 그들이 판결을 내려서 내가 애들을 다시는 못 보게 만들 거예요!"

니콜라이가 턱수염을 당기면서 음울하게 침묵을 지켰다.

"이런 생각을 머릿속에서 쫓아낼 수가 없어요!" 어머니가 조용히 말했다. "무서운 일이에요, 재판이란! 모든 걸 샅샅이 골라내고 저울질할 테니까요! 너무 무서워요! 처벌이 무서운 게 아니라 재판이요. 이걸 잘 표현할 수가 없어요……."

니콜라이는 ― 어머니가 느끼기에 ― 어머니를 이해하지 못했고 이것은 어머니가 자신의 공포에 대해 이야기하고 싶은 소망을 더욱 가로막았다.

24

이 공포는 마치 곰팡이처럼 묵직하고 축축하게 어머니의 가
슴속에 퍼지며 호흡을 가로막았고 재판의 날이 다가왔을 때 어
머니는 마치 등과 목을 짓누르는 무거운 짐을 지고 재판정으로
들어가는 것 같았다.

거리에서 마을 사람들이 어머니에게 인사했지만 어머니는
말없이 고개만 숙여 보이고 음울한 군중 사이를 지나갔다. 법
원 복도와 재판정 안에서 피고인들의 가족들이 어머니를 맞이
했으며 그들 또한 목소리를 낮추어 뭔가 이야기했다. 그 말들이
어머니에게는 쓸모없게 들렸고 이해할 수 없었다. 모든 사람이
똑같은 슬픈 감정에 사로잡혀 있었다 — 이런 감정이 어머니에
게도 전해져 어머니를 더욱 괴롭혔다.

"옆에 앉으세요!" 시조프가 의자에서 살짝 움직이며 말했다.

어머니는 고분고분 앉아서 옷매무새를 가다듬고 주위를 둘러

보았다. 어머니의 눈앞에 녹색과 짙은 꽃분홍색 띠가 하나로 연결되어 얼룩처럼 떠다녔고 가느다란 노란 줄이 아른거렸다.

"네 아들이 우리 그리샤를 망쳤어!" 어머니 옆에 앉은 여성이 조용히 말했다.

"그만해, 나탈리야!" 시조프가 음울하게 대꾸했다.

어머니는 여자를 바라보았다 ─ 그 여자는 사모일로바였고 옆에 그녀의 남편이 앉아 있었는데 대머리에 잘생긴 사람이었고 숱 많은 붉은 턱수염을 기르고 있었다. 그의 얼굴은 여위어 있었다. 눈을 가늘게 뜨고 앞을 바라보는 그의 턱수염이 떨렸다.

재판정의 높다란 창문 사이로 흐릿한 빛이 고르게 쏟아져 들어왔고 창밖에서는 눈이 내려 창유리를 따라 흘러내렸다. 창문 사이에 황제의 커다란 초상화가 번쩍이는 황금 액자에 걸려 있었고 창문에 걸린 짙은 꽃분홍색 무거운 커튼이 곧은 줄 모양으로 액자 양옆을 가리고 있었다. 초상화 앞에, 거의 재판정을 가로로 꽉 채우는 탁자가 있었는데 녹색 천으로 덮여 있었고 오른쪽 벽 근처 철문 뒤에 기다란 나무 의자가 두 개 놓여 있었으며 왼쪽에는 짙은 꽃분홍색 좌석이 두 줄로 있었다. 재판정 안에서는 녹색 옷깃에 황금색 단추가 가슴과 배에 달린 제복을 입은 공무원들이 소리 없이 뛰어다녔다. 탁한 공기 속에 조용한 속삭임이 소심하게 헤매 다녔고 뒤섞인 약 냄새가 떠다녔다. 이 모든 것 ─ 색깔, 번쩍이는 빛, 소리와 냄새 ─ 이 눈을 짓누르고 숨 쉴 때마다 가슴속으로 파고들어 부서진 마음에 암울한 두려움의 색색 가지 움직이지 않는 찌꺼기를 가득 채웠다.

갑자기 누군가 큰 소리로 말하자 모두 일어섰고 어머니도 몸을 떨며 시조프의 손을 잡고 일어섰다.

재판정 왼쪽 구석에서 커다란 문이 열리더니 그 안에서 안경을 쓴 늙은이가 휘청거리며 나왔다. 그의 조그만 회색 얼굴에 숱 없는 하얀 구레나룻이 떨렸고 면도한 윗입술이 늘어져 입을 덮고 있었으며 날카로운 광대뼈와 턱이 제복의 높은 옷깃에 의지하여 그 옷깃 아래 목이 없는 것처럼 보였다. 그의 뒤에서 도자기처럼 하얗고 둥근 얼굴에 홍조 띤 젊은 사람이 팔을 잡고 받쳐 주고 있었는데, 그들 뒤로 금실로 수놓은 제복을 입은 사람 세 명과 일반인 세 명이 천천히 따라왔다.

그들은 오랜 시간을 들여 탁자 주위를 돌아다니며 좌석에 앉았고 다 앉고 나자 그들 가운데 면도한 얼굴이 게을러 보이고 제복 앞섶을 풀어 헤친 한 명이 두꺼운 입술을 소리 없이 무겁게 움직이며 뭔가 늙은이에게 말하기 시작했다. 늙은이는 이상하게 몸을 곧게 펴고 움직이지 않은 채 귀를 기울였다. 어머니는 그의 안경알 뒤에 눈 대신 조그맣고 색깔 없는 두 개의 얼룩을 보았다.

탁자 끝, 필기용 책상 옆에 키가 크고 머리가 약간 벗어진 사람이 서 있었는데 가끔 기침을 하며 서류를 넘기고 있었다.

늙은이가 앞으로 몸을 움직이며 말하기 시작했다. 그는 첫 단어를 명확하게 말했으나 다음 단어들은 마치 그의 가느다란 회색 입술 위를 기어 다니는 것 같았다.

"개장한다……. 들여보내시오……."

"봐요!" 시조프가 어머니를 건드리며 속삭이고 일어섰다.

벽의 철문 뒤로 문이 열리면서 군인이 칼날을 드러낸 장검을 어깨에 메고 들어왔고 그 뒤로 파벨, 안드레이, 페댜 마진, 구세프 형제, 사모일로프, 부킨, 소모프, 그 외 다섯 명 정도 어머니가 이름을 알지 못하는 젊은 사람들이 나타났다. 파벨이 다정하게 미소 지었고 안드레이도 이를 드러내며 고개를 끄덕였다. 긴장되고 뻣뻣한 침묵 속으로 들어온 그들의 미소와 생기 있는 얼굴과 움직임 덕분에 재판정 안이 갑자기 소박해지고 밝아졌다. 재판관들의 제복에서 빛나던 황금색의 번지르르한 빛이 흐려지고 부드러워졌으며 활기찬 자신감이 풍겨 나오고 살아 있는 힘이 불어 나와서 어머니의 심장을 건드리고 일으켜 깨웠다. 그리고 어머니 뒤의 긴 의자에서는 이제까지 사람들이 짓눌린 채 기다리고 있었으나 지금은 젊은이들에게 화답하는 듯한 작은 웅성거림이 일어났다.

"겁내지 않는군!" 어머니는 시조프의 속삭임을 들었고, 오른쪽에서 사모일로프의 어머니가 조용히 흐느꼈다.

"조용히!" 엄숙한 외침 소리가 울렸다.

"경고하겠소……." 늙은이가 말했다.

파벨과 안드레이가 나란히 앉고 그들과 함께 첫 줄에 마진과 사모일로프와 구세프 형제가 앉았다. 안드레이는 턱수염을 깎았고 콧수염이 자라 아래로 처져서 둥근 머리가 고양이 머리와 비슷하게 보였다. 그의 얼굴에 새로운 것이 나타나 있었다 ─ 입 주변 주름에 어딘가 날카롭고 뾰족한 것이, 눈에는 어두운 곳이 있었다. 마진의 윗입술에 두 개의 검은 줄이 생겼고 그의 얼굴은 더 둥글어졌으며 사모일로프는 이전과 똑같이 고수머리였고 이반 구세프는 이전과 똑같이 활짝 웃었다.

"에휴, 폐댜, 폐댜!" 시조프가 고개를 숙이고 속삭였다.

어머니는 늙은이의 불명확한 질문을 들었다. 늙은이는 피고석을 쳐다보지 않고 물었고 그의 머리는 제복 옷깃 위에 아무 움직임 없이 얹혀 있었다. 어머니는 아들의 짧고 차분한 대답을 들었다. 어머니의 눈에 재판장과 그의 동료들 모두 악하고 잔혹한 사람들일 리 없어 보였다. 재판관들의 얼굴을 주의 깊게 들여다보면서 어머니는 가슴속에 자라나는 새로운 희망에 조용히 귀를 기울이며 뭐든 추측하려 애썼다.

도자기 얼굴의 남자가 무관심하게 서류를 읽었고 그의 고른 목소리가 지루하게 재판정 안을 채웠다. 사람들은 그 목소리를 들으며 움직이지 않고 마치 사슬로 묶인 듯 앉아 있었다. 변호사 네 명이 조용히, 그러나 활기차게 피고인들과 이야기했고 그들 모두 힘차고 빠르게 움직이는 모습이 크고 검은 새를 연상시켰다.

늙은이 옆에서 조그만 눈으로 계속 이리저리 둘러보는 재판관이 그 통통하고 부풀어 오른 몸으로 의자를 가득 채우며 앉아 있었고 다른 쪽에는 몸이 구부정하고 창백한 얼굴에 불그스름한 콧수염을 기른 사람이 앉아 있었다. 그는 지친 듯 의자 등에 머리를 기댄 채 눈을 반쯤 감고 뭔가 생각했다. 검사의 얼굴도 지치고 지루해하고 있었다. 재판관들 뒤에는 시장이 생각에 잠겨 볼을 문지르며 앉아 있었는데 체격이 좋고 단단한 사내였다. 귀족 대표는 머리가 희끗희끗하고 턱수염이 크고 얼굴이 붉고 크고 선해 보이는 눈을 한 사람이었다. 누비 외투를 입은 군(郡) 장로는 배가 어마어마하게 컸으며 그 때문에 눈에 띄게 부끄러워했다 — 그는 계속 외투 자락으로 배를 가리려 했으나 외투 자락이 미끄러져 내려갔다.

"여기에는 범죄자도 없고 재판관도 없습니다." 파벨의 확고한 목소리가 재판정에 울려 퍼졌다. "단지 포로와 지배자만 있을 뿐입니다……."

사방이 조용해졌고 어머니의 귀에는 몇 초 동안 오로지 종이 위에서 움직이는 펜의 가느다란 소리와 자기 심장이 뛰는 소리만 들렸다.

그리고 재판장도 마치 뭔가에 귀를 기울이는 듯 기다렸다. 그의 동료들이 웅성거렸다. 그러자 그가 말했다.

"음-그래, 안드레이 나홋카! 인정하시오……."

안드레이는 천천히 일어나 몸을 곧게 펴고 콧수염을 당기면서 눈을 치켜뜨고 늙은이를 쳐다보았다.

"내가 대체 무슨 죄를 인정할 수 있단 말입니까?" 낭랑한 목소리로, 언제나 그렇듯 서두르지 않고 우크라이나인이 어깨를 으쓱해 보이고는 말했다. "난 살인도 도둑질도 하지 않았고, 그저 사람들이 어쩔 수 없이 서로 강도질하고 살인해야만 하는 이런 방식의 삶에 동의하지 않을 뿐입니다……."

"짧게 대답하시오." 늙은이가 힘겨운 듯, 그러나 명확하게 말했다.

어머니는 자신의 뒤에 있는 방청석에서 활기를 느꼈고, 사람들은 마치 도자기 얼굴의 사람이 읽었던 회색 단어들의 거미줄에서 벗어난 듯 뭔가에 대해 조용히 속삭이면서 움직였다.

"저 애들 어떻게 하는지 들리죠?" 시조프가 속삭였다.

"표도르 마진, 대답하시오……."

"싫소!" 페댜가 벌떡 일어나 말했다. 그의 얼굴이 흥분하여 홍조를 띠었고 눈이 반짝였으며 그는 어째서인지 손을 등 뒤로 감추고 있었다.

시조프가 조용히 감탄했고 어머니는 어리둥절하여 눈을 크게 떴다.

"난 변호를 거부했고 아무 말도 하지 않을 것이며 당신들의 재판을 불법적이라 생각합니다! 당신들이 누구요? 민중이 당신들에게 우리를 재판할 권리를 주었소? 아니, 민중은 그런 적이 없소! 난 당신들을 모릅니다!"

그러고는 앉아서 자신의 달아오른 얼굴을 안드레이의 등 뒤에 감추었다.

뚱뚱한 재판관이 재판장 쪽으로 고개를 기울이고 뭔가 속삭였다. 창백한 얼굴의 재판관이 눈꺼풀을 들어 올리고 피고인 쪽을 노려보며 탁자 위에 손을 뻗어 자기 앞에 놓인 서류에 연필로 줄을 그었다. 군 장로는 고개를 저으며 조심스럽게 다리 위치를 바꾸어 배를 무릎 위에 얹고 손으로 가렸다. 늙은이는 고개를 움직이지 않은 채 몸통을 붉은 머리 재판관 쪽으로 돌리고 속닥거리듯 그와 대화했으며 붉은 머리는 고개를 기울이고 늙은 이의 말을 들었다. 귀족 대표는 검사와 속삭이며 이야기했고 시장이 볼을 문지르며 그들의 말을 들었다. 다시 재판장의 흐릿한 목소리가 울렸다.

"어쩌면 저렇게 딱 잘라 대답하지? 정말 최고다!" 시조프가 놀라워하며 어머니의 귀에 속삭였다.

어머니도 어리둥절하여 미소 지었다. 처음에 일어났던 일들은 어머니에게 뭔가 무서운 상황으로 발전해 즉시 모든 사람을 차가운 공포로 짓눌러 버리기 전의 쓸모없고 지루한 서론 같았다. 그러나 파벨과 안드레이의 차분한 말이 아무 두려움 없이 확고하게 울려 퍼졌다. 그들은 마치 재판정이 아니라 공장 마을의 조그만 집에서 말하는 것 같았다. 페댜의 열정적인 대응에 어머니는 기운이 났다. 재판정 안에 뭔가 대담한 것이 일어났고, 어머니는 자기 뒤에 있는 사람들의 움직임으로 보아 자기 혼자만 그렇게 느끼는 게 아니라고 추측했다.

"검사님 생각은?" 늙은이가 말했다.

머리가 벗어진 검사가 일어나 한 손으로 필기용 책상을 짚고 숫자를 거론하며 빠르게 말하기 시작했다. 그의 목소리는 무섭게 들리지 않았다.

그러나 동시에 건조하고 뾰족한 거스러미가 어머니의 심장을 찌르며 불안하게 했다 ― 자신에게 적대적인 무언가가 희미하게 느껴졌던 것이다. 그것은 위협하지도 않고 소리치지도 않고 보이지 않게, 손댈 수 없게 펼쳐졌다. 그것은 또한 느리고 둔하게 재판관들 주변에서 흔들렸으며 마치 재판관들을 꿰뚫을 수 없는 구름으로 감싸는 것 같았고 바깥에서는 아무것도 구름을 뚫고 그들에게 가닿을 수 없었다. 재판관들을 바라보는 어머니는 그들을 전혀 이해할 수 없었다. 그들은 어머니가 예상했던 것처럼 파벨이나 페댜에게 화내지 않았고 그들을 말로 모욕하지도 않았으나 그들이 하는 질문은 모두 어머니가 보기에 그들에게 필요 없는 것 같았고 그들은 내키지 않는 듯 질문하고 힘겹게 대답을 듣는 것 같았다. 마치 모든 것을 미리 알고 있고 어디에도 관심이 없는 듯 보였다.

이제 그들 앞에 헌병이 서서 아주 낮은 베이스의 목소리로 말했다.

"파벨 블라소프가 모든 사건의 주범으로 특정되었으며……."

"그럼 나홋카는?" 뚱뚱한 재판관이 작은 목소리로 느리게 물었다.

"그리고 나홋카 또한……."

변호사 중 한 명이 일어서서 말했다.

"말해도 됩니까?"

늙은이가 다른 누군가에게 물었다.

"반대 의견 없으십니까?"

재판관들 모두 어머니가 보기에 건강하지 못한 사람들 같았다. 그들의 자세와 목소리에 병적인 피로가 엿보였고 그것은 그들의 얼굴에도 덮여 있었다 — 병적인 피로와 지긋지긋한 회색 지루함이. 분명 그들에겐 이 모든 일이 힘들고 불편했다 — 제복, 재판정, 헌병, 변호사들, 좌석에 앉아 있어야 하고 질문하고 들어야 하는 의무 모두.

그들 앞에 어머니도 알고 있는 노란 얼굴의 장교가 서서 장엄하게 말끝을 늘이며 큰 소리로 파벨과 안드레이에 대해 말했다. 어머니는 그의 말을 들으며 자기도 모르게 생각했다.

'넌 아는 게 별로 없어.'

그리고 어머니는 철문 뒤에 있는 사람들을 공포도 안쓰러움도 느끼지 않으며 바라보았다 ─ 그들에게 안쓰러움은 어울리지 않았고, 그들 모두 어머니에게 오로지 놀라움과 따뜻하게 심장을 감싸는 사랑만 불러일으킬 뿐이었다. 놀라움은 차분했고 사랑은 기쁘게 선명했다. 젊고 강한 그들은 한쪽 벽 근처에 서서 증인과 재판관들의 단조로운 대화와 변호사와 검사의 논쟁에 거의 끼어들지 않았다. 때때로 누군가 경멸하듯 웃으며 동지들에게 뭔가 말했고 동지들의 얼굴에도 비웃는 듯한 미소가 흘러갔다. 안드레이와 파벨은 계속해서 변호사 중 한 명과 조용히 이야기하고 있었다 ─ 어머니도 전날 니콜라이의 집에서 보았던 변호사였다. 그들의 대화를 마진도 옆에서 들었는데 마진은 다른 사람들보다 더 활기차게 많이 움직였고, 사모일로프도 때때로 뭔가 이반 구세프에게 말했다. 어머니는 이반이 매번 웃음을 간신히 참으면서 눈에 띄지 않게 동지를 팔꿈치로 찌를 때마다 얼굴이 빨개지고 볼이 부풀어 오르고 고개를 숙이는 것을 보았다. 그는 두 번쯤 콧소리를 냈고 그런 뒤에 몇 분 동안 좀 더 진지해지려고 애쓰면서 숨을 몰아쉬며 앉아 있었다. 그리고 그들 모두 어떤 식으로든 젊음을 빛내고 있었고, 그 활기차게 끓어오르는 젊음을 억제하려는 온갖 노력은 쉽게 무산되었다.

시조프가 어머니의 팔꿈치를 가볍게 건드려 어머니는 그를 향해 고개를 돌렸다. 시조프의 얼굴은 만족해 보였고 약간은 걱정스러워하는 표정이었다. 그가 속삭였다.

"보시오, 저 애들이 얼마나 강해졌는지, 어머니의 아이들답지요, 응? 귀족 나리들 못지않지요, 응?"

재판정에서는 증인들이 단조로운 목소리로 서둘러 이야기했고 재판관들은 내키지 않는 듯 무관심하게 들었다. 뚱뚱한 재판관이 부풀어 오른 손으로 입을 가리며 하품을 했고, 붉은 머리 재판관은 얼굴이 더욱 창백해졌고 가끔 한 손을 들어 관자놀이 뼈를 손가락으로 꾹 누르고 애처롭게 크게 뜬 눈으로 천장을 멍하니 바라보았다. 검사는 가끔 연필로 서류에 뭔가 써넣었고 다시 귀족 대표와 무언의 대화를 이어 갔으며 귀족 대표는 희끗희끗한 턱수염을 쓰다듬으며 커다랗고 아름다운 눈을 굴리면서 장엄하게 목을 구부리고 미소 지었다. 시장은 다리를 꼬고 앉아 손가락으로 무릎을 두드리며 손가락의 움직임을 집중해서 바라보았다. 오직 군 장로만이 무릎 위에 얹은 배를 손으로 조심스럽게 받치고는 앉아서 고개를 기울인 채 혼자서만 여러 목소리의 단조롭게 웅웅거리는 소리에 귀를 기울이며 마치 바람 없는 날의 바람개비처럼 움직이지 않고 의자에 꽂힌 듯 뻣뻣이 앉아 있었다. 이것은 오랫동안 이어졌고 다시 사방을 움켜쥔 지루함이 사람들을 휩쓸었다.

"선언한다……." 늙은이가 말하고는 가느다란 입술로 이어지는 단어들을 뭉개고 일어섰다.

소음, 한숨, 조용한 외침, 기침과 발소리가 재판정을 채웠다. 피고인들은 끌려갔고, 나가면서 가족과 지인들에게 미소 짓고 고개를 끄덕여 보였으며 이반 구세프는 작은 목소리로 누군가에게 외쳤다.

"소심하게 굴지 마, 예고르……!"

어머니와 시조프는 복도로 나왔다.

"선술집에 가서 차라도 한잔하시겠소?" 시조프가 생각에 잠겨 조심스레 어머니에게 물었다. "한 시간 반이 남았는데!"

"목마르지 않아요."

"뭐, 그럼 나도 안 가기로 하지. 아니, 대단한 애들 아니오, 응? 마치 자기들만 진짜 사람이고 나머지는 모두 아무래도 상관없다는 듯 앉아 있어! 게다가 페댜는, 응?"

사모일로프의 아버지가 손에 모자를 들고 그들에게 다가왔다. 그는 음울하게 미소 지으며 말했다.

"우리 그리고리 말이죠? 변호사도 거부하고 얘기하려고도 하질 않아. 그 애가 처음 그런 걸 생각해 냈다지, 알겠소. 댁의 아드님 말이오, 펠라게야, 변호사들 뒤에 서 있는데 우리 애는 원하지 않는다! 하잖소. 그러니까 네 명이 더 거부했다고……."

옆에 그의 아내가 서 있었다. 그녀는 눈을 자주 깜빡이며 머릿수건 끝으로 코를 문질렀다. 사모일로프의 아버지가 손에 턱수염을 모아 쥐고 바닥을 내려다보며 말을 이었다.

"이건 참 볼 만하지 않소! 그 애들을 보면, 젠장, 알 수 있다는 거요. 애들이 괜히 이런 일을 시작했고 쓸데없이 자기를 망친다는 걸 말이오. 그리고 갑자기 생각하게 되는 거요, 그 애들의 진실은? 생각해 보면 공장에서 그 얘기는 계속 퍼지고 또 퍼지고, 그걸로도 충분했는데, 그런데 마치 바다의 농어나 마찬가지로 다른 데로 전해지지 않는단 말이지, 안 된다고! 또 생각해 보면, 그래 어쩌면 그 애들을 받쳐 주는 힘도 그럴까?"

"스테판 페트로비치, 우리가 이 일을 이해하긴 힘들어요!" 시조프가 말했다.

"힘들지요, 예!" 사모일로프의 아버지가 동의했다.

그의 아내가 코로 세게 숨을 들이쉬고 말했다.

"다들 건강하군요, 저주받을 놈들……."

그리고 널찍하고 축 늘어진 얼굴에 미소를 감추지 않고 말을 이었다.

"봐요, 닐로브나, 아까 내가 잠시 흥분해서 댁의 아들 탓이라고 했다고 화내지 말아요. 진실대로 얘기한다면 누가 더 잘못인지는 개나 가려내라지! 우리 그리고리에 대해서 헌병하고 밀정들이 그렇게 얘기하는 거예요. 그 애도 애썼지요, 붉은 머리 악마 같으니!"

그녀는 분명 자기 아들을 자랑스러워하고 있었고 어쩌면 자기감정을 이해하지 못할 수도 있었지만 그녀의 감정은 어머니도 익히 아는 것이어서 어머니는 그녀의 말에 선한 웃음으로 대답하고 조용히 말했다.

"젊은 심장은 언제나 진실에 더 가깝지요……."

복도에 무리 지어 모인 사람들이 낮은 목소리로 흥분해서 진지하게 이야기를 나누었다. 아무도 혼자 서 있지 않았다 ― 모두의 얼굴에 말하고 질문하고 듣고 싶은 열망이 명백하게 보였다. 두 개의 벽 사이에 있는 좁고 하얀 통로로 사람들이 마치 강한 바람을 맞듯이 이리저리 왔다 갔다 했으며 모두가 어딘가에 확실하고 단단하게 서 있을 기회를 찾는 것만 같았다.

부킨의 형은 키가 크고 부킨과 마찬가지로 옅은 금발이었는데 양손을 휘두르고 사방으로 재빨리 몸을 돌리며 주장했다.

"군 장로 클레파노프는 이 사건에 맞지 않아……."

"조용히 해, 콘스탄틴!" 그의 아버지인 조그만 노인이 말하면서 경계하듯 주위를 둘러보았다.

"아뇨, 전 말할래요! 군 장로가 작년에 자기 마름의 아내를 노리고 마름을 죽였다는 소문이 돈다고요! 마름의 아내가 그와 함께 살아요. 그걸 어떻게 이해하죠? 게다가 장로는 유명한 도둑이에요……."

"아이고 이런, 세상에 맙소사, 콘스탄틴!"

"옳소!" 페트로비치가 말했다. "옳소! 재판이 올바르지 못해……."

부킨이 그의 목소리를 듣고 사람들을 전부 끌고 재빨리 다가와 양손을 휘두르며 흥분해서 시뻘게진 채로 소리쳤다.

"도둑질과 살인에 대해선 배심원들이, 평범한 사람들, 농민, 지주들이 재판을 한다고, 그게 옳지! 그런데 경찰에 맞서는 사람들은 경찰이 재판하잖아. 어떻게 그럴 수 있지? 만약에 네가 날 모욕해서 내가 네 이빨에 한 방 먹였는데 네가 그 일로 날 재판하면 물론 나는 유죄로 판결 나겠지만 먼저 모욕한 게 누구냐고, 너잖아? 너라고!"

머리가 희끗희끗하고 매부리코에 가슴에 여러 개의 훈장을 단 경비원이 군중을 흩어 놓고 부킨에게 손가락으로 위협하며 말했다.

"이봐, 소리 지르지 마! 여기가 선술집이야?"

"보십시오, 선생님, 저도 압니다! 들어 보십시오. 만약에 제가 선생님을 때리고 제가 또 선생님을 재판하면 어떻게 될 것 같습니까……"

"내가 지금 널 여기서 끌고 나가라고 명령하겠다!" 경비원이 엄격하게 말했다.

"어디로요? 어째서요?"

"밖으로. 네가 소리 못 지르게……"

부킨이 모두를 둘러보고 작은 목소리로 말했다.

"저들에게 중요한 건 사람들이 입을 다무는 겁니다……"

"그럼 아닐 줄 알았어?" 경비원이 무례하게 소리쳤다.

부킨은 양팔을 벌리고 더 조용히 말하기 시작했다.

"그리고 또 말입니다, 왜 재판정에 사람들을 들여보내지 않고 가족만 허락하죠? 정당하게 재판한다면 모든 사람 앞에서 재판해야지 뭘 겁내는 거요?"

페트로비치가 큰 소리로 반복했다.

"재판은 양심에 따르지 않아, 그건 확실해……!"

어머니는 니콜라이에게 재판의 불법성에 대해 들었던 말을 그에게 해 주고 싶었지만 그 말을 제대로 이해하지 못한 데다 일부는 잊어버렸다. 기억해 내려 애쓰면서 어머니는 사람들에게서 물러나 한옆으로 갔고 밝은 색 콧수염을 기른 젊은 사람이 자신을 쳐다보는 것을 깨달았다. 그는 오른손을 바지 주머니에 넣고 있어서 왼쪽 어깨가 더 낮아 보였는데 그 특이한 자세가 어머니에게 어딘가 익숙하게 느껴졌다. 그러나 그는 어머니에게 등을 돌렸고 어머니는 니콜라이의 말을 떠올리느라 정신이 팔려 남자에 대해서는 이내 잊어버렸다.

그러나 다음 순간 작은 목소리가 어머니의 귀를 건드렸다.

"저 여자야?"

그리고 누군가 좀 더 큰 소리로 기쁜 듯이 대답했다.

"그래!"

어머니는 주위를 둘러보았다. 어깨가 기울어진 남자가 어머니 옆에 서서 다른 사람에게 뭔가 말하고 있었는데, 말 상대는 검은 턱수염을 기른 청년으로 짧은 외투 차림에 무릎까지 오는 장화를 신고 있었다.

또다시 어머니의 기억이 불안하게 떨렸으나 명확한 것은 아무것도 없었다. 어머니의 가슴속에 아들의 진실을 사람들에게 이야기하고 싶은 열망이 명령하듯 타올랐고 사람들이 그 진실에 맞서 뭐라고 말하는지 듣고 싶었으며 그들의 말에서 재판 결과를 추측하고 싶었다.

"이렇게 재판할 수가 있나요?" 어머니가 시조프를 향해 조심스럽게 작은 소리로 말하기 시작했다. "누구에게 무슨 일을 저질렀는지는 캐물으면서 무엇 때문에 저질렀는지는 묻지 않아요. 그리고 다들 늙었어요, 젊은 사람들은 젊은 사람들이 재판해야 해요……."

"예." 시조프가 말했다. "우리가 이 일을 이해하기는 힘들어요, 힘들어!" 그리고 진중하게 고개를 저었다.

경비원이 재판정 문을 열고 소리쳤다.

"가족들! 입장표를 보여 주시오."

음울한 목소리가 서두르지 않고 말했다.

"표라니, 서커스 같군!"

모든 사람에게서 말 없는 동요와 흐릿한 열기가 느껴졌고 그들은 더 신중하게 행동하기 시작했으며 웅성거리고 경비원들과 말다툼했다.

25

방청석에 앉으면서 시조프가 뭔가 웅얼거렸다.

"뭐라고요?" 어머니가 물었다.

"그래요! 민중은 바보요……."

종이 울렸다. 누군가 무심하게 선언했다.

"재판 시작……."

또다시 모두 일어났고, 또다시 아까와 같은 순서로 재판관들이 들어와서 앉았다. 피고인들이 들어왔다.

"잘 봐요!" 시조프가 속삭였다. "검사가 말할 거요."

어머니는 목을 내밀고 온몸을 앞으로 내밀며 무서운 것에 대한 새로운 예감 속에 얼어붙었다.

재판관들은 옆으로 향하고 서서 그들에게 고개를 돌리고 있었고 검사는 팔꿈치를 필기용 책상에 기댄 채 한숨을 쉬고는 오른손을 공중에 발작적으로 휘두르며 말하기 시작했다. 첫마디를 어머니는 알아듣지 못했는데 검사의 목소리는 부드럽고 굵었으며 고르지 않게 흘러서 여기서는 느렸다가 저기서는 빨라졌다. 단어들이 시침질한 실처럼 긴 줄을 이루어 단조롭게 늘어지다가 갑자기 서둘러 날아올라서는 설탕 조각 위의 까만 파리 떼처럼 빙글빙글 돌았다. 하지만 어머니는 그 말들 안에서 무서운 것이나 위협적인 것을 찾아내지 못했다. 마치 눈처럼 차갑고 재처럼 회색인 그 말들은 흩어지고 흩어져서 마치 가늘고 건조한 먼지처럼 재판정 안을 뭔가 짜증스럽고 지겨운 것으로 채웠다. 감정은 거의 없고 단어만 풍성한 그 언설은 파벨과 그의 동지들에게는 가닿지 못한 것이 분명했고 어떻게 해도 그들을 상처 입히지 못했으며 모두 차분하게 앉아서 이전처럼 소리 없이 대화하면서 때때로 웃음 짓고 때때로 미소를 숨기기 위해 찡그렸다.

"헛소리하는군!" 시조프가 속삭였다.

어머니는 그렇게 말하지 못했을 것이다. 어머니는 검사의 말을 들었고, 그가 아무도 따로 분리하지 않고 모두 유죄라고 말한다는 사실을 이해했다. 파벨에 대해 말한 다음 그는 페댜에 대해 말하기 시작했고 페댜를 파벨 옆에 세우고 그 옆에 부킨을 고집스럽게 데려다 놓았다. 마치 검사가 모두를 하나의 자루에 서로 꽉꽉 붙여서 집어넣고 포장하는 것 같았다. 그러나 그가 하는 말의 외적인 의미는 충실하지 않았고 어머니를 건드리지도 않았고 겁주지도 않았다. 어머니는 어찌 됐든 무서운 것을 기다리면서 검사의 말 뒤에 있을 그 무서운 것을 끈질기게 찾아보았다 — 검사의 얼굴에서, 눈에서, 목소리에서, 공중에 어른거리는 그의 하얀 손에서. 어머니는 무언가 무서운 것을 느꼈지만 그것은 손으로 잡을 수 없었고 규정할 수도 없었으며 또다시 어머니의 심장을 건조하고 날카로운 거스러미로 뒤덮었다.

어머니는 재판관들을 바라보았다 — 검사의 장광설을 듣는 것이 그들에게도 지루해 보였다. 생기 없는 노란색과 회색 얼굴들은 아무 표정도 드러내지 않았다. 검사의 말이 눈에 보이지 않는 안개가 되어 공중에 쏟아졌고 점점 자라서 재판관들 주변에서 응결되었으며 무관심과 지친 기대감의 구름이 되어 그들을 더 세게 휘감았다. 재판장은 움직이지 않고 꼿꼿한 자세 그대로 말라 버렸으며 그의 안경알 너머 회색 얼룩 두 개는 가끔 얼굴 안으로 흩어져 사라졌다.

그리고 이 죽은 듯한 무관심, 악의 없는 무시를 보며 어머니는 어리둥절해서 스스로에게 물었다.

'이게 재판이야?'

이 질문은 어머니의 심장을 조였고 무서운 것에 대한 예감을 심장에서 차츰차츰 짜냈으며 날카로운 모욕감으로 목구멍을 꼬집었다.

검사의 말이 갑자기 끊어졌다 — 그는 빠르고 자잘하게 몇 마디 내뱉은 뒤 재판관들을 향해 인사하고 양손을 비비며 앉았다. 귀족 대표가 눈을 굴리며 그에게 고개를 끄덕여 보였고 시장은 손을 내밀었으며 군 장로는 자기 배를 내려다보며 미소 지었다.

그러나 그의 연설은 명백히 재판관들을 기쁘게 하지 못했으며 재판관들은 움직이지 않았다.

"다음 차례는." 늙은이가 얼굴에 서류를 가져다 대고 말했다.
"페도세예프, 마르코프와 자가로프 변호인."

변호사가 일어섰는데, 어머니가 니콜라이의 집에서 보았던
사람이었다. 그의 얼굴은 선하고 넓었으며 조그만 눈은 반짝이
며 미소 지었다 — 불그스름한 눈썹 아래 두 개의 날이 튀어나와
마치 가위처럼 공중에서 뭔가 자르는 것 같았다. 그는 서두르지
않고 낭랑하고 명확하게 이야기를 시작했으나 어머니는 그의
이야기에 귀를 기울일 수 없었다 — 시조프가 어머니의 귀에 속
삭였다.

"저 사람이 뭐라고 하는지 알아들었어요? 알아들었어요? 사
람들이 제정신을 잃고 실성했다는데. 그게 표도르라고?"

어머니는 묵직한 실망감에 억눌려 대답하지 않았다. 모욕감
이 자라나서 영혼을 짓밟았다. 이제 블라소바는 자신이 어째서
정의를 기대했는지 명확히 알게 되었고, 자신이 아들의 진실과
그를 재판하는 재판관들의 진실이 엄격하고도 정직하게 충돌
하는 소송의 현장을 볼 것이라 생각했음을 깨달았다. 어머니는
재판관들이 파벨에게 오랫동안 주의 깊고 자세하게 그의 마음
과 모든 삶에 대해 질문할 것이며 날카로운 눈으로 자신의 아들
의 모든 생각과 행동을, 그가 살아온 모든 날을 들여다볼 것이
라고 상상했다. 그리고 아들이 옳다는 사실을 그들이 알게 되면
큰 소리로 정의를 말할 것이라 생각했다.

"이 사람이 옳다!"

하지만 그런 일은 일어나지 않았다 — 마치 피고인들이 재판관들에게 보이지도 않을 정도로 먼 곳에 있고 재판관들은 피고인들에게 필요 없는 것만 같았다. 어머니는 지쳐서 재판에 대한 관심을 잃었고 오가는 말을 듣지 않고 화가 나서 생각했다.

'이게 재판이란 말이야?'

"애들을 저렇게 해야지!" 시조프가 만족스럽게 속삭였다.

이미 다른 변호사가 말하고 있었는데 작고 얼굴이 날카롭고 창백하고 비웃는 것 같았다. 재판관들이 그를 방해했다.

검사가 벌떡 일어나 화난 듯이 증거 서류에 대해 빠르게 뭔가 말했고 그런 뒤에 늙은이가 설득하듯 말했다. 변호사가 정중하게 고개를 숙여 귀를 기울이고는 다시 말을 이었다.

"골라!" 시조프가 말했다. "잘 골라내 봐……."

재판정에 활기가 살아나면서 투지가 번쩍였다. 변호사는 날카로운 말로 재판관들의 늙은 살가죽을 자극했다. 재판관들은 서로 더 바짝 다가앉은 것 같았고 숨을 몰아쉬며 부풀어 올랐고 그렇게 해서 가시 돋치고 날카롭게 때리는 말들에 반박하려 했다.

그러나 이때 파벨이 일어섰고 갑자기 재판정이 조용해졌다. 어머니는 온몸을 앞으로 움직였다. 파벨이 차분하게 말했다.

"정당에 속한 사람으로서 나는 내 정당의 재판만을 인정하고 나 자신을 변호하기 위해서가 아니라 마찬가지로 변호를 거부한 내 동지들의 소망에 따라 여러분이 이해하지 못한 것을 여러분에게 설명해 보겠습니다. 검사는 사회 민주주의의 깃발 아래 나선 우리의 행동을 상부 권력에 대한 폭동이라 부르면서 우리를 황제에 맞서는 폭도처럼 바라보았습니다. 우리에게 온 나라의 몸을 묶은 전제 정권은 유일한 족쇄가 아니라 우리가 민중에게서 끊어 내야 할 의무를 지닌 첫 번째이자 가장 가까운 족쇄라는 사실을 저는 선언합니다."

확고한 목소리 아래 정적이 더욱 깊어졌고 그 목소리는 마치 재판정의 벽을 밀어 넓힌 것 같았다. 파벨은 사람들에게서 한옆으로 더 멀어져 볼록 렌즈에 비춘 것처럼 더 커진 듯했다.

재판관들이 불안하게 웅성거렸다. 귀족 대표가 게으른 얼굴의 재판관에게 뭔가 속삭였고 재판관은 고개를 끄덕이고 늙은이를 바라보았으며 동시에 다른 한편에서는 아픈 재판관이 늙은이의 귀에 대고 말하고 있었다. 의자에 앉아서 좌우로 흔들거리며 늙은이는 파벨에게 뭔가 말했으나 그의 목소리는 블라소프가 쏟아 내는 고르고도 넓은 언어의 흐름에 가라앉아 버렸다.

"우리는 사회주의자입니다. 이 말은 곧 우리는 사유 재산의 적이라는 뜻입니다. 사유 재산은 사람들을 갈라놓고 서로가 서로에 맞서 무기를 들게 하며 이해관계 사이에 화해할 수 없는 적대감을 만들어 내고 그 적대감을 숨기거나 정당화하기 위해 속이고 모든 사람을 거짓말과 위선과 악의로 타락시킵니다. 우리는 말합니다. 인간을 오로지 그 자신의 부를 축적하기 위한 도구로만 보는 사회는 반(反)인간적이며, 그런 사회는 우리에게 해롭고, 우리는 그런 사회의 이중적이고 거짓된 도덕을 받아들일 수 없다고 말입니다. 개인을 대하는 그런 사회의 냉소적이고 잔혹한 태도는 우리에게 혐오스러우며 우리는 그런 사회가 인간을 노예화하는 물리적이고 도덕적인 모든 방식에 맞서, 자기 이익에 맞추어 인간을 짓부수는 모든 관행에 맞서 싸우기를 원합니다. 우리는 노동자이며, 우리의 노동을 통해 거대한 기계부터 아이들의 장난감까지 모든 것이 만들어집니다. 우리는 우리 자신의 인간적 존엄을 위해 싸울 권리를 빼앗긴 사람들이며, 모두가 우리를 자신의 목적 달성을 위한 도구로 바꾸려 하고 그렇게 이용할 수 있습니다. 우리는 이제 모든 권력에 맞서 투쟁할 기회를 얻을 만큼의 자유를 원합니다. 우리의 구호는 단순합니다. 사유 재산 물러가라, 모든 생산 수단을 민중에게, 모든 권력을 민중에게, 노동은 모두의 의무이다. 아시겠습니까, 우리는 폭도가 아닙니다!"

파벨이 미소 짓고는 손으로 천천히 머리를 쓰다듬었다. 그의 푸른 눈에서 타오르는 불꽃이 더욱 밝게 번쩍였다.

"피고인은 사건에 관계된 발언을 하십시오!" 귀족 대표가 큰 소리로 말했다. 귀족 대표는 파벨을 향해 가슴을 내밀고 몸을 돌려 그를 쳐다보았고 어머니의 눈에는 귀족 대표의 흐릿한 왼쪽 눈이 좋지 못한, 욕심 사나운 빛으로 타오르는 것 같았다. 그리고 모든 재판관들이 그녀의 아들을 마치 눈으로 얼굴에 달라붙듯이, 몸을 빨아 대듯이, 그의 피를 탐내듯이, 그리하여 그 피로 자신들의 낡아 빠진 육체를 되살리려는 듯이 바라보았다. 그러나 파벨은 큰 키를 곧추세우며 확고하고 강건하게 서서 그들을 향해 한 손을 내밀고 크지 않은 목소리로 명징하게 말했다.

"우리는 혁명가이며, 어떤 사람들은 오로지 명령만 하고 다른 사람들은 오로지 일만 하는 한, 혁명가로 남을 것입니다. 우리는 당신들이 이해관계를 지키도록 명령한 그 사회에 대항해 그 사회와 당신들의 타협할 수 없는 적으로서 일어서며 우리가 승리할 때까지 당신과 우리 사이에 화해란 불가능할 것입니다. 우리 노동자는 승리할 것입니다! 당신들의 주인은 당신들이 생각하는 것처럼 그렇게 강하지 않습니다. 그들이 수백만의 사람들을 노예화하고 희생시켜 쌓아 올리고 지키려는 그 재산, 그들에게 우리를 지배할 권력을 준 그 힘이 그들 사이에 적대적인 마찰을 불러일으키고 그들을 물리적으로, 도덕적으로 망가뜨립니다. 재산을 지키려면 지나치게 많은 억압이 필요하므로 근본적으로 우리를 지배하는 당신들 모두 우리보다 더 노예입니다. 당신들은 정신적으로 노예가 되었지만 우리는 단지 물리적으로 속박되었을 뿐이니까요. 당신들은 선입견과 습관의 억압, 당신들을 정신적으로 죽이고 있는 그 억압을 거부할 수 없지만 우리의 내면적 자유를 방해하는 것은 아무것도 없습니다. 당신들이 우리에게 먹이고 있는 독약은 당신들이 원치 않게 우리의 의식 속으로 흘려 넣는 해독제보다 약합니다. 그 해독제는 자라나서 멈출 수 없이 발전하고 더욱더 빨리 타올라서 더 좋은 사람들, 심지어 당신들 중에서도 정신적으로 더 건강한 사람들을 끌어모으고 있습니다. 보십시오, 당신들에게는 사상적으로 당신들의 권력을 위해 투쟁할 수 있는 사람이 없고, 당신들은 이미 역사적 정의의 압력을 막아 줄 모든 주장을 다 써 버렸고, 당신들은 사상의 영역에서 새로운 것은 더 이상 아무것도 창조할 수 없으며 정신적으로 불모입니다. 그러나 우리의 사상은 자라나서 점점 더 밝게 타오르며 인민대중을 사로잡아 자유를 위한 투쟁을 조직하고 있습니다. 노동자의 위대한 역할에 대한 의식이 세계 모든 노동자들을 한마음으로 모으고 있습니다. 당신들은 잔혹성과 냉소주의 외에는 어떤 방법으로도 삶을 개혁하는 이 움직임을 막을 수 없습니다. 그러나 냉소는 노골적이고 잔혹성은 분노를 일으킵니다. 그리고 오늘 우리의 목을 조르는 손은 곧 동지의 손이 되어 우리와 손잡을 것입니다. 당신들의 에너지는 황금의 성장에 따른 기계적인 에너지이며 그것은 당신들을 따로따로 무리 지어 서로 뜯어먹게 만들지만 우리의 에너지는 모든 노동자의 연대라는 의식으로 점점 자라나는 살아 있는 힘입니다. 당신들이 하는 모든 일은 인간을 노예화하기 위한 것이어서 범죄적이지만, 우리의 일은 세상을 당신들의 거짓과 악의와 욕심으로 만들어진 유령과 괴물로부터, 민중을 겁주는 괴물로부터 해방시킵니다. 당신들은 인간을 삶으로부터 뜯어내어 망가뜨렸습니다. 사회주의는 당신들이 망가뜨린 세상을 위대하고 온전한 하나로 단결시키고 있으며 앞으로도 그러할 것입니다!"

파벨은 잠시 멈추었다가 조용히, 그러나 더 강하게 반복했다.

"앞으로도 그러할 것입니다!"

재판관들이 욕심 사나운 눈길을 여전히 파벨에게서 떼지 못한 채 기괴하게 얼굴을 찡그리며 수군거렸다. 어머니는 그들이 건강과 힘과 신선함을 질투하여 그 눈길로 파벨의 유연하고 강인한 몸을 더럽히고 있다고 느꼈다. 피고인들은 동지의 연설을 주의 깊게 들었고 그들의 얼굴이 창백해졌으며 눈은 기쁘게 빛났다. 어머니는 아들의 말을 열심히 들었고 그 단어들은 어머니의 기억 속에 질서 정연하게 줄지어 새겨졌다. 늙은이가 몇 차례 파벨의 말을 막으며 뭔가 설명했고 심지어 슬픈 듯이 미소 지었다 — 파벨은 말없이 늙은이의 말을 듣고 나서 다시 엄격하게, 그러나 차분하게, 모두가 자신의 말을 듣게 하면서, 자신의 의지로 재판관들의 의지를 꺾으며 말하기 시작했다. 그러나 마침내 늙은이가 파벨에게 한 손을 뻗고 고함쳤다. 그에 대한 대답으로, 약간은 비웃는 듯한 파벨의 목소리가 들려왔다.

"말 마치겠습니다. 개인적으로 당신을 화나게 할 생각은 없었고 반대로 당신들이 재판이라고 이름 붙인 이 코미디에 내 의지와 상관없이 출석하여 저는 당신들에게 동정심을 느낍니다. 어쨌든 당신들도 사람이고, 설령 우리의 목적에 적대적이라 하더라도 사람이 이토록 비천하고 수치스럽게 폭력에 복무하여 자신의 인간적 존엄에 대한 인식을 이 정도로 잃은 모습을 보는 것이 우리는 괴롭습니다……."

그는 재판관들을 외면하며 앉았고, 어머니는 숨을 멈추고 재판관들을 뚫어져라 쳐다보며 기다렸다.

안드레이는 온 얼굴을 빛내며 파벨의 손을 꽉 잡았고, 사모일로프와 마진과 다른 사람들 모두 활기차게 파벨을 향해 몸을 기울였으며, 파벨은 미소 짓고는 동지들의 격한 반응에 조금 당황하여 어머니가 앉아 있는 쪽을 바라보고 마치 질문하듯 고개를 끄덕였다.

'괜찮았어요?'

어머니는 뜨거운 사랑의 물결로 덮인 깊은 기쁨의 한숨으로 그에게 대답했다.

"자, 진짜 재판이 시작되었군!" 시조프가 속삭였다. "저 애가 어떻게 저놈들을 저렇게, 응?"

어머니는 아들이 이토록 대담하게 말했다는 사실에 만족하며 말없이 고개를 끄덕였다. 어쩌면 아들이 말을 끝마쳤다는 사실에 더 만족했는지도 모른다. 어머니의 머릿속에서 떨리는 질문이 요동쳤다.

'어때? 너희들, 이제는 어떠냐?'

26

아들이 한 말은 어머니에게는 새로운 것이 아니었고 그런 생각들을 알고 있었으나 처음으로 여기, 재판정에서 어머니는 아들의 믿음에 대한 이상하게 매혹적인 힘을 느꼈다. 어머니는 파벨의 침착함에 놀랐고, 그의 연설은 마치 별빛과도 같은 빛의 덩어리가 되어 아들의 정당함과 그의 승리에 대한 강력한 확신을 어머니의 가슴에 심어 주었다. 어머니는 이제 재판관들이 아들과 무자비하게 언쟁을 벌일 것이고 분개하여 그에게 반박하고 자신들의 진실을 들이밀 것이라 예상했다. 그러나 안드레이가 일어나서 조금 휘청거리더니 눈을 치켜뜨고 재판관들을 바라보며 말했다.

"변호사 여러분……."

"당신 앞에 있는 사람은 재판관이지 변호사가 아니오!" 아픈 얼굴의 재판관이 화난 듯 큰 소리로 말했다. 안드레이의 표정을 보고 어머니는 그가 장난치고 있다는 것을 알아차렸다. 그의 콧수염이 떨렸고, 눈에는 어머니도 잘 아는 고양이처럼 능청맞은 다정함이 빛났다. 그는 기다란 손으로 머리를 세게 문지르고 한숨을 쉬었다.

"정말 그렇습니까?" 그가 고개를 흔들며 말했다. "저는 여러분이 재판관이 아니라 변호사인 줄 알았는데요……."

"재판 중인 사건에 대해서만 말씀하시기 바랍니다!" 늙은이가 건조하게 대꾸했다.

"재판 중인 사건요? 좋습니다! 저는 이미 여러분이 정말로 재판관인지, 독립적이고 정직한 사람들인지 생각하기 시작했는데요……."

"재판정에 피고인의 성격 묘사는 필요하지 않소!"

"필요하지 않아요? 흠, 그러면 어쨌든 계속 말하겠습니다. 여러분은 자기편이나 남의 편을 가르지 않는 분들이죠. 여러분은 자유로운 사람들입니다. 이제 여러분 앞에 두 편이 서 있고, 한 편은 저쪽이 나를 강도질하고 완전히 살해했어요! 라고 호소합니다. 그런데 다른 편의 대답은, 나는 강도질하고 살인할 권리가 있소, 나한테는 무기가 있기 때문이오……."

"재판에 관련된 사안을 말하기는 할 생각이오?" 늙은이가 언성을 높이며 말했다. 그의 손이 떨렸고 어머니는 그가 화내는 모습을 보는 것이 즐거웠다. 그러나 안드레이의 행동은 어머니의 마음에 들지 않았다. 이런 행동은 아들의 연설과 걸맞지 않았다. 어머니는 진지하고 엄격한 논쟁을 원했다.

우크라이나인은 말없이 늙은이를 바라보다가 머리를 문지르며 진지하게 말했다.

"재판에 관련된 사안이라고요? 그래, 제가 어째서 여러분하고 재판에 관련된 사안을 얘기해야 합니까? 당신들이 알아야 할 것은 제 동지가 말했소. 나머지는 당신들에게 밝혀질 것이고, 때가 오면 다른 사람들이⋯⋯."

늙은이가 일어나서 선언했다.

"피고인의 발언 기회를 박탈한다! 다음 피고인 그리고리 사모일로프!"

입술을 꽉 물고 우크라이나인은 느릿느릿 의자에 앉았고 그 옆에서 사모일로프가 고수머리를 흔들며 일어났다.

"검사가 동지들을 야만인이고 문화의 적이라고 했는데⋯⋯."

"당신 사건에 관련된 이야기만 하시오!"

"관련된 겁니다. 정직한 사람들에게 관련이 없는 건 없어요. 그리고 제 말을 막지 마십시오. 제가 질문하겠습니다 — 당신들의 문화란 게 뭡니까?"

"우리는 당신과 논쟁하려고 여기 온 게 아니오! 사건 얘기를 하시오!" 늙은이가 이를 드러내고 말했다.

안드레이의 행동이 명백하게 재판관들을 바꿔 놓았다. 그의 말이 그들에게서 뭔가를 벗겨 낸 듯, 회색 얼굴들에 얼룩이 나타났고 눈에는 차가운 녹색 불꽃이 타올랐다. 파벨의 연설은 그들을 자극했으나 그 연설의 힘으로 자극을 통제하고 자신도 모르게 존경심을 유발했는데, 우크라이나인이 그 통제를 무너뜨리고 그 아래 있던 것을 단번에 드러냈던 것이다. 그들은 기괴한 표정을 지으며 서로 수군거렸고 이전과 달리 지나치게 빨리 움직이기 시작했다.

"당신들은 밀정을 양성하고 여성과 소녀들을 타락시키고 사람을 도둑과 살인자로 만들고 보드카로 중독시킵니다. 국제적 전쟁, 민족적 거짓말, 타락과 야만 — 이것이 당신들의 문화입니다! 예, 그리고 우리는 그 문화의 적입니다!"

"자제하시오!" 늙은이가 턱을 떨면서 고함쳤다. 그러나 사모일로프는 얼굴 전체가 시뻘게져서 눈을 번쩍이며 똑같이 고함쳤다.

"하지만 우리는 저 다른 문화를 존경하고 높이 평가합니다, 그 창조자들을 당신들이 감옥에서 썩게 하고 제정신을 잃게 만든 그 문화를 말입니다……"

"발언권 박탈! 표도르 마진!"

체격이 조그만 마진이 마치 갑자기 송곳에 찔린 듯 일어나서 끊어지는 목소리로 말했다.

"나…… 나는 맹세컨대, 당신들이 나에게 이미 유죄 판결을 내렸다는 걸 압니다."

그는 숨이 찬 듯 창백해졌고 그의 얼굴에 눈만 남은 것처럼 보였으며, 한 손을 뻗고 그는 외쳤다.

"나는, 정말입니다! 당신들이 나를 어디로 보내든 탈출해서 다시 돌아와 언제까지나 평생 일할 겁니다. 정말입니다!"

시조프가 흥분하여 큰 소리로 신음했다. 그리고 방청석 전체가 점점 더 고양되는 흥분의 물결에 휩쓸려 이상하고 둔하게 웅성거렸다. 한 여성이 목이 막힌 듯 기침하며 울었다. 헌병들이 놀란 표정으로 피고인들을, 악의에 찬 눈으로 방청객들을 바라보았다. 재판관들이 흔들렸고 늙은이가 가늘게 외쳤다.

"이반 구세프!"

"말하고 싶지 않소!"

"바실리 구세프!"

"말하지 않겠소!"

"표도르 부킨!"

옅은 금발의 청년이 힘들게 일어나 고개를 흔들며 천천히 말했다.

"부끄러운 줄 아시오! 난 삶이 힘든 사람인데도 정의가 뭔지 이해합니다!" 그는 손을 머리 위로 들고 말을 멈추었다가 마치 뭔가 멀리 있는 것을 바라보듯 눈을 반쯤 감았다.

"뭐요?" 늙은이가 어리둥절한 표정으로 의자에서 몸을 돌리며 짜증스럽게 소리쳤다.

"그럼, 저기 당신들을……."

부킨이 음울하게 의자에 앉았다. 그의 어두운 말에는 뭔가 거대하고 중요한 것이 있었고, 왠지 슬프게 질책하는 듯하면서 순진한 면이 있었다. 모두가 이것을 느꼈고 심지어 재판관들도 이 말들보다 더 명확한 어떤 메아리가 울리지 않는지 기다리는 듯 귀를 기울였다. 그리고 방청석에서는 모두가 얼어붙은 가운데 단지 조용한 울음소리가 공중에서 흔들렸다. 그런 뒤에 검사가 어깨를 으쓱하더니 미소 지었고 귀족 대표가 둔중하게 울리는 소리로 기침했으며 흥분해서 퍼져 나가는 속삭임 소리가 재판정 안에 또다시 차츰 커졌다.

어머니는 시조프를 향해 몸을 기울이며 물었다.

"재판관들도 말하나요?"

"다 끝났어요…… 선고만 내릴 거요."

"더는 없고요?"

"예……."

어머니는 그를 믿지 못했다.

사모일로바가 불안하게 의자 위에서 몸을 움직이며 어깨와 팔꿈치로 어머니를 건드렸고, 그런 뒤에 자기 남편에게 조용히 말했다.

"어떻게 이럴 수가 있지? 대체 이래도 돼요?"

"봤잖소, 이럴 수 있지!"

"이제 어떻게 되는 거죠, 우리 그리샤 말이에요?"

"그만해……."

모든 것이 비뚤어지고 훼손되고 망가졌다고 느껴졌으며 사람들은 바로 앞에서 뭔가 밝지만 형체가 불분명하고 의미를 이해할 수 없지만 끌어당기는 힘이 있는 무언가가 타오른 듯 어리둥절해서 맹목적으로 눈을 깜빡였다. 그리고 갑자기 펼쳐진 위대한 것을 이해하지 못하고 사람들은 자신들에게 새로운 감정을 사소하고 자명하고 그들이 이해할 수 있는 것으로 나누어 서둘러 소모하기 시작했다. 부킨의 아버지가 거리낌 없이 큰 소리로 속삭였다.

"이보시오, 어째서 말하게 하지 않는 거요? 검사는 뭐든 원하는 만큼 말할 수 있는데……."

방청객 근처에서 관리가 일어나 사람들에게 양손을 흔들며 목소리를 죽여 말했다.

"조용히! 조용히……."

페트로비치가 몸을 뒤로 젖히고 아내의 등 뒤에서 단속적으로 말을 집어 던지듯 부르짖었다.

"물론, 애들이 유죄라고 치자. 그럼 설명하게 해야 할 것 아냐! 애들이 뭐에 맞서서 나선 거야? 난 알고 싶다고! 나도 내 이해관계가 있어……."

"조용히!" 손가락으로 그를 위협하며 관리가 소리쳤다.

시조프가 음울하게 고개를 끄덕였다.

어머니는 재판관들에게서 시선을 떼지 않고 그들이 점점 더 흥분해서 알아들을 수 없는 목소리로 서로 이야기하고 있는 것을 보았다. 그들의 말소리는 차갑고 미끄러웠으며 어머니의 얼굴에 닿을 때마다 그 느낌 때문에 볼에 소름이 돋고 입 안에 병적이고 싫은 맛이 감돌았다. 어머니는 왠지 재판관들이 모두 자기 아들과 그의 동지들의 몸에 대해서, 뜨거운 피와 살아 있는 힘으로 가득한 청년들의 근육과 사지에 대해서 말하는 것 같았다. 그 몸이 그들의 빈곤하고 좋지 않은 질투심과 지치고 병든 자의 끈적끈적한 욕망에 불을 붙인 것 같았다. 그들은 입맛을 다시며 이 육체들, 일할 수 있고 풍요로워질 수 있고 즐기고 창조할 능력이 있는 젊은 몸들을 아쉬워했다. 이제 이 몸들은 삶의 일상적인 회전에서 벗어나고 일상을 거부하며 그와 함께 자신들을 지배하고 그 힘을 이용하고 집어삼킬 수 있는 가능성도 함께 거두어 가 버렸다. 그리고 그 때문에 청년들은 늙은 재판관들에게 이미 쇠약해진 짐승이 신선한 음식을 발견했지만 잡아챌 힘은 없고 남의 힘으로 실컷 먹을 능력은 잃어버리고 배부름의 근원이 자신들에게서 멀어지는 것을 보면서 병적으로 빙빙 돌며 암울하게 짖어 댈 때와 같은 복수심 가득하고 구슬픈 분노를 불러일으켰다.

이 거칠고 기괴한 생각은 어머니가 재판관을 주의 깊게 볼수록 점점 더 선명한 형태를 갖추었다. 어머니가 보기에 그들은 흥분된 욕망과 한때 마음껏 먹을 수 있었지만 지금은 배고픈 자의 무기력한 악의를 감추지 않는 것 같았다. 여성이자 엄마로서, 어머니는 아들의 몸이 언제나, 그리고 어찌 됐든 영혼보다 더 소중하다고 느꼈다. 그래서 이 튀어나온 눈들이 아들의 얼굴을 훑고 그의 가슴, 어깨, 팔을 더듬고 뜨거운 피부를 문지르며, 마치 이제 욕망과 질투심이라는 주사를 맞아 약간 되살아났지만 그 젊은 생명에게 유죄 판결을 내리고 자기 자신에게서 먼 곳으로 데려가도록 할 수밖에 없는 반쯤 죽은 사람들이, 닳아빠진 근육에 불을 붙여 타오르게 하고 딱딱해진 혈관의 피를 데울 기회를 엿보는 것만 같았다. 아들도 이 축축한, 불쾌하게 만지작거리는 감촉을 느끼고 몸을 떨며 자신을 바라보는 것 같았다.

파벨은 조금 피로한 눈으로 차분하고 다정하게 어머니의 얼굴을 바라보았다. 때때로 어머니에게 고개를 끄덕여 보이며 미소 지었다.

'곧 자유로워져요!' 그 미소가 어머니에게 말하면서 부드러운 손으로 어머니의 심장을 쓰다듬는 것 같았다.

갑자기 재판관들이 모두 한꺼번에 일어섰다. 어머니도 자기도 모르게 일어섰다.

"가는군!" 시조프가 말했다.

"선고 내리려요?" 어머니가 물었다.

"예……."

갑자기 긴장이 풀리면서 몸이 숨 막히는 피로와 나른함을 받아들였으며 눈썹이 떨리고 이마에 땀이 솟았다. 실망과 모욕의 묵직한 감정이 심장으로 쏟아져 들어와 재판관과 재판에 대한 경멸감으로 빠르게 바뀌었다. 눈썹이 아픈 것을 느끼고 어머니는 손으로 이마를 세게 문지르며 주위를 둘러보았다 ― 피고의 가족들이 철문으로 다가갔고 재판정은 대화하는 소리로 가득 찼다. 어머니도 파벨에게 다가가 그의 손을 꼭 잡고 모순되는 감정들의 혼란 속에 어쩔 줄 몰라 하며 모욕감과 기쁨에 가득 차서 울음을 터뜨렸다. 파벨이 어머니에게 다정한 말을 해 주었고 우크라이나인은 농담을 하고 웃었다.

여자들은 모두 울었는데, 괴로워서라기보다 습관 때문이었다. 뜻밖에, 보이지 않게 머리에 떨어져 돌연히 둔한 타격으로 넋을 빼놓는 종류의 괴로움은 없었다 ― 자식들과 이별해야 한다는 사실에 대한 슬픈 자각은 있었으나 그 또한 이날 일어났던 일들이 불러일으킨 감정과 인상 속에 녹아 가라앉았다. 아버지와 어머니들은 젊음에 대한 불신과 자식에 대해 느끼는 익숙한 우월감이 그들에 대한 존경심에 가까운 다른 감정과 뒤섞이고, 이제 어떻게 살아야 하는지에 대한 슬프고도 흐트러진 생각이 더 좋은 다른 삶의 가능성에 대해 대범하고도 두려움 없이 말하는 청년들이 불러일으킨 호기심에 눌린 흐릿한 감정을 안고 자식들을 바라보았다. 감정을 표현할 방법을 알지 못해 그들은 마음을 억눌러야 했고 수많은 말이 오갔으나 사람들은 평범한 것들, 속옷과 옷에 대해서, 건강을 지켜야 할 필요성에 대해서 이야기했다.

그리고 부킨의 형은 손을 흔들며 동생에게 확고하게 말했다.

"바로 그거야, 정의! 다른 건 없어!"

동생 부킨이 대답했다.

"형은 아기 찌르레기 잘 키워……."

"잘 살아남을 거야!"

그리고 시조프는 조카의 손을 잡고 천천히 말했다.

"그래, 표도르, 그러니까 넌 가는 거구나……."

페댜는 몸을 숙이고 짓궂게 웃으면서 시조프의 귓가에 뭔가 속삭였다. 호송 군인도 미소 지었으나 즉시 엄격한 얼굴을 하고 신음 소리를 냈다.

어머니는 다른 사람들처럼 파벨과 함께 옷과 건강 등 비슷한 이야기를 했으나 어머니의 가슴에는 사센카에 대해, 자신에 대해, 파벨에 대해 수십 개의 질문들이 뒤섞여 있었다. 그러나 그 모든 것의 바탕에는 아들에 대한 넘치는 사랑, 그의 마음에 들고 싶고 그의 마음에 가까워지고 싶은 긴장된 열망이 천천히 자라나고 있었다. 무서운 것에 대한 예감은 죽고 그 뒤에 단지 재판관들을 떠올릴 때의 불쾌한 소름과 어딘가 한옆에 그들에 대한 어두운 생각만 남았다. 어머니는 마음속에서 커다랗고 밝은 기쁨이 태어나는 것을 느꼈지만 그것을 이해하지 못하여 당황했다. 우크라이나인이 모두와 이야기하는 것을 보고 어머니는 그에게 파벨보다도 더 많은 다정함이 필요하다는 것을 깨닫고 우크라이나인에게 다가가 말했다.

"난 재판이 마음에 안 들었다!"

"그건 왜요, 넨코?" 고마운 듯 미소 지으며 우크라이나인이 외쳤다. "부지런한 물방아는 얼 새도 없죠……."

"무섭기도 하고 사람들한테 이해가 안 되기도 하고. 그게 대체 누구의 진실이람?" 어머니가 망설이며 말했다.

"오호, 어머니 뭘 원하신 거죠!" 안드레이가 외쳤다. "그래, 여기가 진실을 다투는 곳인가요……?"

어머니는 한숨을 쉬고 미소 지으며 말했다.

"난 아주 무서울 거라고 생각했지 뭐니……."

"재판 재개!"

모두 재빨리 자기 자리로 돌아갔다.

재판장이 한 손으로 탁자를 짚은 채 서류로 얼굴을 가리고 서서 약하게 붕붕거리는 호박벌 같은 목소리로 읽기 시작했다.

"판결이다!" 시조프가 귀를 기울이며 말했다.

재판정이 조용해졌다. 모두 늙은이를 쳐다보며 일어섰다. 작고 건조하고 자세가 곧은 재판장은 보이지 않는 다른 손이 짚고 있는 지팡이와 어딘가 비슷한 데가 있었다. 재판관들도 일어섰다. 군 장로는 등 뒤로 고개를 젖혀 천장을 쳐다보았고 시장은 가슴에 팔짱을 끼고 있었으며 귀족 대표는 턱수염을 쓰다듬었다. 병든 얼굴의 재판관과 그의 동료와 검사가 피고인 쪽을 바라보았다. 그리고 재판장들 뒤에서는 그들의 머리 사이로 초상화 속의 황제가 빨간 제복을 입고 분간할 수 없는 하얀 얼굴로 쳐다보고 있었다. 그의 얼굴 위로 벌레가 기어갔다.

　"유배형!" 시조프가 안도의 한숨을 쉬며 말했다. "그래 물론이지, 하느님, 감사합니다! 강제 노동이라고 들었으니까! 괜찮아요, 어머니! 이건 괜찮아!"

　"나는 알고 있었는걸요." 어머니가 지친 목소리로 대답했다.

　"어쨌든! 이제는 확실하잖소! 그리고 사실 누가 알겠소?"

　그는 이미 재판정 밖으로 끌려 나가는 피고인들 쪽으로 돌아서서 큰 소리로 말했다.

　"잘 가라, 표도르! 그리고 모두 다! 하느님이 함께하시길!"

　어머니는 아들과 모두에게 말없이 고개를 끄덕였다. 울고 싶었지만 눈치가 보였다.

27

　재판정에서 나왔을 때 어머니는 도시에 이미 밤이 깔리고 거리에 가로등이, 하늘에 별이 빛나는 것을 보고 놀랐다. 재판정 근처에 사람들이 옹기종기 모여 있었고 얼음장 같은 공기 속에 눈이 사르락 소리를 냈으며 젊은 목소리들이 서로서로 엇갈리며 들려왔다. 회색 덧모자'를 쓴 사람이 시조프의 얼굴을 흘끗 보고 서둘러 물었다.

　"선고는 어떻게 됐어요?"

　"유배요."

　"모두요?"

　"모두."

　"감사합니다!"

　그리고 가 버렸다.

　"봤죠?" 시조프가 말했다. "사람들이 물어본다고……."

586

갑자기 주위에 젊은 청년과 처녀들이 열 명 정도 모였고 외침 소리가 빠르게 쏟아지며 사람들의 이목을 끌었다. 어머니와 시조프는 멈춰 섰다. 사람들은 선고에 대해, 피고인들이 어떻게 행동했는지에 대해, 누가 무엇에 대해 연설했는지 물었고 모든 질문에 똑같이 절박한 호기심이 느껴졌다 ─ 진실하고 뜨거운 그 호기심은 채워 주고 싶은 욕구를 불러일으켰다.

"여러분! 이분이 파벨 블라소프의 어머니요!" 누군가 작은 소리로 외쳤고 그 즉시는 아니었으나 빠르게 모두가 침묵했다.

"악수하도록 허락해 주세요!"

누군가의 튼튼한 손이 어머니의 손가락을 쥐었고, 누군가의 목소리가 흥분해서 말했다.

"댁의 아드님은 우리 모두를 위한 용기의 귀감이 될 것입니다……."

"러시아 노동자 만세!" 낭랑한 외침 소리가 울려 퍼졌다.

외침 소리가 모여 커지면서 여기저기서 터져 나왔고, 사방에서 사람들이 달려와 시조프와 어머니 주변에서 부딪혔다. 공중에서 경찰의 호루라기 소리가 튀어 다녔으나 그 떨리는 소리도 외침을 덮지는 못했다. 시조프는 웃음을 터뜨렸고 어머니는 이 모든 일이 다정한 꿈 같았다. 어머니는 미소 짓고 악수하고 인사했고 빛나는 눈물이 목을 메게 했고 다리는 지쳐서 떨렸지만 심장은 기쁨으로 넘쳐서 모든 것을 받아들이며 마치 호수의 빛나는 표면처럼 그날의 인상들을 반영했다. 그리고 어머니 가까이에서 누군가의 명확한 목소리가 불안하게 말했다.

"동지들! 러시아 민중을 잡아먹는 괴물이 오늘 또 그 바닥 없고 탐욕스러운 주둥이로 잡아먹었습니다……."

"그러면, 어머니, 갑시다!" 시조프가 말했다.

그리고 동시에 어딘가에서 사샤가 나타나 어머니의 손을 잡고 재빨리 거리의 다른 쪽으로 끌고 가서 말했다.

"가요, 아마 경찰이 때릴 거예요. 아니면 체포하거나. 유배래요? 시베리아로?"

"네, 네!"

"파벨은 뭐라고 말했어요? 저는 사실 알아요. 그는 누구보다 강하고 소박하고 누구보다 진지했겠죠, 물론. 그는 예민하고 상냥하지만 자기 자신을 여는 걸 부끄러워해요."

사샤의 뜨거운 속삭임, 사랑의 말들이 어머니의 흥분을 진정시키고 지친 기운을 회복시켰다.

"언제 그 애한테 갈 거예요?" 어머니가 사샤의 손을 자기 쪽으로 끌어당기며 조용히 다정하게 물었다. 사샤가 자신 있게 앞을 바라보면서 대답했다.

"제 일을 대신 맡아 줄 사람을 찾기만 하면요. 저도 사실 선고를 기다리고 있으니까요. 분명 그들이 저도 시베리아로 보낼 거예요. 그러면 저는 파벨이 가는 곳과 같은 장소로 유배를 원한다고 말할 거예요."

뒤에서 시조프의 목소리가 들려왔다.

"그러면 내 인사도 전해 주시오! 시조프라고 합니다. 그 애가 알 거요. 표도르 마진의 삼촌이오……."

사샤는 멈춰 서서 몸을 돌리고 손을 뻗었다.

"저 페댜하고 아는 사이예요. 제 이름은 알렉산드라예요."

"부칭은?"

그녀는 시조프를 바라보고 대답했다.

"저는 아버지가 없어요⋯⋯."

"돌아가셨군⋯⋯."

"아뇨, 살아 있어요!" 사샤가 흥분해서 대답했고 뭔가 고집스럽고 완고한 것이 그녀의 목소리에서 들리고 얼굴에 나타났다. "아버지는 지주예요, 젬스트보 위원장이고 농민들에게서 도둑질을 해요⋯⋯."

"그래-애!" 시조프가 우울하게 대답하고는 잠시 침묵했다가 사샤 옆에서 걸으며 그녀를 쳐다보고 말했다.

"그래, 어머니, 잘 가시오! 난 왼쪽으로 가야 해요. 잘 가시오, 숙녀분, 아버지에 대해서는 엄격하군! 물론 그쪽 일이지만⋯⋯."

"만약에 아드님이 사람들에게 해로운 쓰레기 같은 인간이고 아저씨도 싫다면 아들한테 얘기하시겠어요?" 사샤가 열정적으로 외쳤다.

"뭐, 말하겠지!" 시조프가 잠시 후에 대답했다.

"그러면 아저씨한테는 정의가 아들보다 소중하다는 거죠, 저도 아버지보다 정의가 소중해요⋯⋯."

시조프는 웃음 짓고 고개를 젓더니 한숨을 쉬고 말했다.

"그래-그래! 능숙하군! 시간이 아무리 오래 걸려도 늙은이들을 이기시오, 굉장한 고집이군……! 잘 가시오, 앞으로 뭐든 다 잘되기를 바랍니다! 그리고 사람들한테도 인사 전해 주시오, 응? 잘 가요, 닐로브나! 파벨을 만나거든 내가 연설 들었다고 말해요. 다 이해하지는 못했고 가끔 무섭기도 했지만 그래도 옳다고 말해 줘요!"

시조프는 모자를 들어 보이고 거리 모퉁이로 돌아서 이내 사라졌다.

"분명 좋은 분이겠죠!" 사샤가 커다란 눈에 미소를 띠고 시조프의 뒷모습을 바라보며 말했다.

어머니는 오늘 사샤의 얼굴이 평소보다 더 부드럽고 착해 보인다고 생각했다.

집에서 두 사람은 소파에 서로 바짝 다가앉았고, 어머니는 침묵 속에 쉬면서 또다시 사샤가 파벨에게 가는 일에 대해 이야기했다. 사샤는 생각에 잠긴 듯 숱 많은 눈썹을 치켜올리고 꿈꾸는 듯한 커다란 눈으로 먼 곳을 바라보았으며 그녀의 창백한 얼굴에 차분한 숙고의 표정이 떠올랐다.

"나중에, 두 사람 사이에 아이가 태어나면 내가 찾아가서 아이들을 봐줄게요. 그리고 거기서도 여기 못지않게 살아갈 거예요. 파샤가 일을 찾을 테니까, 그 앤 못 하는 게 없거든요……."

어머니에게 질문하는 듯한 시선을 던지고 사샤가 물었다.

"그러면 어머니는 지금 파벨한테 가고 싶지 않으세요?"

한숨을 쉬고 어머니가 말했다.

"내가 그 애한테 무슨 소용이 있겠어요? 방해만 되겠지요, 탈

출할 경우에. 하지만 그 애는 탈출하는 데 동의하지도 않을 거
예요…….”

사샤가 고개를 끄덕였다.

“동의 안 하겠죠.”

“게다가 나도 활동하니까요!” 어머니가 가벼운 자부심을 담
아 덧붙였다.

“맞아요!” 사샤가 진지하게 대답했다. “좋은 일이에요…….”

그리고 갑자기 사샤는 자기 자신에게서 뭔가 떼어 내어 던지
듯이 몸을 떨고는 작은 소리로 소박하게 말했다.

“그는 거기서 살지 않을 거예요. 떠나겠죠, 당연히…….”

“그럼 당신은 어떻게 해요……? 그리고 아이는, 만약에 태어
난다면……?”

“거기서 두고 보죠. 그가 저와 함께 살 생각을 꼭 해야 하는 건
아니고 저도 그를 붙잡지 않을 거예요. 저는 그와 헤어지는 게
힘들겠지만 그래도 어떻게든 헤쳐 나가겠죠. 저는 그를 붙잡지
않아요, 절대로.”

어머니는 사샤가 자기 말대로 할 능력이 있음을 느꼈고 사샤
가 불쌍해졌다. 그녀를 안아 주고 어머니가 말했다.

“내 다정한 아가씨, 앞으로 힘들 거예요!”

사샤는 부드럽게 미소 짓고 어머니에게 온몸으로 기댔다.

니콜라이가 지친 모습으로 돌아와 겉옷을 벗은 뒤에 서둘러
말했다.

“사셴카, 아직 안전할 때 가십시오! 내 뒤로 아침부터 밀정 두

명이 따라다니는데 너무 노골적이어서 체포할 것 같은 냄새가
납니다. 왠지 그런 예감이 들어요. 어딘가에서 무슨 일이 생긴
거예요. 그리고 말인데, 제가 파벨의 연설을 가지고 있어요. 인
쇄하기로 했습니다. 류드밀라에게 가져다주시고 더 빨리 일해
달라고 부탁 좀 해 주세요. 파벨의 연설은 훌륭했어요, 닐로브
나! 밀정 조심해요, 사샤……."

말하면서 그는 곱은 손을 세게 비비고 탁자로 다가가 서랍을
하나하나 열어, 근심스럽고 헝클어진 모습으로 서랍 안에서 서
류를 골라내 어떤 것은 찢고 어떤 것은 옆에 치워 두었다.

"청소한 지 얼마 되지도 않았는데 벌써 이런저런 서류가 잔뜩
쌓였군요, 젠장! 아시겠습니까, 닐로브나, 어머니도 밤에 여기
서 주무시지 않는 게 좋아요, 네? 이런 얘기를 자꾸 하는 것도 지
겹지만 저들이 어머니도 잡아 가둘 수 있어요, 어머니가 파벨의
연설을 가지고 여기저기 다니셔야 할 테니까요……."

"아니, 내가 저들한테 뭔데요?" 어머니가 물었다.

니콜라이가 눈앞에서 손목을 흔들며 자신 있게 말했다.

"제가 그런 냄새를 잘 맡아요. 게다가 어머니는 류드밀라를
도와주실 수도 있잖아요, 네? 이 죄 많은 곳에서 멀리 가십시
오……."

어머니는 아들의 연설을 인쇄하는 작업에 참여할 기회가 있
다는 말이 기뻐서 대답했다.

"그렇다면 나는 떠날게요."

그리고 자기도 모르게 어머니는 자신 있게, 그러나 작은 소리

로 말했다.

"이제 난 아무것도 겁내지 않아요. 주님이 영광 받으시길!"

"훌륭해요!" 니콜라이가 어머니를 쳐다보지 않고 외쳤다. "자, 그럼 저의 여행 가방하고 속옷이 어디에 있는지 말씀해 주세요. 어머니가 그 약탈적인 손으로 전부 가져가 버려서 저는 이제 자유롭게 사유 재산을 처분할 기회를 잃고 말았군요."

사샤가 말없이 벽난로에 찢어진 서류들을 태웠고 완전히 타버린 뒤에 부젓가락으로 꼼꼼하게 재를 뒤졌다.

"자, 사샤, 당장 가십시오!" 니콜라이가 그녀에게 한 손을 내밀며 말했다. "가세요! 뭔가 흥미로운 일이 생기면 책에 끼워 보내는 걸 잊지 마세요. 잘 가요, 소중한 동지! 부디 몸조심하세요……."

"영원히 못 볼 거라고 생각하세요?"

"그거야 악마나 알겠지요! 분명히 제 뒤에도 뭔가가 있을 겁니다. 닐로브나, 같이 가 주세요, 네? 두 사람을 미행하기는 더 어려우니까요, 괜찮죠?"

"가요!" 어머니가 대답했다. "지금 옷 입고……."

어머니는 니콜라이를 주의 깊게 살펴보았다. 그러나 평소의 선하고 부드러운 얼굴 표정을 뒤덮은 근심 외에는 아무것도 알 수 없었다. 다른 사람보다 어머니에게 소중한 이 사람에게서 어머니는 필요 이상의 어수선한 움직임도, 그 어떤 흥분의 기색도 찾지 못했다. 누구에게나 똑같이 주의 깊고 모두에게 다정하고 한결같고, 언제나 차분하게 혼자인 니콜라이는 모두를 위해 이전과 똑같이 내면의 비밀스러운 삶을 살아가면서 어딘가 남들보다 앞서 있는 사람으로 남아 있었다. 그러나 어머니는 니콜라이가 어느 누구보다도 자신에게 가까이 다가왔음을 알았고 마치 자기 자신을 믿지 못하는 듯 조심스럽게 그를 사랑했다. 이제 어머니는 그가 견딜 수 없이 가여웠으나, 그런 감정을 드러내면 니콜라이가 평정심을 잃고 당황하여 언제나 그렇듯이 조금은 우스꽝스러워지리라는 것을 알고 자신의 감정을 억눌렀다 — 어머니는 그의 그런 모습을 보고 싶지 않았다.

어머니는 다시 방 안으로 들어왔고, 니콜라이는 사샤와 악수하며 말했다.

"훌륭해요! 이건 그를 위해서나 당신을 위해서나 아주 좋은 일이라고 나는 확신합니다. 개인적인 행복도 조금 느끼는 건 해롭지 않아요. 준비되셨습니까, 닐로브나?"

그는 미소 지으며 안경을 고쳐 쓰면서 어머니에게 다가왔다.

"자, 안녕히 가십시오, 제 생각대로라면 석 달이나 넉 달, 반년 정도겠죠, 최대한! 반년은 아주 많은 시간인데…… 몸조심하십시오, 네? 작별의 포옹을 합시다……."

여위고 가느다란 니콜라이는 자신의 강인한 손으로 어머니의 목을 잡고 어머니의 눈을 들여다보고 웃음을 터뜨리며 말했다.

"제가 어머니와 사랑에 빠진 것 같군요, 계속 껴안다니!"

어머니는 침묵 속에 그의 이마와 볼에 입을 맞추었으나 손이 떨렸다. 니콜라이가 그것을 눈치채지 못하게 하려고 어머니는 주먹 쥔 손을 풀었다.

"보십시오, 내일은 더 조심하셔야 합니다! 어머니는 아침에 아이를 보내십시오. 류드밀라에게 조그만 남자애가 있는데 그 애한테 주위를 살펴보라고 하십시오. 자, 안녕히 가십시오, 동지들! 다 잘되길……!"

거리에서 사샤가 어머니에게 조용히 말했다.

"저 사람은 기꺼이 죽음을 향해서 갈 거예요, 만약에 그게 필요하다면요. 그리고 분명히 평소처럼 약간 서두를 거예요. 그리고 죽음이 그의 얼굴을 들여다보면 그는 안경을 고쳐 쓰고 '훌륭하군!' 이렇게 말하고 죽겠죠."

"나는 니콜라이를 좋아해요!" 어머니가 속삭였다.

"전 그가 놀랍지만 좋아하지는 않아요! 존경은 아주 많이 하죠. 그는 건조해요. 착하고 심지어 가끔은 상냥할 때도 있지만 그 모든 것이 충분히 인간적이지 않아요……. 우리, 미행당하는 것 같죠? 여기서 헤어져요. 그리고 밀정이 있는 것 같으면 류드밀라한테 가지 마세요."

"알아요!" 어머니가 말했다. 그러나 사샤는 고집스럽게 덧붙였다.

"가지 마세요! 그럴 땐 저한테 오세요. 잘 가세요, 이따 봐요!"

그녀는 재빨리 몸을 돌려 반대쪽으로 걸어갔다.

28.

 몇 분 뒤에 어머니는 류드밀라의 조그만 방에 앉아서 난로의
불을 쬐고 있었다. 검은 옷에 허리띠를 맨 류드밀라는 방 안을
천천히 걸어 다니며 속삭이고 명령하는 목소리로 방 안을 가득
채웠다.
 벽난로에서 불길이 탁탁 소리를 내고 부르짖으며 방 안의 공
기를 빨아들였고 류드밀라의 말소리가 고르게 이어졌다.
 "사람들은 악하다기보다는 아주 멍청해요. 자기한테 가까운
것, 당장 붙잡을 수 있는 것만 볼 줄 알아요. 그런데 가까운 것은
모두 값싸고, 귀한 것은 아주 멀리 있죠. 그러니까 사실상, 삶이
달라지고 좀 더 쉬워지고 사람들이 좀 더 이성적이 된다면 모두
에게 편하고 좋을 거예요. 하지만 그러려면 지금 당장 자신한테
불편한 걸 해야만 하죠……."
 갑자기 어머니 맞은편에 멈춰 서서 류드밀라는 조용히, 마치

사과하듯이 말했다.

"사람을 거의 못 만나니까 누군가 들르면 나는 쉬지 않고 떠들어 대요. 웃기죠?"

"뭐가요?" 어머니가 대답했다. 어머니는 류드밀라가 대체 어디서 인쇄를 하는지 맞혀 보려고 애썼으나 유별난 것은 아무것도 발견하지 못했다. 방에는 거리 쪽으로 창문이 세 개 나 있고 소파와 책장, 책상, 의자 몇 개, 벽에는 침대, 그 옆 귀퉁이에는 세면대, 다른 쪽 모퉁이에는 벽난로, 벽에는 사진 액자들이 걸려 있었다. 모든 것이 새것이고 튼튼하고 깨끗했고, 모든 물건 위에 수녀와도 같은 집주인의 형상이 차가운 그림자를 드리웠다. 어딘가 비밀스럽고 숨겨진 듯한 분위기가 느껴졌으나 어디에 숨겼는지 알 수 없었다. 어머니는 문을 살펴보았다. 한쪽 문을 통해 어머니는 조그만 현관에서 방 안으로 들어왔고 벽난로 근처에 두 번째 문이 있었는데 좁고 높았다.

"일 때문에 왔어요!" 류드밀라가 자신을 관찰하고 있다는 사실을 깨닫고 당황하며 어머니가 말했다.

"알고 있어요! 사람들이 다른 이유로 나를 찾아오지는 않으니까요……."

어머니는 류드밀라의 목소리에 뭔가 이상한 데가 있다고 느끼면서 그녀의 얼굴을 바라보았다. 류드밀라는 가느다란 입술 양 끝으로 웃으며 안경알 너머로 불투명한 눈을 반짝였다. 옆으로 눈길을 돌리며 어머니는 류드밀라에게 파벨의 연설을 건네주었다.

"최대한 빨리 인쇄해 달래요⋯⋯."

그러고는 니콜라이가 체포될 준비를 하고 있다는 이야기를 꺼냈다.

류드밀라는 말없이 종이를 허리띠에 쑤셔 넣고 의자에 앉았다. 안경알이 벽난로의 빨간 불꽃을 반사했고 불꽃의 뜨거운 미소가 움직이지 않는 얼굴 위에서 춤추었다.

"그들이 날 잡으러 오면 나는 그들을 쏠 거예요!" 어머니의 이야기를 다 듣고 나서 류드밀라가 작은 소리로 단호하게 말했다. "난 폭력에 맞서 내 몸을 지킬 권리가 있고, 내가 다른 사람들한테 그들과 투쟁하기를 호소한다면 나도 그렇게 해야만 해요."

벽난로 불꽃의 그림자가 그녀의 얼굴을 훑었고 얼굴은 다시 엄격해졌으며 약간은 오만해졌다.

'좋지 않은 삶을 사는군요!' 어머니가 갑자기 다정하게 생각했다.

류드밀라는 파벨의 연설을 내키지 않는 듯 읽기 시작했으나 종이 위로 점점 더 가까이 몸을 숙이고 다 읽은 페이지는 옆으로 빠르게 넘겼으며 전부 읽은 뒤에는 일어나서 몸을 곧게 세우고 어머니에게 다가왔다.

"이거 좋아요!"

그녀는 잠시 고개를 숙이고 생각했다.

"당신하고는 당신 아드님에 대해서 얘기하고 싶지 않았어요, 아드님을 만난 적도 없는 데다 슬픈 대화를 좋아하지도 않으니까요. 가까운 사람이 유배를 간다는 게 어떤 의미인지 나도 알아요! 하지만 여쭤 보고 싶었어요. 그런 아들이 있다는 건 좋은 가요……?"

"네, 좋아요!" 어머니가 말했다.

"그리고 무섭죠, 네?"

차분하게 웃으며 어머니가 대답했다.

"지금은 무섭지 않아요……."

류드밀라가 매끈히 빗어 넘긴 머리를 가무스름한 손으로 매만지며 창문을 향해 돌아섰다. 가벼운 그림자가 그녀의 볼 위에서 흔들렸는데, 어쩌면 억누른 미소의 그림자인 것도 같았다.

"당장 일 시작할 거예요. 당신은 누워 계세요, 힘든 하루였으니까요. 여기 침대에 누우세요. 나는 안 잘 거예요. 그리고 밤에는 어쩌면 도와 달라고 당신을 깨울지도 몰라요……. 주무실 때는 등불을 끄세요."

그녀는 벽난로에 장작을 두 개 던져 넣고는 몸을 곧게 펴고 벽난로 옆의 좁다란 문으로 나가면서 등 뒤로 문을 꽉 닫았다. 어머니는 그녀의 뒷모습을 바라보다가 겉옷을 벗으면서 류드밀라에 대해 생각했다.

'뭔가를 그리워하는구나…….'

피로가 어머니의 머리를 감쌌으나 마음속은 이상하게 평온하고 눈에 보이는 모든 것이 부드럽고 다정한 빛으로 빛나면서 조용히 안정되게 가슴을 채웠다. 어머니는 이러한 평온을 알고 있었는데, 그것은 언제나 커다란 흥분을 겪은 뒤에 찾아왔다. 이전에 어머니는 그런 평온함이 약간 두려웠으나 지금은 그저 영혼을 더 넓게 펼쳐 주고 크고 강한 감정으로 영혼을 단단하게 만들어 주었다. 어머니는 등불을 끄고 차가운 침대에 누워 담요 아래 몸을 웅크리고 순식간에 깊은 잠에 빠졌다.

그리고 눈을 떴을 때, 방 안은 맑은 겨울날의 차가운 빛으로 가득했고 류드밀라는 손에 책을 들고 소파 위에 누워 그녀답지 않게 미소를 지으며 어머니의 얼굴을 바라보고 있었다.

"아이고, 세상에!" 어머니가 당황해서 외쳤다. "참 내가 어쩌다가……. 오래 잤지요, 네?"

"안녕히 주무셨어요!" 류드밀라가 대답했다. "곧 열 시예요, 일어나세요, 우리 차 마셔요."

"왜 안 깨웠어요?"

"깨우려고 했어요. 이렇게 다가갔는데 자면서 너무 행복하게 웃고 계셔서……."

류드밀라는 유연한 동작으로 몸을 움직여 소파에서 일어나 침대로 다가가 어머니의 얼굴 위로 몸을 숙였고 그녀의 불투명한 눈동자에서 어머니는 뭔가 친근한 것, 가깝고 잘 아는 것을 보았다.

"당신이 행복한 꿈을 꾸고 있는데 방해하기가 미안해졌나 봐요……."

"꿈은 전혀 안 꿨어요!"

"뭐, 어쨌든요! 하지만 당신의 미소가 마음에 들었어요. 이렇게 평온하고 선하게…… 활짝!"

류드밀라는 웃음을 터뜨렸고 그녀의 웃음소리가 작고 공단처럼 매끄럽게 울렸다.

"그리고 나는 당신에 대해서 조금 생각했어요…… 힘들게 사시죠!"

어머니는 눈썹을 움직이며 생각에 잠겨 침묵했다.

"물론 힘들겠죠!" 류드밀라가 외쳤다.

"이젠 모르겠어요!" 어머니가 조심스럽게 말했다. "가끔은 힘든 것 같아요. 항상 일이 많고, 모든 것이 심각하고 놀랍고, 하나가 끝나면 또 하나가 빨리, 빨리 이렇게 움직여서……."

어머니에게 익숙한 활기찬 흥분의 물결이 가슴에서 솟아나 이미지와 생각으로 심장을 채웠다. 어머니는 침대에 일어나 앉아 생각에 서둘러 언어의 옷을 입혔다.

"계속, 계속 모든 것이 하나를 향해 움직여요……. 힘든 일도 많죠, 아시겠지만! 사람들이 고생하고, 얻어맞고, 인정사정없이 얻어맞죠. 그리고 많은 기쁨이 그들에겐 금지돼 있어요, 그건 아주 힘들어요!"

류드밀라가 재빨리 고개를 치켜들고 안아 주는 듯 상냥한 눈길로 어머니를 쳐다보면서 말했다.

"당신 자신에 대한 얘기가 아니군요!"

어머니는 류드밀라를 쳐다보고 침대에서 일어나 옷을 입으며 말했다.

"그래 어떻게 옆에 서서 보고만 있겠어요, 그렇게 고생하는 사람을 사랑하고 그 사람이 소중하고 모두의 앞날이 걱정돼서 무섭고 모두가 불쌍하고 모든 것이 마음에 와닿는데…… 어떻게 옆에서 구경만 할 수 있겠어요?"

방 한가운데 서서 반쯤 겉옷을 입은 채 어머니는 잠시 생각했
다. 아들에 대한 걱정으로 불안과 공포 속에 살았던 여자는 없
는 것 같다고 어머니는 생각했다. 아들의 몸을 지킬 생각만으로
살았던 그 여자는 이제 없었다. 그녀는 이제 그 삶을 떨쳐 내고
멀리 어딘가로 가 버렸고, 어쩌면 혼란의 불꽃 속에 완전히 타
버렸을지도 모르는 일이었다. 그 때문에 안심이 되었고 영혼을
정화시켜 주었으며 새로운 힘으로 심장을 회복시켜 주었다. 어
머니는 자신의 심장을 들여다보기를 원했고 그 안에서 뭐가 됐
든 오래되고 불안한 것을 새롭게 깨울까 두려워하며 자신이 하
는 말에 귀를 기울였다.

"뭘 그렇게 생각하세요?" 류드밀라가 다가오며 다정하게 물
었다.

"모르겠어요!" 어머니가 대답했다.

잠깐의 침묵이 이어진 뒤에 두 사람은 서로 쳐다보며 미소 지
었고 류드밀라가 방을 나가며 말했다.

"내 사모바르가 뭔가 하는 것 같죠?"

어머니는 창밖을 바라보았다. 거리에는 차갑고 강인한 낮이
빛나고 있었으며 어머니의 가슴속도 밝았으나 뜨거웠다. 가슴
속에 내려와 저녁의 해 지기 전 노을빛으로 마음을 물들이는,
알지 못하는 누군가에게 모든 것에 감사하는 흐릿한 감정을 담
아 모든 일에 대해서 많이, 기쁘게 말하고 싶었다. 오랫동안 느
끼지 못했던, 기도하고 싶은 소망이 어머니를 뒤흔들었다. 누군

가의 젊은 얼굴이 떠올랐고 낭랑한 목소리가 기억 속에서 소리
쳤다. '이분이 파벨 블라소프의 어머니요!' 사샤의 눈동자가 기
쁘고도 상냥하게 반짝였고 르이빈의 어두운 형체가 일어섰으
며 아들의 단단한 갈색 얼굴이 미소 지었고 니콜라이가 당황한
듯 눈을 깜빡였고 그러다 갑자기 전부 깊고도 가벼운 한숨 속에
흔들리고 투명한 색색의 구름 속으로 스며들어 뒤섞이며 평온
의 감정으로 모든 생각을 감싸 안았다.

"니콜라이가 옳았어요!" 류드밀라가 들어오며 말했다. "체포
됐어요. 당신이 말한 것처럼 아이를 거기로 보냈어요. 아이가
하는 말이, 마당에 경찰이 있고 대문 뒤에 숨어 있는 경찰관도
봤대요. 밀정들이 돌아다녀요. 아이가 그들을 알아요."

"그래요!" 어머니가 고개를 끄덕이면서 말했다. "에휴, 불쌍
하게……."

어머니는 한숨을 쉬었으나 슬프지 않았다. 그래서 그 사실에
놀랐다.

"니콜라이는 최근에 도시 노동자들 사이에서 글을 많이 읽어
주었고 대체로 끝날 때가 됐었어요!" 류드밀라가 음울하지만
차분하게 말했다. "동지들이 떠나라고 했지요! 하지만 말을 안
들었어요! 내 생각에 그런 경우에는 설득하지 말고 강요했어야
하는데……."

문가에 검은 머리에 볼이 발그레하고 짙푸른 아름다운 눈에
매부리코의 소년이 서 있었다.

"사모바르 가져올까요?" 소년이 낭랑하게 물었다.

"그래 줄래, 세료자! 내 수양아들이에요."

어머니의 눈에 류드밀라가 오늘따라 달라 보였다. 더 소박하고 자신에게 가까운 사람처럼 느껴졌다. 그녀의 날씬한 몸의 유연한 흔들림 속에 아름다움과 힘이 많이 들어 있었고 그 때문에 엄격하고 창백한 얼굴이 조금 부드러워 보였다. 밤새 그녀의 눈 밑 검은 그늘이 더 커졌다. 그리고 그녀에게서 긴장된 노력이, 팽팽하게 당겨진 마음속의 현(絃)이 느껴졌다.

소년이 사모바르를 가져왔다.

"인사해, 세료자! 펠라게야 닐로브나는 어제 재판받은 노동자의 어머니셔."

세료자는 말없이 고개를 숙여 보인 뒤 어머니와 악수하고 방을 나가 롤빵을 가져와 식탁 앞에 앉았다. 류드밀라는 차를 따르면서 경찰이 거기서 누구를 기다리고 있는지 명확해지기 전까지는 집에 가지 말라고 어머니를 설득했다.

"어쩌면 당신을 기다리는지도 몰라요! 분명히 당신도 취조당할 거예요……."

"취조하라지요!" 어머니가 대꾸했다. "그리고 날 체포한다고 해도 큰일은 아니에요. 다만 우선 파샤의 연설은 배포하고 싶어요."

"이미 조판이 끝났어요. 내일은 도시와 마을에 가져가도록 준비될 거예요……. 나타샤 아세요?"

"당연하죠!"

"나타샤한테 가져가세요……."

소년은 신문을 읽으면서 마치 아무것도 듣지 않는 것 같았으나 가끔씩 그의 눈이 신문지 너머 어머니의 얼굴을 쳐다보았고 어머니는 그 생기 있는 시선을 마주 보자 기분이 좋아져서 미소 지었다. 류드밀라가 다시 니콜라이가 체포될 때의 상황을 안타까움 없이 이야기했고 어머니는 그녀의 어조가 자연스럽게 느껴졌다. 시간이 다른 날들보다 빠르게 흘렀다 — 차를 마시고 났을 때는 이미 정오가 가까워져 있었다.

"벌써!" 류드밀라가 외쳤다.

그리고 동시에 누군가 황급히 문을 두드렸다. 소년이 일어나 질문하는 시선으로 눈을 가늘게 뜨고 류드밀라를 쳐다보았다.

"열어 줘, 세료자. 누굴까?"

그리고 차분한 동작으로 그녀는 한 손을 치마 주머니에 넣으며 어머니에게 말했다.

"만약에 헌병이면 펠라게야 닐로브나, 당신은 여기 이쪽 구석에 서 계세요. 그리고 너는, 세료자……."

"알아요!" 소년이 사라지면서 조용히 대답했다.

어머니는 미소 지었다. 이런 준비성이 어머니는 불안하지 않았다 — 나쁜 일의 예감은 느껴지지 않았다.

조그만 의사가 들어왔다. 그가 서둘러 말했다.

"첫째로, 니콜라이가 체포됐습니다. 아하, 여기 계셨군요, 닐로브나? 체포될 때는 안 계셨습니까?"

"니콜라이가 여기로 저를 보냈어요."

"흠, 그게 어머니한테 좋은 일일 것 같지 않습니다만……! 둘째로, 지난밤에 젊은이들이 헥토그래프*로 연설문을 5백 부 정도 찍었습니다. 제가 봤는데 나쁘지 않았어요, 선명하고 알기 쉽고. 젊은이들이 오늘 저녁 시내에 뿌리겠다고 합니다. 저는 반대예요. 시내에 뿌리기엔 인쇄된 전단이 더 편하고, 연설문은 어디 다른 데로 보내는 게 좋아요."

"그건 제가 나타샤에게 가져다줄 거예요!" 어머니가 활기차게 외쳤다. "주세요!"

어머니는 어떻게든 파벨의 연설을 조금이라도 빨리 배포하여 온 세상을 아들의 말로 뒤덮고 싶었다. 그래서 의사의 얼굴을 바라보며 기대에 찬 눈으로 대답을 기다리며 애원할 준비를 하고 있었다.

"지금 같아선 그 일을 하시는 게 얼마나 어려울지 아무도 알 수가 없어요!" 의사가 망설이듯 말하고 나서 시계를 꺼냈다. "지금 11시 43분입니다. 기차는 2시 5분이고, 거기까지 가는 데는 다섯 시간 십오 분이 걸립니다. 어머니는 저녁에 도착하시겠지만 충분히 늦지 않아요. 그리고 그게 중요한 게 아니라……."

"그게 중요한 게 아니라니!" 류드밀라가 눈살을 찌푸리며 되풀이했다.

"그럼 무슨 일이죠?" 어머니가 의사에게 다가서며 물었다. "나는 맡은 일을 잘 해내고 싶어요……."

류드밀라가 어머니를 뚫어지게 쳐다보고는 이마를 문지르더니 말했다.

"너무 위험해요……."

"어째서요?" 어머니가 뜨겁게 강압적으로 외쳤다.

"어째서냐 하면요!" 의사가 빠르고 불안정하게 말하기 시작했다. "어머니는 니콜라이가 체포되기 한 시간 전에 집에서 사라졌어요. 그리고 공장으로 갔는데 거기서는 사람들이 어머니를 여선생님의 숙모로 알고 있죠. 어머니가 도착하고 나서 공장에 새로운 전단이 나타났어요. 이 모든 것이 다 모이면 어머니의 목을 조르는 엄청난 밧줄이 될 거예요."

"거기 사람들은 나를 기억하지 못해요!" 어머니가 더욱 불타오르는 투지로 설득했다. "그리고 돌아오면 저들이 체포해서 어디에 있었냐고 묻겠죠……."

잠시 멈추었다가 어머니는 외쳤다.

"난 무슨 말을 해야 할지 알아요! 거기서 난 곧바로 공장 마을로 갈 거예요, 거기에 아는 사람이 있어요, 시조프라고. 그러니까 나는 재판정에서 나온 뒤 곧바로 시조프에게 신세 한탄을 하러 갔다고 말할 거예요. 그리고 그 사람도 같은 신세예요, 조카가 재판을 받았거든요. 그 사람도 같은 얘기를 할 거예요. 아시겠어요?"

두 사람이 어머니의 열망에 양보하는 것을 느끼며, 더 빨리 두 사람을 설득하려고 애쓰면서 어머니는 점점 더 고집스럽게 말했다. 그리고 결국 두 사람은 양보했다.

"그럼 뭐, 가십시오!" 의사가 내키지 않는다는 듯 동의했다.

류드밀라는 생각에 잠겨 말없이 방 안을 걸어 다녔다. 그녀의 얼굴이 어두워졌고 더 여위어 보였으며 목의 근육을 눈에 띄게 긴장시켜 굳은 듯 고개를 숙이고 있어서 마치 머리가 갑자기 무거워져서 가슴 쪽으로 내려간 것 같았다. 어머니도 그것을 눈치챘다.

"여러분은 계속 나를 보호하려고 해요!" 미소 지으며 어머니가 말했다. "자기 자신은 보호하지 않으면서……."

"아닙니다!" 의사가 대답했다. "우리는 자신을 보호하고 보호해야만 합니다! 그리고 쓸데없이 자신의 힘을 낭비하는 사람을 몹시 욕하지요. 정말입니다! 그럼 이렇게 해요. 연설문은 어머니가 기차역에서 받으시고……."

그는 어머니에게 일을 어떻게 진행할지 설명한 뒤에 어머니의 얼굴을 들여다보며 말했다.

"성공을 빕니다!"

그리고 계속 뭔가에 불만족한 채로 가 버렸다. 의사가 나가고 문이 닫히자 류드밀라가 어머니에게 다가와 소리 없이 웃음을 터뜨렸다.

"나는 당신을 이해해요……."

어머니의 손을 잡아끌고 류드밀라는 다시 조용히 방 안을 걸어 다니기 시작했다.

"나도 아들이 있어요, 그 애도 열세 살이에요. 하지만 자기 아빠 집에서 살아요. 내 남편은 검사의 동료예요. 그리고 아들은 그 사람들과 함께 있고요. 그 애가 나중에 뭐가 될까요? 나는 자주 생각해요……."

그녀의 물기 어린 목소리가 떨렸고 그런 뒤에 그녀는 다시 진지하고 조용하게 말했다.

"나에게 가깝고 내가 세상에서 제일 좋은 사람들이라 여기는 이들의 적이 내 아들을 키우고 있어요. 아들은 자라서 내 적이 될 수도 있어요. 그 애가 나와 함께 살 수는 없어요, 나는 가명으로 살고 있으니까요. 8년이나 아들을 만나지 못했어요. 그건 긴 시간이에요, 8년은!"

창가에 멈춰 서서 그녀는 창백하고 텅 빈 하늘을 바라보며 말을 이었다.

"아들이 나와 함께 있었다면 나는 더 강해졌겠지만, 심장에 언제나 아픈 상처를 가지고 살았을 거예요. 그리고 만약에 아들이 죽었다면 그편이 나한테는 더 쉬웠겠죠……."

"저런 세상에, 소중한 류드밀라!" 동정심이 심장을 태우는 것을 느끼며 어머니가 조용히 말했다.

"당신은 운이 좋은 거예요!" 류드밀라가 미소 지으며 말했다. "위대한 일이에요, 어머니와 아들이 함께, 그건 아주 드문 일이에요!"

"네, 좋은 일이죠!" 그리고 마치 비밀을 털어놓듯 목소리를 낮추어 어머니는 말을 이었다. "여러분 모두, 당신, 니콜라이 이바노비치, 모든 진실의 사람들도 함께 있어요! 갑자기 사람들이 가족처럼 가까워지고, 나는 모두를 이해하게 돼요. 단어는 이해하지 못하지만 다른 건 전부 이해해요!"

"바로 그거예요!" 류드밀라가 말했다. "바로 그거예요……."

어머니는 한 손을 류드밀라의 가슴에 대고 조용히 쓰다듬으며 거의 속삭이는 소리로, 그리고 자신이 하는 말을 스스로 바라보듯이 말했다.

"아이들이 온 세상이 되어 나아가죠! 이게 내가 이해하는 거예요. 아이들이 세상에, 이 땅 전체에 나아가요, 모두 다, 사방으로, 하나의 목표를 향해서! 훌륭한 심장을 가진, 정직한 이성을 가진 사람들이 나아가서 모든 악한 것에도 굴복하지 않고 걸어가고, 가면서 탄탄한 발로 거짓을 밟아 버리죠. 젊고 건강한 사람들이 자신들의 저항할 수 없는 힘을 전부 하나의 목표를 향해서, 정의를 위해서 모으고요! 인간의 모든 괴로움을 이기고 승리하기 위해 나아가고, 온 세상의 불행을 없애기 위해 무기를 들고, 형체 없는 것을 정복하기 위해 나아가서 결국엔 정복해요! 우리는 새로운 태양에 불을 붙일 거라고 누군가 내게 말했는데, 불을 붙일 거예요! 부서진 심장을 모아서 전부 하나로 단결시킬 거예요!"

잊고 있던 기도문의 말들이 새로운 믿음으로 타오르며 떠올랐고 어머니는 그 말들을 마치 불꽃처럼 가슴에서 끄집어냈다.

"아이들이 진실과 이성의 길을 가면서 모두에게 사랑을 나눠 주고, 모든 것을 새로운 하늘로 덮어 버리고, 모든 것을 꺼지지 않는 불로 밝힐 거예요, 영혼의 빛으로요. 새로운 삶이 완성되고 있어요, 온 세상을 향한 아이들의 사랑의 불꽃 속에서. 누가 그 사랑을 꺼뜨리겠어요, 누가? 그보다 더 높은 힘이 뭐가 있어요? 그리고 누가 그 힘에 대항해 싸우겠어요? 세상이 그 힘을 낳았고 모든 생명이 그 힘의 승리를 원해요, 모든 생명이!"

어머니는 흥분으로 지친 듯 류드밀라에게서 물러나 힘겹게 숨을 몰아쉬며 앉았다. 류드밀라 또한 소리 없이 조심스럽게, 마치 뭔가 망가뜨릴까 겁내는 듯 물러났다. 그녀는 유연하게 방 안을 돌아다니며 불투명한 눈의 깊은 시선으로 앞을 바라보았다. 그녀의 키가 더 커지고 몸이 더 똑바르게 서고 더 가늘어진 것 같았다. 여위고 엄격한 그녀의 얼굴이 무언가에 집중했고 입술은 불안한 듯 꼭 다물고 있었다. 방 안의 정적이 어머니를 안정시켰다. 류드밀라의 기분을 눈치채고 어머니가 미안한 듯 작은 소리로 물었다.

"내가 잘못 말했나요……?"

류드밀라는 재빨리 몸을 돌려 마치 겁먹은 듯 어머니를 바라보고 뭔가를 멈추려는 것처럼 한 손을 어머니에게 내밀며 서둘러 말했다.

"다 괜찮아요, 다 옳아요! 하지만 이 얘기는 우리 더 이상 하지 말아요. 당신이 말한 그대로 거기서 멈춰 있게 두어요." 그리고 조금 더 차분하게 말을 이었다. "이제 식사를 하셔야 해요, 갈 길이 멀잖아요!"

"네, 곧 가야죠! 아, 얼마나 기쁜지, 당신도 알았으면! 아들의 말을 나눠 주는 거예요, 내 혈육의 말을! 이건 마치 내 영혼 같다고요!"

어머니는 미소 지었으나 류드밀라는 흐릿하게 따라 웃을 뿐이었다. 어머니는 류드밀라가 절제된 태도로 어머니의 기쁨에 찬물을 붓는다는 느낌과 함께 갑자기 이 엄격한 영혼에 자신의 불을 옮겨붙여 타오르게 하고 싶은 고집스러운 열망이 생겨났다 ― 그녀도 기쁨으로 가득한 심장의 소리에 맞춰 소리칠 수 있도록. 어머니는 류드밀라의 손을 잡고 꼭 쥐면서 말했다.

"소중한 동지 류드밀라! 삶에 모든 사람을 위한 빛이 이미 있고, 사람들이 그 빛을 보고 영혼으로 받아들이는 때가 올 거라는 걸 당신이 알고 있으니 얼마나 좋은 일이에요!"

어머니의 선하고 커다란 얼굴이 떨렸고 눈이 빛나며 웃음 지었고 눈썹은 그 눈 위에서 눈빛에 날개를 달아 주려는 듯 떨렸다. 어머니는 커다란 생각들에 도취했고 자신의 심장을 타오르게 하는 그 모든 생각, 자신이 경험할 수 있었던 모든 것을 기꺼이 받아들였으며 그 생각들을 뭉쳐서 빛나는 말들의 단단하고 넓은 결정체로 만들었다. 그 결정체들은 봄 햇살의 창조적인 힘으로 밝혀진 가을의 심장 속에서 점점 더 강하게 싹을 틔우고 더 선명하게 꽃피어 심장 안에서 빛났다.

"이건 마치 사람들에게 새로운 신이 태어나는 것 같아요! 모든 것이 모두를 위해서, 모두가 모든 것을 위해서! 나는 여러분 모두를 그렇게 이해해요. 진실로 여러분 모두는 동지이고 모두가 가족이고 모두 진실이라는 한 어머니의 아이들이니까요!"

또다시 흥분의 물결에 휩싸여 어머니는 말을 멈추고 숨을 가다듬은 뒤 폭 넓은 동작으로 마치 포옹하려는 듯 양팔을 벌리고 말했다.

"그리고 내가 혼자서 '동지들!'이라는 말을 할 때면, 심장으로 '간다!'는 대답을 듣지요."

어머니가 하고 싶었던 말을 덧붙이자, 류드밀라의 얼굴이 놀란 듯 부풀어 올랐고 입술이 떨렸고 눈에서 커다랗고 투명한 눈물이 흘러나왔다.

어머니는 류드밀라를 꼭 껴안고 자신의 마음으로 쏟아 낸 말들의 승리를 살그머니 자랑스러워하며 소리 없이 웃음을 터뜨렸다.

작별할 때 류드밀라는 어머니의 얼굴을 들여다보며 조용히 물었다.

"당신이랑 있으면 기분이 좋아진다는 거 아세요?"

29

거리에서는 얼음장 같은 공기가 건조하고 강렬하게 몸을 감싸며 목구멍으로 파고들고 코를 간지럽히고 숨 쉴 때 한순간 가슴을 옥죄었다. 어머니는 걸음을 멈추고 주위를 둘러보았다. 가까운 모퉁이에 털모자를 쓴 마부가 서 있었고, 멀리 어떤 사람이 몸을 숙이고 어깨 사이로 고개를 움츠린 채 걷고 있었고, 앞쪽에는 군인이 양쪽 귀를 문지르며 펄쩍펄쩍 뛰어가고 있었다.

'분명히 물건 사 오라고 상관이 심부름을 보냈겠지!' 어머니는 생각하고 발밑에서 눈이 젊고 낭랑한 소리로 뽀드득거리는 소리를 만족스럽게 들으며 걸어갔다. 어머니는 기차역에 일찍 도착해 아직 어머니가 탈 기차는 승차 준비가 되지 않았으나 더럽고 연기 냄새로 뒤덮인 3등 대합실에는 이미 사람이 많이 모여 있었다 — 추위에 쫓겨 온 철도 노동자들, 몸을 덥히러 온 마부들과 제대로 옷을 갖춰 입지 못한 집 없는 사람들이었다. 승

객도 있었는데 농부 몇 명과 너구리 털 외투를 입은 뚱뚱한 상인, 딸을 데리고 온 사제, 얼굴이 얽은 처녀, 군인 다섯 명 정도 그리고 수선스러운 소지주들이었다. 사람들은 담배를 피우고 이야기를 나누면서 차나 보드카를 마셨다. 식당 근처에서 누군가 큰 소리로 웃었고 사람들의 머리 위로 연기가 파도처럼 흘러다녔다. 문이 열리면서 쇳소리를 냈고 시끄럽게 닫힐 때는 유리가 떨리고 덜컥거렸다. 담배와 소금 절인 생선 냄새가 진하게 밀려 들어왔다.

어머니는 입구 근처의 눈에 띄는 곳에 앉아서 기다렸다. 문이 열리자 어머니를 향해 차가운 공기의 구름이 날아왔고 그것은 기분 좋았으며 그래서 어머니는 가슴 깊이 그 공기를 한껏 들이마셨다. 손에 보따리를 든 사람들이 들어왔다. 옷을 두껍게 입어서 그 사람들은 문에 끼었고 욕을 하며 물건들을 바닥이나 벤치에 던지고 외투 깃과 소매에서 마른 성에를 털어 내고 턱수염과 콧수염에서도 성에를 문질러 떨어내며 꽥꽥거렸다.

손에 노란색 여행 가방을 든 젊은 사람이 들어와 재빨리 주위를 둘러보고는 곧바로 어머니에게 다가왔다.

"모스크바에 가세요?" 그가 작은 소리로 물었다.

"네. 타냐한테요."

"그렇군요!"

그는 어머니 가까이 있는 벤치 위에 여행 가방을 놓고 서둘러 담배를 꺼내 불을 붙이고 모자를 들어 인사하고는 말없이 다른 문 쪽으로 가 버렸다. 어머니는 여행 가방의 차가운 가죽을 손으로 쓰다듬고 팔꿈치를 그 위에 기대고 만족해서 기차역 안의 사람들을 훑어보기 시작했다. 조금 뒤에 어머니는 일어나서 승강장에 더 가까운 출구 근처의 다른 벤치로 갔다. 여행 가방은 크지 않았고 가벼웠다. 어머니는 고개를 들고 지나가는 사람들의 얼굴을 바라보며 걸어갔다.

짧은 외투 깃을 세워 입은 젊은 사람이 어머니와 부딪치고는 손을 머리 쪽으로 흔들며 말없이 펄쩍 뛰어 물러났다. 어머니는 그 사람이 어딘가 낯익어 보였는데 주위를 둘러보고는 그가 세운 옷깃 너머에서 한쪽 눈을 빛내며 자신을 바라보고 있음을 알았다. 이 주의 깊은 시선이 어머니를 찔렀고 여행 가방을 쥔 손이 떨렸으며 짐이 갑자기 무겁게 느껴졌다.

'저 사람 어딘가에서 봤어!' 어머니는 기억을 더듬었다. 이 때문에 가슴에 불쾌하고 불분명한 감각이 차올랐으며 다른 말들이 감정을 규정할 자리를 남기지 않았고 조용한, 그러나 강력한 냉기가 심장을 쥐어짰다. 그리고 그 불분명한 감정은 점점 커져서 목구멍까지 차올라 건조한 열기로 입 안을 가득 채웠다. 어머니는 견딜 수 없어 뒤돌아 한 번 더 쳐다보고 싶어졌다. 어머니는 그렇게 했다 ― 그 남자는 조심스럽게 이 발 저 발에 무게를 옮겨 실으며 같은 자리에 서 있었고 마치 뭔가를 원하는데 결정을 못 내리는 것 같았다. 남자의 오른손은 외투 단추 사이에 들어가 있었고 다른 손은 주머니에 넣어서 그 때문에 오른쪽 어깨가 왼쪽보다 높아 보였다.

어머니는 서두르지 않고 벤치로 가서 마치 자기 안의 무언가를 찢어 버릴까 겁내는 듯 조심조심 앉았다. 나쁜 일의 날카로운 예감이 불러일으킨 기억이 어머니 앞에 남자의 모습을 두 번 떠올려 주었다 — 한 번은 교외에서 르이빈이 탈출한 뒤 들판에서 보았고, 다른 한 번은 재판정에서였다. 그때 그 남자와 함께 경찰관이 서 있었고 어머니는 그 경찰관에게 르이빈이 도망친 길을 거짓으로 가르쳐 주었다. 그들은 어머니를 알았고 미행하고 있었다 — 그 점은 분명했다.

'난 잡힌 걸까?' 어머니는 스스로에게 물었다. 그리고 다음 순간 몸을 떨며 대답했다.

'어쩌면 아직은 아닐지도⋯⋯.'

그리고 즉시 자신을 억제하려 애쓰며 엄격하게 말했다.

'잡힌 거야!'

어머니는 주위를 둘러보았지만 아무것도 발견하지 못했고, 생각들이 하나씩 불꽃이 되어 어머니의 머릿속에서 타올랐다가 꺼졌다.

'가방을 버려두고 도망칠까?'

그러나 다른 불꽃이 더 선명하게 타올랐다.

'아들의 말을 버리자고? 저런 사람들 손에⋯⋯.'

어머니는 여행 가방을 꼭 끌어안았다.

'그러면 이걸 들고 갈까? 도망치자⋯⋯.'

이 생각들은 어머니에게 낯설게 느껴졌는데 마치 바깥에서 누군가 이 생각들을 강제로 어머니의 머릿속에 넣은 것 같았다. 그 생각들은 어머니를 태웠고 그 불길이 아프게 머릿속을 찌르며 어머니를 괴롭혔고 자신과 파벨과 어머니의 심장과 이미 함께 자라난 모든 것으로부터 어머니를 멀리 쫓으려 했다. 어머니는 적대적인 힘이 자신을 완고하게 쥐어짜며 어깨와 가슴을 짓밟고 어머니를 짓눌러 꿇어앉히고 죽은 공포 속으로 집어넣으려 한다고 느꼈다. 관자놀이에 혈관이 거칠게 뛰놀았고 머리카락 뿌리가 따뜻해졌다.

그 순간, 어머니는 몸 전체를 뒤흔드는 듯한 심장의 힘을 단번에 커다랗고 날카롭게 모아서 이 모든 교활하고 조그맣고 허약한 불길들을 꺼 버리고 명령하듯 자신에게 말했다.

'부끄러운 줄 알아!'

당장 기분이 조금 나아졌고 어머니는 완전히 튼튼해져서 덧붙였다.

'아들을 욕되게 하지 마! 아무도 두려워하지 마.'

어머니의 눈이 누군가의 음울하고 소심한 시선과 마주쳤다. 그리고 기억 속에 르이빈의 얼굴이 어른거렸다. 몇 초간의 망설임이 마치 어머니의 마음속에서 모든 것을 단단하게 굳혀 준 듯했다. 심장이 더 차분하게 뛰었다.

'이제는 어떻게 되는 걸까?' 어머니는 관찰하면서 생각했다.

밀정이 경비원을 불러 어머니 쪽을 눈짓으로 가리키며 뭔가 속삭였다. 경비원이 그를 쳐다보고는 뒷걸음질 쳤다. 다른 경비원이 다가와 이야기를 듣고는 눈살을 찌푸렸다. 그는 노인이었고 건장하고 면도하지 않은 턱수염과 콧수염은 희끗희끗했다. 그가 밀정에게 고개를 끄덕이고는 어머니가 앉아 있는 벤치로 다가오기 시작했고 밀정은 재빨리 어디론가 사라졌다.

노인이 서두르지 않고 화난 눈으로 주의 깊게 어머니의 얼굴을 들여다보며 다가왔다. 어머니는 벤치 안쪽으로 움직였다.

'때리지만 않았으면…….'

경비원이 어머니 옆에 멈춰 서서 잠시 아무 말 없이 있다가 작은 소리로 엄격하게 물었다.

"뭘 보시오?"

"아무것도 안 봐요."

"어이, 어이, 도둑이지! 나이도 먹은 게 여기서!"

어머니는 그의 말이 얼굴을 한 번, 두 번 때리는 것을 느꼈다. 악의적이고 목쉰 그 말들은 마치 볼을 찢고 눈을 파낸 것처럼 아팠다.

"내가? 난 도둑 아니야, 헛소리!" 어머니가 목청껏 소리 질렀고 눈앞의 모든 것이 뜨거운 모욕감으로 심장을 도취시키면서 어머니의 당혹감 속에 소용돌이가 되어 빙글빙글 돌기 시작했다. 어머니는 여행 가방을 잡아챘고 가방이 열렸다.

"봐요! 여기 봐요, 사람들!" 어머니가 손에 움켜쥔 선언문 무더기를 머리 위로 들고 흔들며 일어나 소리쳤다. 귀를 울리는 소음 사이로 어머니는 달려오는 사람들의 외침을 들었고 사람들이 빠르게, 모두 다, 사방에서 달려오는 것을 보았다.

"무슨 일이야?"

"저기, 밀정이다…….

"뭔데?"

"저 여자가 도둑질을 했다는데⋯⋯."

"점잖아 보이는 여자가, 저런, 저런!"

"난 도둑이 아니에요!" 어머니가 사방에서 자신을 둘러싸고 빽빽이 모인 사람들의 모습에 흥분을 가라앉힌 뒤 목청을 높여 말했다.

"어제 정치범들이 재판을 받았고 거기 내 아들 블라소프도 있었어요. 그 애가 연설을 했어요, 이게 바로 그거예요! 내가 이 연설을 사람들한테 가져가서, 사람들이 읽고 진실에 대해 생각하게 할 거예요⋯⋯."

누군가 어머니의 손에서 조심스럽게 종이를 끄집어냈고 어머니는 연설문을 공중에 흔들며 군중을 향해 뿌렸다.

"이것도 칭찬받을 일은 못 되는데!" 누군가 겁먹은 목소리로 외쳤다.

어머니는 종이가 충분하고, 사람들이 연설문을 겨드랑이에, 주머니에 감추는 것을 보았다. 그리고 그 광경이 다시 어머니를 두 발로 강건히 서게 해 주었다. 더 차분하고 더 강하게, 온통 긴장한 채로 마음속에서 깨어난 자부심이 자라나고 억눌린 기쁨이 타오르는 것을 느끼며 어머니는 가방에서 종이 뭉치를 끄집어내 왼쪽 오른쪽에 뿌리고 누군가의 빠르고 열정적인 손에 던져 주면서 말했다.

"내 아들과 그 애와 함께하는 사람들이 무슨 이유로 재판받았는지 아세요? 내가 말해 줄 테니 여러분은 어머니의 심장을, 하얗게 센 머리를 믿으세요. 어제 사람들은 여러분 모두에게 진실을 가져다준다는 이유로 재판받았어요! 어제 나는 이게 진실이라는 걸…… 아무도 이 진실과 다툴 수 없다는 걸 알았어요, 아무도!"

군중이 침묵하는 가운데 그 규모가 커지면서 점점 더 빽빽해졌고 살아 있는 몸으로 이어져 원을 그리며 어머니를 둘러쌌다.

"가난과 배고픔과 질병, 이게 노동이 사람들한테 주는 결과예요. 모든 것이 우리에게 불리해요. 우리는 매일매일 일터에서 우리의 모든 생명을 내던지고 언제나 더럽고 언제나 속는데, 다른 사람들은 우리의 노동으로 즐기고 배불리 먹고 우리를 마치 사슬에 묶인 개처럼 도망치지 못하게 붙잡고 있어요. 우리는 아무것도 모르고 겁에 질려서 모든 걸 무서워해요! 밤이 우리의 인생이에요, 어두운 밤이라고요!"

"옳소!" 낮게 대답하는 소리가 울렸다.

"저 아가리에 한 대 먹여!"

군중 뒤에서 어머니는 밀정과 헌병 두 명을 보았고 마지막 남은 종이 뭉치를 나눠 주려고 서둘렀으나 여행 가방에 손을 넣었을 때 누군가 낯선 손을 느꼈다.

"가져가요, 가져가!" 어머니가 몸을 숙이며 말했다.

"해산!" 헌병들이 사람들을 밀치며 고함쳤다. 사람들은 떠밀려 내키지 않게 물러났으나 군중의 숫자만으로 헌병들을 옥죄며, 아마도 계획하지 않았겠지만 헌병들을 방해했다. 선한 얼굴에 커다랗고 정직한 눈을 빛내는 머리가 하얗게 센 여성이 군중을 강력하게 끌어모았고, 삶에 의해 갈라져 서로에게서 멀어진 사람들이 이제는 언어의 불길로 함께 달구어져 뭔가 온전한 것으로 합쳐졌다. 그 언어의 힘은 어쩌면 삶의 불의에 상처 입은 많은 사람의 심장이 오래전부터 찾아 헤매며 열망하고 있던 것일지도 몰랐다. 가장 가까이 선 사람들은 침묵했고 어머니는 그들의 열정적으로 주의 깊은 눈을 보았고 얼굴에 따뜻한 숨결을 느꼈다.

"꺼져, 노파야!"

"지금 잡아간다……!"

"이런 뻔뻔한 여자가!"

"가! 해산해!" 헌병들의 외침 소리가 점점 가까이에서 들렸다. 어머니 앞에 선 사람들이 서로 붙잡으며 휘청거렸다.

어머니는 모두가 어머니를 이해하고 믿을 준비가 되어 있음을 느꼈고 자신이 아는 모든 것, 모든 사상과 자신이 알고 있는 그 힘을 사람들에게 말해 주고 싶어 서둘렀다. 그 말과 생각들은 어머니의 심장 깊은 곳에서 가볍게 떠올라 하나로 합쳐져 노래가 되었으나 어머니는 목소리가 받쳐 주지 않는다고 생각하여 화가 났고, 목이 쉬고 목소리가 떨리고 끊어진다고 느꼈다.

"내 아들의 말은 노동하는 사람의, 돈에 매수되지 않은 영혼의 깨끗한 말입니다! 돈에 매수되지 않는 용기를 알아주세요!"

누군가의 젊은 눈동자가 환희와 공포를 담고 어머니의 얼굴을 쳐다보았다.

누군가 어머니의 가슴을 밀어 어머니는 휘청거리다가 벤치에 앉았다. 사람들의 머리 위로 헌병들의 손이 어른거렸고 그 손은 옷깃과 어깨를 붙잡고 사람들의 몸을 옆으로 밀쳤으며 모자를 벗겨 멀리 내던졌다. 어머니의 눈앞에서 모든 것이 까맣게 변하면서 흔들렸으나 어머니는 지친 몸을 무릅쓰고 남은 목소리를 짜내어 외쳤다.

"민중이여, 여러분의 힘을 하나의 힘으로 모으시오!"

헌병이 커다란 손으로 어머니의 멱살을 잡고 흔들었다.

"닥쳐!"

어머니는 뒤통수를 벽에 부딪히면서 심장이 한순간 공포의 따끔거리는 연기로 뒤덮였으나 연기가 흩어지자 다시 선명하게 타오르기 시작했다.

"가!" 헌병이 말했다.

"아무것도 두려워하지 마세요! 여러분이 평생 들이마시는 것보다 더 심한 고통은 없습니다⋯⋯."

"닥치라고 하잖아!" 헌병이 어머니의 팔을 잡아당겼다. 다른 헌병이 다른 팔을 잡고 성큼성큼 걸으면서 그들은 어머니를 끌고 가기 시작했다.

"⋯⋯매일같이 우리의 심장을 갉아 먹고 피를 말리는 그 고통 말입니다!"

밀정이 앞으로 달려 나와 어머니의 얼굴 앞에 주먹을 들고 위협하며 쉿소리로 외쳤다.

"닥치라고, 너, 짐승아!"

어머니의 눈이 커졌고 빛났으며 턱이 떨렸다. 바닥의 미끄러운 돌에 발을 딛고 버티며 어머니는 소리쳤다.

"부활한 영혼은 죽일 수 없습니다!"

"개새끼!"

밀정이 손을 짧게 휘둘러 어머니의 얼굴을 때렸다.

"잘한다, 늙은 암컷 같으니!" 악의에 가득 찬 고함이 기뻐하며 울렸다.

뭔가 검고 빨간 것이 한순간 어머니의 눈을 가렸고 찝찔한 피 맛이 입 안을 채웠다.

작고 사나운 외침 소리들이 폭발하며 어머니에게 생기를 주었다.

"때리지 마!"

"여러분!"

"에구 저런, 깡패 놈!"

"그놈 한 방 먹여 줘라!"

"이성은 피로 덮을 수 없다!"

사람들이 어머니의 목과 등을 밀었고 어깨와 머리를 때렸다. 모든 것이 빙빙 돌았고 고함과 외침과 호루라기 소리 속에 검은 돌풍이 되어 휘둘렸으며 뭔가 짙고 답답한 것이 양쪽 귀를 덮고 목구멍을 채우고 목을 졸랐다. 발밑에서 바닥이 꺼지고 흔들렸으며 다리가 풀렸고 몸이 타오르는 고통 속에 떨리고 무거워지고 무기력하게 휘청거렸다. 그러나 어머니의 눈빛은 꺼지지 않았고 다른 많은 눈길을 보았다 ─ 그들의 눈도 어머니가 잘 아는 용감하고 날카로운 빛으로 타오르고 있었다, 어머니의 심장에 가까운 불길로.

어머니는 문으로 밀려갔다.

잡힌 한쪽 손을 뿌리치고 어머니는 문설주를 잡았다.

"피를 바다처럼 흘려도 진실의 불은 끄지 못합니다……."

누군가 팔을 때렸다.

"이성이 없는 사람들은 그저 악의를 쌓을 뿐입니다. 진실이 여러분 위로 내려올 겁니다!"

헌병이 어머니의 목을 잡고 조르기 시작했다.

어머니는 목쉰 소리로 외쳤다.

"불운한 사람들이여……."

누군가 커다란 통곡 소리로 어머니에게 답했다.

22 **카드릴** quadrille. 네 사람이 한 조가 되어 마주 보며 추는 춤

   폴카 polka. 보헤미아에서 유래한 4분의 2박자의 경쾌한 원무

39 **넨코** nen'ko. 우크라이나어로 '엄마'라는 뜻

   타타르 Tatar. 몽골 혹은 튀르크 계통의 민족들을 총칭해서 이르며, 크림반도와 러시아 남부에서 살고 있다.

41 **부칭** 러시아인, 우크라이나인, 벨라루스인은 아버지의 이름을 자녀의 중간 이름으로 쓰는데 이를 부칭(父稱)이라고 한다. 이름에 부칭을 붙여 부르면 경칭이 된다. 어머니는 나타샤가 자기 아들을 '파벨 미하일로비치'라고 존대하자 나타샤에게 마찬가지로 존대하려고 부칭을 물은 것이다.

43 **니콜라이** Nikolai. 성 니콜라이는 여행자, 어린이, 회개한 범죄자와 누명을 쓴 사람들의 수호성인으로 굶주린 민중을 구한다고 알려져 있다. 작품 안에서 파벨과 어머니와 혁명 동료들은 떠돌아다니며 당시 범죄였던 혁명을 모의하고 굶주리는 사람들을 도우려 하기 때문에 작품 안에 '니콜라이'라는 이름을 가진 인물도 여러 명 등장하고 '니콜스크' 마을도 나오는 등 성 니콜라이를 연상시키는 이름들이 자주 등장한다.

45 **사모바르** samovar. 러시아의 전통적인 차 끓이는 도구

47 **페댜** Fedya. 표도르(Fyodor)의 애칭. '표도르'가 원래 이름이다.

51 **블라소바가 대답했다** 주인공인 어머니의 이름이 펠라게야 닐로브나 블라소바이다. 작가는 이런 식으로 어머니의 이름을 전부 다 독자에게 알려 주고 있다.

52 **베르스타** versta. 혁명 전 러시아에서 사용하던 거리 단위. 1베르스타는 1,067킬로미터

59 **사회주의자들이 황제를 죽였다는 얘기를 들은 적이 있었다** 혁명 단체 '인민의 의지'가 1881년 3월 1일 당시 러시아 제국 황제 알렉산드르 2세를 암살한 사건을 말한다.

68 **열두 사도에 버금가는 교회** 러시아에는 정교가 988년에 도래하여 다른 그리스도교 문화권에 비해 시기적으로는 전래가 늦었으나 신앙적으로는 덜하거나 못지 않다는 뜻에서 이렇게 말한다.

69 **채찍파** 16세기 중반 러시아 사회가 어지러웠던 시기에 농민들 사이에 생겨난 종파로 정통 러시아 정교 의식을 따르지 않고 채찍으로 스스로를 때리는 등 자신만의 의식을 거행했다. 현재까지 시베리아 일부 지역에 잔존하고 있다.

84 **안녕하십니까, 닐로브나** 부칭으로만 부르는 것도 일종의 경칭인데, 친하지만 존댓말하는 사이일 때 사용한다. 20세기 초까지도 지속된 오랜 러시아식 예절이다.

88 **사생아로 출생한 안드레이 오니시모비치 나홋카 씨** 안드레이의 성 '나홋카'는 '발견물, 우연히 찾아낸 것, 업둥이'라는 뜻으로 그의 개인사를 요약해 준다.

96 **두호보르파** 17세기경부터 기록된 러시아의 자생적인 그리스도교 종파. '두호보르(Dukhobor)'는 '정신의 전사들'이라는 뜻이다. 전통적인 정교의 사제나 예배 의식은 불필요하며 신의 정신이 각 개인 안에서 구현되어야 한다고 믿었다. 이단으로 규정되어 1830~1840년대에 러시아 남부 캅카스산맥 지역으로 대규모 유배

를 당했다. 현재까지 러시아와 아제르바이잔, 조지아(그루지야), 캐나다 등에 남아 있다.

99 **턱수염을 자르기엔** '턱수염을 자르는 것'은 러시아 역사에서 종교 개혁이 있었을 때 황제의 명령을 뜻한다. 이에 반대하여 러시아의 토착화된 신앙 방식을 고수하는 사람들을 '구교도'라고 한다. 러시아 역사에서 말하는 '종교 개혁'과 '구교도'는 정부의 행정 명령과 이에 대한 농민들의 반발이었으며 서유럽 역사에서의 자발적인 종교 개혁이나 가톨릭과 개신교의 대립과는 성격도 배경도 전혀 다르다.

101 **무화과나무는 괜히 저주했지** 「마르코의 복음서」 11장 14~20절. 예수님이 예수살렘의 성전을 둘러보신 뒤에 베다니아에서 나갔을 때 시장기를 느껴 마침 눈에 보인 무화과나무를 살펴보았으나 때가 일러 열매가 맺혀 있지 않았으므로 "이제부터 너는 영원히 열매를 맺지 못하여 아무도 너에게서 열매를 따먹지 못할 것이다" 하시니 무화과나무가 뿌리째 말랐다.

106 **코페이카** kopeyka. 러시아의 화폐 단위로 1루블은 1백 코페이카다.

139 **푸드** pood. 혁명 전 러시아의 무게 단위로 40푼트(funt)가 1푸드였으며 미터법으로 환산하면 16.38킬로그램이다. 예고르의 아버지는 약 131킬로그램으로 상당히 거구였던 셈이다.

140 **그 아저씨가 내 귀에 한 방 먹인 게 한두 번이 아니거든요** 예고르는 일상적인 러시아어에서 잘 쓰지 않는, 성서에만 나오는 문어체를 자주 사용한다.

141 **어머님한테 입 맞춰도 돼요** 친한 사람끼리 가볍게 안고 볼에 입 맞추는 러시아식 인사를 말한다. 주로 홀수로 입 맞추며 친한 사이나 가족의 경우 세 번씩 하는데 입 맞추는 숫자가 많을수록 친하거나 반가움을 의미한다.

146 **제르 구트** Sehr gut. '아주 좋다'라는 뜻의 독일어

148 **피로그** pirog. 밀가루 반죽 안에 여러 가지 소를 넣고 구운 러시아식 파이

162 **르츼** 러시아 알파벳 키릴 문자의 18번째 글자인 P/p(에르)의 옛이름

아즈 키릴 문자의 첫 글자 A/a(아)의 옛 이름

163 **류디** 러시아어 키릴 문자의 13번째 글자 Л/л(엘)의 옛 이름. 러시아어로 '사람들'이라는 뜻이기도 하다.

171 **독수리** 쌍두 독수리는 러시아 제국의 상징이었으며 현재 러시아 연방의 상징이기도 하다.

191 **이크라** ikra. 생선 알, 주로 철갑상어 알 혹은 채소를 잘게 다져 만든 음식

199 **그럼 누가 최고 잘못한 거지** 원문에서 니콜라이 베숩시코프는 '죄짓다, 잘못하다'의 최상급을 사용한다. 문법적으로 틀린 형태이지만 러시아어 사용자는 누구나 이해할 수 있다.

201 **대부** 대부(代父)는 본래 신앙생활의 조력자로 세례를 받을 때 세우는 남성 후견인을 말하지만 러시아어의 은어적 표현에서는 밀고 혹은 고자질을 들어주는 수사관이나 수사 기관을 뜻한다.

214 **카프탄** kaftan. 러시아 농민들이 입는 길고 넉넉한 겉옷. 안드레이는 우크라이나어로 동요를 읊는 척하며 파벨에게 경고하려 하고 있다.

220 **서로 입 맞추든지, 꼭 껴안든지 그래야지** 화해의 표시

239 **미하일로 이바느이치** '이바노비치(Ivanovich)'를 '이바느이치 (Ivanych)'로 느슨하게 발음하는 것은 친근함의 표시다.

248 **이건 지나갔어요** 러시아에서 농노제는 1861년에 폐지되었다. 『어머니』는 1906년에 집필되어 1907년에 처음 출간되었다.

데샤티나 desyatina. 혁명 전 러시아의 넓이 단위. 약 1만 925제곱미터

스테판 라진 때에도 푸가초프 때에도 스테판 라진(Stepan Razin)과 에멜

리얀 푸가초프(Emelyan Pugachov)는 러시아 역사에서 유명한 농민 봉기의 지휘자였다.

269 **아저씨가 애쓰는군** 원문에서는 아저씨가 아니라 '남자'를 뜻하는 우크라이나어 단어를 사용

303 **주먹 사이로 엄지손가락을 내밀어 보이고** 욕하는 몸짓

304 **손을 움직여~종이에 인쇄체로 그렸다** 러시아에서 손 글씨를 인쇄체로 쓴다는 것은 교육을 제대로 받지 못했다는 의미다.

306 **주교가 향로를 흔들고** 정교에서는 예배나 의식 중에 향을 넣은 은향로에 사슬을 달아 성직자가 들고 다니며 흔들어 축복한다.

308 **겉옷을 입었다** 앞에서는 어머니가 겉옷을 벗지 않고 잠들었다고 나오는데 작가의 실수인 듯하다.

318 **젬스트보** zemstvo. 1864년 토지 개혁으로 생긴 일종의 지역 위원회. 도시를 제외한 주나 군 단위에 존재했으며 1918년 공산혁명 후에도 1919년까지 존속되다가 내전 후 체제 개편으로 사라졌다.

319 **뱟카** Vyatka. 러시아 서부의 도시. 1934년 소련 혁명 영웅 키로프의 이름을 따서 키로프로 바뀌었다.

아르한겔스크 Arkhangel'sk. 러시아 서북부의 도시로 북극에 가까운 백해에 면해 있으며 매우 추운 지방이다.

333 **현** 우예즈드(uyezd). 과거 러시아에 중세부터 근대까지 전통적으로 존재했던 행정 단위로 주(gubernia)보다 작고 도시나 마을보다는 크다. 공산혁명 이후에도 1940년대 무렵까지 존재했다.

340 **볼가강** Volga. 러시아 서남부에 있으며 유럽에서 가장 긴 강이다.

359 **크바스** kvas. 엿기름, 보리, 호밀 따위로 만든 러시아의 맥주

439 **대자** godson. 정교와 천주교 등에서 세례를 할 때 신앙생활의 조력자인 대부와 대모에게 종교적 도움과 지원을 받는 사람

451 **경찰 보조원** sotsky. 러시아 제국 시대에 농민 중에서 뽑혀 경찰을 도와 치안 업무를 보조하던 사람들을 말한다.

465 **발싸개** oporki. 양말이 일반화되기 전에 발이 다치는 것을 막고 땀

을 흡수할 목적으로 발을 감싸는 천. 위에 신발을 신는 것이 일반적이지만 러시아 제국 시기 농민들은 가난하여 신발도 발싸개도 없이 맨발로 다니거나 발싸개만 하고 다녔다.

472 **페치카** pechka. 러시아 농민의 오두막 중앙에 있는 큰 화덕

480 **대부님** 혁명 전 러시아 평민들은 실제 세례식에서 대부모 관계와는 상관없이 가까운 사람을 친근하게 존대할 때 상대를 대부나 대모로 불렀다.

495 **폴라티** polati. 러시아 전통 농민 가옥에서 페치카 위, 천장 아래 벽에 매달아 놓은 침상을 말한다.

522 **점등원** 가로등에 전기가 사용되기 전에는 가스를 연료로 썼는데 날이 어두워지면 점등원이 가로등에 올라가 불을 붙이고 날이 밝으면 올라가서 불을 껐다. 또한 전반적인 가로등 관리도 점등원이 맡았다.

540 **사젠** sazhen. 혁명 전 러시아의 거리 단위로 약 2.16미터

584 **부지런한 물방아는 얼 새도 없죠** 원문 '오래된 방앗간이지만 놀지 않는다(Стара мельница, а не безделоница)'는 나이 들어도 부지런한 여성을 뜻하며, 안드레이가 어머니를 칭찬하는 의미다.

586 **덧모자** 모자 위에 쓰는 양 끝이 긴 방한 용구

606 **헥토그래프** hectograph. 원본 문헌을 젤라틴판에 찍어 쉽게 복사할 수 있게 만든 복사용 도구. 여기서는 혁명가들이 종이에 인쇄한 인쇄물이 아니라 이 복사용 젤라틴판을 배포하겠다는 뜻

혁명과 종교: 새로운 유토피아를 향하여

정보라(번역가)

막심 고리키: 생애

막심 고리키는 1868년 3월 28일 니즈니노브고로드에서 태어났다. 본명은 알렉세이 막시모비치 페시코프(Aleksey Maksimovich Peshkov)이다. 집안이 가난해서 아버지는 여러 가지 일을 전전했는데 주로 기차 부품을 수리하는 등의 철물을 다루는 노동을 했다. 외가는 염색 작업장을 운영했다. 고리키가 세 살 때 가족이 콜레라에 걸려 아버지가 사망했다. 일찍 과부가 된 어머니는 재혼했으나 고리키가 열한 살 때 열병으로 사망한다. 고아가 된 고리키는 외조부모 슬하에서 성장하며 일찍부터 가게 심부름꾼으로 일하거나 식당에서 설거지를 하는 등 다양한 일을 하며 돈을 벌었다.

가난과 질병 그리고 러시아 제국의 신분 차별 때문에 고리키는 학교를 제대로 다니지 못했다. 고리키가 어렸을 때 어머니가 글을 가르쳐 주었고, 이후 학교에도 잠시 다녔으며 외할아버지가 성서와 기도문을 가르쳤다. 러시아에서 학문은 성서의 전래와 함께 발전했기 때문에 교육과 학술 연구는 거의 성직자의 업무였다. 고리키도 성직자가 가르치는 학교에 다녔다. 이때 지역 주교가 고리키를 따로 불러 마음을 터놓고 긴 대화를 나눈 것이 학창 시절의 가장 좋은 기억이었다고 한다. 이러한 경험은 『어머니』에서 작품 전체를 관통하는 예수의 형상과, 일견 혁명과는 어울리지 않는 종교적인 관념들에도 나타난다.

고리키는 홍역 때문에 학교를 중간에 그만두었다. 1884년 열여섯 살에 고리키는 카잔으로 가서 카잔 대학에 입학하려 했다. 당시 러시아 제국에서는 대학 정원의 일정 비율을 귀족이 아닌 계층에 할당하여 귀족이 아니어도 고등 교육을 받을 수 있었다. 그러나 당시에 카잔 대학에서 이 할당 비율을 축소하여 고리키는 대학 입학을 거부당한다. 이후 고리키는 카잔 지역 항구에서 일하면서 혁명 사상을 가진 또래 청년들을 만난다. 또한 같은 해에 자신을 키워 주었던 외조부모가 한꺼번에 사망하면서 청년 고리키는 심각한 정신적 위기를 겪는다.

이 시기에 고리키는 시를 쓰는 등 처음으로 창작을 시작한다. 그리고 1889년, 스물한 살 때 고리키는 카잔 대학교 학생들의 혁명 활동에 연루되어 감옥에 갇힌다. 풀려난 뒤에 고리키는 러시아 서남부 지역을 여행하며 온갖 일을 하면서 다양한 사람들을 만난다. 이러한 경험들은 이후 빈민과 노동자를 중심으로 하는 극사실주의 작품의 바탕이 된다. 「마카르 추드라(Makar Chudra)」, 「첼카시(Chelkash)」 등이 바로 이런 작품들이다. 부두 노동자나 떠돌이 집시[로마니(Romani)] 등 소외된 사람들의 거친 삶과 폭력적 사건들을 중심으로 한 작품을 발표하면서 알렉세이 페시코프는 처음으로 '고리키'라는 필명을 사용한다. 그리고 이 작품들로 작가 막심 고리키의 이름을 러시아 문학계에 서서히 알리게 된다.

1902년 고리키는 빈민을 주인공으로 한 희곡 「밑바닥에서」를 발표한 뒤 러시아 왕실 아카데미 문학부 회원으로 위촉된다. 그러나 당시 황실에서 고리키가 "경찰의 감시를 받는 인물"이라는 이유로 왕실 아카데미 위촉을 취소한다. 정치적 이유로 권력층이 예술가의 문학적 성취를 꺾으려 한 상황에 대하여 작가 안톤 체호프 등 왕실 아카데미 회원들이 공식적으로 항의했으며, 체호프는 왕실 아카데미에서 탈회(脫會)하기까지 한다.

고리키는 이후 1905년 혁명을 목격하고 혁명 당시 레닌과 처음 만나 교류하게 된다. 이후 1906년에 『어머니』를 집필하는데, 그러던 중 딸 카탸가 5세에 뇌수막염으로 사망하고 고리키 자신도 폐결핵에 걸려 이탈리아로 가서 요양 생활을 한다. 1913년까지 고리키는 이탈리아에서 머무르며 『어머니』를 포함하여 많은 작품을 발표한다. 그리고 제1차 세계 대전이 일어나기 직전 러시아로 귀국하여 프롤레타리아 작가 선집을 발간하는 등 혁명 문학의 선봉에서 활동한다. 공산혁명 당시에도 고리키는 혁명 문학 발간에 힘썼으며, 1919년 공산혁명이 성공하여 러시아 제국이 무너진 뒤에는 인민 교역 생산 위원회에서 러시아 황실과 귀족들이 남긴 엄청난 문화재를 입수하고 관리하는 일을 맡는다.

고리키는 당시 공산혁명을 주도했던 혁명가들의 사상적 내분과, 볼셰비키와 멘셰비키로 갈라진 혁명 진영 내부의 권력 투쟁에 동의하지 않았다. 이 때문에 1921년 내전이 끝난 뒤 소비에트 연방을 떠나 유럽에 머물렀고, 1924년 레닌이 사망했을 때도 이탈리아로 떠나 10년 가까이 머물렀다. 그러나 결국 1932년 당시 스탈린이 집권하던 소비에트 연방으로 돌아와 레닌 훈장을 받고 제1대 소비에트 작가 연맹 회장이 되는 등 문학계의 권력자로 군림한다. 1936년 막심 고리키는 평생 그를 괴롭혔던 호흡기 질환으로 사망했으며, 미완성 장편 『클리마 삼기나의 생애(*Zhizn' Klima Samgina*)』는 사후 1937년에 첫 출간되었다.

사회주의 리얼리즘

'사회주의 리얼리즘'이라는 용어는 1932년에 처음 등장한 것으로 알려져 있다. 공식적으로 사회주의 리얼리즘이 소비에트 연방의 문화 예술 기조로 선포된 것은 1934년 제1회 소비에트 작가 대회에서였다. 이 작가 대회를 조직하고 주관한 인물이 바로 막심 고리키이며, 『어머니』는 사회주의 리얼리즘의 대표적인 특징을 나타내는 작품으로 알려져 있다.

사회주의 리얼리즘은 문화 예술이 소수의 엘리트 계층이 아닌 인민대중의 것이어야 하며 인민대중에게 사회주의 사상을 전파하는 도구로서 기능해야 한다는 믿음을 바탕으로 한다. 문학 분야에서 사회주의 리얼리즘 소설은 대체로 다음과 같은 특징적인 구조를 따른다.

1. 주인공이 당의 명령을 받아 외딴 지역에 과업을 수행하러 간다. 과업은 소련의 현실에서 대부분 공장, 댐, 발전소, 저수지 등을 건설하여 가동시키는 건축, 생산 관련 기간 시설 작업이다. 그래서 이런 유의 작품을 '사회주의 리얼리즘 생산 소설'이라고 한다. 그리고 건설 작업의 특성상 주인공이 젊은 남성인 경우가 많다.

2. 주인공이 도착한 지역은 기술적으로, 경제적으로, 사상적으로 퇴보해 있다. 마을 주민들은 주인공을 신뢰하지 않고 마을 공무원들은 관료주의적이며 주인공에게 협조하지 않는다.

3. 마을에서 사람들의 인정을 받는, 덕망 있는 촌로가 주인공의 진심을 알아보고 도와준다. 그가 멘토가 되어 주인공을 이끌어 주면서 마을 사람들도 서서히 마음을 열어 주인공을 인정하기 시작하고 주인공도 마을에 적응한다.

4. 주인공이 마을 주민들의 도움을 받아 부패한 공무원이나 관료주의자 등 구조적인 문제를 척결하고 과업을 진행한다.

5. 과업이 완수되기 직전 자연재해 혹은 사고가 일어난다. 주

인공이 영웅적인 노력으로 재난을 막아 내는데, 보통 이 과정에서 주인공을 돕던 멘토가 자신을 희생한다.

6. 과업이 완수된 후에 축하 혹은 기념행사가 열린다. 주인공이 축하 행사에서 감동적인 연설을 하고 희생한 멘토를 추모한다. 주인공은 이후 사랑하는 여성과 결혼하고 멘토의 지위를 이어받는다.

여기서 알 수 있듯이 사회주의 리얼리즘에는 성장 소설의 많은 요소들이 들어가 있다. 이제 막 사회에 진출한 젊은 주인공이 생애 첫 큰 과업을 성공적으로 완수하고 사회에서 자기 자리를 찾아가는 이야기로도 볼 수 있는 것이다. 혹은 주인공이 과업을 위해 집을 떠나 먼 곳으로 가서 모험을 하는 이야기가 여러 민담의 진행 방식을 연상시키기도 한다. 사회주의 리얼리즘은 사상적인 이유에서 의도적으로 만들어진 문화 예술 사조이지만 이처럼 많은 사람이 공감할 수 있는 대중적 장르의 요소들을 갖추고 있기도 하다.

사회주의 리얼리즘은 스탈린 시대(1927~1953)에 탄생하여 공산권 전체의 기본적인 문화 예술 사조로 발전했다. 줄거리 안에서 과업을 방해하는 '적'의 형상이 시대와 정치적 기조에 따라 변화하거나, 제2차 세계 대전 등 역사적 사건을 겪으며 과업의 내용이나 주인공이 겪는 고난의 성격이 변하기도 했으나 스탈린 사망 이후 1980년대까지 소비에트 사회주의 리얼리즘 소설의 기본적인 줄거리와 특성은 공통적으로 유지된다.

『어머니』는 1907년에 발표된 작품이다. 이 당시에는 공산혁명도 아직 일어나지 않았고 소비에트 연방도 성립되지 않았으며 '사회주의 리얼리즘'이라는 말조차 존재하지 않았다. 그러나 『어머니』는 여러 면에서 초기 사회주의 리얼리즘 소설의 전형적인 특징들을 보여 준다. 즉 과업을 완수해야 하는 주인공은 어머니이며, 아들 파벨은 먼저 의식화되어 혁명 운동을 시작한 멘토로 이해할 수 있다. 파벨이 투옥되고 나서 『어머니』 제2부에서 어머니는 아들의 동료인 여성 혁명가와 함께 외딴 지역을 여행하며 농촌을 의식화하고 다른 지역 공장들에서 선동을 하는 등 여행과 과업 수행의 모습을 보여 준다. 다만 어머니는 건설을 하지는 않는데, 소비에트 사회주의 리얼리즘에 나타나는 건설이나 생산은 모두 스탈린 시기의 특징을 반영하여 굳어진 요소들이기 때문이다. 『어머니』에는 건설이나 과업 달성보다도, 평범한 러시아의 하층 계급 노동자 여성이며 무엇보다 어머니라는 정체성을 가지고 살아가던 펠라게야 블라소바가 순전히 모성애 때문에 아들의 뒤를 이어 혁명 활동에 참여했다가 스스로 사회의 모순을 이해하고 깨어나는, 노동자로서 의식화되는 과정을 중요하게 그리고 있다.

의식화와 혁명

『어머니』는 러시아 전체를 휩쓸었던 최초의 시민 혁명인

1905년 혁명을 배경으로 삼고 있다. 1905년 혁명은 러일 전쟁 (1904~1905)에서 러시아가 패배한 결과로 일어난 사건이며 러시아 제국 멸망의 시작이기도 했다. 러시아 제국은 모든 재정을 러일 전쟁에 쏟아부었으나 전쟁에서 패했다. 굶주림을 못 이긴 서민들은 황제의 초상화와 십자가를 들고 왕궁 앞에서 황제에게 "빵을 주시오"라고 애원하며 행진했다. 그러자 러시아 황실은 군대를 보내 비무장 시민들에게 총격을 가했다. 이것이 1905년 1월 22일 '피의 일요일' 사건이다. 이 사건을 시작으로 러시아 전체에 성난 시민들의 봉기가 일어났다. 1905년 혁명은 이듬해까지 이어졌다. 그 결과 러시아 황실은 역사상 처음으로 입법 기관인 국가 두마(Duma)를 제정하는 등 러시아 사회에 구조적인 변화를 가져온다. 『어머니』에는 이러한 사회 변화가 노동자 계급에 속한 개인의 변화에서부터 시작되는 과정이 나타나 있다.

예를 들면 제1부 제1장에 '어머니' 펠라게야 블라소바가 살아온 삶이 묘사된다. 특히 어머니와 어머니의 주변 사람들이 그냥 언제나 살아오던 대로 희망도 없고 즐거움도 없는 비인간적인 삶을 언제나 그렇게 살아왔기 때문에 아무 생각 없이 꾸역꾸역 살아가는 모습이 아래와 같이 서술된다.

삶은 언제나 그랬다 — 인생은 천천히 고르게 어디론가 혼탁한 흐름이 되어 몇 년이고 몇 년이고 흘러갔고 삶 전체가 확고하고 오래된 관습대로 언제나 매일매일 똑같은 것을 생각

하고 똑같은 일을 하는 데 묶여 있었다. 그리고 아무도 그 삶을 변화시키려 하지 않았다. (12쪽)

노동자 스스로 삶을 바꾸려는 생각을 갖지 않았다고 비판하는 인용문의 마지막 문장에 주목할 필요가 있다. 부르주아 계급 문화와는 구분되는 프롤레타리아와 노동자들만의 고유한 문화가 필요하다는 문제의식에서 1905년 혁명을 전후해 러시아에서 프롤레타리아 문화[프롤레트쿨트(Proletkul't)]라는 문화 선동 운동이 시작된다. 이 프롤레타리아 문화 운동에서 중요하게 생각한 것이 '의식화'였다.

1905년을 전후해서 시작된 프롤레타리아 문화 운동의 주요 인물 중에 알렉산드르 보그다노프(Aleksandr Bogdanov, 1873~1928)가 있다. 보그다노프는 의사이자 과학 소설 작가였다. 보그다노프에 따르면 "사회적 혁명은 그에 상응하는 문화적 혁명 없이는 일어날 수 없다. 이 문화적 혁명을 준비하기 위해서 노동자들은 부르주아 문화의 주도권에 맞서는 자기들만의 프롤레타리아 문화를 발전시켜야 한다". 즉 새로운 문화를 발전시키기 위해서는 문화와 콘텐츠가 뭔지를 아는 사람이 필요하므로 혁명적 지식 계층이 주도해야 하고 이 혁명적 지식 계층이 새로운 과학, 철학, 예술을 창조하여 프롤레타리아 문화의 근본을 새로 만들어야 한다는 것이 보그다노프가 생각한 프롤레타리아 문화 운동이다.

따라서 프롤레타리아 문화 운동의 목적은 프롤레타리아적 계급 정체성을 깨닫고 문화적 혁명과 사회적 혁명을 위해 의식적으로 투쟁하는 노동자를 길러 내는 것이었다. 이렇게 계급 정체성을 깨닫고 혁명을 위해 투쟁하는 노동자는 '깨어난', '의식화된' 혹은 '의식 있는' 노동자이다. 20세기 초에 러시아에서 이런 '의식화'의 도구로 프롤레타리아 문화에서 가장 인기 있는 장르는 연극이었다. 그리고 프롤레타리아 극단에 참가하는 노동자들은 스스로 '깨어 있는 노동자', '의식화된 노동자'라는 사실을 자랑스럽게 여겼다. 고리키는 여러 작품에서 이렇게 노동자들에게 계급 의식을 일깨우고 혁명에 참여하게 만들려는 문화 선동을 꾀했다.

『어머니』에서 고리키는 노동자의 처참한 현실에 대해 제1부 제1장에서 상세히 묘사한다. 노동 계층은 가난하고 힘든 삶에 찌들고 파괴적인 행동 외에는 다른 탈출구를 찾지 못한다.

휴일이면 청년들은 늦은 밤에 옷이 찢어진 채 흙과 먼지투성이에 얼굴은 얻어맞은 채, 동료들에게 주먹질한 것을 심술궂게 자랑하면서 혹은 기분이 상하여, 분노에 차거나 화가 나 울면서 술에 취해 한심한 모습으로, 불행하고 불쾌한 상태로 집에 들어왔다. (11~12쪽)

이런 묘사는 노동자 계급의 의식화를 위한 묘사이기도 하지만 고리키 특유의 자연주의적 스타일이기도 하다. 19세기 프랑스 작가 에밀 졸라(Émile Zola, 1840~1902)는 노동자들의 비참한 현실을 고발한 많은 작품을 집필했는데, 여기서 졸라는 인간이라는 동물을 객관적으로 관찰하면서 인간이 교양과 문화와 예절을 익히기 전에 그냥 자연 상태 혹은 야만 상태일 때의 모습을 묘사한다. 인간은 원래 자연의 영향을 받는 존재이고 야만적이지만 문화와 교양과 교육에 힘입어 인간으로 재탄생한다는 것이 19세기 교육학자나 사회학자들이 생각하는 인간상이었다. 그리고 19세기 프랑스 사회학자 에밀 뒤르켐(Émile Durkheim, 1858~1917)은 인간이 본래 동물과도 같은 이기적이고 비사회적인 본성과 도덕적이고 사회적인 본성을 다 가지고 태어나는데 교육과 문화와 교양의 힘으로 인간이 이성적인 존재로 재탄생할 수 있다고 여겼다. 이렇게 도덕적이고 사회적인 존재로 인간이 재탄생하는 과정을 뒤르켐은 사회화라고 불렀다. 그러니까 19세기 유럽 사람들은 인간의 자연적인 모습은 잔인하고 동물적이고 이기적이고 비사회적이라고 생각했다. 여기서 나온 말이 '자연주의'이다. 자연주의의 특성을 보여 주는 문학 작품은 사람들이 서로 싸우고 물어뜯고 서로 죽거나 죽이고 이기적이고 잔인하게 행동하는 모습을 에둘러 말하지 않고 있는 그대로 묘사한다.

『어머니』 제1부 제2장에서 아버지 미하일 블라소프가 아들 파벨 블라소프를 때리려 하고 아들이 아버지에게 맞서는 장면이 고리키식 자연주의를 대표적으로 보여준다.

아들 파벨이 열네 살이었을 때 블라소프는 아들의 머리카락을 잡고 끌고 다니려 했다. 그러나 파벨은 손에 무거운 망치를 들고 짧게 말했다.

"건드리지 마⋯⋯."

"뭐?" 아버지는 마치 자작나무를 덮치는 그림자처럼 키 크고 날씬한 아들을 향해 다가가며 물었다.

"할 거다!" 아버지의 말에 파벨이 말했다. "더 이상은 당하지 않아⋯⋯."

그리고 망치를 휘둘렀다. (15쪽)

아버지가 이유 없이 아들을 학대하고 아들이 참다못해 망치를 들고 아버지에게 물리적으로 맞서는 장면은 부모 자식의 사랑이나 도리는 없고 분노와 적의만 넘실거리는 폭력적이고 무자비한 광경이다. 고리키는 여러 작품에서 일관되게 이런 폭력적이고 거친 삶의 장면들을 묘사한다.

물론 이 장면에서 아들이 아버지를 망치로 살해하지는 않는다. 그저 자기방어를 할 뿐이다. 아버지 미하일 블라소프는 이후 탈장으로 사망한다. 그리고 파벨은 어머니와 함께 조용히 살면서 노동 운동과 의식화에 대한 책을 읽고 사상적 변화를 겪는다. 그 변화의 첫 번째 징후가 그리스도를 그린 그림이다.

혁명과 종교

'엠마오로 향하는 부활한 그리스도'는 「루가의 복음서」24장 13절부터 35절에 나오는 이야기이다. 엠마오로 향하는 두 여행자는 부활한 그리스도가 자신들과 함께 가는 것을 알아보지 못한다. 그래서 두 여행자는 그리스도한테 그리스도가 사형당했으며 사흘 뒤 무덤에 가 봤더니 시신이 없더라고 말한다. 그리스도는 예수가 부활했다는 얘기를 예언자가 했는데 왜 너희는 믿지 못하냐 묻고 성서에 있는 그리스도에 관한 모든 부분을 자세히 말한다. 그리고 그리스도가 이 두 여행자에게 빵을 주자 여행자들이 그제야 그리스도라는 걸 알아보지만 그리스도는 보이지 않게 되었다는 이야기이다.

러시아는 988년에 정교를 받아들인 천 년 전통의 그리스도교 국가이다. 고리키 자신도 짧았던 학창 시절에 성서를 중심으로 읽고 쓰기를 배웠고 성직자와의 대화에서 깊은 감화를 받기도 했다. 『어머니』는 러시아 혁명 문학이기 때문에 종교적인 특성을 나타낸다. 파벨은 예수의 형상을 대표하여, 사회주의라는 이론적인 논리와 함께 내면의 힘을 가지고 있다. 어머니는 성모 마리아처럼 모성과 감성이 풍부한 인간적인 존재로 묘사된다.

종교적인 특성을 보이는 것은 작품 속 모든 혁명가에게 공통적이다. 5월 1일 노동절 행진에서 연설할 때 안드레이는 이렇게 말한다.

우리는 오늘 새로운 신의 이름으로, 빛과 진실의 신, 선함과 이성의 신의 이름으로 십자가의 길에 나섰습니다! 우리의 목표는 아직도 멀고 가시 면류관은 가깝습니다! 진실의 힘을 믿지 않는 자, 진실을 위해 죽음에 대항해 설 용기가 없는 자, 스스로를 믿지 않고 고통을 두려워하는 자는 우리에게서 멀리 떨어져 옆으로 비키십시오! 우리는 우리의 승리를 믿는 사람들에게 함께 갈 것을 호소합니다. 우리의 목표가 보이지 않는 사람들은 우리와 함께 가지 마십시오. 그런 사람들에게는 앞길에 오로지 괴로움만 있을 뿐입니다. 행렬에 서십시오, 동지들! 자유로운 사람들의 축일 만세! 5월 1일 만세! (274쪽)

안드레이는 처음부터 '새로운 신', '십자가의 길', '가시 면류관' 등등 그리스도교적인 언어를 사용한다. 러시아를 포함하여 그리스도교 문화권에서 절대적이고 언제나 변함없이 선하고 옳고 아름다운 것은 모두 궁극적으로는 신의 세계와 연결되기 때문이다. 특히 러시아에서는 정교가 문화적인 차원에서 일상생활의 모든 측면에 스며들어 있었으므로 일반 사람들에게 가장 높은 진실에 대해 말하거나 사회 구조를 변혁하는 큰 변화에 대해 얘기할 때는 종교의 언어를 사용하는 것이 가장 쉽고 빠르게 의미를 전달하는 방법이었다.

실제로 공산혁명이 일어났을 때 러시아 농민들은 "하느님께 영광을"이라는 기도문 대신 "레닌에게 영광을"이라고 하는 등 전통적인 그리스도교적 표현에서 단어만 바꿔 혁명의 언어로 사용했다. 그러한 표현이 대부분의 민중에게 익숙하고 이해하기 쉽고 편했기 때문이다.

그리고 여기에 "깨어나라, 일어나라, 노동 민중이여!"라는 가사가 반복해서 나온다. 이것은 1905년 혁명 당시 불렸던 '노동자의 마르세예즈'이다. 프랑스 혁명가였던 「라 마르세예즈(La Marseillaise)」의 가사를 러시아어로 바꾼 노래이다. 작품에 나오는 후렴은 "깨어나라, 일어나라, 노동 민중이여 / 적들을 향해 나아가라 굶주린 민족이여 / 민중의 복수의 외침을 울려라 / 전진, 전진, 전진, 전진, 전진"이다. 이 투쟁에서 결국 파벨과 안드레이도 모두 체포되는데, 이 장면에서 그들은 직역하면 "다시 만납시다, 동지들!"이라는 말로 동료들에게 작별을 고한다. 이들의 외침은 메아리치면서 "어딘가 위쪽에서, 지붕"에서 들려왔다고 묘사되는데 이 부분에서 다시 한번 종교적인 배경을 볼 수 있다. 파벨과 안드레이가 '새로운 신, 빛과 진실의 신, 선함과 이성의 신'을 향해 나아가고, 민중이 노래하는 합창을 배경으로 이 새로운 신이 천상에서 화답하는 것이다.

그리스도교에서 예배를 볼 때 음악은 필수적이다. 러시아 정교회에서는 성가대가 교회 2층이나 발코니 같은, 주로 신도들의 눈에 보이지 않는 곳에서 노래한다. 러시아 정교 교리에 따르면, 신이 당신의 모습을 본떠 인간을 창조하셨으므로 인간의 목소리가 신의 목소리에 가장 가깝다. 그래서 러시아 정교회에서는 악기를 쓰지 않고 모든 성가는 아카펠라로 노래한다. 그리고 교회에서 예배를 보고 성가대의 노래를 듣는 경험은 가장 성스러운 경험이어야 하기 때문에 성가대는 천사의 목소리를 본 떠 2층 높은 곳이나 발코니에서 모습은 드러내지 않고 목소리만 들리게 노래한다. '노동자의 마르세예즈' 합창을 배경으로 "다시 만납시다, 동지들"이라는 외침이 위쪽에서 들려왔다는 묘사는 러시아 정교회에서 예배할 때의 청각적 구조와 그 배경의 교리를 그대로 둔 채 표현만 집회와 혁명의 언어로 바꾼 것이다.

제1부 제29장에서 파벨이 체포되던 당시의 모습에 대해 어머니가 듣다가 연설하는 장면에서도 어머니는 종교의 언어를 사용한다.

제 말 좀 들으세요, 예수 그리스도를 위해서! 여러분 모두 가까운 사람이잖아요…… 여러분 모두 진실한 사람이에요. 겁내지 말고 둘러보세요, 무슨 일이 일어났죠? 우리 아이들이 세상에 나섰어요, 우리 혈육이, 진실을 위해서…… 모두를 위해서 나섰어요! 여러분 모두를 위해서, 여러분의 아기들을 위해서 스스로 십자가의 길을 짊어졌어요. 밝은 날을 찾아 나섰다고요. 진실과 정의 속에서 살아갈 다른 삶을 원하니까요…… 모두를 위한 선(善)을 원하니까요! (293쪽)

여기서 어머니는 예수와 진실과 정의를 위해서 십자가의 길을 나선 "우리 아이들", "우리 혈육"을 위해 앞에 나서서 사람들에게 소리 높여 말한다. 이러한 어머니의 모습은 러시아 정교 전통에서 성모 마리아의 특징들을 반영한다. 정교 전통에서 성모 마리아는 희생과 구원의 상징이며 아들 예수를 위한 모성을 인류 전체에 발휘하여 인간 전체의 고통에 눈물 흘리고 감싸 주는 모습으로 묘사된다.

사회주의 리얼리즘 소설의 구조에 맞추어 해석하면 이 장면은 멘토가 자신을 희생하고 주인공에게 과업을 넘겨준 뒤에 주인공이 자신의 역량을 증명하는 부분에 해당한다. 어머니가 이렇게 예수를 위해서 십자가의 길을 나선 우리 아이들에게 공감하고 함께해 줄 것을 외치자 사람들이 "하느님의 말씀을 말한다"면서 어머니의 말에 귀 기울이고 동의하기 시작하는 것이다.

"소중한 여러분!" 어머니가 눈물 젖은 눈으로 모두를 바라보며 말했다. "아이들을 위해서 삶이 있고, 아이들을 위해서 세상이 있는 거예요……!"

"가요, 닐로브나! 여기 지팡이, 받으세요." 시조프가 말하며 어머니에게 깃대 조각을 건네주었다.

사람들이 슬픔과 존경을 담아 어머니를 쳐다보았고 공감의 웅성거림이 어머니를 뒤따라왔다. 시조프는 침묵 속에 길에서 사람들을 비키게 했고 사람들은 말없이 길을 열어 주었으며, 어머니 뒤로 그들을 끌어당기는 불분명한 힘에 복종하여 서두르지 않고 어머니의 뒤를 따라, 목소리를 낮추어 짧은 말들을 주고받으며 걷기 시작했다.

자기 집 대문 앞에서 사람들을 향해 돌아선 어머니는 깃대 조각에 몸을 의지한 채 고개 숙여 인사하고 감사한 마음으로 조용히 말했다.

"고맙습니다……."

그리고 또다시 자신의 생각, 어머니가 느끼기에 자신의 마음속에서 생겨난 새로운 생각을 떠올리고 어머니는 말했다.

"사람들이 주님의 영광을 위해 죽지 않았다면 우리 주 예수 그리스도도 없었을 거예요……."

군중은 말없이 어머니를 바라보았다. (296~297쪽)

그리고 어머니가 집으로 들어간 뒤에 군중은 남아서 이야기를 나누다가 천천히 흩어진다. 제1부 마지막 부분에서 어머니는 아직까지 노동자로서의 정체성이 아니라 어머니로서, 러시아 정교를 믿는 사람으로서 군중에게 이야기하고 그러한 마음이 군중에게 통한다.

어머니가 완전히 노동자로서의 정체성을 갖추고 의식화되는 과정은 제2부에서 서서히 진행된다. 파벨이 체포된 뒤에 어머니는 금지된 책이나 신문, 선언문을 배포하는 활동에 나선다. 그러면서 어머니는 자신의 혁명 활동과 정교 신앙을 명확하게 비교하며 공통점을 발견하기 시작한다.

자신도 모르게 어머니는 기도를 덜 하기 시작했으나 그리스도에 대해서, 그리고 그리스도의 이름을 말하지 않고 마치 그리스도를 모르는 것처럼 살아갔지만 그러면서도 ─ 어머니가 생각하기에 ― 그리스도의 약속에 따라 살고 그리스도처럼 세상을 가난한 자들의 왕국으로 여기며 사람들 사이에 세상의 모든 재화를 공평하게 나누기를 원하는 사람들에 대해서 더 많이 생각했다. (383쪽)

어머니와 함께 혁명 활동에 참여하는 다른 인물들도 종교의 언어를 사용하거나 일반 시민, 농민들에게 연설할 때 러시아 정교의 특징적인 표현들을 강하게 사용한다. 종교의 언어가 완전히 혁명의 언어로 대체되는 것은 작품 끝부분에 이르러서이다. 제2부 제25장에서 파벨은 재판정에서 스스로 변론하며 다음과 같이 연설한다.

"우리는 사회주의자입니다. (…) 우리는 노동자이며, 우리의 노동을 통해 거대한 기계부터 아이들의 장난감까지 모든 것이 만들어집니다. 우리는 우리 자신의 인간적 존엄을 위해 싸울 권리를 빼앗긴 사람들이며, 모두가 우리를 자신의 목적 달성을 위한 도구로 바꾸려 하고 그렇게 이용할 수 있습니다. 우리는 이제, 모든 권력에 맞서 투쟁할 기회를 얻을 만큼의 자유를 원합니다. 우리의 구호는 단순합니다. 사유 재산 물러가라, 모든 생산 수단을 민중에게, 모든 권력을 민중에게, 노동은 모두의 의무이다. 아시겠습니까, 우리는 폭도가 아닙니다!" (568~569쪽)

파벨의 이 연설은 실제 알렉산드르 2세 암살 사건에 참여했던 혁명가 안드레이 젤랴보프(Andrei Zhelyabov)가 했던 법정 연설을 모델로 해서 쓴 것이다. "노동자는 자신의 노동으로 거대한 기계부터 아이들 장난감까지 모든 것을 만드는 사람들"이며 "우리는 폭도가 아니다"라는 파벨의 연설은 『어머니』에 묘사된 러시아 제국 시대부터 백 년 이상 지난 지금 한국 사회에서도 여러 가지 사건을 생각나게 하는 깊은 울림을 가진다.

그러나 작품 안에서 파벨의 연설이 아무리 훌륭해도 판결은 이미 정해져 있고 판사들은 노동자의 연설 따위에 관심이 없다. 제2부 제26장에서 파벨은 시베리아로 강제 이주 당하는 판결을 받고 이어 제2부 제27장에서 파벨의 동료들도 전부 강제 이주형을 받는다. 재판정 밖에서는 사람들이 어머니를 알아보고 파벨을 칭찬한다. 모여든 사람들을 향해 어머니는 다음과 같이 호소한다.

가난과 배고픔과 질병, 이게 노동이 사람들한테 주는 결과예요. 모든 것이 우리에게 불리해요. 우리는 매일매일 일터에서 우리의 모든 생명을 내던지고 언제나 더럽고 언제나 속는데, 다른 사람들은 우리의 노동으로 즐기고 배불리 먹고 우리를 마치 사슬에 묶인 개처럼 도망치지 못하게 붙잡고 있어요. 우리는 아무것도 모르고 겁에 질려서 모든 걸 무서워해요! 밤이 우리의 인생이에요, 어두운 밤이라고요! (621쪽)

어머니의 호소에서는 이제 그리스도, 십자가의 길, 진리 등 종교적인 어휘나 표현들이 완전히 사라졌다. 일반적인 사회주의 리얼리즘 소설에서는 멘토가 자기를 희생하여 죽거나 사라진 뒤에 주인공이 멘토의 자리를 물려받아 자기의 역량을 증명한다. 『어머니』 끝부분인 제2부 제29장에서 어머니는 이제 그리스도교를 믿는 러시아 일반 시민이나 한 아들의 어머니가 아니라 노동 계급의 일원으로 완전히 의식화됐음을 연설에서 증명하는 것이다. 이렇게 어머니의 의식화와 스스로 선택한 투쟁과 함께 『어머니』는 막을 내린다.

여성과 혁명

『어머니』는 20세기 초, 러시아가 현대적인 국가로 탈바꿈하기 전에 발표된 소설인데 오늘날 봐도 놀라울 정도로 여성주의적인 관점을 드러낸다. 젊은 남성 노동자가 아니라 중노년의 주부이자 어머니인 여성을 주인공으로 삼았다는 사실부터 그렇다. 그리고 고리키는 주인공인 어머니의 삶을 묘사할 때 노동 계급 남성보다도 여성과 아이들에 대한 공감의 관점을 강하게 드러낸다.

제2부 제3장에서 어머니는 아들의 혁명 동료들인 소피야 이바노브나, 니콜라이 이바노비치 남매와 함께 잠시 평온한 저녁 시간을 보낸다. 소피야 이바노브나가 피아노를 연주하고 어머

니는 방 안 가득한 음악 소리를 들으며 오래전에 아들이 어렸을 때 남편이 자기를 때리고 아들과 함께 내쫓았던 일을 떠올린다. 남편은 밤에 아주 늦게 술 취해서 들어오자마자 어머니를 침대에서 끌어내 발로 차고 나가라며 소리 지르고 어머니는 두 살 된 아들을 안고 추운 밤의 거리로 나와 밤을 지새운다.

어머니는 벌떡 일어서서 부엌으로 달려가 어깨에 카디건을 두르고 아이를 숄에 감싼 뒤 말없이, 소리 지르거나 불평하지도 않고 맨발인 채 몸에는 긴 상의와 카디건만 걸치고 거리로 나왔다. 5월이었고 밤은 신선했으며 거리의 먼지가 차갑게 발에 와닿으며 발가락 사이로 파고들었다. 아이는 울며 버둥거렸다. 어머니는 아들을 자기 몸에 바짝 대고 겁에 질려 거리를 걸으면서 조용히 자장가를 불렀다. (327~328쪽)

어머니는 추운 5월 밤에 갈 곳이 없어 진흙 사이 사시나무가 우거진 곳에 아이를 안고 앉아 있다가 거기서 졸다가 새가 날아가는 소리에 깬다. 그리고 "어머니는 추위에 떨면서 익숙한 폭력의 공포와 새로운 모욕을 향해 집으로 돌아갔다"고 작가는 묘사한다. 또한 제2부 제22장에서 어머니는 자신의 언어로 가정 폭력을 견디며 살아온 삶에 대해 이렇게 말한다.

어머니는 니콜라이를 바라보고는 소박하게, 차분한 슬픔을 안고 말을 맺었다.

"남편이 나를 많이 때렸고, 결혼하기 전에 있었던 일들은 기억에서 지워졌어요." (533쪽)

어머니가 이런 식으로 말하는 부분을 보면 가정 폭력 피해자가 현실을 어떻게 인식하고 어떤 식으로 기억하는지 정확하고도 단순하게 나타난다. 『어머니』는 1907년 러시아에서 당시 남성 작가가 쓸 수 있었던 최고의 여성주의 소설이다.

이러한 예시에서 볼 수 있듯이 『어머니』는 이후 정착된 대부분의 소비에트 사회주의 리얼리즘 작품들과 달리 성인 남성이 여성과 어린이에게 폭력을 행사하는 모습을 구체적으로 묘사한다. 일상적인 억압과 폭력의 묘사 중 작품 안에서의 분량으로 봤을 때 남성이 저지르는 가정 폭력 묘사가 노동자가 계급적으로 당하는 갑질이나 폭력 묘사보다도 많다. 앞에서도 살펴보았듯이 이러한 폭력적인 삶의 묘사는 고리키의 문학적 특징이기도 하다. 그러나 고리키는 노동자 계층의 소외라는 사회 구조적인 문제로 인해 여성과 어린이 등 물리적 약자가 결국 가장 큰 피해를 입는다는 점을 어머니의 삶과 경험을 통해 웅변한다.

또한 『어머니』에서 고리키는 여성 혁명가들을 인상적으로 묘사한다. 아들 파벨의 혁명 동료인 소피야 이바노브나는 등장하는 분량은 많지 않으나 어머니의 삶에 긍정적인 변화를 가져오는 중요한 인물이다.

"전 세계의 노동자들이 고개를 들고 '이제 됐어!'라고 확고

하게 말하는 날이 올 거예요. 우리는 이 삶을 더 이상 원하지
않는다고 말이에요!"

(…)

어머니는 날카롭고 시끄럽고 대담했던 모든 것, 어머니가
소피야에게 없었으면 좋겠다고 생각했던 모든 것이 지금은
사라지고 소피야가 하는 이야기의 뜨겁고 고른 흐름 속으로
가라앉는 것을 보았다. 어머니는 밤의 정적과 불꽃의 춤과 소
피야의 얼굴이 마음에 들었으나 무엇보다도 농군들이 엄격하
게 주의를 기울이는 것이 가장 마음에 들었다. (365~366쪽)

소피야 이바노브나는 지식 계급 여성으로서 자신의 생각과
경험을 명료하고도 경쾌하게 발언한다. 어머니와 같은 노동 계
급인 이웃 여성 마리야가 어머니가 공장에 선전물을 배포하러
갈 수 있도록 어머니 대신 시장에 장사하러 가는 장면 등에서 노
동 계급 여성들 사이의 연대와 우정을 볼 수 있다. 혁명에 직접
참여하지 않더라도 혁명가들을 보살피고 숨겨 주며 활동을 계
속할 수 있도록 지원해 주는 여성 인물들도 긍정적이고 중요하
게 묘사된다. 이러한 여성 인물들은 러시아 역사에서 '인민의
의지' 등 혁명 단체에서 활동했던 여성들, 고리키 자신이 목격
했던 여성 동지들의 모습을 반영한 것이다.

권력과 탄압

막심 고리키는 이처럼 본인이 혁명가였고 20세기 공산권 전체를 지배한 사회주의 리얼리즘이라는 문예 사조의 창시자였다. 그러나 1930년대 이후 사망할 때까지 소비에트 문학계의 권력자로서 스탈린주의에 봉사하며 재능 있고 창의적인, 그러나 정치적으로 엄격하게 사회주의 리얼리즘에 들어맞지 않는 많은 작가를 파멸로 이끄는 역할을 하기도 했다. 고리키가 1934년 편집한 산문집 『스탈린 기념 벨로모르-발트 운하』에 대해 이후 인권 운동가이자 사회주의 고발 문학의 거장인 알렉산드르 솔제니친은 "노예 노동을 찬미한 글"이라고 혹평했다. 벨로모르-발트 운하 건설 작업이 대부분 스탈린을 비판해 강제 수용소에 수감된 정치범들의 강제 노동으로 이루어졌기 때문이다.

이런 의미에서 고리키는 레닌이나 스탈린과 마찬가지로 혁명가로 시작하여 권력자로 죽었고 이후에 긴 그림자를 남긴 인물이다. 『어머니』는 고리키가 소비에트 문학계의 권력자로 군림하기 전, 고리키의 사상과 신념 그리고 문학적 성취를 가장 순수하게 보여 주는 걸작이다.

판본 소개

『어머니(*Mat'*)』는 1906년부터 1907년까지 고리키가 미국과 이탈리아에서 집필했다. 작가는 러시아어로 집필했으나 작가가 처한 사회 정치적 상황 때문에 『어머니』는 영어 번역본으로 최초 발표되었다. 1906년 영어 번역본이 뉴욕에서 발행된 잡지 『애플턴스 매거진(*Appleton's Magazine*)』에 1906년 12월부터 1907년 6월까지 연재되었다. 단행본 또한 영어로 번역되어 뉴욕에서 1907년 4월에 최초 발간되었다. 그리고 영어 번역본 연재가 종료되던 1907년 6월에 독일 베를린의 라드이즈니코프 출판사(Ladyzhnikov Publishers)에서 개작된 버전의 『어머니』가 러시아어로 최초 발간되었다.

1907년에 모국인 러시아에서도 『어머니』가 최초 발간되었다. 1907년에서 1908년까지 당시 러시아 제국 수도 상트페테르부르크의 '지식 협회(Znaniye)'가 발간했는데, 검열의 압박으로 내용의 많은 부분이 삭제된 채 출간되었다. 러시아에서 러시아어로『어머니』가 검열 삭제 없는 완전판으로 출간된 것은 공산혁명이 일어난 해인 1917년이 되어서였다. 페트로그라드(상트페테르부르크의 혁명 당시 이름)에서 막심 고리키 전집이 출간되었으며,『어머니』는 전집 제15권에 수록되었다.

본 번역은 1989년 모스크바 '현대 러시아(Sovremennaya Rossiya)' 출판사에서 발간한 막심 고리키 전집(*Gor'kii M. Sobranie sochinenii: v 8 t.*) 총 8권 중 제5권에 수록된 세 편의 작품(「어머니」, 「여름(Leto)」, 「주인(Khozyain)」) 중 「어머니」를 원본으로 삼았다. 이는 1968년부터 1976년 사이에 총 25권 분량으로 모스크바의 '학술(Nauka)' 출판사에서 발간된 막심 고리키 전집에 수록된 판본을 원본으로 하여 현대 러시아 출판사 판본에 재수록된 것이다.

막심 고리키 연보

1868   3월 28일 니즈니노브고로드에서 철물공 막심 페슈코프(1840~ 1871)와 바르바라 페시코바(결혼 전 카시리나, 1842~1879)의 맏아들로 태어남. 본명 알렉세이 막시모비치 페시코프

1871   아버지가 콜레라로 사망

1879   어머니가 열병으로 사망. 외조부모 슬하에 성장

1884   카잔으로 이주. 대학 입학 실패 이후 항구 노동자로 일함

1888   카잔 지역 혁명가들과 교류

1889   시 창작. 변호사 사무실에서 근무
       10월 카잔 대학교 학생들 혁명 활동에 연루되어 투옥

1891   러시아 서부 지역을 도보로 여행

1892   트빌리시, 아브하지아(현재 조지아), 바쿠(현재 아제르바이잔) 지역에서 짐꾼, 제빵사, 철물공, 건설 노동자 등 다양한 직업에 종사
       첫 작품인 단편 「마카르 추드라(Makar Chudra)」를 잡지 『카프카즈(*Kavkaz*)』에 발표, '막심 고리키'라는 필명 첫 사용

1893   여러 단편 발표. 올가 카멘스카야(1859~?)와 결혼

1894   「첼카시(Chelkash)」를 『러시아의 부(*Russkoye Bogatstvo*)』에 발

표. 올가 카멘스카야와 이혼

1895 사마라 지역으로 이주, '이에구디일 홀라미다'(히브리어로 '유대
      인의 왕'이라는 뜻)라는 필명으로 본격적인 저술 활동 시작

1896 「사마라(Samara)」 신문 교열 기자 예카테리나 파블로브나 볼쥐
      나(1876~1965)와 결혼

1897 아들 막심 출생

1898 첫 작품집(전 2권)을 출간하며 이름을 알림. 혁명 활동 혐의로
      다시 투옥

1899 『포마 고르데예프(Foma Gordeev)』 출간. 상트페테르부르크로
      이주

1901 딸 카탸 출생. 희곡 「지주들(Meshchanye)」 발표

1902 희곡 「밑바닥에서(Na dnye)」 발표. 왕실 아카데미 문학부 명예
      회원으로 위촉되었으나 "경찰의 감시를 받는 인물"이라는 이유
      로 니콜라이 2세 행정부가 위촉을 취소. 안톤 체호프 등 문학계
      저명인사들이 이 사건에 항의하여 왕실 아카데미 회원에서 사
      퇴. 고향 니즈니노브고로드로 이주

1903 여배우 마리야 안드레예바(1868~1953)와 사실혼 관계

1905 레닌과 첫 교류. 1905년 혁명 발발. 정치적 탄압으로 안드레예바
      와 함께 미국으로 망명. 희곡 「태양의 아이들(Dyeti sontsa)」,
      「야만인들(Varvary)」, 「적들(Vragi)」 집필

1906 딸 카탸, 뇌수막염으로 사망. 『어머니』 집필. 폐결핵 때문에 이탈
      리아에서 요양

1907 『어머니』 발표

1908 희곡 「마지막 사람들(Posledniye)」, 소설 「고백(Ispoved')」, 「쓸
      모없는 사람의 생애(Zhizn' nyenuzhnogo cheloveka)」 발표

1909 소설 「작은 도시 오쿠로프(Gorodok Okurov)」, 「마트베야 코제
      먀키나의 생애(Zhizn' Matveya Kozhemyakina)」 발표

1910 희곡 「괴짜들(Chudaki)」, 「만남(Vstrecha)」, 「바사 젤레즈노바

(Vassa Zheleznova)」집필

1913   자전적 소설 『어린 시절(*Detstvo*)』 발표. 러시아로 귀국

1914~1916   다양한 잡지에서 편집자로 근무. 프롤레타리아 작가 선집 발간. '파루스'(돛) 출판사 설립. 단편 및 수필 발표. 자전적 소설 『사람들 속에서(*D lyudyakh*)』 1916년 발표

1917~1918   공산혁명 발발. 1917년 5월 1일 「새로운 삶(Novaya Zhizn)」 신문 발간(1918년 폐간). 산문집 『때 이른 생각들 (*Nesvoevremennyye mysli*)』, 『혁명과 문화(*Revolyutsiya i kul'tura*)』 발표

1919   마리야 안드레예바와 함께 인민 교역 생산 위원회 공동 위원장으로 복무. '세계 문학' 출판사 설립

1921~1923   유럽으로 이주. 헬싱키, 베를린, 프라하 등에서 거주. 안드레예바와 헤어짐

1923   자전적 소설 『나의 대학들(*Moi universytety*)』을 잡지 『붉은 미개간지(*Krasnaya nov'*)』에 발표

1924~1932   이탈리아에서 거주

1932   10월 소비에트 연방으로 영구 귀국. 10월 27일 레닌 훈장 받음

1934   아들 막심이 폐렴으로 사망. 제1회 소비에트 작가 대회 주최 및 기조연설. 산문집 『스탈린 기념 벨로모르-발트 운하 (*Belomorsko-Baltiiskii kanal imeni Stalina*)』 공동 편집

1935   로맹 롤랑과 교류. 모스크바 예술 극장에서 「적들」 상연

1936   6월 18일 모스크바 근교에서 호흡기 질환으로 사망

1937   장편 『클리마 삼기나의 생애(*Zhizn' Klima Samgina*)』 출간

새롭게 을유세계문학전집을 펴내며

을유문화사는 이미 지난 1959년부터 국내 최초로 세계문학전집을 출간한 바 있습니다. 이번에 을유세계문학전집을 완전히 새롭게 마련하게 된 것은 우리가 직면한 문화적 상황에 적극적으로 대응하기 위해서입니다. 새로운 을유세계문학전집은 세계문학의 역할이 그 어느 때보다 중요해졌다는 인식에서 출발했습니다. 오늘날 세계에서 타자에 대한 이해는 우리의 안전과 행복에 직결되고 있습니다. 세계문학은 지구상의 다양한 문화들이 평등하게 소통하고, 이질적인 구성원들이 평화롭게 공존할 수 있는 문화적인 힘을 길러 줍니다.

을유세계문학전집은 세계문학을 통해 우리가 이런 힘을 길러 나가야 한다는 믿음으로 만들어졌습니다. 지난 5년간 이를 준비하기 위해 많은 노력을 기울였습니다. 세계 각국의 다양한 삶의 방식과 문화적 성취가 살아 있는 작품들, 새로운 번역이 필요한 고전들과 새롭게 소개해야 할 우리 시대의 작품들을 선정했습니다. 우리나라 최고의 역자들이 이들 작품 속 한 문장 한 문장의 숨결을 생생히 전하기 위해 심혈을 기울였습니다. 또한 역자들은 단순히 번역만 한 것이 아니라 다른 작품의 번역을 꼼꼼히 검토해 주었습니다. 을유세계문학전집은 번역된 작품 하나하나가 정본(定本)으로 인정받고 대우받을 수 있도록 최선을 다했습니다. 세계문학이 여러 경계를 넘어 우리 사회 안에서 주어진 소임을 하게 되기를 바라며 을유세계문학전집을 내놓습니다.

을유세계문학전집 편집위원단(가나다 순)
김월회(서울대 중문과 교수)
김헌(서울대 인문학연구원 교수)
박종소(서울대 노문과 교수)
손영주(서울대 영문과 교수)
신정환(한국외대 스페인어통번역학과 교수)
정지용(성균관대 프랑스어문학과 교수)
최윤영(서울대 독문과 교수)

을유세계문학전집

을유세계문학전집은 계속 출간됩니다.

을유세계문학전집 연표